李天华 著

开在岁月里的花

KAIZAI SUIYUE LI DE HUA

一部抒写乡愁的诗
一部描述山水的画
一部吟咏生命的歌
一部记录生活的笔记
一部回眸岁月的备忘录

青海人民出版社

图书在版编目（CIP）数据

开在岁月里的花 / 李天华著. -- 西宁：青海人民出版社，2024.8. -- ISBN 978-7-225-06760-5

Ⅰ.I267

中国国家版本馆CIP数据核字第2024Q8G337号

开在岁月里的花

李天华　著

出 版 人	樊原成
出版发行	青海人民出版社有限责任公司
	西宁市五四西路71号　邮政编码:810023　电话：(0971)6143426(总编室)
发行热线	(0971)6143516／6137730
网　　址	http://www.qhrmcbs.com
印　　刷	青海德隆文化创意有限责任公司
经　　销	新华书店
开　　本	710mm×1020mm　1／16
印　　张	27.25
字　　数	400千
版　　次	2024年8月第1版　2024年8月第1次印刷
书　　号	ISBN 978-7-225-06760-5
定　　价	68.00元

版权所有　侵权必究

序言

行旅感悟与生活记忆的倾情书写

郭守先

生命的潜能无可限量，很多的时候我们都疏于开掘。擅长政论的金庸写武侠小说，据说是救《新晚报》每日一篇"武侠"的急，被逼出来的；邓拓的《燕山夜话》是应《北京晚报》之约，开设"杂文专栏"开出来的。因为报纸是有固定周期性的，一旦连载或开栏就不容你懈怠，就好像已贴出海报的演出，你不能辜负台前买票观众的期待，你得辞谢一切特邀应酬、放弃一切生活琐碎按时演出。呈现在你面前的这部散文集则是写"美篇"写出的生命结晶，虽然写"美篇"并没有报纸连载小说、开设专栏那样急迫，但从"自发写作"已经提级为"自觉写作"的李天华，"老牛自知黄昏晚，不用扬鞭自奋蹄"，在众多"美篇"读者的激励下，继随笔集《品读经典》《人文探究》和诗集《故乡与远方》之后，在不到两年的时间里又创作了这部100多篇、近40万字的散文作品集，一跃而跻身柳湾文学方阵近年来最勤奋、最高产的作家行列。

2016年前后，李天华喜欢上了"美篇"这种图文并茂、插播背景音乐的阅读和刊发方式，那时候他正集中力量利用教学之余创作诗集《故乡与远方》，抽时间偶尔也编发"美篇"，在"唯物""拜金"的世风里也收获几多鲜花和共鸣，这极大地鼓舞了李天华的创作热情。2020年诗集出版后，他以先前写作的十多篇行旅感悟为基础，开始集中力量写这部散文集。这时候随着手机的普及和更新换代，自媒体已经十分强大和繁荣了，自媒体传播快、辐射面广的优势逐步凸显出来。李天华虽然属于60后作家，但他背对旧媒体的局限和引导，与时俱进，

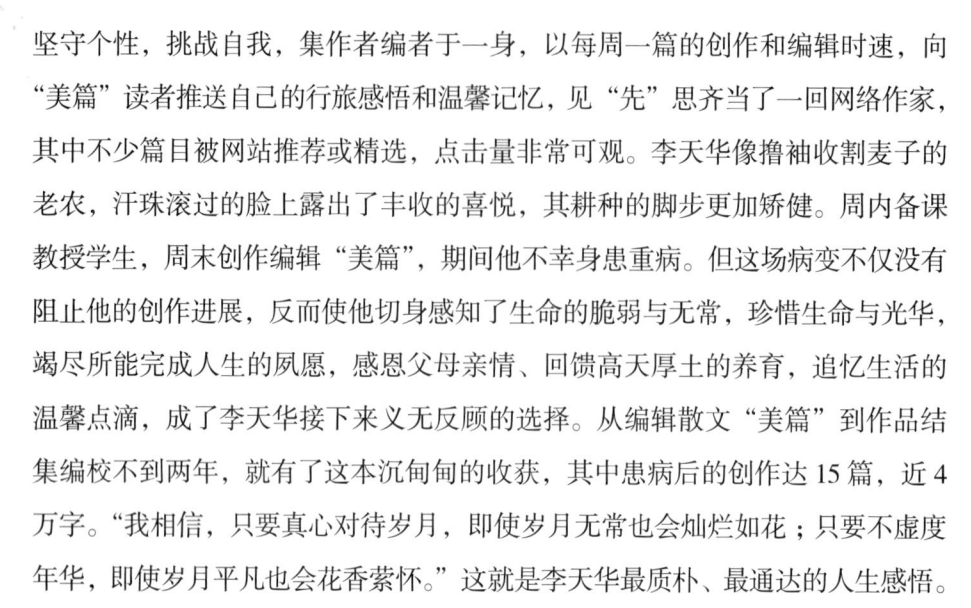

坚守个性，挑战自我，集作者编者于一身，以每周一篇的创作和编辑时速，向"美篇"读者推送自己的行旅感悟和温馨记忆，见"先"思齐当了一回网络作家，其中不少篇目被网站推荐或精选，点击量非常可观。李天华像撸袖收割麦子的老农，汗珠滚过的脸上露出了丰收的喜悦，其耕种的脚步更加矫健。周内备课教授学生，周末创作编辑"美篇"，期间他不幸身患重病。但这场病变不仅没有阻止他的创作进展，反而使他切身感知了生命的脆弱与无常，珍惜生命与光华，竭尽所能完成人生的夙愿，感恩父母亲情、回馈高天厚土的养育，追忆生活的温馨点滴，成了李天华接下来义无反顾的选择。从编辑散文"美篇"到作品结集编校不到两年，就有了这本沉甸甸的收获，其中患病后的创作达15篇，近4万字。"我相信，只要真心对待岁月，即使岁月无常也会灿烂如花；只要不虚度年华，即使岁月平凡也会花香萦怀。"这就是李天华最质朴、最通达的人生感悟。

《开在岁月里的花》共分为五辑，第一辑"最忆是吾乡"，除了宏观综述故乡乐都柳湾、瞿昙寺、松花顶、老鸦峡等名胜的人文地理外，还用细腻的笔墨叙述了凝结自己生活记忆的村口的白杨树和门前的小河，以及县城新建的湿地公园和过连沟瀑布，抒发了"无限风光在险峰，妖娆美景藏幽谷""其实，熟悉处也有美好的风景，就看你是否去探索和发现"，表达了李天华对桑梓的热爱和眷恋之情。第二辑"心随山水远"，是作者行走五湖四海的游记，有登泰山、拜孔庙、游成都、访草堂、上延安、下洛阳、出关东、走海南、进拉萨、逛祁连、游新疆等的见闻心得，走笔虽然有些急促，"一日内历史与现实，圣人与市民，繁华与清幽，都在兴奋的心跳中碰撞交流"，但字里行间不时也有吉光片羽的独特体验。譬如："帝王登泰山，与其说是去封禅，不如说是去自封，是通过盛大的仪式强调自己的君权神授；文人登山，登的是一种胸襟、一种境界""走在承载过亿万足迹的石阶上，脚步有些沉重。我知道，这不是一条普通的石阶，这是通往文化的神圣道路""朝圣是信徒的身心修为，那是对信仰的一种追求和坚守，而观赏是游客的心眼享受，是对真美的一种找寻和体验"。又如："在昆明这片四季如春的神奇土地上，就连那坚硬的石头也长成了繁茂的奇崛的森林""浣花溪畔的茅屋倒了，但杜甫诗歌王国的神殿却建立起来了""桂林的山和水像一对守望相助、举案齐眉的爱人""岩石把黄河撕裂成了瀑布,而瀑布把岩石冲击成了龙槽""黄河在猝不及防的挤压中变成了沸腾的瀑布,而瀑布又在龙槽的腾跃中重生了坚毅的黄河"。举不胜举,这里既有一语中的的人文哲思,也有浮想联翩的诗性感悟。第三辑是"烟火抚凡心",第四辑是"春风入屠苏",前一辑虽然从记写父母亲艰辛生活起笔,后一辑又写了不少节庆文化的变迁,但有明显的自传色彩,因为不是跟着旅行团浮光掠影的游走,而是亲历的刻骨铭心的生活,故写得更细腻、更情真意切,笔者认为这两辑当属该散文集的压卷之作,它复活了我们河湟地区60后、70后人被时尚和新闻遮蔽的青少年生活:偷杏子、炒大豆、挖草药、烧木炭、打灯笼、学骑车、撂麦垛、吃馓饭、接月亮、插杨柳、抖毛毡、贴窗纸等与我们渐行渐远的生活,经李天华的深情回望,又活现在我们的眼前;耕读遇险、带外孙、挖洋芋、割麦子、清明节、冬至祭等文章,又使我们跟着作者真诚地感悟了生死这一从摇篮到墓地,谁也无法回避的人生课题。不仅如此,这两辑通过今昔对比,表达了对过往温馨生活的留恋、对当下现代性生活的隐忧,尤其值得一提的是对童年不堪的生活、少年无知的砍伐、中年敷衍的孝心,以及现代智能科技、当下人情的冷漠等都进行了不同程度的反思与解剖。深居校园净土的李天华并不是看什么都是美的,也有忧患,其真诚与善良跃然纸上。第五辑"花木竞芳菲",以生活积淀为经,以诗词储备为纬,对春柳、春花、夏荷、夏草、秋菊、秋叶、冬雪、野鸭等进行了拟人化描述和文化性赏析,不少篇章写得颇有特色,譬如《柳树》:"有的柳树如风情万种的少妇,摇曳着长发及腰的婀娜姿态;有的柳树似亭亭玉立的少女,炫耀着马尾巴活泼的秀色;有的柳树像是西洋美女,翻滚着卷发的绿色波浪。信步行走,那一街的秀美柳树,飘飘拂拂,牵牵挂挂,妩媚了鳞次栉比的高楼,妩媚了车流滚滚的街道,也妩媚了清澈明丽的眼眸"。又如《雨的韵味》:"连绵不断的秋雨淋湿了草木,暴涨了河水,无尽的雨水让人心里发慌。其实,秋天的雨自己也发慌,面对即将到来的冬天,秋雨已经冷得瑟瑟发抖,落在脸上冰凉冰凉的,她急于落下来是想借助夏季最后的余温取暖,还能保持流水的样子,不然就要冷凝成固态的雪花了"。再如《菊花》:"在信息化和职能化无处不在的时代,即使穷乡僻壤也很难真正做到两耳不闻窗外事，也无法归隐乡野，逍遥自在了。但菊花会堂而皇之地走进城市的每个角落，也会依然绽放在南山下，而只有一颗纷乱的心却在乡村与城市的边缘流浪"。这些举一反三的排比、设身处地的拟人化想象和文化性解读，给平凡的生活和生命增添了诗性和魅力。

《开在岁月里的花》从价值取向和写作风格上品鉴，属于纪实的生活散文。当代散文面向众多：文化散文、女性散文、艺术散文、小女人散文、闲适散文、学者散文、复调散文、大散文、媒体散文、经济散文、生态散文等不一而足。笔者根据个人理解，粗略归纳为三类：第一类是审智的文化散文，以历史人文为写作材料，思接千年、笔走八荒，以精确性、严密性为特征，认为文学是思想的艺术，致力社会和人生思考的形而上散文；第二类是审美的诗化散文，以花鸟虫草、山川河流等自然物象为描摹对象，追求"诗性"和"意境"，注重辞藻和细节，注重文学是语言的艺术，行文古典隐晦，藏情志于万象之间的锦绣文章；第三类是纪实的生活散文，以作者生命轨迹为记写对象，强调"形散神聚"和"真情实感"，以闲适性、通俗性和亲情性为走向的形而下散文。从上文笔者对《开在岁月里的花》结构和内容介绍中，我们可以清晰地感知李天华的散文属于纪实的生活散文。尽管"最忆是吾乡"有历史人文的涉猎，"花木竞芳菲"和"心随山水远"也写到了花鸟虫草、山川河流，但它们依然围绕作者的生命轨迹这个中轴谋篇布局，穿插了不少个人故事，一如既往地凸显了"闲适性、通俗性和亲情性"的特点。

李天华是革故鼎新后接受新时期人教版语文教材并长期传授新时期人教版语文教材的教师作家，故其写作极大地受到了秦牧、刘白羽、杨朔等当代散文三大家的影响，或者说他的散文写作受旧散文观"文学的轻骑兵"论、"形散神聚"论、"真情实感"论的影响比梁向阳归纳的新散文观"现代性""自由性""真实性"大，但他既没有加入高调的"集体抒情"合唱团，也没有误入唯美的"为艺术而艺术"的藕花深处，所写均为情动于中的"为人生而艺术"的作品。李天华在省垣进修期间虽然曾受教于青海教院"安徽四才子"，但其创作终究未能步入鲍鹏山具有现代性视野的审智的文化散文一路，"人生的帆船总是被命运的风雨吹打着驶向不可预测的大海",一个人的散文创作也概莫能外,每一个人都有命定的行文和运思方式。

笔者认为,如果审智的文化散文是写给知识人的散文,审美的诗化散文是写给有一定美学基础的读者的散文,那么纪实的生活散文则是写给大众的散文。尽管李天华从来没标榜过"人民至上"或"为人民写作",但因其创作浅显易懂、情真意切,不像有些"能指"过剩的诗化散文那样隐晦深涩,也不像有些"掉书袋"失去节制的文化散文那样一味卖弄学问,故一定会受到"人民"的喜欢,其"美篇"多次被推送被精选并有可观的点击量就是明证,相信结集出版后的散文集,也会有不少知音,是为序。

作者简介:郭守先,字苏墨,号西海剑客。现为中国文艺评论家协会会员、青海省文艺评论家协会理事、内蒙古民族文化艺术研究院研究员、青海省税务学会副秘书长。著有诗集《天堂之外》、文集《税旅人文》、评论集《士人脉象》、随笔集《鲁院日记》、文论专著《剑胆诗魂》等。作品曾获第四届青海青年文学奖、第三届全国专家博客笔会优秀奖、第二届青海文艺评论奖等。作品散见《文艺报》《文学自由谈》等,作品入选《新中国建立60周年青海文学作品选》《开创文艺评论新风——第六届中国文联中青年文艺评论家高级研修班论文集》等。

自序

开在岁月里的花

　　一晃之间,我已经度过了五十多个春秋,迈入了知命人生的沧桑岁月。时光如梭,岁月如歌,常常是人们回首往事时深情的感慨和赞美。走过的岁月犹如时间的老屋,既遗留了许多岁月的痕迹,又镌刻了许多时光的荣耀。过去行走时,我不知道要经历岁月的哪些风雨,收获岁月的哪些花香,只是按照人生的宿命往前走,日子在不知不觉中流逝,岁月在糊里糊涂中累积,来不及观看人生旅途的风景,也没心思品味日常生活的意义。

　　当时光染白了黝黑的鬓发,遗失的日子累积成人生的经验,在岁月的老屋我开始捡拾生活的记忆,在断断续续的记忆中抚摸那些如鲜花一样绽放在心灵深处的往事。人生漫漫,岁月悠悠。虽然走过的道路很平常,经历的人生很平凡,但是岁月的老屋里仍有许多绽放的鲜花,芬芳着人生的旅途,温暖着柔软的心灵。

　　我把心思投向过去的时光,那些镌刻在记忆深处的一切美好都像鲜花一样灿烂绽放。于是,我在岁月的老屋找寻那些遗失的花瓣,找寻那些温情的往事,找寻那些熨帖的情感。然后,用温情的文字连缀成一朵朵素雅的花,芬芳在精神世界里。不管是平凡岁月,还是快乐时光,每个人都会拥有真善美的幸福,都会拥有春华秋实的幸福。只要有一缕爱的阳光,就会尽享春暖花开的岁月美好!

　　我带着一份虔诚的心去触摸岁月的门楣,感恩岁月留给我的宝贵财富。因为岁月是我生活的跫音,是我人生的见证,是我心灵的慰藉。岁月的每一缕阳光组成了我的快乐,岁月的每一丝雨滴组成了我的忧伤,岁月的每一个日子组成了我的人生。某种意义上说，岁月就是我，我就是岁月，捡拾岁月就是捡拾自己的人生，梳理岁月就是梳理自己的生活，品味岁月就是品味自己的心灵。我不奢求岁月里到处都是花红叶绿，也不奢望岁月里每天都是欢歌笑语，只希望在岁月的风风雨雨里有一些花依然绽放，有一些阳光仍然照拂，有一些幸福如愿降临。在知命的时光里，忘记岁月的所有不如意，感恩岁月的所有美好，人生的旅途也就有了许多值得铭记的风景。

散文是记录生活真实的重要文学体裁，也是表达心灵真实最好的文学样式。我愿意用散文的真实性记录自己的过往，盘点自己的岁月，梳理自己的心灵。所谓文学写作，所写的内容大都是已经发生过的事情，抒写的情感大多是曾经遭遇过的忧乐。散文的写作更注重对过去岁月的真实记录和真情抒写。在"形散而神不散"的写作原则下，我的散文写作不着意追求结构的精巧，不刻意涉猎题材的新颖，不有意营造修辞的精妙，不特意讲究词语的奇崛，只想用平常的心去回顾平常的岁月，用真实的思维去思考曾经的岁月，用真切的情感去品味过去的岁月，用朴实的语言去记述温暖的岁月。希望自己的散文有岁月的温度，有岁月的深度，有岁月的舒适度。我只想用自己的散文写作给自己的岁月有一个真实的表达，有一个温暖的交代，有一个虔诚的感恩。我发现，自己的岁月虽然很平凡，但仍有花开；虽然很琐碎，但仍有芳香；虽然很单调，但仍有色彩。不负岁月不负心，人生就少了一些遗憾，就多了一些温暖。

面对纷乱而模糊的岁月，我想起在引胜河边生活的岁月，家乡的一草一木、一山一水都在温暖的记忆中化为一缕缕永不消散的乡愁，绽放在心灵深处；我想起在湟水河畔奔波的岁月，乐都的地理山水、人文历史都在踏实的探索中化为一个个永不停歇的音符，跃动在记忆深处；我也想起黄河长江两岸旅行的岁月，中国的美丽山河、丰盈人文在快乐的行走中化为一幅幅永不褪色的图画，定格在眼眸之中。还有一株株情态各异的植物，一个个风俗不同的节日，一件件情节不一的琐事，都在岁月的眉头绽放出鲜活的花朵，洋溢着馥郁的芳香。

沧桑的岁月里有我迷茫的眼神，有奋斗的汗水，有快乐的笑容，有忧愁的泪花，有成功的喜悦，有失败的悲伤。我知道，时间建造了我的岁月屋舍，逐渐苍老的屋舍见证着我的岁月沧桑。漫长的岁月容纳了我的一切，也成就了我的一切。我在岁月里成长，在岁月里成熟，在岁月里欢笑，在岁月里忧伤。所有的柴米油盐化成了岁月的炊烟，所有的喜怒哀乐凝结成岁月的味精。虽然岁月的屋舍逐渐会变成废墟，但是废墟上依然有花开花谢，欢声笑语。

现在，我把曾经在岁月里绽放的生活鲜花用爱的笔触激活起来，插在真善美的瓷罐里，观赏花开的颜色，嗅闻花开的芳香，聆听花开的声音，那些曾经的岁月又鲜亮起来，往事又鲜活起来。

岁月缱绻，葳蕤生香。我相信，只要真心对待岁月，即使岁月无常也会灿烂如花；只要不虚度年华，即使岁月平凡也会花香盈怀。但愿我的岁月花开，能唤起你岁月里的馨香万千。

目 录 Contents

最忆是吾乡

时光流转里的乐都印象　　　　　　　003
乐都曾经的文化记忆　　　　　　　　010
柳湾彩陶，丰盈的史前文明　　　　　017
老鸦峡，险峻的破羌雄关　　　　　　022
裙子山，壮美的南凉靠山　　　　　　026
南大山，雄壮的鄯州屏障　　　　　　030
老爷山，迷蒙的湟川桑烟　　　　　　034
瞿昙寺，厚重的明朝背影　　　　　　038
凤凰山，兴盛的碾伯文脉　　　　　　042
冰沟奇峰秋韵　　　　　　　　　　　046
仙境松花顶　　　　　　　　　　　　050
过连沟瀑布　　　　　　　　　　　　054
三河湿地公园的山水图画　　　　　　058
故乡的河　　　　　　　　　　　　　062
家乡的山　　　　　　　　　　　　　066
村口的白杨树　　　　　　　　　　　070

心随山水远

青海湖的四季风韵	075
晶莹如镜的盐湖	078
天神后花园年宝玉则	081
祁连卓尔山的美丽画卷	085
德令哈的夜晚	088
坎布拉的丹山碧水	090
登泰山	093
拜谒曲阜孔庙	096
泉水滋润的济南	099
张家界的山	102
诗意黄鹤楼	105
行游南京	108
西湖的烟雨	111
奇秀黄山	114
穿行在昆明石林	117
黄果树瀑布	119
成都之行	122
杜甫草堂的风	125
水灵九寨沟	128
壶口瀑布	131
延安之旅	134
行走洛阳	137
桂林的风情山水	140
天涯海角的海韵椰风	143

疾走东三省　　　　　　　　　146
雪域圣地拉萨　　　　　　　　150
西藏的神山圣水　　　　　　　153
走马河西走廊　　　　　　　　156
穿越新疆半月行　　　　　　　161
上海行旅　　　　　　　　　　176

烟火抚凡心

当过兵的父亲　　　　　　　　185
母爱的琴弦　　　　　　　　　188
耕读相悦的青葱岁月　　　　　191
烂漫的少年时光　　　　　　　195
湟水河畔的师范生活　　　　　199
山乡的月光　　　　　　　　　205
自行车飞驶的日子　　　　　　209
西宁进修的愉悦时光　　　　　213
凤凰山下的六中记忆　　　　　219
离开讲台的年月　　　　　　　226
火盆火炉里的温暖岁月　　　　230
冬日暖阳中的幸福享受　　　　235
春种秋收中的乡土味道　　　　238
麦垛的温馨乡愁　　　　　　　242
洋芋的不了情结　　　　　　　246
带外孙的忧乐　　　　　　　　251
城市的双色面孔　　　　　　　257
智能手机迷乱的年代　　　　　260

乡土的情怀	264
窗前的风景	267
火车上的旅途	271

春风入屠苏

灯笼里的温馨年味	277
清新小年	281
温馨除夕	286
春节拜年	290
热闹元宵节	295
社火闹春	300
龙腾二月二	305
怀远清明节	308
馨香端午节	312
月圆中秋节	315
登高重阳节	319
豆香腊八节	322
冬至祭	325

花木竞芳菲

春天的颜色	333
夏日的激情	336
秋叶的风韵	339
冬雪的情味	343
嫣红的桃花	346

莹白的梨花	349
粉嫩的杏花	352
愁心绾结的丁香花	355
亭亭玉立的莲花	358
国色天香的牡丹	362
蓝幽幽的马莲花	367
浪漫飞翔的蒲公英	370
香气四溢的沙枣花	373
攀缘向上的牵牛花	376
黄灿灿的油菜花	379
向阳而生的向日葵	382
凌霜傲立的菊花	386
婀娜多姿的柳树	390
雨的韵味	394
果实的香味	398
梨叶的秋韵	402
自在游弋的野鸭	405
草木的荣枯	409
后记	413

最忆是吾乡

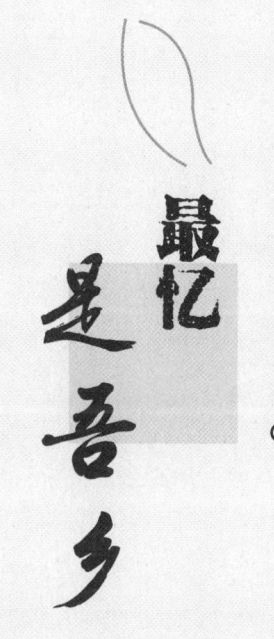

小时候的岁月在故乡的小河里流淌，家乡的风韵在岁月的老屋里绽放甜美的乡愁。历史的风铃摇响了家乡动听的乐音，山水的图画映照着家乡绚丽的色彩，乡亲的笑容唤醒了家乡袅娜的炊烟。

时光流转里的乐都印象

乐都作为河湟谷地的重镇,在历史的舞台上演绎过许多辉煌的传奇。从魏晋时期的南凉古都到新崛起的海东市府,乐都所在的湟水河两岸经历了翻天覆地的变化。重要的地理位置,舒适的宜居环境,悠久的历史渊源,深厚的文化底蕴,兴盛的教育传承,赋予了乐都物华天宝"高原小江南"的美誉。作为土生土长的乐都人,我对乐都天然地怀有一份渗透进骨子里的熟稔、热爱和敬重的情感,尤其是对区政府所在地碾伯镇城区更有一种亲切的感触和依恋之情。

1984年10月,当我离开李家台村进入乐都师范开始学习时,乐都县城就与我的生活和人生结下了不解之缘。1990年把家安在县城的乐都商场,我就地地道道地成了县城的一份子,拥有了"城里人"的身份,一晃就在县城生活了二十多年。但对乐都县城的真切感受则是1997年青海教育学院本科进修毕业分配到乐都六中,自己的工作和生活都融进了县城,每天都能感受到小县城的发展变化。尤其是2013年,乐都撤县设区,成为海东市行政中心,我更加深切地感受到乐都地理、历史、文化、教育等方面的重要地位和价值,对乐都城区逐渐壮大的城市风骨有了更真切的感知。

领略乐都的全貌,城北的蚂蚁山是天然的观景台。登上蚂蚁山可以尽览县城东南西北的山水,远眺南北相望的缥缈雪峰,遥望东西相拥的险峻峡谷,注目中贯城区的湟水河流,俯瞰日新月异的河湟古都,品味高楼大厦里的田园记忆。一山览全景,双眼望全城,蚂蚁山为乐都提供了一个最佳的观景窗口。对乐都人来说,登上蚂蚁山观景绝对是一次心旷神怡的心灵享受,也是一次感悟乡愁记忆的时光旅行。

蚂蚁山是一座上天赐予乐都城区的福山，它背依着绵延的达坂山脉，独然成峰，卓尔不群，端居在县城的北方，镇守着城区的繁华与美好。虽然蚂蚁山的叫法带有乡野的质朴，但是凤凰山的雅称却给予了这座山厚重的文化期待。曾经享誉河湟的清代凤山书院就得益于这座凤凰山的雅称，涵养了乐都县在河湟地区享誉文化县的尊崇地位。明清时期，河湟地区教育文化开始兴盛的时候，从凤山书院走出的拔贡谢善述创作的章回体小说《梦幻记》开创了青海传统小说的先河，吴栻创作的诗歌《青海骏马行》及《碾伯八景》闪耀着边塞诗的雄浑风骨。现在安卧在凤凰山下的海东市一中（原乐都一中）、海东市凤山中心（原乐都六中）、乐都区古城大街小学（原城镇学校）等中小学教育薪火相传，培育英才，在新的时代创造了乐都新的教育辉煌。

2013年前的蚂蚁山树木稀少，红砂裸露，前山耸立着八宝塔，塔前有一条羊肠小道。后山有一个简陋的楼阁，显得荒凉。现在，在蚂蚁山后山楼阁的原址上修建了雄壮的五层朝阳阁，飞檐斗拱，凌空耸立，与前山高耸的八宝塔遥相呼应，形成了前塔后阁的壮美人文景观。前山和后山修建了木栈道和舒缓的石阶，种植了景观树，装置了景观灯，滋润了凤凰山俊美的身姿。旧貌换新颜，更加突出了蚂蚁山一山览全城的区位优势。登山观风景的游人络绎不绝，站在宝塔前或朝阳阁下，观看乐都的今昔变化，感慨乐都的沧海桑田。

近观蚂蚁山下，处处显示着城镇化建造城市森林的城乡蝶变。2013年前，蚂蚁山脚下的南面和西面是北门村、邓家庄、大古城等村庄的屋舍和田地。阡陌交通，屋舍俨然，一派郊野风光。在早晨的阳光下，稀疏的村落间飘拂着团团青色的炊烟，阡陌纵横的田野里鼓起着点点白色的塑料棚。翠绿的蔬菜和零星的小麦孕育着郊野的乡愁，婆娑的榆柳和错落的屋舍守护着田园的安闲。那个时候，县城街道的新鲜蔬菜大多来自北门、邓家庄、大古城前后庄、杨家门、下李家等安享在蚂蚁山东西北三面山脚下村庄的肥沃田野中，乐都成为蔬菜之乡就得益于这些村庄丰富而鲜美的蔬菜。现在，这些村庄都于2013年撤县设区时征用，农舍全部拆除，田地全部平整，蔬菜庄稼失去了生长的家园。经过近十年的城市化建设，这些村落竖起了几百幢高楼，密如森林，高可摩天。在西南面的楼群中镶嵌了大地湾、西沙沟、碧水园等湿地公园，碧波荡漾的人工湖倒映着林立的高楼，枝叶茂盛的景观树映绿了宽阔的沥青路。

蚂蚁山西北面是绵延的飞崌红崖。如百褶红裙一样秀美的裙子山见证了乐都最为厚重的一段历史。魏晋时期，秀丽而雄壮的裙子山下演绎了秃发三兄弟驰骋河湟建立南凉的历史风云，乐都尊享了一份南凉古都的历史荣耀。沧海桑田，裙子山下在20世纪90年代是一片宽阔平坦的陌陌田野，安居乐业的村庄里找不到南凉曾经的历史遗迹。现在村庄搬迁了，平整的田地里修建了南凉公园，塑造了秃发三兄弟的一组铜雕，安放了一面象背云鼓，似乎在唤醒南凉那一抹金戈铁马的历史记忆。而蚂蚁山东面的柴油机厂旧址上建起了新都花园小区，杨家门、下李家村的田野里竖起了海东市第二人民医院的高楼。潺潺流淌的引胜河东岸还有一抹乡野的炊烟，徐家沙沟、王家等村庄还氤氲着吴栻描述的碾伯八景之一东溪春色的明媚，上下寨村的百年梨树飘拂着软儿梨如美酒一样的醇香。

从蚂蚁山远观，乐都又是一幅壮阔的山水图景。清晨朝阳初升时，霞光普照，云烟升腾，东面的老鸦峡和西面的大峡隐去了狭窄的峡口，南北两面的山麓交错相拥，形成了一个圆硕的巨型盆地，而高楼林立的城区像一艘巨型的航母停泊在湟水河富饶的河岸边，演绎着乐都的沧桑历史和璀璨文化。

老鸦峡是乐都的东大门，峡谷深长，山峰高耸，河流湍急，曾经是人迹罕至的峡谷。但峡口的地势开阔平坦，湟水河在这儿舒缓地回旋流淌，缠绕着矗立千年的鲁班亭，回望着曾经流过的平坦而多情的乐都盆地。然后，一头扎进险峻的老鸦峡峡谷，流向遥远的东方。在湟水河深情眷顾的老鸦、柳湾这两处湟水河北岸的黄土台地，曾经孕育了乐都最丰厚的悠久历史和灿烂文化。

适于柳树葱茏生长的肥沃河湾，也适于四千多年前的羌族先民居住。虽然西迁的羌族身影消失在风云变幻的历史里，但是他们朴实的生活却印记在三万多件色彩斑斓的彩陶里。这些新旧石器时代的柳湾彩陶作为乐都最悠久也最灿烂的文化滥觞，奠定了乐都文化大县的文化根基。

紧邻柳湾的老鸦村则是第一个见证乐都标注在西汉历史图册上的遥远村落。公元前60年设立的破羌县城远去的历史身影见证了赵充国在乐都湟水边的开边功绩和赵宽在乐都地区的教化伟业。红日东升，乐都的历史和文化从乐都盆地东面的老鸦和柳湾两个村落开启了悠远而宽敞的文明窗口，为乐都照进了一束束久远而灿烂的历史和文化辉光。

大峡是一路向西的重要通道，坚硬的岩石，高峻的山峰，狭窄的峡口，湍急的河流，显示着大峡的威严和壮丽。极目远望，金鼎水泥厂浓浓的灰色烟雾遮蔽了大峡的危崖巉岩，而大峡西面的高店镇则用肥沃的田地滋养着"青海大蒜之乡"的富饶。

湟水河南北两岸的山脉，纵横交错，沟壑纵深，如两条坚实有力的臂膀拥揽着乐都。南北两山中最大的两个峡谷仓家峡和盛家峡中高耸的松花顶和花抱山，以海拔四千多米的高度耸立成了犹如银屏一样缥缈的晶莹雪峰。它们脚下潺潺流淌的引胜河和瞿昙河用清澈的溪水滋养了峡谷的肥沃土壤，滋养了茂密而妖娆的原始森林，也滋养了神秘而浓厚的宗教文化。始建于1392年的瞿昙寺安居在瞿昙河西岸，宫殿式的汉藏文化融合的雄壮古刹静享了北京小故宫的建筑荣耀，为乐都历史文化图册谱写了厚重而鲜活的宗教文化篇章，也为乐都六月十五的田野增添了少年的悠扬。而笼罩着北宋道教云烟的武当山雄踞在引胜河东岸，高耸的道观和险峻的崖壁，演绎着人文与地理最和谐的神话，为乐都四月八的山川唱响了花儿的柔情。

百川归海，自南北两个方向潺潺而来的瞿昙河和引胜河在碾伯水磨营处与西流而来的湟水河深情相拥，合流在一起浩荡地奔向东方。在三条河流交汇的地方形成了三河六岸各妖娆的壮观格局。现在，海东市依托三条河相会的地理因缘，建造了三河六岸湿地公园。湟水河南岸的南湖引进瞿昙河清澈的河水，泛起了层层涟漪，映照出五月晶莹的南山积雪。北岸的北湖引进引胜河清澈的河水形成了飞瀑千重叠的连体湖。湖中小岛上耸立着华美的湖心亭，静观着碧波荡漾间嬉戏的野鸭，遥望着如富士山一样的松花顶雪峰。从东大桥到水磨营大桥，湟水河形成了一个蜿蜒的大"S"形，南北两湖如同两块碧绿的翡翠镶嵌在金涛滚滚的湟水河拐弯处。从高处俯瞰，南北两湖与湟水河形成了一幅壮观的太极图，为乐都城区增添了一抹妖娆多姿的湖光山色图景。

引胜河是乐都地区湟水河最大的一条支流，湍急的河流冲击而成的引胜沟谷，形成了乐都区政府所在地碾伯镇。这片肥沃的地方曾经给乐都的名称留下了遥远的历史印记。据记载，乐都最早的称呼就源于引胜沟谷的羌语称呼"落都"，后来雅化为乐都，见于魏晋南北朝时乐都郡的历史典籍中。从此，这片美丽而富饶的土地成为乐居之都，成为河湟谷地富有江南风韵的富庶古都。

行走在乐都城区的街道，犹如行走在逐渐繁茂的高楼森林里。在艰涩的沥青水泥气味中，找寻斑驳光影照拂下小城的成长足迹，感受车水马龙喧嚣中乐都的快乐心跳，又是另一番惬意的小城情味。

20世纪80年代三年的师范学习生活，让我的青年时光留在了县城的南郊区。那时，湟水河南岸还是一片妖娆的田野风光。上下教场村的陌陌农田和错落屋舍，氤氲着湟水谷地浓郁的稼穑记忆。只有刚修建起来的乐都师范和水电局等几个单位的多层楼房，孤独地遥望着湟水河北岸繁华热闹的小城模样。师范生的校园生活常常伴着熟悉的鸡鸣犬吠的声音和苗绿穗黄的色彩。我们在节假日，和同学结伴穿过湟水河南岸教场村的田间小路到县城中心的新乐商店逛逛商店，在桥北路两边的小饭馆吃吃面片，在灯光球场看看篮球赛，在乐都影剧院看看电影，在文化馆翻翻杂志，以一位带着浓厚乡野气息的乡里娃初进城市的兴奋与惊喜，尽情感悟和享受乐都这座小县城的时尚生活。而那个只有十几座五六层楼房的小县城，我们只用1个多小时的时间就游逛完了。街道上鳞次栉比的红砖楼房烙印着那个时代质朴的暖色调。街道深处稀疏错落的关帝庙、西来寺、城隍庙、火神庙瑟缩着破旧的样貌，低吟着岁月的沧桑。广场上并排端居的乐都影剧院、文化馆、灯光球场高扬着艺术的身姿，演绎着时代的文化故事。

20世纪90年代时，从东面的东门巷到西面的西门桥，从湟水河的北岸到县委后花园，仍是县城狭小的城区，狭窄的街道和低矮的楼房，组成了90年代乐都的小城骨架。浓郁的榆柳掩映着稀疏错落的楼房，周边的绿色田野给小城镶上了绿色的裙边。湟水河隐没在田野林翳间，犹如一条金色的丝带缭绕在小城的胸膛上。高低起伏的南山青黛郁郁，最高峰花抱山的雪峰莹光闪闪，宛如银色的屏障，耸立在层峦叠嶂间。现在，城区的湟水河两岸密密麻麻地竖起了一幢幢高楼，七里店、教场、大地湾等村的农舍夷为平地，全都建起了高楼。乐都城区在东西南北四个方向不断延展，高楼几乎与蚂蚁山比肩。

城区最繁华的地方是前街的新乐大街十字，是商业经济最发达的地方。新建的地下商城成为乐都商业繁荣的核心区。前街的新乐商场、乐都商场、购物中心、信用社端居在十字路的四个路口，上演着乐都最繁华的经贸故事。新乐商场后面的柴油机厂家属院和信用社后面的氮肥厂拆除了红砖裸露的破旧楼房，建起了崭新的住宅楼。邮政局西侧的二水市场拆除后修建了鸿瑞双子楼，将百货小商铺搬进了华丽的大商场。购物中心西侧的饮食城也建起了高楼。乐都商场东面的火巷子依然是乐都城区最具烟火气的街巷，狭窄的街巷里飘拂着牛羊肉的腥香，飘拂着小商贩的吆喝声，飘拂着清真寺的诵经声。

后街的古城大街是乐都的政治文化和教育中心。灯光球场、乐都影剧院、文化馆曾经演绎过乐都在20世纪八九十年代最浪漫的电影、篮球、文化故事。广场东面的八卦牌坊在银都大厦的威压下还坚守着关帝庙六百多年的香火。乐都六中传承了建于1841年凤山书院的教育薪火，在狭窄的空间里吟咏了初高中教育的弦歌。六中校园东南街道边安卧着一座建于明万历年间古色古香的西来寺，在闹市中低调地打坐，守护着明代的二十四幅水陆画。广场西面是县委县政府，低矮的铁栅栏坦荡着政权的威严与开放。县委西侧通向北面的幽深巷道尽头是乐都一中，建于1930年的青海乐都中学掩映在翠柏绿柳之中，放飞着乐都学子最美好的高考梦想，现在上划为海东市第一中学。再往西，文庙和城隍庙在不断的扩建和修复之中延续着旺盛的香火。南门台、西门桥、东门巷、北门、大古城等名称留存在城区的地名中，低吟着明清时期碾伯县的古城跫音。乐都一中校园北面的一段土城墙，坚守着碾伯古城曾经的古朴模样。

海东撤区设市，市府设在乐都，乐都城区迎来了城市化发展的高速时期，城区向东西延伸，曾经的郊区成为了新的城区。向西已经扩展到了雨润镇汉庄，五二厂周边建起了安置房，大地湾村建起了凤凰新城小区。以唐道为中心的商业圈正在西大桥北岸如火如荼地打造，期待出现新的吃住玩乐为一体的经济中心。青海省高等职业学院落户七里店，成为乐都城区最高的学府。海东体育场和河湟文化博物馆给乐都城区增添了体育和文化的新乐章。七里店的黄河灯阵仍保留着两亩田地，以三官庙为主体的寺庙越修越壮观，黄河灯阵虽然在正月十五的夜空里璀璨绽放，但隐没在高楼的光影下，失去了过去古朴原始的韵味。

湟水河南岸东面的教场现在都竖起了高楼，乐都师范完成了培养中等师范生的历史使命，转轨为普通高中，上划到海东市成为海东第四中学。乐都师范北面的乐都职业学校合并到青海高等职业学院，宽敞的校园升格为海东市政府。师范东面的第四地质队场院修建了一个人工湖，就是三河湿地公园的南湖。随着城区的扩展，道路四通八达，广场公园妖娆多姿，街道整洁亮丽，现代的时尚都市正在湟水河岸畔华丽现身。

现在，最惬意的是茶余饭后漫步在乐都城区的湟水河两岸。这条中贯乐都城区的湟水河犹如乐都城区灵动的大动脉，滋润了湟水河两岸肥沃的土壤。曾经滋润过"闾阎相望，桑麻翳野"陇右富庶的母亲河，也滋润着河湟古都乐都的城市风韵。从河湾大桥到水磨营大桥的湟水河岸畔，修筑了堤坝，架设了桥梁，铺设了木栈道，安装了大理石栏杆，装置了景观灯。白天，野鸭灵动了湟水河的容颜；夜晚，灯光璀璨了湟水河的身姿。晨光晚霞氤氲了湟水河的诗意，也氤氲了乐都人的一份小城浪漫。

作为海东市府的乐都，是一幅绚丽的山水图画，是一抹灿烂的文化记忆，是一部厚重的历史书册，是一首辉煌的教育弦歌，是一列奋进的时代列车。不论时光如何转换，也不论历史如何沧桑，对于生于乐都、长于乐都、终老于乐都的我来说，乐都永远是最舒适的一方乡土，最深情的一曲乡音，最妖娆的一幅乡韵，最温暖的一抹乡愁。

乐都曾经的文化记忆

岁月如歌，每一个时代都会演绎时代的旋律，留下时代的印记。作为新时代海东市府的乐都，城镇化建设如火如荼，四通八达的交通，高楼林立的城区，升级换代的场馆，碧波荡漾的人工湖，扮靓了乐都现代化城市的美丽容颜。行走在经历沧桑巨变的乐都城区，伫立在焕然一新的中心广场，在感叹今非昔比的同时，不禁想起20世纪八九十年代乐都广场那些曾经的文化建筑，想起那些曾经的文化故事。

我的记忆里，乐都城区中心的广场虽然有点狭小，有点破旧，但是文化的流风神韵却很浓厚，影剧院、文化馆、灯光球场像乐都文化的三剑客耸立在广场的北面，演绎着最为生动的文化故事。人们在那儿看电影，看文艺表演，看篮球比赛，看报刊书籍，看书画展览，在共同的文化享受中，一起浸润着文化县深厚的文化底蕴，一起脉动着文化县鲜活的文化梦想。各种文化艺术的气息充盈在那三座风格各异的建筑中，温暖了乐都人的文化记忆。

现在，那些过去端居在乐都城区中心的影剧院、文化馆、灯光球场夷为平地，已经浓缩为中心广场的一个百姓大舞台，时不时上演一两场歌舞表演，大部分时间就像一个失落的文化遗存，空洞冷清，诉说着智能化时代传统文化异化之后的无奈和哀伤。

影剧院，一架演奏时代旋律的钢琴

建于1979年的乐都影剧院是广场上修建得最为气派的一座建筑，犹如一架演奏着时代旋律的钢琴,具有浓郁的文化气息。它端居在文化馆和灯光球场的中间,坐北向南,高扬着门额和头颅,直视着湟水河南岸的群山。乳黄色的墙面,柔和淡雅。门厅的上方是一个宽大的网格式图案和两列镂花的小窗户,简约典雅。两边各有三扇装有玻璃的窗户,东面一楼的窗户是售票口。门厅前有十个柱子支撑起了一块楼板,供人们在下雨天避雨,炎热时遮阳。远看影剧院的外观就给人一种建筑样式典雅、艺术气息浓厚的俊朗模样。东面是环形的露天灯光球场,西面是豆腐块式的文化馆四层楼,它们就像影剧院最友好的两个兄弟,紧紧依偎在电影院的东西两旁,一起演绎着乐都县最鲜活的文化故事。

影剧院里看电影,看文艺表演,曾经是最浪漫的文艺享受。那时,有流行的电影演出,电影院门口就人头攒动,买票的观众挤满了售票的窗口。没有电视、电脑和手机的时代,只有走进电影院才能看到电影演绎的视听盛宴。人们进入电影院看电影既是一种浪漫的艺术享受,又是一种奢侈的文化活动。在售票口买上一张印有第几排第几座的只有一个指头大小的电影票,就像拥有了一个通向电影圣殿的通行证,激动而喜悦。虽然乡村里有露天电影,但是没有电影院里的舒适和音响效果。

拿着电影票在门厅检过票,进入东西两个小门,就进入了电影院的放映大厅。放映大厅高大宽敞,能容纳三四千人,地面由南到北缓缓倾斜,安放了一排排相连的凳子,纵横交错,整齐有序。最北面是一个舞台,舞台上拉起了一个长长的白色银幕,比露天电影的银幕要宽大得多。舞台的东西两面墙上架着两个大音箱,声音有浑厚的立体感,比露天电影大喇叭发出的声音悦耳动听。按照座位号找到自己的座位坐下来,就可以一边嗑着瓜子,一边静等电影开演。坐凳是硬木板做成的,结实耐用,落座时可以放下来,离座时自动弹起来。虽然坐着有点生硬,但比起露天电影时站着看电影舒服多了。

电影开演了,屋顶的灯陆续熄灭,沉重的黑暗笼罩着整个影院。不一会儿,北面墙上的窗口里映射出一束白色的光,由小到大地扩散开来,照在宽大的银幕上,化为灵动而丰富的人物影像,喧闹的影院顿时安静下来。观众一起用眼睛追逐银幕上千变万化的图像,一起用耳朵聆听音箱里抑扬顿挫的声音。《秋菊打官司》中秋菊挺着大肚子讨要说法的执着神情，《霸王别姬》中霸王项羽凄婉悲壮的生死别离，《阳光灿烂的日子》里马小军追求爱情的青春冲动，《甜蜜蜜》中黎明和张曼玉演绎的香港爱情，都从影剧院的银幕上进入了我们的心灵。武打片的激烈洒脱，枪战片的紧张刺激，爱情片的缠绵悱恻，生活片的朴实亲切，时常会温暖那段没有手机的闲暇时光。

电影结束，从两边的通道拥向东西两个小门，走出影剧院，广场上灯光迷离，人影移动。一边回味着电影里的虚拟生活，一边感叹着身边的现实人生，心有所虑地走过广场，心神不定地走进家门。

影剧院最为热闹的时候是90年代，影剧院要演出来自天南海北歌舞团的表演。那时流行歌舞团走穴表演，走南闯北的小型歌舞团流动到县城，借用影剧院的舞台进行摇滚等歌舞表演，是小县城最热辣的歌舞记忆。尤其是在暑假期间，歌舞团来得多，电影院门口往往聚集了很多人。歌舞团的演员在电影院门前大声地播放流行音乐，夸张地蹦跳热辣舞蹈，吸引人们进影剧院观看流行歌舞。虽然票价不菲，但是架不住诱惑，还是会买上一两张票，走进影剧院看歌舞表演。影剧院舞台上的白色银幕收去了，红色帷幕拉开了。灯光闪烁迷离，舞姿优美曼妙，歌声激越高昂，一种比电影更真实的文艺视听盛宴在影剧院的舞台上展现。虽然说不上什么高雅，但是却很文艺、很时尚。甜美的歌声和火辣的舞姿给偏远的高原小城带来了一股时尚的艺术旋风，带来了一段新奇的歌舞艺术。影剧院也会不时举办一两场单位合唱和地方戏曲演唱活动，展现乐都本土的歌唱和舞蹈艺术。此后，随着电视逐步普及，电影逐渐淡出人们的视野，影剧院的生意也日渐萧条，靠流行歌舞表演维持着影剧院微薄的票房收入。

影剧院里上演着那些年代电影艺术最时尚的视听传奇，也上演着那些年代歌舞表演最流行的时代风尚，我们通过影剧院感受着时代的艺术旋律，但是到了21世纪，电视的普及，手机的流行，电影和戏剧表演已经吸引不了人们更自由多样的艺术需求，人们慢慢遗忘了影剧院。影剧院门可罗雀，失去了往日的热闹和欢乐。后来，影剧院拆除了，好多年都没有修建电影院。有时，在广场的东西南北四面会同时放映四场露天电影，但是没有坐下来静静观看的兴致。

最近两年，在西门桥头的影剧院里倒是看过《流浪地球》《你好，李焕英》《红海行动》等影片，环境更加舒适了，但是观众不多，往往只有几十个观众一边咀嚼着爆米花，一边消遣着寂寞。

灯光球场，一幅演绎篮球艺术的图画

东面的灯光球场块头大，但个子小，是三座建筑中最矮的一个。圆环式的球场犹如一个露天的圆形画板，敞开了宽广的胸怀，由篮球运动员和观众用灵动的线条尽情地描画。那个时候灯光球场是乐都篮球竞技的狂欢舞台，是篮球爱好者享受篮球艺术的乐园。球场的外墙红砖外露，本色朴实。里面环形的看台是水泥砌成的灰色台阶，层层叠叠，简单质朴，可以容纳近一万名观众。最高和最低的一层看台上各围了一圈一米多高的铁栏杆，涂了一层浅蓝色的漆，似乎给灰色的水泥台阶镶了一个蓝色的花边。靠在最高一层的栏杆上视野较为开阔。向南可以看到连绵的南大山，向北可以看到起伏的蚂蚁山，东西两面都是楼房，挡住了一些视野，但是吹着微风看县城的风景也是一件惬意的事。

坐在看台上观看篮球比赛，更是一件赏心悦目的事。观众可以拿一份报纸铺在台阶上面，可以直接坐在台阶上，也可以站在台阶上，一切都随意。东西两面看台的中间是主席台和计分台，是比赛工作人员工作的地方。几乎每年的七八月份都会在球场举办一两次大型的篮球比赛，会吸引城区的观众免费进入球场观看比赛，看台上都有观众在看球。尤其是重大的篮球比赛时，四面的台阶上都坐满了观众。占不到座位的，则站在东西两个门的出口处观看，人山人海，景象壮观。

球场的地面是夯实的三合土，平整舒适，渗水功能好，不容易积水。一副木板篮球架分别架在球场的南面和北面，白色的石膏粉勾画了球场的边沿线和三分区，简单明了。灯光球场最让人印象深刻的一个花絮是，篮球比赛到了中场休息时，场地要洒一次水，以保证地面的湿润度和舒适度。这时，管理球场的一个中年人从球场边拿起一节水管，用手捏住水管的口，让水管喷出细细的水珠，洒向地面。因为洒水动作娴熟，喷出的水珠随着手背的摇动形成一个

个优美的弧线均匀地落在地面上。那舞动的手背、那抛出的弧线、那晶莹的水珠、那专注的神态，往往成为一个艺术的剪影，定格在人们的眼前，换来观众一阵阵热烈的掌声。有时，那水管洒出的抛物线比那篮球飞出的抛物线还要优美。特别是洒了水后的场地，石灰画出的线条不清晰，需要再次勾勒线条。于是，管理人员会拿起一个装有长长木柄的勺子，盛上石灰，沿着原来的线条描画。四边和中间的直线描起来容易，沿着直线边走边描就完成了，但要画三分线的弧线时就得靠功力了。只见画线人站在篮板下，右手拿着长长的勺子，弓着腰自东向西或由西向东轻轻地抢一下，一条弧线就顺势划出，完美收官。此时，观众欢呼鼓掌，画线人有点羞涩地笑笑，拿着长勺走下场去。留下一个清新规整的篮球场，开始演绎下半场的精彩赛事。

晚上，到灯光球场观看篮球赛是最好的时光。华灯初上，人们吃过晚饭，走进灯光球场，坐在台阶上，观看一场棋逢对手的篮球比赛是最惬意的夏日休闲。灯光球场上面拉着的几道铁索上几十盏装在灯罩下的白炽灯一起亮起来，照亮了地面。灯光柔和，人影斑驳，人们的目光都聚集在球场上。天幕上闪烁着稀疏的星星，看台上笼罩着沉沉的夜色，地面上辐射着明亮的灯光，整个球场形成一个明亮又幽深的环境。这时，球场的哨声响起，活力四射的球员追逐着抛来抛去的篮球，你追我赶，紧张刺激。跨步，投篮，身影矫健；防守，突破，争抢激烈。看台上的观众大声呐喊，热情加油，声音此起彼伏，口哨声、欢呼声响彻球场。尤其是举办全省的篮球比赛，实力强劲的球队汇聚在灯光球场，那比赛的激烈程度和观看的热情程度不亚于一场NBA球赛。

灯光球场除了篮球比赛外，也会举办歌舞表演，社火调演，有时也召开犯人宣判大会。平常日子里，灯光球场也会有篮球爱好者训练、竞技的身影，虽然观众不多，但在灯罩下飞舞的篮球依然会勾起人们许多欢悦的回忆。

在露天的灯光下观看篮球比赛的竞技风采，观看娴熟的投篮技巧，观看热闹的观众助威，观看曼妙的歌舞表演，曾经是乐都城区人民的欢乐盛宴，是乐都城区人民的激情时刻。灯光球场犹如一幅不断变换的动态版画，留存在记忆里。后来，红色的灯光球场拆除了，在较为偏远的西大桥体育场建起了室内篮球馆，虽然不时会举办一两场篮球比赛，但是稀稀落落的观众撑不起大众狂欢的盛况。现在，我已经好多年没有看过一场篮球赛了。

文化馆，一部讲述艺术故事的书册

文化馆相对于影剧院和灯光球场要低调得多，安静得多。四平八稳的豆腐块楼房矗立在影剧院西侧，犹如一本竖立的巨型书册，虽然封面简朴，但内页却丰厚。

文化馆兼有图书馆的功能。走进东面的门，在一楼的北面就有一间阅览室，供人们阅览报刊。里面书架上摆放了一些杂志，报纸架上挂了一些报纸，看的人不多，环境安静，适宜阅读。我曾经坐在那里读过几次《读者》《大众电影》等杂志。图书室里藏书较多，由于借阅的手续有点繁琐，我没有在图书室借阅过书籍。倒是广场东边开办的一间私人书屋，曾经成为我借阅书籍的重要场所。记得那间书屋开放时，正值我读书兴趣最浓的时候，从那儿先后借阅了上百本书，那些新旧不一的书陪伴我度过了一段书香盈袖的美好时光。虽然那个书屋不大，但是却储备了上千本各类书籍，借阅方便，租金适中，有自己喜欢的《白鹿原》《废都》《活着》《射雕英雄传》等流行的书籍。书非借不能读也，在有借必还的借阅中我静静地看了很多书。书是开启心灵世界的钥匙，也是了解外部世界的窗户，特别是阅读纸质书总比手机阅读电子书更入心。因此，那几年的读书经历，拓宽了我的精神世界，滋润了我的文学素养，激发了我的文学梦想，是一段无法忘记的读书时光。

至于文化馆其他的业务因为没有机会了解，知之甚少。只知道，那时文化馆会组织县城的文艺节目表演，尤其过年时组织的过街社火表演，给县城增添了热闹的年味。有时，走进文化馆，会听到优美的管弦声响，会看到精致的书画展览，质朴的楼房里藏着乐都琴棋书画最丰厚的书页。乐都文化馆曾经是一个文化艺术气息非常浓厚的地方，也是令人神往的艺术殿堂。后来，广场的文化馆拆除了，新的文化馆东挪西移，最后偏居一隅，逐渐消失在我的生活里。

现在，走过广场，场地变大了，地面铺了地板。中间安装了音乐喷泉，喷出如琴键一样上下跃动的水柱，凉爽了夏天的炎热。在影剧院的原址上修建了一个百姓大舞台，两边竖起了几个雕刻有瞿昙寺等图案的大理石柱子。重大节日时，舞台上会表演一些现代歌舞，举办合唱比赛，台下观众或坐或站，随心所欲地看，心不在焉地听，气氛也热闹。平常日子，舞台上只有一些小孩在三三两两地玩游戏，舞台两边墙根下则有一些老人坐在凳子上悠闲地晒太阳，热闹地打扑克。尤其是每天的早晚时分，广场上最为热闹，一些爱跳舞的大叔大妈占据了广场，自发地组织起几个跳舞的圈子，音箱里放了富有节奏的乐曲，自由地跳锅庄，跳健身操，扭秧歌，打太极。互不干涉，自由随意，增添了浓郁的歌舞气息。

　　失去影剧院、灯光球场和文化馆的乐都中心广场，在新的时代有了新的自娱自乐的文化故事，脉动着现代的艺术气息。人们沉浸在歌舞的时尚律动中，逐渐忘记了那些曾经的文化记忆。只是在偶然的孤寂中，我会想起那些遗失的文化记忆，那些曾经温暖一个时代的文化故事。

柳湾彩陶，丰盈的史前文明

日出东方，其道大光。人类的文明之光往往从太阳升起的东方照彻蛮荒偏远的地方，而文明则通过人类日常生活的器具散射出鲜活而丰盈的光芒。现在，浸透了五千多年文明演进成果的现代人可以拥有清晰而具体的文明感知和成果享用，但对于文明正在萌芽的史前时期的人来说，文明却踟蹰在简单而琐碎的生活点滴中，行走于真实而质朴的生活器具中。

如湟水一样流淌出来的柳湾彩陶就是照亮河湟古都乐都的最初文明辉光。乐都最早的文字记载是西汉赵充国在公元前61年率领秦陕大地的汉族兵士进入湟水河岸，平定湟水谷地的羌族战乱，最终于公元前60年在乐都盆地的最东头老鸦村建立了破羌县。破羌县的名称与史实有力地证明了乐都湟水两岸在史前时期居住和生活的土著先民是羌族。这个历史事实也在出土于高庙白崖子的东汉墓碑《三老赵掾之碑》中得到了有力的文字实证。而乐都所在的湟水谷地，经历多年的战乱，羌族逼迫西迁之后，才陆续出现了从东方迁移而来的汉族及其他民族民众，才开始了用文字记载的古代历史。

在汉族出现前的两千多年时光里，生活在乐都盆地的羌族先民如何生活，如何繁衍，如何生死，全都是一个谜，全都是一个传说。而这个谜和传说竟由1974年到1980年期间柳湾出土的四万多件原始部落墓葬的陪葬品揭开了具体而形象的答案，其中三万多件大小不一、形制多样、色彩鲜艳、图画质朴、功用丰富的彩陶更是生动地描述了羌族先民鲜活的生活画面。1974年8月开始的考古挖掘，是一次揭开史前时期乐都先民生活样貌的伟大发现，也是一次揭开乐都史前时期文明面纱的重要探索。它揭示了两千多年前的史前时期，乐都这座遥远的高原盆地并不是茹毛饮血的蛮荒之地，而是一座富有生活艺术的文明高地。

柳湾是西汉破羌县老鸦城西北的一湾黄土台地，是现今海东市乐都区高庙镇东北方向的一个小村落。北面依偎着高峻绵长的达坂山山脉，南北走向的山坡形成了一个环形的沟壑，把柳湾村拥揽在宽阔的臂弯处。而村庄南面是平坦开阔的田地和舒缓流淌的湟水河，河水南岸是高峻的拉脊山山脉。就山水的地理条件看，柳湾是一处稼穑兴盛、安闲舒适的理想田园。如果想象两千多年前没有遭受刀耕火种、兵戎相见的开疆屯兵，这儿应该是柳树成荫、草山遍绿、牛羊遍野、桑麻荫翳的原始群落自给自足幸福生活的世外"柳"源。现在，柳湾村依旧掩映在绿柳丛中，湟水河仍然流淌在村庄南端，北边的山坡上长着稀疏的杂草，错落着开垦的梯田，散布着隆起的坟堆，袒露着干涸的沟壑。这和乐都盆地南北两面山沟和河湾里的村落没有多大的区别。但是就这么一个湟水谷地中很普通的村落，却在新旧石器的两千多个年月里竟掩藏了三万多件彩陶及一万多件其他陪葬品。而这仅仅是深埋在地下的生活用品，那些没有埋入地下却流失于沧桑岁月里的生活用品应该说数不胜数。这足以说明彩陶在羌族生活里的重要作用和珍贵价值。按照现代乐都人去世后埋放陪葬品的习俗，放金银、放碗筷、放五谷等也没有柳湾墓穴中放彩陶、骨针、石斧、纺轮、串珠、粟米等陪葬品那样丰富多样。从柳湾墓穴出土的陪葬品数量和种类来看，柳湾先民的生活是富足的，有多样的审美追求。而且从彩陶的形状、花纹、色彩及类型来看，柳湾先民的生活是充满艺术气息的，是浪漫而诗意的。圆硕的陶瓮、陶罐、陶壶折射出羌族先民对圆形物体的审美追求，蛙纹、鱼纹、水波纹反映出羌族先民对水及水中动植物形体的艺术崇拜，红色、黑色、白色的色彩搭配体现了羌族先民对质朴简约颜色的艺术定位。原始、粗朴、本色、简约是那个时期的生活习俗、美学追求和文化时尚，体现了羌族先民具有如《诗经》所记载和描述的诗意生活、精神愉悦和部落风尚。

考古学是一门专注于地下人类活动轨迹的科学，因为地下埋藏着人类曾经的过往历史，埋藏着先民生活的历史密码。沧海桑田，荒凉的田野会竖起水泥的城市森林，而高楼大厦的城市也会夷为荒凉的平地。人类向前迈进的脚步会创造许多新的文明，也会毁灭许多已有的文明。西安郊区的地下埋藏了秦帝国的兵马俑，民和官亭的喇家村埋藏了四千年前的一碗面，而乐都柳湾村的地下则埋藏了史前时期的彩陶。彩陶作为新石器时期最为成熟的文明标志，曾经为那个时期人类的吃穿住行等方面作出过不可磨灭的贡献。但是随着青铜、金银、塑料、玻璃等新的器具和工具的发明和使用，彩陶的生活和艺术功用慢慢退化消失，彩陶也逐渐淡出了人们的日常生活。人类的审美和艺术追求有了新的载体和样式。有文字记载以来的历史，我们可以借助文字的密码破译人类走过的两千多年的文明历程，从中窥见不同历史时期和不同生活地域的人类曾经的生活印记。但是没有文字记载的史前时期，人类生活的印记和文明的脚步，只有从风雨还没有侵蚀、战火还未曾毁坏的地下墓穴中找寻蛛丝马迹，从陈旧的陪葬品中解开两千多年前人类生活的一些谜题。

从这个意义上看，柳湾彩陶的考古挖掘，为揭开乐都盆地两千多年前土著先民的生活谜题，为揭开湟水谷地腹地乐都的文明演进历程填补了一段重要的历史空白。如地下水一样涌流出来的柳湾墓穴彩陶让我们明白，湟水谷地在两千多年前是西羌民族的生活乐土，是他们繁衍生息的生活家园。他们在湟水岸畔过着逐水草而居、铸彩陶而用、牧牛羊而生、种粟米而食的半耕半牧生活。他们用富足的烧制彩陶经营着日常生活，浪漫着农牧田园生活。彩陶成为他们日常生活的必备物品，也成了他们幸福生活的时尚追求。在陶壶里蒸煮着他们的饮食需求，在陶瓮中存储着他们的殷实生活，在陶罐里盛放着他们的幸福追求。他们不但在活着的世界中用彩陶承载着生活的舒适与美好，还在死后的天堂里用彩陶守护着灵魂的安宁与幸福。他们的生死世界里都把彩陶作为地位、财富和梦想的图腾，护佑着他们阴阳两隔的无边人生。一千七百三十座墓穴中三万多件彩陶的陪伴，很深刻地说明了彩陶在羌族先民生命中的重要物质价值和精神意义。柳湾的普通墓穴中都有一两件彩陶陪伴在墓主人的身旁，其中一个墓穴中竟有九十一件陪葬的彩陶。不难看出，墓主人对彩陶的痴迷到了怎样的程度。

柳湾墓穴中彩陶数量的众多，也进一步揭示了两千多年前羌族先民的生死观和两千多年后乐都移民的生死观其实有着相同的认知基础，都希望死后的世界能够延续活着的世界，能够延续活着的物质需求，希望在生死世界里都能共同拥有人类在那个时期创造的物质和精神文明的成果。他们相信，死是生的一种延续，也是对生的一种依恋。人活着时创造和享受的物质和精神文明的结晶也要理所当然地延续到冥冥世界里，因而柳湾先民把那个时候物质和精神文明最高的成果彩陶等其他器具带进自己的墓穴，陪伴着失去血肉的尸骨，陪伴着冥冥无边的地下世界。现在，湟水谷地的人们去世后，也要把生前最喜欢的物质和精神的文明成果装进棺木中，埋进墓穴中。只不过，现代人陪葬的时尚是金银玉器等具有时代特色的物品罢了，但陪葬的意义和对生死的认知则有惊人的一致性。

三万多件彩陶不论从生活实用角度，还是艺术创造角度，都能反映那个时期人们生活和艺术的基本面貌，反映了羌族先民最基本的生活喜好和审美追求，具有马家窑文化马厂类型、半坡类型和辛店文化、齐家文化的柳湾彩陶，与其他地方出土的彩陶反映的信息基本一致，反映了史前时期人类在日常生活用具和图画方面的共同追求。但在柳湾彩陶中，有一件关于人像的彩陶器具、一件方形的彩陶及一件彩陶靴，却让柳湾彩陶具有别样的韵味，体现出独特的乐都文明价值。裸体人像彩陶壶，用形象的两性人体图像深刻地说明四千多年前柳湾制陶人开始关注人类自身的美和价值了。其他绘制着水波纹、蛙纹等图画的彩陶关注的是人之外的事物，而这个人像彩陶壶的发现却证明了柳湾先民对人自身的审美开始了自觉追求的时期。而方形彩陶打破了柳湾彩陶只注重圆形的局限，开始对方形器型进行探索了。还有彩陶靴的发现，显示了柳湾先民对陶器的多样性追求，彩陶不仅限于储藏和烧煮的功用，还延展到了对行走功用的尝试。因而，柳湾彩陶河流中流淌的不仅仅是一般意义上彩陶积淀的史前文明，还流淌着属于柳湾这一方土地上羌族先民独特的文明浪花。

创造了灿烂柳湾彩陶的羌族却在西汉开边屯兵的征战中逐渐消失了，在漫长的两千多年时光里找不到从湟水谷地远去的羌族先民身影。而湟水谷地则在西汉时迁入了少量汉族，魏晋时进入了鲜卑，两宋时期进入了吐蕃，蒙元时期进入了蒙古族，明清时期移入了大量汉人。风云变幻，不同的历史时期，移居于乐都湟水谷地的不同民族留下了鲜明的历史印记，创造了乐都新的物质和精神文明成果，而羌族先民无意中留下的精美彩陶却珍存了乐都最早的一缕文明辉光，点亮了乐都历史文化悠远而璀璨的天空。

现在，那些被两千年前的羌族先民视作珍宝埋入地下的彩陶等器物，端正地摆放在柳湾彩陶博物馆的玻璃橱柜里，擦去了曾经陪伴了四千多年的黄色泥土，擦去了与墓主人四千多年的情感羁绊，擦去了四千多年的生命沉寂。重见天日，遇见了四千多年后明亮的灯光，遇见了四千多年后丰富的现代文明，遇见了四千多年后现代人惊诧的目光。柳湾彩陶流淌出来的丰盈史前文明，妖娆了河湟古都的历史和文化，妖娆了湟水谷地的过去和未来。历史和现实就在熟悉而又陌生的缝隙中偶然相遇，也在古老而又新奇的屋檐下愉悦地对话。

走出博物馆，坐进舒适的汽车里，打开智能手机，喝着保温杯里的纯净水。猛然间，彩陶唤醒的文明记忆又迷离在湟水河畔婆娑葱茏的柳影里。而我则愉悦地享受着便利的现代文明成果，离开了柳树依旧葱茏的柳湾，离开了彩陶里跳舞的羌族先民。

老鸦峡，险峻的破羌雄关

山水汇聚的地方，不但享有了壮美的山水形胜，而且还拥有了重要的交通要道。青山秀水孕育了富庶的陌陌田野，也孕育了灿烂的历史文化。

乐都盆地在最东头形成了一条险峻狭窄的峡谷老鸦峡。缓缓流过乐都60多公里平川的湟水河在老鸦峡口鲁班亭耸立的河床上从容地打了一个优雅的回旋，就急急地一头扎向狭窄高峻的老鸦峡谷，开始了急流飞湍的峥嵘行程。高山流水，老鸦峡演绎着乐都壮美的山水故事，也演绎着乐都灿烂的历史风云。

湟水河着意停留的鲁班亭地方，是乐都第一个进入国家版图的行政名称破羌县的所在地老鸦村。距乐都县城二十五公里的老鸦村处在乐都与东部交流的重要交通要道老鸦峡的峡口西。它凭借着距离老鸦峡最近的优势，最早接受了来自东方的朝阳和中原的文明，因而在历史上享有了乐都有文字记载以来第一个郡县破羌县的殊荣。

公元前61年，76岁高龄的西汉大将军赵充国带领六万兵马进入老鸦峡，解决湟水河两岸羌族部落扰边的问题。他采用恩威并施的策略，平定了羌族的动乱，并实行屯兵戍边的政策，在湟水谷地驻留了一万多汉族士兵，改变了湟水谷地民族的结构。羌族土著和汉族移民共同经营湟水谷地，改变了羌族土著逐水而居的游牧生活，传播了中原汉族的农耕文明。这是乐都盆地产生重大变革的开始，也是乐都地区进入中国版图的开始。汉朝封建统治者的国家战略开始关注乐都这片羌族土著原始部落生活的乐土，开始打破乐都盆地封闭的地理局限。赵充国进入老鸦峡面对的就是世代生活在湟水河岸的羌族土著居民，进入老鸦峡就是为了打破羌族对湟水谷地的统治局面。因而赵充国经过一年多的征战和治理，在老鸦村建立了他出征河湟的重要战斗成果破羌县。从此，乐都盆地纳入了汉朝封建统治的版图，乐都地区进入了汉朝封建统治的郡县体系。破羌县的名称十分鲜明地表达了赵充国征服湟水谷地羌族土著的目的，也非常有力地证明了秦汉以前乐都盆地是羌族土著生活家园的历史事实。

赵充国提出的屯田策是对河湟谷地影响最大的一个决策，他实行的屯田戍边实践是改变湟水面貌的重大事件，对中原汉族移民湟水，促进河湟文明发展起到了重要的作用。赵充国留下的一万多汉族士兵，在湟水谷地开垦田地，修筑道路，防范羌族动乱，有力地促进了湟水谷地农耕文明的发展。这种寓兵于农的屯兵谋略在他的第五世孙赵宽那儿得到了深刻的反映。就在破羌县城西面两公里处的白崖子村出土的《三老赵掾之碑》中，如实地记录了赵充国在河湟开边屯田及其后人移居河湟近一百多年的历史，简明地讲述了屯田兵士开垦湟水与赵宽教化河湟民众的历史功绩。赵宽作为管理文教的三老，在湟水谷地进行的培育英才、教化百姓、传播文明等行为，有力地促进了湟水谷地的文明进程，奠定了乐都最早的文化和教育的基石。

破羌县所在地老鸦村是乐都地区第一个最早接受东方文明的村落，这儿开启了乐都盆地最早的文字历史，开启了乐都盆地最早的郡县建制，开启了乐都盆地最早的文化教育，开启了乐都盆地最早的封建社会文明。乐都两千多年的文字历史就从破羌县的城墙上开始书写，从1940年白崖子村出土的汉碑《三老赵掾之碑》上深刻反映。虽然乐都盆地的政治中心向西迁移，虽然破羌县的城墙消失在历史的风烟里，虽然汉碑不幸被毁坏，但是记录在史书里和刻在石碑上的历史，仍然弥散在老鸦峡的山水间，弥散在老鸦村的炊烟里，弥散在老鸦峡百姓的记忆里。

破羌县城东边十七公里的老鸦峡峡谷，流淌着浩浩汤汤左冲右突的湟水河。山环水绕，是一段山峰高耸、河水急湍的幽静峡谷。不知赵充国率领的几万人马如何通过峡谷进入湟水谷地，但在1930年前，艰险难行的老鸦峡被称为鄯州第一关，具有如蜀道剑阁一样的艰险。在清代诗人钱茂才的《老鸦峡》一诗中有这样的诗句描述："曲径迂回两岸间，斜阳卸影鸟飞还。云垂峭壁青千丈，风波奔流绿一湾。踏破丹梯崖作磴，凿开石锁路为关。当年浪费五丁力，剑阁巉岩只一般。"描述了老鸦峡峭壁耸立、道路艰险、蜿蜒曲折、险似剑阁的雄奇景象。在险峻的峡口，有一段由北向南突出的坚硬岩壁，犹如一道横亘的屏障守护着乐都盆地的东大门。此处岩壁高耸，岩石坚硬，崖壁夹峙，水流急湍。高耸的岩壁上修建了一座金山寺。站在庙宇处可以向东远眺蜿蜒险峻的峡谷，看到峡谷中急急流淌的湟水河，还可以看到湟水河上架起的高架桥和东来西往的车流。向西可以一览宽阔辽远的乐都盆地，看到掩映在树荫里的老鸦村，看到矗立在湟水河中流的鲁班亭，看到湟水河两岸桑麻荫翳的田地，看到南北两岸环形拱卫的山脉。尤其能看到老鸦峡口由南向北奔涌而来的湟水河，绕过鲁班亭后又缓缓地由北向南流淌而去的壮美画面。河中的沙洲绿草茵茵，河边的柳树婆娑多姿，河中的鲁班亭卓然独立。湟水河回旋打转，悠然婉转，似乎不愿离开乐都盆地这片肥沃的平川，这处人文高地。鲁班亭脚下，湟水河舒缓地流淌，回首顾盼，恋恋不舍。

此处，始建于北魏的鲁班亭矗立在湟水河中流，虽然并不高大雄伟，但也显得秀美奇特，富有人文诗意。亭子下边一块天然生成的基石，像是老鸦峡口险峻的山岩特意留给湟水河的一枚"定河神针"，牢牢地扎根在河床上，岿然不动。基石是坚硬的石英石，经历千年的风雨沧桑，面目狰狞嶙峋，裂开了一个个裂缝，但边长六米、高八米的青石傲然雄立，安然地端居在湟水河的中流，发挥着中流砥柱的作用，坚守着乐都盆地的东大门、坚守着乐都盆地的安宁和富庶。基石上修建的华丽八角亭，斗拱翘角，雕梁画栋，娇小灵动。清代诗人陈晓晴在《咏亭云》中这样描述鲁班亭："石矶矗矗镇中流，上有空亭四面周。撼定洪涛归一线，不让河伯东西游。"突出了鲁班亭雄立中流、镇守湟水的砥柱作用。鲁班亭虽然几经毁坏和修建，但那一抹犹如画舫一般的优美风姿，仍然坚守着千里湟水河中最诗意的北魏文化印记。

如今，两千多年的历史风云在老鸦峡消散，曾经的险峻峡谷已经变成了坦途，火车、汽车从老鸦峡的山水间极速地驶过，带来了便捷而丰富的现代文明。

乐都盆地的人们不用再绕过险峻的老鸦峡，从峡口东北的羊肠子沟辗转经过冰沟古道进入兰州，通向外面的世界。

现在，在老鸦村已经找不到破羌县古城古朴的遗迹，找不到行走在破羌县的赵充国、赵宽苍老的身影，但是老鸦峡高峻的山峰还在，险要的峡谷还在，浩荡的湟水河还在，坚固的鲁班亭还在，它们用壮美的山水风骨守卫着乐都盆地的安宁和富庶，守卫着乐都地区的历史和文化。

裙子山，壮美的南凉靠山

一座山冠以裙子的名称，就天然地有了女性的柔美和温软，有了舞女的妖娆和灵动，但也缺了山崖的陡峭和狰狞，缺了山的巍峨和刚健。

乐都盆地湟水河北岸达坂山山脉向南延伸出的一段陡立山崖恰如女性的一件红色裙摆，褶皱百折，垂直飘逸，秀丽妖娆，人们形象地称这座山为裙子山。山的名字虽然很形象，但不免有点俗气，于是明清的乐都文人就给这座山赋予了一个文雅诗意的名称红崖飞峙，贴切地描述了这座山的色彩、形状和情态，列入碾伯八景之一，进入了清代青海著名诗人吴栻的诗赋中。

诗人吴栻在碾伯八景诗之一《红崖飞峙》中这样写道："峭壁削成接翠微，朱明炎火望依稀。高台月照千峰色，云窦烟涵百孔晖。洞外丹砂经雨艳，岩边紫石入秋肥。几时搔首从天问，得向蔚蓝捧日飞？"生动地描写了裙子山丹砂峭壁如炎火一样的艳丽色彩，抒写了红色峭壁捧日高飞的浪漫情怀。

站在裙子山下仰视，从西面高峻的山峰向东奔突过来的山脉在断裂处形成了一段最美的红色崖壁。崖壁的顶端是圆锥样的峰顶，白土覆盖，蓬草碧绿，与崖壁形成了鲜明的对比。红绿相衬，崖壁更红艳，峰顶更翠微。而崖壁底部则是掉落的砂土形成的小土堆，簇拥在崖壁脚下，暗示着红色崖壁的沧桑变化。

红色崖壁的上端横贯着两道平行的横线，而崖壁断面则切割成近百条高十几米如罗马柱一样整齐排列的俊美条块，形成了线条百折的裙子形状，亭亭玉立。如果和后面的山脉连起来看，整个山峰又如一只振翅欲飞的凤凰，风姿绰约。

不管是裙子还是凤凰，这一段崖壁富有女王的娇美和贵气。

而在这段红色崖壁前，一段红色山丘向南突伸，挺直着山脊，高扬着凶猛的头颅，犹如一条盘踞的红色巨龙，威武霸气，具有王者的风范。前龙后凤，此处的山崖犹如一座天然开放的宫殿，演绎着山脉王国的刚健和柔媚。大自然鬼斧神工，在风雨的万年剥蚀中，在湟水河北岸绵延千里的丹霞地貌中，只给处在乐都城区的这段丹霞地貌赋予了飘逸裙裾的俊美模样，赋予了红崖飞峙的神奇风韵。这是乐都山水的幸运，也是乐都人民的幸运，大自然为乐都城区赐予了最美丽的一幅山崖图画。虽然这一处丹霞比不上张掖丹霞的多姿多彩，但是却有张掖丹霞比不了的俊美和灵动。

从东西两侧的后山小路爬到裙子山上，则会看到更为壮观的乐都山水风貌。遥望红崖后面的达坂山，山脉纵横，山谷幽深。老爷山、松花顶巍峨高耸，引胜沟屋舍俨然，杨柳葱茏。远眺南面的拉脊山，层峦叠嶂，高峻绵长。湟水河蜿蜒曲折，若隐若现。裙子山前，地势平坦，高楼林立。新建的南凉公园，绿草如茵，碧波荡漾。东南的蚂蚁山卓然独立，安详灵动。朝阳阁飞檐斗拱，傲立山巅。八宝塔镇守山头，高耸云天。乐都盆地的壮观景象和乐都城区的繁华风貌尽在裙子山开阔的视野里。

裙子山的崖壁上还有一些方形的洞穴，听说有魏晋时期的壁画，而我有幸进入过其中的一个洞穴。从崖壁前掉落的砂土堆上艰难地爬上去，进入洞穴。天然形成的洞穴能容纳五六个人，洞壁上胡乱涂画着一些图画和文字，让我们猜疑探究了一番，但没探究出什么。而同伴中有人乘着兴致留下了"某某到此一游"的字样。不知经过多少年后，对有幸爬入洞中的人又会留给怎样的一个谜题。

虽说裙子山不高峻，也不宏大，但是见证了乐都最荣耀的一段历史，见证了南凉王国在河湟谷地的风云变幻。魏晋南北朝时期的十六国之一南凉就以裙子山为壮美的靠山建立了坚固的都城，安放了一个经略河湟的国家政权，给乐都留下了一段鲜明的历史印记，让乐都享有了南凉古都的别称。

从河西走廊驰骋而来的马背民族鲜卑族，于公元 399 年在南凉开国君王秃发乌孤的带领下，从民和廉川堡经过冰沟古道，进入柳湾羌族已经西迁的乐都盆地，看中了如一袭红色裙摆摇曳的丹霞山崖，在裙子山下建立了南凉王国。以秀美的裙子山为靠山，以富庶的乐都盆地为根据地，雄心勃勃地去实现南凉帝国一统河湟的建国梦想。在战乱频起、群雄逐鹿的魏晋南北朝时期，秃发三兄弟在裙子山下精心地营建着南凉帝国不断拓展的疆域和版图，凭借着乐都盆地这方险固的地理要道和富庶的宜居之地，在公元402年到406年秃发傉檀执政南凉时期，南凉帝国的疆域拓展到了东面的今甘肃景泰地区，北面的今内蒙古腾格里沙漠地区，东南面的今青海黄南地区，西南面的今青海贵德地区。

在乐都裙子山下大小古城处的开阔都城里，秃发三兄弟逐步建立了南凉王国的政治、经济、军事、文化、教育等统治中心。虽说南凉的都城曾经在廉川、乐都、西宁、武威四个地方不断变换，但在南凉十八年的建国历史中，有九年多的时间都在乐都的都城里演绎着秃发三兄弟成为凉王的梦想。在这十八年的来来去去中，乐都以南凉国都的重要地位参与和见证了中国最为动荡的十六国割据时期。

自从东汉大将军赵充国开边屯兵的刀枪打破了湟水谷地羌族部落的安宁后，鲜卑族秃发三兄弟的铁蹄又再次踏破了乐都盆地汉族移民后的暂时安宁。这期间，裙子山见证了南凉与西秦、北凉、后凉等国在河湟谷地刀光剑影的征战与融合，见证了鲜卑族在乐都盆地叱咤风云的强悍和智慧，见证了南凉国在湟水河畔兴盛衰落的辉煌和哀伤。公元414年，南凉王国最终在西秦的强力攻势下，以秃发傉檀成为亡国之君的悲惨结局而随风飘逝。

南凉的都城在苍茫的岁月里化为阡陌纵横的农田，鲜卑族的身影也在历史的风雨里成为遥远的记忆。历史既有情也无情，曾经的柳湾羌族先民在乐都创造过灿烂的彩陶文明，曾经的鲜卑族在乐都创造过辉煌的南凉古国，现在只留下可凭吊的裙子山辉映在历史的天空里。

如今，作为乐都城区最秀美的一座山崖，裙子山的自然风貌成为海东市在乐都建立市府的一个重要因素，成为人们谈论的话题。现在，裙子山下广阔的田地里修建了一座南凉公园，塑起了几座秃发三兄弟的铜像。在高楼林立的现代都市里，似乎要唤醒辉映在红色崖壁上的那一抹南凉记忆，去书写新时代海东市崛起和发展的新篇章。

青山无辜，红崖有情，裙子山以其独特的地理风貌演绎着天地的造化，俯瞰着社会的沧桑，见证着历史的变迁。

南大山，雄壮的鄯州屏障

雄踞在湟水河南岸的南大山，是乐都和化隆的界山，绵延高耸，犹如一道雄浑的屏障，护卫着乐都盆地的南部。南大山的怀抱中有高耸的晶莹雪峰，有俊美的嫣红丹霞，有幽深的原始森林，有辽阔的山谷草坡，有潺潺的溪水河流。优美的自然环境不但滋养了人民生活的富庶，也孕育了乐都历史文化的传奇。

深山藏古寺，在南大山妖娆的丹霞央宗山上，珍藏了乐都历史记载以来最早的一个藏传佛教寺院——央宗寺。

公元838年，因为西藏发生了朗达玛灭佛事件，西藏高僧藏热甫赛、尤格琼、玛尔释迦牟尼、拉陇·华吉多杰驮着佛教经卷，跋涉万里，来到南大山的中坝丹霞山。看到这儿山高林密，洞穴幽深，便于躲藏修行，于是，几位高僧静卧在幽静的崖壁洞穴中修行念佛。不久，在舒缓的山洼处修建了肃穆的央宗寺，在晨钟暮鼓中开启了乐都最早的藏传佛寺桑烟袅袅的历史。虽然寺庙规模不大，但是逃难的高僧带来的佛教经卷，却是西藏佛教后弘期最重要的典藏经书。历史的风烟中，乐都的央宗寺和平安的夏宗寺、尖扎的阿琼南寺、兴海县的赛宗寺成为安多地区四座重要的藏传佛寺，为西藏后弘期佛教的发展和兴盛作出了重要的贡献。这四座寺庙所处的高山珍藏了雄壮秀美的丹霞圣境，成为青海高原久负盛名的四大藏传佛教名山。

拜谒央宗寺，要经过凶险狭窄的虎狼沟，越过碧波荡漾的中坝水库，到达中坝藏族乡牙脑村的夏隆坚巴沟。一路向南，两边的山脉不时显露出红色的山峰，给人鲜亮新奇的丹霞风韵。横亘在中坝乡南面的连绵央宗山中，一条狭窄的峡谷直通向南山深处。峡谷内溪水潺潺，树木葱茏，鸟鸣虫唱，清幽安静。在峡谷的谷口，东面的山峰像一面巨大的红色屏障，突显着丹霞的艳丽模样，守卫着西山的央宗寺山门。顺着西面山洼的羊肠小道盘旋而上，灌木丛丛，野花点点，崖壁红红，幽静安谧。到达半山腰，松树青翠，枝叶婆娑，一直延伸到山顶。沿着向南的小道，来到平坦的山洼，经幡飘飘，白塔幽幽，庙宇森森，一派圣洁悠然的佛国梵界景象，这里就是央宗寺。依山而居，面山而望，央宗寺在这里悟禅打坐了八百多年。虽然寺庙几经毁坏又几经修缮，见不到当初的模样，但是藏传佛寺的香火一直延续不断。特别是央宗寺西面有几个天然洞穴，还飘扬着彩色的经幡。据说这些洞穴曾经是西藏逃难的高僧修身养性的地方，他们独居在幽深的洞穴中，修炼佛法，磨炼意志，净化心灵，超脱苦难，维护佛法。后来，人们把他们修身过的洞穴称为三仙洞、神仙洞，赋予了神秘而神圣的佛国色彩。

央宗寺西南面的神仙洞，地势险要，道路难行，是央宗山上最著名的一座洞穴。在险要的绝壁上架了一段简易的木栈道，栈道上下都是悬崖绝壁。栈道狭窄只容一人爬行。走在上面，腿肚子直打颤。从木栈道到洞穴有几十米的一个陡坡，过去只有容得下两只脚的一些土坎，现在架了一个木梯，直到洞顶。洞穴幽深，洞口狭窄，从洞穴里看出去，只见外面的天地如一线天一般，瘦小迷离。洞穴有泉水渗出，清冽甘甜，凉爽宜人。炎热的夏季，洞穴确实是避暑胜地，幽静清凉。在里面安然独处，除了洞口窄如一线的蓝天、崖壁和青松外，纷乱的尘世都消失在脑后，只有一份宁静的素心，一份寡淡的佛念。想想那些远离纷乱虔诚修身的高僧，在幽静的洞穴里不知经历了多少风霜雨雪的艰难日子，坚守了多少粗茶淡饭的淡然日子，心中的敬意油然而生。如果没有礼佛的坚定信仰，没有敬佛的虔诚情怀，孤独的高僧哪能守住免遭焚烧的经卷而重回遥远的西藏？幽深的洞穴哪能坚守八百多年而香火不断？信仰是战胜一切尘世之苦的强大精神力量，也是以苦为乐、慈悲为怀的精神家园。央宗寺高耸的崖壁洞穴就是佛教信仰的一面旗帜，也是佛教道义的一盏明灯。

历史总会在某个时间点演绎一些传奇，留下一些深刻的记忆。看着唐朝留

存在乐都央宗寺的桑烟，我不由想起隋唐这个重要的历史节点上乐都曾经的历史风云。央宗寺所在的南大山不但见证了桑烟袅袅的佛寺因缘，也见证了隋唐铁蹄铮铮的鄯州风云。

公元609年4月，绵延的南大山就演绎了一场雄壮的历史传奇，高耸的花抱山见证了西巡的隋炀帝在乐都陈兵讲武的壮观景象。当雄心勃勃的隋炀帝带着十万人马停驻在湟水谷地的乐都时，他在湟水岸畔进行了一场规模宏大的阅兵仪式，在南大山进行了一次激烈壮观的狩猎活动。猎猎飘舞的旗帜展示了隋军的强大军事力量，铁蹄声声的骏马震慑了青海湖周边的突厥、吐谷浑等少数民族。可以想象，皇帝亲自出征，十万兵马驰骋在湟水河畔时，那是何等的壮观，是何等的威武！乐都作为丝绸之路上的军事重镇，曾在西汉时经历过赵充国六万多兵马平定西羌的历史风云，在魏晋十六国时期经历过南凉王国几十万人马的建都动荡，而隋炀帝巡视西部的重大历史传奇，更为乐都的重要地理位置和战略地位增添了浓墨重彩的一笔。在乐都湟水河畔陈兵讲武的隋炀帝，是几千年封建社会的历史演进中，第一位也是唯一一位驻足乐都的封建皇帝。苍茫高耸的南大山见证了这一重大历史事件。

隋朝结束后，乐都作为连通西域的重要军事重镇和交通要道，唐朝于619年将乐都由隋时的西平郡重新设置为北魏时的鄯州，管辖今乐都、民和、西宁、湟中、湟源和大通等湟水流域的郡县，并且把鄯州作为唐代十道之一陇右道的所在地，管辖今青海、甘肃、新疆三省内的21个州府的59个西部郡县。公元741年，唐玄宗在鄯州设立陇右节度使，掌管军事民政。在长达140多年的鄯州建制中，唐朝以乐都为西北地区的军政中心经略陇右地区，留下了许多重要的历史足迹。积石道行军总管侯君集布兵鄯州，取得了大败吐谷浑的胜利；陇右节度使哥舒翰驻足鄯州，建立过征服吐蕃的战功；文成公主途经鄯州，留下了西去和亲的悲壮泪水；边塞诗人高适驻足在湟水岸边，抒写了河湟乐享太平的动人诗篇。绵延的南大山见证了唐朝在乐都重大而辉煌的政治军事经略。

历史犹如一抹随风飘逸的云烟，虽然会被风吹散在广袤的天地间，但也会被风镌刻在苍茫的山水中。隋唐历史已经消失了一千多年,但苍茫的南大山却珍存了隋唐时期鄯州的军政风云和佛寺桑烟。青海军政文教的中心还没有西移到西宁的隋唐时期,乐都曾经尊享过西北军政中心鄯州州府所在地的荣耀地位,为乐都悠久厚重的历史文化图册增添了辉煌灿烂的一页。

老爷山，迷蒙的邈川桑烟

乐都境内湟水河北面绵延着祁连山的余脉达坂山，自西向东，沟壑纵横，峰岭嵯峨，森林茂密，溪流潺潺，呈现出一派山清水秀宜居家园的气象。其中，山大沟深，水深流急的引胜沟更是一方自然和人文景观交相辉映的风水宝地。这条沟取名引胜沟意在沟内的风景引人入胜，尤其是沟内最北头的仓家峡珍藏着最美丽的峡谷风景。

从仓家峡处的达坂山向南延伸过来的两条山脉拥揽了绵长的引胜沟，拥揽了奔涌而流的引胜河，拥揽了参差错落的村庄人家，也拥揽了道教圣地老爷山。始建于宋太宗赵灵雍熙甲申年的老爷山道观，有着一千多年的久远历史。它曾经见证过宋朝时期乐都曾经的历史风云，见证过唃厮啰政权在邈川的兴衰更替，见证过蒙元时期乐都的沧桑巨变。

引胜沟最著名的宗教圣地就是耸立在王家庄东面的老爷山道观。巍峨的高山与威严的道观完美结合，形成了西北久负盛名的武当山。老爷山又叫武当山，是从仓家峡达坂山向引胜沟南面延伸过来的东面山脉，在王家庄猛然折头向西，形成了一面险峻的三角形岩壁。人们形象地形容为青龙回首，赋予了老爷山天赋的风水宝地价值。

从北宋时期开始，在青龙回首的山峰上，依山而建，修建了许多道观。高耸在龙头岩壁上的道观是无量大殿，是武当山的主体建筑，高耸云天，宏大雄伟。老爷山分为前山后山，前山根据地形建有无量殿、三清宝殿、玉皇凌霄殿、观音殿、黑虎殿、百子宫、关帝殿，后山也依山形建有磨针宫、雷祖殿、无极圣母殿、金花娘娘殿、东岳大帝殿等建筑。前山高峻，青松峭立崖壁；后山幽深，灌木丛生其间，形成了老爷山前后互补的风水格局。站在前山的道观近看，引胜沟的景象一览无余，村庄错落，绿树掩映，阡陌交通，纵横交织，山环水绕，秀丽安详。举目远眺，可见海拔四千多米的松花顶雄踞在引胜沟西北的山岭上，傲视乐都全境；可见湟水河南岸的南大山白雪皑皑，绵延东西；可见湟水河东西两面缥缈的山脉层峦叠嶂，云蒸霞蔚。

越过引胜河，从前山拾级而上，一路观景，一路体验，虽然有登山的艰辛与刺激，但是登临绝顶，感受群山环抱，道观错落，桑烟袅袅，不禁心旷神怡，顿有群山拜服的豪迈。然后从后山漫步下山，体味沟内幽静，听鸟鸣虫唱，看红花绿叶，似乎经历了一次圆满的心灵朝圣，内心释然轻松。生活中，人完成身心的完美修炼，一方面得益于秀美的山水给予人身体的舒适和慰藉，一方面得益于超脱的信仰给予人心灵的关怀和抚慰。老爷山的壮美山水和道教文化，是乐都人修身养性的一剂良方。

每年的农历四月八，老爷山举办的朝山会，更是一次自然和人文交相辉映的盛大活动。那一天，浓浓的青色桑烟在山顶缭绕，幽幽的黄色灯烛在道观内点亮，悠悠的河湟花儿在河边唱响，南来北往的善男信女在石级爬行，商贾云集，集市繁华。悠扬的晨钟暮鼓，敲响了引胜沟村落群众安居乐业的快乐心声，也敲响了乐都经济社会发展的幸福旋律。

从公元984年开始，道教文化随着老爷山第一缕桑烟就氤氲在乐都的历史天空，在一千多年的岁月里没有中断过。虽然山上的道观遭遇过火灾，失去了宋时的最初模样，但是老爷山的陡峭岩壁仍然高高耸立，老爷山脚下的引胜河水仍在潺潺流淌，老爷山顶的道观依然高高耸立，道观内的桑烟依然袅袅飘拂。追寻它们的踪迹，我们仍可以触摸宋元王朝在乐都掀起的历史风云，了解宋元时期吐蕃在乐都管辖的历史功过。

北宋时期，乐都由隋唐的鄯州改称为邈川、湟州、乐州，曾经一度兴盛的鄯州都督府失去了经略河湟地区的荣耀，也失去了鄯州节度使统辖陇右的权力。北宋政权对河湟地区的管辖相对薄弱，乐都成为北宋、吐蕃和西夏争夺权力的地区。吐蕃建立的唃厮啰政权开始管辖乐都,并将乐都称为邈川。北宋政权又在乐都与西夏王朝争夺管辖权力,进行了多次战斗。高耸的老爷山见证过湟水河岸发生的战乱时局,无量大殿的桑烟见证过乐都烽烟四起的沧桑风云。

1024年,唃厮啰脱离宗哥首领李立遵的控制来到邈川乐都,遭到邈川首领温逋奇的要挟和政变。但他凭着智慧平定叛乱后,1025年把政权转移到青唐城西宁,施行联宋抗夏的政治策略,唃厮啰政权得到了北宋王朝的大力支持。1032年,北宋朝廷授予唃厮啰为宁远大将军;1036年,又授唃厮啰为保顺军节度观察留后;1038年,授予保顺军节度使,兼邈川大首领,唃厮啰政权得到空前发展,管辖范围也得到了大力扩张。

但是西夏王李元昊不满唃厮啰投靠北宋,凭着势力强大不断袭扰河湟地区。1035年,李元昊亲自带领军队渡过湟水侵扰河湟地区,攻陷青唐城。唃厮啰退居邈川,坚壁不出。湟水暴涨时,唃厮啰派兵偷换西夏军队标注的旗帜,大举反击,致使西夏军队撤退时大多数淹没在滔滔湟水中,取得了保卫湟水地区安宁的宗哥河战役的胜利,并且配合北宋政权,不断打击西夏王朝,击退了西夏对河湟地区的多次南侵,统一了河湟地区的吐蕃部族,维持了河湟地区的稳定,促进了河湟地区的经济社会发展。唃厮啰还保障了丝绸之路南路的通道,重新开辟了从西域经河湟入中原的"古吐谷浑路",并在青唐、邈川等地方设立贸易市场,还派兵护送各国商队直至宋边境,保障了被西夏扼断的中西陆路交通在河湟地区的畅通无阻,促进了中西商贸和文化交流,乐都的经济文化得到了恢复和发展。

1065年唃厮啰去世后,北宋不断扶持唃厮啰的后裔经营河湟,河湟地区又陷入了唃厮啰三个儿子争权夺利的内乱之中,乐都的社会经济发展又遭到破坏。1099年,王赡率领宋军攻占邈川,乐都归属北宋政权,邈川改为湟州。1119年,宋徽宗将湟州改为乐州。1127年,北宋灭亡。南宋偏安一隅,顾不上管辖河湟地区,辽金和西夏乘机不断袭扰河湟地区,乐都又遭受了多次战乱,直到1227年成吉思汗建立了蒙元帝国,消灭了南宋政权和西夏王朝,河湟地区尽归蒙元帝国,乐都纳入了元朝统治。元朝推行"土官制度",维护对乐都的政治统治。施行屯田戍边政策,迁移蒙古族等民族,填补战争带来的人口空缺。在元朝统治期间,乐都经历了一段较为稳定的休养生息时期。

历史的风烟过去,山河依旧,道观的桑烟缭绕着物是人非的世事沧桑。如今,老爷山的道观更具规模,香火也更为旺盛。曾经战乱频仍的河湟古都乐都已经成为海东市的市府,社会经济得到了空前发展。

引人入胜的引胜沟不但风景秀丽,而且成为乐都重要的蔬菜种植基地,白色塑料大棚密布在引胜河两岸的肥沃田地里。因为引胜河清澈河水的润泽浇灌,长辣椒、西红柿、蒜苗、茄子等蔬菜成为乐都餐桌上的可口佳肴,并且远销省内外。老爷山下开通的扎碾公路和农业观光公路,为引胜沟的农业发展提供了更多便利,也为人们畅游老爷山提供了交通便利。

河水潺潺,流淌在引胜沟宽阔的山谷间;青山巍巍,耸立在引胜河湍急的河流边;桑烟袅袅,氤氲在老爷山错落的道观上。矗立在青山绿水间的老爷山道观,不但见证着乐都沧桑的历史,也见证着乐都繁荣的未来。

瞿昙寺，厚重的明朝背影

一座安卧在幽静河湟谷地的藏传佛教寺庙，在二百多年的时间里得到了七位大明皇帝的关注和扶持，赋予了乐都最崇高的宗教文化礼遇和最丰厚的佛寺建筑艺术。流淌成河的柳湾彩陶，奠定了乐都丰盈的史前文明根基，而经历六百多年风雨的瞿昙寺则滋养了乐都丰厚的宗教历史文化根脉。

从湟水河南岸沿瞿昙河行走，到达瞿昙河西岸的瞿昙寺。二十几公里的幽静峡谷，弥漫着神秘的山水气息，尤其是盛家峡一带悬崖峭壁，道路艰险，扼守着瞿昙寺的安详。两岸的山说不上高峻，但矗立着威严和肃穆；河中的水谈不上汹涌，但流淌着清澈和悠闲。而瞿昙河的源头则是海拔四千多米的高峻雪峰，青松苍翠的茂密森林。回荡着隋炀帝陈兵讲武金戈铁马喧响的拔延山犹如一道银色的屏障，横亘在乐都和化隆之间，镇守着瞿昙寺的安宁。而瞿昙寺在这方山环水绕的峡谷中处在最吉祥的河湾地方马圈沟口，静心打坐了六百多年。它依据此处的地理形势，坐西面东，静静地安卧在瞿昙河宽阔的西岸。西面紧靠着圆润的形如罗汉头的罗汉山，东面遥望着灵秀的展翅欲飞的凤凰山。清晨，太阳从凤凰山冉冉升起，把第一缕阳光照拂在瞿昙寺高耸的经幡上，庄重而神圣。傍晚，夕阳从罗汉山上徐徐落下，把最后一缕霞光轻笼在瞿昙寺的塔顶，安谧而吉祥。在太阳每天的东升西落中，瞿昙寺吸纳着最温暖的日月精华，圆满着最自在的人间修行。

六百多年前，从青海湖畔远行而来的三罗喇嘛，就是看中了瞿昙寺这一处最丰饶、最幽静的风水宝地，把信仰的经幡插在了吉祥的罗汉山脚下，把礼佛的目光投向了凤凰山的那一边。而这块风水宝地，确实为瞿昙寺带来了大明王朝七位君王的特意青睐和重点佑护。一个处在高原偏远峡谷的藏传佛寺，竟享有了大明皇家寺庙的尊崇身份，享有了与北京故宫一样的宫殿建筑荣耀。这是乐都最为丰厚的宗教文化，也是乐都最值得探究的历史谜团。

三罗喇嘛从青海湖海心山出发，历经二百多公里的艰难跋涉，最终在幽静的罗汉山下找到了理想的修身之地。而他又从罗汉山下出发，一路向东，经过两千多公里的爬山涉水，最终到达秦淮河边的古都南京。1393年，从大明王朝开国皇帝朱元璋手中拿来了御赐的金匾"瞿昙寺"，建造了瞿昙寺殿，获得了西宁卫僧纲司都纲的地位，尊享了统领河湟的宗教领袖荣耀。这在交通不便、物质匮乏的时代，确实是一次披肝沥胆的身心磨砺和生死考验。宗教是人类对心灵世界的自我救赎，是人类对来世世界的人文关怀，而信仰则是宗教精神的坚实根基，是宗教文化的永恒灯塔。三罗喇嘛凭着执着的信仰，虔诚的心灵，坚强的毅力，艰苦的操劳，在罗汉山下建造了瞿昙寺，建造了乐都厚重的宗教世界。三罗喇嘛也修得了身荣都纲、圆寂瞿昙的正果。

朱元璋等大明皇帝把皇家的恩宠照拂到两千多公里外的瞿昙寺，据说是三罗喇嘛解决了大明开国之初青海地区藏族部落的动荡和变乱，为大明王朝统一全国立下了兵不血刃的不世功勋。为了巩固和加强西陲边境的管辖和安宁，大明王朝特意扶持在青海享有声望的宗教领袖三罗喇嘛，特封三罗喇嘛为大国师，统领河湟地区的宗教僧众，并不断提供财物和人力，派遣太监、工匠等宫廷人员，修建带有宫殿性质的佛教圣地瞿昙寺，彰显了瞿昙寺皇家寺庙的特色，体现了皇恩浩荡的大明权势。这是政治与宗教的高度结合，是政教合一形式的具体体现。在中国封建社会里常常上演这种政治与宗教联姻的统治传说，白马寺、法门寺、五台山等寺庙都有封建帝王演绎政教合一的历史因缘和传说。因而瞿昙寺获得当时最高统治者的青睐也是一种难得的因缘巧合。

于是，这种因缘巧合又暗藏了另一个大明王朝的历史谜题。传说靖康之难中落难皇帝朱允炆深藏在瞿昙寺，瞿昙寺得到了大明王朝意外的垂青。失去皇帝大权的朱允炆退避到千里之外的湟水谷地，不再威胁大明王朝的权力宝座，秘密地过着青灯黄卷的僧侣生活。1427年，宣德皇帝朱瞻基依照故宫奉天殿修建的皇家最高规格的重檐庑殿顶隆国殿，据说是为朱允炆这位落难皇帝而建的。这也是瞿昙寺意外获得的神秘而珍贵的宗教价值。这里，宗教和政治用另一种方式得到了融合，用普度众生的佛教教义解决了皇权斗争的尖锐矛盾。我无力去探究三罗喇嘛与大明王朝的最高权力者之间建立了怎样的一种亲密关系，也无法揭开建安皇帝朱允炆是否在瞿昙寺度过了胆战心惊僧侣生涯的谜团，但是瞿昙寺静谧的空气里到处弥漫着大明王朝的身影，瞿昙寺宏大的建筑里处处散射着紫禁城的威严，这是不争的事实。

站在瞿昙寺山门前，五彩经幡高悬着藏传佛教的信仰旗帜，在微风中猎猎作响。走进瞿昙寺，行走在中轴线上三进院落中的金刚殿、瞿昙殿、宝光殿、隆国殿，飞檐斗拱，红墙青瓦，佛龛神像，油灯柏香，每一处都散发着佛国世界的神秘和安详，彰显着皇家宫殿的神圣和威严。徘徊在两边的碑亭、白塔、钟鼓楼和游廊，御赐的碑文，斑驳的壁画，圣洁的白塔，静默的钟鼓，每一个都昭示着瞿昙寺深厚的皇家风范，宣扬着瞿昙寺丰厚的佛教道义。漫步在瞿昙寺的红墙外，屋顶塔尖，金光闪闪，青瓦铺排，灵兽高居，铃声清越，诵经声幽，不时闪现出一派佛国世界的安宁祥和。身后的罗汉山稳重厚实，眼前的凤凰山灵动飘逸，南面的雪山圣洁缥缈，北面的山脉深邃绵长。在这里，青山秀水，佛寺古刹，达到了最和谐、最安宁的圣地境界。

一块瞿昙寺的御制金匾，一道精致的皇帝万万岁木牌，七块藏汉文字刻制的御制石碑，一座重檐庑殿顶的隆国殿，一方故宫形制的建筑群，给瞿昙寺烙印了怎么也抹不去的皇室印记，烙上了怎么也抹不去的与大明王朝千丝万缕的联系。虽然瞿昙寺无法比肩北京故宫皇家宫殿的宏大和奢华，也无法享有北京故宫明清君王的至尊和神圣，但是瞿昙寺却与北京故宫结下了不解之缘。不论是资料记载，还是民间传说，更不用说是文物遗留，瞿昙寺留给乐都的是一段扑朔迷离的大明历史风云，一个普度众生的藏传佛教传奇，一件实实在在的宗教和历史的文化瑰宝。

历史是一条潺潺流淌的河流，又是一方静静耸立的山峰，在变与不变中演绎着千变万化的时代风云。随着大明王朝的衰落，瞿昙寺的皇家尊崇地位也不断衰落。但是，吉祥的风水宝地却安闲地保存了这座珍贵的宗教文化遗产，保存了大明王朝遗留的宝贵历史遗迹。青瓦的颜色有点苍白，檐柱的油漆有点斑驳，回廊的壁画有点破旧，碑亭的文字有点模糊，但是瞿昙寺的金字依然熠熠生辉，隆国殿的威严依然摄人心魄，象背云鼓的吉祥依然灵异生动，菩提树的枝叶依然婆娑生姿。这位六百多岁的历史老人，在沧海桑田中坚守着朝圣者的智慧和尊严，坚守着乐都历史文化的辉煌和灿烂。

每年的农历六月十五，瞿昙河两岸油菜花已经金黄，小麦开始结穗，山花正在烂漫。瞿昙寺内桑烟袅娜升腾，酥油灯明亮温馨，诵经声悠扬浑厚，演绎着佛国的静谧和安详。而瞿昙寺外的河滩上人潮前呼后拥，街道上商品琳琅满目，树林里花儿高亢悠扬，演绎着人间的幸福与欢乐。一曲曲婉转高亢的花儿，正把瞿昙寺的宗教佛光和历史风烟，弥散在繁华热闹的人间烟火里，弥散在乐都的青山秀水间。

凤凰山，兴盛的碾伯文脉

　　人们喜欢把乐都城区北面一座傲然独立的山叫蚂蚁山，是因为这座山从远处看犹如一只巨型蚂蚁静卧在那儿。蚂蚁是人们生活中常见的一种爬行小动物，把外形像蚂蚁的山叫作蚂蚁山，觉得通俗形象，来得亲切过瘾。虽然乐都的文人们给这座山起了个好听的名字叫凤凰山，但是在日常生活中人们还是喜欢叫作蚂蚁山。

　　蚂蚁山是一座独立于乐都城区北面东西走向山脉的小山，坐北朝南，与北面绵延的丹霞山脉隔出了几十米的一个通道，因而蚂蚁山显得卓然独立，俯瞰城区，傲视湟水，显得与众不同。但山形凹凸有致，高低起伏，姿态多样，不同的方向呈现出不同的样貌。从蚂蚁山西南面远望，前山和后山形态鲜明，前低后高，紧密相连，山势由西北折向东南，犹如蚂蚁山作了一个深情的回眸。前山较为低矮娇小，犹如蚂蚁的头部，傲立在东南面；后山较为高大敦实，如同蚂蚁的中后部，端居在西北面。前山与后山的连接处有一个山洼，似乎是蚂蚁的脖颈。西南的山洼处静卧着一座三官庙，红墙金顶，桑烟缭绕，悠然安详。前山和庙后各有一条道路，能便捷轻松地登上蚂蚁山。

　　从前山的石阶缓步上山，一边登山，一边观景，是一件惬意的事。曲折的石阶道路绕着前山的山坡盘旋而上，袒露的红色砂石告诉人们蚂蚁山是一座丹霞地貌的山，只不过上面覆盖了一层厚实的白土，隐去了丹霞地貌的嫣红色彩，加上近几年的人工植树，沙柳、沙枣、白杨、松树等耐干旱的树木已经给蚂蚁山披上了碧绿的"衣裳"，掩饰了红色的砂石，蚂蚁山显得绿树葱茏、秀美多姿了。

顺着石阶登上前山峰顶，就来到八宝塔前。八宝塔共八层，用水泥筑成，浑圆秀丽，高耸云天。宝塔上雕塑了许多小佛像，宝塔前摆放了一个大香炉，不时会看到供奉的祭品和焚烧的香裱，缭绕的桑烟给宝塔披上了一抹浓郁的佛国气象。站在八宝塔前，乐都城区的全貌尽收眼底，高楼林立，鳞次栉比。极目远眺，南山积雪，缥缈莹白，东西峡谷，山峰壁立，湟水中流，蜿蜒曲折，高山流水，令人心旷神怡。

后山隆起的山峰虽然不险峻，但是也有两百多米的山坡需要行走。沿着后山沟槽的石阶登上山巅，景象更加壮阔。后山的山巅处地势较为开阔，新修了一座五层朝阳阁。红白相间的面容，端庄典雅的身姿，飞檐斗拱的灵动，高耸入云的气势，与前山挺拔高耸的八宝塔遥相呼应，前塔后阁，顾盼生辉，为蚂蚁山增添了一抹雄壮的人文景观。站在朝阳阁前，可以尽情欣赏乐都盆地及乐都城区的全貌。尤其是蚂蚁山北面的绵延山脉尽在眼前，美不胜收。高耸的松花顶，深邃的仓家峡，突兀的老爷山，潺潺的引胜河，俊美的裙子山，显示着达坂山的雄浑和秀美。

裙子山适于人们仰视，只能从山下领略褶皱百折的俊美形象，而蚂蚁山则适于人们攀登，从蚂蚁山俯瞰山下的壮美景象。蚂蚁山为乐都城区居民提供了一个便利的观景平台，从蚂蚁山可以饱览乐都盆地的东南西北，可以俯瞰乐都城区的高楼大厦，可以远眺中贯全境的湟水河流，可以畅想乐都的沧桑巨变。

2018年建成朝阳山公园后，登临蚂蚁山便利多了。蚂蚁山前山南面修建了曲折的石阶，可以直达前山的八宝塔。东面修了山门和石阶，行走较为吃力。后山西侧修建了一条盘曲的木栈道，东侧修了一条可行车的柏油路，人们可以从东西南北四个方向登临蚂蚁山，尽情享受登山览景游玩的情趣。同时，在蚂蚁山的西面和南面山脚下营造了两个人工湖，将蚂蚁山的秀丽风姿映照在碧波荡漾的湖水中，给乐都增添了秀丽的湖光山色风韵。

文人们把蚂蚁山雅称为凤凰山，据说是山上曾经落过凤凰，带来了吉祥。因为雅称为凤凰山的缘故，1841年修建在山脚下的书院就有了一个美好的名字凤山书院。这座吉祥的山见证了乐都文化和教育在清代的兴盛景象，是乐都文教兴盛的一条重要文脉。清朝时书院盛行，凤山书院对乐都的近代教育发挥了重要的作用，培养了许多杰出的乐都人才。

  清代开始，教育发展的一个重大变化就是书院在各郡县的兴起。而凤山书院的前身则是1759年碾伯知县何泽著在文庙旁建立的碾伯书院，后来因兵乱等原因废为园圃。1841年知县冯曦在文昌宫旁边重修书院，恢复科举制度教育。直到1905年因废除科举而改为学堂，乐都经历了长达144年的书院教育。不管是碾伯书院，还是凤山书院，书院的兴盛反映了清代教育在乐都发展的一个重要标志。从书院中先后走出了39名拔贡，并且走出了吴栻、谢善述这两位文学大家。因而说到乐都文化大县，就离不开凤山书院及其从书院中走出的文化翘楚。在1978年前柳湾彩陶还埋在地下时，乐都的文明记忆和历史印记已经有汉朝的破羌县、魏晋的南凉、唐代的鄯州、明代的瞿昙寺，但是乐都的文学和教育记忆却鲜有记述。而清代开始，乐都的文学和教育就有了鲜明而厚重的印记，这就是凤山书院的兴盛，就是教育的薪火相传，就是文学的开源扩流。

  凤山书院的修建得益于当时的碾伯县令冯曦。他于1841年在文昌宫旁边重修了书院，并根据书院后面的凤凰山更名为凤山书院。冯曦在《重修凤山书院碑记》中描述了凤山书院的样貌："门室五重，前为讲堂，北为楼，左右为连簃，东为别院，前为厅舍。登楼以望南山，笔架五峰与槛平，其下古树荫翳，花竹丛后为圃，榆杏交柯。"从中可以看出凤山书院的布局、规模及环境，简朴、幽静、典雅，洋溢着杏坛春暖的书院气息。书院的幽雅环境和研学气息，带有浓郁的时代特色。

  在乐都悠久的历史上，凤山书院的建立是乐都教育兴盛的重要标志，意味着乐都的教育有了正式的文字记载和教育体制。虽然赵宽的墓碑记载了汉代乐都教育的开始，南凉时秃发三兄弟也重视教化育人，明朝的义学、社学等教育也在乐都发挥过作用，但是记载不详，无法窥见清代以前乐都的教育状况。但在清代冯曦重修凤山书院的碑记中，就明确记载了凤山书院的场地、规模、办学性质及人才培养的成就，而且从凤山书院走出的吴栻和谢善述两位杰出人才，开创了乐都文学的先河，留下了宝贵的诗歌、散文和小说的丰硕成果。

吴栻的文学创作主要成就是诗歌和散文，他用雄浑质朴的笔触描写了乐都的自然风光，表达了对家乡山水的热爱之情。《碾伯八景诗》用生动的诗意笔墨描述了乐都南山积雪、冰沟奇峰、红崖飞峙等自然景物，而《会景楼记》《石沟寺记》等则用质朴的散文语言记述了乐都会景楼、石沟寺等人文景观。而谢善述则用纪实性的语言创作了乐都最早的一部章回体小说《梦幻记》，真实地反映了乐都在清代的社会现实和个人遭际。还有《荒年歌》等诗歌则用通俗的乐都地方语言记述了乐都在清代遭遇灾荒的真实生活。这两位受惠于凤山书院教育的杰出学子，用他们的真才实学书写了乐都的清代历史，书写了乐都的本土文学，书写了乐都的辉煌教育。

凤山书院在1905年变革为碾伯县高等小学堂，结束了清代书院教育在乐都的历史。现在，书院的遗迹都消失了，西北角只剩下一棵苍老的柏树，还在落寞地更换着枯枝和新叶。但是随着社会的变革和发展，在凤山书院的院址上经过多次名称、学制和规模的变化，参与和见证了乐都教育的实践和发展，为乐都教育的发展作出了重要的贡献。

凤山书院消失在历史的风烟后，乐都的现代教育以1930年县长梁炳麟创立的乐都中学为中心，得到了全面快速的发展，多种办学体制的乐都教育培养了许多优秀的知识分子，曾经创造了"乐都文书、两化的官，互助大通一二三"的教育辉煌。

凤凰山因特殊的地理位置和美丽的自然形态成为了乐都的眼睛，在几千年的风风雨雨中，见证了河湟古都的沧桑巨变，见证了河湟古都的历史风云，见证了河湟古都的文教发展。相信越来越壮美的凤凰山会见证更加辉煌的乐都文教，见证更加美好的乐都未来。

冰沟奇峰秋韵

盛夏时领略过冰沟奇峰绿意盎然的壮美，秋意正浓时又踏上了登临冰沟奇峰的旅程，想看一看秋天的神笔将会给冰沟奇峰染上怎样一抹层林尽染的绚烂。

此时，湟水河两岸的白杨树变黄了，时不时飘下几片树叶，柳树还在摇曳着深绿的叶子。黄绿相间，逐渐显露出晚秋的色彩。山里的秋来得早，梯田里露出褐色的土壤，山坡上摇荡着枯黄的草叶，村庄笼罩在金色的杨树中。车窗外满眼尽是苍茫辽阔的山脉，山岭绵延，沟壑纵横。在高山上不仅能近距离看到乐都北山的壮阔，还能远距离看到乐都南山的壮丽。耸立在湟水河南北的山脉似乎处在同一个水平面上，开阔、苍茫和辽远。由西向东的山脉连绵不绝，向南北斜伸出的支脉纵横交错，组成了山的海洋。汽车行驶在蜿蜒起伏的山岭上，犹如颠簸在山脉的浪涛中，起起伏伏，飘飘忽忽。

就在这种苍茫辽远的山脉中珍藏着北山最奇崛的山峰——冰沟奇峰。从芦花乡的三岔口东面一个挺立着黄色落叶松的山坡驶入沟底，只见一条小河潺潺流淌。河的南岸阴坡上森林茂密，色彩绚丽，而河的北面山脚下静卧着一座红卡寺。汽车沿着水泥路拐向北面的山谷，不一会到达九寺掌的山脚下。九寺掌就是冰沟奇峰，那条流淌着小溪的沟就是冰沟。

沿着一条红砖铺成的山路，在灌木丛生的山坡上爬行，犹如在画中行走一样。两面山坡上秋天已经染上了绚丽的颜色。碧绿的松树和金黄的桦树形成了黄绿相间的壮美图画，中间还夹杂着灌木的嫣红，整个山坡都灵动鲜活了起来。远处近处的山坡上都呈现了层林尽染的壮美。

走走停停行走了一个小时左右，终于登上了山顶。在山的垭豁处，视野顿然开阔起来。东南面的山谷中森林绚丽，山峰峭立。北面的山岭较高，但形成了一个缓坡，有一条小路可行走。上面有"冰沟奇峰"的石牌，是九寺掌的最高处，站在此处向北可以一览远处重重叠叠的山峦。但此处不是冰沟奇峰的最奇处。沿着山岭上的小路向东继续行走，才会看到最奇崛的山峰。但在这处山岭下形成了一个开阔平坦的天然山洼，犹如一只摊开的巨型手掌，长满了一丛丛的马莲花，花开败了，但叶子还一簇簇地昂扬着。靠近山岭处安卧着一座寺庙，但人们的兴趣不在寺庙，都纷纷拥向寺庙东面的山峰。

越过平坦的山洼，沿着一条羊肠小路向东北方向爬去，穿过一片杨树林，眼前猛然一亮。一座凸起的山峰耸立在眼前，几十条山脉匍匐在山峰前。站在山峰西面的山岭俯瞰，一条由南向北延伸的山脉在北侧的悬崖前猛然回首，凸起了一座圆柱一样翘立的山峰，犹如一个傲立的硕大头颅，俯瞰着北面的山谷，远望着苍茫的东方。顺着山峰眺望，蓝天空阔，白云飘逸，层峦叠嶂，沟壑纵横，青山如黛，层林尽染。峰前的山脉由高到低蜿蜒而下，远处的大通河犹如白练绕着山峰东去。

站在山崖上举目四望，奇峰南面的山岭上还有一座如圆锥一样耸立的山峰，吸引着人的眼球。远远望去，锐利的峰尖如一柄利剑直刺云天。山峰四面长满树木，色彩斑斓。南面的山坡高高低低，沟沟洼洼，天空半阴半晴，光彩明明灭灭，层次丰富，犹如一幅浓淡相宜的油彩画。

奇峰北面是悬崖绝壁，树木丛生，深不可测，无路可行，令人胆寒。站在悬崖边向北远眺，一层层错落有致的山脉像一条条青色的巨龙列队飞舞。蜿蜒的山脊上绿树青翠，陡立的山崖上岩壁灰白，组成了一幅青白相映的图画。北面的山层峦叠嶂，巍峨高峻，呈现着刚毅雄壮的山体风貌。奇峰的东北面是甘肃省永登县地段，东南面是青海省民和县，而所站的奇峰则是青海省乐都区。冰沟奇峰是一处两省三县的交界地带，一峰观三县，自然会观出一片辽阔的视野，观出一片一览群山小的壮阔。

站在奇峰处，虽然无法登临奇峰的峰巅，但心灵可以自由地驰骋。面对这一派苍茫辽阔的山水景象，心底顿然生出万山拜服的王者荣耀，顿然感觉山高我为峰的人生豪迈。

奇峰高不可攀，但在山峰南坡上有一条羊肠小道可转到奇峰的东面。这次秋游，有幸沿着南坡的羊肠小道绕到了山峰的东面。只见山峰高高耸起，石壁陡立，难以攀越。从东面看，奇峰只是一面陡峭的崖壁，看不到猛然回首的圆硕头颅，只有难以攀越的敬畏，没有居高临下的自信。横看成岭侧成峰，远近高低各不同。这座九寺掌上最具特色的山峰印证了这种奇妙。

奇峰南面的山坡舒缓，杨树、桦树交相辉映，色彩绚丽。顺着山洼处的小道一边感叹着曲径通幽的新奇美景，一边走向潺潺流淌的沟底小河边。小河北面的山脚静卧着一个小村庄。屋舍俨然，山沟幽静，牛羊悠闲，有世外桃源般的田园风味。这条沟就是冰沟，现在河水潺潺流淌，还没有结冰，但在寒冷的冬天会凝结成冰。从山沟向南北的山峰仰望，又是另一番景象。天空变得狭小，山峰变得高耸。只觉得嶙峋的岩石，竖立的树木，重重地笼罩在头顶，都给人一种高不可攀的威压。全然没有登临绝顶时一览群山小的豪迈，没有山高我为峰的傲然。但是在山沟能看到南坡耸立的崖壁上突兀的几块岩石呈现出如骆驼、似雄狮的样貌，令人称奇。沿着河流行走，耳畔清晰地传来禽鸟和鸣的声音，溪水哗哗的流动声，顿觉鸟鸣山更幽的寂静和悠然。这次从九寺掌山脚到山顶再到山沟再到山脚，走了四个多小时，虽然有点累，但是享受了一个较为圆满的旅程，还是值得的。

晚秋时节的冰沟奇峰在树叶的装点下更显奇特、更显妖娆、更显梦幻。在春夏时节，这儿的山坡上一片碧绿，景象苍茫辽远，只是色彩有点单调。但在秋霜染过树叶后，山色就变得丰富多彩，变得斑斓多姿，变得绚丽烂漫。松树还在坚守着青绿的主色调，但一棵棵杨树和桦树却变成了金黄色，一丛丛的灌木变换成了血红色。虽没有万山红遍的壮观，但有层林尽染的绚烂。红黄绿三种艳丽的色彩扮靓了幽静的山谷，扮靓了陡峭的山坡，扮靓了丰饶的秋天。

对于冰沟奇峰，清代乐都诗人吴栻在《冰沟奇峰》一诗中就表达了他深切的感慨："东来遥望接千树，翠嶂青峦历几重？峭势凌霄飞似鹤，岩光耸目宛如龙。

峡中何处题图画，天半谁人插剑锋？若许丹梯瞻紫气，定西门外敢辞从。"诗歌描写了如仙鹤、似巨龙、像利剑一样的奇崛山峰，描写了青翠的山峦勾勒出的如画图一样的秀美峡谷。关于冰沟在《西宁府志》中也有这样的记载："冰沟泉水出山阴，冬夏不枯，常凝为冰，下流入湟水，冰沟奇峰为古青海十二景之一。"现在气候变暖了，夏秋时节看不到冰沟的冰，但在冬天时冰沟的河水冷冻成冰，与脱去树叶的奇峰又会组成一幅冬日奇景。在老鸦峡尚未开通时，冰沟是古丝绸南路的重要通道，也是唐蕃古道的必经之地。明代曾在冰沟南面建有定西门，清代曾设置冰沟驿。冰沟流淌着历史的风韵。

乐都的明清文人把冰沟与奇峰连接在一起，列入了碾伯八景之一，创造了一个冷峻而又神秘的山水神话。结满莹白冰雪的山沟上昂扬着奇崛头颅的山峰，一高一低，一凸一凹，一阴一阳，组成了一个奇妙的世界。在沟底仰望山峰，凸起的山峰更显高大；在峰巅俯瞰沟底，凹下的山沟更显幽深。冰沟奇峰这座深藏在山的海洋中的壮美山水，在春夏秋冬四季的变换中为人文乐都演绎着最美的山水图画。

在冰沟奇峰，看山的海洋，看峰的帆船，看树的妆容，看水的悠然，是眼睛和心灵最纯净的享受。虽然沟内有红卡寺，山上有道观，但是人们翻越重重山岭，登上高耸的九寺掌，看的就是千山拜服的辽阔，看的就是壁立千仞的雄奇，看的就是层林尽染的绚烂。因为，冰沟奇峰不用人为雕琢，就是一件鬼斧神工的山水艺术品，值得人们在四季的变换中悠然地品味鉴赏。

仙境松花顶

自从三河湿地公园建成后,行走南北两湖成为我茶余饭后的必做功课。天气晴朗的时候,站在北湖的观湖亭前,顺着引胜河向北遥望,距离30多公里的松花顶犹如一顶巨型的伞盖傲立在绵延的达坂山山脉上,安闲端庄,清晰可见。冬春时冰雪莹莹,夏秋时碧草青青,从容地变换着四季的容颜。但在云雾缭绕时,高耸的山顶像一处神秘的仙境缥缈在云端,令人神往。

说到松花顶,我自小就有印象。老家就在松花顶东麓引胜河东岸的李家台村,从村庄东面的山头就能望见高耸的松花顶,望见山坡上一道道白色的条块。感觉松花顶与众不同,别有一番风味。松花顶就如它美丽的名字一样,是一朵盛开的松花,那一道道白色的条块就是松花一层层白色的花瓣。只是不知道,山坡上的一道道白色条块到底是什么。还听村庄里祭拜松花顶的人说,松花顶上烟瘴大,要抽几支烟解除乏气后才能上去。那时候不知道烟瘴大就是山高缺氧,有高原反应,只觉得爬松花顶很困难。村里人还说,松花顶上有一个大盖子,如果揭开盖子,山顶就会流出海一样多的水,把胜番沟里的人都会淹死,感到很害怕。幼小的心灵里对松花顶埋下了一抹恐惧的阴影。长大后,我对这一座神秘的山峰有过两次探访,领略了它的高耸和壮美,消除了恐惧的心理,滋生了敬畏的心情。

第一次登山是在二十岁的时候。那一年的农历六月十二,松花顶下的牛粪滩要举行赛马会,我和村里的伙伴从上衙门村西面的过连沟沿着一条羊肠小道,徒步登山。一路上看着山坡上的青翠树林,听着沟内的潺潺溪水,在说说笑笑中轻松地到达了松花顶下的牛粪滩。牛粪滩是一个松花顶下的大草滩,顾名思义,草滩上牛粪很多,也意味着放牧的牦牛也很多。果然,一墩墩矮草间就堆积着一摊摊牛粪,散发着青草的混合味道。宽阔的牛粪滩上人头攒动,高耸的桌子山上桑烟缭绕,崎岖的跑道上骏马风驰电掣,远处的山坡上牛羊悠闲地吃草。

那时没有登上峰顶的冲动,到牛粪滩就是去看一看热闹的赛马会。我们坐在长满鞭麻花的草甸上,看着集市一样的热闹会场,看着如圆锥一样的高峻顶峰,看着如利箭一样飞驰的健壮骏马,心里充满了欢乐。乘着晚霞,原路返回,没有感觉到烟瘴的恐惧,也没有看到峰顶的盖子,觉得登松花顶也没有什么可怕的。其实,这一次的登山只登了松花顶的一半,止步于松花顶半山腰的一个草滩,没有登上海拔四千多米的顶峰,自然感觉不到高原反应,也就无法领略松花顶的高峻。

真正登上松花顶则是自己到了五十岁的年纪,因作协组织会员到松花顶采风,在文朋诗友的陪伴下,有幸登上了海拔四千多米的松花顶,切实感受了松花顶烟瘴大的恐惧,感受了这座圣山的神秘。

早晨,从县城乘车向松花顶西面的达拉乡李家昂村出发,很轻松地到达了牛粪滩。虽然免去了从松花顶东面过连沟登山的辛劳,但也少了从松花顶山脚登山的乐趣。牛粪滩海拔有三千多米,只见黄黄白白的鞭麻花星星点点密布在牛粪遍地的草滩上,牛羊穿梭在鞭麻丛中啃食着低矮的青草。宽阔的草滩上一座山峰卓然突起,不像是一个规则的圆锥体,山脊横斜,倒像是一个不规则的梯形。横看成岭侧成峰,远近高低各不同。松花顶从不同的方向和距离去看,呈现出不同的形态。不一会儿松花顶烟雾笼罩,看不清山峰的样貌,而远处的天空却晴朗无云,艳阳高照。

沿着草滩中的小路向上行走,开始感觉很舒适,脚踩在酥软的草滩上,脚步轻快,呼吸顺畅。但走到草滩尽头,脚下尽是石块,山坡也陡峭起来。这时才看清,陡峭的山坡上尽是大小不一的石块,密密麻麻地铺展在山坡上,犹如一条条静静流淌的石块瀑布,密布在松花顶的山坡上,组成了松花顶嵯峨的山体。石块犹如炸裂的刀石一样,没有圆润的石面,全是尖利的块状,可以感觉到松花顶曾经发生过天崩地裂式的地质变化。一些掉落在草滩里的石头则长了黄色的苔藓，形成了一幅幅天然的图画。虽然我无从探究这种遍布石块的山峰如何形成，却听说过松花顶这位北山爷爷和南山奶奶阿伊赛迈夫妻因吵架被南山奶奶用石头砸向北山爷爷造成松花顶遍布石头的传说。我也无法探究村里人传说的山顶上的大盖子又是怎么回事，只看到散布着石块的草滩上有一条溪流在缓缓流淌，清澈甘爽。神话虽然解除不了心中的疑问，但神话总是有那么些温馨的浪漫和神秘，让我心生温暖。

我们在石道上艰难爬行，稍有不慎，脚底下就打滑，站立不稳。羊肠小道上，不时会出现石块垒起的一个个形状各异的小石堆，犹如守卫松花顶的神兵，欢迎着爬向山峰的探险者和朝拜者。有人坐下来抽烟，有人喘着粗气，而我感觉到了头疼。松花顶上烟雾笼罩，看不清远处的道路，这就是说的烟瘴大吧。我们在迷雾中相互呼喊着，照应着，在趔趔趄趄、气喘吁吁中爬上了峰顶。

山顶较为平坦，最高处用石头垒起的峨博上经幡飘扬，云雾弥漫。山顶草甸湿润，似乎刚下过雨。站在山巅，犹如站在云端进入仙境一般，手可摩天，眼可四望，心可超脱，全然忘记了尘世的一切。不一会儿，云雾慢慢散尽，又是另一番景象。山坡的石河又像是一条条白色的哈达从顶峰垂挂到山脚，整个松花顶就像一个巨大的经幡，神圣庄严。此时，站在乐都北山的最高峰，放眼四顾，乐都盆地的辽远和壮阔尽在眼前，北面互助松多的山峰也缥缈在远处。尤其是湟水河南北两岸的绵延山脉都匍匐在松花顶下，层峦叠嶂，似有万山朝拜的气势，顿然产生了"会当凌绝顶，一览众山小"的豪迈感觉。

不一会儿，山顶又蒙上了一层云雾。我们在云雾弥漫中小心地踏上归途，石块缝隙中偶然看到一些低矮的野花在寒风中顽强地绽放着，还有一些牦牛的身影迷失在云雾中。从石块密布的山峰滑行到牛粪滩，再回首刚刚爬过的山峰，云雾又把山峰笼罩得严严实实，松花顶又披上了神秘的面纱，变得缥缈虚幻，高不可测。虽然我没有见到小时候听说的大盖子，但是领教了海拔四千零五十六米山巅的诡奇，也饱尝了大烟瘴的厉害。坐在草滩上，头还有点隐隐作痛，呼吸也有点吁吁难耐。

当我们走到牛粪滩下的李家昂村时，天空清朗，炊烟缭绕，牧羊归家，一幅安闲幽静的田园图景。

随着汽车缓缓驶离，被人们敬为圣山的松花顶又隐没在云雾里。只有在天朗气清的日子里，行走在三河公园里，松花顶如伞盖一样的秀美山峰才会出现在辽远的视野里，出现在曾经的记忆里。

过连沟瀑布

几年前就听说松花顶东麓的过连沟密藏着一些天然瀑布，却一直没有机会去看看。直到2022年晚秋的一个下午，跟随两位摄影爱好者进入了过连沟的秘境，探寻了幽静山谷中潺潺流淌的溪水，领略了从松花顶流淌下来的清澈溪水垂挂在岩石间的几处精微瀑布。

虽然这里的瀑布没有壶口瀑布那么壮观，没有庐山瀑布那么飘逸，也没有诺日朗瀑布那么秀美，但是却有高原峡谷特有的一份灵动，一份清幽，一份悠闲。

汽车沿着扎碾公路行驶到寿乐镇上衙门村，然后拐向村庄西面的过连沟，大约行驶了三公里就到了水泥路的尽头。汽车不能往前行驶了，就停在一片松树林前，我们只好下车徒步走向山谷。山谷中两条引大济湟北干渠的红色管道，贯通山谷，壮观醒目。

树林里有一条沿着溪水河岸踩踏出来的狭窄小路，弯弯曲曲，高高低低，或隐或现地通向山沟深处。落叶松细小的松针都黄了，很多已经掉落在地上，密密地铺在松林里，铺在小路上。脚踩上去软绵绵的，犹如踩在地毯上一样，非常舒适。脚踩过后竟看不到脚印，也分不清哪些是刚走过的地方。树上的枝条舒展着，还稀疏地散射着一些锋利的针刺。那些没有掉落的松针在阳光下金黄金黄的，犹如千万只金针在阳光下锻造，发出金灿灿的光芒。

穿过松树林，沟内出现了一丛丛的灌木，有的树叶血红，有的叶片金黄，有的挂着几颗小红果，有的掉光了树叶，多姿多彩，变换着晚秋的色彩，不时地给人带来一些小惊喜。小路在灌木丛中拐来拐去，曲折难行。有时要拉起横斜在小路上的枝条，有时要低下头弯腰穿过低矮的树枝，有时要踩着小石块跳过潺潺的溪水，有时要折向半山腰的崎岖小路。我们几乎是在人迹罕至的山沟内穿行，行走就很艰难。不但要克服爬行的劳累，还要克服灌木的牵绊。虽然没有披荆斩棘的辛劳，但却有磕磕绊绊的不便。

溪水在一处山岭前分为两条，一条来自于南面的山谷，水流较小；一条来自于北面的山谷，水流较大。南北两条溪流汇合后流向东面。听去过的人说，南面的山谷有一个瀑布，路途较近，但瀑布较小，而北面的山谷瀑布较大，路途却较远。我们决定先去看北面的瀑布，然后再去看南面的瀑布。

山沟狭窄，最宽处有十几米，最窄处仅有两三米。从两边山坡山滚落下来的石头堵塞了沟底，有的裸露着狰狞的样貌，有的隐藏在苔藓下。堵塞严重的地方溪水隐入石头底下成为地下水。走在长满苔藓的石头上不仔细看，辨不出是石头，还是草滩，只听到脚底下传来哗哗的流淌声，却看不到溪水的一点影子。过了一会儿，溪水又出现在草滩上。溪水好像在跟我们捉迷藏一样，用它的飘忽不定给行走迷茫的我们不时带来一个个惊喜。

山谷非常幽静，除了溪水流淌的哗哗声外，小鸟的叫声也不时地回响在山谷间，偶尔还会听到不知是什么动物快速穿过树林的沙沙声。有了这些天籁之音，这个山谷就有了活力，有了灵动，有了情趣。尤其是潺潺流淌的溪水，穿行在高低起伏的山谷间，穿行在大大小小的石块中，形成了落差，形成了冲击力，溪水的姿态就变化万千，溪水的样貌就妖娆灵动。瀑布就是这条山谷中最吸引人的一个溪水精灵。

一路上，从西向东的溪水在石块缝隙中时不时激荡出一个个低矮的小瀑布，吸引着我们的眼球。这些小瀑布落差不大，水流短促，娇小可爱，可以蹲下身近距离观看冲击成一截白练的小瀑布，尽情感受水的柔美蝶变。

当我们拖着有点疲累的脚步走到沟内最高处，听到一阵阵轰然作响的水流声从树丛中传过来，不由得加快了脚步。穿过树丛，登上山坡，猛然看到一条长长的瀑布从十几米的崖壁上垂挂下来，溅起一朵朵白色的水花绽放在水潭里，又像是一颗颗晶莹的珍珠弹跳在碧水上，发出震撼山谷的激荡声，打破了山谷的幽静，打破了寂静中的恐惧，心中不由生出惊喜。站在水潭前向上看上去，这股瀑布是从两块高大岩石中间的水槽中直直飞下。瀑布的上端隐没在岩石上，而下端跌落在水潭中，形成了一束长长的白练。瀑布经过水潭的缓冲后又流入下面的岩石中，形成了几个小瀑布，隐藏在岩石间，自在地流淌。

尽情地拍照后，我们怀着好奇心爬到瀑布上面的岩石上，去探秘瀑布的源头秘密。只见一股溪水从密布的石块中流淌出来，绕过两三个石块后猛然跌落下去，看不见瀑布的身影，只听到轰然跌落的声响。溪水在高高的岩壁上无路可走了，就纵身而下，顾不得粉身碎骨，匆忙中把紧密的一股水流撕裂成了一颗颗飞散的水珠，而万千颗晶莹洁白的水珠在半空中重新组成了一条飘舞的瀑布。因为岩石造成的巨大落差，一股平常的溪水也就有了瀑布的别样姿态，有了飞瀑的妖娆身姿。这条过连沟中最大的瀑布在我们眼前展现了娇美的面容，也袒露了全部的秘密。

溪水北岸的山峰陡峭，危崖高耸，岩石凸出。尤其是端居在崖顶的一块巨石，高高耸立，与下面的岩石之间空出了一道深深的缝隙，像是上苍着意安放在那儿。从瀑布处向东面远远望去，形如仙桃的石头，高高地傲立在峰顶，很像是黄山上的那块天外飞石仙桃石。转到南坡上平平地看过去，石头又像是一位神态自若的神仙，依偎在北面的山坡上，悠闲地凝望着南坡。崖壁下还有一个十几平方的洞穴，崖壁顶部被烟熏成了黑色，靠近崖壁处安卧着一间破旧的小木屋，似乎是放羊人生活的地方。而溪水的南坡山势舒缓，长满了紫桦，树叶已经掉落了，外面的树皮爆裂开来，露出里面新鲜的桦树皮。桦树皮上错落着一道道白色的线条，似乎在袒露着桦树生长的生命密码。

顺着瀑布上面的溪水向西望去，溪流又隐没在地下，隐没在灌木丛里，看不到尽头。而远处一座高峻的山峰如屏障一样耸立在山谷的尽头，我们只好望而却步。南面山谷的瀑布因为天色已晚，也无力光顾，留下了一些遗憾，只能留待以后去揭秘了。

我知道，这股清澈的溪流来自于山谷尽头海拔四千多米的松花顶，流淌了千万年，而老家就在过连沟东南面的我直到知命之年才看到了溪水与瀑布的妖娆,这次探险也没有溯着这股清澈的溪流登上险峻的松花顶,心中总有一些遗憾。我曾不远万里追寻过黄果树瀑布、诺日朗瀑布、壶口瀑布,却忽视了身边的瀑布。其实,熟悉处也有美好的风景,就看你是否去探索和发现。

无限风光在险峰,妖娆美景藏幽谷。生活中总有那么些险峰难以逾越,有那么些幽谷难以穿越,即使去探险,也难以探究险境中蕴藏的所有秘密。人生旅程总会有许多遗憾。不管怎样,这次过连沟探险,还是领略了在坚硬岩石上经过千锤百炼的溪水和瀑布,领略了高峻松花顶珍藏的神秘峡谷,是非常值得的。

三河湿地公园的山水图画

河流是最摄人心魄的水精灵，是连绵青山最柔情的伴侣。有了河流的润泽，高山荒原就会妩媚动人，风情万种。乐都盆地四面环山，拉脊山和达坂山东西走向的山脉和南北走向的沟壑形成了乐都雄浑的山脉骨架。乐都盆地南面的拉脊山脉耸立的花抱山高峰、迷人的央宗丹霞，北面的达坂山脉高耸的松花顶、秀美的裙子山丹霞，演绎着乐都山脉雄壮奇秀的山峰图画。而流淌在山脉之间的湟水河、引胜河、瞿昙河等河流则用河水的柔情滋润了山峰峡谷，滋润了桑麻荫翳、鸟语花香的乐都风韵。青山与秀水，在乐都盆地演绎了亘古绵长的山水情话，也演绎了美丽雄壮的山水图画。

在乐都盆地，湟水河、引胜河、瞿昙河在漫长的历史里早就结下了深厚的地理姻缘，她们在碾伯镇水磨营河滩处已经交汇相融了千万年。岁月不居，这三条乐都盆地最大的河流经历了怎样的沧海桑田无法去考证，但这种天然的地理姻缘在海东市打造三河湿地公园后，得到了更完美的释放和呈现，拥有了高原小江南特有的湖光山色。

2019年前，这三条河流以各自本来的面目和身姿在水磨营的河滩低调地流淌，天然地交融。但在这一年之后，海东市看中了这三条河的地理姻缘和河水情怀，大手笔打造了三河六岸湿地公园。于是，原来干燥荒芜的河滩华丽转身，蓄起了两座碧波荡漾的人工湖，镶嵌在湟水河的南北两岸，形成了如太极图一样妖娆多姿的山光湖色图画。

从遥远的海晏包呼图山浩荡东流的湟水河，在乐都盆地中部的碾伯镇水磨营河滩愉悦地接纳了南北两条宽阔峡谷仓家峡和盛家峡流淌而来的引胜河和瞿昙河，豪爽地赋予了它们金黄的肤色，汹涌的喧响，一起欢腾地流向东方。瞿昙河和引胜河无论原来怎样清澈，也不管过去怎样娴静，但是投进了湟水河雄浑的怀抱，就无一例外地烙上了湟水河的秉性和色彩。三条河融为一体，化为一河，拥有了浩荡浑厚的壮美情怀，拥有了百川归海的共同归宿。

  湟水河带着丰厚的泥沙，把源头和支流中清澈的水印染成了如黄金一样的肤色。它裹挟着湟水两岸的沃土，壮大了奔流的声色。它一路向东，经过险峻的峡谷，经过舒缓的平川，以有容乃大的胸怀，冲击着坚硬的崖壁，激荡着如雷的喧响，演绎着浩荡奔涌的黄河前奏。奔流的黄浊湟水无法映照天上的云影，无法映照南山的积雪，无法映照河边的柳影，但是它润泽了两岸枝叶婆娑的榆柳，润泽了河中芳草萋萋的沙洲，润泽了水中嬉戏飞翔的野鸭，润泽了湟水谷地桑麻荫翳的富庶。

  湟水河在乐都盆地一路向东，蜿蜒曲折，形成了许多舒缓宽阔的河湾。在东大桥到水磨营大桥两公里的河道上形成的南北两个河湾地势平坦，面积宽阔，曾经是卷烟厂和地质四队的厂区和荒芜的河滩。现在海东市利用这两个河湾修建了南北两座人工湖。这样一打造，此处的湟水河犹如太极图中间的Ｓ线，两座湖就像Ｓ线两边的圆，碧绿的湖水和金色的湟水色彩鲜明，达到了自然河水与人工湖水的有机结合，动态河流与静态湖泊的完美交融。

  从森林茂密的仓家峡奔流而来的引胜河流进了北湖，清澈的河水涌动在北湖里，映照出壮美的天光云影。北湖是一个连体湖，两湖之间筑起了一个人工岛，岛上建了一座观湖亭。观湖亭北面的湖平静如镜，碧波荡漾，映照出湖边的绿树红花，映照出河岸的高楼大厦，映照出引胜河两岸的绵延山峰，映照出北山最美的山峰松花顶。尤其是五月白雪覆盖松花顶时，如伞盖一样的莹白松花顶倒映在北湖的碧波中，别有一番高原独有的湖光山色风韵。北湖南面的湖水从石阶上跌落，流入观湖亭南面的小湖，形成了一排排细小的飞瀑。在两湖之间玻璃栏杆围成的蜿蜒走廊上，可以近距离聆听飞瀑千重叠的优美乐音，可以近距离观看千瀑竞飞舞的壮美画面。观湖亭南面的小湖映照出湟水河南岸的杨树林，回荡着湟水河汹涌的涛声。北湖的东面、湟水河的南岸有一片葱茏的杨树林，白杨树枝干高耸，绿叶婆娑，犹如一道绿色屏风横立在北湖东头，为碧波荡漾的北湖增添了一抹绿色的花边。

　　南湖引进了从白雪皑皑的南大山流淌而来的瞿昙河水，形成了一个宽阔平静的湖，波光潋滟。南山积雪的倒影摇曳在湖面上，增添了高原小江南别样的初夏风韵。湖的南面堆积了一个小山丘，绿草如茵，绿树错落，高低起伏。山丘上建造了观景台，可以俯瞰绿树掩映的湟水河，可以俯瞰碧波荡漾的人工湖，可以远观北岸的林立楼群，可以远观连绵蜿蜒的达坂山山脉。绿树掩映，红花镶边，野鸭游弋，云影飘逸，山峰倒影，如画的山光湖色缭乱着游人的脚步。

　　潺潺流淌的引胜河和瞿昙河，涌动着急流，飞舞着浪花，奏鸣着喧响，润泽了两岸的杨柳，润泽了两岸的禾苗，也润泽了两岸村落的富庶。它们以绵绵不绝的流动姿态，释放着澎湃的活力，翻腾着跳跃的浪花，喧响着激越的涛声，展现着蜿蜒的身姿。与湟水河相比它们是小家碧玉，是涓涓细流，摆脱不了被湟水河包容同化的命运。而她们在人工湖停歇下来后，汇聚成了宽广明净的湖泊，蝶变为湖的秀美模样。虽然她们收敛了奔放的性格，却妖娆了海东新城的面容，滋润了城里人的休闲生活。平静的湖水，犹如一面明亮的镜子，映照着天光云影的秀丽容颜，映照着云霞雾霭的奇妙变幻，映照着日月星辰的东升西落，映照着远山高峰的连绵起伏，映照着桃红柳绿的明媚丽影。宁静的湖水拥有了明镜的功能，具有包容天地万物的宽阔胸怀，也具有妩媚自然生灵的温润柔情。湖水给倒影在水中的万物增加了一份湿漉漉的清新，平添了一份水灵灵的神韵。

　　现在，三河湿地公园已经成为乐都城区又一个惬意的休闲去处。迎着朝阳或沐着晚霞，漫步在三河湿地公园，是人们茶余饭后最舒适的休闲活动。从湟水河北岸的木栈道向东徐行，跨过湟水河上的东大桥，迈过引胜河上的映黛桥，就到达了北湖。站在观景台，驻足观湖亭，领略湖光山色的妖娆后，随意地绕湖一周，再漫步绕过东面的水磨营大桥，拾级而下，穿过湟水河南岸葱茏的杨树林，跨过瞿昙河上的小桥，向西沿着湟水河南岸行走几百米，就到达南湖。沿着湖岸漫步，可以尽情领略南湖的湖光山色。站在小山丘的观景台，可以饱览湟水河南北两岸的青山秀水。也可以从湟水河南岸的南湖出发，反方向游览三河湿地公园的景致。一两个小时内，三河两湖六岸八景的妖娆风姿都会尽收眼底。

　　春花夏草最灿烂，秋叶冬雪也明艳。一年时景总不同，换得心情四时看。每一个季节，三河湿地公园都会变换不同的模样。而拥有三河湿地公园的乐都，拥有的是高原小江南的刚柔相济，拥有的是乐都青山秀水的如诗如画，拥有的是乐都自然人文的和谐浪漫。

故乡的河

不论什么时候，只要一看到从仓家峡流向湟水河的引胜河，总有一股甘甜而温暖的河水流进心田，流进儿时到现在的连绵乡愁里。

河流是大自然的血脉，滋养着高山峡谷的生命和容颜。故乡的河则是家乡的血脉，律动着故土乡村的温度和思恋。流过老家李家台村西头的引胜河是滋养我一生的母亲河，滋养了我的生命，养壮了我的身体，润泽了我的乡愁，永远流动在我澎湃的血脉里。

虽然我离开出生的村庄李家台已经有三十多年了，也就是说离开故乡的河三十多年了，但是却没有中断过引胜河水的饮用，没有离开过清澈河水的滋养，没有忘记过河水流进肚腹的温热。那条自小就哺育过我的引胜河不仅是引胜沟村民的饮用水，也是乐都城里人的饮用水。我离开故乡的半径不大，就是定居在离故乡十七公里的乐都县城。虽然县城有一条由西到东横贯乐都腹地的湟水河，但是湟水河裹挟着泥沙，河水浑浊，只能灌溉，不能饮用。而引胜河是乐都境内由北到南汇入湟水河最大的一条支流，水源丰沛，河水清澈，成为引胜河两岸村民和县城市民唯一的饮用水源，滋养了许多乐都人的日常生活。

从出生到初中毕业，我一直生活在李家台村庄里。这期间，每天都看到从村庄西北沟谷中奔涌而流的引胜河，带着莹白的浪花和滚滚的涛声向南面的县城蜿蜒流去，心也似乎随着飘带一样的河流漂向县城，向往着县城的繁华世界。那个时候，故乡的引胜河是我走向外面世界的一个引路人，总是牵引着我的目光，激荡着我的心怀。我知道顺着引胜河流动的方向就有一个崭新的世界，一个与故乡不一样的世界。

初中毕业考入湟水河畔的乐都师范后，我就离开了李家台村。不久，又把家安居在乐都县城，开始了三十多年的城市生活。故乡的引胜河也逐渐远离了我的生活，我以湟水河为生活中心，经常行走在湟水河岸，感受着湟水河春夏秋冬的模样，聆听着湟水河昼夜不息的涛声。我似乎忘记了引胜河的模样，但每天都喝着来自引胜河的甘甜自来水，又使我不时想起饮用引胜河岸畔泉水的情景。

记得，小时候我能挑水的时候，父母就让我挑着两只木桶到引胜河边的一个泉眼中去挑水。引胜河水虽然清澈，水流量也大，但是处在李家台村引胜河东岸的草滩上有一个较大的泉眼，水质甘甜，水流干净，常年不涸，是最好的饮用水。村里人都到泉水边挑水，我家也常年挑泉水做生活用水。那时候，在河边的泉眼挑水是一道热闹的风景。水瓢舀水时的啪啪声，泉水倒进水桶时的咣咣声，扁担被水桶弹压时的吱吱声，人们争先恐后舀水时的叮叮声，一起奏响在引胜河边的泉眼处，和鸣在汩汩冒出的泉水里。挑着水走在路上，人们踩着细碎的脚步，扭着浑圆的腰身，晃着摇摆的水桶，打着热情的招呼，交错在村巷里，形成了那个时代特有的一幅画面。这些都是故乡的河水演绎的温馨乡愁。我融入在这些挑水的画面中，肩上挑着两桶清澈的泉水，摇摇摆摆，走走停停，一路洒下断断续续的水线，把水挑到家里，倒进水缸，随时饮用。后来，从村庄东头的马圈沟河水处安装了自来水管，家家户户的庭院中弯起了一个个水龙头，那抹从引胜河边泉眼处挑水的乡村情趣才退出了村民的视野，退出了我的记忆，退出了时代的印记。

虽然我们不直接饮用引胜河清澈的河水，但是汩汩流淌的泉水最终汇入了引胜河，泉水也是引胜河的一份子。引胜河水却以丰沛的水源成为了引胜沟村民的农田灌溉水，滋润着千亩水田，滋养着小麦、蔬菜等农作物。春耕时节，春潮滚滚的引胜河水被村民引入到农田，滋润着种子发芽的心怀。夏秋时节河水暴涨，急流飞湍，水声潺潺，唤醒了河岸两边的庄稼。冬天的时候，河水清幽，冰床莹莹，安享着水流的宁静梦乡。故乡的河在不同的季节里，润泽着家乡泥土的芬芳。

引胜河水除了饮用和浇灌外，还有一些美好的童年记忆留在引胜河里，就是在河里打澡抓鱼。十几岁的时候，正是无所顾忌的时候，也是野性十足的时候。暑假放学了，天气炎热，引胜河水也变热了。几个小伙伴相约，跑到河水舒缓的地方，脱了衣服跳进河水中自由地游泳。在清凉的河水中，洗一洗身上的污浊，玩一玩游水的乐趣，捉一捉嬉戏的小鱼，是非常惬意的事情。河水中相互拍打着水花，撩拨着水珠，充分释放着少年的野性和快乐。然后，光着屁股趴在岸边的石头上晒太阳，听着河水哗哗流淌的声音，幸福快乐极了。有时，河中窜出几个游动的鱼，河水清澈，能看到四五个小鱼在石头间探头探脑，游来游去，似乎在测试着我们的胆量。我们几个伙伴在河中的石头缝里找寻倏然而出的小鱼，在深潭中共同围剿无路可逃的小鱼。小鱼在石头缝里左窜右跳，我们屏息着呼吸打游击，聚拢着双手搞突袭，紧盯着鱼影打配合，用尽我们的智慧和技巧收获着童年的乐趣。不久，那些活蹦乱跳的小鱼都紧握在我们的手中急促地扑腾，成为我们和鱼斗智斗勇的战利品，激发了心中满满的幸福感，在河水四溅中发出了爽朗的笑声。

这条给我带来无限乐趣的河流发源于祁连山脉北面的达坂山，从原始森林茂密的仓家峡流出的干流接纳了引胜沟东西两边山谷的多条溪水，壮大为一条汹涌澎湃的河流，蜿蜒流向南面的湟水河。其中，最大的溪流是从李家台村东面马圈沟茂密原始森林中流出的清澈河流。它流过村庄的北面，滋润了李家台高台上的麦田，滋润了村里人的肚腹，自东向西汇入了引胜河，也给我留下了美好的印象。只是名气不大，水流较小，最终从属于引胜河，而不被人们称道。还有一条从李家台村西面过连沟流出的松花顶溪流向东汇入引胜河，使引胜河烙上了乐都名山松花顶仙境的印记，受到人们的青睐。汇集了东面和西面山沟许多溪流的引胜河一路南流，浩浩荡荡，经过十几个村庄，经过二十多公里的漫长河道，最后在碾伯镇水磨营村的河口流入浩荡东流的湟水河，一起奔向黄河，奔向遥远的大海。尤其是引胜河经过王家庄村东岸的西北道家名山老爷山，接纳了从土官沟流出的一条溪流，更给引胜河增添了一份晨钟暮鼓的神秘色彩。

据专家考证，引胜河水在先秦时期流量很大，在碾伯镇处冲击成了一个巨大的沟口。当时居住在湟水河岸的羌人把沟口叫作落都（或洛都），后来人们将落都雅称为乐都，成为郡县的名称，一直沿用至今。从乐都名称的来历来看，故乡的引胜河，曾经为人文乐都孕育了一个美好的名称和乐居的未来。现在，引胜河冲击成的沟口处，海东市利用引胜河的清澈河水在湟水河的北岸打造了一个三河湿地公园的北湖。看到碧波荡漾的人工湖映照着蓝天白云，映照着苍茫的北山，映照着缥缈的松花顶，映照着桃红柳绿，映照着游人游玩的身影，引胜河这条来自故乡的河又一次在我的心中激荡，再次拉近了我与故乡的距离，唤起了我与故乡河流的美好记忆。

故乡的河是一幅永不变色的画图，也是一抹永远流动的乡愁。年轻时，我顺着引胜河向南的方向离开了家乡，安居在乐都县城。在引胜河汇入湟水河再汇入黄河的百川归海中打开了我人生的视野，经历了一段不同于村里人的人生奔波。现在，进入知命之年，我却逆着引胜河向南的方向回归家乡，找寻着温馨的乡愁。常常想起引胜河水曾经流淌的模样，想起小时候在村庄的生活往事，想起家乡烙印在心灵的温暖记忆，心里总会涌起一股甘甜的暖流，抚慰着所有风吹雨淋、花开花落的岁月。

家乡的山

老家在引胜沟东面的一个台子上，四面都被山围住，安稳舒适。小时候住在山窝窝里，经常面对高耸的山峰，总想登上山顶去看看山外的世界。我觉得，高耸云天的山顶往往有那么一抹魂牵梦绕的诱惑，飘荡在山顶与云天交界的天际线上。

生活在山沟里，东西南北都被山包围着，一抬头就是一轮厚实的山峰横在眼前，一圈狭窄的天空勾勒在头顶，常常觉得世界就那么大。那时，虽然没有井底之蛙的满足，但也有偏安一隅的舒适。认为这片天地就是自己的故乡，就是自己的世界，就是自己生活的全部。在故乡的山沟里，度过了一段自由自在的少年时光。在沟内的田野里奔跑，在山脚的河水边嬉戏，在山坡的草甸上坐卧，在河滩的树林里追逐，身体在无拘无束中长高，心思在自由自在中激活。

长大了，却常常盯着四周的山遐想，开始向往山那边的世界。我发觉，故乡山沟东西两边连绵的山是天然的画笔，用蜿蜒的山脊勾勒了故乡的云天画卷，曲曲折折，起起伏伏，粗粗细细的山脊定格了一个安然的小世界。东西两面的山脉都向东西方向横生出几条山沟，有的宽大，有的狭小，有的散落着一些人家，有的密布着葱茏的树林。大大小小的山沟孕育了一条溪流潺潺的引胜河，贯穿了引胜沟的南北，汇入自西向东的湟水河。但不论沟谷大小，都是一个独立的小世界，都被山脊勾勒出一个安详的小天地。

当朝阳越过东面的山脊洒下第一缕阳光，高耸的山顶就有一股暖融融、红彤彤的诱惑。太阳从山顶的那边升起，也升起了一个新奇的陌生世界。开初认为东面的山那边就是太阳的故乡，后来登上东面的那座山看到的仍然是一个和家乡一样的山沟，山沟的东面还有一层层的山峦，一道道的沟壑，太阳的位置一下子从眼前的山脊拉向了遥远的天际，蓬勃在苍茫的云海之间，跳荡在缥缈的山脉之上。站在山顶的我无法接近那个曾经爬在故乡东面山头发出诱惑之光的朝阳。之后，我终于感觉到了自己的浅陋，井底之蛙的局限限制了对远方世界的所有想象。但是，每当朝阳从东面山头升起，却总是觉得家乡东面山顶的那个朝阳最温暖，最亲切，也最真实。很多时候，我宁愿相信东边山头的朝阳和西边山顶的夕阳，就是专属于家乡的最美太阳，就是最能燃烧起永恒乡愁的那一抹温暖光亮。

老家西面的山横亘在眼前，遮住了西面的世界。直接面对村庄的山叫作红沙坡，红色沙粒裸露在山坡，犹如一道红色的照壁闪耀在眼前。那个红色山坡是小时候经常攀爬的地方，放牛、割田是放学之后经常去做的家务活。站在山坡也想登上山顶看看西面的景象，看看夕阳回归西山的情景。但始终没有登上过山顶，山那面的世界一直是个谜。不过红沙坡西北的松花顶却登临过两次，还是看清了一直向往的山那边世界。

松花顶是海拔四千多米的一座高峰，是乐都境内像仙境一样的北山最高峰，对自己的诱惑力更大，就很想登上松花顶去看看西面的世界。知命之年，带着儿时的一份向往，历经五六个小时的艰难登攀，终于登上石块密布、云雾缭绕的峰顶，四周的景象一览无余。在松花顶峰，看到了缥缈的苍茫云海，看到了层叠的绵延山脉，看到了隐约的纵横沟壑，看到了明灭的蜿蜒河流，看到了疏落的参差村庄。我终于明白，曾经在家乡山沟向往的西山那边竟是一山连着一个山沟，一沟藏着一个世界的辽阔景象。山脉交错，沟壑相连，苍茫的山水间就是一个个温暖的烟火人间，就是一个个自己向往的新奇世界。

老家南面的山不高，是从东面的山脉侧身而出的一段山岭，遮挡了山沟的一半，留下了一个宽宽的口子，便于人们走出引胜沟。人们把它叫作嘴儿坡，有村庄门户的意思。越过嘴儿坡就能看到引胜沟南面的景象，就能看到湟水河南岸的南山积雪，就能走出村庄进入县城。站在嘴儿坡的山顶，顺着引胜河的河流向南望去，东西山脉护卫的二十公里长的引胜沟静卧在狭长山脊勾画的蓝天下，安详自在。我后来就是沿着山沟里的引胜河走出了老家，走出了引胜沟，走向了更远的地方。

老家的北面是仓家峡，高耸的山峰横亘在峡谷深处，峡谷的山峰以V字形的形象阻隔了北面的世界。仓家峡是一个美丽的山水世界，山沟纵横，山峰高耸，树木葱茏，溪水潺潺，山花烂漫，具有世外桃源的安谧悠然。后来修通了扎碾公路，穿过山脚的隧道进入了山那边互助县、天祝县的神秘世界，安慰了自己探秘山外世界的那份好奇。我懂得，登临山顶可以俯瞰山那边的世界，而穿过山脚也能进入山那边的世界，只要有一颗不满足现状的心，什么样的世界都能新奇地相遇。

老家四周的山既是舒适生活的屏障，也是认识世界的障碍。四周绵延的山脉犹如一堵堵坚硬厚实的墙壁，隔出了一个宽大厚实的庄廓，隔出了一个安居乐业的故乡，阻挡了外来的风雨，保护了故乡的安宁，但是高耸的山又像一道道难以逾越的天堑，隔绝了外面的世界，拘束了前行的脚步。而这种隔绝却激发了我登临山顶看远方的欲望，激发了我对山那边的向往，激发了我冲破井底之蛙的斗志。

由于对山顶的向往，后来走出故乡的山沟，看到不同的山峰总想登上山顶去看看不同的风景。曾经登上泰山的玉皇顶体验过山的巍峨，爬上华山的苍龙岭体味过山的险峻，走上武当山的金顶领悟过山的苍茫，攀上黄山的莲花峰感受过山的秀美，更多的是体验了"会当凌绝顶，一览众山小"的高峻和旷远，体验了万山拜服的博大和豪迈，体验了山那边世界的新奇和美好。虽然山脉有长有短，山峰有大有小，山顶有高有低，但是登临峰顶的心旷神怡却是相同的。

随着登临不同的山顶，山那边的谜团逐渐解开了，但登临山顶的诱惑仍在深深吸引着我。面对高耸的山峰，总想成为山高我为峰的征服者，阅尽万山拜服的苍茫，享受一览众山小的豪迈，体味物我皆忘的心旷神怡。登临山顶，不再有井底之蛙的浅陋，不再有故步自封的浅薄，不再有偏安一隅的拘束。山外有山，天外有天，走出山内的狭小世界，才能领略山外的广阔天地。

面对山内山外的世界,我常常在走出山沟与回归家园中纠结,做一些关于故乡的诗意思考"东依高山西望岭,南北通衢达峰顶。谁言山外他乡乐?怎比沟内故园情。"金窝银窝不如自家的草窝,故乡是渗透进血脉里的地理坐标,不会因外面世界的花花绿绿而消淡乡愁的天赋底色。

　　攀登山顶是一种心灵的超脱,是一种精神的突破,也是一种人生的提升。向往山那边的世界,是登临山顶的心理需求,也是走出山谷的人生追求。走出山谷,或许会见识别样的人生风景,会获得新奇的人生体验,但是不管山顶的诱惑有多强烈,走出家乡山沟的路途有多遥远,遇见远方路途的风景有多美好,熟悉的故乡山水永远是最美好的自然图画,群山佑护的山谷村庄永远是最舒适的人间天堂,血脉相连的乡土故园永远是最温暖的精神家园。

村口的白杨树

一个村庄总有一片沃土生长万物，而一些绿色的树会与村庄一起生长，一起见证故乡的历史。一棵杨树，一棵柳树，一棵松树，一棵槐树，都会成为故乡最温情的地理标志，摇曳着绿色的乡愁。

想到家乡，我就不由想到村口的一排白杨树。它们像一面碧绿的扇形屏风律动在村庄的额头，注视着我的归去来兮。而这排白杨树也在老家庄廓的西面，在庭院中就可以看见高耸婆娑的树梢，听到树叶簌簌沙沙的声音。这排白杨树既是村庄的标志，也是我家的标志。走近村庄，一看到高耸在云端的树梢就知道自己到了家乡，就感觉到回家的温暖。即使离开家乡三十多年了，但村口的白杨树却一直萦绕在梦境里，萦绕在温暖的乡愁中。

虽然村里的老人说这些树有几百年的历史了，大概是李氏先祖明朝时从安徽迁徙定居在这里后，就在村口一条水沟边栽了五棵白杨树作为村庄的标志，作为先祖安家立业的起点，留下了家乡的最初记忆，却说不上确切的栽种时间。不过，从五棵树的树干和枝条来看，这五棵树确实也有几百年的历史，见证了村庄的沧桑变化。五棵白杨树中最大的一棵树干粗壮，需要两人合抱才能绕一圈，树上的枝干也要一人合抱。树根纵横交错，露出了粗大的根系，延伸到了很远的地方。树皮厚实粗糙，沟壑纵横，爬满苔藓。树枝左右横斜，婆娑多姿，犹如巨大的伞盖挺立在村口。

五棵白杨树排成一排，耸立在路的两边。路的北面是三棵树，路的南面是两棵树。北面的三棵粗壮一些，南面的两棵稍小一些，但都是枝繁叶茂，树干粗壮遒劲，树皮粗粝厚实，树根纵横交错，显示着历史的沧桑。一条由北到南的水沟紧挨着白杨树，春夏时溪水潺潺，秋冬时溪流干枯，但能保证白杨树喝足水分。路下修了一个小水洞，溪水从水洞穿过，流向南面的麦田。

李家台处在引胜河东岸的一个高台上，四面环山。东面背靠着一座从仓家峡延伸过来的高山，山下是马圈沟，有一条溪流从马圈沟蜿蜒流出，汇入引胜河。南面直对着从东面山脉横生过来的一座低矮的山岭，人们叫嘴儿坡。西面正对着松花顶东南角的红沙坡，像一道红色的照壁竖立在村庄的前方。北面遥望着仓家峡高峻的山，引胜河水从仓家峡峡谷中流淌出来，潺潺流向南面的县城。山环水绕，宁静祥和，李家台人静享着山清水秀、稼穑兴盛、自给自足的田园生活。靠山吃山，东面的山解决了房屋家具、取暖做饭用的丰富木材。依水用水，引胜沟的水解决了饮水、浇灌等生活所需。

记得小学时放学了，自己常常和伙伴们放下书包，爬到东面的山坡上砍山白杨，背回家做房屋椽子的事。尤其是寒假时跟着父亲到马圈沟拉木柴，一垛垛的木柴堆放在庭院外的场地里，温暖了缺煤少碳的艰苦岁月。小时候到引胜河边泉眼挑水，两桶清澈的泉水压弯了木质的扁担，也压弯了少年的时光。还想到了夏夜跟着父亲到自家的麦田守水浇水的情景。李家台虽没有落英缤纷世外桃源的浪漫，却有黄发垂髫怡然自乐的闲适。

村庄叫李家台，名实相符，村中百分之九十八的人家都是李姓，属于大仓李家，几百年的繁衍生息已经发展成三百多户的大村庄。根据家谱记载，李氏家族从明洪武到现在已经经历了十一世。根脉绵长，子孙繁衍，犹如村口的白杨树一样枝叶繁茂，又如引胜河水一般源远流长。在岁月的河流里，五棵白杨树葳蕤成李家台人的精神信仰，傲然地屹立在李氏后人的心坎里。

村口白杨树下的村道是进入村庄的主要通道。婆娑多姿的白杨树荫蔽着七八米宽的道路，横斜的粗壮树枝和婆娑的茂密树叶天然地长成了村口的门楣。天气炎热时，树底下常常坐着几个纳着鞋底的妇女，一边做着手中的针线活，一边打量着过往的行人。夏日暴雨时，来不及回家的行人常常躲在树荫下避雨，雨点击打在树叶上唰唰作响，但雨滴却落不到人身上。躲过了暴雨，人们感激地仰望着茂密的枝叶，身心清爽地回家。树上有一个大大的鸟窝，一群群麻雀总是叽叽喳喳地叫，四五只喜鹊也偶然来几嗓子快乐的欢叫。

老家的院子原前在村东头，从爷爷那儿留下来的三间百年老屋，椽梁都已经熏黑了，但木质坚实。包产到户时拆下三间老屋，在五棵白杨树下又重新原样立起了老屋。经过淘洗后椽梁露出了褐黄色，仍显出历史的沧桑。我家的老屋从村东头的老院子搬到村西头的白杨树下后，我就与白杨树有了深切的联系。五棵白杨树像一道绿色的屏障竖立在庭院的西头。早晨起来，太阳照在白杨树上，绿色的树叶摇曳着金色的光芒。傍晚时分，夕阳落下，浓密的树叶上撒满红色的晚霞。春夏时节的白杨树舒展着碧绿的面庞，装点着成长的梦。秋冬时候，树叶飘落，树枝干枯，但是遒劲的树干和向上的枝条却像锋利的刀剑搏击着秋霜和朔风，激励着前行的脚步。小时候在家上学的时候，我凝视着白杨树，想象着白杨树外面的世界，我想走出白杨树的怀抱，去远方找寻自己的梦想。最终越过白杨树的树梢，远离了白杨树的视野，我在外面的世界里闯荡，疲惫时眼前总是出现白杨树的身影，回村看到白杨树的树梢，心中马上有了家的温暖。

在我的记忆里，这五棵树从来没有修剪过，也没有什么人爬上过树。因为村里人都把五棵树当作神树，在心里供奉着，不敢对神树半点怠慢。神树上人们系了一些红被面，腥红耀眼，树就显得神秘了起来，心中的敬畏也就多了起来。

五棵白杨树在陪伴村庄壮大的岁月里长成了神树，就安享了百年的自由时光。它们自由，不用修剪，不需要按照人们的意愿削枝毁叶；它们幸福，不能砍伐，不需要担当盖房做家具的功用；它们傲岸，不须低眉，不需要向别的树低头称臣。它们是上天之子，天赋了自由生长的秉性，天赋了不容亵渎的尊贵，天赋了生命绵长的福分。

现在，已经了解这五棵白杨树自由生长的几百年经历，还可以预知它们还能长久生长的未来。因为村庄还在不断壮大，溪水还在源源不断，归家的脚步总是那么急切。村口的五棵白杨树作为家乡的地理标志，已经渗进我的血液，根植在我的乡愁里。

心随山水远

成长后的岁月在黄河长江边奔波,远方的山水在岁月的老屋里绽放美丽的风景。青山的阳刚挺立着神州壮丽的风骨,秀水的柔美流淌着华夏妖娆的风情,人文的璀璨昭示着中国雄浑的风韵。

青海湖的四季风韵

我多次到过青海湖,在不同的季节里领略了青海湖不断上演的大美故事。一湖碧蓝的水,荡漾在青藏高原的额头,汇聚和映照了高原最壮丽的山水图画。

正值隆冬时节,我有幸参加了环青海湖徒步行走活动。因为这次活动,领略了青海湖冬天的风韵。冬天虽没有金黄的油菜花,但结冰的青海湖银装素裹,壮阔辽远,有别样的风味。

越过白雪覆盖的日月山,苍茫的青藏高原进入视野。失去了碧绿的草,满眼都是一片荒凉。枯黄的草在寒冷的风中瑟瑟发抖,起伏的山在皑皑白雪中寂静地晒太阳,瘦弱的牛羊在干枯的草叶间木然地咀嚼。进入青海湖岸边,眼前没有碧波荡漾的湖水,而是一片莹白的冰雪世界。水波不兴,冰床深结,一片静谧安宁的景象。这时候,会自然地想到茶卡盐湖的景象。青海湖冰冻成辽阔无垠的盐湖,青藏高原似乎在冰雪世界中凝固了。

走近青海湖,站在二郎剑的湖岸边,看到蜿蜒的湖岸镶上了一道银色的边框,如白玉一样的巨大冰块,晶莹剔透,突兀在湖水暗涌的湖边。此时,湖水并没有完全冻结,碧蓝的湖水依然涌动在冰凌之间,形成了蓝白相间的壮观图案。蓝白相间的美丽湖面,蓝得像蓝宝石,醉人心脾;白得如白玉,莹白润泽。不时,有几十只鸥鸟在湖面上列队飞翔,形成人字形的队列,划动在蓝色天空上,给寂静安谧的青海湖带来一抹灵动的灰色剪影。

高原凌厉的风不断吹刮,在青海湖边堆积起了许多参差不一的冰块和雪堆。湖水凝结成蜿蜒曲折的厚实冰堤,如同汉白玉砌成的,莹白透亮。有的地方形成了陡峭的冰崖,坚实高耸,晶莹剔透,面向湖水,傲然独立。湖面上晶莹的冰块,悠然飘荡。有的冰块,在狂风长期的吹刮下,一面深深地凹陷进去,一面竖起薄薄的冰片,宛如海边遗落的白色贝壳。

青海湖在冬天的怀抱中,静静地安睡,收敛了它随风律动的万顷碧涛,也谢绝了碧蓝天空中的天光云影。湟鱼也收起了跃动的鱼鳍,看不到跃出湖面、凌空跳跃的灵动波线。

高原的风越来越凌厉,高原的雪会越来越猛烈,辽阔无垠的青海湖也会越来越莹白。经历一个冬天的青海湖,在四月的春风里,则会逐渐破冰开湖,逐渐露出碧蓝的面容。

在河湟谷地梨花绽放的时节,我乘车到达青海湖,领略了春天初临时的风韵。

四月的青海湖,春寒料峭,草滩荒芜,湖面初开,远远就望见了碧蓝的湖水犹如一条蓝色的线条跃动在天际。青海湖揭去了一层莹白的封面,打开了一部深邃的蔚蓝图册。刚刚融化的湖面,蔚蓝纯净,湖面平静,波澜不惊,正在准备春天的故事。远处的祁连山还披挂着银色的衣裳,静卧在青海湖的北面,守望着圣洁的湖水。湖岸边,残留着一些冰雪,组成了一道莹白的花边。此时的湖岸,不同于冬天的湖岸。虽然仍然有一道莹白的冰雪,处在将消未消的状态,而湖水已经变成了蓝色。莹白的湖岸恰如给蔚蓝的湖水镶上了一道画框,共同组成了一幅宝蓝色的美丽图画。不时,有几只斑头雁游走在湖边的浅水中,自由嬉戏。偶尔,还会从湖面上绽出一个浪花,那是湟鱼跃出湖水的灵动身影。

等到五月份,冰雪全部融化,湖水全部蔚蓝,湟鱼洄游的时节来临,到刚察泉吉河等流入青海湖的河口处观赏湟鱼洄游的征程,是令人心灵震撼的生命体验。湟鱼洄游是青海湖给予高原春天的一份厚重礼物。西面的泉吉河,河水清澈,和缓地流向青海湖,而湟鱼组成的洄游鱼流则逆向流动,浩浩荡荡地向西奔向生命初生的地方。成群的湟鱼在青海湖边集结,不约而同地顺着河道向西游走,形成了"半是清水半是鱼"的壮观场面。

冰雪融化,湖水湛蓝,青海湖在春暖花开中逐渐激活了心肺,滋润了草原。一根根青草芽由嫩黄变翠绿,一簇簇苃苃草竖起了坚硬的茎叶,一块块油菜花泛出了金黄的花朵，一朵朵狼毒花绽放出圆硕的脑袋，还有人工种植的薰衣草、虞美人等鲜花成片地怒放，青海湖披上了一年中最艳丽的衣裳。辽阔无垠的蔚蓝湖水，广袤无边的碧绿草原，一望无际的金黄油菜，连绵高峻的莹白峰顶，组成了青海湖景区最壮美的春夏图画。这时，走近湖边，看波涛不断拍打湖岸，尝湖水咸涩的味道，观鸟岛群鸟翔集的羽影，玩沙岛细腻的白沙，乘飞驶的游艇，青海湖敞开了宽广的胸怀，容纳游人的每一份兴致。

秋天的青海湖，少了春夏时的绚烂，但多了许多明静和辽远。天空更加高远，云彩更加洁白，湖水更加湛蓝，鸥鸟更加矫健，湟鱼更加活跃。这里看不到一棵树的摇曳，没有金黄的杨树，没有柔媚的柳树，也没有火红的枫叶，一切都是青草的绿意盎然。在纯净的湖水边，静下心来，享受一份宁静，一份高远，一份孤寂，心灵也会摇荡一层层碧波荡漾的圣洁涟漪。

青海湖一年四季都有不同的风韵，它的美不是只游览一次就能领略的，它是值得每个季节都去看一看的胜地。即使不能徒步游历青海湖一周，也要站在每个季节的美丽风口，用心领略青海湖在不同季节演绎的故事。朝圣是信徒的身心修为，那是对信仰的一种追求和坚守，而观赏是游客的心眼享受，是对真美的一种找寻和体验。

晶莹如镜的盐湖

一路向西，领略了青海湖的旖旎和壮美，似乎感受了青海西部的大美，但这只是冰山一角。再往西行，青海的大美才会揭开一层层神秘而壮阔的面纱。茫茫戈壁，皑皑盐湖，苍茫昆仑，都会深深震撼人的心灵。尤其是荒凉的戈壁，竟珍藏了许多广阔而多彩的盐湖，茶卡盐湖、察尔汗盐湖、大柴旦翡翠湖等映亮了青海西部辽远的天空，成为大美青海一抹别样的风景，吸引着我找寻自然之美的眼睛。

同样是咸水湖，但只隔了一座山，两个湖却有了两样景象。深藏于乌兰县茶卡镇的茶卡盐湖与青海湖相隔了青海南山，但是却没有青海湖荡漾的碧蓝湖水，没有壮观的湟鱼洄游，没有灵动的鸥鸟翔集。

茶卡盐湖虽然缺少了青海湖的碧蓝和灵动，但是却有了别样的莹白与沉静。刚进入茶卡镇的戈壁，就被远远射来的一道莹白光亮映亮了自己疲惫的眼睛。循着光亮望去，明亮如镜的盐湖就静卧在连绵的高山下，静卧在茫茫的戈壁上。

走近盐湖，湖岸是坚硬的盐粒，湖边的盐雕也是坚硬的盐粒堆积的。踏着晶莹而坚硬的盐桥向盐湖深处走去，辽阔的湖面泛着白光，湖水平静如镜，映照出蓝天白云，映照出高山丽影。天空和高山似乎都落在了湖底，上下一色，上下同景，分不清是在天上，还是在地面。走进浅浅的湖水中，更能真切地感受到这种天地不分的奇妙图景。脚踩在坚硬的结晶盐粒上，脚底有一种刺痛。湖水浸润在小腿上，冰冷咸涩。但是看到自己的身影倒映在湖水中，上下相连，头脚倒置，与蓝天白云的倒影重叠在一起，自己恍如踩着白云游荡在蓝天上，令人惊奇。

　　青海湖碧蓝的湖面把天空的蔚蓝直接吸纳了，清澈无色的湖水化为了澄澈碧蓝的蔚蓝世界，湖水越是幽深，湖水越是碧蓝，摇荡的深色湖水却越不能映照白云，不能映照山色，不能映照飞鸟，不能映照人影。而盐湖的湖面结晶成了莹白如银的镜面，如水银一样静止的湖水就真实地映照了蓝色的天空，白色的云彩，青色的高山，红色的舞裙，吸纳了湖面上一切动静相宜的物象。因而，茶卡盐湖这面巨大的天空之镜，就具有了青海湖所不具有的奇妙梦幻。一切物象都在银白的镜面倒映出清晰的影像，让人置于天地不分的混沌状态。分明是站在地面坚实的盐粒上，却硬是让人感觉到自己是行走在蓝天白云上。这种虚幻的错觉，犹如太空旅行一样令人惊奇。

　　站在没有涛声的盐湖边，想象着空旷辽远的戈壁深处，上帝镶嵌了这样一面巨大的明镜，心中竟有了许多诗意。也许这是上帝流下的一滴咸涩眼泪，它在千万年的风雨中结晶成了广袤的盐湖，化为了莹白如银的明镜，让天上的仙女对镜梳洗，映照飘逸的舞姿，演绎天空的浪漫。面对这么一处纯净而明丽的世界，任何想象都是最美的诗意。

　　由晶莹的盐粒铺成的曲折道路蜿蜒伸向湖中心，踩在咯吱咯吱的盐粒上犹如走在雪地上，在七八月的炎夏里别有一番高原胡天八月即飞雪的壮美。虽然南边的雪峰消融了，但是盐湖却是一片银装素裹的冰雪世界。盐粒结晶在水里，犹如湖面下冻结的冰床，坚硬洁白。盐粒虽没有雪花的轻盈体质，没有雪花的飞舞姿态，却有雪花的莹白颜色，雪花的固态模样。如果乘上小火车，行驶在褐色的铁轨上，来一次盐湖上的快乐旅行，体验远古洪荒与现代文明的亲密交流，那又是一种新奇的心灵飞翔。

　　一路向西，走进青海神秘而遥远的西部，大自然不仅孕育了高峻的山，荒凉的戈壁，碧绿的草原，还孕育了晶莹的雪峰，蔚蓝的青海湖，明静的盐湖。

　　由茶卡盐湖一直往西，面积广大的察尔汗盐湖更以浩瀚的莹白模样震撼人的眼球。万丈盐桥，万里盐矿，星罗棋布的盐花，广阔无垠的戈壁，组成了壮美的盐湖景观。只是这里的卤水稀少，没有形成茶卡盐湖一样的天空之镜，少了茶卡盐湖的明丽和柔媚，但是却有万里盐湖的广阔和阳刚。

而最具柔媚情态的盐湖则是近来开发出来的大柴旦翡翠湖和东台吉乃湖。戈壁之中，荡漾着一汪汪翡翠一样的湖水，给莹白的盐湖披上了一件翡翠衣裳。一汪汪翠绿的湖水点缀在戈壁上，又像是一块块翡翠散落在戈壁上，色彩艳丽，景象迷人。湖水中的盐粒晶体仍是莹白，但涌动在盐粒上的湖水却碧绿透亮，幽蓝深邃。

不管是莹白如明镜，还是翠绿似翡翠，咸涩的盐湖给茫茫戈壁滋润了一抹圣洁的天光云影，滋润了一处神秘的童话世界。盐湖这个不长草木，也拒绝鱼虾的生命禁区，也有上帝用眼泪润泽的一份绝美图画。

天神后花园年宝玉则

向往年宝玉则是因为它密藏着松耳石一样的圣洁和天神后花园的神秘，而游历年保玉则是一次偶然的机会。2017年的暑假，我在微信上看到西宁的一个徒步群要去年宝玉则，我就毫不犹豫地报名参加了。

从西宁坐大巴车出发，在茫茫绿色草原上经过一天的长途乘车后，于夜色朦胧中走进了果洛久治县索呼日麻乡。一路上，辽阔的草原给漫长的行程增添了清新愉悦的色彩，一望无际的绿，一碧如洗的蓝，一尘不染的白，铺垫了通往天神后花园年宝玉则的大美底色。

初到久治，感到头有点隐隐地疼，心想这是高原反应了。日麻乡平均海拔四千米，有高原反应是正常的事。没看到仙境般的年宝玉则，却享受了晕晕忽忽的缺氧反应，自己有点飘飘欲仙了。晚上也没有睡好觉，担心白天到不了年宝玉则景区，看不了传说中的仙境。看来一睹年保玉则的神秘面孔，是需要留点艰难的印象的。海拔五千多米的年保玉则不是那么轻易就看到的，更不用说去攀登了。在满心的担忧和期待中，我忍着疼痛不觉中进入了甜蜜的梦乡。

第二天，天刚蒙蒙亮，我就已经醒来了。感觉头不疼了，也不晕了，心中不免有点高兴。吃过早饭，一行人就坐着大巴奔向了年保玉则景区。

天气晴朗，空气清新，眼前猛然一亮。远处的山上云雾缭绕，缥缥缈缈。眼前的山，眼前的天，眼前的云雾，眼前的花草，犹如童话世界里的仙境一般，给人耳目一新的心灵愉悦。

八月份的年保玉则到处是绿色的海洋。舒缓的山坡上，宽阔的山洼里，都是绿色的野草，如绿毯一样铺展在原野。进了景区，在眼前，猛然出现了一片碧蓝的水，蓝得让人窒息。导游说这就是仙女湖，我们就在草滩上欣赏起眼前的湖光山色来。随着朝阳飘起的云雾，蓝色的湖若隐若现，不断变换着神秘的面孔。白色的云雾从山坡，从湖心缓缓飘逸，给高山和湖泊笼上了一层缥缈的白纱。此时的仙女湖就像刚刚睡醒的仙女，用洁白的云雾梳洗打扮着娇羞的面容。远处的山峰也被云雾笼罩着，看不清面目。不一会儿，缭绕在半山腰的云雾散去了，山峰也显出了刚毅俊朗的面目。此时，刚刚梳洗过的天空、高山、湖水、绿草，全都展露出了清新靓丽的容颜。一种从天上到地面扑面而来的纯净，一下子迷醉了我的心。辽阔的天湛蓝湛蓝，流动的云纯白纯白，清澈的水碧绿碧绿，鲜嫩的草翠绿翠绿。没有丝毫的纤尘，没有着意的妆饰，一切都以最原始的面貌呈现，露出了像处子一样最纯净的面容，清新亮丽，圣洁安详。

带着惊喜，跟随着云彩飘移的方向，我们来到了仙女湖的湖边。湖水明亮如镜，清晰地映照出天上的白云。那如蓝宝石一样的仙女湖愈加显出了湖水的清纯，清晰地展现了湖底游弋的鱼群和小巧的石头。尤其是湖中的鱼密密麻麻，相互交织，自由游弋，非常壮观。碧波荡漾，泛起层层柔美的涟漪，摇曳着点点波光。清澈的湖水，碧绿的山坡，游动的鱼群，以一种无比纯净的容颜吸引着我的眼球。

沿着湖边草滩继续向南前行，景色更加迷人。此时，雾气完全散去，天空愈加蔚蓝，云彩愈加洁白，湖水愈加碧蓝。白云和山峰的倒影如同真实的云彩和山峰定格在湖面上，是那样真切，那样明晰。水天一色，山水共映，构成了一幅世上少见的绝美图画。屹立在仙女湖尽头的山峰袒露着灰白坚硬的岩体，像锐利的刀剑一样，傲然地刺向苍穹，神圣威严，不可侵犯。它们又像是手执利剑的卫士，坚定地护卫着仙女湖的宁静。更为奇特的是高耸的嶙峋山峰，高峻奇崛，不长草木，横立在 V 字形的峡谷间，相互拱卫，形成了雪莲一样的壮美形象。这些海拔五千三百六十九米的年宝玉则主峰倒映在仙女湖中，刚健有力却又柔媚多情。刚健的山峰是仙女湖深情的守护神，而清澈平静的仙女湖则是雪峰的眼眸，辉映了如莲花一般绽放的攒聚雪峰。

走过如蓝宝石一样的仙女湖,再往南行走一段距离,就看见墨绿一样的水像一条游龙蜿蜒流动,那就是妖女湖。刚看到蔚蓝的仙女湖,却见墨绿的妖女湖,心中顿感诧异。两湖之间只有一条河流潺潺流淌,连通着仙女湖和妖女湖,但是却展现了两种截然不同的面容。同一片蓝天,同一个水源,距离只有百米之遥,竟然有两种别样的姿容,令人惊异!仙女湖宽广碧蓝,端庄大方,就像一块硕大圆润的蓝宝石;妖女湖狭小翠绿,妖娆多姿,宛如一块短小细长的绿翡翠,共同镶嵌在年保玉则圣洁的绿色衣裙上,流光溢彩,耀眼夺目。一水成两湖,两湖水不同。这蓝绿两重天的水世界,让人惊叹大自然的神奇造化。

远望妖女湖的尽头,只见白色的冰川覆盖在高耸的山峰上,晶莹耀目。炎炎夏日,有些岩石裸露,有些岩石覆盖着冰雪,银灰色的岩石和银白色的冰雪紧密相连,形成了年宝玉则主峰特有的夏日奇景。那些闪耀在嶙峋岩石上的冰雪为两湖源源不断地送来最纯洁的天宇之水,滋养着迷人的圣洁湖泊。虽然高耸的山峰就在眼前,但是我们只能在湖边痴痴地仰望,只能远远地领略山峰的高峻和奇崛,只能让想象的翅膀飞上绝顶猜测年宝玉则的神秘和圣洁。仰望过后我们遗憾地离开,只把山峰的刚毅带进镜头里。

在将近六个多小时的徒步行走中,缺氧的头也不痛了,也没有乏累的感觉。眼中充满着美丽的图画,心中充盈着欣喜的激情,一切病痛,一切烦恼,都被这纯美的湖光山色融化了,疗愈了。如画的美景,其实是一副医治百病的良药。

傍晚时分,我们离开年宝玉则,在回程的大巴上看到年宝玉则近四十多公里的绵延山峰沐浴在晚霞中。年宝玉则这座圣洁的松耳石峰,作为巴颜喀拉山中最雄壮的山峰横立在果洛茫茫草原上,相守着3600座山峰和360个海子的山水情话,演绎着天神后花园的圣洁和安详。

旅游其实是一件遗憾的事,尤其是游历奇山异水会留下更多的遗憾。一天之内绝不可能看尽年宝玉则近四十公里的绵延山峰,也绝无可能看尽三千六百多座雪峰孕育的三百六十多个圣洁湖泊,也无力攀登海拔五千多米的年宝玉则主峰,领略一览众山小的壮观。只能在雪峰之下、湖泊之畔做些走马观花式的巡视。我知道,年宝玉则这座天神的后花园绝不是一般的凡人能够轻易踏足的,

我作为一名普通的旅行者,一睹天神的尊荣已经是非常幸运的一次旅行,就不敢奢求在后花园探险驻足。这次旅行结束后,这座天神的后花园在 2018 年就无限期地封闭,不容人们打扰天神后花园的静谧和圣洁了。

祁连卓尔山的美丽画卷

青海湖的北面，巍峨绵延的祁连山脉既给青海湖竖起了一道漫长的银色屏障，又给祁连县蕴藏了一片迷人的壮美天境。这片神秘的地方，以青山为辽阔的画纸，以油菜花为灵动的色调，以盛夏风雨为灵性的手笔，描绘了一幅雄壮秀丽的自然图画。

冒着炎夏的暖风，越过西宁城的繁华，翻过达坂山的高峻，看过门源青石嘴油菜花的金黄世界，汽车继续向西行驶。在南北山脉相拥的峡谷内一路西行。车窗外，不断涌来绵延千里的山脉，一碧万顷的草原，成群结队的牛羊。宽阔的峡谷中，处处呈现着一派天苍苍野茫茫的妖娆景象。

一路青山草原相伴，在夜色苍茫中我们进入祁连县城，住在郊外的农家院内。一切都笼罩在静谧的夜色下，天幕深蓝，星空灿烂，群山肃穆，林深草密，鸡鸣狗吠，幽静安谧，一股世外桃源的感觉袭上心头。

清晨，阳光从东面的山峰直直地照射下来，山峰，森林，田野，村落，都沐浴在明亮的阳光下，明丽清新，悠然恬淡。

驱车到达县城东面的卓尔山山脚，一片黄绿相间的舒缓山坡，映入眼帘。随着如织的游客登上卓尔山，站在山顶的烽火台，向东北方向远望，一幅如梦如幻的天境展现在眼前。蓝天辽远，白云飘逸，高山青黛，松柏青翠，麦苗碧绿，油菜金黄，河水蜿蜒，组成了一幅天然的山水油画。这幅画图色彩和谐明丽，构图自然天成，意境高远辽阔，不论从哪个角度看，都让人心旷神怡，恍如置身人间仙境。

这是天境祁连给予我的最美视觉盛宴。这幅蓝天白云、山川草木绘就的绝美图画，是上苍赐予祁连的最美礼物。我奔赴千里，不辞辛苦，就是要亲眼享受这幅天然的绝美图画。

卓尔山是祁连天境的核心景点。卓尔山披上了绿色的裙装，戴上了金色的胸章，就形成了丹霞地貌最柔媚的一副模样。定睛细看，卓尔山西北方向的丹霞地貌呈现出别样的风韵。艳红的山体覆盖着碧绿的野草，金黄的油菜花点缀在山坡上，蓝色的天空飘逸着白云，青翠的松柏挺直着躯干，重岩叠嶂，绵延千里，一幅美丽的盛夏山野图画尽显在眼前。尤其是一段陡立的千兵崖，峭立在山脊，红如火焰，非常醒目，给碧绿的山野抹上了一道亮丽的色彩。

卓尔山最灵动的色彩还是油菜花的金色。放眼望去，点缀在千里碧绿山坡的一块块油菜花就像一枚枚金色的勋章佩戴在卓尔山的胸膛，亮丽醒目，精致尊贵，金灿灿的花田给夏季的祁连天境增添了最靓丽的一抹风景。草坡和麦田染就了卓尔山碧绿的底色，错落有致的油菜花田摇曳着金色的花朵，芬芳了一碧如洗的卓尔山空谷。大片的绿，大片的黄，铺展在起伏的山坡上，静卧在辽远蓝天下。山坡上还有各色的野花，竞相开放，点缀着天境祁连的美丽。

卓尔山的如画美景让人沉醉，而耸立在南面海拔 4667 米的牛心山，则是祁连县最雄伟的山峰地标。远远望去，褐色的顶峰如牛心一样高高耸立，巍峨高峻。半山腰以下草木茂密，景色宜人。八月的祁连，气候和暖，碧蓝的天空下，牛心山顶峰的冰雪有一部分融化了，裸露出攒聚如锥体的峰峦，高峻肃穆，高不可攀。有一部分雪没有融化，发出莹莹的白光。从山脚到半山腰的山坡上则草木碧绿，油菜花金黄，像一袭舞裙妖娆地拥裹着牛心山。一山观四季的牛心山，在八月的炎夏时节，我只见识了冬夏两季集于一山的壮美风景。

祁连的山绵延高耸，像一道道雄伟的屏障，佑护着祁连山下的草原，佑护着卓尔山峡谷的森林，佑护着祁连县城的民众。连绵不绝的山峦，晶莹剔透的冰川，绿草如茵的草场，健壮欢实的牛羊，组成了神秘天境的静谧安详，美丽妖娆。

从门源向西，一路欣赏着祁连山下的美丽草原，进入祁连县卓尔山景区。而回来时，则带着卓尔山景区的美好，从祁连县西南的千里山路盘旋而上，到达海拔4120米大冬垭山口。在冷风嗖嗖、雪花飘舞的山顶上，只见远处缥缈的青海湖如仙境一般，或隐或现地摇动在祁连山南麓。然后沿着蜿蜒的山路盘旋而下，走过一重重山，终于达到了碧波荡漾的青海湖边。经历了两天一夜，才从神秘的天境祁连回归了现实生活。

翻越千里山峦而来，又跨越千里山脉而去，虽然没有穿越黑河峡谷，没有见识八一冰川，但卓尔山秀丽如画的盛夏美景随着山峦起伏，一直在心头荡漾，并定格在记忆的深处，久久不去。

德令哈的夜晚

去往德令哈是在 2020 年的假期，正是青海旅游最红火的时候，尤其是大柴旦翡翠湖、东台吉乃湖成为网红景点的时候，顺道经过德令哈，就在德令哈住宿了一夜，感受了德令哈寂静的夜晚，也感受了海子等候姐姐的一份诗意情怀。

越过日月山，经过青海湖，掠过茶卡盐湖，轿车一路西行，进入了戈壁荒漠组成的青海西部。因为海子的一首《姐姐，今夜我在德令哈》诗歌，我们一行四人中午时分拐进了德令哈市。温暖的阳光，干净的街道，规整的街市，稀少的行人，给人一种放松舒适的感觉。

走进市区，泛着淡绿的巴音河，由北向南缓缓流淌，两岸绿树成荫。一条巴音河润泽了戈壁深处的一座城市，也滋润了徘徊在巴音河畔的海子诗意。西岸静静矗立的海子诗歌纪念馆，俯视着日夜不息的巴音河，守望着海子心中那位美丽的姐姐。走进纪念馆，海子忧郁的头像和哀婉的诗歌，静静地迎候着找寻诗意的游客。但游客稀少，馆厅"寂寞"。

纪念馆东面，巴音河西岸的树林里，竖立着一块块形状各异的石碑，镌刻着二十几首海子的经典诗歌，组成了诗人海子温情又凄婉的心灵世界。海子用纯净的生命锻造了精神的诗意芬芳。掩映在绿色树林中的这些诗歌碑林，氤氲着情意婉转的优美诗意，安静地守护着沉睡的诗人灵魂。走往海子诗林的弯曲小路，绿意盎然，引领着脚步和心灵一起在诗歌的海洋里畅游。漫步在碑林的林荫小道上，阅读着诗歌的每一个文字，心中除了满满的诗意外，没有一丝的荒凉与寂寞。

诗歌是永恒的精神家园，诗人是孤寂的肉体行走。只要诗心不灭，海子的诗歌生命就永恒传承。海子的生命定格在冰冷的山海关铁轨，而海子的灵魂却飘逸在宁静的德令哈上空，像德令哈蓝色天幕上洁白的云朵，俯瞰着尘世中以梦为马的美丽人生。

诗歌是浪漫的，诗人是痛苦的。痴情的海子留下春暖花开的浪漫憧憬后，却以最悲伤的生命轨迹结束了年轻的生命。理想与现实，诗歌与远方，幸福与不幸，生活的矛盾总是打湿着人生的脚步。

德令哈的夜晚是寂静的，但巴音河的星空却是璀璨的，蓝色的夜幕中闪亮着明亮的星星，宽阔的河面上闪烁着七彩的霓虹。夜晚的巴音河，彩灯闪烁，流光溢彩，一幅如诗如梦的梦幻图画。

巴音河的夜色撩人，迷离的灯光，低回的音乐，给德令哈披上了梦幻的色彩。巴音河桥下变幻多端的瀑布，给夜晚的德令哈增添了动人心弦的乐章。水流与彩灯交相辉映，装点着巴音河的梦乡，变幻着德令哈的容颜。

水幕音乐飘荡在巴音河上空，水雾迷蒙，水花缥缈，演绎着德令哈的沧桑与海子的传奇。诗歌与音乐联姻，诗意与戈壁结缘，德令哈静守着诗歌的一片净土，呵护着最后一抹大漠诗意风韵。沉醉在戈壁深处的德令哈夜晚，游走在空旷孤寂的巴音河河岸，没有燥热的音乐，缺少繁闹的人群，只有一颗诗意的心在寂寞的巴音河上流浪。

痴情的海子，徘徊在德令哈宁静的夜晚，等候，等候心中的那份美好，等候梦中的那份希冀，等候以梦为马的人生。海子在德令哈的诗意夜晚和痴情等候，犹如戈壁深处的翡翠湖，是上苍给予西部高原最温情的眷顾。

一座城接纳了一个诗意盎然的灵魂，一个诗人诗意了一座荒漠的空城，一片诗林守护着诗人与城市的美丽姻缘。这是诗人的幸运，也是城市的幸运。德令哈的诗意情怀映亮了现代诗歌的纯净殿堂。在茫茫戈壁中，诗人与姐姐的迷离情愫润泽着德令哈寂寞的夜空，也润泽着每一颗红尘中漂泊不定的心灵。

坎布拉的丹山碧水

从湟水河畔的裙子山出发，红崖飞峙的灵动丹霞早已在记忆深处打下了鲜明的印记。而一路南行，经过平安、化隆也有时隐时现的丹霞地貌又叠加着嫣红的记忆，但都没有给人特别的惊喜。直到黄南尖扎的坎布拉，那些妖娆在碧绿湖水上的灵异丹山，才为我的丹霞记忆增添了一抹如仙境一样的壮丽印记。

沐浴着温暖的阳光，汽车沿着坎布拉景区南面的盘山公路缓缓行驶，目光时不时被红色的山峰和碧绿的湖水吸引，山下幽深的峡谷珍藏着丹山碧水的壮美图画。我们急切地驻足在李家峡水库大坝的观景台，想早一点领略坎布拉灵山圣水的壮丽模样。幽深蜿蜒的峡谷内，一座水泥筑起的水库大坝横亘在脚下的峡谷，连接着峡谷南北两面的高山，高大雄壮，呈现着水泥的灰白颜色。北面近处的山皱褶百结，纵横连绵，山体的颜色呈现淡红色，看不到草木的绿色，而远处的山缥缈而高耸，在云雾中弥漫着青黛色。峡谷的西面有一段如红色屏障一样的山峰竖起在湖水的尽头，山体峥嵘，山色红艳，雄伟壮观。宽阔的峡谷内一泓碧蓝的湖水沉静如碧玉，妖娆如丝带，映亮了坎布拉辽远的碧蓝天空。东面狭窄的峡谷内碧蓝的河水在绿树掩映中蜿蜒地流向远方。丹山碧水，坎布拉以一抹丹霞地貌特有的山水色彩留下了初步的印象。

离开李家峡水电站观景台，汽车到达最高处的观景点。站在这里，坎布拉灵山圣水的壮观景象一览无余，令人震撼。北面的丹霞山脉层次错落，高深辽远。远处的峡谷树木葱茏，溪水缥缈。高远的天空蔚蓝深邃，白云飘逸。山脚的湖水碧蓝幽静，安闲圣洁。西面的山峰高峻陡峭，形似高墙，势如刀劈。这两面的丹霞山峰颜色深浅不一，姿态万千，裸露的岩体上看不见草木，荒芜光秃，尽显丹霞地貌的本色。也许，丹霞的嫣红色彩就是山峰最耀眼的色彩，不需要绿色草木的妆点和掩饰，就那样坦坦荡荡地敞开着红色的胸怀，映红幽深的峡谷，给碧蓝的湖水一腔火热的胸膛。而南面的山坡上却有一片一片的原始森林，涌动着一波波青翠的松林碧涛。从高处远观，红山碧水两相宜的奇丽景象，是坎布拉最壮美的山水图画。

我们了解到，坎布拉丹山碧水的美好联姻，得益于李家峡水电站的建立。高175米的电站大坝横跨在南北两山之间，汇聚了一路东流的黄河清流，形成了碧波荡漾的湖泊，氤氲成湖光山色的壮丽图景。清澈的黄河从贵德奔涌而来，在幽深蜿蜒的坎布拉峡谷沉静下来，形成了一百六十米深的李家峡水库，也形成了高峡出平湖的坎布拉人工湖。如翡翠一样的人工湖镶嵌在奇山异峰拥揽的峡谷内犹如瑶池仙境，令人沉醉。

其实，坎布拉即使没有人工湖的润泽，奇山异峰的丹霞地貌也是一道壮丽的风景线。随着汽车向西方向的行驶，原前在东面看到的颜色艳丽、山峰高耸的西面丹霞，袒露在眼前。那些称为丹霞十八宗的奇山险峰，展现了丹霞山峰的千般姿态，万千模样。有的如高耸的天柱，挺拔直立，直入云天；有的如耸立的楼阁，敦实端庄，洞窟如窗，别有洞天；有的如红色的玉屏，横亘挺立，形态娇美；有的如静卧的灵兽，啸傲山谷，栩栩如生。这些如柱似塔，似人如兽的山峰，姿态万千，形象逼真，令人震撼。大自然真是鬼斧神工，把一座座红色的山峰雕刻成了一件件精巧奇特的艺术品，装饰着坎布拉山水妖娆的艺术宫殿。在小瑶池的景点，四周的陡立山峰围成了一处美如仙境的丹霞奇境。瑶池内松林葱茏，松树婆娑，绿草如茵，野花娇艳，溪水潺潺，鸟声幽幽。嫣红的山峰犹如一道红色的花边镶嵌在碧绿的林海边缘，红绿搭配，艳丽多姿。

从小瑶池向北沿着环山公路行驶到南宗沟，近距离观看谷底的碧蓝湖水和仰观湖上的丹霞山峰，又是另一番美丽的景致。湖水翻动着碧蓝的涟漪拍打着红色的崖壁，山峰昂扬着嫣红的头颅俯瞰着碧蓝的湖水。山环水绕，宽阔的峡谷里演绎着最动情的山水神话。但是由于湖内乘船的码头没有开放，无法乘坐渡轮从湖面仰观奇山异峰，只能在湖边静静地远眺高耸的丹霞山峰，留下了一点遗憾。

在我的认知中，湟水谷地的丹霞绵延在湟水河两岸，孕育了一座形如裙子的最美山峰——裙子山，成为一抹红崖飞峙的灵动丹霞，映亮了千年不绝的浩荡湟流。而在祁连山下的张掖丹霞则以七彩的颜色和起伏的山峦，组成了最壮观的天然调色板，艳丽柔和，演绎着丹霞地貌的妖娆和多姿。在坎布拉，嫣红的丹霞颜色虽然单一，但是山峰奇崛多样，阳刚坚毅，展示着丹霞地貌的伟岸和刚强。同时，张掖的丹霞虽然色彩丰富，但是缺少水的滋润，有点柔而不媚。而坎布拉的丹霞色彩虽然单一但是享有湖水的润泽，显得刚烈有情。一方水土养一方人，也养一方山水美景。坎布拉这一方黄河边的幽深峡谷，孕育了一方与众不同的丹山碧水仙境。

登泰山

登泰山的兴致源自阅读和讲析姚鼐的散文《泰山日出》，因为羡慕作者用灵性的眼睛和虔诚的心灵摄取泰山壮美日出景色的自足与洒脱。作者不言登山之累，只叙观日之美，这是非常静美的心灵。讲析过文章之后，我也只想带着一颗虔诚的心和一双爱美的眼睛，去领略泰山的壮美。但一直没有机会，直到2016年才了却这一心愿。

姚鼐登泰山是在冬天，是看日出，而我登泰山是在深秋，只为登山，不为观日。

我是在早晨七点乘火车到达泰安火车站的。站在泰安火车站广场，天刚蒙蒙亮，隐约看到远处缥缈的山脉，白色的花岗岩山体掩映在绿色的树丛中，清新雅丽。心想，那就是雄伟的泰山。

来不及领略泰安城的繁华，就匆忙坐着大巴，顺着岱岳大道直奔向红门。一路上，眼前所见泰山并不高耸，但很雄壮。

到达红门，只对两旁的庙宇匆匆一瞥后，就赶紧拾级而上了。我要用自己的双脚去感知登泰山的艰辛与欣喜。艰辛是有的，但都消解在两边的青松和刻石上了。松柏苍翠，山石嶙峋，溪水潺潺，山谷的清幽唤醒了心中的闲适。最吸引人的是不时扑面而来的红色刻字，或大或小，或多或少，凸显在道路两旁，不时提醒着探寻的眼睛，丰富着登山的情趣。泰山不只是自然的五岳之尊，更是人文的五岳之尊。丰富多样的石刻是泰山最为宝贵的人文景观。秦皇汉武，文人雅士，黎民百姓，把攀登的足迹留在了漫长的道路上，也把智慧的语言留在了石头上。泰山的坚硬石头把汉字的书法艺术和中国的悠久历史浓缩成不朽

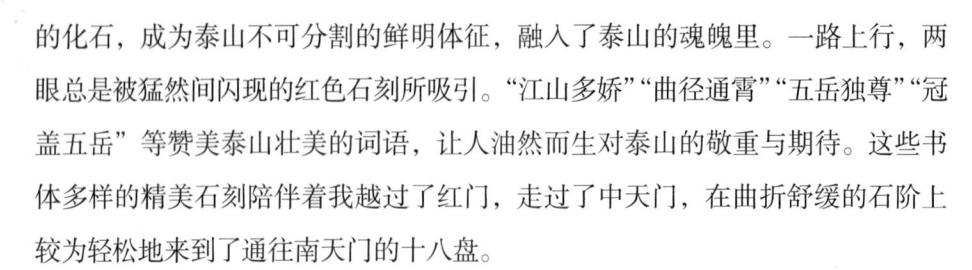

的化石，成为泰山不可分割的鲜明体征，融入了泰山的魂魄里。一路上行，两眼总是被猛然间闪现的红色石刻所吸引。"江山多娇""曲径通霄""五岳独尊""冠盖五岳"等赞美泰山壮美的词语，让人油然而生对泰山的敬重与期待。这些书体多样的精美石刻陪伴着我越过了红门，走过了中天门，在曲折舒缓的石阶上较为轻松地来到了通往南天门的十八盘。

高峻陡峭的十八盘横在前面，对已走了两个多小时的人来说，是一个严峻的考验。远望十八盘尽头，在V字形的山垭口，红墙碧瓦的楼阁高高耸立着，直入云霄。蓝天被两边的峭崖切割出一个巨大的簸箕，覆盖在翘臀弯腰谨慎爬行的游人上空。走走停停，停停看看，在摩肩接踵的谨慎爬行中，终于走进了南天门。走过了登泰山最为艰难的一段路，就走上了海阔天空的天街仙境。眼前猛然一亮，山外有山，天外有天。蓝天猛然开阔起来，山顶也显得开阔了。山顶道路舒缓，店铺参差，人头攒动，形成了热闹繁华的天街。舒缓平坦的街道上游人熙来攘往，沉浸在行游仙境的喜悦中。

站在天街边，向两面极目远望，远山缥缈，云雾缠绕。回望来时的路，掩映于青松翠柏间，明明灭灭，也看不到中天门，只有十八盘的陡直石阶像天梯一样垂挂在南天门下。

到了天街，还要走一段路，才能到泰山的最高峰玉皇顶。在天街稍事休息，就继续向玉皇顶走去。不断走向高处，不断感到泰山的雄奇了。环顾泰山的东西南北，烟波浩渺，云海辽阔，山峰如聚。从玉皇顶俯瞰四周，远处的山峰都匍匐在泰山脚下，如众臣跪拜在皇帝宝座下，心中悠然升起傲视群雄、唯我独尊、君临天下的自足与兴奋。难怪历代帝王甘愿不顾金贵龙体，亲自登临泰山之巅，而且还不止一次地来到泰山。那是他们把泰山当作天下最大的龙椅来体验九五之尊的君王威严和豪迈的。不登泰山绝顶，就不能领略泰山的壮观，也就不能体验唯我独尊的豪迈。孔子在泰山之巅自信地看到了"登泰山小天下"的壮阔，杜甫在泰山绝顶也自信地体验了"会当凌绝顶，一览众山小"的壮美。文人雅士如此，那些帝王将相登临泰山之巅，心中涌起的尊贵情感就更浓烈了。帝王登泰山，与其说是去封禅，不如说是去自封，是通过盛大的仪式强调自己的君权神授；文人登山，登的是一种胸襟、一种境界。

  站在观鲁台上，来到日观峰处，靠近舍身崖前，泰山的雄壮更是直逼眼目。一线天际，百丈悬崖，千里山脉，万仞河山，皆入眼帘。云如海，山似岛，松像帆，万千气象，尽收眼底。虽然太阳早已跃出云海，升入中天，看不到日出的壮丽画面，但是阳光普照下的泰山更显苍茫和壮美。

  漫步山顶，发觉山顶刻石比山谷更为壮观。背靠危崖竖立的清代"五岳独尊"石刻，是泰山石刻的经典。四个苍劲有力的大字，凸显了泰山的尊崇地位。登临泰山的游人，纷纷在石刻前合影留念。而大观峰崖壁上的唐摩崖石刻，则因十多米高金碧辉煌的唐玄宗御制碑文《纪泰山铭》而形成最壮美的石刻风景。

  我没有姚鼐的耐心，没有耐心住在山顶，静静观看日出时的美景，也没有看到落日时的泰山之美，只是匆忙中看了看泰山在阳光下的壮美，就乘坐缆车下山了。如果还有机会，希望再上泰山，看看朝阳初升时的动态之美，看看夕阳正落时的光影之美。

拜谒曲阜孔庙

到山东，登泰山是人生必须完成的一次自然之旅，而拜孔庙则是一次重要的人文之旅。泰山是最雄壮的五岳之尊，而孔庙则是最神圣的教化之尊。

2016年的秋天，作为一名教师登过泰山后，又虔诚地来到曲阜拜谒万世师表孔子。找寻两千年前生活在曲阜而两千年后仍然誉满全球的文化名人孔子的身影，是我经历的最为愉快的一次人文行走。

从泰安乘高铁到曲阜，走进孔子的出生地，心中油然生出一种敬重的情愫。也许是孔子的遗风在起作用吧，相比较泰安城、济南城，曲阜城确实有着较为从容的节奏，较为古朴的样貌。看着还保留着古朴样貌的曲阜县城，心中更有了一份敬畏的情感。下了高铁后，就直奔心念已久的孔庙。

孔庙是祭祀春秋时期思想家、政治家、教育家孔子的庙宇。据了解，曲阜孔庙是孔子去世的第二年（公元前478年），鲁哀公将孔子古宅改建成的庙。此后历代帝王不断加封孔子，扩建庙宇，有了现在九进院落的规模，是中国现存规模仅次于故宫的古建筑群。整个孔庙在南北中轴线两侧建有四百多间殿堂坛阁，五十多座门坊，十三座碑亭，是典型的对称性中式院落。曲阜孔庙是祭祀孔子的本庙，是全球2000多座孔庙的先河和范本。拜谒曲阜孔庙，就有更贴近的文化意义，更深切的心灵慰藉。

行走在烙印着不同年代的孔庙殿堂坛阁间，我用心地找寻孔子作为万世师表留下的足迹。两千多年来，孔子有教无类的教育胸怀，因材施教的教育方法，学而不厌的教育追求，诲人不倦的教育精神，学以致用的教育价值，奠定了孔子流传万世的教育思想，奠定了孔子万世不朽的师表地位。而这万世师表的独特文教价值，正是孔子留给中国文化和教育的最重要珍宝。虽然历经千年的历史风雨，孔庙已不是当初的模样，但是在历史的夹缝中也能窥探到孔子思想价值的恒久魅力。

孔子把自己一生的思想文化积累用教育的方式，一句一句地传授给他的三千弟子。三千弟子把他的教育语言记录下来，传播开来，就成为了影响中国两千年历史进程的思想宏论《论语》。杏坛深深，教育的永久魅力体现在教育者的卓越思想和身体力行上。孔子的教育思想借助《论语》的思想内涵和后世教育者的身体力行，传承千年，万世不朽。杏坛朗朗，教育的伟大价值体现在促进人类文明和社会进步的终极关怀上。孔子的基本思想化作人们生活的具体行为，有力地促进了礼乐教化的发展。

在名为杏坛的亭台前，虽然无法找寻孔子当年教化弟子的匆忙身影，也无法聆听孔子有教无类的谆谆言辞，但是站在杏坛前，那一草一木，一砖一瓦，似乎在时间隧道里依然传递着孔子教育思想的恒久力量。从私塾教育到现代公共教育，从精英教育到义务教育，无不渗透着孔子深厚久远的教育思想。

大成殿中供放着孔子的塑像，人们纷纷在此驻足、观瞻、膜拜，似乎要从孔子睿智的眼神中领悟人生的意义和价值。孔子积极践行平民教育，精心编修《诗》《书》《礼》《乐》《春秋》，给中国教育和文化留下了不可磨灭的历史功绩。圣人自有圣人的伟大，孔子的伟大也自有他延续千年的传承价值。后人无论因什么缘故褒贬孔子，增损孔庙，但孔子永远是中华民族万世师表的伟大开拓者和实践者。

环顾孔庙，在青松翠柏中，红墙金瓦的殿宇静静地掩映其中，历久弥新，传承着敦厚的儒家风范。鲁壁、鲁井等孔子生活中的一些遗迹，也以古朴的风貌讲述着孔子推崇的礼乐文化。

孔庙是最富中国特色的文化遗迹，是中国文人最神圣的精神殿堂。佛教寺庙是外来宗教文化在中国百姓生活中的印记，而孔庙则是最正统的中国本土宗教文化在中国知识分子精神世界里的永久印记。没有晨钟暮鼓，没有求签问卦，没有阴森可怖，有的则是质朴自然，亲民祥和，爽朗清芬。孔庙也是中国教育的神圣殿堂，到孔庙拜访就是一次教育的朝拜，就是一次精神的洗礼。

看孔庙之外，还可以到孔府去看孔氏后人的生活场景，到孔林去看静卧在茂盛树林里的孔子坟墓。但在仓促的曲阜之行中，我只是从容地拜谒了人文气息浓厚的孔庙，未能抽出时间去拜孔府和祭孔林，确实留下了一点遗憾。

泉水滋润的济南

济南因为泉水众多而叫泉城。现代化的城市往往因为高楼大厦林立，而失去了柔媚的风光。但在济南城，因为有七十二眼泉水的滋润，济南就变得水灵了。

到趵突泉，到大明湖转一转，确实让人感受到清澈泉水滋润城市的美好。泉润城色，泽被万物，杨柳依依，鸟语花香，济南处处有一抹水灵秀丽的泉城妖娆。而这份泉城妖娆中，趵突泉和大明湖则以独特的水灵姿态，激活了济南的心怀。

进入趵突泉公园，只见垂柳依依，水流潺潺，鸢飞鱼跃，充满水灵的诗情画意。除了这些如画的园林景色外，公园最为壮观的则是有名的趵突泉胜迹了。沿着曲折的小径，拐过几进亭台楼阁，在游人拥挤围观的地方，就远远看到华丽亭廊上鲜明的"趵突泉"字眼。靠近亭廊，只见在一池如碧玉般荡漾的池水中间，有三股突突上冒的莹白水浪，激起了一阵阵跳跃的涟漪，氤氲出如白雾飘逸一样的迷离景致。这三股翻腾的波浪就是驰名泉城的趵突泉。远远看去，这三股不停喷涌的泉水就像是一锅刚刚滚沸的开水，热浪沸腾，上下跳跃，激活了一池清澈的碧水。

泉水在碧池里舞蹈，楼阁在池水边静默，垂柳在水岸边摇曳，金鱼在碧水中嬉戏，如画图一般的趵突泉景致，让我的心也沸腾起来，水灵起来。尤其是那些古色古香的亭台、长廊倒映在水中，被清澈的泉水滋润后，显得隐约摇曳，妩媚动人，更觉得跳荡的趵突泉润泽了眼前的一切。行走在公园中，处处都能感受到泉水带来的润泽气息。垂柳掩映，鲜花缤纷，鸟飞鱼跃，都在湿润的水汽中显得水灵俏丽。

出了公园，沿着泉城广场慢慢行走，一条由许多泉水汇聚而成的河流绕着济南老城区缓缓流淌。这条护城河将黑虎泉、趵突泉、五龙潭、珍珠泉等泉水连为一体，像玉带一样缠绕在济南城的腰部。有水处必有绿色，有绿色就有诗意。河水的两岸绿树葱茏，涛声悦耳，妖娆着济南"家家泉水、户户垂杨"的泉城风貌。尤其是，黑虎泉、白玉泉等泉水都以不同的姿态，喷涌出清澈的泉水，滋润着青砖碧瓦，滋润着亭台楼阁，滋润着绿树红花。

黑虎泉确实名不虚传，三股从护城河的墙壁三个石雕虎头直接喷出的泉水，如猛虎下山，一跃而出，波澜汹汹，涛声阵阵。黑虎泉从墙壁横着喷出的泉水要比趵突泉从地下竖着涌出的泉水更凶猛，更洪大。而离黑虎泉东侧不远处的白石泉则显得轻细柔媚，涓涓细流从白石缝隙中缓缓流出，蓄积后汇入河中，滋润着石岸，滋润着垂柳。

济南的七十二孔泉从地下源源不断流出，滋润着济南的大街小巷。清澈的泉水不仅为济南城市民提供了甘甜的饮用水，也为济南城带来了茂密的绿意。泉水汇集，不但形成了如玉带一样的护城河，还形成了似明镜一样的大明湖。

大明湖就在趵突泉不远处。如果说趵突泉是一方碧玉，显得有点小家碧玉的小气，那么大明湖就是一湖绿色的玉石宝库，显出大家闺秀的大气。大明湖的一湖碧水，凸显了湖光水色的潋滟与美好。大明湖真如一副对联所写"四面荷花三面柳，一城山色半城湖"，具有水灵的湖光山色图画。一湖秋水明澈如镜，映照出天光云影，映照出绿树红花，映照出倩人丽影。湖水四周荷花娇艳绽放，荷叶片片，荷藕点点，给碧波荡漾的湖水镶上了美丽的花边。湖岸上垂柳依依，婀娜多姿，给明镜似的湖水投下了柔媚的倩影。湖面上画船徐徐行驶，漫游其中，情感勃发，兴致顿来，不禁赞叹大明湖如画一般的秋意烂漫。

行走在大明湖边，我还不时地进入楼阁之中，去找寻大明湖曾经的风流往事。稼轩祠、沧浪亭、历下亭、铁公祠、北极庙、汇波楼等二十多处名胜景点，在明丽的湖水中，不时跃出历史的云烟，为绕湖行走增趣不少。

漫步在济南城的大街小巷，徜徉在烟火氤氲的宽厚里，我一边品尝美食的香味，一边品尝泉水的甘甜。在济南的街巷里安装了许多饮水机，直接把地下泉水引上来，供人们饮用。我愉快地拿起水杯，接了一杯鲜活的泉水，慢慢地啜饮下去。顿时，一股甘甜、凉爽的水流袭遍全身，沁人心脾。

我知道，匆忙的一日游走难以尽享泉城的美好，但是趵突泉和大明湖的水灵景致却滋润了我行走的脚步，也滋润了我焦躁的心灵。

张家界的山

远看，张家界的山蜿蜒起伏，连绵不绝，草木茂盛，绿意盎然，尽显着江南山脉的秀丽娇美。但是走进张家界景区的群山，却看到了一簇簇如树木一样竖立的峰林，彰显着张家界山体的别样风貌。

进入武陵源景区，或在山谷漫游，或在山顶遥望，或在山路穿行，都能看到张家界山峰的不同风貌。从幽深的金鞭溪看高耸云天的峰林，从袁家界平视密如树林的峰林，从天子山俯瞰尖如竹笋的峰林，都会看到不一样的峰林景致。

漫游在幽深的金鞭溪，鸟语花香，溪水潺潺，峡谷的幽静给人清爽而心灵安宁，而仰望山头的峰林，山峰的奇崛又给人奇特的精神享受。金鞭岩高耸云天，棱角分明，在阳光照耀下像一条金色的鞭子竖立在溪流的南坡。紧挨着金鞭岩，还有一块石峰像神鹰一样守护着金鞭岩，人们叫作神鹰护鞭。举目仰望，还有许多山峰突兀、耸立在山岭上，情态逼真，给人美好的想象。劈山救母、五指峰、骆驼峰、双龟探溪等山峰屏列在金鞭溪两侧，形成了金鞭溪妖娆的峰林景致，犹如仙境一般。

乘坐300多米高的电梯到达袁家界景区，四十八座密布的山峰像天降神兵一样矗立在不断上升的电梯前，震撼人心。到达山顶，放眼远视，可以尽情领略幽谷群峰的壮观，领略天下第一桥的神奇，领略迷魂台的迷离。站在观景台上，三千奇峰尽收眼底，雄险秀野，神态各异。峡谷深处，千百根石峰石柱奇伟突立。峻峭的岩石，犹如英武的将帅傲立山谷；嵯峨的山峰，好似勇猛的壮士排列山涧，形象逼真，呼之欲出。尤其是"南天一柱"奇峰凸起，成为"三千奇峰"

中最耀眼的一座山峰,令人仰慕。它的海拔高度为1074米,垂直高度约为150米,峰顶植被郁郁葱葱,峰体造型奇特壮美,垂直节理切割明显,仿佛刀劈斧削一般,巍然屹立于深谷间,大有顶天立地的气势,人们又叫乾坤柱。这里,深谷群峰自成一个天地,高低错落,密布成林,蔚为壮观。

在天下第一桥景区,只见一座天然石桥横跨在两山之间,雄伟壮观。桥面宽2米,厚5米,跨度为25米,垂直高差357米,据说是世界上迄今为止所发现的垂直高差最大的一座天然石板桥。走在桥上,步履蹒跚,心惊肉跳,不敢造次;俯瞰桥下,白云缭绕,奇峰林立,如同仙境;放眼四望,石峰嵯峨,高低起伏,目不暇接。桥下虽不见水流,却见流云石峰,也有一番别样的风貌。

由袁家界向东行走,有一小路蜿蜒南伸至兀岩顶平台,就是迷魂台景点。置身在平台上,左右环顾,万千景象尽收眼底。一座座岩峰石柱形态各异,形象逼真,令人眼花缭乱。有的如餐桌,有的如座椅,有的如楼阁,有的如宝塔,各具情态,妙不堪言。群峰之间缭绕着薄云淡雾,像琼楼玉阁一般,时隐时现,让人神魂痴迷,不知身居何处。

天子山处于武陵源腹地,地势高出四周,是又一番峰林景象。置身在天子山主峰,举目远眺,视野辽阔,层次丰富,气象万千,方圆百里景观尽收眼底。

天子山不但险绝,而且给人神秘幽静之感,尤其是石林奇观闻名遐迩。这里的峰林都是坚硬的岩石,有别于袁家界景区的峰林。眼前的诸多石峰像刀剑一样,高高耸立,像一片森林列于其间,又像千军紧密簇拥在深谷,气势雄浑壮观。

特别是御笔峰更像一支锋利的御笔,傲立在天子山的山谷中。站在观景台向西南远眺,只见山谷中数十座错落有致的秀峰突起,直冲蓝天。靠右的一座石峰像一支倒插的御笔,笔体垂直,笔尖锋利,而靠左的一座石峰又像一方搁笔的端砚,峰体方正,凹凸有致。

还有坐落于御笔峰斜对面的山峰,则像一个仙女正在优雅地撒落鲜花。远观石峰,岩顶灌木滴翠,山腰野花如锦,峰体人像逼真,像仙女头插鲜花,胸脯隆起,怀抱一只玲珑的花篮,右手抓着鲜花正要撒向人间,满月似的脸庞还挂着淡淡的微笑。逼真的形似让人浮想联翩,也让千姿百态的岩峰笼上了迷人的想象光环。

在茶盘塔的西南侧，还有一座海拔一千二百多米高的山峰，也是让眼睛一亮的山峰，人们叫作天子峰。远远看上去，天子峰很像一位身披厚重的铠甲，右手握着利剑，眉毛高高隆起，两眼怒视前方，正要指挥千军万马出征的天子。

最后从十里画廊走出，只见两边高耸的山峰，犹如天赋的一幅幅图画，陈列在峡谷间。蓝天，山峰，草木，溪流，组成了色彩明丽，构图和谐，情趣盎然的天然画廊，让人流连忘返。

万亿年的风吹雨淋，巨大的石英砂山体不断冲蚀成一个个竖立的小山峰，组成了一片奇特的峰林。有的是坚实的沙土组成，有的是坚硬的岩石组成。沙土形成的山峰坚实敦厚，高大雄伟；岩石组成的山峰坚挺锐利，秀丽娇美。因为雨水充沛，山峰上绿草丛生，绿树成荫，给峰林晕染了碧绿的色彩。褐色的山体与碧绿的草木参差交错，色彩艳丽，形成了与树木组成的森林不一样的峰林景致。

看过张家界峰林的秀美模样，还可去看天门山的险峻雄奇，那又是张家界山的另一副模样。盘山公路的险峻，天然门洞的空灵，玻璃栈道的惊险，连绵山峰的雄壮，壁立万仞的幽谷，显示着天门山的雄奇惊险。

大自然的造化不同，造就的景色也不同。从北到南，由东到西，广袤的神州大地上有千万座高山峻岭，泰山的雄壮，华山的险峻，昆仑山的巍峨，黄山的奇秀，都呈现着山的不同风貌，而张家界的山则以峰林的灵秀呈现了山的别样容颜。

诗意黄鹤楼

因一首诗而牵挂一座楼，因一座楼而找寻一抹乡愁，是一次诗意的旅行，也是一次心灵的旅行。黄鹤楼就是一座诗意的楼阁，耸立着千年的乡关，千年的诗韵，牵引着我的旅行脚步。

去武汉一定去黄鹤楼看看，这是人们的旅行共识。我也一样，有幸去武汉华中师大培训，即使培训再紧张，管理再严格，也挤时间去了黄鹤楼，了却了崔颢《黄鹤楼》的诗意牵引，体味了"晴川历历汉阳树，芳草萋萋鹦鹉洲"的诗意眺望，感悟了"日暮乡关何处是，烟波江上使人愁"的游子乡愁。

火车经过千里行驶，经过长江武汉大桥时，看到了长江的千里烟波，也看到了千年黄鹤楼。但是一闪而过，没有看清它们的样貌，就倏忽消失在眼前，心中空生一份激动和失落。

几天紧张的培训报到、听讲座、做观摩后，终于利用中午的休息时间坐公交去了黄鹤楼。进了黄鹤楼景区，买了票，就直奔高高耸立的黄鹤楼。那些像黄鹤张翅欲飞的斗拱飞檐，吸引着我早点登上黄鹤楼，去看崔颢眼中的楼阁模样，看楼阁之外的长江烟波，看阁楼之上的绵厚诗意。

耸立在蛇山峰顶的黄鹤楼，是武汉的一张金色名片。从百度了解到，现在的黄鹤楼主楼为四边套八边形体、钢筋混凝土框架仿木结构，通高51.4米，底层边宽30米，顶层边宽18米，飞檐五层，攒尖楼顶，楼顶覆盖着金色琉璃瓦。由72根圆柱支撑，楼上有60个翘角向外伸展，像翅膀一样有飞翔的灵动。整座楼形如黄鹤，展翅欲飞。这种八方飞檐的鹤翼造型体现了黄鹤楼的独特文化，灵动诗意。中国的山水中，楼阁是一个富有诗意风韵的人文意象，容纳着诗歌王国最丰沛的文化内涵，激发着中国诗人最丰满的诗意情怀。

一路走去，只见铜铸的黄鹤、胜像宝塔、牌坊、轩廊、亭阁等建筑，环绕在黄鹤楼周边，形成了丰富的人文景观，渲染了黄鹤楼的主体形象。

历史的风烟中，黄鹤楼一直是一个诗意的存在。自三国时期孙权在黄鹄矶修建第一座黄鹤楼开始到1985年重新修建黄鹤楼，黄鹤楼虽然经历了千年的风风雨雨，遭遇过多次的毁坏和消失，但是人们对黄鹤楼的情感却一直在延续，黄鹤楼的诗意一直在熏陶。

登上黄鹤楼的观景窗，凭窗遥望，长江横卧在眼前，高楼耸立在长江两岸，船舶缓慢移动在江面，龟山静卧在长江南岸，长江大桥横跨南北。登楼观景，要的是凭高视下，一览无余，千里美景，尽收眼底。黄鹤楼拥揽了长江的千里烟波，就显得气象宏大，景象万千。长江虽然波澜不惊，但是在黄鹤楼面前却是胸襟开阔，气度不凡。江面上商船不绝，江岸上高楼林立，江桥上车流滚滚，高楼下绿树葱茏，天际处烟波浩渺，只是不见崔颢时期的"晴川历历汉阳树，芳草萋萋鹦鹉洲"的景象。同时，登黄鹤楼犹如登岳阳楼一样，也是心旷神怡，宠辱偕忘。只是岳阳楼吞吐的是洞庭湖，是一腔凝聚着先忧后乐的旷世情怀，而黄鹤楼吞吐的是长江，是一抹流动着日暮乡关的悲凉愁绪。气象不同，襟怀也不一样。

行走在黄鹤楼各楼层，找寻一些诗意的历史踪迹，也是最惬意的行旅。崔颢的《黄鹤楼》一诗题写在阁楼上，还有李白、王维、白居易等诗人的诗歌呈现在楼阁墙壁上，诗意充盈在楼阁内，诗心沉浸在诗句中，诗情飞扬在楼阁外。虽然多次阅读、阐释和讲解过教材中《黄鹤楼》的诗意，但是总是局限于照本宣科式的机械解读，缺乏情景式的真切体味。而今，看着木制的黄鹤楼变为水泥钢筋的黄鹤楼，看着隐匿在高楼森林里的晴川汉阳树，看着淹没在历史风烟里的芳草鹦鹉洲，看着飞驰在长江大桥上的滚滚车轮，看着移动在千里烟波里的船舶，更多的感喟和失落充盈在心头，心头不禁涌起了"昔人已乘黄鹤去，此地空余黄鹤楼"的落寞，涌起了"黄鹤一去不复返，白云千载空悠悠"的惆怅，也涌起了"日暮乡关何处是，烟波江上使人愁"的愁绪。

　　历史巨变中的黄鹤楼已不是原来的那个黄鹤楼，眼前突显的黄鹤楼也不是崔颢歌咏的那个黄鹤楼。物已非物，人亦非人，一切都在历史的烟云中改变，一切又在文字传承中再现。凝固的诗句在历史的沧桑中坚守着文字的意义，坚守着诗人的情味。我们喜欢到黄鹤楼，很大原因就是崔颢的饶有情味的诗歌《黄鹤楼》。崔颢因抒写诗歌《黄鹤楼》而愈加出名，而黄鹤楼又因崔颢的诗歌更显雄伟。李白面对崔颢的诗虽然感叹"眼前有景道不得，崔颢题诗在上头"的敬佩与无奈，但他又以黄鹤楼为载体抒写过多首诗歌，其中著名的《黄鹤楼送孟浩然之广陵》："故人西辞黄鹤楼，烟花三月下扬州。孤帆远影碧空尽，唯见长江天际流。"更以简练的笔墨写黄鹤楼前的千里长江，长江上的孤帆远影，更写友人远去的惆怅。黄鹤楼作为一抹乡愁的代名词，氤氲在中国文人的诗意中。我在近一个月的培训中，虽然不时用手机的音画联通着千里的乡思，但是长江上的苍茫暮色竟也引起一丝淡淡的乡愁，想尽快结束培训回归。

　　步行在长江大桥，看着缓慢驶过桥洞的巨型货船，看着端居在龟山的耀眼黄鹤楼，看着林立在两岸的摩天大楼，看着迷离在街道的璀璨灯火，看着拥挤在汉正街的饮食男女，心中竟泛起了乡愁之外的一些情愫。

　　时代的灯光辉映着现实的生活，历史的沧桑隐没在时尚的光影里。时光不可能倒流，崔颢时代的情景不可能再现，因交通阻碍的游子乡愁不再是问题，一切都在历史的风烟中变得面目全非，但是我依然沿着崔颢诗句的轨迹找寻历历汉阳树，找寻萋萋鹦鹉洲，找寻悠悠江上愁，找寻心中的那一抹诗意黄鹤楼。

行游南京

南京去过两次，但走过的地方大致相同，都是走马观花式的跟团旅游，白天去中山陵、明孝陵、总统府、南京大屠杀博物馆，晚上就去秦淮河。

南京大屠杀博物馆是一处铭记历史、不忘耻辱、时刻警醒的地方。30多万南京人的尸骨控诉着日本军国主义残杀中国百姓的血腥和毫无人道的罪行。灰色的浮雕和雕像形象地展现了遇难同胞深重的苦难和日寇残暴的兽行。幽深黑暗的博物馆就像一个人间地狱，记录着日本军国主义的罪恶，记录着中国老百姓的呐喊，记录着人类历史曾经的黑暗。在这里，我深切地感到"落后就要挨打"不是一句轻飘飘的话语，而是一个血淋淋的事实。走在博物馆中，沉闷的气氛与愤懑的心情交融在一起，有一种透不过气来的压迫，也有一种知耻而后勇的警醒。一个弹丸岛国，竟然堂而皇之地踏进泱泱大国的国都，肆意蹂躏手无寸铁的百姓，任意践踏金陵古都的土地。惨痛的民族耻辱不能不令人深思，悲伤的历史印记不能不令人铭记。

总统府曾是国民党政府的最高权力机关，孙中山、蒋介石等工作和生活的地方烙印着某种神秘气息。从明代开始，经历了600多年的历史，毁坏、重修、扩建，最终成为国民政府的办公场所。这座中西合璧的建筑群，见证过太平天国洪秀全的天威，见证过孙中山就任临时大总统的辉煌，见证过蒋介石担任国民政府总统的权势，见证过百万大军解放南京的胜利。但是气派的总统府大门没能阻挡住日本军国主义的铁蹄，反动的国民党政府没能守住总统府和南京人民的安宁。

中山陵将自然与人文交融在一起，背靠紫金山，前临平川。高山巍巍，平川荡荡，台阶参差，树木葱茏，自由钟的形象镶嵌在山坡上，简洁大雅。牌坊、墓道、陵门、墓室巧妙地安置在台阶上，成为自由钟的重要组成部分。陵墓的修建体现着人民的意愿，正大光明，坦荡磊落。在攀登392级台阶的历程中，深切地感受到"天下为公"的孙中山一生的功绩，感受到孙中山的博爱胸怀。孙中山领导的民主革命，推翻了封建帝制，开启了民主共和的新纪元。

明孝陵也有自然美景，也有人文景观，只是人们的心态不同，感受的人文内涵不同。封建帝王的陵墓，总是透着孤家寡人的气息，透着历史风云的秘密。陵墓的修建是皇家运用皇室的力量和权力，大兴土木，体现着皇室的威严和权势。神道人兽石刻的精雕细琢，陵门楼阁的高大威严，墓室环境的神秘莫测，显示着君王的权威和神威。让人疑惑的是，这座朱元璋历时25年苦心经营的明朝第一陵，却在紫金山成为一座明朝孤陵，只有马皇后陪伴着他，而他的儿子朱允炆被朱棣逼宫后生死成为历史之谜，朱棣也没有看重金陵的国都价值，看重紫金山的风水意义，而是迁都北京，延续了明朝252年的历史，并且在天寿山历时230多年修建了明十三陵，安放了十三位明朝皇帝的灵柩。

夜晚的南京城被秦淮河的灯影和桨声笼罩成一派迷离闪烁的风情，映照着饮食男女的活色生香。白天的秦淮河卸下了夜晚的装饰，素颜瘦身，经不住细细打量。河水有点混浊，船舶有点破旧，河岸有点苍老，商铺有点冷清，人影有点稀少，不免有点失望。但是华灯初上，河边、商铺的灯光明亮起来，顿时给秦淮河的一切笼上了一袭华丽的衣裳，秦淮河猛然间变成了一位浓妆艳抹的贵妇人，眉眼如画，香粉四溢，身材摇曳，顾盼生辉，乱了游人的方寸。人们踟蹰在河岸边，遥望着画舫上，陶醉在灯影里，痴迷在歌声中。

乌衣巷是秦淮河边留下深刻影响的遗迹。巷道深深，屋舍苍苍，历史的云烟已成过往，看不到王导、谢安两家豪门望族堂前的燕子，但是刘禹锡关于《乌衣巷》的诗句却在耳边回响："朱雀桥边野草花，乌衣巷口夕阳斜。旧时王谢堂前燕，飞入寻常百姓家。"曾经辅佐创立东晋王朝的名相王导，指挥淝水之战的名相谢安，已经让乌衣巷充满了神奇色彩，而这两大家族的后人还创造了艺术的传奇，更值得在乌衣巷里漫游，沾沾艺术之气。晋代书法大家王羲之和王献之曾在乌衣巷挥毫泼墨，山水诗人谢灵运、谢眺曾在乌衣巷抒写诗意，门庭若市的两大家族创造了名门望族的物质豪华，也创造了书法和诗歌的艺术辉煌。

南京这座六朝古都，既有历史的苍茫风云，也有江南的温软风情。行走在南京的街头、中山陵，看到婆娑的梧桐摇曳着宽大的树叶，心中又生发了一丝暖暖的绿意，觉得那些树叶似乎在闪动着南京过去和未来的光影，闪动着南京自然和人文的光影。

西湖的烟雨

河流是水的流动之美，湖泊是水的沉静之美。沉静的美呈现着水的别样神韵，如镜一样的水辉映着天光云影，辉映着山形树色，也辉映着亭台楼阁。不管是天然的湖泊，还是人造的湖泊，沉静的水都能撩动心灵深处的如水柔情。青藏高原的青海湖、纳木错湖等湖泊圣洁而壮美，呈现的往往是自然特有的本色，而西湖、太湖等湖泊多姿与秀美，体现的则是自然和人文相融合的风韵。我爱湖泊的自然之美，也爱湖泊的人文之美，而西湖是最能激起我温软情愫的人文湖泊。

对西湖的向往来自于两首诗歌和一个民间故事。西湖作为"上有天堂，下有苏杭"的一张标志性地理名片，不仅在于烟雨江南的秀丽风景，还在于诗意江南的温软人文。而我浸染更多的则是西湖的浪漫人文，诗意才情。

我总想在"烟花三月下扬州"的美丽时节到杭州去看迷蒙而又诗意的如画西湖，但又总是无缘成行，总在诗歌吟咏中空生渴盼之情。2012年，偶然在秋意阑珊的时候匆匆拜访西湖，在细雨迷蒙中瞥了一眼西湖的湖光山色，迷醉了心中期待已久的诗意西湖。

秋日的西湖，垂柳还很婆娑，湖水也还深碧，游人依然很多。只是荷塘的荷花已经残败，柳叶有点发黄。不过，第一次到西湖，心中的热情还是非常浓烈。匆匆看了一眼荡漾的湖水，碧绿的湖岸，高耸的雷峰塔，就去寻找杨柳依依的白堤和苏堤。诗人为政，做的政事也往往带有诗人的诗意审美和诗意情怀。在湖水中修建堤坝，一方面是让湖有更多的几何美学价值，一方面还要让湖有更多诗意的妩媚情态。西湖中的白堤和苏堤就让西湖多了一些妩媚和诗意，多了一些温情的人文故事。

白堤在断桥残雪和平湖秋月两景之间，一公里的路程，婆娑的柳树和桃树掩映了湖面，掩映了堤坝，掩映了一份诗意。虽然已没有桃红柳绿的暖春娇美，但也有绿叶婆娑、枝条摇曳的中秋妩媚。一段白堤把西湖分为内湖和外湖，让游人的脚步游移在湖水之间，左右都有湖光山色的映照，景色就多了一份层次，多了一份内涵。虽然曾经作为杭州刺史的白居易修筑的白堤不是脚下的这条堤坝，但是这条堤坝却是白居易最为喜爱的堤坝。诗人就在《钱塘湖春行》中赞美过白沙堤，赞美过钱塘湖，赞美过初春景。"孤山寺北贾亭西，水面初平云脚低。几处早莺争暖树，谁家新燕啄春泥。乱花渐欲迷人眼，浅草才能没马蹄。最爱湖东行不足，绿杨阴里白沙堤。"这首诗生动地描述了春天西湖早莺、新燕灵动的姿态和乱花、浅草鲜嫩的面容，描写了绿杨掩映白堤的娇美景致。春天的白堤是美丽的，是白居易最为喜爱的，但我在秋天看到的白堤虽没有春天的鲜嫩和妩媚，却有时间积淀后的烂漫和恣肆。我知道，不论什么时候到西湖，在白堤都会想起白居易的《钱塘湖春行》，在诗意的品味中看眼前的白堤，心中就多了一份诗意的滤镜。

苏堤春晓是西湖的十景之一，应该与白居易《钱塘湖春行》中描述的白堤春景差不多。苏轼作为杭州的知州确实在疏浚西湖时用淘挖的淤泥筑造了三公里的堤坝，直通西湖南北两岸，种植杨柳桃树，打造桃红柳绿交相辉映的春日美景，让游人在漫步苏堤春晓的美景中自由地欣赏堤坝两边的西湖美景，将西湖美景都揽于眼前，给予游客更丰富的美丽景色，可谓用心良善，诗心浪漫。在苏轼眼中，西湖犹如西施一样美丽，不论是素颜还是浓妆都是美艳动人，不伤审美的眼睛。在《饮湖上初晴后雨》中诗人表达了这样的诗意："水光潋滟晴方好，山色空蒙雨亦奇。欲把西湖比西子，淡妆浓抹总相宜。"晴天时的水光潋滟也好，雨天里的山色空蒙也罢，西湖都有奇妙的景色，都能给人适宜的审美享受。我在秋雨淅沥时行走在苏堤，细雨时不时打在脸上，轻轻的、暖暖的，而西湖之上烟雨迷蒙，朦朦胧胧，明明灭灭，薄雾轻笼，细雨微落，一切西湖景物似乎笼上了一层轻纱，如梦如幻，如诗如画，别有一番江南特有的烟雨风味。

我体验过堤坝的诗意后，又匆忙去体验断桥的爱情谜团。一个家喻户晓的民间故事《白蛇传》让西湖成为了举世闻名的人间仙境。一片诗意湖泊竟成了人间和仙界共享浪漫爱情的美丽家园，许仙和白娘子在西湖断桥竟演绎了哀婉凄迷的人蛇之爱。缘定断桥情不断，一把雨伞传千载。许仙和白娘子在断桥相遇，是一条有情有义的蛇对一个良善救命恩人的真情报答。而这条蛇不是东郭先生救的那条蛇，苏醒后就恩将仇报，而是成精成仙后化为人以身相许。所以人们认可了蛇与人的爱情纠葛，认可了打破人蛇之界的凄美爱情。但是，雷峰塔的住持法海却不认可这种打破人蛇之界的情爱，他想尽办法要让许仙认清白娘子的蛇类本性，要让许仙遵守人间的基本爱情伦理，要把白娘子压在雷峰塔下结束这种不伦不类的爱情。最终，开始于断桥的浪漫爱情凄婉地结束于高高的雷峰塔下。后来，雷峰塔倒了，不知雷峰塔下的白蛇是否获得了自由？新修的雷峰塔是否还有法海似的住持？走在舒缓的断桥上，遥望着矗立在山巅的雷峰塔，景色美如图画，而晃动在眼前的许仙和白娘子的影视剧剪影却让西湖的烟雨更加扑朔迷离。不过，传说中的断桥和雷峰塔见证了许仙和白娘子的奇特爱情，让断桥残雪和雷峰夕照这两个自然景色多了一份迷人的人文故事，看起风景也就少了一份寂寞。

当然，西湖的十大景点处在一年的四季和一日的晨暮之中，无法在一天的匆忙旅行中看完，总有点遗憾。但是能够在短暂的旅行中漫步白堤、苏堤和断桥，领略西湖最有情味的景致，感受弥漫在景致中的温软人文，我也心满意足了。

我深深地感觉到，西湖的堤坝桥梁，亭台楼阁，画廊轩榭，红桃绿柳，使西湖参差错落，灵动多姿，充满江南园林的诗情画意，体现着人们的刻意建造和诗意雕琢，湖光山色更多地笼罩在浪漫的人文景象里。而高原的湖光山色往往显示的是苍茫的自然秉性，天赋景色，青海湖、纳措湖等就是天然的山水，天然的湖泊，很少有人工的打磨和雕琢。但在不同的时空里，不同的湖泊都会展现不同的风姿，都能体现"淡妆浓抹总相宜"的山水图画。而西湖则是一幅笼罩着江南温软烟雨的精致工笔画，也是一幅笼罩着江南诗意人文的浪漫水墨画。西湖的烟雨不但迷蒙着自然的云雾，也氤氲着人文的诗意。

奇秀黄山

五岳归来不看山，黄山回来不看岳，是说黄山的山体特征和山上景象能够比拟五岳的美。虽然黄山未能入列五岳之中，但是却享有五岳一样的尊崇地位。因为黄山有这个堪比五岳的地位荣耀，我在游过泰山和华山后，对黄山有了一份别样的期待和牵挂。

我登过五岳独尊的泰山，也爬过自古华山一条路的华山，都被它们花岗岩的俊朗面貌和山峰的雄奇景象所折服。而游过黄山之后，也觉得它的灰白花岗岩虽然不输泰山华山的俊朗，但是云海、怪石、奇松却让黄山有了一份别样的秀美，尤其是那一棵背依绝壁伸出热情臂膀的迎客松，更为黄山增添了一抹灵性的人间情味。

那次游黄山是在秋意渐浓的国庆假期，天气炎热，游客众多。候了两个小时的登山缆车，终于从北大门乘坐缆车上山，不到十分钟就轻松到达了北海观景台。坐在缆车上，透过玻璃看见，山谷的青翠松树犹如一支支碧绿的利箭密布在脚下，感觉稍有不慎，掉下缆车就会有万箭穿心的恐怖。到达山顶，看到山坡上张着伞盖一样翠绿树冠的松树，又觉得黄山的松树是那样的亲切。松林茂密，遮盖了花岗岩的灰白，眼前是一片醉人的绿色。而越过眼前的绿色却猛然看到远方如水一样流动的白云，又令人眼前一亮。云海翻滚，波涛汹涌，岛屿隐约，日光闪耀，犹如仙境一般。这就是所说的黄山一绝云海。白云成海，山峰为岛，青松作岸，这一片奇特的空中海洋让黄山有了一抹灵秀的高山模样。我知道，黄山的云海在不同时间、不同地点都会呈现不一样的奇幻诡谲，但初上黄山就能在晴天丽日下看到北海的这一抹云海模样，就已经让我惊叹不已，其他几处的云海只能留待以后游黄山的机会了。

看过云海,在山顶弯曲的石阶上缓缓前行,去往莲花峰、天都峰、光明顶、玉屏峰。一路走去,山顶的石头就显得突出了,裸露的石体不时显露出花岗岩的坚硬与奇崛。有的峭立如壁,有的竖立似柱,有的静坐似佛,有的蹲守成猴,形态各异,令人称奇。尤其是,西海大峡谷之上的一块高十二米、重六百吨的形如仙桃的巨石蹲立在一块平坦的岩石上,凛然傲立,卓然不群。因其不知怎样形成,是风雨的不断切割造成一石为二的景象,还是天崩地裂后炸裂的石头掉落在另一块巨石上,人们却给予了一个令人遐想的名字——天外飞石。这块石头因高耸屹立的灵异模样就有了艺术的剪影,有了仙境的魅力,有了与众不同的文化符号,引得游人驻足观看,拍照打卡。尤其是,它定格成1987版央视电视剧《红楼梦》开篇的经典顽石形象后,更是通过贾宝玉和林黛玉之间木石前盟的千古爱情,让一块屹立不倒的桃形石头成为黄山另一张标志性的名片而家喻户晓。

由花岗岩筋骨组成的黄山山峰也是雄奇多样,秀美如画。莲花峰以一朵初开的圣洁莲花聚拢着几个莲瓣似的小山峰,天都峰以天上都会的险峻山峰高耸在云雾缥缈里,光明顶以宽阔平坦的峰顶闪耀在太阳的灿烂光芒中,玉屏峰如一道玉石雕就的屏风高耸在山崖之间。还有许多形态各异的山峰共同组成了黄山七十二峰的峰林景致。不论是远观,还是近看;不论是站在山巅俯视,还是停在山脚仰望,黄山的奇秀山峰都在云海松林的衬托下显得妖娆多姿,妩媚动人。

黄山的奇峰怪石让人浮想联翩,而黄山的青翠松林却沁人心脾。幽幽山谷长满翠绿松树,漫漫山坡密布妖娆松林,而危危崖壁上也翘立着傲然青松,挺拔的姿态和翠绿的树冠装点了峰岭山谷,润泽了花岗岩硬朗的身躯。尤其是梦笔生花的青松,将黄山如刀剑一样峭立的山峰与一株摇曳多姿的青松完美地结合起来,形成了一杆书写梦幻仙境的生花妙笔,沧桑成一道挺拔的艺术剪影,氤氲了黄山的秀美风姿。

当然,最具黄山情怀的还是那棵独具风格的迎客松,将松树与崖壁的完美结合定格成了黄山最美的人文胸襟,接纳着冬去春来的风雨,迎送着南来北往的游客。这棵耸立了千年的迎客松背依着翠绿的玉屏峰,斜靠着陡立的崖壁,舒展着左侧的遒劲枝丫，疏密有间，姿态优雅，很像一位温雅有礼的迎客仙女，张开温暖的玉臂迎接着每一位登临黄山的游客。它生长在不见泥土的崖壁间，吸纳着天地日月的光华，见证着人间岁月的沧桑，用一种别样的风姿拥揽着自然与人世的一切美好。虽然黄山上品种繁多的松树都有伞盖一样的树冠，有青翠欲滴的细密松针，有枝丫旁逸斜出的姿态，但是这棵迎客松却有一个特定的环境，特定的背景，特定的姿态，特定的人文，形成了富有友善好客情怀的礼仪形象，尊享了独一无二的黄山地理标志。

一路行走，一路观景，也一路感受黄山半是晴天半是阴的奇妙天气。眼看着山巅的云雾缓慢飘移，竟在晴天里飘来了一阵细雨，落在身上顿觉温热湿润。但不用急着打伞，也不用慌乱躲避，温热的细雨打过招呼，抚摸过脸颊后就倏然远去。眼前又是一片晴朗的天空，一处清新的山谷，一座俊美的山峰。云蒸霞蔚，黄山的山谷沟壑中魔术一样氤氲着如仙境一样的云海景象；雨过天晴，黄山的峰峦叠嶂上霓虹一般演绎着光影旖旎的彩虹幻境。阴晴变换中，黄山披上了妩媚动人的云烟衣裳。

领略了黄山的云海、怪石、奇松，已经傍晚了。绕着山路高高低低地行走，虽然两腿有点发困，但是人在景中游却也没有感觉到累。只是此时去坐索道人太多就没去坐下山的索道，只好沿着石阶向南大门的慈云阁走去。这时，才发觉上山容易下山难，两腿有点发颤，行走有点难度了。只好扶着两边的栏杆，缓慢地移下山去。而黄山的温泉、飞瀑、刻石却未能见识，留下了一些遗憾。

我不知道山和岳有什么区别，但是游过泰山、华山和黄山后，似乎感受了一些山与岳的不同风姿。虽然它们都属于山，但是泰山、华山却显得山势雄伟，胸襟阔大，是山中的"伟丈夫"，具有顶天立地的气势。而黄山山体低矮，景象秀美，是山中的"美男子"，具有玉树临风的风姿。

登黄山，则天下无山。黄山堪比五岳，但堪比之外却也有五岳比不了的那一份秀美，那一份奇异，那一份神秘。与三皇五帝中的黄帝结了因缘的黄山自有它卓绝天下的秀美风姿。看了五岳之后仍要去看黄山，也是因为黄山总有一份与众不同的美等待着你的慧眼，等待着你的仁心。

穿行在昆明石林

昆明是植物的天堂。在一年四季中，不同种类的植物交替生长，以明艳的花红树绿装点着昆明的肥沃土地，扮靓着昆明的温润四季。在这片四季如春的神奇土地上，就连那坚硬的石头也长成了繁茂的奇特森林。一个个挺拔的石头像一棵棵修长的树木一样，以站立的姿态成就了天地间一幅巨大的石林图画。

在熟悉的现实生活中，我们见惯了嶙峋的岩石，见惯了圆滑的河石。它们或大或小，或方或圆，或卧或立，散布在不同的平面上，零落成顾影自怜的荒原，未能挺立成茂密的森林。即使汇聚成一堆高高的垒石，或是峭立成一道高耸的崖壁，也未曾以葳蕤的树的姿态形成一片可观的森林。但在云南昆明的世界地质公园中，成片的灰褐色石头竟以树木的形象长成了一片片壮美的石头森林，茂密广阔，蔚为壮观，独具风味，令人惊诧！

在云南昆明石林彝族自治县的岩溶地貌上，鬼斧神工的大自然，经过漫长而激烈的沉积岩抬升后，将一块块巨大的石灰岩切割在山岭、沟洼处，经受长期的风吹雨蚀，在岁月的风口逐渐长成了一棵棵灰褐色的树木，直立在天地间，形成了一片片别样的灰褐色石林。于是，僵硬厚重的石头有了与绿色树木一样的生命律动和形象重塑。

大石林也罢，小石林也好，在这个喀斯特地貌的石头世界里，不同的石头长成了不同的风景，不同的石头诉说着不同的童话。

放眼望去，石林处处是迷人的风景。天空里，白云如纱；山坡上，绿草如茵；草地上，巨石似墨。远远望去，疏落散布的石头直插云霄，挺拔峭立，各具形态。有的如刀剑，直指苍穹；有的如石柱，矗立不倒；有的似山笋，簇簇如新；有的似鸟雀，振翅欲飞。在一年四季都绿树成荫的春城昆明，自然天成的石头相约在一起，组成了奇秀壮美的石林奇观。千姿百态的石头汇聚在一起，形成了情趣盎然的灵秀森林。

  走到一片洼地，远远就见一处石峰上醒目地刻着红色的"石林"字体。这里是石林的核心景点大石林，是石林中石头最丛簇的地方。从下面仰视四壁，拔地而起的石头，或悬立，或斜挂，或凌空，或静卧，姿态万千，林林总总，目不暇接。

  走上观景台，看到的更是一番别样的风景。居高临下，俯瞰石林，那些密布的石头，有的如箭镞待发，有的似利剑出鞘，有的像猿猴蹲立，形态各异，显示出别样的魅力。

  站在湖边看石头的倒影，又是另一番景致。硬朗的石头摇曳在水面上，柔媚迷离，仿佛是一群少女在梳洗打扮，又像是一些少年在游泳嬉戏。湖光石影，在微风轻拂中摇曳成一幅水灵而俊朗的水石图画。

  面对着壮丽的石林，面对着会说话的石头，人们放飞想象的翅膀，赋予了这些石头美丽的传说，给予了这些石头形象的名字。犀牛望月、凤凰灵仪、孔雀梳翅、双鸟渡食、诗人行吟等有情节的石头行为，妙趣横生；唐僧石、八戒石、观音石、将军石、士兵俑等形象独特的石头模样，栩栩如生。尤其是那个像彝族少女阿诗玛的灵性石头，正静静地与心上人阿黑哥在静谧的石林公园中深情相依，默默传情，咏唱着人类永恒的爱情童话。

  穿行在石林中，我抚摸着坚硬的石头，感受着经历过风吹雨淋的沧桑棱角，感觉这些石头竟有树干一样的柔软。美的东西，不管坚硬，还是柔软，总能滋养柔软的心灵。仰望着石林中斜射下来的斑驳日光，我在惊奇中找寻熟悉，在熟悉中体验新奇。太阳掠过头顶竖立的石头，就像掠过森林中的树梢，微曦中散发着新鲜的树叶味道。昆明石林的美就在于石头长成了树木样的挺拔，长成了森林样的壮美。

  不管怎样的生花妙笔，也难以穷尽石林的万般精妙，难以描述石林的别样奇特。而我在石头和树木的神奇联姻中，由衷地感叹大自然的鬼斧神工，欣喜地走出了奇妙的石林荫翳中。

黄果树瀑布

　　黄果树瀑布像一幅水灵的画印在小时候的记忆里，一直牵引着我的旅行脚步，去领略一帘瀑布的妖娆壮观。

　　说起来，我对黄果树瀑布的向往缘于一种叫黄果树的香烟盒，也缘于黄果树的美好名称。小时候，在黄色的香烟盒上，几溜白色的瀑布垂挂着，就像几条白色的布条飘舞着，撩拨着心中对黄果树瀑布的喜欢和向往的情愫。虽然自己不吸烟，但是黄果树瀑布的小小图像就像香烟一样缭绕在心头，挥之不去。

　　又因为黄果树的名字富有吸引力，总觉得名实相符，瀑布处有黄色的果树，山清水秀，景色一定充满黄绿相间的优美色彩和丰硕果实。从黄色果树中倾泻而下的瀑布一定带有绿意盎然的诗情画意。

　　当我带着这样的两个缘由在2019年的暑假进入黄果树瀑布景区时，心中依然充满暖暖的期待。

　　从景区西面沿河而上，先闻其声，后见其形。听到龙啸虎吟一样的声响后，远远望见黄果树瀑布掩映在绿意盎然的树丛中，莹白闪亮，逐渐显露出垂挂百丈崖壁的壮观景象。

　　循着声音继续向前，黄果树瀑布的样貌逐渐清晰了。巨大的银色瀑布，从高高的悬崖上飞流而下，像一块巨大的白布撕成几条飞扬的布条，高挂在青山绿树间，蔚为壮观，气象雄阔。那幅飞瀑飘摇的形象很像香烟盒上看到的图像，满足了我的最初期待。

　　继续沿着西面的山路爬行，从侧面看黄果树瀑布，又见到了另一副模样。

瀑布像一副门帘挂在崖壁的洞窟上，笔直下垂，摇摇摆摆。黄果树瀑布后面有一个长达134米的水帘洞，从半山腰横穿瀑布而过。瀑布在半遮半掩中，迷蒙了幽深的洞窟，又映亮了洞窟的门扉。

沿着崎岖小道进入水帘洞，从洞内观看大瀑布，更令人惊心动魄。在清凉的洞内与巨大的瀑布近距离接触，看水帘，听水声，感受惊天动地的瀑布奇景，心潮也如瀑布一样震撼。

当我到达水帘洞处时，瀑布的声音更加响亮清晰，噼里啪啦，轰然震响。从高处俯瞰，黄果树瀑布像几条白色巨龙从崖壁飞下，向碧绿的深潭吐出千万颗白色水珠，然后奔流向前。水帘洞前的瀑布，斜着身子直射下去，重力撕裂的白水河化为一粒粒晶莹剔透的水珠，垂挂在洞穴前，一道道小瀑布就像是万千颗白色珍珠织成的门帘，遮住了外面的世界。水珠飞溅而来，打湿了脸颊和手背，凉凉的，如雨滴滴落一样温软。近距离与黄果树瀑布接触，既看到了它的势不可挡，又感到了它的温软可亲。

从东面的山路走下来，终于看到了黄果树瀑布的全貌。千里而来的白马河经历悬崖峭壁的瀑布飞跃，跌落在犀牛滩，形成了一锅沸腾的水，飞溅跳跃。飞溅的水珠跌落向前，又组成紧密的河流，缓缓流淌。经过犀牛潭的跳跃和马蹄滩的舒展后，曾经喧嚣一时的瀑布变成一条舒缓的碧绿河流，向远方缓缓流去。虽然在陡坡塘会跌成许多小瀑布，但已失去了黄果树大瀑布的壮观神威，失去了黄果树瀑布的壮丽模样。

在行走中，我从导游的解说中了解到，黄果树瀑布，古称白水河瀑布，又名"黄葛墅"瀑布或"黄桷树"瀑布，因这个地方广泛分布着"黄葛榕"而得名。黄果树瀑布位于贵州省安顺市镇宁布依族苗族自治县，属珠江水系白水河段水系，为黄果树瀑布群中规模最大的一级瀑布，是世界著名大瀑布之一，以水势浩大著称。瀑布高度为77.8米，宽度为101米，属喀斯特地貌中的侵蚀裂典型瀑布。

黄果树瀑布处在打邦河流域的白水河段上，河水由北向南，到达黄果树时，河床出现一个大的悬崖峭壁而形成黄果树瀑布，瀑布飞泻流入犀牛潭后，经过马蹄滩，向西绕行。虽然我看不到瀑布上面白水河流淌的情景，但在瀑布下面看到了白水河流淌的模样，河流淙淙，涛声哗哗，蜿蜒绵长，自在奔流。

我觉得，黄果树的名称是名符其实的。黄果树瀑布的山坡上、河流边长满黄葛榕，树木葱茏，绿意盎然，给银色的瀑布装点了绿色的背景。银色的瀑布像跳动的白色珍珠镶嵌在绿色的翡翠上，组成了一幅绝美的图画。色彩对比鲜明、和谐相配，是大自然的神奇造化，这又满足了我的另一个心理期待。

我看过壶口瀑布的奔腾，看过诺日朗瀑布的清秀，看过庐山瀑布的飘逸，而黄果树瀑布既有奔腾的壮观，又有清秀的妖娆。黄果树瀑布在一处绿树成荫的断崖，悬崖高达七十多米，宽度达一百多米，水流极速冲下，形成了奔腾跳跃的壮观场景。宽大而高耸的悬崖将河流拉伸成几匹白色的布条，垂挂在绿草掩映的断崖上，形成了一幅优美的图画。这是黄果树瀑布独特的美。

贵州多山，也多水。山水相依，共同创造了山清水秀的美丽世界。黄果树瀑布白水河的河流与灵山的悬崖交相辉映，成就了一帘瀑布挂悬崖的壮观景象。而在荔波，也有一条溪流与山谷形成了一方水灵温软的山水图画。溪流或从山坡奔涌而下，形成了一个个小跌瀑；或从河床的断崖而下，形成了一帘珍珠样的小瀑布；或沉静在深潭，形成了翡翠一般的小湖泊。尤其是荔波小七孔，则把碧绿的潭水与圆形的拱桥组成了一幅虚实相生的图画，七个半圆形的桥孔倒映在碧绿的潭水中，形成了七个圆润的孔洞，荡漾着碧波，摇曳着孔桥，组成了一幅绝美的图画。

山水相依，山环水绕，在山水密不可分的依恋中，山水组成了妖娆美丽的图画。水或像一条白练一样环绕在青山脚下，或像一帘玉珠一样垂挂在崖壁胸前，或像一面明镜一样镶嵌在高山心怀，以不同的姿态滋润着万里青山，辉映着青山模样。黄果树瀑布就像一帘千万颗珍珠跳跃而成的窗帘，悬挂在草木葱茏的灵山崖壁，激活了贵州的山水，晕染了贵州最美的山水图画。

成都之行

在2015年的国庆长假里，乘着火车踏上了去成都旅游的行程。

过去李白进锦官城成都，觉得"蜀道之难，难于上青天"，但现在进成都就可以海陆空任意行了。从乐都到成都也不过十二个小时的时间。火车进入四川省广元，从车窗望去，山峰连绵，高耸入云，进入四川的道路果真见得凶险难行。虽然自己坐在平缓行驶的火车里，坐卧舒适，不用爬山涉水，但是火车穿行在高山深谷间，迎面而来的高耸山峰和陡立峭壁，已经让人深深地感到剑阁峥嵘的蜀道艰险了。但是山不荒凉，植被茂盛，山体俏丽，天府之国的美丽到处都是，山清水秀，花红柳绿，中秋时节的成都还是青翠如夏。

到了成都，入住宾馆稍作休息之后，就直奔市区的武侯祠堂和杜甫草堂了，顺势也逛了逛锦里和宽窄巷子。

因为《三国演义》中诸葛亮的军师神话，因为高中教材中《蜀相》一诗中"锦官城外柏森森"的诗句神韵，到成都首先就去武侯祠瞻仰诸葛亮这位神奇智谋人物安息的居室。

到了武侯祠，游人如织，热浪袭人。曾经是幽静的汉昭烈皇帝刘备墓穴和武侯孔明的祠堂，现在却是热闹拥挤的游览胜地。古柏森森，殿堂空明，青松不老，英名长存。三义庙堂内，刘备、关羽、张飞三兄弟各具风骨的石像，让人想起他们在桃园结义时的生死誓言。武侯祠堂内，手摇鹅毛羽扇的孔明塑像，熠熠生辉，似乎在布局着一场风生水起的八卦阵仗。

出了幽静又热闹的武侯祠，就顺便转入了繁华热闹的成都有名的街巷——

锦里。店铺林立，客商云集，人山人海，呈现着吃喝玩乐的热闹市井气象。吃在成都，味在锦里，享受天府之国的饮食之美，锦里汇集了最诱人的舌尖之福。挤出了繁华的锦里，又急忙赶往另一位圣人居住过的地方——杜甫草堂。曾经为茅屋所破歌的杜甫，自己却悲苦地居住在秋风萧瑟中的破旧草屋。当年的草屋已成风烟，曾经的诗圣已成云烟，但一心为民的诗圣英魂却长留此地。他虽是成都的一名过客，但他的茅屋情怀却永居在成都。一生为生计奔波的清瘦杜甫铜像似乎还在诉说着忧国忧民的文人良知。

第二天，从成都出发，乘着大巴向乐山大佛景区驶去。

红褐色的乐山不以山的奇特出名，而以佛的雄壮闻名。山佛相依，成就了一处奇异的风景，也成就了东方佛都的宗教名胜。乐山的东面是岷江，沿江而上，在乐山的转弯处陡然耸立着一尊大佛。红色的身躯，乌黑的头发，慈眉善目，似乎俯视一切的如来佛，依山临江，直视前方，高大雄壮，凛然不可亵渎。据说这是史上最大的如来佛像。

站在乐山大佛观景台近距离观看乐山大佛，更能感到佛像的雄壮。如山峰一样突起的头部，有层次地分布着上千个螺纹样的黑色发髻，组成了如来佛浓密黝黑的头发。两耳硕大，像两孔宽大的孔道。圆润的面容红光熠熠，慈眉善目，安详地看着远方。

参观完大佛，又顺道参观了东方佛都各具形色的一些大小神佛，一座巨大的卧佛安静地躺卧在山坡上。

游完乐山，第三天去峨眉山。同样是佛教圣地，但峨眉山以山的奇秀而著称。金顶大佛只是为奇秀的峨眉山增色而已。峨眉山高峻险拔，隐在云雾之中，如同仙境。顺着山道拾级而上，一步一景，令人频频驻足拍照。仰望山顶云雾缭绕，俯视山涧云海茫茫；远眺山崖青松翘首，近看山峰凌空傲立。静看云开雾散时天蓝峰翠，细看云遮雾罩时天山一色。风云突变，景象万千，庙宇高耸，金碧辉煌，梵音阵阵，宛如仙境。

第四天，从成都出发，又去看都江堰和青城山。拜水都江堰，问道青城山。

首先去都江堰拜水。都江堰体现了古人治水的智慧。仿用鱼嘴的形式将滚滚江水分流两边，既有利于灌溉，又有利于防洪。未使用过繁的工程，只用简便而智慧的方法就化解了都江堰水的供需矛盾。站在分水亭上，站在鱼嘴矶上，看着从远处连绵青山中滚滚流出的清澈江水，在这里平缓地流过，温顺地流向需要的地方，心中顿生敬意。在这里，青山、秀水、农田和谐相处，创造了河晏水清的富庶天府，让人感佩李冰治水的智慧与胸怀。

在都江堰河岸，看了一场实景演出。人们用歌舞的形式，生动地演绎了一出人与水的千年戏剧，演绎了在都江堰人与水的有机融合。水既能毁掉一切，又能创造一切。人只有科学地利用水，敬畏自然，水就能润泽万物，给予万物蓬勃的生机。

匆匆拜过都江堰，又赶往道教圣地青城山。山谷清幽，道观静谧，竹林森森，石级层层。一路攀爬，一路释然。青城山的山水化解了一路奔波的烦躁。都江堰讲述了人与水的智慧故事，而青城山则要讲述一个人与山的和谐传奇。道家崇尚自然，提倡无为，追求与自然万物的和谐相处，做到天人合一。在青城山这方青山秀水中，道家选择了修身养性的地方，开辟了一方清幽的圣山宝地。

虽然匆匆的成都之行中没能细细品味天府之都的富足和美好，但在走马观花的旅行中，却也满足了快餐般的精神需求，既领略了自然山水的秀美，也体味了人文景观的温软，还算不虚此行。

杜甫草堂的风

浣花溪畔的杜甫草堂，住着一位瘦削的诗人，而这位诗人一住就是一千多年。虽然一座茅屋容纳了一位潦倒的诗人，但是简陋的屋舍却承载了半个唐朝的历史。虽然当初的茅屋已被自然的风雨吹破了，但是文化的茅屋却在历史的风雨中矗立了千年，依然辉映在现在的时空里。

国庆假期带着非常期待的心思，从青海高原坐火车前往成都。坐在火车上，自然无法经历"难于上青天"的蜀道艰险，也无法体验杜甫进入成都的行走困难。但是穿越很多隧道到达成都后，自己迫不及待地找寻的地方却是"杜甫草堂"。而我急切进入杜甫草堂的目的，只是想尽快解密文学和历史烙印在自己心中的杜甫谜团。

十月的成都，天气炎热，游人也众多。锦里和宽窄巷子的饮食男女自然也很多，都在快乐地享受天府之国积淀出的舌尖美味。而在杜甫草堂游人虽然也不少，但幽静的公园没有锦里等地的嘈杂和热闹。公园里流水深潭，茅屋楼阁，翠竹红花，是成都繁华闹市中难得的一处消暑去处。但我的兴趣不在这些，而是想去看一看那一座被秋风吹破的茅屋，去看一看那位站在茅屋前想象着让天下寒士俱欢颜的诗人杜甫。

经历战乱而被迫流浪的杜甫，辗转进入成都，并拥有了一处暂避生活风雨的几间茅屋，开始了"舍南舍北皆春水，但见群鸥日日来"的田园生活。浣花溪的春水明澈，浣花溪的鸥鸟温情，浣花溪的邻翁淳朴。在春风和煦的时光里，杜甫安居在茅草搭建的屋舍里，安然地出入于蓬门，自在地行走于花径。但是忧国忧民的杜甫不满足于这种浣花溪畔的生活,他总是在等待一种"致君尧舜上,再使风俗淳"的济世机会。当崔县令经过浣花溪来茅屋做客时,他非常激动。虽然住处很简陋,自己曾经"花径不曾缘客扫,蓬门今始为君开",但是现在他要郑重地打扫长满花草的庭院小径,要郑重地开启柴草搭建的茅屋门扉,要热情地邀请好客的邻翁饮酒作陪。一座小小的茅屋承载着落魄诗人对仕途的满心期待,一条清清的浣花溪流淌着沉郁杜甫对生活的所有希望。此时的浣花溪是最有情的,也是最真实的。此时的茅草屋是最温暖的,也是最舒适的。杜甫用最快乐的心情,接待一位最期待的客人,这是经历战乱创伤的杜甫最真实的心理希求。

但这种美好的生活并没有长久,在秋风浩荡的八月,一场突兀起来的狂风吹散了一座赖以藏身的茅草屋,也吹开了一颗"大庇天下俱欢颜"的仁慈心。瘦弱的杜甫无力阻止肆虐的秋风,只能忍看轻薄的茅草四处飘散;瘦弱的杜甫也无力阻止顽劣的孩童,只能任由孩童抱走掉落的柴草。曾经花草茂盛的花径已是狼藉一片,曾经迎接过县令的蓬门也是东倒西歪,曾经邻舍和睦的生活也是面目全非。一场萧瑟的秋风,把杜甫的安宁生活吹刮得支离破碎。但是这一次吹破茅屋的秋风却吹开了一颗忧国忧民的赤诚心灵。在自己已经吹破的茅屋面前,杜甫想到的不仅仅是自己的飘零生活,也不仅仅是自己失去了几间藏身的屋舍,而是想到了天下所有贫困的寒士,想到了无处安身的天下读书人。"安得广厦千万间,大庇天下寒士俱欢颜,风雨不动安如山。呜呼!何时眼前突兀见此屋,吾庐独破受冻死亦足!"的心声,道出了一位身处困境仍心怀天下的诗人最纯真的情怀,最宽广的胸襟,最圣洁的理想。

浣花溪畔的茅屋倒了,但诗歌王国里的圣殿建立起来了。八月秋风中站在破败茅草屋的瘦削杜甫定格为一代诗圣的不朽形象。虽然现在看不到公元761年的茅屋,看不到杜甫沮丧又忧伤的身影,但是浣花溪畔的茅草屋却是一次又一次地建造,一代又一代地修缮。现在,曾经远离闹市的茅草屋已经成为繁华成都的热闹景点,曾经幽幽流淌的浣花溪已经缭绕为杜甫草堂旁风景宜人的人工湖。

当我带着崇敬的心情进入杜甫草堂，怀着期待的心愿站在修葺一新的茅屋前，虽然没有看到春日和暖的风吹拂在幽静的花径上，但秋天的热风则轻轻地吹拂着草堂内新修的屋檐茅草，吹拂着草堂外林立的高楼大厦。历史已经变换了茅屋曾经的模样，诗歌已经浸润了草堂现在的时空。在温暖的秋风中，我依稀看到杜甫的瘦削身影从茅屋中缓缓走来，走进了我在草堂内新买的《杜甫诗集》中。

水灵九寨沟

五月时节，我乘着初夏的风，从高原出发到九寨沟去观赏人间仙境九寨沟的夏日风韵，心情也如和煦的风一样温暖。

大巴车经过拉脊山时，山顶上尚有一些积雪，但河湟谷地已经春意盎然了。黄河岸边树叶淡绿，禾苗翠绿，杏花粉嫩，梨花飘雪。春末夏初，春意正蓬勃的时节，一路上愉快极了。尤其是到了若尔盖草原时，辽阔的草原上草色青翠，生机盎然，让久居山谷的我们心情更是大悦。一路看着车窗外的风景，指点着草原上奔跑的牛羊，慨叹着草原的辽阔，在夜色降临时到了九寨沟外的川主寺。川主寺所处的山谷与高原的山谷没什么特别之处，只是这儿的环境较为幽静。

第二天早上，先去了黄龙景区。一路上山路崎岖，山峰奇崛，怪石嶙峋，青松茂密，溪流潺潺，山顶的积雪更是耀眼刺目，像一顶顶洁白的帽子戴在山峰上。

到了黄龙景区，沿着栈道穿过一片松林，不一会就看到一道黄色的河道蜿蜒出现在眼前。河道上散布着水池，里面的水清澈见底，石灰岩的河床在水流中泛出黄色的光泽，很是奇特。顺着河道边上的栈道继续前行，河道越来越壮观。直到峡谷深处，猛然出现了几个连在一起的彩色水池，像一个巨大的颜料盒，里面盛满了黄绿蓝紫红五种水灵鲜艳的色彩。从雪山流下的圣洁的水，越过水池向下面缓缓流淌。从五彩池往谷口望去，在宽阔的山谷里，一条蜿蜒绵长的河流流淌在山谷中间。黄色的钙化物组成的河道蜿蜒奔放，金黄耀眼，犹如一条黄色巨龙盘踞在绵长的山谷，威武雄壮。因为有了这多彩的水，原本平常的山谷就有了灵动的样貌，有了神奇的色彩。

黄龙如此神奇，令人震撼，那九寨沟应该有更为神奇的山水了吧。带着满心的期待，傍晚时分到了九寨沟的沟口旅馆。在进入九寨沟的路途中，看到两边的山峰更高峻，青松更茂密，河水更汹涌，河岸上羌族的民居富有特色，我心中的期待更加浓烈。

早上天刚亮，早早地吃过早饭，一行人步行到了景区门口。乘着景区大巴，向九寨沟深处驶去。在翠绿的山峰中，清澈的水形成姿态多样的海子，或大或小地散布在九寨沟的山谷里。一路行走，只见明净的海水，青翠的山峰，优美的瀑布，纯美清新，美丽如画，宛如仙境。

一沟清丽的水激活了幽深的山谷，静谧的海子不但演绎天光云影共徘徊的纯美奇景，而且每一个海子本身都别有洞天，呈现着不同的样貌。长海，熊猫海，五花海，以独具一格的形态镶嵌在翠绿的山沟中，闪耀着翡翠般的光芒。尤其是沉积在海子中的枯木，在钙化作用下，焕发出新的生机，像珊瑚一样摇动着灵动的景象。

长海是九寨沟最大的一个海子，狭长的山谷中储满碧绿的河水，水的尽头耸立着晶莹的雪峰，冷峻飘逸，突显湖水的幽深绵长。其他海子或大或小，各有千秋，形态和色彩不一。五花海斑斓多彩，熊猫海幽静明澈，镜海平净如镜，老虎海雄壮多姿，箭竹海明净秀丽，犀牛海厚重幽深，芦苇海蜿蜒绵长。墨绿、宝蓝、翠绿、鹅黄，不同的海子闪耀着不同的色彩，摇曳着绚烂的面容。在这里，水被水中的矿物质赋予了丰富的色彩，无色无味的水竟被晕染得斑斓的调色板一样，美艳动人。这些海子就是宁静的湖泊，就是河水停歇休憩的家园。流动的河水在湖泊中静静地安卧，形成了安然坦荡的心怀，静看天光云影，静观绿树红花，静听鸟语花香，静思奔腾过往，静谋淡泊明志。

而穿过海子的河流经过高崖，则形成了浪花飞溅的壮美瀑布。诺日朗瀑布，珍珠滩瀑布，像一幅幅绝美的油画，流动在静美的海子之间。河水奔流，积聚了奔腾的力量，本想一往无前，逍遥自由，舒缓从容，但是猛然间遭遇陡立的崖壁，就不知道该流向何方，该如何腾跃。水流手足无措，惊慌失措，只能慌不择路,奋勇向前,冲向深渊。于是,陡立的崖壁上水流被撕裂成颗颗断线的珍珠,跳跃在崖壁上,垂挂成白色的瀑布,经历了粉身碎骨一样的摔打,竟意外地实现了生命的美丽蝶变。平面的河流变成垂直的瀑布,密集的河水变成松散的珍珠,碧绿的河水变成莹白的浪花。河流的生命因突显的河床落差得到了锤炼,也得到了升华。而诺日朗瀑布和珍珠滩瀑布则因河床上崖壁的参差形态和绿植的葳蕤样貌而变得雅致精美,变得妖娆多姿,变得秀美可亲。

九寨沟这片绝美的人间仙境,因为水的灵动,显得水灵娇美。水是天地间最富变化又姿态多样的圣灵,它能滋润万物,滋养生命,又能净化万物,涤荡脏污,还能映照万物,扮靓世界。九寨沟的水用绝美的风姿孕育了让人心醉、叫人惊叹的人间净土,世间乐园。

带着纯美的山谷图画,带着动听的水流韵律,恋恋不舍地离开了九寨沟,但心还留在九寨沟,希望在不同的季节能来九寨沟,看看神奇的九寨沟不断变幻的秀美容颜,听听九寨沟精彩演绎的山水情话。

壶口瀑布

　　看壶口瀑布的缘由是人们把黄河流经宜川形成的瀑布形象地浓缩为壶口瀑布。举重若轻，竟用一个很小的生活用品水壶就装进了中华民族的母亲河黄河，而这个能容得下黄河的壶口竟倾倒出了最具中国精神的黄色瀑布。这两个形象的名词吸引着我的好奇心，让我在2018年的10月冒雨进入了横跨在晋陕大地的壶口瀑布景区。

　　我是从延安的崇山峻岭间坐旅游车前往壶口瀑布的。沟壑纵横的黄土高坡隐没了从三江源头蜿蜒奔流的黄河，绵延的卯梁上看不到黄河的影子。当车行驶到宜川壶口乡的山梁时，我才在细雨朦胧中隐约看到了如黄色巨龙缠绕在山谷之间的黄河。

　　从壶口西面山上下来时，远远看到，蜿蜒的黄河在瀑布那儿猛然暴烈了起来，上蹦下跳，就像是绾了一个黄白色相间的巨大绳结，晃动在宽广的河谷间。走到黄河岸边，眼前只是白茫茫一片，耳中尽是轰隆隆的声响。黄河的威风从瀑布那儿远远地传递过来了。

　　走近壶口瀑布的观景点，凝神望去，只见一股巨大的河流在崖壁上汹涌而下，溅起冲天的浪花，化成弥漫的水雾，发出惊天动地的涛声。壶口瀑布溅出的水珠和天空中滴落下来的雨珠混合在一起，淋浴在人们的身上，敲打在雨伞上。经过崖壁摔打的黄河水，在撕心裂肺的痛苦裂变中，化成水滴、水珠、水汽，就像原子弹爆炸一样在猛烈的爆发中释放了如核裂变一样巨大的张力，形成充盈河谷的滚滚浪花。那黄浊的泥沙也随着河水化成了白色泡沫，从崖壁一直铺展到几百米的河谷中,才恢复了原前黄浊的模样,浩荡地向东流去。奔腾的黄河把最艳丽的生命绽放和最畅快的生命歌唱留在冲出壶口的那一个经典瞬间。而那些来不及从狭窄崖壁随大流奔涌而下的河水,则漫溢在两边的岩石上,慢悠悠地流下宽阔的岩壁,形成如珠帘一样的轻柔瀑布,悬挂在高高的崖壁上。黄河在壶口的尽情释放也是黄河漫长生命中最激情的一次舞蹈。

黄河这条巨大的河流从三江源头一直流淌到黄土高原的晋陕大地,绵延了四千多米。而晋陕大峡谷中的黄河轻松自如地在宽度达五百多米的平缓的河床上腾挪奔流,浩浩荡荡,显得悠闲自在。

但是这种轻松自如猛然就面临了生死考验,五百多米的河床在壶口的宽度竟一下缩小到三十多米,并且要面临三十几米深的断崖。黄河的脚步就显得急促,就变得紧张,就遭遇危险。但是黄河别无选择,只能冒死跳崖,找寻新的求生之路。于是,黄色的水流骤然间挤压成白色的水帘,紧密的身躯顿时摔裂成松散的水珠,从狭窄的壶口奔涌而下,激烈沸腾,溅珠飞玉,演绎了黄河最壮美的瀑布奇观。黄河经历粉身碎骨的断崖摔打,跌入岩石铺就的十里龙槽。十里龙槽就是壶身了,进入壶口的黄河在龙槽里蒸腾,在龙槽里滚沸,在龙槽里煎熬,经历了粉身碎骨的生死蝶变。细碎的水珠经历爆火的煮沸,一边极速地裂变,一边又快速地重组,形成新的水流。到孟门又恢复了黄河曾经的模样和脾性,浩浩荡荡地奔向大海。在壶口,黄河在猝不及防的挤压中变成了沸腾的瀑布,而瀑布又在龙槽的腾跃中重生了坚毅的黄河。

在壶口,黄河经历了黄色与白色的华丽蝶变。壶口之上的黄河总是用黄土高原的黄色基调,展示着黄河的本色。但在壶口之下,黄河却变成了白色的水珠、瀑布和水沫,整个龙槽中黄河犹如一条银色的巨龙,腾挪着黄河别样的身姿。这一袭白色龙袍,是水的本色外露,也是黄河源头洁净水源的庄严宣誓。而融入了黄土泥沙的黄河则烙上了黄土地的浑厚色彩,烙上了黄种人如黄金一样的本质肤色。在黄白的鲜明对比中,壶口的黄河演绎了一幅壮美的色彩大蝶变,也演绎了一次壮阔的生命大检阅。其实,壶口的瀑布是黄白相间的别样颜色,白色的水雾中隐含着黄浊的颜色。但相对于飘逸的庐山瀑布和秀丽的黄果树瀑布，壶口瀑布则是一幅雄壮的黄色瀑布。

生活在黄河最大支流湟水边的高原人，我见惯了湟水河在乐都浩荡流淌的黄浊模样，也看到了黄河在贵德舒缓而清澈的柔顺性格。虽然河水滚滚，难以亲近，但也没有强烈地感受到黄河暴烈的脾性。黄河虽然壮观但不凶猛，虽然浩荡但不暴烈，虽然哗哗流淌但不咆哮冲天。但到壶口去看黄河，却是惊奇地看见了黄河的真性情。九曲十八弯的黄河在千回百转的奔流中越过了高原，穿过了山谷，淌过了平川。在巨龙一样蜿蜒的奔流中，黄河以其柔软的身躯，在曲折舒缓的河道上不紧不慢地流淌，内敛着性格，从容地向前奔泻。即使河水暴涨，冲决河堤，也只是波涛汹涌。但是到了壶口这段河床，黄河汹涌的波涛才与坚硬的岩石互不相容，纠缠厮打起来，黄河面对壶口坚硬的岩石尽情展示了爆裂肆虐的性格。岩石把黄河撕裂成了瀑布，而瀑布则把岩壁冲击成了龙槽。

在壶口，河床的岩石虽然坚硬，但万年的黄河不断冲击，水滴石穿，坚硬的岩石硬是冲成了几十米高的高耸岩壁，冲成了近百米的狭窄龙槽。从千里之外奔涌而来的黄河势不可挡，在壶口的断崖前只能向前，不能后退，也不能拐弯，即使摔得粉身碎骨，也要跳崖前行。舒缓奔流的黄河之水陡然间遭遇了跳崖求生的生存危机。于是在滚滚黄河之水从高高的崖壁跳下时，黄河之水便经历了一次刻骨铭心的华丽转身，黄浊的河水猛然间摔成了壮硕的瀑布。激荡起浪花是河水的常态，但瀑布却是河水激起的壮丽浪花，是河水生命的美丽绽放。壶口瀑布就是黄河在神州大地上绽放的最壮美浪花。

黄河从青藏高原西部的三江源头一路向东，接纳了千百条支流，裹挟了千百吨泥沙，经历了千万个沟壑，以锐不可当的奔涌势头，以冲刷一切的毁灭力量，奔向大海，回归大海宽广的怀抱，完成了黄河伟大的生命旅程。在这旅程中，黄河以不同的生命姿态，不同的生命价值，不同的生命力量，展示了在源头初流时的轻柔，在平原流淌时的宽广，在峡谷冲撞时的激荡，在崖壁跳跃时的奔腾，在大海融入时的从容。九曲十八弯的黄河是包容的，是坚强的，是丰富多姿的。而千里黄河一壶收的壶口瀑布则是独一无二的，是黄河最雄壮的生命图腾。如果有机会，我还愿意去壶口，领略黄河激荡在春夏秋冬里的壮美瀑布。

延安之旅

延安旅行实属是一次温暖的红色之旅，也是一次重要的精神补钙之旅。

黄土高原的贫瘠却意外地造就了最富有的精神宝库。延河水蜿蜒流淌，养壮了延安不屈的奋斗精神；宝塔山高高耸立，筑造了延安不朽的精神丰碑。

火车缓缓驶入延安的途中，车窗外闪过的是绵延的黄色山丘。山坡上草木有点稀疏，山沟中也是一片干涸。既看不见陡峭的崖壁，也看不到坚硬的岩石；既不显得雄壮，也没有过于苍凉。山，一重又一重；沟，一道又一道。山沟纵横构成了黄土高原的样貌。

火车在山沟纵横中进入了处在山沟中的延安城。紧靠着山坡建起的高楼鳞次栉比，显示着延安城现代都市的气息。随着岁月的流逝和城市化进程的加速，20世纪30年代以窑洞为安居的延安已经变了模样。那条水流缓缓的延河、巍然耸立的宝塔以及开国领袖们曾经住过的窑洞是否还保留着当初的模样？心中不免有点担忧。

到了宝塔山下，那座在影视作品中反复出现过的宝塔依然高耸在山头上，像一尊庄严的丰碑傲然屹立在蓝天下。延河水在宝塔山下的河谷里静静流淌，映照出宝塔的伟岸身躯。尤其是在夜晚，现代的灯光装点了宝塔山和延河水。在灯火璀璨中，宝塔山和延河水变换着彩色的光芒，形成河水映塔的壮观景象。宝塔和延河在变与不变中，相互守望着。宝塔是不屈的革命精神丰碑，延河是不竭的革命精神源泉。在物质贫乏而精神丰沛的革命岁月里，精神丰碑鼓舞着有志之士追求正义与光明，而精神源泉则激励着理想青年争取幸福与自由。

八角九层宝塔耸立在嘉岭上，从唐代为锁骨菩萨而建到抗战时期共产党的精神圣地，几经修建，屹然耸立在历史的天空下，见证着中国革命的重要历程。走在通往宝塔的石阶上，似乎走在中国革命的漫漫征程上，心中涌动着沉重的历史感和豪迈的自信心。登上宝塔，举目四望，延安的山岭和沟谷尽收眼底。山岭连绵，沟谷幽深，延河蜿蜒，似乎涌动着历史的云烟，让人不禁想象曾经在影视剧中出现过的战斗画面。

　　登过宝塔山，我继续顺着延河水找寻。延河水并不汹涌，显得舒缓柔和。河岸上高楼耸立，商铺繁华，道路整洁，俨然一派繁荣祥和的景象。但在现代都市的楼影里仍能看到历史的遗迹，革命的脚印。广场、街道、窑洞都烙印着鲜明的革命标识。尤其是枣园、杨家岭等更以厚重的历史遗迹，留下了仁人志士们为理想、为国家不懈奋斗的足迹。

　　在金秋时节，枣园中看不到红色的大枣，但是高高的银杏树正飘扬着金色的叶子，为秋天的枣园平添了一抹辉煌的色彩。在山脚下，镶嵌在白色崖壁上的窑洞显得特别亲切。那里是毛泽东、朱德、周恩来等老一辈无产阶级革命家曾经生活过的地方。依山而凿的窑洞，圆形的门窗别有一种风味。虽然简朴，但显得大方。一孔孔窑洞门窗像是在白色墙壁上画上去的几何图案，质朴美观。

　　进入窑洞则别有一番洞天。办公室、会客室、卧室，一应俱全。洞内设施简陋质朴，光线明朗，虽不奢华，但简易实用。"斯是陋室，惟吾德馨"似乎就是专为枣园窑洞中那些革命前辈而写的。在这种简陋的洞室里，毛泽东等革命领袖领导中国人民取得了抗战的胜利。毛泽东在这里发表了《论持久战》等重要的革命纲领性文章，锤炼了毛泽东思想的成熟，指导了中国革命。枣园的灯光像一座指引抵御外侮、争取独立的精神灯塔，映亮了中国人民在黑暗中摸索前行的革命道路。从毛泽东等革命先辈在枣园窑洞的衣食住行我懂得了这样的道理：人取得事业成功，并不完全依赖于物质条件的优越，人的志向、品格等精神力量往往决定着成功的走向。

　　杨家岭的礼堂空旷明亮，党的七大会议讲话疑似在礼堂里回荡。站在主席台下，看着台上毛泽东、朱德的画像和鲜红的党旗以及台下整齐的板凳，想象

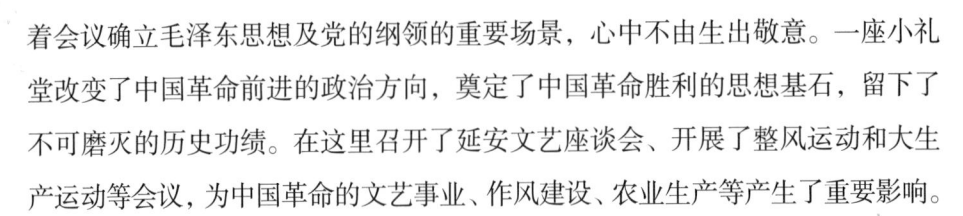

着会议确立毛泽东思想及党的纲领的重要场景，心中不由生出敬意。一座小礼堂改变了中国革命前进的政治方向，奠定了中国革命胜利的思想基石，留下了不可磨灭的历史功绩。在这里召开了延安文艺座谈会、开展了整风运动和大生产运动等会议，为中国革命的文艺事业、作风建设、农业生产等产生了重要影响。

参观过延安城鲁迅艺术学院、延安革命博物馆等红色景点后，坐车去了南泥湾。褐色田地上庄稼已经收割完毕，丰收的田地里回荡着"花篮里花儿香"的歌声。

延安这块贫瘠的土地，窑洞这个简陋的居室，在一般人眼里长不出奇迹，干不出惊天动地的事业来。但在毛泽东等一批革命家心中，却是历练品格、创造奇迹的圣地。人定胜天，奇迹往往就是在似乎没有奇迹产生的土壤中破天荒地创造出不可思议的奇迹来的。仅仅看延安的一座塔、一条河、一孔窑洞是看不出什么精神力量的，而是要看塔之外、水之上、洞之内曾经走过的人，做过的事，飘过的历史云烟，这样才能真正领悟延安产生革命奇迹的亘古真理。

当1921年的7月1日，上海嘉兴的红船上点燃中国共产党诞生的星星之火，中国共产党就经历了凤凰涅槃的革命历程。南昌起义的枪声，五次反"围剿"的血腥，遵义会议的抉择，夹金山的寒雪，毛儿盖的水潭，这些现实的风雨让中国共产党选择了延安作为革命的圣地，扛起了保家卫国的抗日旗帜。立足延安，放眼全国，发扬"艰苦奋斗，自力更生"的革命精神，战胜贫瘠，战胜困难，战胜强敌，取得了八年抗战的最后胜利。

延安之行虽然行色匆匆，但是红色圣地给予人的精神启迪和理智思考，却留下了温暖而厚重的记忆。不忘历史，不忘初心，不忘老区，不忘使命，在艰难中求生存，在生存中求发展，在发展中求富强，红色延安永远是不竭的精神源泉，是宝贵的精神动力！

行走洛阳

洛阳牡丹甲天下，牡丹盛放在四月，而我的洛阳之行却在十月，没有看到牡丹甲天下的美，但却看到了菊花的美丽绽放，也算是一种安慰。那艳丽多姿的菊花也不输牡丹的娇艳，在十月的秋风里有一种清芳高洁的俊美。

去洛阳也不仅仅是看牡丹或菊花，洛阳作为重要的古都，久负盛名的历史古迹名胜也是吸引人的重要地方。那雄立在伊河边上的龙门石窟，那与盛唐皇宫有紧密联系的白马寺，还有许多藏满历史密码的隋唐遗迹，都是一处处厚重的人文古迹，成为洛阳重要的人文标记。

沿着一条平静的河流向前走去，远远就见伊河西面山崖上明明暗暗的大小洞窟，山头上绿树葱茏，景象壮观。越过龙门大桥，进入河西石窟中心景区，太阳正明亮地照射在崖壁上，洞窟明朗，佛像精美。对面山峰沐浴在阳光里，光芒四射，隐约可见零星的一些洞窟和红墙黄瓦的香山寺。

在崖壁中心的奉先寺，开阔的崖壁上雕刻的卢舍那佛像是龙门石窟中最大的一座佛像，是龙门石窟的标志性佛像。佛像高17.14米，慈眉善目，丰满圆润，雍容端庄，淑丽俊美，嘴角含笑，端直地坐在莲花台上，安详地直视着东方，直视着河流。静观整座佛像，就像是一位美丽慈祥的仙女，静静地传递着慈悲为怀的母性光芒。这尊石刻佛像质朴典雅，情感丰富，散布着浓厚的艺术魅力。卢舍那主佛的左右两边雕刻了阿难佛、迦叶佛等11尊形态各异的佛像，它们主从分明地簇拥在卢舍那佛像左右，神态逼真，栩栩如生。

从奉先寺佛龛向两边望去，依据崖壁的情状开凿了大小不一的洞窟，里面雕刻着不同时期形态各异的佛像。自北魏孝文帝时期开凿以来，历经400余年的营造，在伊水河两岸南北长达一公里的峭壁上，开凿了两千多个佛龛，雕刻了十万多尊佛像，还有两千多件碑刻题字。在这静谧的佛像广布的洞窟环境下，山清水秀的自然风光和佛慈神灵的佛国景象，互为映衬，和谐地相融在一起。

在众多洞窟中，万佛洞让人震撼。万佛洞虽然高5.8米，深6.5米，宽5.9米，但是洞内却有一万五千余尊佛像。坐在莲花座上的主佛阿弥陀佛身后有五十四朵莲花，花里有五十四位菩萨。他们或沉思，或嬉戏，或交谈，或侧卧，神态各异，栩栩如生。还有弹奏乐器的乐伎和随乐起舞的舞伎，神态和动作更是活灵活现。虽然佛像只有四厘米大小，但这一万多座缩微佛像构成了丰富多彩的佛国世界，透射出了佛国无限的魅力。

河东的洞窟没有河西的洞窟多，品质也稍逊一些，但也在坚硬的岩石上塑造了神秘的佛国景象。站在河东，远观河西的洞窟，在明朗的阳光下，或明或暗的洞窟显得更为壮观。隔着几十米宽的河流，对面那尊巨大的卢舍那佛像仍然清晰可见，高大雄伟。那些密布于峭壁的洞窟则像一个个神秘的窗口，昭示着无尽的佛国魅力。

龙门石窟利用坚硬的崖壁作为雕刻的材质，佛像坚毅而美观，质朴而厚重。佛像颜色利用岩石的本色，显得质朴自然。但是在历史的长河中，石佛也遭到了损伤。在很多洞窟中，留存着一些断头缺臂的残缺佛像。

看着繁华都市郊外伊河边上龙门石窟的石雕佛像，回想在遥远沙漠深处敦煌莫高窟的泥塑佛像，心中颇多感慨。虽然石雕的佛像和泥塑的佛像各有千秋，情态迥异，但都体现了佛教传入中国的漫长过程中，佛教因文化的差异，产生了不同的风貌。佛教在本土化的过程中，或多或少融入了民族的文化因子，富有浓郁的地域特色。但无论佛像的形态怎么不同，材质有何异样，佛教普度众生、劝恶向善的本质却都体现在佛祖的慈眉善目中。

在河东的绿树中香山寺掩映其中，庙宇清幽，青烟缭绕。不远处，白园也掩映于苍翠的树木中，伟大的现实主义诗人白居易安静地长眠于青山下。

观瞻来自佛国的佛祖神灵，凭吊来自生活的伟大诗人，虚幻的佛祖慈悲和现实的诗人关怀，以不同的精神阳光烛照着芸芸众生。

　　看过了龙门石窟，又去看了看白马寺，中国第一古刹白马寺因皇家寺院而名闻天下。自从两千多年前汉明帝刘庄遣使西域用白马驮来佛经和佛像开始，白马寺就与历代皇家结下了因缘，成为中国佛教的祖庭和释源，为佛教在中国的扎根、传播、发展起到了重要作用。虽然白马寺历经劫难，但是白马寺门前左右相对的两匹温顺驯良的石雕白马还在，寺庙原址建筑的古朴风格还在。那一门三洞的石砌山门，由南到北中轴线上的天王殿、大佛殿、大雄殿、接引殿、毗卢殿五重大殿，寂静幽深的齐云塔院，展现着中国佛教寺院的古朴风貌。

　　又因为白马寺的历史因缘，寺庙中还修建了许多新的外来佛殿，那些富有泰国、印度、缅甸风格的精致建筑，成为白马寺的一个新景点。

　　行走在洛阳城中，历史的浓重气息在现代化城市中已找不到踪影了。虽然重修在隋唐城遗址上的明堂在繁华的闹市中以古朴典雅的形象耸立，但簇新的装饰和现代的设施，已经隔绝了隋唐遗址的沧桑历史气息。

　　也许还有许多珍贵的文物在珍藏着丰富而真实的历史信息和密码，但已不再是当初的模样。

　　离开洛阳时，王城公园的菊花正娇艳地开放，菊花虽不是洛阳的花仙子，但从那雍容大气的蓬勃形态可以想见牡丹在春天开放时的国色天香了。

桂林的风情山水

青藏高原上不缺山。这里的山雄壮、连绵、苍凉，总是给人敬畏、恐惧和疏远的心理。但这儿的山峰阔大，山岭绵长，除了昆仑山等高峻的山难以攀越外，其他的山容易攀登。因而许多时候，登山游山成了人们生活的一种日常行为，在祁连山的余脉达坂山和拉脊山的行走中丰富了我与山的亲近情感。

这儿也有丰沛的水源。三江源头的水也浸润着河湟谷地。但是这儿的水或如黄河奔流浩荡，黄浊雄浑；或如山间小溪潺潺流淌，细小孱弱，不能尽情领略水的明澈和柔软。

但是在素有山水甲天下的桂林，却看到了山水像一幅幅秀美的画，陈列在桂林广阔大地上的秀丽！一簇簇如锥如柱的山峰和一道道明澈如镜的江水，相映成趣，美丽天成。竟发觉，山原来可以这样秀美，水原来可以这样清丽，山和水原来可以这样亲密地相拥在一起，美得心颤，美得醉人。

漓江穿行在桂林的山野中，像一条明净的丝带，缠绕相拥在像树一样直直竖立的山峰，不离不弃。漓江流淌在群山的森林中，明丽多姿，妖娆可人。

行驶在桂林城郊的漓江上，最向往的自然是桂林的象征——象鼻山。漓江水缓缓流淌，小画船徐徐行驶，远处的山头在云雾中若隐若现，岸边的高楼也是朦朦胧胧。在阴天中行驶在漓江上，看不到明山秀水，但也有缥缈朦胧的神秘景象。初到桂林，桂林的山水用神秘的面纱私藏着自己的秀美，而象鼻山则以栩栩如生的大象形象显示了桂林山峰的灵动神韵。一座不是很高大的山，在山与水的结合处，自然地形成了一孔圆洞，而这圆洞恰如大象的长鼻与嘴唇之间的空隙。远远望去，眼前的山峰就像是一头大象把长长的鼻子伸进漓江，正在畅快地痛饮漓江之水。山峰上草木葱茏，山峰下江水明净。这座千年不倒的象鼻山在漓江之上定格成了灵性的图腾，给人们带来吉祥的福瑞。

还有离象鼻山不远的江面上，一座直直耸立的山峰，像巨大的圆柱，直入天空，傲立不倒。

从桂林到阳朔的途中，虽然不在江面上行走，但依然从平坦的公路上感受到穿行在山的森林之中的美妙。一路上，近处的、远处的山峰就像一株株圆柱状的树木生长在原野上，形成辽阔的山的森林。那些山峰将蓝天勾画出曲折柔美的线条，而蓝天则映衬出山峰的秀美轮廓。一座座山峰连成一幅幅美丽的连环画，讲述着山峰与蓝天的浪漫情话。

穿行在如画的青山中，眼睛不停地观看着似曾相识却别有风味的山峰，心中被秀丽多姿的山峰温暖着，沉醉着。忘记了旅途的劳累，消解了大巴车上的单调，唯有一幅幅的青山图画，用不同的姿态彰显着桂林青山的情性。

到了阳朔的漓江，在晴天丽日下，桂林的山水猛然变得明丽清秀了。桂林山水甲天下，阳朔的山水则是甲桂林。阳朔的山水更以原生态的状貌展现着青山秀水的最美姿态。漓江的水碧绿清澈，平静如镜，两岸的山青黛清新，鲜嫩欲滴。坐在画船之上，只见远山徐徐向自己走来，身后细浪又缓缓向远方逝去。一叶扁舟徐徐从岸边摇出，打鱼人正驱使着鸬鹚扑向江水。俏丽的山峰倒映在明丽的江水中，随着江水轻轻摇荡。

月亮山更以一孔圆如满月的山洞，明晃晃地悬挂在青翠的山峰上，恰如皎洁的月亮定格在月亮山上空的蓝色天幕上。

桂林的山水还以溶洞的形式讲述着山与水不离不弃的情爱故事。水滴石穿，从山谷、山顶流淌的水，把石灰岩的山体穿凿成一个个幽暗曲折的洞穴，一块块形态各异的钟乳石，在绿草如茵的山峰下，形成了千姿百态的洞穴世界。在七彩灯光的装点下，幽暗的洞穴变幻着光怪陆离的溶洞景观。

有山有水，还有丹桂飘香的桂树和独木成林的榕树，桂林这一方人间仙境，就更加迷人了。

桂树芬芳着桂林的大街小巷，榕树繁荣在刘三姐的故乡。八月的桂花香气四溢，为清秀的桂林山水笼上了醉人的香气。盘根错节的榕树繁茂雄壮，为碧绿的桂林山水染上了永不凋败的绿色。大自然宠爱一个地方，总是给人无限的羡慕嫉妒恨的心理不公，但大自然只有将一切美好的因素叠加，才能产生极致的美。桂林的山水甲天下，就是把大自然最美的山水因素不断叠加，才成就了人世间一处不可复制的山水绝美图景。

这儿的山，没有昆仑山的苍茫雄浑，没有华山的高峻险拔，没有泰山的神圣雄壮，没有黄山的瑰奇壮观，但是无处不在的山，却以一座座翘然而立的山峰，形成了一片浩瀚的森林。这儿的水，没有黄河的雄壮，没有长江的绵长，没有青海湖的蔚蓝，没有九寨沟的绚烂，但是无处不在的水，却以一条条缠绵柔媚的溪流，汇成了一道道曲折蜿蜒的林间小道。桂林的山和水像一对守望相助、举案齐眉的爱人，在天地间共同演绎了一幅壮美的青山秀水图画。

天涯海角的海韵椰风

当草木枯黄，万物萧条时，心中自然会生出万千愁绪。但常年经历这样的北方冬天，忍受严酷的寒冬也就习以为常了。习惯于用厚实的棉衣抵御冰冷的寒风，用躲避的目光冷对雪山冰河，用通红的火炉对抗原野的荒凉。青藏高原的冬天从儿时的记忆起，就是冷风，荒野，雪岭，冰河的世界，未曾享受过外面的世界在冬天依然温暖如春，灿烂如画了。

乘飞机到三亚的凤凰机场，一出机场就感觉热浪袭人，满眼的绿树红花，满身的和煦海风。赶紧脱下厚重的羽绒服，换上轻软的休闲服，投入到热情似火的海滨之中了。

一路行驶，车窗外粉嫩鲜艳的三角梅，高挺的椰子树扑面而来，热带雨林的海岛风景顿时迷醉了刚从高原冬天出脱的心。

椰岛风情是三亚之行最美丽的体验。路边，山谷，街道，海岸，那些高挺的椰子树就像是北方的白杨树一样，成为热带雨林岛屿最鲜明最普遍的标志性植物，蓬勃生长，摇曳多姿。

跟随着导游，怀着对椰岛风情的惊奇，游历了三亚的亚龙湾，槟榔谷雨林，大小洞天海岸，天涯海角绝境，分界洲岛屿，兴隆植物园。游走在椰风海韵的三亚如同游走在人间仙境一样，美景艳丽展现，心灵自由放飞。

海湾，海岸的风景是水的妖娆世界。水的世界是柔媚的世界，是开阔的世界。有望洋兴叹的遗憾，也有戏水观潮的惊喜。

赤脚行走在海边沙滩上，白细柔软的沙子钻进脚趾缝中，贴在脚底板上，就如同行走在绵软的地毯上，绵柔舒适。海浪一浪接着一浪从海面涌现岸边，与水嬉戏的童趣就猛然涌上心头。于是，小心地靠近海水，等待海浪冲击过来，淹没双脚，浸湿双腿，那凉爽的海水冲刷着肌肤，却也是那般湿润轻柔。作为常年在陆地山谷行走的旱鸭子，面对无边而清凉的海水也只能望洋兴叹了，只能在岸边浅尝大海潮起起落落的美好了。至于着泳衣游弋，骑快艇疾驰等游玩活动我只能在岸边驻足观看。于我而言，站在大海边，远眺阔无尽头的茫茫海面，静静挺立的灯塔，缓缓行驶的轮船，怀想着大海那边可能出现的新奇世界，在烟波浩渺中，激起"面朝大海，春暖花开"的感叹和惊喜，心愿也就满足了。

　　行走在海岸上，一幅幅画面印在脑海中。碧蓝的大海，细柔的白沙，摇曳的椰子树，简陋的茅草屋，自在飘荡的小木船，组成了大海明丽而壮阔的画面。婆娑的椰子树摇曳在海岸边，成为记忆中怎么也挥之不去的美丽风景。

　　在槟榔谷的热带雨林中，绿色的森林是最富有的财富，也是最醉人的风景。享受森林之乐，享受绿色之美，是身处青藏高原的旅行者最奢侈的旅行之乐。满眼的绿色中，一株株高高挺立的槟榔树形成了一处别具特色的森林，挺拔俏丽，齐整划一，疏密相间，清丽动人。笔直挺拔的树干，状如鸡冠的树冠，槟榔果掩藏在枝叶中。在茂密的森林中，黎族的木屋掩映其间，别致自然。在木屋前，黎族阿婆纺织着七彩的黎锦。

　　到大小洞天，到天涯海角，上天特意给予了照顾。刚来时的晦暗天空一下子变得晴朗敞亮，心情也开朗了起来。在蓝天白云下可以清晰地一览大海的面目，可以饱览大海所辐射的美丽风景。天湛蓝，云洁白，海水青碧，椰树碧绿，在这样纯正的色彩下，近距离欣赏海风椰韵，是最美不过的心灵享受了。

　　海岸边，椰子树高高耸立，像一把把硕大的遮阳伞，遮住了暴射的太阳光。在椰林中缓步行走，阳光透过稀疏的枝叶散射下来，带着海风的气息。大海在椰树的间隔中显露出波浪拍打礁石的美景。从椰子树的空隙中望过去，大海如同被无数个相框镶嵌起来，成为一幅幅情态各异、情趣盎然的美丽图画，一步一景，一景一趣，变换着大海迷人的面容。三角梅绽放在海岸边，粉嫩鲜艳，扮靓了碧波万顷的大海。散乱的礁石参差错落，享受着波浪的激情拍打。

到海角天涯，并不是所说的天之尽头、海之角落的偏僻荒凉，而是海风轻拂、海浪细柔、鲜花盛开、椰树茂密的度假胜地。游人如织，热闹繁华，尤其是那书写着"天涯"的巨大礁石，横立在沙滩上，成为游人争相拍照的美丽背景。过去，交通不便，这里曾经是蛮荒之地，人烟稀少，发配到这儿的人难免心生悲凉。现在，交通便捷，行走方便，这儿却成为秋冬时节最理想的度假胜地，对苦寒的北方来说，这儿就是人间天堂。

疾走东三省

2016年的初秋，趁着天气还未变冷，快速地游走了东北三省。虽然脚步有点匆忙，未能深入体验这片黑土地的苍茫和厚重，但对东北三省的地理人文还是有了一个大致的感知。

从西宁乘火车出发，正值瓜果飘香的金秋时节。湟水河两岸的树木葱茏丰茂，河湟谷地的田野麦浪翻滚。一路向东，穿过狭窄的老鸦峡，进入海石湾，红色的高耸山峰扑入眼帘；驶过兰州城，白色的低矮山丘此起彼伏；越过银川市，褐色的贺兰山耸入云端。

火车一路转向北，驶向茫茫的内蒙古草原。参差的山丘慢慢看不见了，辽阔的草原倏忽出现在眼前，还有一垄垄的向日葵，金灿灿地装点着绿色的草原。不时看到成群的牛羊在草原上缓缓移动，在夕阳的金色光芒中走向归途。夜晚来临，在黑魆魆的草原夜色中进入了梦乡，自己像是回归的牛羊，颠簸在广阔的草原上。

第二天早晨，火车结束了在草原的行驶，进入了辽河平原。满眼都是良田，满眼都是绿色，平整开阔的田地里稻米正绿油油地生长着，一派美好的田野风光。

中午，火车在沈阳北站停歇了。在此只有半天的游玩时间，只能就近去看沈阳故宫。红墙金瓦的宫殿掩映于沈阳老城区中心的青松翠柏中，显得威严而气派。走进故宫，匆匆浏览东路、中路和西路的宫殿楼阁，只见那些修建于皇太极时代的大清门、崇政殿、凤凰楼、清宁宫以及努尔哈赤时代的大政殿、十王亭等，仍然以清王朝皇家的气派昭示着满清政权兴起与发达时的威严与神圣。

沈阳故宫虽然没有北京故宫的盛大与壮观，但兼具汉、满、蒙三个民族风格的帝王宫殿建筑群，却依然呈现着帝王生活的奢华与尊贵，让人依稀感到封建宫廷曾经燃起的历史云烟。

游过沈阳故宫，又到故宫南面集中西建筑风格于一体的张作霖、张学良的府邸——大帅府。看着门前广场上英俊干练的张学良雕像，让人不禁想到让他成为历史英雄的"西安事变"。一个重要人物，一件重大事件，改变了中国历史。这个重要人物曾经住过的地方虽然比不上红墙黄瓦的沈阳故宫雄壮，但也不乏雄踞一方将军住宅的豪华与威严，更有中西结合的时代气息。中院的三进四合院富有封建王府的特色，而东院的大小青楼和赵四小姐楼却彰显着浓郁的欧式风格。这些饱经沧桑的屋舍楼阁处处体现着东北地区曾经的民国气息。

晚上，乘上火车向吉林延吉出发。一路驶去，山林和田野倏忽闪过，也是满眼的绿。夜色朦胧中，到了延吉市。下车住在宾馆里，感觉凉爽宜人。清晨早早起来，就去看这座富有朝鲜族特色的城市。走在延吉市的街道上，朝鲜族的气息扑面而来。朝鲜族文字的店铺名牌，冷面、米酒等朝鲜族饮食，从店铺传出的朝鲜族歌声，给人新奇的视听感受。延吉河从西向东穿城而过，滋润着这座山清水秀的城市。

在延吉待了一天后，又乘车去看长白山。长白山在延吉市东南部，是火山喷发形成的火山锥。茫茫长白山最高海拔为2691米，虽然不是那么陡峭，但很神秘。云雾缭绕，气象万千，让人很难看到它的真面目。乘大巴登上长白山，火山口的特征显露无遗。舒缓的山坡上散落着坚硬的褐色岩石，嵯峨的山顶覆盖着松软的灰褐色火山灰。奇异的山体地貌让人惊叹，而迷蒙的天池丽影更让人称奇。在高山之巅，灰褐色的山峰围成的天池中，云雾弥漫，水波若隐若现，神秘莫测。这座世界上海拔最高的火山口湖（海拔2194米），池水深达373米，湖岸诡奇，湖面朦胧，难见天池真面目。自己也隐没在云雾中，似乎成了云游天池的仙人，恍惚迷离。

从天池仙境来到长白山下，只见飞瀑流泉，浮石山林，秀美奇特，尽显长白山火山地质公园的壮丽风貌。信步在峡谷内，探长白山山林幽，看长白山岩石奇，观长白山瀑布秀，享长白山温泉热，嗅长白山人参香，也算弥补了未见天池面目而留下的遗憾。在长白山，大自然的秀美，大自然的神奇，大自然的多样，大自然的造化，确实让人惊叹！

到了延吉这个朝鲜族自治州，去看隔江而望的朝鲜，也是一种急切的心愿。于是乘车向珲春市出发，沿着图们江向东行驶。一路看着图们江两岸的风景，转眼就到了一眼望三国的防川景区。登上龙虎阁观景点，去急切地感受"鸡鸣闻三国，犬吠惊三疆"的旖旎风光。眺望西南，只见朝鲜豆满江市的群山起伏，青翠迷人；俯瞰东南，则见俄罗斯的哈桑镇掩映于浓郁的绿树丛中，显露欧式风味；而正前方，看见一座朝俄铁路大桥横跨在图们江上，威严而寂寥。目光望向更远处，又见一片蔚蓝的日本海与天际相连，如一条银色丝带漂浮在天边。防川这片中俄朝三国相连的地方，青山秀水，没有什么明显的差异，但不管是一江之隔也好，还是一步之遥也罢，三个国家的人却远远相望，不能自由相通。尤其是，竖立在中俄边界的"土"字牌则诉说着一段清代民族英雄吴大澂寸土必争、寸土必守的沧桑历史，更让人感到国家主权不可侵犯的神圣。

尝过冰凉渗骨的朝鲜冷面，喝过清凉甘甜的朝鲜米酒，结束了延吉市的旅程。晚上，坐火车去了哈尔滨。第二天七点到达了哈尔滨。早晨的哈尔滨刚从黎明中醒来，就以颇具欧式风格的楼群吸引了我的眼球。中央大街的仿欧式楼宇，圣索菲亚大教堂的洋葱头式穹顶，太阳岛的旖旎风光，不时闪现着浪漫的欧陆风情。还有缓缓流淌的松花江，滋润着这座冰城的秋日浪漫。

匆匆路过哈尔滨，中午又坐高铁到了吉林长春市。从碧波万顷的田野中急速行驶了三个小时，就到了长春。高铁的快速和便捷，让人一日之内游览了两个省会城市。长春这个汽车城、电影城安享着春天般的舒适，市民显得从容而文明。而那个末代傀儡皇帝溥仪住过的伪满皇宫似乎有点羞涩，就像暮色时落下的夕阳，显得冷清寂寥。我也没有在夕阳中进去看伪满皇帝的屋舍，也无意去触摸溥仪最后的惨淡生活，却抽空看了看人民广场的护国般若寺。那儿香火旺盛，人潮如流，佛光灿烂，似乎在佑护着善男信女。夜色沉沉中我离开长春市，乘上了回家的飞机，结束了东北三省的匆忙旅程。

虽说匆匆的东北之行结束了，但是行程之远，走过的地方之多，触动的感受之深，却是我行旅之中最沉甸甸的一次经历。一眼望三国的开阔眼界，一日穿三市的兴奋心情，一路经七省的期待心理，充实了一路的行走，一路的游览，一路的想象。

雪域圣地拉萨

虽然向往拉萨已久,但直到 2017 年的国庆节,我才踏上了去往西藏拉萨的列车,了却了对雪域圣地的向往之情。

从西宁乘火车,一路向西,心情非常激动。白天时,没有一丝睡意,一直坐在列车的窗户边,眼睛看着外面的山山水水,心中想着文成公主进藏的唐蕃古道。自然的苍茫和历史的神秘,吸引着我找寻列车外的一切。夜晚时,也是半睁着眼睛,时常坐起来看一看窗外朦胧的山色,想象着蔚蓝天幕下羚羊、野驴安卧的情景。

蔚蓝的天空,洁白的云彩,辽阔的草原,莹白的雪山,碧蓝的湖泊,飞翔的雄鹰,奔跑的牛羊,这些都是闪现在列车外青藏高原的雄壮景象。虽然我在青海经常感受这些高原景象,但是越过格尔木后所见的天地山水还是给人非常震撼的感受。一切都比河湟谷地显得更高远,更广大,更纯净,更神秘。

乘着夜色进入了拉萨街头。虽然高原反应头有点晕,但在大巴上远远看到布达拉宫的灯光辉映在天幕下,显得悠远而神秘,心中涌起了莫名的激动。刚在宾馆安顿好,就打出租车急迫地去看夜幕下的布达拉宫。

站在布达拉宫前的广场上,红白相间的宫殿高高地耸立在红山上,显得雄伟气派,庄严神圣。柔和的灯光下,白色的墙更显圣洁,红色的宫顶更具威严。朦胧的夜色下,这座拉萨的地标建筑、藏族文化的圣地氤氲着天宇佛国的静谧与安详。虽然我只能从山下仰望高居在山顶的朦胧宫殿,感受佛国夜色里的神秘,但是那一抹朦胧的宫殿印象也足以安慰千里之外而来的急切向往。

而进入布达拉宫是在进入拉萨后的第三天。清晨，布达拉宫已经褪去了夜的衣裳，沐浴着朝阳，耸立在蓝天白云下，犹如圣佛端居在圣山之上，清爽脱俗，坚毅伟岸，庄严肃穆。红白相间的宫殿参差错落，鲜艳悦目。在导游的解说中，我们一边拾级而上，一边想象着宫殿的过往。在历史的桑烟里，松赞干布的权力炳杖，文成公主的远嫁柔肠，信众游客的顶礼膜拜，都在布达拉宫化为生生不息的信仰经幡，飘扬在广袤的雪域高原。这座1300多年前松赞干布为迎娶文成公主而修建的藏王宫殿，经历过千年的历史风雨，仍然高高地屹立在雪域高原。

走在承载过亿万个虔诚足迹的石阶上，脚步有点沉重。我知道，这不是一条普通的石阶，这是通往文化的神圣道路。我边走边看，边看边想，曲折的道路氤氲着神秘的气息，激动的心房跳动着虔诚的节律。

怀着好奇和虔诚走进宫殿里，不论在白宫，还是在红宫，目光所及，一具具神情各异的佛像，透射出神佛的威严和慈祥；一缕缕香气氤氲的烛光，放射着梵界的神秘与安宁；一阵阵清脆悠远的梵音，宣扬着佛国的安乐与美好。屏住呼吸仰望着神秘的佛国，闭着眼睛祷告着圣洁的神佛，心生敬畏的宫殿在匆匆一瞥中定格在记忆里。但我知道，匆匆地行走，难以真正进入这座积淀了千年时光的藏式佛教宫殿，难以全面了解这座经历了千年岁月的政教合一传奇，只能在惊奇的双眼和震撼的心灵中，存储一些外在的光芒和印象。

走出宫殿，站在布达拉宫的红山上俯瞰拉萨城，翠绿的白杨树掩映着城区，低矮的楼房鳞次栉比，宽阔的街道上车水马龙，虔诚的信众熙熙攘攘，显示着繁忙的人间烟火。

在拉萨，除了瞻仰布达拉宫外，还要去拜谒雪域高原的信仰之地大昭寺。距离布达拉宫两公里之远的大昭寺虽然没有布达拉宫的宏伟和威严，但是它的神圣却是一点都不输布达拉宫。因为寺内供奉着文成公主带去的释迦牟尼等身佛像。早晨我们去参观时，庄严肃穆的佛寺前桑烟袅袅，坐满了磕长头的信徒；金碧辉煌的佛寺内灯烛闪闪，挤满了观佛像的游客。

夜色迷蒙，月亮皎洁，我们绕着大昭寺在繁华的八廓街行走。佛国的神秘与人间的繁华交融在一起。匍匐在地的信众，旋转经筒的僧人，在虔诚的仪式中追寻着心中的圣佛，坚守着信仰的标杆。商铺里琳琅满目的时尚商品，街道里熙熙攘攘的饮食男女，在闪烁的霓虹灯光中变幻着生活的惬意，洋溢着尘世的幸福。

其实，佛界就是人界，只不过佛界是由人界的信仰创造，带有梦幻的色彩，理想的光环。在拉萨更能感受佛界与人界的和谐相处，感受信仰的佛性力量。布达拉宫的白墙红瓦像一幅神秘而奇异的油画镶嵌在拉萨的红山上，定格在我找寻世界真善美的心灵追求中。不管是佛界也好，还是人世也罢，只要心存善良，心怀慈悲，就是最美好的人生修炼，最圆满的人生旅程。

西藏的神山圣水

雪域高原西藏除了布达拉宫、大昭寺等人文景观外，还有许多壮丽的神山圣水。虽然一次短暂的雪域行旅，未能领略珠穆朗玛峰、玛旁雍措等山峰湖泊，但是也浏览了羊卓雍错湖和纳木错湖，仰望了南迦巴瓦峰和念青唐古拉山，也算慰藉了对雪域高原神山圣水的一份向往之心，觉得它们是值得我一生珍藏的山水精灵，丰盈着我的山水情怀。

深秋的西藏天更蓝，山更高，水更碧，秋高气爽中看湖光山色更有一份雪域山水特有的风韵。而羊卓雍措湖是雪域高原给我的第一幅最美的山水图画，像上天特地赐予的一条蓝色丝带萦绕在我的眼前。羊卓雍错湖是西藏第二大神湖，四周是念青唐古拉山。海拔七千多米的雪山，给神湖融入源源不断的清澈圣洁的雪水。听说，湖没有出口，湖水自然蒸发。没有污染，湖水特别清澈，是活佛找寻转世灵童、查看天象的神湖。

当我站在海拔4998米的山口俯瞰，只见湛蓝的湖水，犹如一块形态灵动的蓝色宝石镶嵌在两山之间，心中猛然定格了一幅最灵动的碧蓝图画。从山顶望去，羊卓雍错就像一条静谧的蓝色河流，安详地流淌在高原山谷。在高山簇拥中，静静的羊湖又似一条蓝色的丝带，缭绕在蜿蜒的山谷。湖水依山谷蜿蜒，盘旋曲折，灵秀俊美；山谷揽湖水入怀，碧蓝澄澈，圣洁典雅，形态和色彩达到了最完美的结合。远处的雪峰晶莹缥缈，近处的山脉青翠蜿蜒，蓝天上的白云洁净飘逸，山谷间的碧水圣洁灵动，组成了天地间最壮美又最妖娆的山水形象。在我的旅行见闻中，羊湖的形态是我见过的最妖娆的湖的模样，羊湖的蔚蓝是我见过的最纯净的湖的颜色。我没有机会走近羊湖岸边触摸圣洁的湖水，走近远处的雪山仰望神圣的峰顶，只把蜿蜒缥缈的雪峰摄入惊奇的双眼中，把一湾蔚蓝纯净的湖水装进虔诚的心灵中。

领略过羊湖的妖娆，我又去领略纳木错的圣洁。纳木错海拔4718米，东西长70公里，南北宽30公里，面积1920平方公里，是西藏最大的湖泊，中国第二大咸水湖，也是世界上海拔最高的大湖。当大巴经过纳木措北面海拔5190米的那根拉山时，看到砂石裸露，草木不生，我感受到了生命禁区的荒凉与冷酷。念青唐古拉山最高峰像一朵洁白的雪莲花，盛开在纳木措的南岸。洁白的雪峰倒映在湛蓝的湖水中，如梦如幻。神山圣湖，是上帝留给人类最后的一片净水净土，而纳木错就深藏在这块人迹罕至的雪峰之下，守住了圣湖的纯净和圣洁。纳木措湖四周是绿色的高原草甸，蓝天白云，碧水绿草，组成了一幅美丽的图画。离天最近的草原，白云从蓝色天空低低涌来，近在咫尺，似乎跳一跳就能牵着云彩的手一起翩翩起舞，行走在草原上就如行走在白云飘飘的仙境。纳木措湖水虽然不似羊湖碧蓝，但湖水清澈见底，波浪轻漾，湖面辽阔，鸥鸟低飞，圣湖的圣洁一览无余。天光云影，山水相依，纳木措尽显天湖的净美。

行走在纳木措的扎西半岛，只见怪石嶙峋，经幡飘扬，环境幽静。面对纯净的湖水、晶莹的雪峰、碧蓝的天空、洁白的云彩组成的纯美世界，我情不自禁地坐在湖边岛屿上，闭着双眼进入冥想世界。微风吹拂在脸上，湖水拍打在脚下，心灵飞翔在山水间，身心安然，物我两忘。

从拉萨出发，去看雅鲁藏布江的汹涌江水，也是西藏高原上美丽的旅行。坐车翻过海拔5013米的拉萨与林芝界山米拉山，看到了雪域高原银装素裹的模样。虽然时值十月，但山上早已白雪皑皑，雪花飘飘，山垭口经幡飘飘，弥漫着佛界天国的神秘。

越过山峰，进入峡谷，又是另一番景象。树木茂密，山谷青翠，河水淙淙，显示着深秋的高远清爽。沿着峡谷继续行驶，不久就望见了世界最长最深的峡谷雅鲁藏布江大峡谷。据说，最深处达6009米，平均深度2280米，最窄处仅有74米，最宽处有200多米，全长504公里。这里有中国最美的雪峰南迦巴瓦峰，有最芬芳的林芝桃花林。

蜿蜒曲折的雅鲁藏布江两岸是绵延起伏的喜马拉雅山脉和冈底斯山、念青唐古拉山脉。层峦叠嶂，森林密布，形成了两道绿色的屏障，佑护着奔腾流淌的江水。

通往林芝的沟谷中，山峰高耸，绿树茂密，显出高原高山峡谷的美丽。进入峡谷，远远看到一个宁静的村庄，那是春天桃花芬芳的地方。但十月份的林芝桃花已经凋谢，看不到桃之夭夭的芬芳，只能望一眼枝叶婆娑的桃树林了。在遗憾中走过桃树林，一路直奔，去领略海拔7782米的南迦巴瓦峰。

站立在峡谷中，云缠雾绕的南迦巴瓦雪峰耸立在前方。如刀似剑的山峰直插云霄，隐藏了锋利的刀锋，只若隐若现地露出了青色的腰身。在这儿，峡谷形成了一个罕见的马蹄型大拐弯，自西向东而流的雅鲁藏布江猛然掉头流向南面，最后流向西藏西南的印度。雪峰耸立在云端，江水环绕在山脚，山高水长，形成了最壮观的山水图画。仰望着高不可攀的山峰，倾听着震天动地的涛声，是一次动人心魄的山水享受。

在雅鲁藏布江边行走，会看到雅鲁藏布江北侧最大的支流尼羊河。虽然娇小，但在融入雅鲁藏布江的舒缓河床时，却形成了一条绮丽旖旎的风光带。河中的沙洲，柳树成荫，山光云影，尽显高原小江南的清丽，有烟柳江南一样的美丽。

雪域高原西藏还有许多神山圣水，还有许多山水相依的妖娆图画，能看到是一种福分，看不到则是一种遗憾。但对于我来说，不论是看到的也好，还是看不到的也罢，这些神山圣水犹如莲花一样"可远观而不可亵玩"，是值得永远敬畏的山水精灵。我只想把已经看到的神山圣湖的绝美形象摄入自己的双眼和心灵，只愿这些雪域天国的神山圣水永远纯净神圣，永远保持人间最后一方山水的圣洁天堂。

走马河西走廊

　　河西走廊是丝绸之路上最迷人的行旅风景。河西走廊上有许多耀眼的明珠，吸引着行走的脚步。在天朗气清的季节，我终于游走了河西走廊的几个重镇。

　　在夜色朦胧中，火车驶进了河西走廊最西头的重镇敦煌。处在沙漠深处的敦煌城并不大，也比不得繁华的南方现代都市。但敦煌的游览兴致并不在城市的灯火，而在于鸣沙山、月牙泉这两个自然景观和莫高窟这一处人文景观。

　　鸣沙山和月牙泉这两个富有诗意的名字，对走入茫茫沙漠中的游人来说，特别具有一种温暖的吸引力。茫茫戈壁，风吹黄沙，堆起座座山丘。风吹黄沙，自会响起呜呜的鸣声。唯独称这里的沙山为鸣沙山，难道说这里的沙山有生命的灵性？发出的响声是不是别有一种独特的风味？带着疑问和好奇进入了鸣沙山景区。

　　迎着朝阳，进入景区，脚下是由细沙铺成的沙滩，远处是黄沙堆起的沙岭，满眼都是黄沙的世界。黄沙的世界是荒凉的，是了无生趣的。但是鸣沙山的世界却给人一种苍凉的美感。沙岭线条分明，舒展奔放，像是大自然着意雕琢的艺术品，美丽如画。朝阳下，那些行走在沙丘上的骆驼剪影，更显出大漠迷人的风光。生活中看到的山都是坚硬的岩石或是厚实的沙土凝固成的，草木往往成为它们绿色的衣裳，掩藏了它们神秘的身躯。但在这儿，一切都是光秃秃的黄沙，鸣沙山的一切都袒露无遗，狂风可以任意吹打黄沙。但鸣沙山硬是用细软松散的黄沙保持了山的模样。

　　攀登鸣沙山也是富有情趣的一项活动。酥软的黄沙踩上去，双脚就深陷其中，行走较为艰难。沙滩上尚且如此，登上高高的沙丘就显得非常艰难了，脚踩上去，猛然感到举步维艰。只能深一脚，浅一脚，进一步，退半步地向上缓慢爬行。脚下的黄沙不断地向下流淌，走过的地方都是深深的沙坑。终于在磕磕绊绊中爬上了沙岭，瞩目四望，沙丘连着沙丘，阴阳分明，山脊清晰。沙丘之外绿树成荫，围绕在沙丘周围，色彩鲜明。沙漠与绿洲交相辉映，蔚为壮观，眼界也顿时开阔起来。

回看走过的道路，串串脚印已看不出是自己的。黄沙最懂人情，只要走过它的身躯，它都会留下深浅不一的足迹。但黄沙也最无奈，只能任由狂风抹平游人留下的深深足印。风在塑造着沙丘的模样，风也激活着沙丘的生命。有了毫无阻挡的狂风，黄沙也就有了生命的律动，变换着位置，吹响着号角。鸣沙山有了风，便不再是死一般的沉寂，至少还有黄沙呜呜作响的运动节拍。

更为难得的是，在鸣沙山的怀抱中，珍藏了一泓如月牙一般的清澈泉水。月牙泉四面都是沙丘，只在东北方向留下了一道进出的通道。从鸣沙山上远远望去，月牙泉就像是镶嵌在茫茫黄沙中的蓝色宝石，映亮了单调孤寂的沙漠。带着惊喜，踩着沙滩，走近月牙泉，就像发现了新大陆一样，心情非常激动。泉水从黄沙底下渗出，汇聚成一片水潭。泉水清澈，映照出黄色沙丘和泉边楼阁。水潭中绿草茂盛，树木葱茏。在极度缺水的沙漠中，上天在最深幽的沙湾中蓄积了一眼清亮的泉水，如月牙一般俏丽，似宝石一样珍贵。有了不竭的泉水，荒寂的沙漠就滋润了起来。泉水中长出了苇草，泉水边长出了绿树。绿色的草木，碧蓝的泉水，一起照亮了荒凉的沙漠。那一湾泉水，那一树绿荫，是茫茫戈壁、累累黄沙中最灵性的景物，留下了上帝在荒漠中的最后一抹生命绿色，给走入敦煌沙漠的行走者一线最温情的希望。

在沙漠中最富生命力的还是要数骆驼了。庞大的身躯，高耸的双峰，宽大的脚掌，厚实的驼毛，这些特殊的生理功能，成就了骆驼在沙漠这个如海洋一样的广阔天地里像巨轮一样自由行走的生命传奇，也成就了茫茫沙漠中最具动态感的亮丽风景。

茫茫黄沙成丘陵，脉脉泉水育绿洲。在戈壁的生命荒野中，鸣沙山和月牙泉像两件自然天成的艺术品，镶嵌在河西走廊的古道上，给西行游走的旅行者最美好的自然馈赠，温暖着旅行者不断探索的心灵。

从鸣沙山、月牙泉的自然美景中出来，一处人间最壮观的人文景观莫高窟就最具吸引力了。人类探索新奇世界的脚步不止，人类创造的文明成果就源源不断。在东西方文化的交流和碰撞最为激烈的丝绸之路上，佛教的传入和宣扬，给寂寞的沙漠带来了出奇的繁闹。在沙漠深处，还没有被沙化的一段坚硬岩壁上，佛教的光芒照彻了崖壁的万千洞穴。一个个巨大的佛像，一幅幅绚丽的壁画，一卷卷珍贵的字画，汇成了壮丽的文化宝库，珍存了人类几千年来创造文明的累累硕果。那些东来西往的文明使者，在坚硬的岩壁上凿出了一个个宽大的洞窟，也凿出了一个个生动的佛国世界，更是凿出了一座座艺术宝库。在僻静的荒漠，在荒凉的岩壁，草木难以生长的地方，人类灿烂的文明之花却在这里顽强地绽放。普通游客无法看到洞窟中所有的佛像和壁画，也无法见到保存千年的珍贵文物，更无法看到从这儿盗取的珍稀文物，所能看到的只是一些极少的佛像和壁画，在幽暗的洞穴里诉说着人类几千年文明史沧桑的创造历程。

敦煌莫高窟中飞舞的美丽天女，鸣沙山上吹响的风沙奏鸣曲，月牙泉旁漫溢出的绿色世界，给河西古道的千里长廊注入了奇异的艺术瑰宝。行走于千里荒漠的文明传播者，用艰辛的道路探索和不懈的精神追求，创造了荒漠戈壁的千年传奇。

在河西走廊的千里荒漠中，虽然黄沙漫漫，荒凉贫瘠，但自古以来这里从不寂寞，不时成为金戈铁马的征战沙场。嘉峪关，这座雄立在荒漠戈壁上的城关，见证了河西走廊刀光剑影的沧桑岁月。

嘉峪关的关楼和城墙，勾勒出荒漠戈壁上一道壮丽的人文风景线，横亘在广袤的戈壁荒漠中。匾额上天下第一雄关的红字苍劲有力，散射出嘉峪关的雄壮苍茫。用土夯成的灰白城墙围成了一方坚固而封闭的城池。城池内，楼阁错落，军士居住的屋舍和练兵的校场有序分布，处处显示着边关戍守的沧桑。从磨损的台阶登上城楼，眼界顿时开阔起来，千里荒漠之外是连绵起伏的雄壮山脉，即使在八月份也能隐约看见山峰上皑皑的白雪。城墙根的荒漠上站立着几头装点过的骆驼,无奈地成为游人相机中陪衬的道具,不时地被牵引着或卧或走,显得懒散无助。失去了穿越戈壁荒漠的舟船功能,任凭游人随意摆布。

城墙垛口处摆放的几门红色大炮现在也只是一种古关口的道具,不时进入游人的相机,失去了硝烟滚滚的战争威力。城墙边专为战马上城楼的古道,依稀看出坑坑洼洼的马蹄印迹,但战马不在,战士不在,台阶上、城楼上到处是如织的游人。而在练兵场上有几座帐房,几匹骏马,几把刀剑,而几个穿着铠甲的兵士,正在操练着兵器和战马,依稀给人一点征战边关的杀伐气息。

关城内,关城外,东方和西方两个世界,都处在一片宁静祥和的气氛里。远去了,天下第一雄关的战场惨烈;远去了,铁蹄铮铮的冲杀血腥。曾经从遥远的西面草原奔袭而来的马背民族,在现代高科技时代,已失去了依靠强壮战马驰骋疆场挥刀冲杀的优势。边关无战事,曾经刀光剑影的古战场已经成为遣兴逸志的游览胜地。人们到这荒漠来,到这边关来,也许只是看看曾经的古边关留下了什么战场遗迹,也许只是找寻历史的一些影子。

关城的城墙无限延伸,用以封堵西侵的敌人。除了荒漠上修筑长长的城墙外,高峻山峰上也修筑了蜿蜒的长城。嘉峪关不远处山峰上高高耸立的悬臂长城,更是茫茫戈壁上一道亮丽的风景线,吸引着游人攀爬悬臂古长城。行走在宽阔修长的古长城上,从垛口处观看着广袤的戈壁,戈壁上的一切都映入眼中。长城时而陡峭,时而舒缓,盘绕在高峻的山脊上,像巨龙一样雄踞在坚硬的岩石上。

张掖是河西走廊上一个重要的城市。但是历史的风烟逐渐散去,张掖却以七彩丹霞的壮观地理风貌享有盛誉。曾经荒凉无名的山岭,因为色彩斑斓,造型雄伟,成为丹霞地貌中独具特色的七彩山岭。穿行在七彩的山岭中,观赏大自然的鬼斧神工,色彩的浑然天成,一点也不觉得疲累。那些红色的、黄色的、白色的、褐色的泥土交错相融,错落有致,组成了一幅幅色块亮丽、线条分明的油画。一座座山岭如火焰般燃烧,又似一条条彩绸飘舞。虽然看不到绿色的树木,但这些多彩的山岭胜过单一的绿色世界。走在张掖的七彩丹霞中,不能不惊叹色彩的艳丽,造型的奇特,规模的宏大。这里是色彩的世界,也是艺术的天堂。

酒泉的名字因为霍去病征战匈奴的辉煌战绩而享誉史册,也因为现代火箭发射基地而闻名世界。虽然没有像敦煌、嘉峪关那样厚重，但也值得去找寻历史的一丝足迹，感受戈壁的苍茫与兴盛。

酒泉城已显繁华，当年霍去病铁骑疾驰、叱咤风云的战场旧迹全然看不到。而据说霍去病当年将汉武帝赏赐的美酒倾倒过的甘泉，还在酒泉公园中不断溢出清澈的泉水。于是，就进入了酒泉公园中。公园中亭台楼阁有序布置，一池湖水清澈明净。走过湖水，则见一处宽阔的场地，场地南面一眼清澈的泉水被围了起来，上写着酒泉的红字。泉水依然充盈，但闻不见酒香。场地北面有一组雕像，记述了霍去病建功立业的故事。在现代气息浓郁的公园里，我看着清澈的泉水和古朴的塑像，似乎依稀看到霍去病当年那段峥嵘的岁月。河西走廊作为中西文明交流碰撞的重要通道，酒泉曾经是商贸往来的重镇，也是民族冲突的活跃战场。

在酒泉的茫茫戈壁上，那闻名世界的火箭发射基地，是飞天追梦的重要出发地。看看雄伟的发射塔，看看壮观的火箭升空场景，也是富有意义的戈壁旅行。

河西走廊的最东头是武威。武威作为河西走廊的重镇，现在已成繁华都市。武威是宗教文化异常活跃的城市。市中心的文庙有几百年的历史，进去拜拜孔圣人也是很有意义的人文之旅。还有汉代铜车铜马的历史遗迹，也使武威享有盛誉。宏大的铜车铜马矩阵，显示了武威曾经金戈铁马的征战岁月。凉州的沧桑历史，也是武威厚重的文化宝库。

河西走廊更多的是宗教文化的交汇处。在千里走廊上散布着众多道观寺庙，不同的宗教和谐相处。张掖的大佛寺、马蹄寺，武威的鸠摩罗什寺等都是烙有历史和宗教深刻印记的古刹名胜。

河西走廊这条人文景观和自然景观交相辉映的丝绸古道上，不但有征战沙场的惨烈岁月，也有边塞诗人悲壮的边关诗词。"大漠孤烟直，长河落日圆"的戈壁奇景，"劝君更尽一杯酒，西出阳关无故人"的温婉情意，"战士黄甲百战死，不破楼兰终不还"的坚定信念，述说了荒漠戈壁的苍凉与战争惨烈，抒写了边关战士的悲壮情怀和文人柔情。

穿越新疆半月行

早就听说新疆是个好地方。天山山脉的高峻,吐鲁番葡萄的酸甜,喀纳斯湖的纯净,火焰山的高温,还有维吾尔族歌舞的异域风情等新疆的诸多美好很早就吸引着我领略西域风光的旅行脚步,但一直都抽不出合适时间成行。终于在最美的金秋时节开启了穿越新疆之旅,完成了自己向往已久的穿越新疆的夙愿。

一

下午六点,披着西宁的最后一抹晚霞,经历十四个小时长时间的夜间行驶,在细雨迷蒙的早晨来到了乌鲁木齐市火车站。刚下火车,踏上被称为优美牧场的乌鲁木齐市的第一天,就淋了一身初秋的小雨。有点担忧地站在翼展天地的地标建筑前,看着淅沥的小雨,看着迷蒙的楼群,一行六人坐上七座商务车,开启了第一天的南疆之旅。

八点从车站出发,来不及看一看乌鲁木齐的市容,汽车就驶出市区,一路南行。经过达坂城时,太阳在天边投下了明亮的晨光,南疆的天际出现了晴天的亮色,心情愉悦起来,扫除了刚到乌鲁木齐蒙在心上的细雨阴影。

经历戈壁,经历峡谷,经历荒漠,终于在下午一点左右到达和硕县城吃了午饭。之后又出发,在五点半时到达库尔勒地区尉犁县的罗布泊人村寨,看到了塔克拉玛干沙漠,见到了塔里木河的支流,见到了沙漠深处的神女湖和仙女湖。罗布泊人村寨胡杨葱茏,叶子还没有黄,树叶婆娑,摇曳着村落的沧桑。村寨的木屋、小桥和倒地的枯胡杨显示着神秘的原始部落样貌。塔里木河的支流流进村寨旁的沙漠，形成了几个湖泊，碧波荡漾，显得水灵多姿。罗布泊人打鱼为生，沙漠里的河水提供了鱼生长的环境。湖水碧蓝宁静，黑天鹅自由地游弋，小木船悠闲地停泊在湖岸边，胡杨和芦苇葳蕤在沙洲上，显示着沙漠水乡的风韵。塔卡拉玛干沙漠广袤无垠，一座座沙丘像船舶一样起伏在无边的沙漠上，沙丘柔和的山脊线把沙漠画出了一幅线条纵横、明暗交替的图画，壮观而美丽。一行行驶着游客的骆驼队行走在沙坡上，一阵阵驼铃伴着微风摇响在晴空中，给荒凉而寂寞的沙漠增添了一抹生命的亮色和活力。透过罗布泊村寨的沙漠风烟，遥想到沙漠深处楼兰深埋在黄沙下的历史沧桑。沙漠无情，岁月有义。黄沙虽然湮没了曾经强悍的楼兰古国，但是岁月仍在记录和找寻着楼兰曾经的历史足迹。

晚上九点半驱车回到了库尔勒市区，这座沙漠中眺望的城高楼林立，街道宽敞，梨果飘香，闪亮的霓虹灯映亮了现代都市的繁华。

二

第二天早晨九点出发，疾驶五个小时到达库车市，游览天山神秘大峡谷。一路行驶，车窗外，雅丹地貌、丹霞地貌都呈现在戈壁滩上。白色山丘的褶皱雅丹地形，显示地壳运动的神奇力量，风力雕刻的神奇魅力。那些褶皱纵横的山岭犹如木雕一样，形态硬朗而俊美，显示着大自然鬼斧神工的奇幻。红色山岭的岩石丹霞地貌宛如铜雕一般，形态高峻而坚毅，显示风雨侵蚀的恒久功力。峡谷探秘，走走停停，指点着如楼阁、似宫殿、像屏风的崖壁，赞叹着如驼峰、似神鹰、像神佛的石岩，心中不免激动。一会儿看到峡谷空阔似广场，一会儿看到峡谷窄如一线天，一会儿看见小溪流缓缓流淌在山崖边，一会儿看见小泉水涌动在山脚洞穴里，总有惊喜深藏在幽深的峡谷里。

两个小时的神秘峡谷行走探奇之后，又驱车前往阿克苏市。一路南行，两边仍是无边无际的苍茫戈壁，青色沙粒之中绿色的蓬草显示着一些生命的活力。灰色的云雾笼罩在天际，看不到纵横的山岭，只有无垠的沙漠戈壁。这时，猛然感觉到苍天就像穹庐一样覆盖在戈壁之上，严密厚实，显示着茫茫戈壁的苍凉之美。

三

南疆的早晨来得晚，与家乡有一个小时的时差。八点钟，天才慢慢明亮起来。吃过早饭，已是早上九点。从阿克苏市出发，在茫茫戈壁中的公路上仍是一口气行驶了四个小时，进入了巴楚县沙漠中的漫长公路。

一路看着沙丘起伏的塔克拉玛干沙漠，心中不免有些无聊，睡睡醒醒，打发着车内坐卧不定的无聊。起起伏伏的沙丘，丛丛簇簇的沙柳，星星点点的蓬草，组成了浩渺无垠的南疆瀚海状貌。从戈壁到沙漠也只是一步之遥，但是呈现的样貌却也有明显的差别。沙漠里尽是荒芜的沙丘，黄沙遍布，即使有一些绿色也只是一些点缀，而戈壁上棉田纵横交错，钻天杨竖立田埂，白绿相间，却也有一番沃野千里的生命色彩。

中午，去了一个名叫达瓦昆的景区，看了一眼沙漠里的湖，看了一个打造的达瓦昆部落，看了村落外正在绽放并采摘的棉花地，近距离见识了棉花的花蕾和绽放的花朵。棉田广阔，看不到尽头。棉花的茎秆低矮，茎叶深绿，像洋芋的茎叶一样映绿了广袤的戈壁。棉花的花蕾像牡丹的花蕾一样碧绿滚圆，低垂在茎叶间做着绽放的梦。而绽放的棉花却洁白绵柔，星星点点地散开了四个毛茸茸的花瓣，似乎给绿色的地毯上绣上了白色的珍珠。摘棉人三三两两地躬立在棉田里轻轻地摘着绵柔的花瓣。看着田地中盛放的白色棉花，我知道新疆的棉花开始丰收了。

八点半到了喀什市，住在郊区的宾馆里，品尝了一盘新疆大盘鸡。

四

早上十点从容地去喀什古城，一睹这座新疆最南端城市的前生今世。

十一点到市区香妃园观看演出。维吾尔族的婚宴仪式、香妃与乾隆的爱情传奇都通过民族特色的舞蹈和服饰作了生动的演绎。在花红柳绿的园区内自由行走，看到了异域情调的民族建筑、民族用品、民族习俗。不知真实的香贵妃在喀什留下了哪些历史之谜，但琼瑶的一部《还珠格格》电视剧却留下了一段香妃的传奇。一座边疆古城就以一座花园定格了一个动人的传说，给人们提供了一些找寻历史的凭借。不远千里而来的游客来不及考证，就在经过打扮的历史古迹中找寻着真真假假的历史安慰，极力地将眼前风物与遥远的历史连接起来，谈论着香妃的前生今世。

午饭后进入喀什古城。城门早已大开，古朴的淡红色墙壁，低矮的街市房屋，狭窄的南北街巷，奇异的民族饰品，体现着喀什古城的独特样貌。街道内商铺密布，工艺品琳琅满目，吆喝声此起彼伏，游人络绎不绝，呈现着喀什古城的繁华气象。游览了一圈，六点时去东城门看开街仪式。游人聚集在城门前，翘首以盼，等待富有特色的开街表演。六点钟声响起，穿着维吾尔族服装的姑娘载歌载舞，在城门街道处翩翩起舞。游客围得水泄不通，都举着手机或录像，或摄影，或翘望，记录着精短的歌舞表演。十分钟表演结束，游客一哄而散，街道门口回归平静。夜色中古朴的喀什古城和高楼林立的新城在中国最晚的一抹夕阳中徐徐展开，点亮灯光璀璨的南疆城市烟火。

在喀什这座玉石之城、中外贸易重要交通重镇体验了最地道的维吾尔族民族生活，体验了民族之特色，民族之精魂。一个民族就是一部独特的人类发展史，也是一部生动的文化演变史。一天的吃住行玩，基本印证了不到喀什就不算到新疆的说法。

五

早饭过后，九点驱车前往海拔在三千多米的塔县，一路欣赏雪山湖泊。

在幽深的峡谷中行走了两个小时，汽车就绕行到了塔什库尔干的白沙湖。白沙湖海拔3300米，是从喀什去往塔什库尔干的必经之地，湖泊就荡漾在蜿蜒的国道边上。白沙湖蜿蜒在峡谷内，依峡谷而生，曲折多变，犹如一条飘逸的白色丝带缠绕在高山间。湖面如镜，映照着雪峰，映照着沙丘，映照着蓝天，风景秀丽，水天一色，令人陶醉。

白沙湖西面的白沙山，银白如纱，形成了独特的湖边风景。白沙汇聚成山，雪水汇集成湖，相互辉映，别有一番风味。白沙湖南岸是海拔7649米的公格尔峰以及九别峰，北岸是绵延上千米的沙山，一边是雪山，一边是沙山，白沙湖就像一颗明珠镶嵌在中间，妖娆多姿。站在湖边，可以看到莹白的雪山，碧绿的湖水，银色的沙山，它们交相辉映，构成了一幅壮美的帕米尔高原特有的湖光山色画面。

再西行两个小时，就到了海拔3600多米的喀拉库勒湖。它是新疆最高的湖，湖岸畔据说是平均海拔5000米的不周山。湖水中映照着海拔7509米的世界第三大高峰慕士塔格峰及公格尔峰和公格尔九别峰。站在湖边，三座高峰耸立在湖边，倒映在湖中，湖光山色，虚实相生，壮美如画。尤其是慕士塔格峰作为冰山之父，山体高峻，冰雪晶莹，远远就能看到两侧溢出的峡谷式冰川。湖畔有草原，中间流淌着弯弯的小河，水草丰美，景色优美。

四点半到达塔什库尔干县，简称塔县，意思是石头城，是中国最西端的一个县城，与塔吉克斯坦、巴基斯坦和阿富汗接壤，境内有海拔8611米的乔戈里峰，是世界上第二大高峰，但未能领略其高峻，只能止步于塔县。

到达县城后马上驱车去石头城，看千年古城的沧桑样貌。史料记载，塔县曾经叫作胡黎，曾经是汉代西域三十六国之一蒲黎国的都城，是古丝绸之路上的必经之地，也是当时丝绸之路经过帕米尔高原的一个最大驿站。现在的石头城是唐代的遗存，由石头围砌而成，是高耸在山丘上的一个城堡，分为内外城，现在已荒废，只能看到断壁残垣，看到乱石碎片，看到落寞荒芜。石头城东南脚下是一片碧绿的金草滩，蜿蜒的河流像一条游龙流淌在草滩上，水草丰美，妖娆多姿。塔县的石头城曾经是唐玄奘西出取经东归必经的一个重要驿站。站在古城上想，不知道玄奘经历了怎样的艰难险阻达到石头城，不知道怎样沿着盘龙古道的曲折道路，进入巴基斯坦，进入印度，取得真经。又沿着走过的路经历了爬沙漠，越高山，蹚河水，过草原的漫漫长途，回到丝绸之路的起点西安。现在，我们乘着日行千里的火车和汽车都感觉艰苦难行，不堪旅途劳累，那玄奘靠着骑马、步行等日行不过百里的速度，又是怎样的一种艰苦修为，是一次怎样刻骨铭心的西域行走。

看过石头城的沧桑，看过金草滩的丰美，看过玄奘走过的路途，我们悠闲地坐在餐厅里品尝过洋溢着帕米尔高原牛肉馨香的牦牛火锅，去骑士广场感受塔县塔吉克族的民族风情。不论是窈窕的女郎，还是壮实的汉子，随着富有民族风情的乐曲，他们即兴表演，动作粗犷豪放，灵动协调，富有西域民族的鲜明特色。

六

八点时分，听到雄鸡鸣叫的声音，中国最西端的县城刚刚醒来，夜色还很朦胧，一切都在等待接受最晚的朝阳从东边升起，照拂前行的道路。

九点从塔县出发，从盘龙古道返回喀什，准备结束南疆之旅。盘龙古道位于喀什地区塔什库尔干塔吉克自治县瓦恰乡，又叫瓦恰公路，全长36公里，最高海拔4100米，落差达1000米，公路从山顶到山脚共有600多道S弯。盘龙古道盘绕在山谷之中，曲曲折折，斗转蛇行。在山脚看到一句广告词"今日走过人生所有的弯路，从此人生永远是坦途"，心生温暖。是的，人生虽然会经历一些意想不到的波折，但总会迎来平坦美好的前程。带着美好的期盼，我们开始攀越今天要面临的六百多个弯路。先从西边山脚的弯曲山道爬行，汽车左突右拐，乘客左摇右晃，经历着盘旋而上的惊险和刺激。晕晕忽忽中看到两边的山峰也摇晃起来。停在半山腰的一个观景台，回望刚刚转过的盘盘路。远处的高峻山峰披着明亮的阳光，两边的山坡露着青色的沙砾，脚下的山谷匍匐着沥青弯道，明暗分明，景象壮阔。到达海拔四千一百米的山垭口，看到古道的东面高耸的锯齿一样的屏峰和狭长的峡谷迷离在东升的太阳光芒里。垭口稍作停留，汽车又在摇摇晃晃中驶向山下。

十二点汽车驶下了镶嵌在高山上的曲折古道，进入了狭长的峡谷。路上的宣传图片和文字显示，峡谷里的村庄是塔县的瓦恰乡，冰山上来客的故事就发生在这个古朴的村落。据了解，坎尔洋塔吉克族民俗村是塔吉克族文化保留最完整、最原始的村落，也是电影《冰山上的来客》拍摄地。一首《花儿为什么这样红》的歌曲又勾起了对这片神秘地方的好奇，特意关注了村落两边高耸的雪峰，关注了流淌在峡谷里的潺潺河水，关注了河流边的碧绿草滩，关注了峡谷绿树间的错落村庄。但汽车一刻都没有停留，一路飞驶，经过一个小时的行驶，终于驶出峡谷并入314国道，又在熟悉的山谷中驶向距离300多公里的喀什市。

七

昨天晚上十一点半，趁着夜色从喀什坐火车到乌鲁木齐，结束南疆之旅。

行驶十七个小时，火车在四点左右进入了乌鲁木齐站。入住进伊利大酒店后，乘车去大巴扎看乌鲁木齐最繁华最有民族特色的商业区，感受新疆首府乌鲁木齐的市井烟火、都市生活。丝绸之路塔高耸街区，清真寺矗立街道，各类商铺密布，葡萄、大枣、石榴、哈密瓜等水果堆积如山，衣帽、背包、披肩等维吾尔族服饰鲜艳夺目，英吉沙小刀、和田玉等特色商品比比皆是，大盘鸡、烧烤串、馕、鸽子汤等地方美食充溢街道。各地游客穿梭在街道，聚集在广场，出入于商铺，或拍照留影，或挑选商品，或指点交流，熙熙攘攘，热热闹闹，尽显都市的繁华，商业的兴旺，旅游的快乐。

每天行驶五百公里，坐车五六个小时，从一个县市驶向另一个县市，从一个景点到另一个景点，匆匆游览深藏在塔里木盆地的典型地貌和人文景观，行程虽然艰苦紧张，身心有点疲累，但是体验却很真切，感受却很深刻。人们说不到新疆不知道中国之大，这次南疆之旅真切地体味了新疆的地域之广。土地广袤，地貌多样，地形复杂，是不能用脚丈量出大小的，只有借助汽车、火车、飞机这些现代交通工具才能感知一二，略知皮毛。千里戈壁，千里沙漠，千里山脉，一眼望不到头，一天走不到边。

南疆之旅其实是对帕米尔高原的体验之旅，对万山之祖、万水之源的帕米尔高原有了深切的认识和感触。据了解，帕米尔高原位于亚洲中部，以帕米尔高原为中心，四周分布着众多世界级的山脉，东北部为天山，东南部为昆仑山和喀喇昆仑山，南部为兴都库什山，北部为阿赖岭和外阿赖岭，地理学家称之为"帕米尔山结"。一路向南行驶，汽车穿行在高山峡谷中，看到了帕米尔高原别样的雄浑。群山连绵，群峰高耸，冰峰雄伟，千沟万壑，峡谷纵横，湖泊众多，地貌多样，展现着葱岭的雄伟壮阔。

南疆的苍茫与坚毅、荒凉与辽阔在戈壁沙漠、雪峰湖泊中展现，缺少了绿树红花的柔媚，山水显得生硬苍白，而喀什古城、塔县石头城、盘龙谷道等则似乎是南疆人在生命禁区里演绎的人间奇迹，独特人文。心中既有震撼，也有失落。那么距离千里之隔的北疆将会演绎怎样的山水柔情，人间仙境，让人充满无限的期待。

八

早上八点半从乌鲁木齐出发，开始北疆的第一天旅行。云开雾散，温暖的阳光照在乌鲁木齐市的高楼上，心情猛然愉悦起来，觉得北疆之旅伴着明媚的阳光，将会给人新疆好地方另一抹美丽的景色。

一路听着网红歌曲《可可托海的牧羊人》驶向北疆的可可托海景区，想象着可可托海的碧蓝河水，想象着牧羊人深情等待的浪漫爱情，心情泛起了许多激动。心想，浪漫的爱情总有一些美丽的风景在支撑，那么草原深处藏着牧羊人浪漫爱情的可可托海总会给人一些惊喜。但我也知道艺术往往会创造一些善意的谎言，或是经过有意的文饰，才能激起人们对艺术的美好期待和赞美。经过四百六十公里长途奔走的可可托海会不会也是一个音乐艺术包装的善意谎言呢？心中有疑虑，但一切只有亲临现场才能真切感知，期待还是充溢胸间。

汽车穿过已发黄的漫漫草原，在下午四点半时进入了富蕴县的一道狭长山谷。北疆的地貌有点柔和，看到山坡和山沟里绿色的草，绿色的树，收割的麦田，金黄的葵花，悠闲的牛羊，清澈的河流，疏落的人家，心中不免激动。一切都与故乡山谷里的境况相似，感觉可可托海与湟水河畔的山沟似曾相识，这儿不像是大海的海岸。进了景区，看到山谷中流淌的河流，河岸上正在变黄的白杨树和白桦树，还有常年青翠的松树，才确信可可托海的名称就是一个善意的谎言，是一个民族语言因翻译而造成的错误认知。查百度了解到，可可托海是蒙古族对蓝色河湾的叫法，而人们用汉字呈现的字眼硬是感觉那是一片神秘的海，而优美的歌曲强化了人们的错误认知，觉得海边的爱情才是浪漫的，才是值得去看，去赞美的。而这条河流就是发源于富蕴县阿尔泰山脉西南坡的额尔齐斯河，一路向西奔流，接纳了布尔津河，接纳了喀纳斯河，蓝色的河流滋润了北疆的山川草木，滋润了新疆的美丽富饶。

进入景区，先在一些美丽的河湾处驻足打卡，留下一些层林尽染的秋日印象，又在爱情树的地方看到马牛羊悠闲地吃着青草，似乎守着牧羊人的爱情。然后就直奔峡谷最深处的核心景区神钟山，看到了一座形似警钟的山峰，预示着钟爱一生的爱情誓言，确实壮观，算是满足了自己的一些旅游期待。

中途偶遇小雨，虽有情趣，但仍觉扫兴。原路折返山谷，沟内夜色已经朦胧，脑中睡意也突然来袭，昏昏沉沉中到达富蕴县城已是十点，匆忙入住酒店，结束了可可托海略带遗憾的行程。

九

早上八点从富蕴县城出发，开启四百多公里的禾木旅行。可可托海给人的失落在禾木能否得到安慰，一切都在对陌生世界的美好想象中前行。

一路走去，天空灰蒙蒙，下起了淅淅沥沥的小雨。草原上马牛羊悠闲地啃食着泛黄的野草。经过青河农场，看到红色的南瓜铺满田地，玉米竖立在田地，一派壮观的农田丰收景象。北疆的沃野孕育着香甜的瓜果蔬菜。

四点半到达禾木景区门口，又乘坐景区车驶向另一个山谷，五点半才到达中国西部第一村禾木村。一路欣赏原始森林秋日的绚丽美景，一路体验中国西部第一村的乡野情趣，方觉具有瑞士风情的禾木美景值得千里追寻。

峡谷天气变化无常，一会儿乌云密布，一会儿细雨淅沥，一会儿云开雾散，演绎着多变的容颜。乌云密布时，四周山脉都笼罩在灰色的云雾之中，看不清山岭曲线，昏暗低沉，迷蒙压抑。云开雾散时，山腰缭绕着白色飘带，阳光透射出明丽的光芒，清新亮丽，妖娆多姿。

图瓦人居住的黑色人字形小木屋错落有致，安静悠然，静享着闲适的傍晚时光。庭院深深，花草勃发，巷道交错，马蹄嘀嗒，雨声稀落，犬吠鸡鸣，一派闲适的田野牧歌图景。

坐在木屋内，看着层林尽染，品着美味佳肴，听着嘀嗒雨声，心中安然，忘却了尘世的烦恼。晚上，撑着雨伞，披着雨衣，穿梭在乡间小路，看人来人往，看乡村炊烟，看霓虹闪烁，恍如世外桃源，人间仙境。犹如初入桃花源，竟迷了津渡，找不着入住的小木屋。几番东闯西窜，才在百度定位的引导下回到了居住的木楞屋。

这里原本是不容打扰的桃源净土，但是旅游的爆红却打破了这里的宁静，改变了这里的质朴，破坏了这里的原生态，虽有那么一些田园牧歌式的美好，却平添了许多现代都市生活的纷扰。

但不管怎样，有雨珠滴落的乡村梦乡是一个闲散舒适的休憩，也是难得的城市之外的田园生活享受。伴着滴滴答答的雨珠声进入了梦乡，只愿雨声稀落之后的清晨，雨过天晴，让禾木这座最美的村庄露出最迷人的模样，慰藉千里寻觅人间仙境的旅行期待。

十

早晨六点，窗外的嘀答声还在继续，昨夜的雨没有停歇。不知七八点时，禾木的阴雨能否停歇。南疆行走六七天，虽然天空阴沉，但未遇到一场雨，而在北疆只行走两天，就遭遇了一天一夜的细雨。南北地理状貌千里相差，天气阴晴也是天地迥异。南疆峡谷大都是不毛之地，北疆山谷却大多是森林茂密。可可托海的蓝色河湾，禾木村的蜿蜒河岸，喀纳斯的绚烂河畔，辽阔的原始森林天然地孕育了丰沛的雨水，丰沛的雨水自然地滋养了绿色的草木，绿色的草木自然地装点了北疆的容颜。

雨停云歇，禾木的山坡上云遮雾绕，缥缈多姿，氤氲成了如梦如幻的仙境。云雾像银色的飘带一样缭绕在半山腰，飘舞在树梢上，飞翔在峡谷间，美妙绝伦。登上日出观景台，虽然太阳被浓重的云彩遮蔽，但是明亮的微光透过云层散射出来。整个禾木村安卧在群山环抱中，清新安宁。炊烟袅袅，飘浮在木楞屋上空，与正在飘逸的云雾交融在一起，更增添了仙境般的梦幻模样。美丽峰半遮半掩，云霄峰白雪皑皑，白桦林黄绿相间，木楞屋青烟缭绕，一日看四季，美景都齐全。

十点半从禾木出发，十二半到达贾登峪后乘车去往喀纳斯湖。

到达喀纳斯湖，只见湖面翻滚着翠绿的波涛，湖的两岸山坡上黄绿相间，山顶上也是一片白色，湖光山色呈现着一抹绚丽多姿的景象。湖中的游轮泛起一道道汹涌的浪花，驶向遥远的码头。

喀纳斯湖景象壮阔，而峡谷中的三道湾虽然水体娇小，但形态却有一番别样的风韵。卧龙湾的河流中静卧着一条像霸王龙一样张牙舞爪的沙洲，月亮湾的河岸弯曲成像月牙一样柔美的弧形，神仙湾的云雾缭绕宛如仙境的河湾，三道河湾各具风韵，恰如人们给予的美丽名字一样，具体形象，形态逼真，每道河湾配之以青松白桦的壮美森林色彩，背景愈加绚丽，形态更显妖娆。

喀纳斯峡谷的额尔齐斯河像一条时隐时现的绿色巨龙在蜿蜒的峡谷腾跃，激荡出一湖三湾的绝美风姿，丰润了喀纳斯的山水图画。同时，瞬息万变的天气又为美丽的山水增添了一抹云雾缭绕的梦幻面纱，让人间净土喀纳斯更具难以抗拒的魅力。

在一日之内，峡谷内时而晴，时而阴，时而飘下霰雪，时而落下雨滴，呈现不同的峡谷气象，明暗变幻。我只感受到阴晴变幻的情趣，却摸不着阴晴不定的规律。只是匆忙中摄下瞬息变幻的山水模样，云雾情态，在天黑之前离开了喀纳斯峡谷，离开了这片如梦似幻的人间仙境，世界净土，回到了喀纳斯的门户、神奇猎人贾登屋舍所在的山口贾登峪。

十一

十点出发，贾登峪刮着寒风，一路又看到山头和森林里笼上的莹莹白雪，感到了新疆最北端的寒冷。在秋分时节，喀纳斯已经进入了冬天的梦乡。

汽车经过两个小时的行驶，十二点半到达布尔津县西北的五彩滩景区。一处奇特的丹霞地貌深藏在额尔齐斯河北岸，演绎着河岸滩涂的多彩模样。额尔齐斯河静静地流淌在五彩滩脚下，滋润出一片榆柳荫翳的旖旎风光。额河北岸红黄蓝白绿五色交融的丹霞土丘沟壑为流动的河流镶上了一抹多彩的花边，绚丽的色彩丰润了额尔齐斯河千里北流的容颜。沙滩色彩艳丽，高低起伏，形态各异，尽显着丹霞地貌的别样风貌。以河流和沙漠为背景，五彩滩涂更显得柔美和壮阔。这是大自然遗落在荒漠戈壁的一块调色板，是上天赏赐给额尔齐斯河的一幅水彩画，让单调的戈壁沙漠多一些艺术的妖娆，多一份生命的色彩。

一个多小时的愉悦欣赏，完成了五彩滩丹霞地貌的镜像珍藏。带着对大自然造化钟神秀的感叹和赞美，离开了色彩绚丽的五彩滩，离开了碧波荡漾的额河，匆忙奔向乌尔禾，去看那儿迷宫一样的魔鬼城，领略大自然又一件鬼斧神工的雅丹艺术品。

十二

早上八点，第一缕阳光照在西部乌镇的城堡上，清新温暖，心情也愉悦起来。吃过早饭向乌尔禾魔鬼城出发，去看中国最壮观的雅丹地貌。

自然的鬼斧神工来自于风与雨的杰出雕琢。在魔鬼城，一座座形态各异、色彩灰白的土丘像一座座城堡错落在戈壁滩上，形成了一座独特的城市。那些或高或低，或大或小，或长或短的沙丘是亿万年的风不停雕刻的工艺品，是亿万年的雨不停润泽的艺术画，记录着时间的痕迹，印记着岁月的沧桑。这儿的土丘有点苍白，偶尔也露出一些红色的沙土，但是戈壁荒漠的苍凉依然是主色调。每个土丘可能引起不同游人的想象，头脑中留下雄狮、孔雀、猛虎、飞鹰等飞禽鸟兽的形象，也可能留下夫妻守望、母子相拥、将军凝视、少女起舞等传奇的人间故事。一切都在自己的美好想象中，也在自己的审美期待中。

游览完奇幻的魔鬼城，吃了一碗新疆特色的美食羊拐抓饭，带着沙漠羊肉的腥香向乌鲁木齐出发。一路看到准噶尔盆地辽阔的戈壁滩上陌陌的棉花田，莹白的棉花已经盛放，闪现着白茫茫的壮阔景象。

十三

今天从乌鲁木齐市区出发，前往新疆名山天山去看天山的雄伟，去看天池的神秘。

九点出发，向东疆方向前行。十点到达天山天池景区。天气半阴半晴，太阳在云层里捉迷藏，一会儿露出明亮的脸庞，一会儿收藏起刺眼的光芒。不管是峡谷中，还是山坡上，公路两旁树荫浓密，松树、杨树、柳树、榆树、沙枣树，还有许多不知名的树，有的郁郁葱葱，有的红艳欲燃，有的深黄似金，显示着秋日的绚丽。山坡上荆棘丛生，蓬蒿连片，显示着天山的优美环境。

　　到达山顶，首先看到高耸的雪峰直扑眼帘，几座圆锥样的山峰连在一起，耸立在乌云下，神秘威严。青色的山峰上散布着一些白雪，青白相间，冷峻峭立，犹如一道屏障佑护着明净的天池。天池开阔，明亮如镜，波澜不惊，映照着晶莹的雪峰。南北两面的山坡上青松郁郁，给天池抹上了青翠的底色，天池岸边一株株挂着红色小树叶和一丛丛结着红色小果实的灌木又为天池增添了一抹鲜艳的亮色。驻足细看，远处天山最高峰博格达峰，冰雪覆盖，圣洁壮美，倒映在天池中，形成了湖水映雪山的壮丽景象。传说，天池又叫瑶池，是西王母和穆天子相会的地方。在北面的山坡上建有一座近一千年的西王母庙宇。

　　沿着湖边的栈道，绕池行走了一半的路程，到达西王母庙后乘船返航。移步换景，不同的方位看湖水与雪峰的景致各有不同，不同的时刻看天空和湖面的景象也大不相同，或明或暗，或隐或现，都给人一些新奇的感受和情景。尤其是行走在紧依着崖壁修建的栈道，一边欣赏着湖光山色，一边体验着山高路险，更感到天山天池的绝美风姿和壮观景象。

　　看过长白山火山口的天池，看过黄河南边积石山的孟达天池，再看西域荒漠中的天山天池，才发现三座天池各有千秋。天池的环境和背景不同，展现的景象也大不相同。长白山天池神秘，孟达天池秀美，天山天池雄壮。一生能够看到这些不同景象的天池，是人生的幸运。

十四

　　今天，去看看新疆博物馆，感受新疆的历史人文。

　　十几个展厅介绍了新疆从史前到清末的历史演变，展示了新疆丰富的文化馆藏。出土文物，图片文字，电子视频，多种形式和技术生动地再现了西域沧桑的历史演进过程。经过十四天的南疆和北疆的实地旅游，从地理状貌和人文古迹的观察了解、游览认知，感性地认识了新疆的地理人文，风土人情，丈量了占中国六分之一面积的新疆之大，穿越了天山、昆仑山、阿尔泰山的垭口，走过了塔里木盆地和准噶尔盆地的戈壁，踩过了塔克拉玛干沙漠的黄沙，看过了塔里木河和额尔齐纳河的碧蓝。今天停下疾行的脚步，缓慢地从出土文物和图片文字理性地认识了新疆的历史变迁，收获颇丰，感触颇深。

十五

今天是穿越新疆之旅最后一天，旅游目的地是吐鲁番。

九点从乌鲁木齐出发，告别这座新疆首府，西域名城。天气晴朗，太阳照在前方，洒下明媚的阳光，汽车向着家乡的方向驶去，心中有了归心似箭的急切。两边的山脉蜿蜒相随，北边的山峰上白雪覆盖，南面的山峰干燥无雪。公路两边的戈壁滩上风力发电风车密布，巨大的叶轮像利剑一样旋转，有的静静地挺立成三角形，有的慢悠悠地旋转。广袤的戈壁风力资源丰富，风车发电机给寂寞的戈壁增添了一抹灵动的活力。一路下坡，车速飞快，向零海拔的火焰山驶去。

十一点到达吐鲁番。参观了坎儿井地下水引灌工程。乘电梯下到六十米深的地下暗渠，看到了曲曲折折的河槽，看到了水槽中涓涓流淌的清澈河水。在茫茫戈壁缺乏地表水的严酷现实面前，吐鲁番人发挥聪明才智，巧妙地挖掘几十米之下的地下水，并巧妙地开掘地下沟渠，将丰富的地下水引到地面，饮用解渴，浇灌农田，创造了戈壁里的生存奇迹，创造了沙漠里的水运奇迹。大自然把高山雪水渗入地下，而吐鲁番人则把地下河水引入地上，化解了戈壁滩上的生存难题。

十二点半乘区间车进入葡萄沟景区。沿着一条小河，一座村庄沿河岸安静地静卧。沟不大但很深，尤其是中间一条河流潺潺流淌，滋养了两岸的树木，树枝婆娑，叶片碧绿，形成了一道弯弯的绿色长廊。一边看着树叶摇曳，一边听着河水淙淙，一边尝着酸甜的葡萄，真有世外桃源的悠闲。虽然吐鲁番天气燥热，气候干旱，但是葡萄沟却因为一条河流的滋润独享着一份绿色，一份清幽，一份自在。沿着一条曲折的葡萄长廊走下来，头顶的木架上挂着一串串葡萄，紫色的，黄色的，绿色的，红色的，白色的，像一串串色彩艳丽的玛瑙熠熠生辉。最后听着《吐鲁番的葡萄熟了》的欢快歌声参观了王洛宾音乐馆，感受了一位民歌大师不朽的音乐创作路程和经典歌曲。鲜葡萄，葡萄干，显示着葡萄的两段生命经历，也把葡萄的食用价值发挥到极致。

四点半到达火焰山景区，一路就能远远看到一座东西走向的灰红山脉绵延在北面，那就是火焰山。走进景区近距离观看光秃秃的火焰山，犹如一条条红色的火苗在燃烧，在舞动，在闪耀。山体像一道红色屏障阻挡住了西行的道路，山坡上一道道红色的水槽铺伸下来，又像是一条条红色的瀑布奔涌而下。最大的测温计显示，今天火焰山零海拔处的温度为45摄氏度，其他地方的温度也在30摄氏度。

火焰山的高温炙烤着干燥的山脉和沙滩，看不见河流，看不见草木，看不见屋舍，眼前所见都是生命的禁区。骆驼躺卧在沙滩上不愿起来，游人也在三十度左右的气温里热不可耐地找阴凉处避暑。

六点结束火焰山旅行，乘车驶向吐鲁番市区火车站。伴着大漠苍茫而温暖的阳光回家，心情猛然愉悦起来，温暖起来，回家的感觉真好！回家的路途洒满阳光！经过十五个小时的行驶，七点回到了家，结束了穿越新疆的最后一天旅行。

一场说走就走、历经万里之遥的新疆旅行在充盈着中秋皎洁的月色中圆满结束，愉悦地画上句号。虽然西出阳关无故人，但在交通和信息智能化的时代，依靠同行朋友的齐心协力，相助相扶，战胜了西域艰难的自然环境，战胜了每天日行千里的辛劳，犹如完成了一次匆匆的西天取经一样，结束了既有辛劳又有欢乐，既有遗憾又有惊喜，既有失落又有收获的新疆地理之旅，西域人文之旅。

上海行旅

大雪之后，冬至之前，终于迎来了暖冬里的第一场雪，高原的空气里浸满了冷空气。想躲开这股寒冷的风，到上海去感受南方的冬日暖风。于是，乘着夜色刚刚降临，坐上了前往上海的列车。

经过一天一夜的行驶，火车在早晨五点半天蒙蒙亮时终于到达上海站。

虽然未见雪花，但是寒冷依然袭来，脸上感觉到一股冷风。这次全国降温，上海也随之降温十几度。看来这次上海之行要在寒冷中开启了。

一

从火车站出来，进入地铁，到达南京西路。天色微亮，街道公园里还有鲜花绽放，树木有的碧绿，有的泛黄，显示着南方大都市冬日特有的景象。虽然进入了冬天，但秋天的余威依然浓烈，秋日的绚丽色彩依旧鲜明。

住在静安区的重庆北街，红砖白线的古街呈现着上海曾经的沧桑模样。街道里下起了小雨，人们打着雨伞穿行在里弄里，说着吴侬软语的上海话，看着琳琅满目的上海小店，浓郁的上海风味从眼角、舌尖、耳膜处不断袭来。

中午，冒着冬日的小雨到人民广场。有的绿树依然葱茏，有的树木掉光了绿叶。绿草如茵，碎花灿烂，在细雨的抚摸下，这些冬日里依然充满红花绿叶的生灵显得水灵而娇嫩，艳丽而坚强。尤其是栖息在玉兰等树上的一群群白色鸽子，飞上飞下，等待着人们抛洒的美食，鸣叫着咕咕咕咕的急切声音，给上海大都市增添了一抹和谐而优美的生态图景。上海大剧院、上海博物馆南北相望，大剧院反向翘起的方形弧线，组成了天圆地方的古典建筑理念，但是透明的玻璃带有灵动的现代气息；博物馆方形基座和圆形拱顶，也形成了天圆地方的古典建筑理念，红色的墙体呈现了浑厚的古朴气息，各具特色。还有规整的上海市政府大楼、四角翘起的上海城市规划馆耸立在广场北面。

二

早上七点起床，小雨淅淅沥沥，漫不经心地滴落着。天色迷蒙，天气阴冷，江南的冬日景象浸透了阴郁的气息，心情也不免低沉起来。

中午打的去了静安寺。这座中国"最贵"的寺庙处在上海市静安区的繁华地段，金色的屋顶显示着豪华与金贵。香烟缭绕，神情肃穆，善男信女们祷告着，跪拜着，观瞻着，希望神灵赐予平安，赐予福运，赐予财气。寺院周围高耸的商务楼，设施豪华，商品高端，游人如织，显示着现代大都市的繁华、时尚、活力。

吃过午饭，乘地铁到达南京步行街。街道宽阔，游人稀落，商铺林立。顺着步行街向东，在和平饭店处看到了外滩的上海电视塔，这个上海有名的建筑名片，圆球如明珠一样照亮着黄浦江。走近黄浦江，天空阴云密布，上海中心大厦、金茂大厦、上海环球金融中心三座品字形地标高楼高耸云端，尤其是632米高的上海第一高楼更以螺旋上升的巨龙形态隐藏在云雾中，犹如海市蜃楼一样梦幻迷离。黄浦江水缓缓流淌，货运船徐徐行驶，海鸥悠悠飞翔，游人纷纷举着手机按下快门。在陆家嘴拐了一个大弯的黄浦江被两岸的高楼大厦簇拥着，坚固的堤岸被黄浦江的浪涛拍打着，黄浊的江水虽然不能映照高楼的丽影，却润泽了水泥钢筋的厚实和坚硬。虽然没有组成湖光山色的柔美图画，却也形成了水光楼影相映照的和谐图景。

白天的高楼袒露着或灰白，或褐红，或瓦蓝，或金黄的肤色，展现着或四方，或圆硕，或螺旋，或皇冠，或宝剑的身形，富丽堂皇，高峻雄伟，像一个个身躯伟岸的大力士。但是到了夜晚，披上光怪陆离的霓虹外衣，它们又换了另一副模样，像是一个个穿着珠光宝气的贵妇人，魅惑着夜行人。

我们在步行街转悠、在饮食街吃饭，等待着黄浦江两岸的高楼大厦灯光闪烁的时刻。直到下午六点钟，夜幕渐渐降临，灯光次第照亮，黄浦江两岸霎时变了一幅霓虹闪烁的迷离模样。在每一个城市，都市的夜晚是灯光的世界，是迷离的世界，也是最具魅力的世界。尤其是，上海大都市林立的高楼，犹如穿着珠光宝气的贵妇人，闪烁的七彩灯影装扮着上海摇曳的身姿，涂抹着上海娇媚的容颜，跳动着上海魅惑的舞姿。夜上海散发着更加魅惑的电光灯影，也演绎着更加风情的灯红酒绿。

十一点多了，络绎不绝的游客们冒着凛冽的黄浦江寒风，依旧兴高采烈地徜徉在黄浦江边，徜徉在南京步行街，徜徉在十里洋场。

三

这一天，阴沉的天空终于变晴，天空中出现了淡淡的蓝。雨后天晴，江南的天还是没有高原天空清爽的碧蓝，总是有一点灰蒙，就像江南迷蒙的烟雨，总是弥散着一抹如烟似云的薄纱。

但在晴朗的天空下，上海的高楼变得清晰起来，显出了形态各异的高楼模样，艺术的、时尚的、想象的建筑特色形成了上海大都市的楼群众相。

步行到黄陂南路，参观了一大会址。灰墙红门，闪耀着红色记忆的耀眼光芒。会议室不大，但是开启了中国共产党人的精神家园，也开启了中国革命的辉煌征程。最初的入党誓词，最初的革命理想，最初的共党组织，都在这间简朴的红色房子和嘉兴南湖的红船上酝酿和开启。一张张图片，一件件物品，一句句誓言，见证着中国革命最初的记忆，见证着共产党人最初的奋斗足迹。

下午，到了豫园和城隍庙，去感受上海都市里南方园林的灵秀和闹市佛寺的静谧。曲径通幽，雕梁画栋，亭台走廊，小桥流水，花窗秀门，假山奇石，古树垂柳，在精巧的布局中演绎着江南园林的灵秀精致。尖利的翘檐，乌黑的屋瓦，白色的院墙，呈现着上海城隍庙的特有风格。庙里香烟缭绕，庙外游人如织，街道繁华，市井热闹。

熙熙攘攘的游人不但被豫园和城隍庙的建筑所吸引，也被无处不在的文旅商品和美食所吸引。馄饨、蟹黄包、糕点等美食飘溢着浓郁的饮食香味,雪花膏、大白兔糖、上海表等商品洋溢着曾经的老上海记忆。

十里洋场,金融都市,逛上海还要逛各个建筑独特的大型商场,那也是上海城市文化的重要载体。新天地、香港广场、新世界、世贸广场、上海第一百货大楼、久光商场等集购物、美食、文创、观光等一体的商业大楼,不仅建筑造型各有千秋,而且内部装饰各具风采,商铺装饰艺术气息浓厚,商品观赏价值精美,但是商品价格昂贵,是有钱人消费的天堂,不是普通人消费的乐园。只能感受一下高档消费的氛围,饱一饱好奇艳羡的眼福,见识见识大上海的繁华。

四

早上八点出门,天气晴朗,但温度降到零下五度,冷风嗖嗖地吹刮着,手脚冻得有点僵硬,感觉到了上海天气的寒冷。

九点乘地铁去虹口区的鲁迅故居和纪念馆。天气虽然寒冷,但乘地铁的人还是很多,有的穿着羽绒服,有的戴着小棉帽,有的背上背着小包,有的手中提着早餐,行色匆匆,极速地找着地铁的入口,焦急地等待着地铁驶来。进了地铁车厢,不论是坐着,还是站着,乘客都拿出手机不停地刷着屏,神色专注地盯着手机,沉浸在自我的虚拟世界里,忽视了地铁上出出进进的行人。每个乘客就像虚拟世界里的机器人,机械地上地铁,机械地出车厢,机械地奔向不同的方向。真是匆匆地铁匆匆客,哪管行人曾相识。

到了虹桥足球场鲁迅公园里的鲁迅纪念馆,鲁迅的塑像瘦削乌黑,但是眼光睿智,精神矍铄,有一股宁折不屈的骨气。二楼展厅里展出了鲁迅小说集《呐喊》创作出版的情况,介绍了《呐喊》的小说内容和思想价值,展出了不同版本的《呐喊》,显示了《呐喊》恒久的精神魅力。纪念馆修建得大气豪华,展出的文物丰富多样,行走在展厅里总有一股一代文豪给予睡在铁屋子里的人特别的警醒与呐喊气息。

走出纪念馆,又急着去找寻隐藏在山阴路弄堂里的鲁迅故居。弄堂安静,不见人影。一直走到里头,看到鲁迅故居的牌子,有两三个穿着保安服的人守

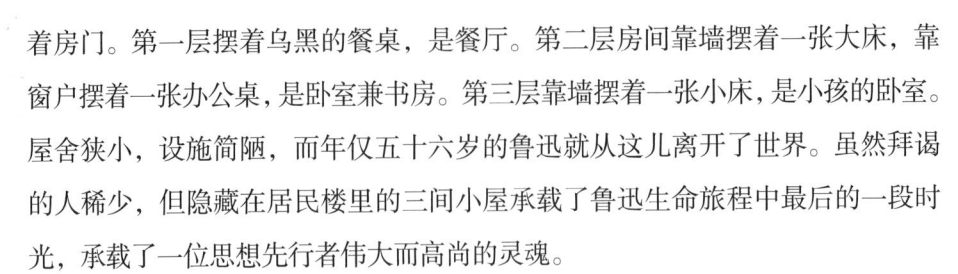

着房门。第一层摆着乌黑的餐桌，是餐厅。第二层房间靠墙摆着一张大床，靠窗户摆着一张办公桌，是卧室兼书房。第三层靠墙摆着一张小床，是小孩的卧室。屋舍狭小，设施简陋，而年仅五十六岁的鲁迅就从这儿离开了世界。虽然拜谒的人稀少，但隐藏在居民楼里的三间小屋承载了鲁迅生命旅程中最后的一段时光，承载了一位思想先行者伟大而高尚的灵魂。

下午，乘坐地铁到陆家嘴，近距离感受东方明珠、金茂大厦等在外滩隔着黄浦江遥望过的上海浦东地标建筑。高大坚实，气势雄伟，装饰豪华。它们不仅仅是一道道风景亮丽的摄影背景墙，也是一座座商贸繁华的金融交流地，更是一件件技艺高超的建筑艺术品。

五

早上九点半，去复兴路参观孙中山故居纪念馆。孙中山的雕像端坐在纪念馆前，孙中山和宋庆龄生活的故事流传在阁楼里。漫步在纪念馆，从纪念馆橱柜中展出的文物进一步认识了孙中山为三民主义奋斗的革命历程和伟大精神。行走在故居里，从日常生活用具中了解了一位伟人的日常生活起居，从中感悟了伟人的生活作风和精神品格。

上海这座大都市，名人云集，故居众多，不经意就在某一个狭小的弄堂里，在一座安静的楼房里，就有一个生活工作在上海的名人留下的足迹，就有一处革命的风烟留下的古迹。以致上海人打理不过来，埋没在高楼大厦的阴影里。张爱玲故居、徐志摩故居、茅盾故居、张学良公馆等等，都在上海的弄堂里安居着，享受着安静。当我带着崇敬的心情去看，却发现曾经的故居成为平常百姓的人家或邻居，隐匿在不起眼的巷子里，显得冷冷清清，心中竟萌生了一些失望。

下午三点，在上海历史博物馆参观。一楼正在举办梅兰芳在上海的展览活动，从展出的图片、服饰、京剧作品显示了梅兰芳这位京剧大师在上海京剧表演、社会活动、家庭生活等方面的事迹。二三四楼展厅里展现了上海在古代、近代的沧桑历史，良渚文化、都市文化、工业文化、金融文化等文化锻造了上海国际大都市的多元文化与时代风华，图片、文物、影像、现代媒介等固态和动态的形式从多方面展示了上海的历史遗存、文化内涵和都市风貌。

今天，时至冬至，上海的大街小巷除了早早营造的圣诞氛围外，就是过冬至吃饺子的气息。每到节日，节日的习俗和过节的心情总是通过一言一行和一事一物上体现出来，圣诞节离不开圣诞树，冬至节少不了饺子。上海弄堂的小饭馆里人们吃着热腾腾的饺子，街巷里人们拎着饺子馅或现成的饺子，其乐融融地过着冬至。

六

今天晚上就要离开上海了。早上八点去吃早饭，天空有点灰蒙，但是没有冷风来袭，感觉身上有点暖和。离晚上乘火车还有点时间，还想去看看上海名校的风貌，就乘地铁到复旦大学，一路转乘，终于到达了复旦大学的站口。欣喜地出了复旦大学地铁口，一撇眼就见到了用铁栏杆围着的校园，也看到了校门上面复旦大学的字眼，还看到校园里两重白色三角形组成门顶的教学楼。但是门口的保安说今天举行研究生考试，校园不对外开放，只好悻悻地离开校门，又乘地铁去了世博园中华艺术宫。红色的中国馆依然高耸耀眼。馆内正在举办美术展，免费领了票，乘电梯上了四十一米高的楼层去看美术里的上海，油画、简笔画等画作显示了上海的近代史和近代名人。

夜色降临，华灯初上，列车开始行驶，缓缓离开了上海站，上海的一切又隐没在闪烁的灯影里。列车在黑夜中行驶，看不到苏州到洛阳两边的田野村镇，只看到车站两边明明灭灭的城市灯火。

列车驶过兰州，家乡的山水又在眼前一一闪过，熟悉的家乡风景扑面而来，虽然草木都已凋谢，尽显冬天的荒凉，但是心情却舒展开来，一切都显得那么亲切。

烟火抚凡心

平凡的岁月在柴米油盐中弥漫,琐碎的生活在岁月的老屋里开放鲜活的笑靥。乡野的麦田跳动着生活朴实的画图,校园的书声激荡着生活激越的旋律,街道的灯光闪烁着生活华丽的光影。

当过兵的父亲

有一天，父亲兴冲冲地来县城找我，说国家要给20世纪50年代当过兵的人发放补贴，需要证明材料，要我到县武装部去查一查他当兵的档案。

当时，父亲有点激动，也有点担忧，他怕找不到档案。看着脸上布满皱纹、已近古稀之年的父亲激动而又迫切的样子，我才真切地意识到，一向对自己的过去守口如瓶的父亲，开始要找寻自己的历史了，开始要向我揭开他尘封已久的那段当兵历史。

于是，我就到县武装部去查父亲的档案了。档案管理员听我说明来意后，很热情地去档案室查找了。面对档案柜上那些密密麻麻的档案盒，我既欣喜又担忧。欣喜的是通过尘封的档案可以了解父亲当兵的历史，能知道父亲的一些秘密。担忧的是时隔五十多年，能保留下父亲的档案吗？能帮父亲找寻到遗落的那段历史吗？

关于父亲当兵的事，我以前也知道一些，但没有详细了解过。只记得80年代前，每逢过年时，家里墙上会挂上一幅特殊的年画。年画上印有慰问退伍复员军人的字样。看到邻居家中不曾有过的特殊年画，心中涌起过一丝自豪的暖意后，也就逐渐忘记了父亲当兵的事。父亲不善言辞，我们也不敢问。对当兵的事，对年画的来历，父亲闭口不谈。后来不知怎么，春节送年画来慰问一下的事也没有了。于是，我慢慢忘记了父亲当过兵的事了，所以我担心找父亲的档案真有点悬。

但是没过多长时间，在档案员的认真查找下，还真的找到了父亲的档案。

在褐色的档案盒里，一页纸面已经发黄、纸质略显粗糙的纸上有父亲的名字。我如获至宝，从档案员手中郑重地接过档案，小心地、认真地翻看起来。当我看着档案上一些简短的文字记录，父亲五十年前那段光荣的当兵历史一下子就闪现了出来。十七岁的父亲在青海解放后的1953年穿上了绿色的军装，成为了一名守卫海西安宁的士兵。三年多的警卫工作，既没有参加什么惊险的战斗，也没有什么传奇的经历，一切都很平淡。档案上只说父亲工作踏实，为人诚实，但就是想家。所以当兵三年后，就在父亲的申请下批准他复员回家了。

看完档案，我心中似乎有点失望，没有发现父亲当兵经历中可以引以为豪的传奇故事，只看到几页很普通、很想家的士兵的平淡记录。但不管怎样，那几页珍贵的档案则有力地证明了父亲曾经穿过军装的历史，历史总算没有忘记父亲曾经的当兵经历。

当档案管理员开具了父亲当兵的证明材料后，我就到民政局办理了相关手续。不久，就下来了一月一百元的优抚补贴。当第一次拿到自己的抚慰金后，父亲布满皱纹的脸上竟有了许多藏不住的笑容。一方面是因为七十岁后竟享受到党和国家关怀的意外幸福，另一方面是因为在自己的古稀之年，自己当年当兵的青春时光竟为自己的晚年带来了一些物质的温暖和精神的抚慰。父亲可以自由支配自己的工资了，他可以不再从子女手中接受零花钱了。

于是，他趁着酒兴正浓时有点自豪地讲起了自己认为很光荣的一段传奇。那就是，他护送过一位首长从海西到西宁。在当时交通不便利的情况下，几百里的路上骑着马护送，路途中也经历了一些艰难和危险。烈日下，他背着步枪越过山垭时的气喘吁吁，紧跟着首长走出戈壁滩的口干舌燥；月光下，听着远处山头上野狼不停嚎叫时的提心吊胆，看着野狼在首长射出的子弹中逃跑时的仓皇身影，都像他正喝下的酒一样散发着醇厚的香味。虽然现在他叫不上那个首长的名字，也说不清那个首长到底是怎样的一个官，但他却反复地、快乐地提起护送的过程，心中分明充满着无比的自豪。这是我第一次听到父亲讲自己的当兵经历。

以前，在我眼中看到的父亲是极为普通的一个农民。在我的记忆中，父亲在生产队时，一直当队里的保管员。他为人和善，公私分明，忠于职守，保管着社里的公共用品，深得村里人的信赖。直到包产到户，才放下了这个担子，开始在自己家的责任田里辛苦耕耘了。父亲的一生也很辛劳，我们兄妹多，家庭生活困难，有时处于吃了上顿没下顿的尴尬境地。但父亲靠打糖子、编背斗等方法去换粮食，很艰难地把我们六个子女拉扯大，并且都让我们成了家，立了业。

生活的艰难，性格的内敛，在很长时间里，我们与父亲没有过倾心的交流，而父亲的急躁脾气，也常令我们害怕。有什么话，我们常向母亲说，感到母亲的爱总是那么的温暖而无处不在。而对父亲我们只是恭谨地听从他的使唤，感觉父亲对我们总是很严厉，对我们的学习和生活不管不顾。父爱如山，父亲那如山的爱就如山的沉稳，是不能轻易表现出来的，而是深深地压在心底，默默地守候在子女成长的岁月里。

父亲虽然八十岁了，但身体依然很硬朗，脾气依旧有点急躁，与往常不同的是，父亲开始主动和我们子女交流起来了。他开始讲述拉扯我们成长的艰辛，开始评点我们各自家庭的是非，开始逗笑逐渐长大的孙子孙女，开始高兴地用自己的抚慰金给小孩子发压岁钱。我们欣喜地看到父亲和蔼慈祥的笑容，看到父亲关爱子女的亲切举动，看到父亲咀嚼历史沧桑后的豁达神情。

找到当兵历史的父亲，就好像找到了一根精神的拐杖，支撑着父亲在晚年度过了难以避免的苍老孤独的岁月。在当兵历史的心灵慰藉中，父亲圆满地走完了八十年的平凡岁月，留给我们子女的却是无尽的怀念。我们怀念父亲，不仅仅是父亲引以为豪的那段当兵历史，还有父亲给予我们所有厚重如山的慈爱关怀，给予我们每一个艰难而快乐的成长岁月。

母爱的琴弦

当母亲安然在世时,我往往习惯于母亲对我的无私付出,只是理所当然地坦然接受母亲无微不至的倾情关爱。无私的母爱往往散淡在生活的繁复琐碎中,使我不时地失却对母亲感恩回报的义务和激动,忽视了对母亲的身体照顾和心灵安慰。母爱的音符经常失落在柴米油盐的风尘中。

当母亲遽然去世后,她拄着拐杖依然坚强行走的背影总是闪现在我的眼前,使我竟常常陷于情感无着的失意彷徨中,总是情不自禁地捡拾起母亲在日常生活中的点点滴滴,去寻觅母亲爱抚的温暖和操劳的艰辛。那些母亲活着时散淡在日常生活琐事中的母爱,都化作美丽的音符汇聚在我心灵的琴弦上,不时地弹跳出怎么也挥之不去的母爱乐音,安抚着母亲不在后我空落的心灵。

母亲的一生是辛劳的,她用她的辛劳养壮了六个儿女的身体,也成就了六个儿女的家庭。一大群蓬勃生长的家孙外孙,是她对我们这个家族人丁兴旺最自豪的贡献。但是她在为我们家族作出贡献的同时,她的身体也付出了沉重的代价。在母亲六十七岁的晚秋竟患上了严重的类风湿膝关节炎,她的左腿膝盖经常疼痛,慢慢地竟弯曲变形了。虽然采取了多种治疗手段,但仍没有治愈类风湿关节炎这个困扰许多老年妇女的顽症。但不论母亲生病还是健康,她总是用最无私的母爱成全着子女的一切,她的心思总是放在她所疼爱的子女身上。

她没有拖累过我的新家庭,没有抱怨过我的家人,没有耽误过我的工作,即使她拖着因关节炎而有点变形的左腿,弯着佝偻的身躯,也在努力地用她力所能及的行动关爱着我的小家庭,滋润着我的小家庭,安抚着我的小家庭。女儿出生不到六个月,就放在母亲身边由母亲抚养。母亲一边做着琐碎繁杂的家务,一边带着牙牙学语的孙女,吃尽了苦头。但母亲从来没有抱怨过,仍然很高兴地抚育了小孙女,直到女儿上幼儿园时才交给我们。

虽然母亲没有什么贵重的东西送给我,但母亲在世时拄着拐杖不时送来的一壶清香的菜籽油,两块酥软的白面饼,总是我们小家庭最甜蜜的口福享受。而当我接受了母亲的馈赠,目送着母亲拄着拐杖坚强行走的背影,我眼内总会涌起负疚的泪花。

我们子女总是在新陈代谢的自然法则中安然享受着新建家庭的幸福与欢乐,在喜新厌旧的人性本能中努力履行着关爱新生子女的义务和溺爱,但对逐渐老去的母亲则敷衍地尽着所谓的孝心,在麻木地演绎着"儿女的心在石头上"的轮回。

母亲的一生是平凡的。她没有上过学,没有受过诗书大义的熏陶。她的一生没有走出过锅台灶头的小天地,没有脱离过耕田种地的农桑活。一生只是被动地生儿育女,只是辛劳地种地除草,只是勤俭地缝缝补补,只是默默地操持家务。贫穷的年代,她为一大群儿女的吃穿累弯了年轻的身体;逐渐富起来的时光,她又不断地遭受病痛的折磨,没有享受过清闲的日子。

在她平凡的一生中,我只依稀记得一些母亲生活的碎片。童年时,在煤油灯下为我缝织过年棉袄时的幸福笑脸;少年时,天蒙蒙亮的早晨为我上学赶炒一碗洋芋丝时的温暖背影;青年时,听着我与新婚妻子一同叫妈时的甜蜜目光;中老年时,我带着女儿周末看望母亲时对孙女的疼爱搂抱。虽然这些是那样的平凡,但这些平凡的碎片中却饱含着浓浓的母爱。

母亲在世时,平凡的母亲埋没在一切琐碎的事务中,就像空气一样平凡而又无处不在,但我往往习以为常,不懂得珍惜。当母亲不在时,那消融在平凡琐事中的无私母爱,则像泉水一样甘甜而又醇厚绵长,才知道失去母亲,竟然失去了那么多心灵的爱抚、失去了那么多亲情的依靠。

吃不到母亲精心烙烤的酥软香甜的馍馍,看不到母亲周末在家门口盼望我回家时的熟悉身影,听不到母亲送我们离开家时的殷切叮咛。唉,那少了母亲的回家，心里竟然有那么大的情感空缺；那看不到母亲背影的回家，心底永远是一个难以弥补的爱的空洞。

平凡的母亲痛苦地离开了这个她有点恋有点怨的世俗世界，没有留下豪言壮语，没有做过轰轰烈烈，没有享受荣华富贵，没有见识光怪陆离，但就在她生活的圈子里，她用自己的勤劳、善良、质朴赢得了左邻右舍们真诚的泪珠；用自己的无私、辛劳、坚强获得了孝子贤孙们决堤的泪水。虽然她过得很艰辛，但她活得很坦然；虽然她走得很痛苦，但她做得很坚强。虽然我知道没有诗书指引的母亲没能很明白、很智慧地生活，但我懂得母亲在做人的基本良知和人性本能的善念中，她活得很本真、很坦荡。

虽然她的善良，她的仁慈，她的懿德，消解在平平淡淡的日常事务中，隐没在琐琐碎碎的柴米油烟中，但所有的浪花汇聚在一起碰撞出的仍然是真爱的波澜，所有的平凡日子浓缩到一起结晶出的依然是母爱的珍珠。

耕读相悦的青葱岁月

耕读传家的生活犹如陶渊明田园生活的闲适和浪漫，带有浓郁的农耕文明情怀。对于脱离乡村生活融入城市文明的我来说，这种耕读传家的生活已经变得遥远，但在青葱岁月，我却愉快地享受过一段耕读相悦的美好时光。

记得在我十二岁的时候，因包产到户家里分了十几亩田地，还分到了一头花白奶牛。这只奶牛长相俊美，体格健壮。白色的牛身上散布着许多黑色的圆团，黑白相间，对比鲜明，是全村唯一的一头毛色奇异的乳牛。

平常时候，奶牛由父母一边劳动一边喂养，而到寒暑假时放牧奶牛的差事就落到了我的身上。那时我正在上初中，虽然父母不怎么关心我的学习，但我对书本却有一种特别的嗜好。那时能看到的闲书不多，但对已经翻得破旧的语文课本我总是爱不释手。记得，每当放学回到家，首要的一件事是帮父母干家务活，其次才是做作业。坐在锅台前拉风匣烧火，是十一二岁的我放学后经常做的一件事。那时做饭要在厨房的锅台上做。烧火做饭没有煤炭，要用从山林里砍来的木柴。我坐在锅台前的小板凳上，一边给灶膛里添柴拉风匣，一边拿着语文书看。有时书看得入了迷，竟没有发现灶台里的柴棍掉落下来，燃着了脚底下的麦草，也点着了自己的裤脚，引得母亲大吃一惊。一边大声喊叫着我，一边快速地扑打着火苗。但看到我读书入迷也没有过多地指责我，只是叮嘱烧火时要小心。

因看书而引火烧身，这是没有放牧奶牛时的一次事故。而有了放牧奶牛的重任，自己爱读书的嗜好还是没变，却有了更多的时间去看书了。在放牧的时候，我总是拿着语文书或借来的一些闲书，一有时间就看。牛在草滩上悠闲地吃草，我在草滩边入迷地看书。稍不留神，牛走出了自己的视野，跑进庄稼地里，偷吃禾苗，践踏麦田，常常受到庄稼地主人的一顿斥骂。特别让我记忆深刻的一件事是，在放牧奶牛的时候因看书差点要了自己命的惊险经历。

那是一个太阳十分火热的下午。我吃过午饭，又和往常一样牵着奶牛上了村庄西面的红沙坡。名为红沙坡是因为山体是红色沙石组成的，山体的塌落处是红色的砂石，山体的大多数地方裸露出了红色的砂石，远远看去红艳艳的山体非常显眼。而在山的阴坡处却有一层白土层，长着一些碧绿的青草，在开垦出的梯田里长着一些稀疏的麦苗。但偌大的山坡上没有树木，没有遮阴的地方，没有饮用的山泉。在这样的山坡上放牛，如同在戈壁上放牛，炎热干旱是最大的困扰。

那天，我把牛牵到半山坡有草的地方让牛吃草。而我和往常一样，一手攥着缰绳，一手拿着刚借来的小说《保卫延安》，过起了半牧半读的生活。太阳温暖地照在山坡上，照在结穗的麦苗上，照在洁白的书本上。一切都在静谧的时空中享受太阳火辣辣的照射。我正沉醉在毛泽东转移延安摆脱胡宗南的战略智慧中，忘记了周围的一切。猛然一下，我被牛重重地拉倒在地，拖出了几十米。情急之中，我松开了手里的缰绳，牛挣脱了缰绳的拉扯，飞快地冲向山脚。我趴在地上，看到牛回过头看了我一眼后，又跑下了山坡。这时，我才反应过来，原来是奶牛因天热口中焦渴要下山去喝水。我站了起来，发现手划伤了，手中的书也划破了几张。看着山梁上粗粝的红砂石，看着几百米长的山坡，心中的惊悸久久不能平静。如果缰绳套在自己的手上没有松开，那后果不敢想象。如果让牛拉着已经倒在地上的我飞跑下山，即使不被拖死，也会弄得血肉模糊。

惊魂甫定的我，拿着带有伤痕的书快速地向山下跑去。等跑到山下的小河边，奶牛已经埋下头畅快地喝着水。我拿起缰绳，静静地等奶牛喝水。此时，我也感觉到自己有点口渴了。我没有怪罪奶牛，没有把自己的怒火发泄到牛身上。我懂得牛瞪我的眼神里饱含着对我的埋怨。我静静地等着牛喝足了水，又把它牵回到草滩继续放牧。

其实，这只花白奶牛不是纯粹的奶牛，而是称为㐆尾巴的犍牛。它的功用主要还是在耕地犁田上，下牛犊、产牛奶只是它的副产品。它产下牛犊后，母亲也挤一些新鲜的牛奶，熬成奶茶给全家人喝。喝着香甜的奶茶，那一股股热气腾腾的奶茶曾经温暖了许多生活还不富裕的日子。这头奶牛对我家也很好，总共产下了四只牛犊。它产下的牛犊和它一样，牛身花白，体型矫健，长相俊美，长大后也能陪伴奶牛一起耕田犁地。犁地时，我曾经牵着缰绳，引导着奶牛来回走转。奶牛喘着粗气，跟在我身后，任劳任怨。我家的十几亩田地都是奶牛和邻居家的犍牛搭伴后，一起完成春耕秋犁的任务。很长一段时间内，我跟着父母春天送肥种田，秋天割麦碾场，经历过"锄禾日当午，汗滴禾下土"的艰辛劳作，体味过"谁知盘中餐，粒粒皆辛苦"的稼穑艰难。

后来，父母年纪大了，不再种田了，那头让我经历惊险一幕的奶牛和它产的牛犊全都处理了。有的卖了，有的送人了，我们家不再养牛了。此时，村里也很少有人再养犍牛和羊了。一是耕作的工具被简便易用的拖拉机代替了；二是饲养牛羊的成本太高，使用价值不大。村子里再也看不到夕阳西下时"牧人驱犊返"的情景，也听不到哞哞的牛叫声。但是村子里读书上学的氛围越来越浓厚了，大学生也越来越多了。很多辛苦劳作的父母想方设法督促孩子努力学习，考取理想的大学。

而我靠着耕读传家中对书本的热爱，离开了家乡，离开了耕田种地的乡村生活，开始了只读书不耕种的教师生活。在不断的阅读中，我知书达礼，开阔了自己的视野，提升了自己的学养，陶冶了自己的情操。我了解到自己生活的乐都具有浓厚的耕读传家传统。四千多年的柳湾彩陶开启了乐都的文明之门，东汉的赵宽奠定了乐都的教育之基，南凉的秃拔三兄弟发展了乐都的地方教育，清代的凤山书院辉耀了乐都的近代教育。几千年的文明追求，文化熏陶，教育传承，使乐都成为河湟地区久负盛名的文化教育大县，具有浓厚的耕读传家历史。而我受惠于乐都的耕读传家传统，在父母有意无意的耕读传家引导下，在学校老师辛勤的耕耘培育下，不但热爱劳动，也热爱读书。在半耕半读的青少年时代，打下了扎实的劳动技能，打下了坚实的阅读基础。我懂得稼穑的艰难，也懂得读书的艰辛，我也感悟到有付出就有回报，有奋斗就有成果。

　　耕种是一种脚踏实地的生活需求，而阅读则是一种仰望星空的精神追求。耕种和阅读是物质与精神完美结合的生活浪漫，是用奋斗创造美好生活的人生历练。虽然我不再耕种了，但我珍惜"耕读传家久"的稼穑传统，我也倍加珍惜"诗书继世长"的精神追寻。在辛勤工作和用心读书中不断圆满自己的人生，也勉励家人不论从事什么工作都要以诗书为伴，提升自己的人生品质。

烂漫的少年时光

童年时光天真无忧，少年时代烂漫快乐，童年是人生最美好的岁月，氤氲着书香馥郁的理想追求，恣肆着热情奔放的本能情感，为人生抹下了最烂漫的岁月底色。

我的童年无拘无束，艰苦的岁月里绽放着烂漫的花朵。没上过幼儿园，一直玩到八岁才走进了校园。1978年9月，我茫然地坐在了一年级的教室，开始接受人生的第一课。在校园的操场上，第一次用木柴棍画下了人、口、手的笔画，列出了一加一等于二的算式。饥寒交迫的年代，子女众多的家庭，能读书是一种福气。我家不是书香门第，父亲因当兵识得一些字外，母亲则是一字不识。大哥大姐也没有进过学堂，二哥二姐只读过小学，只有我读完了初中，侥幸地考上了师范。因为家里人对读书没有什么期待，没人督促我好好读书，我的读书时光没有压力，全凭自己的一份爱好读书，所以在村子里上小学的时光是一段懵懵懂懂又无忧无虑的时光。

那时候，鼻涕沾满袖口，尘土落满衣裤，小布鞋裂开了口，破帽子垫满了纸，都是同班学生常见的现象。大家的生活条件一样，见怪不怪。现在想来，那个相互比烂、不嫌穷丑的年代竟成了一段辛酸但又时尚的记忆。物质生活困苦点没什么关系，精神生活没有受到约束则是最大的快乐。学校布置的家庭作业少，父母也不那么管作业，放学后放下书包就走向野外，自由活动。夏天放学后一边拔猪草，一边掏鸟窝；冬天放学后有时到河边滑冰，有时到场院里玩游戏。自由活动的时间总是比做作业的时间长。上课的老师都是村里聘请的本村民办教师，文化程度不高，管理也不严。在他们放羊式的管理下，我在村办小学顺利地完成了一年级到初一的课程（那时我们村的学校设置了初一年级的课程），而且以优异的成绩到引胜学区新堡子中心学校继续初二和初三的学业。

新堡子学校在引胜乡政府所在地，全区的初中生都到那儿学习。学校老师大都是公办教师，专业性强，教学经验丰富，管理严格。我家到新堡子村有五公里远的路程，上学要步行一个小时左右。记得天刚蒙蒙亮时，同村的伙伴在大门口喊一声，我就放下刚吃过的饭碗，背起书包，装上一块锅盔就急匆匆出门，和几个同学一路沿着引胜河说说笑笑地向学校走去。夜色有点朦胧，月亮映照在河水上，河水拍打在河岸边，我们的身影跳荡在土路上。那时的书包倒是不重，只有七八本小课本和三四个作业本，装在一个帆布挎包里，吊在肩上就行。学校没有食堂，中午只能啃一块母亲烙的锅盔。在教室里，我们一边啃锅盔一边做作业。做完作业就到操场打打篮球，拍拍乒乓球。虽然篮球架是学校用几根钢管和几块木板焊接成的，乒乓球案是用砖块和水泥砌起来的，但是同学们都争先恐后地争抢，热热闹闹地拍打，玩得轻松自在。

晚上放学，我们已经有点饥肠辘辘了。一同放学的伙伴背着书包急匆匆地往家赶路。晚霞照在引胜河水面上，泛着粼粼波光。狭窄的土路坑坑洼洼，我们磕磕绊绊地回到家。做完农活的母亲正在做晚饭，等着我回来。我放下书包，进入厨房，帮着母亲烧火。等饭做熟了，自己三下五除二填饱肚子就去做作业。初三学习紧张，作业多一点，晚上点着煤油灯抓紧时间做作业。父母睡着了，我还在写作业。母亲常常催促我赶紧熄灯睡觉，我就快速地做完作业，吹灭了煤油灯，盖紧了被子。月亮照在窗户上，看着我慢慢进入梦乡。

那时，文化活动少，看电影和看社火是重要的文化活动。村里只要放露天电影，吃过晚饭就早早地跑到大队场院里，焦急地等待白色光束投影在白色幕布上，看光影世界里的别样人生。其他村里放电影，即使跑上七八公里也要结伴去看，回家晚了就轻轻地推开房门，不敢拉电灯，摸黑睡在炕上，大气都不敢出。寒假时候春节演社火，只要一听到社火的锣鼓声就赶紧跑出去，跟在社火队后面去看热闹。我们看社火不在看社火的内容和表演，而是借机和伙伴们一起玩耍。

虽然那时父母劳动忙顾不上管我的学习，不问我学习的好坏，我没有学习的负担，但我却喜欢学习，从没敷衍过学习。上课时总是认真听老师的讲解，作业总是按时完成。自己的作业本常常被班里的同学拿去作参考。在家帮母亲烧火做饭时，自己一边拉着风匣，一边看着课本。有时，掉落的火星烧着了地上的柴草，吓得赶紧踩灭，母亲也着急地提出警示。暑假期间，一边牵着包产到户分给家里的一头花白乳牛去放牧，一边手里拿着课本专心地复习知识。虽然成绩优秀得了许多奖状却不敢给父母看，而是悄悄地把奖状压在箱子底下，只想等他们发现后心中有个安慰就行。教室里，老师要我向同学们介绍学习的经验，我竟红着脸小声地说一些刻苦学习的体会，就不敢多说了。腼腆，胆小，低调是我的性格，而刻苦，认真，细致是我的优点。我对学习有一种偏爱，喜欢读书，不管是课本，还是小人书，我都会津津有味地看。我也善于独自思考，会静静地分析问题，也会默默地领悟原因。

那时，考中专要预选，预选上的学生才有资格参加中考。我记得初三中专预选考试时，学校把考场设在大操场上。七月的烈日下一百多张课桌整整齐齐摆放着，几十个教师穿梭在课桌间监考巡视，一百多名初三学生趴在课桌上埋头答题。那是我经历的最严厉也最壮观的一次考试，但我凭着自己扎实的学业成为唯一一名被预选的应届生，参加了七月份的中考，获得了进入乐都师范学校继续深造的入学资格，从此改变了我的人生轨迹。

中考考试结束后，我又参加了乐都一中的高中考试，也获得了高中入学资格。但那时乐都师范毕业就有一个铁饭碗，而高中还要继续学习三年，况且高考的大门并不一定为自己敞开。于是，我没有一丝犹豫就进入了乐都师范学校的大门，大学梦想只好止步于湟水河畔。

两次人生的重要考试结束后，我收起已经破旧的课本，跟着父亲到马圈沟去挖药。马圈沟有蚕羌、左拧根、柴胡、臭牡丹根等中药材，家里人靠山吃山，夏秋时节进山采挖中药材换取一些零钱来贴补家用。我记得，太阳将要落山的时候，我背着一小袋臭牡丹根跟在背着一大袋臭牡丹根的父亲后面回家，半路上遇到一起参加中考的同学，说我的师范录取证书他拿回来交给了我的母亲。我就想自己再也不用到深山采挖散发着臭味的牡丹根了，再也不用过像父亲一样面朝黄土背朝天的生活了，觉得夕阳的色彩格外灿烂。我背负着晚霞，加紧脚步回家，急切地去看那一张改变我命运的录取通知书。

　　读书的岁月里，因为心中浸满了馥郁的书香，生活的艰苦都消解在人生的理想里，生活的烦恼都散失在学习的兴趣中。精神的无拘无束，无忧无虑，竟给我馈赠了一段烂漫的读书时光。

湟水河畔的师范生活

岁月不居,时光如流。一晃眼,从乐都师范毕业已经三十几年了。湟水河还是在十月的秋风中浩浩荡荡地向东奔流,南山的积雪依旧在六月的阳光里缥缥缈缈地闪耀,但是湟水河两岸却发生了翻天覆地的变化,曾经的漠漠水田盖起了幢幢高楼,曾经的乐都师范学校改制成海东市第四中学。行走在高楼林立的湟水河岸边,聆听着湟水河哗哗的流水声,脑海中却不时闪现着在乐都师范上学的情景。

1984年,我经过严格的预选参加了中专考试,收到了乐都师范的录取通知书。同时,我还参加了高中入学考试,也以优异的成绩考上了乐都一中。面对乐都师范与乐都一中的上学选择,我只有一条路可走,就是上乐都师范。因为那时只要被乐都师范录取了,就能拥有一份工作,拥有一份"公家人"的待遇,上学也不用花钱了。这对当时家庭条件差,大学上学难的农村学生来说,无疑是一个不可抗拒的诱惑,进了师范就意味着一生拥有了一个铁饭碗,再也不敢奢求遥远而前途难卜的大学理想了。至于个人的爱好和理想都是不切实际的奢望,当时的家庭条件容不得我为理想和爱好做出牺牲现实的生活需求和未来美好。

那年中考结束后,我就跟着父亲去山里挖药,以便挣一些生活费。至于考中没考中,家里人也不特意打听,也无人关注我的升学事情。我记得听到被师范录取的消息时,我正在背着一袋草药赶往回家的路上。消息是同村的另一名中考生告诉我的。听着自己录取的消息,心中自然是很高兴的,但没有范进中举般的发疯,只有一份暗自的庆幸。我背着草药快步地走回家,在家里的柜子上看到了红色的录取书。我隐约觉得，我未来的命运就来自那一个红色的本本，我艰辛的努力改变了我的命运，从那天起我就注定了只能当孩子王的宿命。

于是，在经过读一篇文章的口试后正式被乐都师范学校录取了。八年的艰苦学习终于换来了三年的中师学习资格。帮着家里人收拾完家里的庄稼后，在父亲的陪伴下搭上村里进城的拖拉机到乐都师范学校报到了。拖拉机冒着青色的油烟驶过了湟水大桥，停在了湟水河南岸的师范学校门口，站在师范学校门口的我身上还带着泥土和麦草的味道。我拿着被褥等行李走进了校园，从南北二山和川水地区来报到的学生已经簇拥在校园里，很多都是操着乡村口音的山里娃、川里娃。报名后，我们都很快融入到了一起，说起了考上师范的求学经历和家乡趣闻。我们这些来自乡野的"蒲公英"就要在师范的沃土上汲取知识的养料，接受文化的润泽。

宽大的校园是一片正在修建的情景。只有一栋新盖的四层楼房矗立在校园当中，是学校里最高的建筑，也是刚刚竣工的教学楼。楼房坐南朝北，东西两面是露天楼梯，每层楼的楼道阳台都裸露在北面，楼道阳台边沿用一米多高的铁护栏作了防护。下课了，学生们站在护栏前，眺望连绵的北山，浩荡的湟水河，北岸的县城，南岸的田地，视野非常开阔，可以一览乐都的半壁江山。

教学楼后面是一排低矮的平房，是1980年从引胜王家庄村搬下来后修建的教室，新教学楼启用后成了我们的宿舍。一个班的三十几个男生住在一间教室里，很是热闹。住在教室里夏天好过一些，冬天就过得艰难。虽然宿舍里架起了一个大火炉，但是只能凑近了取个暖，离开火炉仍是冷气袭人，睡觉时不敢脱衣服。到了半夜，房内就更加寒冷。早上起来，脸盆里的洗脸水结了冰。只好把冰打碎，匆匆洗一把脸就去跑操。后来换成靠南墙根的小宿舍，八个人一间，住宿条件才有所好转。

教学楼刚刚建成使用，校园的地面还没有来得及平整。学校组织新生进行了平整校园场地的劳动。平整后，教学楼与宿舍之间变成了校内操场，我们上体育课还是在闲暇时就在操场打篮球。其实，学校南面有一个四百米跑道的县级体育场，平时不让上，只有早上跑操和举办运动会时才对全校开放。有时越过体育场的南墙，爬到山上去看全城的风景。南山积雪，红崖飞峙，红白相映，秀丽壮观。东面的老鸦峡，西边的大峡，巍峨高耸，遥相守望。蜿蜒的湟水河自西向东穿城而过，矫若游龙，润泽着两岸的桑田。乐都师范静卧在南山北麓、湟水南岸之间，犹如一只沐浴在阳光中的摇篮，安静祥和。后来，体育场被开发商建成了楼房，师范校园隐没在高楼林立中了。

学校的东面和北面是农田，但都是盐碱地，庄稼并不茂盛，常常露出一团一团白色的碱。闲暇的时候，站在教学楼上，可以遥望东面下教场村的农舍早晚时分升起的袅袅炊烟，可以听闻村庄巷道里鸡鸣狗吠的奏鸣曲，可以饱览湟水河南岸郁郁葱葱的菜花麦苗。那些熟悉的田园味道，总是勾起我对老家的思念。现在，学校变更了办学性质，成为海东市第四中学，学校周边的田地里盖起了林立的高楼，湟水河岸筑起了坚固的堤坝和木栈道，往日的闲适田园风光都消隐在高楼的剪影里。

校园东面的平房是食堂，只有几个打饭的窗口，却没有吃饭的大堂。学生们拿着学校发的饭票和菜票在窗口外面排队打饭。几百人一起吃饭，食堂窗口前常常挤满了人，场面非常壮观。前面的人好不容易打了饭，但被后面的人拥挤得出不去。有时饭菜一不小心倒在学生身上，就会引来一阵吵闹声。去得晚了，不敢挤，就在后面慢慢等。等挪到窗口了，不是饭菜打完了，就是一些残羹剩汤。不管怎么样，在当时的社会条件下，食堂里的饭菜还是很有油水的，我们吃得津津有味。冬天打了饭拿到宿舍吃，夏天打了饭就坐在过道上吃。前拥后挤地打饭、就地而坐地吃饭曾经是师范食堂前最热闹的一个场景。那时，师范生上学全部免费，不收学费，不收杂费，每个学生每个月还免费发放30斤饭票，16元菜票，都能满足男女学生的生活需要。女生还能省下一些饭票、菜票，暗中支援给那些饭量大的男生，或是心有所仪的男生。

校园西面的平房是老师们的家属院，四层楼房是教师的公寓楼。那是老师们生活的圣地，一般的学生不敢踏进那一排庭院式的平房，也不敢登上两个单元的楼房。公寓楼西南方向是水电局，曾经去那儿的会议室看过那时正在热演的武打片《霍元甲》《精武门》。

那时，班级之间虽然也起矛盾，但也是师兄师弟之间的一些小矛盾，没有什么大的冲突。同学之间关系融洽，同宿舍的学生周末回家带来的美食相互分享，其乐融融。同桌之间一同学习，一同打饭，几乎形影不离。但是与学校周边的社会青年却时有打架斗殴的事情发生，常常造成学校生活的不安宁。记得有一个晚上，几个社会上的小流氓到学校找茬，被几个宿舍的学生聚集起来揍了一顿。吃了亏的他们就在校外等机会找师范的学生报复。有一天下午，我一个人到学校北面湟水河边的杨树林里转悠。突然间，几个脸带凶相的社会青年走到我前面，问我是不是师范的学生。我心中吃了一惊，马上明白他们是来找师范学生报复来了。在情急之中我沉着地说自己不是师范的学生。他们迟疑了一会，离开了，没再深究。一次善意的谎言，帮我躲过了一劫，免了一顿暴打。此后，有好长一段时间，我再也没有去过湟水河边。虽然湟水河边的杨树林、田地边曾经是许多师范生闲暇时间踏青散步玩浪漫的地方。

湟水河每年都在浩浩荡荡地向东奔流，而我们的师范求学生涯也在不断延伸。第一年各门学科的全面学习，第二年重点专业的精心钻研，第三年教学能力的现场实习，充实了我们在乐都师范的三年读书生活。其间，我们班学生一同乘车去湟中塔尔寺探寻藏传佛教寺庙的神秘与壮观，一同登上亲仁瞿昙小学的讲台开启了教育生涯的第一堂课。我们在这里学习了知识，增长了见识，开阔了视野，锻炼了能力。我们懂得了传道授业解惑的教师使命，我们明白了粉笔与黑板要描画的世界，我们记住了讲台上下的担当与责任。三年来，湟水河畔的花草树木见证着师范生的成长岁月，南山脚下的郊野田地记录着师范生的成长足迹，校园内的教室宿舍铭记着师范生的成长忧乐。

湟水河南岸庄稼正在成熟的七月，我们八七届师范毕业的九十名学生分赴乐都县各乡镇，开始了漫长的中小学教师生涯。我们这些"蒲公英"带着教师是人类灵魂工程师的使命，飞向了乐都的高山平川，飞向了正在成长的祖国花朵。那年，我被教育局分配到满眼都是山的中岭乡草场村，担任了草场小学四年级的语文、数学、音乐、体育等教育教学。后来又到寿乐学区尕扎学校、引胜学区杨家岗学校担任初中教学，上语文，上数学，上地理，上体育，需要什么就上什么，确实发挥了师范生多面手的作用。

我在山区的教学中，面对不断变化的教育新形势，自己主动提升教学能力和知识素养，先后参加了大专和本科考试，在青海师范大学脱产学习了汉语言文学专业，成为一名语文专职教师。虽说圆了上大学的梦想，但在成家立业的负重前行中，总有许多的尴尬、艰辛和无奈。

我们那一届是普通师范生，除了要必学的语数外理化生政史地课程外，还要重点学习心理学、教育学、美术、音乐、体育等课程，以便毕业后，在中小学教育岗位上可以自由担任所需的教学科目。虽然没有升学压力，但有留级生制度，同时招收的学生都是每个学校的优等生，学生自觉学习的能力很强，学习氛围非常浓厚。老师们没有升学压力，但都兢兢业业上课。学生们也不需考虑升学，但都踏踏实实学习。师生关系融洽，学习氛围浓厚。自习课上学生们都认真地自学，图书室内学生安静地读书，校园灯光下学生专注地背书。琴房内传出悠扬的琴声，绘画室内摆满朴拙的画作，操场上跃动着青春的身影。虽然学科不专，但是素质全面，都能在毕业后担任任何一门课程。没有应试教育的急功近利，却有素质教育的从容自在。那时的普通师范生就是培养学科教学的多面手，适应山区学校中小学教师紧缺的局面。特殊的时代造就了一批特殊的人才，乐都师范吸纳全县优质的学生资源，培育优质的师资力量，成为乐都现代教育的人才摇篮。据统计，从1978年乐都师范学校在引胜王家庄建立到2005年乐都师范停办，27年的时间共培养师范生5600名。在乐都教育史上，这是一个庞大的师范生群落，也是一段难以忘怀的记忆。这些从乐都师范毕业的学生很快充实了乐都县各中小学，根据需要担任了不同的学科教师。其中有一批学生转行进入了公务员等行业，成为各个行业的行政领导和主要人才。但是大批师范生却终身坚守乐都教育第一线，成为乐都县各个乡镇学校的教育中坚力量，撑起了乐都现代教育强势崛起和大力发展的天空。

回忆是一缕温暖的阳光，总在岁月的十字路口照亮人生的道路；回忆是一朵温馨的浪花，总在寂静的夜晚拍打心灵的门扉。面对悄然转身的乐都师范学校，面对已经沧海桑田的湟水河岸，面对已经两鬓斑白的师范同学，我们怀念那段绚丽的花季时光，我们敬畏那段纯朴的素质教育，我们铭记那段纯真的师生友谊。

不负韶华，湟水河铭记了师范生的风华正茂；无悔人生，乐都的山川铭记了师范生的薪火相传。感谢乐都师范，让一个拿过镰刀和铁锹的手握起了粉笔头和钢笔尖；感谢师范恩师，把一名懵懂初开的青涩少年培养成了靠语言和文字为生的教书匠；感谢岁月，在知命之年还有一抹青春年少的温馨记忆。

山乡的月光

当山风停歇，夜幕降临，皎洁的月光弥漫在山乡的校园里，我的心也安静了，翻开散发着墨香的书，在书本里找寻着教育的真谛，找寻着人生的意义。

1987年师范毕业分配，我没有一点选择学校的余地，教育局就把我们那一届90名学生分到了湟水河南北两岸的山区学校。我被分配到北山的中岭学区草场村小学，开始了我的教书育人事业。草场小学是一个偏僻的山区小学，是一个我非常陌生的世界。报到的那一天，学区唯一一辆拖拉机特意到我家，拉着19岁的我、一张白杨木做的床和母亲缝制的被褥到了草场村小学。坐在尘土飞扬的拖拉机上，满眼都是高低起伏的山岭，深深浅浅的沟壑，迷迷蒙蒙的尘埃。从引胜乡的宽阔山沟爬上中岭乡的绵延山岭，自己有点晕，也有点惊喜。从高山上看乐都，就看得高远了，看得找不准方向了。

那一次，我没有爬山路，享受了坐车的待遇。可是这以后，我就没有了坐拖拉机的机会，每次回家都是步行，而且要翻越三个乡的三道山岭。从引胜乡到中岭乡，中间隔了一个寿乐乡。走公路，路途远，也坐不到什么车，而走山路就比较方便，不需要借助交通工具，只要用脚翻过山岭、跨过山沟就可以了。从我的老家李家台到寿乐仓岭沟有一座山，仓岭沟到羊官沟要翻一座山，从羊官沟到中岭草场又要爬一座山，走走停停要行走四个多小时。好在只走了一个学期，我又被动地调换到了寿乐乡尕扎学校，但是步行还要翻两座山。一直爬了三年山路，直到1990年回到引胜乡杨家岗学校，我才结束了翻山越岭上班的历史。

开在岁月里的花

草场小学修建在一个山洼里，四面环山，背靠着北面的山，面对着南面的山，斜倚着东西两面的山，一迈开脚就面临着翻山越岭。校园不大，三排坐西朝东的砖瓦房，是学生的教室和教师的办公室。学校北面的高台上散落着三四家农舍，学校东面的校门口是草场村的大队部，有一个大队书记开的代销店，村里人都到代销店买东西。草场村的村民分散在东南西北四面的山洼处。学校除了我这个刚调来的师范生外，还有五名教师，都是本村初中毕业后招聘的民办教师。每个年级只有一个40名左右学生的班，基本上每个教师教一个班的学生。民办教师晚上放学都回家了，只有我一个人住在校园的集体办公室，每晚独自面对空旷的校园、寂静的教室、寂寞的月亮。

早晨，东升的太阳越过东面的山垭口，照亮了静卧在山洼里的校园。我也从办公室兼宿舍的房间里起床，打开了学校的校门，迎接从四面山坡陆续走来的学生。寂静了一个晚上的校园终于有了喧闹，有了活力，有了生气。几位教师也回到了学校，开始了一天的教学生活。

土坯垒起的墙壁掉落了几块墙皮，露出褐色的土块。水泥砌成的黑板干硬粗糙，涂抹的墨汁掉了颜色。窗户玻璃有几块打碎了，蒙上了一片塑料。木制的桌凳有几张折了腿，左右摇晃。课桌上伸出的小脑袋，扑闪着稚嫩的眼睛。顾不上嫌弃学校教室的简陋，就带着刚从师范学校学到的知识和方法，我开始了课文的朗读和讲解，开始了算数公式的说明和计算，开始了儿童歌曲的教唱，开始了花草树木的描画，开始了老鹰捉小鸡的游戏。作为一名普通师范生，没有专业限制，小学开设的课程都要上。那时没有什么顾虑和抱怨，凭着青春的朝气，尽力唤醒着山里孩子对外面世界的向往和好奇。

那时，工资不高，一个月只有九十五元，但是已经很满足了。除去一般的生活需求外，还能给父母一些零花钱，自己到县城还能买一些杂志和书，带回学校去看。那时，没有电视，没有手机，闲余时间只能看书和杂志。伴着宁静而皎洁的月亮，打开文字的世界，心里就有了一份充实，一份新奇，一份安慰。月光照在窗户上，照在教室上，照在操场上，明亮而柔和。文字钻进眼睛里，钻进心房里，钻进遐想中，亲切而熨帖。这是一段孤单但不寂寞的时光，是月亮温馨照拂心灵的时光。

刚参加工作，自己不会做饭，只能吃母亲做的馍馍。那时学校的几个民办教师就热情地教我做饭。我学会的最简易而又最常做的饭一是炒洋芋，二是揪面片。洋芋是老师们从家里带来的，也有家长送来的。洋芋是山乡最富有的主粮，从来不缺。洗了洋芋，切成片或条，放进油锅里先炒后煮，煮熟了就盛在碗里大口地吃。技术含量不高，味道要求也不苛刻，经过几次指导和操作，中午炒一碗洋芋的做饭日常就完成了。晚上就学着揪面片。在脸盆里和面，在案板上做成条，抹上清油，蒙上塑料。然后切了洋芋丁，在锅里炒一炒，倒上水，等水开了，就开始揪面片。开始时，面在手上粘黏，揪得慢，时间长了，就娴熟快捷了。吃饭不讲究色香味俱全，只需要生米煮成熟饭就行。有时到村里买一只土公鸡，称几斤土鸡蛋，中午在办公室爆炒土鸡，熬煮鸡蛋，和几位老师一起分享美味；有时晚上到同事家里去，吃一些家常饭，喝几杯青稞酒，唠一会家常话。乡风淳朴，人情浓厚，关系和谐。虽然条件艰苦，但心情愉悦，生活恬淡，有一种世外桃源的自在和快乐。

那时，自己不懂教育，也没有教学的经验，只是按照师范实习期间用过的一些方法和经验，把课本上的知识按部就班地讲给学生。虽然没有经验，但有激情，有活力，能和学生拉近距离，能愉快地完成教学任务。在懵懵懂懂和快快乐乐中激活着讲台，涂画着黑板，传递着知识。

这样的日子过了一个学期，我又被动地调到与草场村小学只隔一个山沟的寿乐乡尕扎村初级中学，站在了初中讲台上。

尕扎村学校在山岭上，四面没有山的遮挡，山风吹得欢，宿舍有点冷。但是学生多，教师多，校园显得热闹。公办教师十三四个，民办教师只有两三个。学校有食堂，吃饭不用愁。晚上住在校园的教师多，自己不再孤单。饭后散散步，聊聊天，打打篮球，喝点小酒，日子也就过得快乐有趣。在快乐的食堂生活中，经做饭大师傅的介绍，与大师傅的侄女谈起了恋爱。伴着山风由暖到凉，1990年的春节在学校的教室里完成了结婚仪式，完成了自己的终身大事。虽然结婚仪式简单局促，但婚姻生活却在磕磕绊绊中走过了三十多个漫长的岁月。

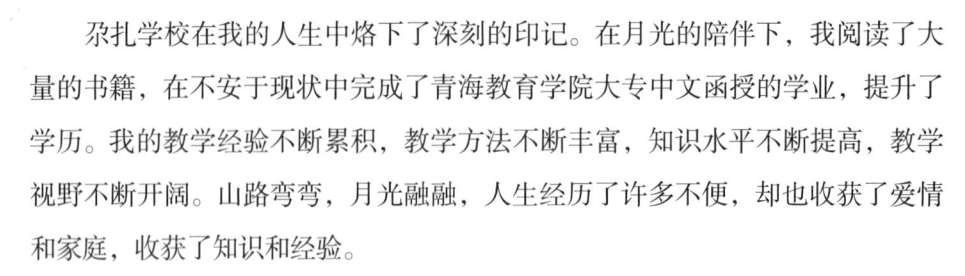

尕扎学校在我的人生中烙下了深刻的印记。在月光的陪伴下，我阅读了大量的书籍，在不安于现状中完成了青海教育学院大专中文函授的学业，提升了学历。我的教学经验不断累积，教学方法不断丰富，知识水平不断提高，教学视野不断开阔。山路弯弯，月光融融，人生经历了许多不便，却也收获了爱情和家庭，收获了知识和经验。

三年的山区教学经历让我明白，山岭高耸不可怕，只要勇于攀登就能到达；山路漫长也不可怕，只要坚持不懈就能到达终点；夜晚孤单也不可怕，只要月光陪伴就心明如镜。站得高看得远，心里的向往也就辽远。只要心中有梦想，面对的山岭和山路往往是人生走向新天地的垫脚石，是迈向新生活的高起点。

自行车飞驶的日子

岁月如歌,生活如昨。岁月的路途上,曾经骑着自行车飞驶的日子,像一幅欢快跳动的动画,不时在记忆的屏幕上闪现。

我会骑自行车时已经到了20岁的加冠年纪。那时家庭生活困难,虽然师范毕业参加了工作,但工资低,买不起新的自行车,只好买了一辆半新半旧的不知名的自行车。车买来了,但不会骑,只能从头开始。如果按照学自行车的一般程序去学习,就不知道什么时候才能学会。一是没人教我帮我,二是手脚有点笨拙,三是练习的时间少。好在自己个子高,双腿长,就放弃了从基本要领开始训练的程序,直接发挥腿长的优势,把自行车稍微倾斜一点,然后左腿伸过去,身体顺势骑在了车座上。坐在车座上之后,双手紧握住车把,双脚踩踏在脚踏上,就放开手闸让自行车行走了。虽然车辆拐拐扭扭,左右摇晃,但是右脚能够及时当作支点,随意地支撑着自行车向前慢慢滑去。

久而久之,这种越过基本练车程序的自行车训练,让我很快速地学会了骑自行车。只是骑车的动作和姿势有点笨拙,有点怪诞。不像骑车高手,先用右脚踩在脚踏上,双手扶住车把,启动自行车的同时,左腿从车梁上横跨过去,屁股稳稳地坐在车座上,左脚也顺势踏在另一只脚踏上。自行车就像一只雄鹰飞驶在崎岖不平的乡村道路上,完成一次次行驶自如的骑车之旅。

虽然我骑自行车的姿势不标准,但是骑在自行车上,脚踩手捏,左冲右突,一点也不输正规骑行自行车的同行者。有了自行车,到单位上班,到县城逛街,到亲戚家串亲戚,就不用徒步行走,也不用等拖拉机。骑的时间长了,双腿的肌肉强健了，骑行起来更加轻松自如，快捷方便了。

后来，买了一辆崭新的飞鸽牌自行车，有点笨重，骑起来有点吃力，但凭着先前的技术和经验，上下班还是来去自如。不过，这辆自行车骑行了一年就破旧了。自行车的链瓦、轮胎都出了问题，但在修修补补中仍发挥着代步行走的作用。

那时上班的引胜杨家岗学校到县城10公里多的路大都是沙土路，一路坑坑洼洼，一路土块石子，骑自行车并不顺畅。但是自己每天都骑着自行车上下班，从不觉得累。从县城到学校是上坡路，骑行比较吃力。趁着黎明前的夜色，从五楼抬下自行车，骑在自行车上就出发了。不管是沐着春风，还是冒着寒雪，骑在自行车上就向前冲去。一路有几个45度角的大坡，自己躬一躬身子，紧一紧双脚，车子就驮着自己上了大坡。而下班就轻松多了，一路基本都是下坡，基本不用脚踏身曲了，只要控制好双把，捏捏好刹车，就像一只自由的鸟，飞驶在蜿蜒的道路上。

不久，自己要成家立业了。结婚时，岳父陪嫁了一辆当时最好的凤凰牌自行车，轻便好看，骑行起来更加得心应手，疾驶如飞。我骑着这辆车在家与校园中来回穿梭，在飞驶的岁月里，尽力践行着教书育人的使命，也努力践行着养家糊口的责任。白天忙着备课、上课、批改作业，中午时间在食堂吃过饭后，还和同事打一场篮球，在校的日子过得紧张又快乐。晚上骑着自行车回家，带一带孩子，陪孩子玩一玩，生活过得充实又愉悦。闲暇之余又拿起书本自学，学习成人高考的文科科目。1995年顺利地通过了全国成人高考，进入了青海教育学院中文系本科班脱产进修，过了两年大学学习生活，圆了曾经中断在湟水河畔的大学梦。1997年毕业后调到县城中学，站在了高中讲台上。这时，老家也通了公交车，回家也不用辛苦地骑自行车了。凤凰牌自行车在家闲置了一段时间后，给了农村的亲戚。自己就此和自行车断绝了往来。

自行车从自己的日常生活中消失了，上下班就用双脚步行。路途不远，5分钟就到了，远行就搭乘班车或出租车。不骑自行车后，生活是舒适了，身体也随之发福了，两腿的肌肉松弛了。几十年后，自己想骑一次自行车，就把朋友新买的自行车推过来，放斜了车身，左腿跨上去，扶正车身，屁股坐在车座上，摇摇摆摆地启动了自行车。身体已经笨拙，手脚也不灵便，骑行了一小段路程，就气喘吁吁了。好在有五年的骑车历史，在摇摇摆摆中没让自行车翻倒，硬是在缓缓行驶中过了一把瘾，重温了当年自行车上自由行驶的快乐和洒脱。

自从青海举办环湖赛以来，自行车又出现在了自己的生活里。看到车手们骑着用于竞赛的自行车飞驰在青海湖边，穿越在城市的街道上，领略了自行车犹如羚羊一样的速度和壮观。现在看到自行车驴友，戴着头盔护手，骑着新式的越野自行车，结队行驶在柏油公路上，也想赶个时尚，从个大流，但是失去了生活必需的欲望，也就没有了非骑不可的激情和冲动，一直没有去买自行车。

那时，骑自行车是生活的需要，没有其他代步的工具，拥有一辆自行车就像现在拥有一辆轿车一样成为生活的必需品，自行车无论新旧都是自己不可或缺的生活必需品。同时，那个时候，城市乡村骑自行车的人很多，融入浩浩荡荡的自行车洪流，自己也不显得另类，也就没有心理的落差。而现在大多数人都驾驶着轿车行走在大街小巷，田间小路，如果自己还骑着一辆遮不住风雨的自行车出现在公路上，就显得很另类。所以，自行车完全淡出了我的生活。

不知是自己生性胆小，还是手脚笨拙，自行车是我人生中唯一的代步工具。对摩托车我更是敬而远之，从来没有驾驶过，不喜欢冒着黑烟驱动双轮招摇在道路上。后来，汽车走进了寻常百姓家，考驾照，开轿车，成为城乡生活的时尚。经不住人们的劝说，我头皮一硬报了驾校，双手握起了圆形方向盘。在教练不厌其烦地严格指导下，在学员热情好奇地相互交流中，扭动了车钥匙，拉动了离合器，踩住了脚刹车，打开了远光灯，教练车在弯弯曲曲、高高低低、宽宽窄窄的训练车道上摇摇晃晃，走走停停。在摸摸索索、战战兢兢中过了二考的半坡起步、倒车入库、侧方停车、直角转弯、曲线行驶等考试科目，也过了路考的所有项目，拿到了驾驶证。但是自己却没有买车的冲动，驾驶证一直搁放在抽屉里，落满了灰尘。

虽然我没有开启握着方向盘领略自然风景的生活道路，但是我却依靠火车、高铁、飞机、轮船、大巴等现代代步工具，打开了领略诗与远方的人生旅途，畅游了祖国的大好河山，见识了大半个中国的地理人文，开阔了人生视野，丰富了人生旅程。

现在回想起来，只有那一段自行车上的飞驶岁月，让我的生活中有了一抹以车代步的现代印记，有了一段从教乡村教育的奋进时光，也开启了我进入大学校园学习深造的进取之路。

西宁进修的愉悦时光

西宁作为"西陲安宁"的青海省会城市，以西海锁钥的咽喉位置镇守着青藏高原的风云变幻，以公元前121年西平亭的据点建制开启了西宁古城的悠久历史，以海拔2261米的高度演绎着河湟古城的沧桑巨变，以夏季平均气温17—19℃的凉爽天气滋润着高原夏都的妖娆多姿。虽然我的家不在西宁，但与西宁有过多次的接触，夏都的风熨帖过我的心肺，对西宁还是有许多美好的印象和回忆。

对西宁印象最深的是1990年到1997年期间，在青海教育学院进行过大专函授学习和本科脱产进修。尤其是在青海教育学院脱产进修的两年中，吃住玩都在西宁，因而对那时的西宁印象深刻。教院毕业后也时常到西宁拜亲访友，逛街赏花，真切地感受到西宁随着城市化脚步的疾速加快，发生了翻天覆地的变化。虽然那时的西宁印象都淹没在高楼里，但是记忆深处还是烙印着西宁的时光胶片。抚今追昔，回望90年代的西宁印象，感受现在的西宁变化，也是一次美好的时光旅行。

从乐都到西宁坐普通客车要用两个小时，走高速只要一个小时。一路向西，逆着湟水河，越过小峡就进入了西宁的城东区。西宁城安居在如金丝带一样的湟水河两岸，南北两岸绵延的山脉犹如两道红绿相间的屏障拱卫着西宁城。在东西走向的山脉断裂处形成了平坦的南川和北川谷地，南北走向的山脉护卫着南川河和北川河从舒缓的谷地流向湟水河。青山绿水滋养着宽阔的西宁盆地，定格着西宁的城市风骨。现在，西宁城逆着三条河流，分别向西、南、北三个方向不断扩张，海湖新区、南川新区和北川新区成为西宁城新的城市圈，壮大了城市的体量，形成了一座如雄鹰展翅的城区格局。城东到城西是雄鹰的躯体，海湖新区是雄鹰的头颅，城中区是雄鹰的胸腔，城东区是雄鹰的尾部，而城南区和城北区是雄鹰的两只翅膀。西宁城向东南西北四个方向的发展变迁，沧海桑田着西宁城的历史和未来。

西宁最繁华的地方是城中区的西门，那时是西宁城的中心，现在即使有了万达、吾悦广场，西门也是全城的中心。那儿的水井巷、大十字、中心广场是西宁最繁华的地方。水井巷是一眼水井滋润了西宁百年市井生活的街道，是西宁最有烟火气的街道，汇聚着饮食、购物、休闲等繁华的水井巷吸引着四面八方的游客，是西宁城的温馨记忆。水井巷狭窄的巷道常常是人潮汹涌，繁闹声不绝。手抓羊肉、羊肠面、酿皮、粉汤、酸奶等小吃飘扬着浓郁的高原风味，氤氲着水井巷鲜活的烟火气息。牛角、串珠、虫草、牦牛肉干等物品宣示着鲜明的雪域风情，讲述着水井巷神秘的地标密码。大十字的购物商店、新华书店、邮政局等端居在十字路口，吸引着南来北往的游客购物、看书、邮寄。那时，地下商城还没有建成，中心广场也没有规划，高层写字楼也没有耸立，但是车水马龙、人头攒动仍是那个年代西门街道上最繁华的风景。现在西门中心区旧貌换新颜，拆迁改造中打造老城区新的商业圈，激活着老城区的经济文化活力。全市唯一的地下商城人潮如流，水井巷几经改建变换了容颜，王府井百货大楼丰富了消费新理念，中心广场喧响着锅庄和交谊舞的交响曲。只有省政府大门的卫兵仍然守卫着省府的神秘和权威。

青海教育学院在城西区的郊外，西面是农舍和田地，那时还没有开发海湖新区，阡陌纵横，稼穑葱茏，火烧沟的河水潺潺。北面是青海师范大学，学府风味浓厚，偶尔去听一听师大教师的学术讲座，常有所得。中间是小商铺、小饭馆，经常看到师大和教院的学生在那里吃饭聊天、闲逛购物。相对来说，这里比较简陋而冷清。东面是西宁师范学校、虎台中学、虎台小学，还有一条繁华的街道珠玑巷，饭馆、商铺密布在街道两旁，烟火气旺，是教育学院学生经常光顾的地方，繁华热闹。现在，教育学院合并到青海师范大学，一同迁往城北区。曾经的教育学院中间贯穿了一条公路，周边修起了新的住宅小区，再也找不到高原学府的印记和朗朗书声。

珠玑巷的东边是虎台公园，是西宁极具历史气息的一个地方。虽说南凉政权在西宁建立只有三年之久，但是却留下了一处南凉军政人物虎台的点将台遗迹，一座圆硕的小山丘就让西宁城得天独厚地建了虎台公园，竖起了三座南凉三兄弟的雄健石雕，用一种金戈铁马的形象定格了南北朝时南凉在河湟谷地叱咤风云、穷兵黩武的历史沧桑。想到历史，记得西宁城中区还保留了一段青唐城的遗迹，用铁栏杆围起来了一段厚实的土城墙，围住了西宁城另一段宋朝时期唃厮啰政权的沧桑历史。至于城东区的马步芳公馆，留住了一段民国军阀混战的历史和马家军阀的奢侈外，也没有什么可供炫耀的地方。

那时，成人进修，带着工资上学，手头经济较为富足，学习环境较为宽松，业余时间较为充裕，读闲书，打篮球，逛商场，看电影，下馆子，让来自州县的中专生体验了省城的都市生活。那时，去交通巷的电影院看电影是最惬意的一件事，买上一两元的票就可以消磨一下午的时间。偶然也会买上票去人民公园看动物，看花草，看人工湖，体验都市里的浪漫情调。

在教院进修，让我们感到幸运的是聆听了被称为"安徽四才子"的课。鲍鹏山老师讲先秦文学，思想深刻，语言犀利，语气干练，总有一种先秦孟子的善辩英气。后来他去了上海，成为百家讲坛的风流人物。章旺根老师讲明清小说，底蕴深厚，观点独到，语调舒缓，达观中带着一些无奈和伤感。后来去了南方的一个大学，不知是否超脱了伤感。王世朝老师讲写作，头脑灵活，嘴巴利落，文笔犀利，在牢骚中抒写着生活的不满，在不满中探讨着幸福的密码。在愤世嫉俗中也去了南方的一个大学，不知道有哪些写作成果。左克厚老师讲美学，讲文学概论，悠然自得，入情入理，娓娓道来，自成体系，犹如老子和庄子一样逍遥闲适，自在生活。现在，四大才子中只有左克厚老师没有孔雀东南飞，依然栖息在青海的时空里，坚守在青海师大的讲台上，开办了宣讲中华传统优秀文化的有源学院，宣扬他独到的文化感悟和美学价值，完成了对儒家和道家哲学的别样解读，践行着老庄一样的生活哲学。

那时，教育学院的中文系还有董家平老师激情四溢的《文心雕龙》探赜，王培基老师严谨质朴的《修辞学》讲座，刘道英的《现代汉语》授课，都留下了深刻的印象。这些学养深厚、才情横溢的中文系教授，让我们已经成家立业的"大"学生能够有情趣地进入中国古典文学的世界，能够很有情味地浸润在汉语言文学的魅力中，是我们的幸运。他们滋养了我们的汉语素养，提升了我们的语言能力，拓宽了我们的文学视野，提高了我们的教学水平。虽然时代的局限和家境的困顿阻挡了我们在风华正茂的年龄走进大学的梦想，无奈地走进师范学校成为了师范生，但是我们求学的梦想没有熄灭，奋斗的脚步没有停止，许多师范毕业的学子通过函授、进修等方式走向了学历再提高、学力再提升的艰难奋斗之路。青海教育学院一度成为青海省从师范毕业的学子最理想的高等学府，经历了化茧成蝶的精神嬗变。我也顺应历史潮流，三十而立之时在青海教育学院这个准大学的校园里接受了如沐春风的学者教诲，收获了一笔厚重的精神财富。

教育学院南面临近西山，穿过西山脚下的殷家庄，从羊肠小路登上山，站在山顶，西宁城全在眼前。那时，主城区的高层楼房还没有矗立，南北川、海湖区也没有开发，郊外的田野风光朦朦胧胧，依稀可见。湟水河在草木葱茏的河岸间浩荡地东流，南北川河水也隐隐约约地闪现。如今，这些地方都建起了一片片高楼，见不到陌陌的田野。修了防护堤的湟水河和南北川河隐没在楼群中，看不见河流蜿蜒的身姿。现在教育学院南面的山上修建了动物园、植物园和浦宁之珠。西山的动物园、植物园又为西宁增添了一抹灵动的生态文明色彩，各种花卉草木、各种飞禽走兽演绎着高原古城丰富多彩的生物故事。登上浦宁之珠的高塔可以俯瞰正在飞速发展的西宁全景。摩天楼高耸林立，高架桥纵横交错，车辆疾驶，绿树掩映，光影闪烁，显现着省会城市繁华时尚的大都市风貌。

西宁的南北二山各有千秋。两山隔城相望，像两条健硕的臂膀护卫着西宁城。南山北宋时期修建的南禅寺，坐落在凤凰山北麓的西北角，红墙碧瓦的寺庙矗立在舒缓的山坡上，殿宇楼阁，层层叠叠，规整有序。山顶上有一座雄壮的凤凰台，白色的翅翼犹如风帆耸立在南禅寺上方，将古寺建筑与现代工艺组合在一起,形成了南山地标性建筑。东面的凤凰台与西山头的浦宁之珠遥相呼应,突显着西宁城的现代特色。北山建于魏明帝时的土楼观,镶嵌在土楼山的正北面,青砖碧瓦的道观散布在陡立的山坡上,洞穴楼阁,鳞次栉比,错落有致。过去南北两山荒凉,红色的沙石裸露,显出丹霞地貌的风韵。后来大力植树,修建北山美丽园,植被茂盛,绿树掩映着妖娆的丹霞,湖水荡漾着莲花亭亭玉立的风姿,别有一种风韵。

西宁因为夏季温度适宜,不炎热,获得了夏都的称号。近几年的城市建设和城市化步伐加快,西宁的绿化、美化、亮化工程使西宁更具现代城市的风味。西宁的高楼多了,西宁的休闲广场多了,西宁的商场奢华了。水井巷、地下商城、中心广场、大十字、昆仑桥等旧貌换新颜,丰盈着西宁城的心脏,强劲地演绎着西宁的城市主旋律。西宁城向西不断延伸,海湖新区已成西宁繁华的商业区,万达广场、唐道、新华联等营建的商业圈成为新的商业地标,犹如西宁城高耸的头颅,引领着西宁发展的城市脉搏。西宁城向南北大力拓展,南川和北川的商业区也正在成型,像西宁城的两只翅膀,律动着西宁城新的都市风情。西宁还吸纳了湟中塔尔寺的古刹佛光,大通老爷山的道观丽影,湟源丹葛尔的古城风韵,为西宁增添了更为浓厚的人文地理光芒。

西宁城最具夏日风情的日子是五一节,人民公园里的郁金香灿烂绽放,给高原古城抹上了一抹异域花卉的别样风情。而作为市花的紫色丁香仍然飘拂着淡淡的幽香,有点落寞地抗拒着高原古城四月的寒风。飘拂在公园花海中的欢声笑语除了一些如"脑门"一类的西宁话外,还夹杂了青海各州县的乡音土语,也夹杂着全国各省市的方言俚语。西宁越来越具有现代化城市的样貌,也越来越多地容纳了来自五湖四海的创业者。

作为青海省政治、经济、文化、交通、商业中心的省府所在地西宁,在时代的发展浪潮中不断蝶变为现代化大都市。她既坚守着高原古城的特有风貌,也吸纳着现代都市的时尚元素。既有雄鹰一样的俯瞰高度,也有湟鱼一样的沉潜深度;既有湟水河一样的澎湃激情,也有黄浦江一样的妩媚光影。

对于拥有264多万人口的西宁,每一条幽深的街道,每一幢高耸的楼房,每一个急匆匆的身影,每天都在演绎不同的城市故事。而我只是像一只偶尔掠过城市森林的大雁,只能浮光掠影地触摸西宁的温度和美好,挂一漏万地感知西宁古城夏日季风里一抹舒适的凉意。不论曾经的回忆和当下的感触怎样张开想象的翅膀,也难以读完西宁这部城市百科全书的所有美好。

西宁的进修学习让我体验了夏都的凉爽和美好,感受了省会城市的气派和繁华,更重要的是充实了自己的文化素养,提高了自己的教育能力,为自己后来从事高中教育打下了坚实的知识和理论储备,开启了更为丰富的人生之路。

凤凰山下的六中记忆

似乎命中注定，我这一生与乐都六中竟结下了一份难以割舍的情缘。虽几经辗转，但我的生活始终没有绕开六中的校园。我犹如凤凰山下六中校园里的一棵小树，总有许多柔韧的根须牵绊着自己的人生脚步。人生的帆船总是被命运的风雨吹打着驶向不可预测的大海。

最早认识六中是在1984年的夏天。那年初中毕业参加中考，考场就在六中东南角的一间简陋教室里。记得六中校园前面有一排白墙红瓦的平房，其中一间教室就是我写下第一份人生重要答卷的考场。教室宽敞整洁，窗户干净明亮，木制桌凳结实牢靠。经过两天紧张认真的考试，六中低矮的平房见证了我初中学习的成果。那一年我被乐都师范录取，成为了一名师范生，从此开始了我漫长的教育生涯。那时，对六中校园的总体印象不深，只是记住了西北角几棵粗大的柏树，在七月的艳阳中葳蕤着青翠的枝叶。至于六中的历史沿革、学校布局、办学体制等都没有清楚的认知。

后来在1994年的6月份，在引胜学区杨家岗学校任教初中语文时，学区组织语文教师学习语文单元整体教学法，我作为一名校外初中语文教师到六中进行现场观摩。也是在校园东南角的平房教室里观摩了强进国老师的示范课。六中的学生在强老师的指导下朗读、思考、讨论，发言大胆，讨论热烈，留下了深刻印象。回去后，在自己的课堂上努力践行单元整体教学法，丰富了教学方法，提高了教学能力。那时，我了解到六中不但设有初中，还设有高中，教室就在平房后面的教学楼上。听课之余在六中校园里闲转，看到初高中学生青春年少的身影，觉得六中是一个高深莫测的学府圣地，没奢望过只拿到师范毕业证的中专生有一天会站在六中高中的讲台上。

直到1997年9月份，从青海教育学院本科脱产进修结束，被教育局分配到六中，自己竟成了六中的一名高中语文教师。从此，我与六中的情缘就深厚了，在高中语文讲台上一站就是十五年。这些岁月里，我与六中形影不离，上班的主阵地在六中，生活的安乐窝也安置在六中校园内。上班在六中，生活在六中，六中的每一处地方几乎都留下了我的足迹，六中的每一片树叶几乎都留在我的记忆里。这十五年，是我见证六中历史变迁的重要阶段，也是我经历人生道路变化的美好时光。

1997年9月进入六中校园时，校门口东西两边修建于1987年左右的平房虽历经沧桑，但仍在发挥着作用，初中生仍在教室里上课。平房北面是一幢修建于1984年的四层教学楼，横亘在校园的正南方。平房与楼房之间有小型花园，开放着一些鲜花。教学楼第一层中间是一条南北方向的走廊，师生从这儿进出校园，然后走向校门。走廊两边是教室，高中学生都集中在这座四层教学楼上课，老师们也在这座楼上办公。楼房是封闭式的，走廊北面用玻璃钢窗封闭起来了，站在走廊里可以看到远处的凤凰山和校园北面的低矮民居。越过北面的四层住宅楼，可以清楚地看到凤凰山雄立在学校的北面。

现在，北面的校园外面盖起了许多商品房，密密的高楼围住了学校的北面，遮蔽了秀美的凤凰山，只能看到新建的朝阳阁。虽然海东市成立后，六中于2021年元月份更名为海东市凤山中学，但在校园内已经望不到学校引以为豪的凤凰山全貌。学校也即将改迁到原大古城的地方，斜依在遥远的凤凰山下。六中的称呼也成为了历史，逐渐淡忘在人们的记忆里。

那时，操场北面也有一排平房，是高中学生的宿舍。一间大教室里住着四十几个学生，有点拥挤，但很热闹。因为年久失修，成为了危房。在1998年的一个阴雨天，下了一整天的雨，一间宿舍半夜塌了房顶。不久，平房拆除了。学生搬到东面的一个二层楼上。2008年，在平房拆除的地方建了一座新的四层双面教学楼，学生搬到新教学楼，一直沿用至今，现在取名为凤翔楼。原来在正南方的四层教学楼也因为成了危房于2009年拆除了，并且拆除了瑟缩在教学楼西北角的一座只有一间办公室的二层楼。那时，二层楼人们称为炮楼，学校有两三个这样的炮楼。炮楼的一楼是教师家属的宿舍，前面是水房，二楼是办公室，楼梯是铁板焊接的铁制楼梯。自从平房和炮楼拆除后，六中校园都矗立起了高楼，校园的操场面积扩大了，也显得整齐了。低矮破旧的平房和炮楼都淡出了人们的视野。

北面平房后面还有一座修建于1993年的教师住宅楼，开始属于集体建房，住满了六中的教师。2012年，六中高中部合并到新组建的一中分校，老师们逐渐搬离出去，集资房成为了住户复杂的商品房，学校的社会性越来越浓烈了。

2002年，拆除了南面的校门、平房，紧邻着街道修建了一座四层综合楼。综合楼的第一层留了一条一间教室大小的走道，算是六中正面的校门。开初时，老师和学生都从一楼的走道出入，也没有什么感受。后来校领导出于某方面的担忧，紧锁了大门，让老师和学生绕道从操场东面的后门行走，才觉得一所有着悠久历史的学校竟没有一个像样的校门。东面的走道虽然第一脚踏进六中的地方仍是楼底的通道，但那座楼房不属于六中，领导也就没有什么顾虑。学校改成初级中学后，综合楼一楼的楼道被新的校长彻底地改成了商铺，完全封闭了走道和正门，综合楼取名为弘毅楼。全校师生也就无奈地拥挤在一个狭长而又高低不平的过道里，一直沿用至今。学校的校门在学校管理者的人事变故中，经历了重建、修补、改动的沧桑。现在乐都六中改为海东市凤山中学了，但仍然是一个没有气派校门的学校，人们依旧从东面的后门中进进出出。

校园靠近街道的西南角是一幢红色转角楼，外墙用红砖砌成，红砖直接外露，没有墙壁。走廊敞开在朝向校园的一面，只用一米多高的铁栏围住。楼上设有学校办公室、图书室、教导处等。虽然房屋有点破旧，但是红色的外观和裸露的砖块给人一种原始质朴的别样风格，令人印象深刻。在转角楼上，向西可以看到古朴的八卦楼，看到人来人往的广场，看到肃穆的县政府。向南可以看到幽深的火巷子，看到琳琅满目的摊位，看到出出进进的食客，看到月牙高耸的清真寺，看到南大山顶峰的积雪。这条乐都县城最具市井烟火气息的巷道，虽

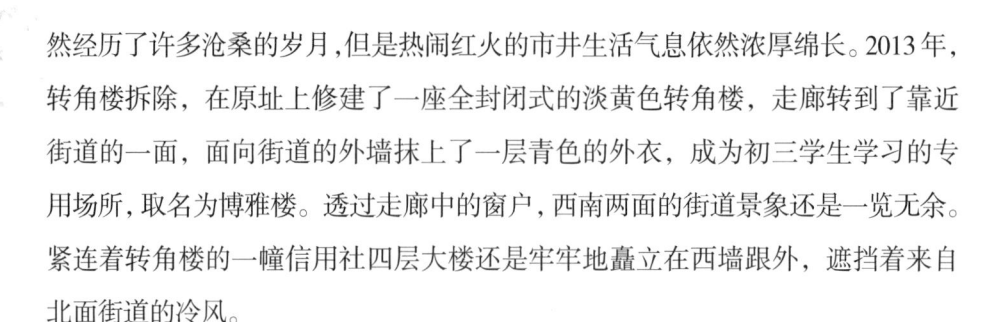

然经历了许多沧桑的岁月,但是热闹红火的市井生活气息依然浓厚绵长。2013年,转角楼拆除,在原址上修建了一座全封闭式的淡黄色转角楼,走廊转到了靠近街道的一面,面向街道的外墙抹上了一层青色的外衣,成为初三学生学习的专用场所,取名为博雅楼。透过走廊中的窗户,西南两面的街道景象还是一览无余。紧连着转角楼的一幢信用社四层大楼还是牢牢地矗立在西墙跟外,遮挡着来自北面街道的冷风。

学校东面的过道紧邻着财政局的一栋家属楼和一排平房。2002年在财政局楼北面建了一栋六层家属楼,自己有幸分到了一套房屋,从此在六中校园生活了十年。家属楼靠东的地方当年还修建了一栋六层学生宿舍楼,改善了学生的住宿环境,但变更为初中后因没有住校生而失去了宿舍的价值,成为单身教师的公寓和储物室。宿舍楼北面新盖了一座二层楼,是学生食堂和教师活动室。再往东是碾伯东关学校,中间用一堵墙高高地阻隔着。直到2012年东关学校的初中部合并到六中,学校也划归到六中,才拆除了围墙,开通了一个狭窄的通道,连起了两所学校。原来的六中校园成了西院,而东关学校则成了东院。东关学校的教学楼拆除后修了一栋综合楼,成为了实验室和社团活动室。从这儿看六中校园,六中被校内校外的住宅楼切割分裂成了一个很不规则也很混乱的狭小空间,适应不了学校发展的形势,面临着搬迁扩建的命运。

学校面积小,操场更是狭小,大型体育活动难以开展。1997年的时候,住校学生早上跑操都要到校外的街道上。早晨六点钟的时候,天色朦胧,全体住校生都集中在校门外的街道上,排成了长长的跑操队伍。各班清点人数后,八九百的学生整队从校门出发,向西一直跑到城隍庙又折转回来。一路上脚步声、哨子声、口号声响彻整个街道,唤醒了乐都的早晨。2005年,山西省一所中学学生在街道跑早操时发生了重大车祸,死伤了十几个学生。为了学生的生命安全,学校取消了到街道跑早操的活动。从此,六中高中住校生在街道跑操的历史终于结束。

但是学校操场紧连着教学楼,学生上体育课时,操场上的吵闹声常常传到教室里,打断了教师的讲课,扰乱了学生的听课。尤其是坐在窗户边的学生,心不在焉，眼睛不时地转向操场，向往操场里自由快活的体育运动。做课间操时，操场里容不下全校学生，只能实行单双日轮流做操的办法，委曲求全地开展学生的体育锻炼活动。学生课余时间，只能在楼道里、操场里活动，拥挤吵闹。虽然操场狭小，但学校每年都会在校园组织纪念一二·九文艺表演，而每年的夏季运动会，则要全校师生排着长队、打着旗帜到桥南的县体育场进行各类田径比赛。长长的队伍成为县城的一道行走的风景，惹得路人驻足观望。

校园狭窄，教师没有散步的场地，只有北面凤翔楼的后面有一处榆树成荫的地方，两排盘曲扭结的榆树搭起了一条绿色走廊，几棵形如宝塔的柏树舒展着青翠的枝叶，一些低矮丛生的灌木丛零星地探出些鲜艳的花朵。虽然夹在教学楼和家属楼之间，空间非常窄小，但这些花草树木变换着春夏秋冬的美丽妆容，是校园内最为幽雅的休闲之地，似乎还传承着凤山书院"古树阴翳，榆杏交柯"的杏坛秀色。闲暇之余，老师们偶尔到那儿透透空气，看看花草，享受绿意，享受难得的休闲时光。

历史是一部不断续写的书册，记录着时代的风云沧桑。在六中教学期间，因学校编写校史，我有幸详细地了解了六中的前世，经历了六中变革发展的重要时期。原来我绕不开的学校竟有非常丰厚的文化底蕴和历史积淀。远在晚清的1841年，这里就建起了驰名青海的凤山书院，书院遵循"六艺之精，群氏之英，明其大端为国家选"的人才培养精神和"兴学励修养生息，诚以时敦勉弟子，习诗书，亲诗友，励名节"的办学宗旨，为河湟谷地培养了诸多风流名士。从这里走出了四十八位拔贡，并且出现了吴栻、谢善述这两位开创乐都诗歌、散文和小说先河的著名文人。乐都的文学因为有了他们的宝贵创作和辛勤耕耘，乐都文化县的底蕴就厚实了很多，乐都的教育也就有了强盛的未来。他们从凤山书院得到教育滋养和文化熏陶，然后到河湟谷地去传播教育和文学创作，用凤凰涅槃的精神，克服生活的磨难，开阔人生的视野，建造文学的殿堂。吴栻的诗歌《碾伯八景诗》《青海骏马行》是富有边塞风骨的优秀诗篇，他的《会景楼记》《石沟寺游记》等是乐都最早的散文名篇。谢善述的《梦幻记》是青海第一部章回体小说，也是乐都唯一的一部传统小说，他的《荒年歌》是第一首反映乐都百姓生活的白话叙事诗。从强进国老师手中拿到吴栻诗文选，从张得祖教授手中得到谢善述的诗文选，我在半懂半不懂的阅读中，得到了来自乐都本土文学家的文学滋养，尤其是出自凤山书院学子的文学滋养，心中竟有一种莫名的激动和鼓舞，业余时间开始尝试文学创作。在2008年完成了第一部随笔集《品读经典》，又于2011年出版了第二部随笔集《人文探究》。时隔六年，我再次回到乐都六中，站在六中初级中学的讲台上，出版了诗歌集《故乡与远方》，参与编辑了地方党史《中国共产党乐都历史》，完成了散文集《开在岁月里的花》。

教育教学是塑造灵魂的人文工程，博爱、包容、创新、发展是教育的灵魂。在六中期间，各种教育教学理念像一阵阵时风吹过高中教育的实验田，经历了启发式与填鸭式教学方法的激烈碰撞，尝试了先学后教和先教后学教学思路的艰难抉择，探讨过学生主体和教师主导教育作用的有机融合，实践过自主、探究、合作的新课程理念。教育思想、教育理念、教育方法、教育模式、教育作用等虽然因时代的需要而不断调整变化，但是立德树人的教育宗旨一直贯穿在不同学校的教育实践中，教书育人的根本任务一直引领着不同教师的教育行动。教无定法，但有得法。长期以来，六中教育就是通过多种教育方法为不同时代的国家培养人才，通过不同形式的考试为国家选拔人才，这种教育功用引领着六中在时代的浪潮中乘风破浪，砥砺前行。

历史是一条悠长的河流，校园是一片肥沃的园地，薪火相传的教育培育着一代又一代社会需要的人才。随着历史的演进，凤山书院几经易名，先后改为"碾伯县立高等小学堂""碾伯完全小学""乐都县第六中学""海东市凤山中学"等名称，变换着不同的学制体制，顺应了时代发展的脉搏，延续了教书育人的宗旨，见证了教育演变的轨迹，在不同的历史时期培养了许多人才，为乐都教育事业做出了重要贡献。据记载，从1978年成立六中以来，经过历届教师的辛勤耕耘和青年学子的勤奋拼搏，乐都六中培养了一万多名高中毕业生，输送了六千多名大学生。2012年后，六中初级中学又为高中学校输送了上万名初中毕业生。在不同的历史时期，六中完成了培养和选拔优秀人才的教育使命。

2012年，我与六中因布局调整分开了，借调到教育局上班，家也搬离了六中的集资房，但是"藕断丝连"，工资关系仍留在了六中，为后来重回六中留下了伏笔。教育局借调了六年后，又于 2018 年 3 月回到了六中。在已经改为初级中学的六中，重新拿起了粉笔，站在了讲台上。虽然回来时学校的名称还是没变，但是物是人非，自己进入了一个全新的工作环境，开始周而复始的教师生活。

抚今追昔，历经沧海桑田的六中早已斗转星移，曾经使用了四十二年的六中名称已淹没在历史的风烟中，曾经在六中高中讲台上辛勤耕耘的教师大多已经退休和即将退休，曾经朝夕相处的校园已经变换了熟悉的模样，但浸染着百年薪火的六中总有那么些缘分照亮了心灵，总有那么些时光温暖了心田，总有那么些牵挂萦绕在心头。

校园在拆拆建建中变换着模样，学校在分分合合中改变着学制，学生在起起落落中经历着成长。虽然六中经历了多次的嬗变，但生活和工作在六中这方凤山脚下的教育圣地是一种缘份，相识和相守六中的新老教学同仁是一种缘份，培育和扶助六中莘莘学子也是一种缘份。但愿这种缘份化为一曲绵长而温馨的岁月弦歌，抚慰逐渐远去的杏坛春秋。

离开讲台的年月

命运是人生十字路口的红绿灯,红绿灯闪耀的瞬间往往决定着一个人的旅途风景。遭遇不同时间的红绿灯会遇见不一样的人流,也会遭遇不一样的人生。

我的人生在2012年前一直行走在校园的讲台和家庭书房间,不管是山区的小学,还是县城的中学,我都按部就班地行走在校园与家庭的两点一线上,白色的粉笔染白了鬓角,繁多的作业本压弯了腰肢,重复的讲述磨平了心性。虽然还没到春蚕吐丝已穷尽的地步,但也到了两眼昏花背渐驼的尴尬岁月。

但2012年是一个风云多变的年份,11月8日召开的十八大改变了中国,改变了中国社会,而乐都教育也在8月份开始了一次重要的布局调整,几所中学合并办学,改变了许多中学教师的教学生活。我也在乐都六中合并为一中分校的历史变革中,意外地借调到教育局教研室,脱离了高中讲台,开始了一段做无定事的机关工作,改变了我的人生轨迹。机关工作充满许多不确定性,不论专业只管需要,根据需要安排在不同岗位上完成领导下达的任务。

9月份在教研室报到后,参加了一次国庆节的集体旅游。带着兴奋的心情匆匆游历了华东五市,领略了杭州西湖的秋日残荷,苏州园林的烟雨亭台,乌镇水乡的小桥流水,南京秦淮河的朦胧灯影,上海黄浦江的东方明珠,无锡灵山的高峻大佛。经过远方山水的洗礼,我转变角色担负起教研员的职责,开始了调研、研究、检查、服务等教学研究工作。

其间,跟着资深的教研员参与了中小学的过程性评价,调研了全区大部分学校的教学现状,初步了解了乐都中小学的基本情况。在调研中学习,在学习中调研，不断提升自己的教育教学理论水平。在新课程自主、探究、合作理念的引导下，审视着一线教师的教学实践，评价着骨干教师的示范教学，检测着所有教师的教学效果。听课，评课，做研讨，抓培训，写总结，出简报，教研工作在有序的安排中踏实地实践着。12月份，曾到宁夏银川二中考察学习新课程教学方法和经验，打开了视野。2013年3月安排到土官口学校驻校，在此期间，开始着手《锦绣乐都》校本教材的资料搜集、体例确定和章节编写工作，经过六个多月的笔耕不辍，终于在8月份编印了一万册《锦绣乐都》，提供给全区中小学学生使用，填补了乐都教育地方读本的一项空白。

　　因为有一点文字写作功底，在2014年1月开展第二批群众路线教育时，我被抽调到区教育局群众路线办公室，脱离了教学研究岗位，编写材料，制作档案，检查指导，进行了一年左右的反"四风"活动。正要结束路线教育开始三基建设活动时，撤区设市的海东市要开展二类城市语言文字工作评估验收，2015年7月自己又借调到海东市教育局语委办，干起了写材料、补档案、测普通话、督促各单位等工作，一干就是一年多。

　　一年多来，早晨乘着七点的公交车，一路看着湟水河春夏秋冬河水的模样，一路体验着南来北往乘客的风情，摇摇晃晃地到达平安区平安二小，伴着小学生朗朗的读书声，在电脑荧屏上机械地敲打着文字，将编辑的文字打印成一摞摞文稿，然后整齐地装置在一个个蓝色档案盒中。一同抽调来的三位平安区老师和一位市教育局的物理教研员中午回家了，只留下从乐都抽调的三位老师，在市教育局食堂吃了饭，就在街道上漫无目的地转悠。作为唐蕃古道南线的重要驿站，有青藏高原"硒都"之称的平安区，虽然城区面积小，人口少，古驿大道和平安大道两条主街的东西距离不长，街上来往的行人也不多，但也有现代高原小县城的时尚和热闹。

　　我们也到古驿大道北边的平安广场去逛，只见老人们围成几团打扑克，下象棋，聊闲天，一些小孩们追逐嬉闹，虽不繁华却也闲适。广场北面是火车站，但进出车站的乘客不多，显得有点冷清。有时我们转到化隆路口的体育公园，看湟水河，看白马寺。湟水河绕开平安城区从白马寺的脚下蜿蜒东流，而白马寺用一抹白色的墙壁镶嵌在红崖陡立的丹霞崖壁上，像一张红色为底白色为图的宣传画张贴在悬崖上，鲜艳夺目，别有一番藏传佛寺的古刹风味。虽然平安人最容易看到白马寺，但白马寺却不属平安区，属于互助县。湟水河隔开了平安和互助两个县区，又将平安城区远远地抛在南岸，享受不到河水哗哗的流韵。但在平安境内的南山脚下三合乡的夏宗寺和南山顶上洪水村的洪水泉清真寺却是平安区最有魅力的古刹，给平安区增添了一抹浑厚的文化色彩。

我们在检查佛寺语言文字之余，拜访过两座寺庙，感受了两座寺庙的百年风韵。夏宗寺处在原始森林之中，依山而建，错落有致。拾级而上，站在绝壁之上的八卦亭可以远观起伏的山峰和茂密的青松，近听潺潺水声和啾啾鸟鸣。静卧在丹霞山腰的夏宗寺险峻雅致，幽静安详。夏宗寺因格鲁派宗教领袖宗喀巴3岁时在此受戒修行，成为藏传佛教的名刹，享誉青海。洪水泉清真寺耸立在高山之上，傲然独立，视野开阔。三层的邦克楼高耸入云，一层的礼拜殿幽深开阔，形成了高低错落的四合院风格。因清真寺照壁的砖雕和山门的木雕花纹秀美，雕刻精致，建筑风格独特，历史悠久，在青海也是久负盛名。

平安的佛寺文化让人流连忘返，但语言文字评估工作却任重道远。我们每天按部就班地做着准备工作，埋头于普通话的推广和汉语文字的规范化，接受着省语工处的检查指导，督促着窗口单位的整改完善，等待着教育部的评估验收。感慨之余，编写了一本反映语言文字的快板书，编印成册，作为海东市二类城市语言文字评估工作的亮点，得到了教育部和教育厅语言文字专家的肯定。

经过一年多的努力，终于在2016年9月结束了海东市二类城市语言文字评估验收工作，结束了借调使命，回到了区教育局，干起了职工档案审查工作。每天翻看着已经发黄的档案，登记着教职工的出生、升学、入团、入职、入党时间，还原着教职工熟悉又陌生的历史，感喟着人生浓缩在一些关键数字的心酸。而此时，民办教师要求给予辞退待遇的事情闹得沸沸扬扬，政府决定对已辞退的民办教师进行审核登记，以便给予一定的工资补助，我们临时抽调做了民办教师的协助审查工作。民办教师作为教育史上的一个无奈存在的人群，曾经为中国农村的基础教育做出过补充协助的支撑性贡献。有的因多种原因无奈地离开站了多年的讲台，有的通过多种方式获得了公办教师的待遇。我们感到，政府为曾经给农村教育事业奉献过青春的民办教师给予一些工资待遇，确实是一件暖心的抚慰工作。

教职工的档案审查工作还未结束，原来的教研员工作已经边缘化，自己不知道将会面临什么样的岗位安排，不期然又遭遇了一次整顿机关借调现象的风暴，二十几位借调到教育局的教师全都返回了学校。我于2018年3月重新回到了阔别六年的六中校园，重新站在了初中讲台上，结束了在机关坐无定所、做无定事的临时借调生活。

命运的红绿灯跳跃了几下，给我开了一个玩笑后，我又回到了六中学校，开始了几支粉笔书写人生晚秋的沧桑岁月，但进入的却是一个不一样的人生旅途。

火盆火炉里的温暖岁月

在我的冬天记忆里，除了白莹莹的雪花，就是红彤彤的火焰。自从燧人氏钻木取火以来，红色的火焰给人类带来了光明，带来了温暖，也带来了幸福的生活。而火盆或火炉中燃烧的红色火焰是幸福生活中最温暖的一抹乡愁记忆，始终燃烧在冬日的飞雪中，燃烧在岁月的寒夜里，也燃烧在生活的沧桑中。

我记得，我家最早的取暖工具是火盆，最经济的取暖材料是木柴。20世纪70年代的冬天，老家三间老屋的一面火炕上总会如期支起一个圆形的火盆。虽然一家八口人坐在用麦草烧烫的火炕上，屁股下有一定的温度，但是密封不好的老屋里还是有点冷。因此，即使再困难的冬日里，父母总是会想办法在火盆里生起明明灭灭的炭火，幽暗的房子里就会放射出一团红红的亮光，就会散发出一股热热的空气，全家人的身上和心里都会弥漫起温暖的气息。寒夜里，一家人围坐在火盆边，一边吃饭，一边拉家常，一起温暖地度过寒冷的冬天，一起享受亲情相聚的快乐。

火盆是一个用生铁铸就的直径80公分的大圆盘。圆盘下面安装了四个可以拆卸的支架，就像火盆的四只脚。虽然火盆结构简单直接，但是在火盆上生起的红色火焰却温暖了被寒风冻得僵硬的手，温暖了缺衣少穿的贫困日子。在寒冷的冬天，冰冷的生铁注入了木炭的火焰，注入了亲情的呵护，火盆就拥有了一颗火热的胸膛，人也就拥有了一段温暖的时光。

那时，做饭取暖的材料主要是木柴，没有煤炭。因为老家李家台村靠近森林，村庄东面的马圈沟、长子沟、赖子沟等山坡上长满白杨树、桦树、松树等乔木和柠条、黑刺等灌木，木材资源丰富。村里人就地取材，做饭取暖就用从山里砍回来的木柴。一到冬天，父亲和哥哥就拉着架子车进山砍柴，拉回来摞在院子里，晒干了当做火盆和灶膛里的燃料，做饭取暖。为了让火盆里的火保持长时间燃烧，并减少冒烟，自己家里就制作一些木炭。制作木炭的原料是特地从山里砍来的碗口粗的桦树。结实的桦树用锯子截成几小段，埋进火炕的炕洞里，用煨炕的麦草等燃烧时的温度焐成黑色的木炭，储备起来，需要时架在火盆里，获得温暖的火焰。

木炭的火焰虽然很小，燃烧时几乎没有烟雾，但燃烧的时间却很长，提供的热量也就多。黑色的木炭架在凹进去的铁盘内，闪着红红的火焰，发出红色的光芒，在煤油灯下显得格外火亮，格外温暖。柔和的火光照耀在家里人的脸庞上，明明灭灭，不时地映照出红润的脸色，老屋里洋溢着温暖的气色。

火盆虽然暖和，但却不安全。火星子溅到炕上，有时会燃着铺在炕上的羊毛毡，发出嗞嗞的声音，散发出一股刺鼻的羊毛味。因此，火盆生火时要时刻有人在房屋内，防止发生火灾。那些羊毛毡上烧焦的黑洞，时时在提醒使用火盆的危险，警示我们要注意烤火安全。晚上睡觉时，父母会扑灭火盆中剩余的炭火，把火盆抬到地下安全的地方。第二天再重新抬上炕，生起新的炭火。虽然木柴资源多，但进山拉柴很辛苦，父母总是教导我们要省着用木柴和木炭，穷人家的孩子要有勤劳俭朴的生活习惯。

80年代，火炉出现了，火盆也就慢慢退出了乡村人的生活。我家的火盆也顺应潮流，闲置在杂物间。因为是生铁，锈迹倒是没有侵蚀它的躯体，但是却落满了灰尘。终于在尘封已久的遗忘中，偶然有一天被父亲拿出去收了废铁。从此，火盆在我的记忆中慢慢消淡了。

火炉取代了火盆，但火炉的地位却没得到提升，只能偏靠在堂屋的炕沿边，上不了火盆曾经端居炕中央的位置。火盆做取暖工具时，火盆支在火炕的中心，一家人围坐在火盆周边一起取暖，火盆是炕上的贵宾。而火炉无论大小都是架起在炕沿下，无法获得上炕的殊荣。但是火炉的功用越来越多，取暖功效越来越高，外部形状越来越好，一直到现在，火炉还是北方农村最常用的取暖工具。

有时，一个物件的地位不在于功用的大小，而在于先天条件的优劣。

开始买来的火炉，做工简单，材料单薄。用铁皮围成一个大圆筒，顶部焊上一块厚实点的铁皮，用来放置茶壶、铁锅，里面糊上一圈厚厚的泥土。旁边安上一个炉拐，再根据房屋大小和高低接续上几节炉筒，火炉就能生火取暖了。火炉取暖时，烟雾从炉筒吸出去，烧什么材料的柴火都能行，不用担心房屋内烟雾笼罩。因此，自制木炭的活儿也就用不上了，父母也减轻了做木炭的负担。但是，从森林里砍柴、拉柴仍是家里大人重要的农活，每年都要预备好一大摞木柴。

当我长到14岁的时候，也在寒假里加入了拉木柴的行列，跟着二哥去村子东面的马圈沟去拉柴。这时，大哥分家另过，住在从山林里砍来的白杨树和松树盖起来的木头房里，也有了自己的火炉。二哥二十岁了还没有娶媳妇，仍和我们一块住在三间老屋中。父亲年纪也大了，砍柴拉柴的任务就落到二哥和我身上。从我家到马圈沟路途遥远，道路崎岖，全是上坡，要相互协作才行。有时我跟在架子车后面搡车，有时跑到架子车前面拉车，尽自己最大所能帮助二哥。到了山里，自己不砍柴，只是跟在二哥后面捡拾他砍下的木柴。冬天的树林里寒风飕飕，树枝横斜，冰雪覆盖，行走很不容易。半山腰的树林里，灌木丛生，乔木稀疏，苔藓厚实。但是为了冬天的温暖，我还是忍着寒冷捡拾着木柴，帮二哥捆好木柴，装上架子车，就由二哥架着车子回家。此时，我可以坐在装满木柴捆子的车上，随着车子的颠簸，及时调整自己的屁股，在左摇右晃中满载而归。

那时，护林意识不强，管理不严格，国家允许山林周围的村民自由地上山砍柴拉柴，用于取暖做饭，还用于建造木制房屋，用于编织背斗、糖子等农具。我们村占了"靠山吃山"的光，茂密的森林解决了村里人冬天取暖的问题，也解决了盖房子的问题。到了冬天，村里每家每户的院子里，大门外，都会看到或高或低的木柴堆。木柴堆的大小取决于家里人口的多少和男劳力的勤快与否。用木柴在炉子里生火，火势较大，但维持时间不长，要及时补充木柴。因此，每年冬天要准备许多截断的木柴堆放在火炉边。火炉的柴火着起来，很快就把炉筒烧红了，房屋里也很快就暖和了。这时候，温暖的房屋内弥漫着一股股浓浓的木柴味道，弥漫着山林的味道。

但是过度的砍伐，造成了树木的急速锐减。十几年的随意砍伐，靠近村庄的赖子沟、杨家沟山坡上的乔木基本砍完了，只剩下一簇簇低矮的灌木丛，变换着山坡的四季色彩。到了90年代，上北山林场开始实施封山育林和退耕还林工程，不允许周边的村民进山砍柴、拉柴。村里人结束了靠山吃山的传统生活，青壮年都外出打工挣钱，以便在冬天时去县城买煤来过冬。

即使生火的材料改为煤炭了，但也经历了几个阶段。开始时拉一些煤末子，然后和上土，调成煤块，晒干了再用。后来，从煤厂直接买来蜂窝煤或煤砖。那时湟水河桥边的县城煤场总是堆满了黑色的煤堆,也铺满了黑色的煤砖。后来，县城的煤场关闭了，煤炭贩子直接把煤炭拉到了村里，人们直接买煤炭来取暖了。用上煤炭的火炉也是不断提质升级，越来越先进，越来越高效了。铁皮改成了钢板，圆形的炉身改为了长方形，下面还安装了抽屉，炉内也不用糊泥土，直接用烧制好的炉胆，名称也有了新的叫法——烤箱。由于烤箱烧火的便利，燃料的节省，功用的提升，厨房的功能也在消失。一只烤箱不但能取暖，而且取代了灶台的功能，成为乡里人做饭的重要平台，烤箱已经成为村里每家必备的生活用品。

这时候，二哥也成家另过，我师范毕业参加了工作。用自己的工资给父母买了烤箱，买了煤砖煤炭。2010年时，老家享受危房改造的优惠政策，拆除了三间老屋，盖了六间砖混结构的房屋。父母的居住条件得到了改善，用上烤箱的新房暖和宽敞，干净整洁。

现在，村里三百多户都住上了砖混结构的房屋，盖房不需要大量的木材，做饭取暖也不用砍伐木材，森林得到了保护。经过二十多年的封山育林和退耕还林工程，马圈沟、长子沟、赖子沟等山沟里的森林又恢复了繁茂的景象。每到夏秋时节，村庄东面的山坡上草木葱茏，树林阴翳，成为人们休闲避暑的好去处。如果以后老家能用上天然气，乡村的生态环境将会更好。

从1995年就生活在乐都县城的我，也在楼房的不断变换中经历了火炉生火、煤炭锅炉供暖和天然气锅炉供暖三个阶段的生活巨变。现在，火炉和烤箱已经消失，失去了它们的用武之地，城里的家家户户都装上了天然气锅炉和燃气灶。隐蔽的管道，清洁的能源，蓝色的火焰，舒适的温度，几乎消淡了烟火的记忆。只有偶尔回到冬天的村庄，回到逐渐模糊的老家，那一缕缕缭绕在新式庄廊上空的袅袅炊烟，缓缓地洇开我记忆中最温暖的一抹乡愁色彩，让我想念那一团团摇曳的红色火焰，想念围坐在火盆火炉边的亲人模样，想念村庄东面绿色的森林。

  自从钻木取火后，柴火长期以来作为人类取暖的重要材料，留下了村庄经历沧桑巨变的乡愁记忆，但也留下了森林遭到破坏的生态伤痕。随着取暖材料的不断发现和取暖工具的不断更新，人类的取暖记忆也在不断翻新。取暖材料和工具的变化见证了故乡发展的温暖轨迹，也见证了生态文明进步的温暖历程。

冬日暖阳中的幸福享受

　　大雪飘落在乡野，山下的村庄在莹白的雪花中宁静安详。村外的田地在秋收之后盖着白雪的棉被在安静地睡觉，村头的小溪在薄薄的冰层下无声地流淌，村中的老人在场院的屋檐下晒着温暖的冬阳。

　　当一切农事活动因大雪而停止后，乡里人的日子就沉浸在冬日暖阳里的闲适和富足中。麦粒收进了粮仓，土豆藏进了土窖，菜籽榨出了清油，酸菜泡进了菜缸，火炉吐出了火苗，一年的光阴都藏进了冬日的雪花中。闲看雪花飞舞，静沐暖阳朗照，乐享美酒佳肴，一份田园的闲适弥漫在村庄的袅袅炊烟中。

　　在这份闲适中，不时会飘来年猪的叫唤声。那一声声划破村庄上空的声音虽然惨烈，但却宣告着乡里人最欢快的过年前奏。进入腊月，村庄几乎每家每户要宰杀一头年猪，来准备过年时的佳肴，来犒劳一年的辛劳。

　　经历由春到秋的精心喂养，一头十几斤重的小猪慢慢长成一二百斤重的大猪，岁月和勤劳养壮了生活的果实。随着冬至的到来，年的脚步越来越近，喂养的年猪也就到了生命的尽头。虽然带着些许不舍的情愫，但是年猪天然具有的祭祀价值，人们还是忍痛完成了宰杀的一切程序。经过严格的清洗和精心的操作，一块块新鲜的肉放进了滚沸的铁锅，一节节滚圆的肠子翻腾在热汤中。于是，寒冷的空气中顿时弥散着浓郁的猪肉香味，洋溢着喜悦的丰收气息。这一股香味一直香到来年的春风里。

　　伴随着新鲜的猪肉香味，最让人温暖的是浓浓的乡情在党家庄邻间的扩散。蒸煮好了五花肉、排骨、血肠、面肠、肝肺，邀请党家和邻居，围坐在火炕上，一起分享热气腾腾、香气飘飘的美味肉食，是乡村生活中最惬意的时光。不需要蔬菜瓜果的调剂，只需要尽情享受年猪最单纯的美味。餐桌上，摆满了新鲜的肉食，肥而不腻的五花肉，精瘦酥软的排骨，红润爽口的血肠，浅黄绵软的面肠，深紫细密的肝肺，泛着新鲜的颜色，冒着袅袅的热气，飘着诱人的香味。诱惑着眼睛，激活着味蕾，挑战着舌尖。一场冬日暖阳里的饕餮大餐，一场寒冬腊月里的亲朋相聚，伴随着醉人的酒香，温暖着乡村的夜空，幸福着乡里人的生活。

父母在时，年猪是我在寒冬最幸福的美味享受，而父母不在时，年猪则成为我最温馨的一抹乡愁，幸福地萦绕在记忆的最深处。现在每年都会有乡下的哥哥姐姐们送来新鲜的猪肉，虽然感受不了围坐炕头吃肉的氛围，但总是会勾起尘封已久的乡愁，感受淳朴而敦厚的骨肉亲情。

而记忆中最浓厚的乡愁，还是在少年时候吃年猪的那一份纯真年味。那时候，物质生活不富足，平常日子里吃不了肉。即使端阳、中秋这样的节日也很难吃上一顿有肉的饭菜。而吃肉的希望就全都寄托在腊月宰杀自家喂养的年猪上了。刚包产到户的那些年，买不到猪饲料，全要靠自己想办法制作猪饲料。一种情况是用自家的麦秸粉碎做猪饲料。自己家里有了田地，就有了喂养年猪的自产饲料。小麦秸秆晒干了拉到村里的唯一一台粉碎机上粉碎。细如盐粒的麦秸粒，拌上一两勺小麦磨面后剩余的麦麸，就成了猪娃们常吃的猪食了。另一种情况是，让家里的小孩在夏天去拔野菜，用山坡上、草埂上的野菜做猪食的调味品。我清楚地记得我放学后第一件事，就是回到家拿上一块馍馍，背着背斗去村庄后面的山坡上去拔野菜。苦苦菜、茴条等野菜采摘上一背斗回到家，就算是交上了一份劳动实践的答卷。那时人吃的粮食紧张，猪吃的东西也有限。但是父母会发动全家想办法找寻野菜、土豆秧、甜菜等副食去改善猪的伙食。在大家的精心饲养下，年猪经过一年的喂养，膘肥体壮，体重能达300斤左右。但对八九口的人家来说，还是不够大吃大散。那时人们平常聊天，常常会说谁家的年猪体大膘厚，谁家就会有一个丰厚的年节了。清洗后的猪肉摆在堂屋的面柜上，让前来吃肉的客人评判猪肉的膘怎么样，斤数有多重。而太瘦太小的猪肉一般得不到人们的夸赞。因为那时人们肚子里缺油水，要靠年猪的肥膘填补肠胃油腻的贫乏。那时的年猪是家庭幸福生活的重要指标。有了膘肥体壮的一头年猪，就有了半年闻饭有香、吃饭有肉的幸福日子。

那时候，宰了年猪要请的客人很多。除了请党家庄邻外，还要请同一个社里的社员。如果年猪不大不肥，宰年猪请客的那一晚就会把半个猪吃完。来吃年猪的客人都是家中主事的男子，而小孩和女性则没有被请的资格，所以女性和小孩只有吃自家的年猪来解馋。那时没有冰箱冰柜，请过客，送过亲朋，所剩的猪肉就都切成条挂在厨房的梁柱上，一边等寒风把肉阴干，一边有计划地做肉饭。因为那时天气寒冷，大自然就是一个天然冰箱，肉挂上一晚上就冻住了，不用担心肉变质腐烂。那时没有大块吃肉的条件，只能有吃一两顿肉饭的机会。所以，碗中见到紫褐色的肉丁，就要特意细细地咀嚼，慢慢地品味。如果父母外出劳动了，家里没有大人看管了，就偷偷削一些肉条，用铁丝串起来，拿到火炉上烧烤。看着嗞嗞冒烟的肉在火中烤干了，烤熟了，心里别提有多高兴了。吃着有烟熏火燎味道的猪肉，比现在除夕夜吃年夜饭还要香几倍。

那时过年，大多数乡里人的肉食都是年猪，很少有牛羊肉。为了保证过年有肉，年猪要到年根才会去宰杀。猪腿、猪头一直要放到除夕的一天，才会从梁上拿下来，用心地烧燎、清洗过后，放在大铁锅里蒸煮。等到晚上吃过饺子后，一家子人围在炕上，尽情地享受年猪的美味。过年时节，用猪肉炒菜做饭是招待客人最好的美味，而对重要的客人如舅舅等最高的待遇就是煮上特意保存的猪骨头。

因为兄妹多，猪养得艰难，吃猪肉有时就成为奢侈品。有时为一块肉并不多的干骨头兄妹之间还争来抢去。但是吃着自己拔野菜而喂养大的年猪，心中还是很自豪的，也是非常幸福的。那一块块香味四溢的猪肉，记忆着自己的少年时光，飘荡中自己读书之后的快乐。

猪的长相不可爱，生性还懒惰，生活的环境不干净，也没有犁地驮运的功能，猪成为不了人们喜爱的宠物。但是猪却成了人们生活中重要的肉食来源，是离不开的生活美味。在乡里人的生活中，猪是过年改善生活的必需品，年猪成为许多乡里人最温馨的乡愁记忆。虽不像牛具有"吃的是草，挤出来的是奶"的美丽功能，但是猪却用最不好的边角食物，孕育了最大众化的美味。

春种秋收中的乡土味道

年味犹如元宵节的焰火,灿烂绽放后逐渐消散。雨水时节,晶莹的春雪飘落在乡野的额头,润泽了田野沉睡的心肺;和暖的春风吹过褐色的田地,掀开了土地酥软的面容。此时,我的乡愁也在家乡的田地上播下金色的种子。

走过曾经的麦田,走过曾经的打麦场,走过曾经的洋芋地,少年时期帮父母送肥割麦的情景在肥沃的田地上面浮现,我依稀见到了跟着父母春种秋收的少年时光,仿佛闻到了泥土伴着麦粒的馥郁味道。

小时候,我们的寒暑假没有家庭作业的压力,也没有课外培训班的负累,漫长的假期里,除了和小伙伴一起疯玩外,主要的事情是帮助父母做一些力所能及的家务活。其中,寒假的送肥和暑假的割麦是自己在少年时期最重要的两项假期劳动。

运肥前,用榔头打碎田地里的土坷垃也是寒假要做的一件农活。秋收后深犁的田地翻起了一地的土坷垃,经过长时间的暴晒,原前酥软的土块变成了坚硬的土坷垃。春耕送肥前先要把土坷垃打碎,一来送肥时便于架子车行走,二来春耕时便于耕牛行走,三来灌溉时便于种子吸到水。

打土坷垃是一件脏活累活,七八亩地的土坷垃几天内打完,手上一定会磨出几个水泡,结出厚厚的一层茧。双手握着榔头高高地举起来,重重地砸下去,举起来又砸下去。在不停地举起、砸下的反复劳作中,常常弄得手疼胳膊困,腰酸腿脚麻。打土坷垃不单是一件力气活,还是一件技术活。大块的土坷垃要用榔头的两头竖着砸,小块的土坷垃要用榔头的中间横着砸,要根据土坷垃的硬度确定砸的力气，要根据土坷垃的形状确定砸的角度。榔头砸下去，土坷垃碎成一块块小颗粒，也溅起了一股股灰尘，弄得人一身的尘土。但是看到翻新的地面洋溢着春风浩荡的新气象，所有的乏累都被春风吹散了。

送肥是在正月十五过后就陆陆续续开始的一件农活。因为二月二前后就要春耕，所以正月十五前后就要把家里积攒的有机肥送到包产到户分给自己家的七八亩田地里。

那时，化肥供应紧张，如果买不到尿素和二铵，地里就缺肥，就影响一年的收成。因此，积攒粪土就成了家里一年的重要事情。每到秋末冬初，家里的院子里就会堆起一个大粪堆，沤熟了以备春耕时给田地里上肥。到了春耕时节，家中积攒的肥料，用架子车拉到田地里，分成一个个小粪堆，然后盖上一层土，防止被风吹散、被阳光晒干。分成一个个小粪堆还有一个原因是种田时便于抛撒，便于耕种。

用架子车拉着一半是土一半是粪的家肥送到田地里，然后用铁锨把肥料堆在田地里，是一件很费力的活。因为通往田地的道路不平坦，有水沟，有斜坡，一个人拉一车肥料很费劲，需要小孩帮大人推车，拉车。所以我的主要任务是跟着大人帮忙。装满肥料的架子车由大人拉，我在后面助推；卸了肥料的空车我在前面拉，大人后面相随。一亩地要花一天的工夫才能拉满。一天下来，腰酸腿困站不住脚，晚上头一落枕头就呼呼大睡。但是看到院子里的粪堆消失了，变成了田地里一个个孕育着希望的小粪堆，心中有了一份自豪感，自己为麦苗的成长洒了少年的汗水，为庄稼的收获尽了年少的力量。

帮着大人打土坷垃和送肥是自己力所能及的事，而犁地种田除草我就帮不上忙。但是，看到父亲抡起胳膊抛撒的金黄麦粒在褐色的田地里徐徐落下，觉得那划出的一圈圈金色的弧线是最优美的一幅生活蓝图。看到父亲吆喝着耕牛把种子、肥料和汗水一起埋进肥沃的土壤里，觉得犁铧翻起的一道道褐色线条是最富裕的一条生活道路。在春风逐渐和暖的寒假，在春耕的忙活中我得到了劳动锻炼，对小麦的生长有了切身的体验。我懂得了稼穑的艰难，也懂得了生活的不易。

到了暑假，八月份时麦子就慢慢黄了，开始收割了。这时候，我就跟着父母去割麦子了。刚开始割麦时，看到和自己一样高的麦秆擎着一朵朵圆硕的麦穗，自己有点手足无措，不知道该怎样用锐利的镰刀割断这些生长的植物。父亲已经放倒了一片麦田，而自己还战战兢兢地下不去镰刀时，母亲就过来手把手教我怎么样用镰刀割断麦秆的底部，怎么样用割下的麦秆结成绳子，怎么样捆扎起来。一番手把手的学习之后，我终于割下了一把鲜活的麦秆，攥在手里，闻到了泥土和麦子的味道。不久，我就割下了一个捆子，牢牢地竖立在麦茬倒立的田地里。我在汗流浃背中，熟练地使用起了镰刀，镰刀与麦秆的接触中发出嗤嗤的断裂声，犹如战斗的号角激励着我劈波斩浪，把一片金黄的麦浪变成一只只金色的帆船。

割麦时节正是太阳暴晒的时候，但是麦黄不等人，要在龙口里抢食，割麦时就只能顶着炎炎烈日，冒着热热湿气奋战在滚滚麦浪里。即使汗流浃背，浑身湿透，也要尽可能多地割下麦穗，扎成捆，聚成摞。割完麦田后，按照九个捆子一个帽的标准，把割下的麦捆排成一行行的小麦垛。夕阳下，麦田里的金黄麦浪消退了，那些竖起来的麦垛变成了褐色大海里的一艘艘帆船，满载着一年沉甸甸的希望，停泊在乡村八月的田野里，停泊在我的故乡记忆里。

收割完麦田，接下来的重要农活就是打碾。一个社队一个打麦场，打碾需要抓阄，需要等待。因此，田地里的麦捆还要在打碾前集中到麦场上。田地较远的用架子车去拉，田地近的就用人的肩膀去背。不论跟着父母去拉麦捆，还是自己背负麦捆，都要忍受麦芒的针刺，忍受筋疲力尽的劳累。五六个麦捆用绳子扎起来，横背在后背上，麦芒直往脖颈里扎。绳子勒在肩膀上，硬生生地疼。但是麦捆不等人，都要在打碾之前拉到麦场上摞成一个大大的麦垛，等待打碾时便于铺开，要克服一切困难把麦捆拉到场上摞成大麦垛。因为打碾的人家多，麦场的周边经常会堆起一个个大麦垛，犹如用麦草盖起的一座座楼房，高大结实，蔚为壮观，宣扬着村里人一年的幸福收成。那段日子，是农村最繁忙的时节，也是麦场最富有的日子。高大的麦垛一直到八月十五中秋节后才能打碾完，但是麦草还会坚守一段时日，守护住麦场的最后荣光。

打麦场上最动人的风景是扬场。就是打碾下来的麦穗堆积成堆，然后用木掀和荆杈向空中抛撒，轻浮的麦衣被风吹向远处，沉重的麦粒落在脚下。烈日下，金黄的麦粒在半空中划出一个个柔和的弧线，犹如太阳划过的轨迹，灿烂辉煌。而细碎的麦衣犹如飘落的花瓣，散发着醉人的麦香。秋风飒飒中，一粒粒如金豆一样的麦粒簌簌飘落，累积成一大堆金黄的麦堆，仿佛一座金色的小山丘，贮满了丰收的喜悦。虽然我只做些背草、拉粮食的辅助农活，但是每当看到大人们戴着草帽，抡起木掀，扬起麦粒的扬场情景，心中总是涌起一股莫名的激动和自豪。自己在春种秋收中洒下的汗水终于有了黄澄澄沉甸甸的结晶，自己的少年时光拥有了一段果实累累的丰收岁月。那一堆金色的麦粒留下了一段刻骨铭心的金色记忆。

开初打碾时，没有拖拉机，人们只能牵着马和骡子拉着石磙不停地转圈，把粮食碾下来，把麦秆碾成草。后来，拖拉机多起来了，就用拖拉机拉着几个石磙转圈，碾场就轻松多了。现在，有了轻便的脱谷机，人们直接在田地边就把麦捆变成了粮食，再也不用背麦捆，拉麦捆，堆麦垛了。随着城市化的发展，村里很多麦田都变成了塑料大棚，种上了辣椒、茄子等蔬菜，化肥免费供应，架子车失去了市场，人们开着电动三轮车穿梭在田间地头，轻松愉快地春种秋收。

寒暑假偶然回到老家，已经看不到田地里密密排列的小粪堆，看不到麦场上高高隆起的大麦垛。在陌生的田地里找寻熟悉的味道，只闻到白色的塑料大棚中飘拂的青椒等蔬菜的味道，却看不到麦穗摇曳的身影。但是少年时期春种秋收的经历，却深深地烙印在记忆的深处，烙印在思乡的心中。

艰涩而快乐的少年时光，让我懂得稼穑的艰难，懂得粮食的珍贵，懂得生活的不易。我知道，泥土的肥沃需要肥料的滋养，粮食的香味需要汗水的浇灌，人生的幸福需要岁月的磨砺。

麦垛的温馨乡愁

秋收的田园，最让我感到温暖的情景是麦田里一排排的小麦垛和打麦场上一座座的大麦垛。它们像秋天丰收的坚定守望者，深情地守望着肥沃的麦田，守望着丰收的乡村，守望着温馨的乡愁。

记得包产到户后，我家分得三亩水地，四亩山地，三亩水地种的都是小麦。正月十五过后就开始打土坷垃，用重重的榔头把三亩地里的土坷垃打碎，然后用架子车拉着家肥送到田里堆成一排排小粪堆。小粪堆就像储藏着宝物的小堡垒，密密地耸立在褐色的田地里，等待着播种时挥洒成丰收的希望。

温暖的春风吹来时，粪土播撒在褐色的土壤上，种子播撒在褐色的土壤上，汗水播撒在褐色的土壤上，土壤就变得丰富多彩了。耕牛开始行走在田地里，犁铧开始翻插进土壤里，吆喝声开始回荡在田地里，一幅久远而熟悉的画面铺展在春天的田野里。春雨淅淅沥沥时，埋进黝黑泥土中的种子，开始了发芽的梦想。滋润种子的不但有雨水，还有河水的浇灌。播种后就是灌溉，而灌溉是耕种水地的一个重要环节。浇水的时节最繁忙，也最紧张，常常听到为浇水而打架的事。从仓家峡流淌出来的引胜河水是主要的灌溉水源。一到浇水的时候，引胜河基本就干枯了，河水都被引灌到河水两岸十几个村庄的田地里。

大多数时候父亲都会披星戴月去守水、浇水。但有一次，父亲让我跟着去自留地里守水，我经历了一次月下守水的辛劳。到了地里，父亲让我在入水口静静地待着，不要让别人把水引到别的田地里。这时，月亮的光柔柔地照在田地里，映出白亮亮的光芒。流动的水在平整的田地里四散开来，左冲右突，慢慢地洇湿了干涸的田地。月光也在洇湿的田地上流淌，给田地里左冲右突的水流带路，银色的月光也像水一样泻满了田地。远处的山在月光下静静地安卧，没有鸟语花香的浪漫，只有汩汩流淌的水声和父亲拨动着田埂的剪影。直到半夜时分，一亩种了小麦的田地才浇过水。堵了入水口后，在月色的陪伴下跟着父亲回到了家。

浇了水的小麦不久就冒出了绿色的麦苗。在整个夏天，麦苗淹没了褐色的土地，引来了布谷鸟深情的啼叫。锄草是母亲辛劳的事，而我放学背着背斗拔猪草时，偶然看到自家田里的小麦长势旺盛，麦秸一节节在拔高，麦穗一朵朵在昂扬，一粒种子结下几十颗麦粒的麦穗在炫耀着丰收的喜悦。炎热的暑假，碧绿的麦田翻出金色的麦浪时，我知道要跟着父母去收割一年的收成了。

其实，小麦正在青黄相接时，可以提前享受麦粒的美味。当麦穗还在青绿、麦粒已经饱满时，母亲到麦田里摘来几把沉甸甸的麦穗，给我们焙粮食。在麦粒饱满的时节，尝一尝青粮食的味道，是一种幸福的期待。母亲在簸箕里用手把麦粒轻轻地揉搓下来，把麦衣用力地颠簸出去，然后把袒露着绿色袍衣的麦粒放进铁锅里，用文火慢慢地烘焙。等到麦粒在热锅中噼噼啪啪地跳动起来，一股带着青草味的麦香就弥漫在厨房里。母亲把焙熟的青粮食又放进簸箕里揉一揉，簸一簸，把麦衣基本去除后，盛在瓷碗里让我们吃。冒着麦香味的青色麦粒，惹得肚里的馋虫咕咕作响。我抓起一把温热的麦粒用手揉一揉，用嘴吹一吹，把轻盈的麦糠吹落在地面，把沉甸甸的麦粒攒聚在手心。然后迫不及待地一口吃下去，嫩嫩的香香的麦粒跳荡在舌尖上，叫人回味无穷。

青粮食的麦香还没有散尽，又想着麦粒金黄时的美味。等到骄阳把绿色的麦穗锻造成黄金一样的颜色时，我手里提着镰刀，头上戴着草帽，跟着父母站在齐腰高的麦秆前，我觉得幸福的浪花猛然向我袭来。我感觉到，直立的麦穗上金色的麦粒鼓胀着脑袋要从麦穗上跳下来。我弯下腰，一手抓住一把金黄的麦秸，一手抡起锋利的镰刀，眼前站立的麦穗就平稳地躺在了田地里。嗤嗤的镰刀声虽然有点刺耳，却是丰收季节里最动人的旋律。顶着烈日割下的麦秸捆扎起来，以十个麦捆为单位竖立在褐色的田地里，排成了一排排整齐的小麦垛。

此时，收获的喜悦已经挂在父母的眉梢上，也放飞在我的心房里了。那些戴着用麦捆制成草帽的小麦垛，是站立在田地里最丰盈的劳动果实，也是最香醇的汗水结晶。

不久，这些在田地里歇足了脚的麦捆运到麦场上，垒起了高如楼房的大麦垛。摞麦垛是一件技术活，一般由父亲完成，而我只能打个下手，帮忙抬麦捆。父亲先用麦捆围起一个大圆圈，然后一层一层地压上一个个麦捆。不一会儿，麦垛慢慢高起来，形成了一个只见麦秆不见麦穗的大圆柱。父亲再把麦捆竖起来，堆成圆锥样的顶，然后盖上麦捆扎成的帽子，一座承载着一家人一年粮食收成的大麦垛就耸立在打麦场上。不久，麦场的边上就会竖起几十个高高的麦垛，像建立起来的几十座天然大粮仓，宣告着秋日里乡村最壮观的丰收景象。

麦垛在某个天朗气清的早晨会铺展在结实光滑的打麦场上。这是我家抓阄后轮到碾场的时候了，社里的大人都早早地来到打麦场一起摊场、碾场、抖场、起场。麦捆拆分后厚厚地摊在麦场上，等待石磙的碾压。骡马或拖拉机拉着几个石磙绕着圈不停地转，圆筒状的麦秆在反复的碾压中变成了扁平的麦草，抱到场边堆成了草垛，供小孩们翻滚跌打，追逐嬉戏。而珍珠串一样的麦穗碾压成一粒粒金色的麦粒，堆起在麦场上等待扬场。

扬场的场景是一抹飞扬的图画，很多时候像剪影一样定格在我的记忆中。当卸下骡马或拖拉机身后的石磙，人们用杈扬挑出轻浮的麦草，用推把堆起厚实的麦粒，就开始最壮观的扬场劳作了。扬场时父亲等男劳力用木掀扬起麦糠和麦粒的混合物，母亲等女劳力则用扫帚扫除落在麦粒上的麦衣等杂物。扬场重要的是借助吹刮的大风。起风了，戴着草帽的父亲熟练地抡起木掀，高高地抛出，麦衣、尘土等轻浮的东西被风吹到一边，而金色的麦粒则划着优美的抛物线落在地上，犹如一颗颗金色的珍珠跳荡在麦场上，又汇聚在麦堆里。戴着围巾的母亲忍受着芒刺在背的风险用扫帚不停地扫掠着麦衣，打理着麦堆。不一会儿，白色的麦衣堆与金色的麦粒堆泾渭分明地堆起在打麦场上。春天种下的一万多粒饱满的种子换来了秋天几十万粒的金色麦堆，堆放在秋日的阳光下，堆放在秋收的汗水中，堆放在父母的笑容里。不久，打麦场上几十座褐色的麦垛都变成了几十堆金色的麦堆,在散发着浓郁麦香味的秋阳下,打麦场逐渐空落,只留下一些麦草在秋风中打着转散漫地飘飞。

新打的麦子晒干后磨成白皙的面粉,在以后的日子里做成花卷、饼子、馒头、月饼、面条等,养壮着正在成长的身体,温暖着正值年少的岁月。有时麦粒烘炒成干爽的麻麦爽脆着儿时的记忆;有时小麦酿造成酒香的甜醅迷醉着端午的时光;有时麦粒熬成香糯的麦仁粥温暖着寒冷的冬天。小小的麦粒在母亲的巧手中变幻成一碗碗散发着麦香的多样美味,滋润着寒来暑往的少年时光。

那时,每到秋收的日子,看到麦田里一排排整齐的小麦垛像战士一样守卫着秋日的丰收,田间小路上一辆辆拉着麦捆的拖拉机如凯旋的队伍行驶在希望的田野上,麦场上一座座大麦垛像建立起来的大粮仓守望着幸福的生活,心里总是暖洋洋的。在乡村,只要金灿灿的粮食成长在自己的汗水里,热腾腾的饭碗端放在自己的双手中,再怎么艰苦的岁月都有稳稳的幸福。

时光如流水一样流逝,乡村的生活在流逝中发生着翻天覆地的变化。曾经麦垛成排、麦粒成堆的打麦场景象逐渐淡出了秋日丰收的乡野。轻便的收割机行驶在金色的麦田里,精准地切割着麦秸、分离着麦糠、收纳着麦粒。沉甸甸的麦穗不用投进麦垛的怀抱,就在收割脱粒一体机的吞吐中进入了农家小院里。虽然少了一抹麦垛成排的碾场情景,但肥沃田野和袅袅炊烟仍在演绎着乡村的丰收和乡愁的温馨。

洋芋的不了情结

秋收的时候到了,家在乡村的亲朋好友如约送来了洋芋。虽然已经离开乡村二十几年了,但是每年都会收到几袋亲朋好友们送来的沉甸甸洋芋。这些礼物虽然很普通,但是每一个洋芋都连着一份深厚的乡情,载着一抹浓厚的乡愁。看着袋子里滚圆的洋芋蛋,不禁想起自己在年少时的洋芋往事,想起与洋芋的那一份难了情缘。

我记得,包产到户前,洋芋是生产队的公共产品,需要按照劳动工分多少分给社员。那时我作为一个还没有成为劳动力的小孩,在生产队挖洋芋时的一个重要任务是,放学后拿着铁锹到已经用耕牛翻犁过的洋芋地里找寻漏网之"芋",捡拾还没有完全捡拾完的洋芋。在已经翻挖过的褐色土壤里,几铁锹下去,有时会翻出一个完整的洋芋,有时只翻出半截铲断的洋芋,但我都如获至宝,小心地抖掉泥土,慢慢地放进小筐中。等翻挖到半筐或一筐时就高兴地提回家里去,向父母邀功请赏。在日子紧巴的年代,从洋芋地里捡拾遗漏的洋芋犹如从麦田中捡拾麦穗一样,也是颗粒归仓、增加收入的重要劳动。苦难的岁月容易让人懂得热爱劳动和珍惜粮食的重要性。

包产到户后,家里分得了几亩地,除了种小麦、油菜和豌豆外,一定要留一块山地种洋芋。这时候,已经长大的我就能在自家的田地里感受播种的辛劳和收获的幸福。虽然那时还不是家里的主要劳动力,但十三四岁的我已经按照父母的要求做许多辅助性的劳作。春天耕种送肥时,自己帮父母推车送肥,牵牛犁地。洋芋发芽了,洋芋开花了,洋芋露出土了,都在放学之后帮父母做农活时看在眼里，乐在心里。储存了一个冬天的洋芋种子被父母从地窖里取出来，在庭院里用菜刀切成小块，然后埋进黝黑的土壤里，洋芋春种秋收的历程就开始了。看着泥土里的洋芋在春雨的润泽下冒出绿色的秧苗，在夏雨的浇灌下绽放出粉紫色的花朵，在秋雨的浸泡下鼓胀成黄色的果实，胃里不由自主地涌起一股饱胀而舒适的暖意。

高高的洋芋花也很吸引我的眼球，只是淹没在浓密秧苗中星星点点的花朵过于质朴，竟不如满地都是黄艳艳的蒲公英有诗意。就像洋芋地下的块茎虽然比苹果更能充饥，却没有苹果高贵的地位一样。其实，洋芋花虽然不比莲花清芳，但也有出泥土而不染的高洁；虽然不如菊花绚丽，但也有采"芋"东篱下的悠然。

洋芋在不断成长，我的幸福也在不断成长。秋霜落下时，也是洋芋成熟的时候，也是国庆放假的时候。放假最重要的农活就是帮助父母挖洋芋，亲自堆起成堆成堆的洋芋蛋。这时候，自己不用忍着饥饿到已经挖过的洋芋地里去捡拾漏网之"芋"了，自己可以尽情享受洋芋丰收的幸福了。

挖洋芋时，秋霜已经把洋芋秧杀得枯萎了，粉紫色的花凋谢了，深绿的秧变成褐色了。但是深埋在土壤里的洋芋蛋却像深藏在土地里的金疙瘩，做着生命成熟的金色梦想，而我就能收获洋芋的圆硕梦想。脚踩着铁锨沿着洋芋茎秆挖下去，松动了壅在茎秆周围的土，然后用手慢慢地揪起柔韧的茎秆往上一拔，在泥土猛然爆裂的同时，一串串，一簇簇，连接在茎秆根部的洋芋跃然而出，放出耀眼的光芒。手中拿着新鲜的、淡黄的、圆硕的、带着泥土气息的、悬挂在根茎上的洋芋，我犹如挖到了一嘟噜金疙瘩似的，心中充满无限的喜悦。用力甩一甩手中的洋芋秧，洋芋蛋全部滚落在田地里，滚落成一畦畦金色的丰收，心里涌满沉甸甸的幸福感。

我知道，这些深埋在土壤里的土豆就是曾经抵御饥饿必不可少的生活美味，不论蒸煮煎炒，洋芋都填充了我曾经饥饿的肚腹，温暖了我曾经贫困的岁月。

小时候，物质匮乏，蔬菜瓜果少，吃的最多的食物除了粮食外，就是洋芋。一日三餐几乎离不开洋芋。很多时候，早上要炒一锅洋芋丝或洋芋片，家里六七个人每人一碗，就着馍馍吃饱，然后该干活的干活，该上学的上学，洋芋丝的香味融进了清晨的阳光。中午蒸一锅洋芋，一家人围坐在炕桌边，一边剥着炸裂的洋芋皮，一边就着酸菜吃滚烫的洋芋蛋，结实的洋芋蛋温暖了辛劳后的中午时光。晚上烧一锅饭，不管是擀面条还是揪面片，都会放几十块切成条块的洋芋，熬熟的洋芋块伴着面条一起熨帖了饥饿的肚腹，熨帖了儿时的梦境。

这些美味中，记忆深刻的是炕洋芋，带有糯糯的原始味道。新挖来的洋芋用清水洗过后放在厨房的大铁锅里，倒进一大勺清水，然后放上用麦草扎成的草圈，盖上木制的锅盖，锅盖上压上一块大石头，锅盖与草圈之间还要蒙上几块抹布。一切放置停当后，开始用柴火慢慢烧。不一会儿，热气笼罩在灶台上面，弥散出洋芋、麦草、泥土、木头混合的味道。等到锅里的水快要烧干的时候，熄灭大火，用烧红的余烬焙熟洋芋。焙上十几分钟后，拿掉石头，揭开锅盖，一锅炸裂成花朵的熟洋芋呈现在眼前。焦急地拿起一个滚烫的洋芋，虽然烫得双手不停地轮换着拿洋芋，却不停地剥着洋芋皮，感觉到不那么烫手时就一口咬下去，口中就有了沙沙的糯糯的暖暖的感觉，满口都洋溢着纯朴的洋芋味道。

还有一种吃法也印象深刻，那就是炒洋芋丝，具有香香的菜肴味道。把洋芋切成细丝，用清水洗一洗，搁放在脸盆里。把新榨的菜籽油倒进已烧红的铁锅里，等油冒出黑烟时，把切好的洋芋丝合着大葱、辣椒一起倒进滚烫的油锅里，随着一声刺啦的声音从锅里爆发出来，洋芋、葱花、辣椒、清油混合的香味扑鼻而来，沁人心脾。用铁铲搅拌翻炒一阵后，盖上锅盖焐一阵，炒洋芋丝的美味就做成了。然后盛在碗里，就着刚烙出的油馍馍津津有味地咀嚼，香醇的洋芋丝激活了舌尖的所有味蕾。很多时候，一碗最充实也最香醇的洋芋丝美味温暖了小时候所有的家乡记忆。

最有趣味的吃法是在洋芋地里用土坷垃烧熟的洋芋，充满沙沙的干爽味道。几个小伙伴在山野里放羊，中午时分，大家从洋芋地里捡拾一些还没有捡尽的洋芋和树林里的枯树枝。在草滩上挖一个锅灶，上面垒起一堆土坷垃，垒成小砖窑的形状。然后燃着枯树枝把土坷垃烧成火红，再把捡来的洋芋和烧红的土坷垃一块捣进锅灶里，上面放上一层厚厚的土，焙上半个小时左右。然后用木棍把土和土坷垃拨开，被火红的土坷垃烫熟的洋芋冒着热气滚落出来。从土块中拿起一个烫焦了皮的洋芋，抖掉上面的土，剥掉发黄的洋芋皮，就急急地塞进嘴里吃起来。尤其是烧焦的洋芋吃起来更有味。吃着散发着泥土味道的外焦里嫩的洋芋，别有一种不可言喻的野趣。

当然，洋芋的吃法很多。可以放在铝锅里焐，也可以放在火炉上烤，可以做成洋芋包子，也可以压成洋芋粉条，每一种做法都激活着洋芋富足的洁白淀粉，都能给人最结实的口腹满足，给人最朴实的舌尖味道，给人最温暖的生活记忆。

洋芋的叫法也多样，有很学术的马铃薯称呼，有很土气的土豆叫法，也有很洋气的洋芋名称，还有很俗气的山药小名，但不管哪一种叫法，都能勾起满满的乡土情结，引发浓浓的乡愁记忆。

洋芋除了给自己的肚腹带来实实在在的饱暖之需外，也带来了芬芳的梨果清香。物质匮乏的年代不缺洋芋，就是缺果蔬。再怎么好的东西吃多了也有吃腻的时候。当洋芋成熟的时节，也是梨果成熟的时节。这时候，村里就会来一些拉着梨果的小商贩。他们穿行在巷道里，大声吆喝着"换果子来"。那一声声吆喝，常常会勾起对水果的渴盼。这时候，父母就会大方地从高高的洋芋堆上装上半袋子洋芋，从商贩那儿换回半袋子软儿梨。在秋日的丰收里，长在树上的果实和埋在土壤里的果实完成了完美的交换，也满足了我对洋溢着果香味的梨果的渴盼。

在不同的时间段享受洋芋不同的做法、不同的形态、不同的风味，在日复一日、年复一年的食用洋芋中滋补了我贫瘠的肚腹，养壮了我瘦弱的身体，温暖了我贫困的岁月。对我这个出生在20世纪60年代的人来说，如果没有充饥养胃的洋芋，就没有我艰涩的青葱岁月，也没有幸福的眼前生活。

现在，金秋十月的北方田园里又迎来最后一次丰收的快乐。圆滚滚的洋芋蛋滚动在褐色的土壤里，像一颗颗跳动的金蛋蛋映亮了辽阔的原野。那一垄垄滚圆的洋芋是小麦、豌豆、油菜丰收后，田园里最丰盛的果实，最沉甸甸的丰收。在贫困的年代，从肥沃的土壤中成长出来的圆硕洋芋蛋，曾经填饱过许多饥肠辘辘的岁月，留下了许多弥漫着洋芋香味的乡愁。如今，在吃腻了鸡鸭鱼肉的城市生活里，乡里亲人送来的洋芋依旧是楼房里必须储备的生活必需品，洋芋丝依旧是一道餐桌上经常食用的保留菜。它们在匆忙的人生旅程中，总是熨帖地调剂着有点麻木而紊乱的味蕾，唤醒着种植在洋芋地里那份不变的乡愁。这一生，我与洋芋的不了情结，就是漫长岁月凝结成的永恒乡愁。

带外孙的忧乐

人一进入五十岁的知命之年，就进入了爷爷奶奶辈的忧乐世界。享受天伦之乐，承受带娃之苦，烦恼并快乐地度过晚年生活，是人生要经历的重要生命体验。

当6个月的小外孙抱到家里时，什么也不懂，不会叫爸妈，不会认物品，饿了就哭，困了就睡，一切都是懵懵懂懂的状态。因为没有专业带孩子的经验，带自己的女儿已经过了30年的时间，带外孙几乎是从头开始。于是，自己一边侍弄着孩子，一边琢磨着带孩子的方法。面对还不能表达自己意愿的幼儿，自己时刻要关注孩子的一举一动，担心孩子吃饭噎住，害怕孩子喝水呛了，提防孩子摔倒了。在家时，自己尽量承担带孩子的事务，以减轻妻子的劳累。早上醒来，首先要看一看孩子睡得怎么样。中午回去，第一件事先抱一抱孩子，哄一哄啼哭的孩子。半夜睡梦中，听到孩子的哭声，惊醒后赶紧去冲奶粉。在家的每一刻，总有一份责任在肩上，总有一些小心在眉头，总有一点关爱在心头。

在摸摸索索、磕磕绊绊中，孩子终于长到了一岁。此时，孩子身体长高了，腿脚硬棒了，开始蹒跚学步了。原来只是在床上爬来爬去，只是在怀中坐卧哭笑的孩子，猛然间就能站立了，就能行走了。不需要刻意地调教，不需要特别地扶助，不经意间，孩子就能自己扶着墙壁迈开了稚嫩的腿脚，跟跟跄跄地行走，摇摇摆摆地迈步，这是很让人高兴的事！这时猛然感到，一个稚嫩的生命终于迈开了人生的第一步，开始了直立行走的重大人生征程，是一件多么快乐的事情！

在迈开人生第一步的一岁节点，还有一个重要的庆生仪式，就是抓周。在庆祝一周岁的抓周仪式上，面对摆放在前面的书本、毛笔、计算器、水果、钞票、筷子等物品，小外孙第一次抓了筷子，第二次抓了计算器。孩子抓的东西虽不在父母的意愿中，但大家都一笑了之，没有过多谈论。也许这是人们检查孩子未来爱好和发展方向的一种方式，但这只是一种参考和安慰，人生的发展并不能在孩子懵懂状态中体现出来，要经过后天的多方教育后，才会得到发展。

当孩子到了一岁两个月的时候，有一天，孩子含含糊糊地发出了"妈妈，妈妈"的叫声。后来也就陆陆续续地发出"奶奶、爷爷"的叫声了。第一次听到稚嫩的叫声，心中自然就增添了一份甜蜜的感觉。直到两岁时，能够叫出"姥爷，姥姥"，自己的身份在孩子口中已经定位了，心里又感到一种满足。牙牙学语是孩子成长的一个重要环节，也是人获得的第一个关键智力因素。在不断地模仿说话中，孩子用自己稚嫩的语言表达着对陌生世界的认知，不断用我们熟知的语言与我们沟通。逐渐苍老的心与正在鲜活的心，有了一条沟通的方式，这是生命之间最温馨的心灵对话。

日子在慢慢地滑过，孩子在慢慢地长大。在一把屎一把尿的反复伺候中，孩子的认知能力逐步提高了，心智逐渐形成了。开始辨别红黄蓝绿的颜色，开始认识鸡猫兔狗的动物，开始观看充满童趣的动画片。在不断的引导教育中，孩子的认知能力一天比一天强，认识的东西一天比一天多，几乎一天一个新变化，正如俗话所说的"幼儿一天一个故事"。尤其是玩弄手机，更是现代婴儿最具时代特征的一项离不开的功课。大人为了哄孩子，除了传统的好吃的好玩的手法外，就主要借助手机这个好玩的现代媒体，达到吸引孩子注意力，阻止孩子哭闹的目的。看手机上的动画，听手机上的歌曲，这是最初的爱好。更让人惊奇的是，稚嫩的小手点击、滑动手机屏幕，找寻手机上各种变换的软件，有模有样地打电话，手指灵敏地打游戏，小外孙陶醉在其中，难以自拔。也许游戏是孩子的天性，不用刻意教，孩子就会无师自通，任意使用手机了。

刚学会走路时，小外孙不愿被自己抱着，只要到街道，孩子总想挣脱自己的怀抱，喜欢磕磕绊绊地在街道上行走，还喜欢在阶梯或陡坡上行走，从不害怕摔倒，也不知有什么危险。在担心中孩子走得稳妥了，可以小跑了。可是到了将近两岁的时候，孩子竟然不愿意自己走路，一出家门就赖在怀中不愿下来，硬是要人抱着走。坐在胳膊上的孩子不管你身困手乏，他只是高兴地看着街道上的灯饰，车流。也许他开始很想认识外面的世界，想高高地看看逐渐清晰起来的世界。走在路上，看的视野就小，看不到高楼林立的城市模样。

两岁左右的外孙，正是最惹人怜爱的时候，孩子的一举一动，一言一行，处处都透着一种可爱。开始有了自己的思考，模仿大人的言语和动作，发出稚嫩的说话声，做出笨拙的小动作。忽闪着明澈的眼睛，望着闪烁的灯光。望着新奇的东西，变换着萌萌的表情，一副痴痴的模样，令人爱惜。

时间是最好的老师，日子一天一天地往前走，孩子一天一天地在成长。不知不觉间，孩子的变化有了意想不到的表现。过了两岁生日的坎，孩子猛然间似乎成熟了许多，原来的认知已经适应不了一天天的变化。自己会情不自禁地唱起《世上只有妈妈好》的歌曲，并且根据问的人的不同把歌词改成世上只有姥爷好或是世上只有姥姥好，有模有样地唱，具有讨好人的可爱和机灵。还喜欢打开手机中《小苹果》的视频，拉着大人一起跳舞。还能声情并茂地唱《小燕子》《春天在哪里》《我爱北京天安门》等歌曲。到超市去玩，自己会推着购物车转来转去，全然不要大人推着他走。溜滑梯，玩沙堆，摘草莓，踢足球，都喜欢自己参与，不要大人的帮助，尽力展示自己长大了的得意。吃饭时，关心大人吃饭，如果大人没有碗筷，他会跑到厨房去拿碗拿筷，要大人和他一起吃起饭，他才会罢休。看到大人在他的督促下吃起了饭，他会发出开心的大笑。二月二，去理发，竟然安稳地坐在理发凳子上，听凭理发师理发。几十分钟下来，竟没有一声哭泣，也没有烦躁不安。看着扣了一片大树叶的造型设计，还开心地笑了。以前理发都会哭一场，两岁三个月时理发竟然温顺开心，岁月让孩子长大了，懂事了。

两岁过后，孩子的语言能力一天一个样。不知不觉间，小外孙积累了许多词语，并能快速准确地模仿大人的说话，表达自己的心愿和诉求。言语能力的提高，意味着孩子融入家庭、融入社会的能力不断得到加强，是孩子由懵懂走向成熟的重要标志，孩子慢慢进入了成人的世界，有了自己的思维。小外孙能用稚嫩的语言和我交流了，与我建立起了亲情的沟通桥梁。而此时，最是孩子可爱的时候，稚嫩的言语带着成长的喜悦，可爱的模仿蕴含着智力的成熟。纯真无邪，天真可爱，一张刚刚打开的崭新面容上开始绽放鲜活的花朵，没有世俗熏染的素心正在放飞好奇的梦想。

两岁半了，小外孙越来越结实，也越来越懂事。闹着买渔网、买水枪，到碧水园人工湖捉鱼、捉蝌蚪，小外孙有了新的爱好。有时哭着唱《小蝌蚪找妈妈》的歌曲，找寻在西宁上班的妈妈。自己会吃喝拉撒了，会洗手刷牙了，会选择自己的衣服鞋帽了，会编造理由达成自己的愿望了。

不知不觉间小外孙长到三岁了，简单过了生日。小外孙有模有样地吹蜡烛、唱生日歌，心情愉快。过了三岁生日的小外孙基本要结束无忧无虑的婴儿生活，三岁半时送进幼儿园，开始走向儿童的行列，开始去过集体生活，带外孙的忧乐生活基本结束。

知命之年带外孙，可以再次深刻地感受生命成长的乐趣与奇妙。这是人生最大的乐事。不知不觉间，一个陌生的生命成为了自己生命里的精灵，伴随着自己的呼吸一块成长。虽然年轻时已经经历过女儿出生到长大的过程，但是年轻不更事，并且女儿由奶奶一直带到了三岁多，自己只是在工作之余带一带孩子，很少体验屎一把尿一把的拉扯艰辛。在不经意间就觉得女儿猛然长大，收获了女儿成长的快乐与幸福。现在，女儿把外孙交到自己手上了，自己要切切实实地经受屎一把尿一把的拉扯过程。自己更感觉责任重大，操劳更辛苦了。懵懵懂懂的一个肉身，逐渐长成了牙牙学语的宝贝。在岁月的营养里，一条生命不但养壮了身体，也养育了智慧。不知在哪一天，稚嫩的口中发出甜甜的言语，拙笨的小手做出舞蹈的动作，纯朴的脸上显出生气的表情，明澈的眼中转动着机灵的眼珠，在不知不觉间孩子的举手投足就有了人的做派，人的语言，人的思维，人的喜怒。虽说这是人成长过程中的本能，但这本能中蕴含着多少人成长的乐趣和智慧。

知命之年带外孙，可以体味生命延续的美好与幸福。虽说外孙不姓自己的姓，但是毕竟是自己女儿的孩子，有一半的血是自己家族系统的血脉。流着自己血脉的新生命无论冠以什么的姓氏，这一份血脉是无法隔断的。处在独生子女好的时代，我们无奈只生了一个女儿，在子女的世界中已经缺失了子女众多的家族延续幸福。现在孤老之年能够享受独生女儿带给自己的血脉延续幸福，不管是冠以什么姓氏，都是最现实的人生福缘。有时为孩子的姓氏纠结，姓男方的姓，姓女方的姓，对于独生子女的家庭来说，是一个避不开的话题。在公说公有理，婆说婆有理的家庭纠纷中，无辜的孩子扑闪着眼睛看着大人表情的变化，一脸漠然。孩子分不清大人的烦恼，也判断不出对错，任由大人围绕自己的问题斗智斗勇。但我却没给小外孙这样的难题，只是享受他带来的天伦之乐。

在带外孙的日子里，从外孙的无意识举动中，让人思考人之初性本善的问题。在幼儿许多无师自通的举动里，潜藏着天性的恶。咬人，打嘴巴，损坏玩具等等，都是大人未曾提醒或调教的举动，但在孩子两岁左右的日子里，猛不丁地爆出来。当孩子有了自己的认知和情绪，他可以快乐地笑，可以恣意地哭，还可以无意识地耍脾气，都是孩子的本能反应。但这些本能举动中就包含有人性的善和恶，犹如鸡蛋一产生里面就有蛋清和蛋黄一样，都是相辅相成的本能存在，原始本性。

知命之年带外孙，孩子的成长过程填补了许多五十岁之后带来的枯燥、缺乏激情的无聊岁月。小外孙充实了晚年生活，有了许多温馨的时光，有了许多生命的感动。当五十多岁时，我的生活节奏慢下来，感觉到生命一天一天地苍老，力不从心了。但是在带外孙的日子里却能看到新的生命是如何一步一步地从懵懂走向成熟和聪慧的。从中可以感悟到自己是怎么牙牙学语，怎么脱离母亲怀抱的成长体验。自己三岁以前的成长经历在记忆中没有留下任何的印记，那是一段生命的盲区，但是外孙一至三岁的成长经历却给自己提供了一个鲜活的镜子，在小外孙的成长点滴中找到了自己三岁前成长的样子。虽然经历过女儿的成长经历，但是年轻时对生命的感悟不深，体悟不透。在知命之年，再次陪伴新生命快乐地成长，心里就有更深切的感受和体悟了。

带外孙的苦，虽然消淡在小外孙带来的天伦之乐中，但是一把屎一把尿的辛苦和脏累，却烙印在两鬓间。小心伺候是重要的一件苦事，带小孩的事情并不大，也不是太劳累，却是心理负担最重的一件事。两岁前的孩子没有自理能力，也听不懂大人的话，对外面的世界全是陌生，因而充满许多未知的危险。这就需要自己处处小心，时时留意，一点都不能马虎大意。怕开水烫伤，怕乱动电插头，怕从高处摔下来，怕吃饭噎住喉咙，怕走路遭遇车祸，怕上楼梯摔倒。千万个危险隐藏在孩子周围，也就有千万个担心折磨着心灵。生怕有什么闪失，给孩子造成伤害，无法向孩子父母交代，也无法给自己的良心交代。因此，带外孙最重要的是让孩子在三岁以前安全成长，健康长大。至于开发智力，精致饮食等等都是次要的，那是三岁以后的事。心里的担惊受怕是带外孙最大的苦，因为关乎着一个新生命安全进入未来的世界。上班期间帮妻子带外孙，意味着要牺牲掉休闲时间。上班的劳累姑且不论，下班后的时间大多数就花在带外孙上了。要谢绝许多应酬，要疏远一些朋友，要放弃很多旅行，一切要以孩子的生活为主。

　　生命是一条河，从过去流向未来。在河水的流动中，旧的生命悄然消失，新的生命滚滚向前。人类的繁衍生息，不论以什么方式进行，能够让生命的河流延续，就是最美好的生命意义。子女也好，外孙也罢，人活一世，不但要体验四季的轮回和自然的美好，还要体验血脉的延续和亲情的温馨。带外孙的忧乐中，我开心地呵护小生命安全健康地成长，精心地照看小生命快乐地走向自然和社会，真切地体验小生命奇迹般地长大成人。这些点点滴滴回味起来，都是一首欢快的生命诗歌，都是一幅幸福的生活图画，都是一次丰盈的人生体验。

城市的双色面孔

　　城市有两张面孔，白天的素颜和夜晚的魅惑。站在林立的高楼窗口，两副面孔在朝阳东升和晚霞西落中变幻着灯影的魔幻和生活的迷离。在城市的舒适生活中，我尝试着从不断变换的两张脸，进入城市的内心，去触摸城市丰富而多情的绚丽世界。

　　城市的白天，街灯睡觉了，霓虹灯休息了，车灯打烊了，收敛了光彩四射的锋芒，显得苍白无力。在太阳的光芒下，一切人工的灯光都显得虚弱不堪，黯然失色。素颜的城市只剩下水泥钢筋的朴素和生硬，只剩下几何体的单调和冰冷，只剩下车流的喧嚣和拥堵。一眼看过去，那些高高低低的楼房，大大小小的广场，宽宽窄窄的街道，拥拥挤挤的人流，零零星星的树木，组成了城市结实的身板和朴素的容颜。而高楼大厦上密密麻麻的窗口，像一双双疲惫的眼，慵懒地晒着太阳，进入了卸妆后甜蜜的梦乡。

　　而城市的夜晚却是一副浓妆艳抹的脸。太阳落下了高高的楼尖，夜色像一片沉重的乌云遮住了奔走了一天的城市，城市的素颜慢慢沉入深深的黑夜。但是，次第亮起的灯光倏然冲走了刚刚袭来的黑色乌云，变幻的七彩灯光霎时给城市蒙上了绚丽的面纱。城市从白天的梦乡中醒来了，面容又鲜活了起来，开始上演最魅惑的视觉盛宴。高耸的商厦炫耀着霓虹灯的富丽堂皇，宽阔的街道流动着红白光圈的亮丽闪烁，方形的窗口辐射出城市人家的温暖灯火，害羞的月亮躲藏在楼宇间迷失了皎洁的光亮，星星也懒得眨一眨眼睛，迷失在城市的星辰大海里。赤橙黄绿青蓝紫，各种色彩都流动在城市的肤色上；花鸟虫鱼日月星，各种形状都闪耀在城市的面容里。虚拟的光彩世界比现实的世界更精彩，闪耀的璀璨光辉比星月的光辉更迷离。闪耀在现代光影里的城市是一个失去自我的世界，是一个美色诱人的世界，是一个欲壑难填的世界。很多时候，我迷失在城市的光影世界里，感叹着现代都市夜晚的绚丽和迷幻，迷失着审美的目光和纷乱的心绪。

城市夜晚浓妆艳抹的脸，闪耀着城市经济的富足和繁华，闪耀着城市山水的丰润和妩媚，闪耀着城市时尚的前卫和浪漫。黄浦江的璀璨灯光是上海最妖娆的面容，嘉陵江的迷离灯光是重庆最甜蜜的笑脸，珠江的富丽灯光是广州最妩媚的容颜。它们利用江水的柔情，装扮了城市最动人的脸庞，东方明珠，朝天门，小蛮腰，是这些城市脸庞上最亮丽的眼眸，顾盼城市的似水柔情，如梦繁华。天安门的壮丽华灯是北京最端庄的面容，大雁塔的辉煌灯光是西安最富态的容颜，秦淮河的摇曳灯火是南京最迷离的脸庞。它们用历史的沧桑，定格了城市最动情的面容，紫禁城城墙，大唐芙蓉园，夫子庙，是这些城市面容上最多情的眼睛，坚守着这些城市的历史风云，古都风华。西宁也在湟水河的两岸闪耀着夏都的凉爽和时尚，浦宁明珠的灯火俯瞰着高原城市的硬朗和繁华。每个城市都在利用城市的自然山水和历史人文，装扮着各具特色又似曾相识的城市容貌，抚慰着都市的不眠之夜。

子夜时分，城市的灯火慢慢歇息，逐渐卸下浓艳的妆容。而街道的路灯像是瞌睡人的眼，昏黄而慵懒，依然柔和地照着一些赶夜路的人。还有一些稀落的汽车跳跃着白色的远近光、闪着红色的尾灯飞驰在街道上，像夜晚的独行侠，仍然不停地奔波着匆忙的人生。楼房的灯随着房主的歇息陆续停歇了明亮的光，还有一些窗口还亮着明亮的灯光，是一些失眠的人煎熬着纷乱的生活。明明灭灭的子夜灯火，是城市卸去浓妆后的疲惫和混沌，也是白昼素颜前的一份休养，一份平静，一份坦然。这时，高楼大厦不再强颜欢笑，华灯霓虹不再灯红酒绿，月光星辉不再迷失自我，进入了昏昏沉沉的黑夜，进入了迷迷糊糊的梦乡。

变幻不定的昼夜面目，变幻着城市最艳丽的外部表情，也变幻着城市最鲜明的内在品格。

在黎明到来时，我又早早地趴在高楼的窗口，看着城市苏醒的样子。朝阳照在失去光彩的城市素颜上，城市用太阳的光芒洗净了脸庞，睁开了惺忪的眼睛，急匆匆地踏上了一天的奋斗路程。而我的思绪又在触摸着城市素颜后的内部机理中。

不管多么古老的城市，还是多么时尚的城市，城市的前身都是最富饶的乡野，有泥土和沙石，有野草和庄稼，有河流和树林，但是城市的脚步太霸道，占领了土地后就野蛮地毁坏了乡野的面貌，硬生生地在乡野的断壁残垣上竖起了高楼大厦林立的城市骨骼和容颜。那些柔软的泥土沙石硬是变成了水泥凝固的广场，那些河流树林硬是变成了沥青铺就的街道，那些野草庄稼硬是变成了钢筋密布的楼房。楼房的方形窗口像一个个鸟巢，接纳着早出晚归的人；街道的十字路口如一个个迷宫，穿行着南来北往的车；广场的宽阔地坪似一个个舞台，演绎着喜忧参半的戏。城市站在乡野的肩膀上，炫耀着物质文明和精神文明的丰硕成果。

在乡野面前，城市是一个肌理丰富的暴富者，前卫的高楼设计，奢华的楼阁装修，霸气的高房气派，炫耀着奢靡的物质财富。超市琳琅满目的商品，商厦海吃狂玩的消费，橱窗灯红酒绿的灯光，迷醉着魅惑的情感欲望。城市是一个欲壑难填的狂魔，又是一个激情泛滥的夜场，充盈着人类物质和精神的最大欲望，满足着人们酒色名利的极致追求。

但城市再繁华，人只需要一扇俯瞰城市昼夜变化的窗户，就能享受"繁华落尽见真淳"的从容和闲适；城市的面容再变化，人只要守住一份娴静的心灵，就能拥有"吾心安处是吾家"的自在和坦然。滚滚红尘，红尘中的城市面孔是一面镜子，只照见人生旅途的一些人文风景而已。茫茫世界，岁月里的人生仍是一次漫长的旅行，有许多不同的风景等待人们去欣赏。

面容艳丽的大都市，我只是一位过客，只是徘徊在街头，穿梭于楼群间，浮光掠影地找寻大都市美丽的容颜，浅尝辄止地体味大都市独特的风味。而在小城市我是一位城里人，蜗居在楼房内，行走在城市白天的素颜和夜晚的浓妆之间，享受着城市物质的富足和精神的愉悦，感受着城市生活的舒适与空间的局促，品尝着城市人生的优越和物欲的困扰。

智能手机迷乱的年代

在智能化时代,智能科技悄然颠覆着人们的日常生活,改变着人们的认知世界。其中智能手机的普及,更是直接地改变着人的行为习惯,鲜明地影响着人的精神家园。

我也在有意无意中成了智能手机的奴隶,智能手机主宰着我的现实生活和精神世界。此刻,我正在书写的世界正闪现在手机上,我要窥探的世界正隐藏在手机里,我要联系的世界正从手机里出发,我要回避的世界正在手机上逃遁。手机很大,方寸之间能容纳一切虚拟的世界;世界很小,世界万象都浓缩在巴掌大的手机屏幕上。

没有手机的年代,世界就是每个人眼前的现实生活,而有了手机的时代,世界就是远方的虚拟时空。虽然无所不能的智能手机填补了一些无聊的时光,但也产生了许多空洞的心绪。在经历垃圾信息的狂轰滥炸后,我重重地关上手机,轻轻地闭上双眼,开启了时间倒流的复制按钮,外面的虚拟世界犹如蜘蛛网一样猛然撕落一地,而无手机的时代则像清泉一样汩汩地流淌出来。

我的青少年时代,没有手机,却是一段充实而自在的岁月。那时,不论是在家里和亲人交流,还是在外面与同学交往,都是近距离的言语沟通。如果距离超过五六米就不能顺畅地交流,就不能听到对方的心声。因为交流需要近距离,所以人与人之间的关系就亲近,就能听得到人的呼吸,闻得到人的体味,看得到人的神情,感受得到人的心跳。除了近距离的交流外,大部分闲暇时间,自由地走进大自然,赏青山绿水,看蚂蚁搬家,掏树上鸟窝,捉河中小鱼,玩躲猫猫游戏。

　　那时，我与人的交流就局限在村里的亲朋好友，学校里的老师同学。认识世界的渠道只有一条同周围人面对面的单一交流。由于环境闭塞，知识缺乏，很长时间里不知道青海有多大，更不知中国有多辽阔。只知道村里的山有多高，河流有多长。后来，出现了大哥大、传呼机，但是自己未曾拥有过，也就没有体验到时代弄潮儿的交流快感。直到 2000 年，手机慢慢进入普通人的生活时，我才拥有了一部简单而笨拙的波导牌手机。于是，与一些拥有手机的亲朋好友间建立起了远距离的语言交流，但对没有手机的人还是不能远距离交流。后来也更换过一些非智能的翻盖手机，但也只限于语音交流的单调。

　　那时，觉得拥有一部手机是一件自豪的事，似乎自己拥有了一个高贵的身份。高兴地买一个手机套把手机别在腰间，觉得很有派头。但那些手机只有一些通话交流的基本功能，没有拍照、上网等功能，对手机没有产生过迷恋和依赖。大部分闲余时间还是沉迷于报刊，电视电脑，既与虚拟世界温馨的沟通中了解着外面的广阔世界，也与亲朋好友的近距离接触中维系着纯真的友谊和亲情。

　　直到 2010 年左右，智能手机进入现代人的日常生活，手机则成为了人们日常生活的一个重要媒介，看手机也成为了人们日常生活里必做的一件功课，智能手机开始深刻地影响和改变着现代人的一切。这期间，小米手机、华为手机、三星手机、vivo 手机作为智能手机的重要品牌，都进入过我的生活。这些智能手机不但强化了对话、短信等语言交流的功能，而且增加了摄影、上网、电视、时钟、游戏等图画视频功能。尤其是从 4G 开始，手机的视频通话功能开始轻松地使用，实现了人与人之间面对面的交流，手机得到了更多人的青睐。虽然人在天涯，但面容和声音却在咫尺。除了闻不到人的气息外，人的神情、呼吸等可视可听可感的信息都可以在窄小的手机屏幕上得到真切的交流。重要的是，各种交流平台容纳了古今中外的文化信息，任由自己随意点击阅读。一部巴掌大的智能手机基本上拥有了虚拟世界的一切，具有了交流媒介的所有功能。

　　因此，我的业余时间几乎沦陷在智能手机中，我的工作时间也基本上俘虏在智能手机上。早晨刚睁开蒙眬的睡眼，急着要做的一件事就是打开在床头一直处于备战状态的手机,点开微信看一看朋友圈有什么新消息,敲开百度搜一搜世界有哪些新变化。一打开手机的屏幕,半个多小时的清晨时光就滑过去了。

匆匆梳洗后,进入单位的门口先用手机扫一扫健康码,打一打上班卡。坐到办公室先瞄一瞄单位微信群有没有新通知,翻一翻与工作有关的网络资料。无聊了,就点开抖音或快手,看一些无聊的人怎样卖弄无聊的笑话。兴致来了,就发一些有趣的图片,写一些无聊的话语。一天的日子就在紧张的上班和玩手机中滑过。公园里,拍一些山水草木的照片发到朋友圈里晒一晒。饭桌上,照一些美酒佳肴的图片送到朋友圈里秀一秀。逛商场,进超市,用手机扫一扫就完成了现金支付。过春节,逢喜事,点一点红包就表达了深情厚谊。只要流量允许,就可以无限制地追剧追小说,打卡打游戏。

我虽然不喜欢在虚拟的游戏中体验王者荣耀,也不喜欢在窄小的手机屏幕上看谍战大片,但是大部分的业余时间都耗费在手机的键盘上,很多精力和情感都挥霍在手机的图像里。智能手机以更加精细化的功能控制着我的双手,以更加诱惑力的内容填充着我的头脑。我利用便捷的手机购票,刷脸,订美食,做网购,发抖音,线上培训,文学创作,智能手机全方位多渠道改变着我的出行、交友、购物等生活方式。与此同时,我逐渐冷落了报刊,疏远了电视电脑,搁置了手表相机,减少了聚会交往,拒绝了硬币钞票,用一部智能手机解决着过去传统中所有的生活习惯和交往行为。

智能手机不但改变着现代人的生活,也改变着城乡之间的差距,缩小着城里人和乡里人的距离。城镇化的加速推进,以城市蚕食乡村的方式,改变着乡里人的命运,同化着乡里人的生活。但是,智能手机的普及却比城市化更温情更深刻更具体地改变着乡里人的观念,改变着乡里人的习惯,改变着乡里人的梦想。

近几年,城乡之间的差距因为智能手机的普及而极大地缩小了。这是智能手机在智能化时代的最大价值。智能手机没有普及到乡村的时候,乡村与城市的差距不但体现在物质条件的巨大差别上,还体现在精神层面的鸿沟上。那时,物质差别可以消除,但文化差别却难以消除。但是智能手机在乡村的快速普及,却轻而易举地消除了城乡之间的文化差距。现在,乡里人只要有一定的文化基础,就可以从手机上自由地掌握各种文化知识,随意地了解万里之外的世界,尤其是城里人的文化生活。智能手机的便捷化,信息网络的多元化,为乡里人提供了与城里人一样的学习通道,提供了与城里人一样的交流平台,提供了与城里人一样的均等机会。在玩快手,看抖音,刷朋友圈,视频聊天,刷卡扫码等方面,城乡之间几乎没有什么差别,都在同步跟进,各享其乐。

现在智能手机不是什么稀罕物了,用得不顺畅了就更换一部,花不了几个钱。新的手机总有一些外观和功能上的变化,拿到手里不停地尝试着新的功能,像一件新奇的宝贝经常爱不释手。但是使用一两年后荧屏破损、上网迟钝,就有了喜新厌旧的想法,就买上一部新手机,随之把旧手机丢弃在垃圾桶。一个曾经带来丰富而鲜活虚拟世界的手机就寿终正寝,退出了自己的生活,遗忘在生活的记忆里。同时,不同品牌的手机换挡升级日新月异,各种网络软件服务功能突飞猛进,智能手机越来越无孔不入地占据着人们的生活空间,影响着人们的行为习惯。但是我们又失去了许多没有手机时代的快乐,失去了自主认知世界的实践意义。现代人大多成了手机的奴隶,深陷在智能手机里难以自拔。

荀子曾经说过"君子役物,小人役于物"。作为物质中极具诱惑力的手机,在很多时候无可抗拒地主宰了我的休闲生活,我的眼睛也在长期的刷手机中逐渐模糊了视线。痛定思痛,我很想像君子一样驾驭智能手机,做手机的主人,把手机只是作为适应现代生活的一种工具,不让智能手机役使我的双手和头脑,而要把更多的时间融入自然,融入现实的生活,做现实和理想生活的主人。

但是,智能手机这把双刃剑即使把自己的业余生活砍得七零八落,很多时候,我的手中仍然紧紧地握着手机,仍然在百无聊赖中下意识地打开手机,让虚拟世界扑面而来,让犹豫不决的思绪跳跃在虚幻的键盘上,敲出了一段手机里的岁月记忆,也敲下了一个清醒超然的人生启示。

乡土的情怀

在乡土上长大，在乡土上追梦，我对乡土自然有一种难以割舍的情分。乡土用博大浑厚的情怀，养育了我的生命，润泽了我的乡愁，滋养了我的情怀。而乡土的情怀是太阳炙烤后的温暖，是月亮亲吻过的温馨，是河水抚摸过的温润，是禾苗滋养后的温情。

我在冬天和春天交替的时光里，想象着田野在周而复始的年轮里描画的美丽图画，想象着乡土在四季更替的风铃里奏响的动人乐章，想象着泥土在春华秋实的光影里摇曳的灵动舞姿。在时光的流转里，乡土的情怀不断饱满，不断厚实，不断温暖，丰润了我的眼眸和情怀。

褐色的土地在冬天静静地等待。田野裸露褐色的肌肤，敞开坦荡的胸怀，等待晶莹的雪花滋润干涸的胸膛，等待晶亮的雨水润泽寒冷的身体，等待翠绿的禾苗装点单调的容颜。冬天的乡土情怀是历史沉淀后的沧桑，是岁月煎熬后的坦荡，是时光窖藏后的醇厚。冬天的乡土最为粗犷，也最为朴实，像一位历经沧桑的勇士，展示着胸中有丘壑的成熟和坚毅。站在荒芜的田野边，褐色的泥土扑面而来，直入人的骨髓。草木沉睡在泥土的胸怀，与泥土融为了一体，变得干枯、荒芜、质朴。

褐色的土地在春天蓬勃地成长。田野开始涌动柔软的情怀，孕育新的生命。坚硬、冰冷、单调的泥土开始动情了，土块松软，土地温暖，田野润泽，乡土敞开了如水一样的情怀。沉睡的泥土苏醒了，睁开翠绿的眼眸，敞开温暖的胸怀，妆点嫣红的脸庞，像一位正在成长的少女，变幻着女大十八变的妖娆多姿，顾盼多情。桃红柳绿，草长莺飞，苗绿菜黄，乡土穿上了妩媚的衣裳，掩藏了丰腴的胸膛。走在绚丽的田野间，鲜活的色彩迷醉了眼眸，清新的香味沁入心怀。草木奔走在泥土的胸怀上，炫耀着生命的颜色和活力，新鲜，多彩，丰美。

我在少年的时光和成年的岁月里找寻与乡土的缘分。那些乡土滋养了生命的日子，那些乡土养壮了身体的日子，那些乡土烙上了乡愁的日子，丰润了我的生活。乡土无私，朴实，温情，融进了我的血液。但是离开乡土的生活却疏远了乡土的情感，在遗忘中加重了乡愁的酸涩。在岁月的变换中，我的乡土情怀经历着变异，承受着压力，面临着挑战，但也享受着牵挂，积蓄着能量，等待着回归。

小时候，我在乡土的怀抱里成长。吃住行都在乡土的怀抱里。矗立在乡土上的老屋弥漫着乡土的气息。土坯砌成的围墙，麦糠烧热的土炕，土块铺就的庭院，都在我的坐卧休憩间融入我的生活，融入我的肌肤，融入我的心肺。土里生，土里长，身上有尘土的气味，口中有泥土的味道，心里有乡土的影子。春种秋收时，跟着父母到田地里，用榔头打土坷垃，推着架子车送家肥，牵着耕牛种下种子，沐着月色给禾苗浇水，顶着烈日收割麦穗，吹着秋风捡拾洋芋蛋，每一滴汗水都流淌着乡土的味道，每一次劳动都沾染着泥土的芬芳。虽然自己不是劳动的主力，但是帮着父母做家务活的实践中，自己体验了麦田里庄稼生长的每一份脉动，感受了种子在泥土里开花结果的每一份心跳，领略了土壤在季风的吹拂中孕育生命的每一份情怀。我深刻地认识到，土地接纳了阳光、雨露、轻风、种子就接纳了最蓬勃的生命，生命就在土地的怀抱里旺盛地生长，世界就被多彩的生命葳蕤成人间的天堂。大地是母亲，就是说土地拥有母亲一样哺育生命的博大胸怀，土地的怀抱里能容纳所有的生命。土地孕育了生物的生命，大自然就有了草长莺飞的生机，人类就有了繁衍生息的活力。我知道，从田地里生长的小麦、青稞、豌豆、土豆、果蔬填饱了我的肚腹，养壮了我的身体，滋养了我的生命，温暖了我的岁月。

长大后，乡土疏远成我的牵挂。跳出农门，成为城里人，我离开了乡土。这时，我很少与田地打交道，逐渐疏远了乡土。我在水泥和钢筋占据土地的城市里抖落了尘土，洗净了泥土，遗忘了田地，用人民币尽情地购买着面食、果蔬等一切果腹的商品。城市割裂了我与乡土的联系，将乡土与我的联系简化成一张张印着数字的人民币。从土地里长出的粮食异化为商品，净化为看不到泥土的食物。而我也异化了对乡土的情怀，觉得乡土不再是我的生命养料，不再是我的生活来源，只有金钱才是我生活的目的，也是我生命的保障。我在看不见泥土的城市里奔波着，在看不到汗水的纸墨间沉思着，在看不到庄稼的校园里收获着。我似乎成了乡土的流浪者，身体远离着乡土，精神却牵挂着乡土。乡土常常成为文字里不时想起的一抹乡愁，吟咏在寂然无聊的斜阳里。

城市化无限扩张的智能时代，人们逐渐认识到饭碗掌握在自己手里的现实意义。虽然它强调的是粮食的重要性，其实说的是乡土的重要性。它提醒人们，要尊重土地的作用，尊重田地的贡献，尊重乡土的情怀。如果城市的商品异化了我们对乡土的情感，忽视了土地的价值，荒芜了田地的绿色，那么人的温饱就面临深重的灾难，人的生活也将失去幸福的基石。不应忘记，乡土是一切农业的根基，是一切食物的来源，是所有生命的保障。

虽然现在我不可能再像小时候一样行走坐卧于乡土，用自己的汗水从乡土获得柴米油盐的生活必需，但我却越来越感到自己最终归于乡土的生命必然。我知道，人无论从乡村出生还是从城市诞生，经历怎样不同的人生旅途，但最终都会归于土地，成为土地的一份子。尽管人对土地的情感亲疏有别，但土地对人的情感却是一视同仁，土地都会用博大的情怀容纳一切归于沉寂的生命。

春种秋收，乡土的情怀经历时间和风雨的洗礼，会更丰厚，更生动，更宽广。岁月沧桑，浸润乡土宽容、质朴、无私、坚毅情怀的人生也将更加丰厚，更加宽广，更加精彩。

窗前的风景

闲暇时间，坐在阳台的藤椅上，或慵懒地晒着太阳，或闲适地听着雨声，心中竟也泛起了一些涟漪。好多时候，自己曾踟蹰于高楼上，徘徊在窗户前，看看户内户外的风景，想想窗内窗外的世界，打发着寂寥而又无奈的日子，竟发现窗前的风景也是那样的温情而丰润。

知命之年，蜗居在闹市中心的六层高楼上，心中除了烦躁，就是无聊。缓步走到窗户前，看着窗外熟悉的风景，想找寻一份别样的情趣。

客厅的窗户是十个平方的落地窗，明净的玻璃为客厅提供了通透的光线，直照得客厅和外面的空间一样明亮。不论是朝阳照在窗框上，还是月光透过窗玻璃，都能一览无余窗外的风景。透过窗玻璃，小区的楼房静静地安卧在眼前，遮住了更远的视线。前后左右矗立着同样高的十几幢六层楼房，组成了一个烟火氤氲的小世界。鳞次栉比的楼房隔开了地面的逼仄空间，参差不齐的屋脊线画出了天空的狭窄轮廓。虽然安居在格子似的小区，总有点局促和无奈，但也有一份安稳和舒适。

小区中间一条南北走向的通道人车共行，是最热闹的地方。两边有小卖铺、红十字医院、理发室、小饭馆、面条铺、快递站等，有人来人往的烟火气息。经常看到，进进出出的车辆避让着南来北往的行人，扶老携幼的行人穿行在左冲右突的汽车间，小商铺的门前顾客提着食品袋悠闲地回家，小饭店的橱窗里食客举着竹筷吃着美食，学生们背着书包急匆匆地上学去，小区的热闹场景演绎着烟火人间的生活日常。

目光移动到楼房之间,楼间的花园绿草如茵,空落的花圃中杵着几棵槐树、几簇丁香,零星地开着一些蒲公英、菊花等花卉。春夏时花红叶绿,秋冬季叶黄雪白,还有一些麻雀叽叽喳喳地飞来飞去,慢条斯理地变幻着四季的韵味。花园边停放着颜色不一的小轿车,还有几个绿色的垃圾桶。平视过去,方形的窗户整齐地镶嵌在淡黄色的墙壁上,像一双双半睁半闭的眼睛,逡巡着窗内窗外的世界。对面的窗户内闪现着多样的风情,总会吸引着探秘的眼睛。厨房的窗户没有窗帘,围着围裙的人拨弄着锅碗瓢盆;卧室的窗帘总是紧闭着,守护着最隐私的秘密;客厅的窗帘半掩半闭,穿着睡衣的人悠闲地坐卧休憩。每一扇窗户都是一个世界,每天都在上演着市井人家的鲜活故事。

清晨,站在窗前沐浴第一缕阳光,能感受到阳光的温暖,但嗅闻不到阳光的味道。晚上,贴着窗棂抚摸皎洁的月色,能感受到月色的清冷,却体味不到月色的孤独。白天,会不时看到飞机徐徐划过蓝天的身影,也会偶尔听到飞鸽呼呼掠过楼顶的哨音。窗户前,每一个时刻都有不同的鲜活景象。一扇扇透明的玻璃窗,清晰地映射着时序的变化,上演着人间的冷暖。

除了静观窗外的风情外,还可以静享窗内的小花园。悠闲地坐在阳光明媚的阳台看花卉也是一种惬意的享受。坐在藤椅上,一边看着窗外四季冷暖的变换,一边看着窗内四季如春的盆景,内心也盈满花香。

落地窗下养些花,种些树,可以装点空落的窗台,增添些温馨的自然气息,调剂些纷乱的思绪。大大小小的花盆摆放在低矮的窗台上,演绎着四季如春的绚丽花事。萝卜海棠攒聚着艳丽的花瓣,君子兰高擎着火红的花朵,荷包花垂挂着荷包样的蓓蕾,蝴蝶兰攀附着蝴蝶似的翅翼。三角梅不到一个月就凋落了紫色的花蕾,玻璃翠一年四季绽放着艳丽的花朵,还有绿萝总是披挂着绿叶婆娑的枝条,鸭掌木直把绿色的树枝顶到了天花板,令箭荷花像箭镞一样射出了绿色的叶片。但这些花事却是妻子精心侍弄的,我却不劳而获地享用花香盈怀的美好,心里有那么一点愧疚,但愧疚归愧疚,赏花的惬意还是长久地盈满心怀。在外奔波累了,就斜靠在藤椅上,静静地沐浴着暖阳,细细地看着花朵,悠悠地嗅闻着花香,美美地享受着爱意,窗前这一抹家庭港湾里迷人的风景,最是人间最愉悦的心灵慰藉。

有时，到西宁女儿家小住，站在三十多层高楼的窗户前，猛然有一种飘在云端的眩晕。蓝天白云摩挲着头顶，远山流水匍匐在脚下，高楼大厦像火柴盒一样交错，行人车流如蝼蚁一样爬行，世界竟缩微了那么多。繁闹都市的高楼上，看到的景象辽远壮阔，听到的声音缥缈幽远，自己竟觉得窗前的风景像梦境一样虚幻。高处不胜寒，那些熟悉的生活景象也远离了自己的视线，自己的心也远离了生活的烟火。

看着高楼上窗前的风景，我又想到了儿时坐在乡村老屋窗前看庭院风景的情景。

小时候，住在故乡的三间老屋，躺在暖融融的火炕上，心思也往往被窗外的风景牵引。紧挨着火炕的窗户是木格子花窗，像一双温柔的眼睛镶嵌在堂屋的两侧。一层大白纸蒙在窗户上，隔住了窗外窗内的世界。薄薄的窗户纸经历一年的风吹，落满了灰尘。光亮透过破旧的白纸照在土炕上，柔和朦胧。窗户最下面留了几个小格子，安上了一块小玻璃。窗外的风景就分割成几个小格子晃动在眼前。

很多时候，我双眼紧贴在小玻璃上看着土墙围成的庭院。那时，窗外的风景其实就是庭院的一个小世界，是父母用心侍弄的小菜畦，小果园，弥漫着农家生活的殷实烟火。庭院中心是一棵碗口粗的梨树，南墙根是两棵枝叶茂盛的花椒树。开花结果的时光是庭院风景最迷人的时候。莹白的梨花绽开了春天的笑脸，红色的花椒裂开了秋日的红唇，这些是平视所见的景象。地垄上的菜瓜垂挂着纺锤样的脑袋，菜畦里的大头菜聚拢着花苞似的头颅，地埂边摇曳着花瓣一样的萝卜秧，藤架上密织着小刀一般的刀豆荚。这些是俯瞰而得的景象。西南角的白杨树迎来了第一缕朝霞，北屋的屋檐挂上了中秋的圆月，蓝天白云在庭院的上空定格成图画。这是仰视看到的景致。还可以看到几只小鸡在菜畦间啄食，一只灰色的小狗在院门处吠叫。串门的婶嫂小心地推开院门，提防着闻声而吠的小狗，走近了窗前。借农具的叔伯大声叫唤着，吓退了拖着铁链的小狗，扛走了铁锨锄头。玩伴推开半掩的门扉，摇晃着头发凌乱的脑袋，呼喊

着我的小名。小小的窗格子变幻着四季的风情，也定格着亲情的温馨。

　　窗户是房屋的眼睛，是联通屋舍与外界的重要视觉通道。透过窗户静看日出月升，花开花落，雨落雪飘，是居家休闲最舒适的心灵旅行。寂寥的时候，换一个视角看风景，换一种心情想生活，即使是一个微观的世界，也有风起云涌的别样风味。

火车上的旅途

　　人生是一次漫长的生命旅途，是一次从故乡到远方看风景的长途旅行。但一个人的脚步再怎么坚实，也无法走完遥远的旅途，只有借助汽车、火车、飞机等代步工具，才能实现阅遍天下山水的旅行愿望。在我的人生旅途中，火车作为重要交通工具与自己结下了难以割舍的情缘。在三十多年的岁月里，火车载着我游览了大半个中国，开阔了我的地理视野，丰润了我的人生阅历。那些摇晃在车厢里的旅途体验常常回荡在锈迹斑斑的轨迹中。

　　记得第一次坐火车是在1992年的暑假到银川亲戚家做客。冒着炎热的天气，从乐都的火车站坐上了绿皮火车。拿着火车票，高兴地找到硬座座位，搁置好行李，毫无防范地脱下外套挂在窗口的衣钩上，就好奇地到车厢各处去转。参观完了厕所、饮水机、车厢接头，又兴奋地回到座位上，拿下外套，把手伸进外套里面的口袋，猛然发现装在口袋里的二百元钱不见了。就赶紧问坐在一起的亲戚，亲戚也一脸茫然。说他们就一直在座位上坐着，没看见有人动过外套，还埋怨说怎么把钱装在衣兜里。看看座位周围的人，也不敢查询、质问，只好自认倒霉。好在裤头裤兜里妻子用针线缝起来的几百块钱还在，心里起了点阴影，还算踏实。忘记了丢钱的不愉快，一路看着一闪而过的风景，在摇摇晃晃中感受了火车带来的新奇见闻。那丢失的二百块钱是第一次坐火车的代价，也是一次深刻的教训。我认识到，火车是一个复杂的小社会，鱼龙混杂，小偷就隐藏在南来北往的旅客中，稍有不慎就会丢钱丢东西。后来，不论坐什么公共交通工具，自己就很谨慎地把钱都装在贴身内衣口袋里，有时用针线牢牢地密封住，外出旅行就再也没有丢过一分钱。

坐火车最值得回味的是 2010 年国庆节游黄山回来到商丘坐火车。当时，回程车票紧张，赶到商丘车站只买到了一张站票，又买了一把折叠小凳就挤了上去。硬座车厢走道里挤满了人，我左冲右突，汗流浃背地挤到车厢的洗漱处，放下小凳子坐了下来。车厢里吵吵闹闹，我却拿出一本刚在车站买的《小说月报》静静地看了起来。火车在摇摇晃晃中前行，我则沉浸在小说的情节里，忘记了车厢里的闷热，忘记了火车的颠簸，忘记了路途的风景，忘记了遥远的路程。白天看不到车窗外的情景，晚上只能坐着小凳子迷糊一阵。一直坐到兰州才空出了几个硬座，自己胆战心惊地坐在无人的硬座上，放下了杂志，舒展了一下腿脚。虽然无法靠近车窗看外面的风景，但是闹中取静，一本杂志却让我体验了一种超然的心态，获得了一份随遇而安的坦然。

坐火车的特殊体验是 2017 年国庆节去西藏旅游。雪域高原的苍茫、辽远、雄浑从车窗外像雄鹰一样扑进来，震撼了心灵。唐古拉山的雪峰、可可西里的藏羚羊、那曲的措那湖、当雄的羌塘草原、拉萨的布达拉宫都在缺氧的车厢里急促地闪过。一路西行，窗前少了隧道里的黯淡，多了原野上的疏朗。青藏高原的苍茫都在火车的两边坦坦荡荡地涌来，定格在记忆的深处。虽然作为高原人对高反有一定的适应性，但是静静地坐在座位上仍不时引发一阵阵的头疼、头晕、耳鸣，觉得呼吸有点急促。好在车厢内氧气足，用力吸几下也就缓解了气不足的症状。我坚持坐在窗口，两眼紧紧地盯着窗外闪过的风景，不肯错过唐蕃古道上闪现的每一个神秘风物。不论是坐火车进西藏，还是坐火车出西藏，除了睡觉的时间，其他时候眼睛都盯住窗户的玻璃，看雪山，看草原，看湖泊，看白云，看牛羊，看雄鹰，看牧草，看青海格尔木到西藏拉萨漫漫路途上一闪而过的神秘风景。

坐火车最惬意的事是坐在窗户前看窗外的风景。火车极速飞逝，窗外的风景极速划过。虽然稍纵即逝，但是都是新奇的风景，即使一棵树，一片云，一湾水，一角屋檐，都是陌生的他乡风物，都会引起好奇的涟漪，在心内漾出一圈圈波纹。人的脚步终究有限，不可能亲自丈量千山万水的长度和温度。虽然火车上看到的风景往往是走马观花一般的刹那间注目，而不是庖丁解牛一样的沉浸式体味，但是火车车窗外极速冒出的风景却能满足对千里之外陌生远方的好奇心。青藏高原的洁净云朵，黄土高原的辽阔秦川，云贵高原的连绵山峰，中原大地的密集村镇，荆楚大地的烟雨山水，西域边疆的广袤戈壁，都定格在车窗前专注的眼球里，形成了对神州大地的总体印象。

　　乘火车出发和回归是旅行中最敏感的情感体验。拿着车票在拥挤的候客室焦急地等待进站出发，心里充满不可名状的万分期待，也有莫名其妙的千般不舍。在月台看着静卧在铁轨上的绿色火车，觉得那是一个未知的世界，顺着平行的轨道将自己送入一个陌生的天地，心中涌起将要发现新大陆一般的兴奋和激动。而随着火车的缓缓启动，月台后的熟悉风物逐渐退去，觉得自己离开了熟悉的故乡，远离了自己曾经熟悉的一切，心中竟泛起一股难以割舍的留恋和失落。而乘着火车驶进家乡的土地，车窗外一切熟悉的风景像是久别的亲人在迎接着自己，自己也觉得像是从缥缈的云端落到了地面，心里充满近乡情更怯的踏实感。远方虽好，终不抵家乡亲切。正如我的诗意体验"鸣笛一声震天地，轨道千里飞东西。凭窗遥望他乡水，归家近赏故园菊"。确实，一次远距离的火车旅行，在到达家乡的那一刹那，飘零的心灵油然而生一份更深切的家的味道。

　　坐火车的体验是复杂的，五味杂陈。最苦涩的滋味是无奈买到站票，只能挤在狭窄的车厢连接处，遭受摇摇晃晃的颠簸与惊吓。遇到国庆出游，或是春运串亲，有时准备不足，仓促出行，只好挤在火车的洗漱处、车门处，硬生生地站在人挤人的过道处，随着车身摇摇晃晃，把车窗外的风景都摇晃得支离破碎。开心的味道是坐在硬座上，亲朋好友坐在一起，一边打扑克，一边吃烧鸡，在吵吵闹闹的车厢内，把一次出行当作野炊，快乐全在吃喝玩乐中。困了就靠在硬座靠背上迷糊一阵，醒了就坐着看同车厢的旅客坐卧在硬座上的众生相。一节硬座车厢就像一张大通铺，天南地北的旅客说着天南地北的话语，扒拉着香味四溢的方便面，打着地动山摇的呼噜，夯拉着千奇百怪的睡相。旅行不仅仅是看山水烂漫的自然风景，也是看人文妖娆的人间风情。旅客的穿着打扮，旅客的言行举止，旅客的喜怒哀乐，都在一百多个座位的硬座车厢里生动地上演。幸福的味道是买到卧铺票，坐卧自由，不怕旅途漫长，不惧夜晚困顿，不忧拥挤吵闹，阁子似的车厢是一个小世界，陌生的旅客共享呼吸，共度黑夜，给人许多遐想的时空。夜晚躺卧在摇动的火车上，是一种奇妙的黑夜旅行，想象在天马行空中飘向远方。车轮在卧铺下哐当，车厢在铁轨上摇晃，身体就像漂浮在波浪涌动的大海上，无边的黑夜摇碎在迷迷糊糊的梦境里。和亲朋好友一块旅行，可以共享生活美味，共话旅途见闻；独自一个人出行，可以坐观窗外风景，静思远方所见。在火车旅途中，不同的票价代表不同的经济状况，不同的座位体现不同的身份地位，不同的车厢见识不同的烟火人生。

当高铁成为铁路旅途的新宠，人们更加便捷快速地坐着高铁，行走在神州大地上。那些熟悉或不熟悉的风景飞速地从车窗外闪过，心内虽有一些兴奋，但却少了许多激动，坐在软和的座位上，只是平静地看着风景划过车窗飞快地远去。坐的座位舒适了，不再拥挤和坚硬，但是没有了火车硬座上的热闹和卧铺上的舒适，没有了听着哐当哐当的节拍想象黑夜漫长的激动，在快节奏的行驶中失去了慢速度的浪漫和期待。

除了乘火车远距离旅行外，乘飞机也是实现远距离旅行的重要交通工具，但是两种交通工具获得的感受却有很大的不同。乘火车旅行对远方的山水风物是平视和仰视中获得不一样的感受，而乘飞机却是从俯瞰的角度对山水获得新奇的感受。站在云层的高度看远方的世界总有点缥缈和虚幻，而从地面的角度看远方的风景则是那么的真实和亲切。很多时候，我是喜欢火车带给人的旅行体验，在不紧不慢的节奏中获得一份不急不躁的旅行认知。

从1992年坐火车的兴奋与尴尬，到现在坐高铁的自由与便捷，经历了从拥挤的站票到局促的硬座，再到舒适的卧铺，又到柔软的高铁坐票的时代变革，经历了经济拮据到生活富裕的人生蝶变，体验了旅途中的新奇风景，见识了与故乡不一样的风物和人生。更重要的是长长的火车载着我的双脚，我的眼睛，我的梦想，穿隧道，驰平原，跨大桥，越沙漠，驶向我渴望的远方，游览了万千山水，遇见了新奇远方，丰润了诗意心灵。

春风入屠苏

欢乐的岁月在节日的习俗里吟唱,温馨的节日在岁月的老屋里歌咏舒心的习俗。热闹的春节捂热了冬日莹白的冰雪,馨香的端午清凉了夏季炎热的太阳,团圆的中秋浪漫了秋天温情的月亮。

灯笼里的温馨年味

灯笼是光明的使者，更是中国传统文化的温暖载体。每当春节到来，家家户户高高挂起大红灯笼，更是把灯笼文化浸透进了每个中国人的年味中。一盏盏笼罩着红色光亮的灯笼，照亮了每个中国人阖家团圆的温馨乡愁，也照亮了我与灯笼的一份深厚情缘。

说起灯笼，我往往会情不自禁地想起十五岁那一年给村里社火队打灯笼的事。那时，电视手机等现代传媒工具还没有普及，村里的文化活动很单调，除了看几场露天电影外，春节社火是最丰盛的一道文化大餐，而高高的灯笼则是社火队里的灯塔，为走街串村的社火队提供了光明的指引。

那时，每到腊月农闲的时候，村里就组织社员表演社火。记得在1983年的寒假，村里要每一家出一个劳动力或半劳动力，参加村里的社火排练和表演。父亲看我已经到了十五岁的年纪，算是半个劳动力了，就让我去社火队。但我没有表演的天赋，就被社火队安排到打灯笼的行列中。

打灯笼靠的是耐力和实诚。要社火时，两手举起一个挂在长木棒上的灯笼，跟着领队走在社火队最前面，用明亮的烛火给社火队在前面引路，用高高的灯笼给社火表演照明，就是打灯笼的主要事务。灯笼是村里社火队制作后统一发给每一个打灯笼的人。先用铁丝围成一个直径十几公分的骨架，然后用白纸糊住笼子的骨架，用彩纸剪成的纸花贴在白纸上，用几只艳丽的纸花插在灯笼口，用自制的白蜡放在灯座上。最后，将灯笼拴在一根三米长的木棍上，就成了社火队里高高的引路明灯。

乍暖还寒的时节，我双手高高地举着华丽的灯笼，跟着七八个与我一般大小打着灯笼的伙伴，走在社火队的最前面，心中竟也产生了一丝自豪感。社火队要去演出时，我们雄赳赳地走在队伍的前列，远远地给接社火的村庄作预告；社火演出结束后，我们气昂昂地走在社火队的前面，早早地给村里的家人报平安。尤其是晚上，灯笼的作用更是充分地发挥出来了。那时，有许多村庄的场院里没有通电，演出就靠社火队的灯笼来照明。晚上演出结束回村，也是靠灯笼的光亮来引路。一个灯笼的光虽然微弱，但是几十个灯笼聚拢在一起就灿烂成一片，足以帮助社火队完成演出和引路的任务。

社火队进村演出时，我们打着灯笼的人高高地举着明亮的灯笼，脸上带着庄重严肃的神色，自豪地走在前面。社火队在灯笼的光亮中绕上几圈后，看到场子大小确定了，打灯笼的人就趁机拉开距离，分散到观众之中，坚定地站在观众前面，固定好舞台的范围，护卫着社火演出。这时，高高的明亮的灯笼垂挂在天幕下，像一颗颗明亮的星星映亮了村庄的夜空。而扮相亮丽的腊花姐手里的小灯笼也亮起来，照着自己手中的彩色丝带，照着八大光棍手中的折扇，照着浓妆艳抹的俊俏脸庞，有了一抹明明灭灭的光影魅力。在灯光微明中，演员跳着欢快的舞步，唱着嘹亮的歌曲，摆动着鲜艳的服饰，尽情演绎着如花一样的优美歌舞。社火需要灯笼的照明，灯笼需要花朵的点缀，艺术需要色彩的装扮。

那时，看社火的人多，场院里常常被围得水泄不通，人们争挤着看演出，打灯笼的人就被挤得前仰后翻，手中的灯笼也随之上下摇摆。但我们还是坚定地站在场地里，紧紧地握住长木杆，尽力地保护着灯笼，维护着表演的舞台。尤其是，表演紧张激烈的舞龙节目时，观众拥挤得更激烈，灯笼摇摆得也更为厉害，我们更需要用力地保护好灯笼。金色的长龙在舞龙人急促的奔跑中昂首摆尾，左冲右突；在击鼓人激越的鼓点中翻飞腾越，左右穿插。而高高的灯笼则投下柔和明亮的光芒，为飞舞的金龙笼上了一层璀璨的光辉，增添了一份浪漫而热烈的光影效果。然后，社火队在灯笼的引领下告别了舞台，在明明灭灭的光影中回到了村庄。

那一年的打灯笼经历，给我的少年时代留下了深刻的文艺烙印。在明亮的灯笼映照下，我反复地观看和深刻地体验了社火的文化魅力，体验了灯笼的温暖光照，是我人生中最温暖而亮丽的一次社火记忆。

后来，我再也没有享受过打灯笼的"殊荣"，也没有在灯笼下感受过社火的文化魅力。但在社火闹春的时光里，却体验了灯笼另一份别样的光明和魅力，那就是在七里店看黄河灯阵和在县城广场观花灯。

距离县城七里之遥的七里店三年两头举办的黄河灯阵，是照亮湟水河谷地的地标性灯笼文化，是乐都灯笼文化的重头戏，闪耀着河湟文化浓重的历史光影。每到正月十五的日子里，当七里店两亩大的田地里矗立起三百多盏造型一样、花色多样的灯笼时，我都会去逛黄河灯阵，领略八卦灯阵的璀璨和壮观。具有400多年历史的七里店黄河灯阵，按照《封神演义》中三霄仙姑的八卦图来排灯布阵，具有浓厚的传奇色彩。灯笼都是大小一样的木制方灯笼，用红绿蓝黄白几种彩纸粘贴在木棍围成的四方体棱角上，灯笼上插上一两朵艳丽的花朵，在夜幕降临时由当地的村民点燃自制的白蜡。一时之间，几百盏灯笼发出摇曳的烛光，流光溢彩，形成璀璨的灯阵，供游人在迷宫一样的灯阵中快乐穿行，体验八卦灯阵的奥妙。七里店的黄河灯阵的灯笼虽然简朴，但保留了古朴的河湟风韵，闪烁着彩陶之乡璀璨的历史光芒，闪烁着湟水人家浓浓的过年风味。

而有着乐都浓厚文化意味的灯笼，则是每年春节县城中心广场上一排排造型多样的花灯。一到小年，富有乐都地方特色的花灯就在中心广场和街道璀璨地亮起来，乐都县城就洋溢着流光溢彩的幸福年味。尤其是元宵节的夜晚，街道里人山人海，广场上火树银花。观流光溢彩的灯笼，赏诗词书画的风韵，是乐都人最丰盛的一道文化大餐。元宵佳节观灯，就是观一种年味，观一种心情，观一种文化。看着璀璨的花灯，我会常常想起辛弃疾的《青玉案·元夕》："东风夜放花千树，更吹落，星如雨。宝马雕车香满路。凤箫声动，玉壶光转，一夜鱼龙舞。蛾儿雪柳黄金缕，笑语盈盈暗香去。众里寻他千百度，蓦然回首，那人却在灯火阑珊处。"如辛弃疾在诗词中描述的那样，乐都的元宵夜也是玉壶光转，灯笼如星，笑语盈盈，辉映着乐都人欢度元宵节的幸福与浪漫。

现在，乐都中心广场的各种灯笼都用上了灯泡，光线明亮，灯光稳定，色彩多样，为路人提供了光亮，也为城市增添了节日的喜庆。灯笼形态多样，装饰华丽，制作精美，尤其是灯笼纸上描画了柳湾彩陶、瞿昙古刹、南山射箭、红崖飞崹等乐都地理风情图案，明亮的灯笼抹上了浓厚的河湟文化韵味。据了解，乐都近几年街道广场的花灯出自成立于2014年的青海伦缘旅游纪念品有限公司，心中更有一份喜悦。经过几年的艰苦创业，乐都手工灯笼制作的传承人李伦业发扬光大了河湟灯笼文化，精心制作各种灯笼，不但满足了乐都地区的灯笼需求，而且还大量远销省内外。同时，公司还带动30多名残疾人制作灯笼，帮他们脱贫致富，为河湟灯笼文化赋予了新的文化意义，一盏盏各具情态的灯笼闪耀着浓浓的大爱光芒。

灯笼随着岁月的变化也在发生着变化，社火里的灯笼消失了，但在过年的快乐时光里，大红灯笼依然高挂在屋檐上，黄河灯阵依旧闪耀在湟水南岸，精致的花灯仍然闪亮在广场上空。这些流光溢彩的灯笼总会照亮阖家团圆的幸福年味，照亮河湟春暖的美好日子，照亮明亮如星的温馨乡愁。

清新小年

日子仍如流水一样潺潺流淌,但年节却似浪花一样欢快地绽放。腊八,小年,除夕,春节,元宵节就像一朵朵绾结在时间河流里的浪花,闪耀着过年时节的幸福光芒,洋溢着过年时节的香甜味道。

腊月二十三,虽然没有大年三十的幸福与快乐,但是却有准备过年的激动与期待,洋溢着一缕清新的味道。不管在什么年代,扫尘是小年重要的一个年俗,也是小年辛苦的一次劳作。现在家居环境舒适,打扫屋舍不是什么困难的事。只要轻轻拧开洗衣机开关,怎么脏的衣物也就瞬间干净了;擦窗户也不用自己动手,花钱雇个人就窗明几净了;屋顶和墙壁上也没有多少灰尘,几乎不用扫了。但在小时候,腊月二十三的屋舍更新却是一件非常繁重的事,需要彻彻底底地打扫屋舍和清洗被褥,是忙碌的一个节日。现在回想起来,那时的腊月二十三确实有点辛苦,有点辛酸,但在精心的准备和辛苦的清洗中,年的味道却如春天的花一样芬芳在每一份的期待和行动中。

那时,我感受最深的是腊月二十三的扫尘,是每年都必须要做的一件事情。老屋是父母从爷爷奶奶那儿继承下来的三间木制房屋,有近百年的历史,满屋都是黝黑破旧的沧桑模样。土坯砌的墙,墙皮时不常掉落。掉得多了,就要在天热时再泥上一层泥。墙壁很厚,不知叠加了几层墙皮。后来生活条件好了,腊月二十三,扫了尘,在墙上糊上一层报纸,贴上一些年画,房屋里就有了过年的气息。那些贴在墙上的报纸,不但装饰了墙壁,掩盖了破旧的墙壁,还有一个功能是给我提供了阅读的材料。小年扫过尘,要糊墙了,就从县城年货摊上买来几卷旧报纸，贴在墙上，装点了墙壁。那时订不起新报纸，也没有阅读的闲书，阅读的资料很少。闲余时间，我就凑近墙壁，看一看报纸上的文字和图片，从中了解一些旧闻中潜藏的文字信息和趣闻，潜移默化中长了一些见识。

中堂的年画常常是福星高照、延年益寿之类的人物画，画的两边是"福如东海长流水，寿比南山不老松"之类的传统对联，寄予着一家人最美好的祝愿。有时也挂毛泽东的画像，寄托着对伟人毛泽东的怀念与崇敬。主炕的墙上则贴一些花开富贵、年年有余等一类花鸟虫鱼的绘画，寓意着吉祥美好的愿望。有几年，流行电影的剧照，墙上的年画就定格了电影的故事，流露着时代的艺术气息。最让我印象深刻的是村里送给当过兵的父亲的年画，印着慰问复员军人的字样，盖着县上武装部的图章，贴在装裱一新的墙上，格外耀眼。我知道那些特殊的年画贴的是父亲的一段历史印记，是国家寄予父亲的一件特殊勋章。

贴了报纸和年画的房屋，墙面焕然一新，处处闪现着过年的喜庆气氛。

屋顶的横梁和椽子被烟熏得黑黝黝的，看不到木头的本色，上面沾满了灰尘。扫屋顶上的灰尘是一件脏活、累活，都由母亲承担了。我记得，母亲用头巾蒙住面部和头，用大扫帚扫一个上午，才能把房屋的灰尘扫完。扫尘时，散发着浓烈烟火味的尘土弥漫在房间里，溢出在屋舍外，常常弄得母亲一身的尘土。虽然头巾护住了脸和头，但是无孔不入的灰尘总是把母亲的脸染得面目全非。母亲从不抱怨，仍是带着微笑，把扫落的灰尘清除完，才去洗一把脸，抖一下灰尘。扫过的屋顶颜色虽然黝黑，但是干净无尘，再无灰尘撒落的担忧。后来，用报纸打仰衬，遮住了黝黑的横梁和椽子，也遮住了掉落的灰尘。但是仰衬上的灰尘每年还是要清扫一遍，只是扫起来比较容易。房屋的角角落落都彻彻底底地打扫一遍，是腊月二十三母亲做的最重要的一件事，是她亲力亲为的事，我们小孩只做一些贴报纸、贴年画等一些辅助性的劳动。

小年扫尘还要扫去窗户上的尘土，然后贴上一张大白纸，贴上一些窗花。老屋的三间房有两个窗户，分别在客厅两边的卧室里。窗户是木条做成的格子窗，密布着近一百多个小正方形窗眼。中间做成了一个小菱形，四角做成了四个三角形。简单的几何图案形成了简约而雅致的窗户。扫完灰尘后，买来几张大白纸和一张红纸，用面粉熬成糨糊。然后撕去旧的窗户纸，粘贴上新的窗户纸。洁白透亮的大白纸小心地贴在窗户上，房间里顿时亮堂了起来。用红纸剪裁四个三角形贴在窗户的四角，剪一个菱形贴在中间，窗户马上增添了喜庆的气息。再剪几个花朵贴在适当的位置，窗户就成了一幅红白相映的美丽图画。一层白纸虽然单薄，却能抵御寒风的侵袭，呼呼的朔风吹在新贴的窗户纸上，击打得窗户纸颤抖摇摆，但房屋里却是一片暖和的空气。坐在火炕上看庭院里的境况，可以在下面捅开一个小窗口，看时去掉堵塞的布条。后来有了玻璃，就在下面钉上一块小玻璃，通过小玻璃就可以了解庭院里的来人和发生的一切状况。

　　清洗被褥衣服，清洗锅碗瓢盆，也是小年重要的一项劳动。那时没有洗衣机，被褥衣服全靠母亲手洗。我们小孩从引胜河里挑来水，用炉火把水烧开。母亲把要洗的衣物放在调好水温的洗衣盆里，一遍一遍地揉搓，清洗。在大寒天气里洗衣服是一件辛苦的事，母亲的手常常被冻得通红，还裂开了几道口子。洗过的衣物挂在院子里的铁丝上，往往会冻得硬邦邦的，如果用手硬拽就可以轻易地折断。但是盖着散发着胰子味的棉被，穿着太阳晒过的衣服，过年的味道就清新得多，温馨得多。

　　抖毛毡也是小年必做的一件事。那时，人们睡的是土炕，铺的是毛毡。毛毡结实耐用，一条毡要用几十年，但是容易藏着尘土。灰尘渗透在毛毡上的牛羊毛中，扫帚是扫不掉的。只能把毛毡拿到院子里，由两个人用手抻起来，其中的一个人用木棍进行敲打。尘土在棍子的敲打下四散逃逸，飞扬在毛毡的两侧，也飘落在抖毡的人身上。那些扫落的灰尘飘走了旧年的脏累，也飘走了过往的不顺。

　　后来，老屋拆除了，在原址上新建了五间砖混结构的新屋。墙壁刷了白灰，屋顶挂了PVC吊顶，窗户安装了玻璃，土炕变成了水泥炕头，屋舍干净明亮了，扫尘不再是一件脏累活，但是仍要精心清扫岁月跌落的尘土，扫尘的习俗依然流淌在小年的寒风里。

　　扫尘后，居住环境的焕然一新也带来了精神面貌的焕然一新。面对簇新的一切，我的心房似乎也豁然明朗起来。在欢快的心情中，扫净自己心房上岁月遗落的尘土，丢掉过去的一切烦恼，驱除旧年的一切不顺，带着新的希望跨过大年三十，进入新的一年，开始新的生活。这也是小年扫尘给我的重要启示。

小年晚上，最重要的一件事是送灶神。虽然有点虚幻，但是母亲都会郑重地去做。那时每家都有一个厨房，厨房里都有一个大锅台。锅台的口被柴火熏得黑黝黝的，就像灶神爷深邃黝黑的眼睛，注视着一家人的饮食生活。过年了，灶神爷要回到天宫去汇报一年的工作。上天言好事，不管生活过得怎样，总要让灶神爷吃饱肚子去见玉皇大帝。因此，每年腊月二十三，母亲都要亲自祭灶神。吃过晚饭后，母亲在打扫一新的锅台上献上十二个特意烧制的小饼子，习惯上叫献饼子，然后燃起柏枝煨上桑，点上油灯，说一些赞美灶神的话，让我们放一个大炮仗，就打发灶爷上了天。灶神爷随着上天的炮仗飞上了天宫，不知会带来什么样的吉祥与幸福，但父母却充满希望地准备着过年的美味佳肴，慰劳一年的辛苦奔波，慰劳一家人的和睦团圆。

小年送走了灶神，剩下的一周时间里，家里就开始准备蒸花卷、炸油馍馍等自制的年货。蒸得最多的馍馍是花卷，一次要蒸一二百个。那时年货比较匮乏，品种单一，拜年拿的礼物主要是小麦面粉做的花卷。拜年拿花卷有讲究，亲戚家里拿 16 个，庄邻党家拿 8 个。有十几家亲戚和几十家党家，那拿的花卷数量就可观了。拿花卷去拜年，一方面是为了行拜年之礼，另一方面还有相互品尝花卷好坏的作用，也就是考察内当家茶饭好坏的作用。母亲当然很重视，每年都做足功课，用心蒸花卷。和面，发面，揉面，每一个环节母亲都认真操作，仔细准备；切条，团面，捏花，每一个动作母亲都用心对待，精心完成；装笼，蒸馍，取馍，每一个程序母亲都小心运作，细心实施。花卷上母亲一定会在抹了清油的白面上放上香豆或红花，增添花卷的颜色和香味。蒸好的花卷面白油黄豆绿，花团锦簇，再点上一些红色的圆点作花蕊，那出锅的花卷犹如一朵朵花瓣攒聚的鲜花，绽放在热气腾腾的圆形蒸笼里，鲜艳诱人，馨香可口。然后，把冷却的花卷整齐地摆放在箱子里，等到拜年时按标准拿出来装在竹条框子里，让我们提着竹筐去拜亲戚。

除了蒸花卷外，还要用菜籽油炸一些油馍馍、油果、馓子等油炸食物，改善过年的伙食。拜年拿花卷的日子是物质贫乏年代亲戚朋友之间最实惠的人情交往。后来生活改善后，拜年礼物逐渐更换为茯茶，罐头，饼干，冰糖。现在，有了美酒、牛奶等丰富的拜年礼品，拜年不用拿花卷了，蒸笼遗弃了，也就没有蒸馍馍的繁重劳作了。拜年礼品的变换是时代发展变化的一个缩影，也是物质生活改善的一个重要标志。

小年后，年的脚步就在一家人的精心准备中很快迈到了大年三十。灶王爷也圆满结束上天之行，高兴地回到了人间。除夕之夜，在欢快的爆竹声中，一家人尽情享受年夜饭的香甜味道，开始享受辞旧迎新的春节幸福。

小年是春节的前奏，演绎着驱除岁月风尘、创造生活阳光的节日旋律。簇新的屋舍，干净的衣物，欢快的心情，一起绽放着春暖花开的美好希望。

温馨除夕

奔忙了一年的日子终于在除夕之夜停歇在家的温馨港湾，开始享受亲情相聚的快乐与美好，尽情享受年夜饭的丰盛与香甜。在深情的守望中，日子又换上新的衣裳走向新的征程，旧年也在日子的辞旧迎新中开启了春夏秋冬新的门扉。

近几年，在大年三十的一天，做完了上坟、贴对联的活儿后，就是帮妻子做饺子，煮排骨，接灶神了。一家两口人，在县城的楼房内准备了年夜饭，就坐在沙发上无聊地看春晚，发红包，等待零点钟声。自从父母都不在、女儿出嫁后，这样的除夕就成为我的常规过法了。清闲自在是有了，但快乐热闹却没了。听着高楼上空稀稀落落的花炮声，记忆的风铃却把我带回父母在时乡村的过年情景。

父母在，家就在，年味也就浓。父母是家的根脉，也是过年的快乐源泉。父母在世时，除夕之夜，我们一家三口一定要回到农村老家，陪父母一块守岁过年。老家条件虽然不如城里的楼房，但是宽阔的院子里能容纳过年的所有快乐和热闹，温暖的农舍里处处氤氲着最温馨的年味。

那时，大年三十的一天，父亲常常忙着燎猪头、猪肘，母亲忙着张罗包饺子，妻子和女儿帮母亲做年夜饭，而我忙着去上坟、贴对联。焕然一新的庭院里，一家人都高兴地做着过年的准备。

早上，去村庄东南面山沟的祖坟上过坟后，我的活儿就是贴对联和挂灯笼。对联是请村里本家的文化人大伯写的。大伯虽然是一位农民，但写得一手毛笔字，字体质朴，圆润飘逸，在家乡有点名气。村里三分之二人家的大门上都贴着大伯书写的对联。中午，我拿着两张大红纸到大伯家，已经有很多人等着大伯写对联。等大伯书写的大门、堂屋门、厨房门的三副对联晾干了墨汁后，我拿回家就高兴地用糨糊粘贴在门框上。后来，学着大伯的样自己书写了对联贴在门框上，虽然字体不如大伯美观，但还是有模有样，充满喜庆的气息。总把新桃换旧符，看着崭新的红纸黑字的对联，我猛然感觉古老的房屋有了喜庆的过年气息，有了清新的春天气象，有了古朴的文化气息。"天增岁月人增寿，春满乾坤福满门"的传统对联表达了过年时年龄增长、春回大地、福气临门的美好祝愿。

到下午六点多时，过年的准备工作基本做完了，就开始下饺子吃了。饺子是用猪肉和萝卜做的馅，盛在碗里，调上酸菜和辣椒粉，就有了朴实而浓厚的家常味道，也是自小就熟悉的过年味道。吃饺子时，最让人惊喜的是冷不丁咬到一枚硬币。包饺子时我们会包进几枚硬币，让钱币伴着美味的饺子带给大家新年发财的希望。如果吃饺子吃到了钱那就意味着财运亨通，好运连连了。吃出的硬币不在于数量多少，而在于预示着好运有多少。因此，吃饺子时我们会特别留意放进嘴里的每一个饺子，期盼着硬币从咬破的饺子中猛然蹦出来，带来属于自己的新年好运。浑圆的饺子不但包容着一年的辛劳和美味，也蕴藏着一年的好运和希望。

吃过饺子，就等铁锅里的猪肉慢慢煮熟。父母喂养的年猪是年夜饭的主要美食，猪头肉、猪肘子、猪排骨放在大铁锅里慢慢地熬煮，那滚沸的肉汤犹如一股股冒着热气的温泉，翻着跟头，浸润着猪肉，散发出浓郁醇厚的肉香，不时勾起胃里的小馋虫。此时，我常常以试一试肉熟没熟的借口，乘机捞出一个小骨头，品尝肉的味道。那一块滚烫的猪排骨是除夕之夜我尝到的最美年夜饭。等到肉都煮熟了的时候，也就到了八点半左右。此时，将分家另过的大哥、二哥一家请到父母住的老屋，一起过年。春晚已经开始，全家十几口人聚在一起，一边看春晚，一边吃排骨，一边喝酒，气氛和谐而热闹。那些时候，陈佩斯、赵本山、黄宏等表演的小品给我们带来了许多欢笑。那时还没有手机，但普及了电视。一家人的兴趣还在一起品味的美食上，还在相互之间的交流上，还在共同观看的春晚上。子女们给父母敬酒，孙子孙女们给爷爷奶奶磕头，父母给孙子孙女们压岁钱，大家都处在家人欢聚的喜悦中。除夕之夜一家人围坐在火炕上，陪着父母一起过年，心里特别踏实，也特别温暖。

除夕之夜，父亲在堂屋柜子上点上油灯，煨桑，上香，放炮，接神灵，每一个仪式都做得很认真；敬祖宗，敬神灵，敬天地，每一份敬奉都很虔诚，希望新年迎来幸福吉祥。等到半夜时，父亲还要在各房间打醋坛。白天父亲从河边找来一块鹅卵石，煮肉时放进灶膛里用柴火烧。然后，将烧红的石头放进水桶里，倒上一斤醋，煨上桑，再倒上一壶开水。霎时，滚沸的开水与通红的石头相击，响声雷雷，水浪滚滚，热气腾腾，醋味飘飘。父亲一边在口里说一些赶走病魔之类的话，一边提着冒着热气的水桶到所有的房屋里转一圈，最后提到院子外，快速地泼在路边。打完了醋坛，意味着驱除了病魔，倒走了不顺，新的一年就平安健康，美满幸福。成家后，我接替父亲虔诚地做这些年俗活动，不去管它们是否陈旧和迷信了，只是希望新的一年全家平安幸福。

华灯初上，乡村里的上空不时炸响炮仗，传来震耳的声响，发出闪亮的光芒，年味就在此起彼伏的炮仗声中在村庄上空飘散开来。房屋里男子们在喝酒，女子们在吃水果，男孩子们则在庭院里放炮仗。虽然传说燃放炮仗是为了吓走"年"这种怪兽，但是"年"这种怪兽到底长什么样，究竟在哪里，我们这一生都无从见识。也许"年"就是赋予不同使命和希望的十二属相，不同的动物主宰着一年的运势，带来不同的年景。人们既喜欢这些动物，又惧怕这些动物，就用一个虚幻的年兽让人感到神秘和可怕，但又用十二个具体的动物来命名每一个年，让人感到亲切而美好。但对我们来说，"年"这种凶猛的兽只是一个传说，一个神秘的存在。而小孩的兴趣则是放炮仗可以发出热闹的声响，可以发出耀眼的光亮，而且花炮还能在天幕上绽放艳丽的花朵。尤其在子夜时分，新年的钟声敲响之际，是全村燃放爆竹最集中的时刻，也是乡村的夜晚最绚丽的时刻。夜幕深沉，闪烁的星星镶嵌在蔚蓝的天幕上，起伏的山脉拥抱着欢腾的村庄，高高的红灯笼悬挂在古朴的屋檐上，红润的灯光映照在快乐的脸上，炮仗的火花绽放在半空，村庄成了热闹欢乐的海洋。在宽阔的庭院里，小孩们一起快乐地放炮仗。鞭炮声噼噼啪啪地响，双响炮弹出地面飞向半空，魔术弹蹦出弹筒绽放艳丽的花朵，欢快的笑声伴着爆竹声响彻云霄。除夕之夜，最悦耳的音乐就是爆竹的声响，最美丽的花朵就是爆竹的光芒。而乡村的夜空，爆竹声却有更辽远而清脆的声响，有更热闹而欢悦的年味。

爆竹声在窗外热闹地炸响，家人的笑声在美酒佳肴中快乐地传播。在家乡的老屋，一年中最齐全的家人团聚，最温馨的亲情交流，最美好的亲人祝福，都在除夕之夜汇聚。不管一年中经历了怎样的辛酸，产生了怎样的不愉快，都会在除夕的年夜饭中消淡，都会在除夕的爆竹声里化解。

那时的除夕之夜，确实是一个不眠之夜，是一个尽情狂欢的夜晚。我们一家人围坐在炕头上，一边享受着美酒佳肴，一边寒暄着家长里短，时间不知不觉间就滑向了子夜，滑向了新的一年。当零点的钟声敲响，我们守望的新年也就来到了人间，来到了我们的身边。除夕之夜的守岁，守的就是新旧之年的幸福更替，守的就是辞旧迎新的一种真诚期待。爆竹声彻夜不断，欢快的守岁之情彻夜不减。我们坚守着守岁的年俗传承，往往会守到凌晨三四点，有时直接坚守到天亮，带着一份醉意到村里的庙上香敬神。

除夕是跨在旧年的最后一个夜晚，是最具有中国传统内涵的跨年之夜。这一晚，时间变得异常珍贵，人间也变得非常美好。团圆，美味，热闹，快乐都在家的温馨港湾灿烂绽放。在除夕之夜，人们用一份守岁的虔诚，铭记辞旧迎新的时刻，感恩家人团圆的幸福。

有钱没钱，光光头过年。不论贫穷与富贵，不管身在城市还是乡村，都要用新的面貌和姿态度过年关。我明白，除夕过年就是用簇新的心情迈过一年的最后一个坎，迈过一年的最后一个生命关口。只要过了除夕，每一个人都会走向新的一年，迎来新的生活，享受新的幸福，收获新的成功。

停泊在除夕的日子在爆竹声中快乐启航，不管是年味浓厚的乡村，还是灯光璀璨的城市，新年的钟声都会敲响美好的生活年景，奏响激越的春天旋律。

春节拜年

快乐地度过热闹的除夕之夜，年关就像庭院里炸响过的鞭炮纸屑，狼藉一片，一切过去的烦恼和不顺都在旧年的尾声中散去。而初一的清晨，新的阳光照射在簇新的对联上，映红了新春的崭新日子，新年的吉祥伴着朝阳弥散开来。

在新春簇新的日子里，拜年的礼俗也就在春意融融的阳光里开始启动，迈过年关的人们希望把新春的喜悦和吉祥分享给亲朋好友，共同期待春暖花开的美好明天。但是时代的变化，不但改变了人们的生活质量，也改变了人们的拜年形式。现在，传统的串亲戚的拜年仪式逐渐简化为聚集在饭馆里共同庆祝的团拜会了。过去，从正月初一就开始的拜年礼俗已经淡出了正月的时光里。因此，过年时我有了更充裕的闲暇时光，静享春光的灿烂。不去串亲戚的清闲日子里，梳理那些礼尚往来的拜年岁月，竟生出许多的过年期盼和人情温暖。

过去，拜年是最有仪式感的一种过年礼俗，是亲戚朋友之间最温情的一次面对面联系。春节拜年有很多讲究，讲究拜年的礼节，讲究拜年的顺序，讲究拜年的礼物，讲究拜年的话语。大年初一拜的是党家庄邻，初二初三拜的是亲戚朋友。拜年时每个人都变得彬彬有礼，温文儒雅，口吐莲花，绽放着吉祥的祝福。拜年一定要带上礼物，即使是几个花卷，也要相互交换。这种礼尚往来的串亲戚仪式一直会延续到正月十五，甚至到二月初二过年的味道也会一直洋溢在正月的春风里，温暖一年的奋斗历程。

小时候，初一的早晨，即使除夕守岁有点困，父母仍然叫醒我，让我带上花卷、酒瓶到大伯、二伯、三伯等党家去拜年。炊烟升起，大伯家里已经起床做早饭了。

庭院干净卫生，对联红艳喜庆。在大伯家堂屋的面柜上摆放了八个花卷，磕了三个头，我就端起酒杯给大伯等敬酒祝福。然后，我坐在炕头上，喝一杯刚熬好的熬茶，吃几口炒菜，聊几句闲话，就离开大伯家到二伯三伯家，依次给三位伯伯拜完年，就回到家。村里的巷道里看到很多小孩提着竹筐和酒瓶进进出出，高兴快乐。小孩们碰了面也相互致意，互祝吉祥，拜年的快乐弥漫在村庄的上空。回到家里，堂哥堂弟也到我家给父母拜年。

那时，小辈给长辈拜年，长辈给小辈压岁钱，是一幕美好的拜年情景。我也在给伯伯们的拜年中得到一毛两毛的压岁钱，很乐意去拜年。自己成家了，去给伯伯们拜年就得不到压岁钱，却能在每家喝到几盅美酒。一天下来，就把自己喝得醉醺醺的。就这样，在给党家庄邻的拜年中过了一个醉意朦胧的初一。

大年初二，印象最深刻的是小时候跟着父亲到外爷家拜年，那是最快乐的事。我记得，我家和外爷家隔了一座山，沿着羊肠小路要走一个多小时。虽然路途比较遥远，但稚嫩的肩头上还是背了一些花卷和茯茶。穿着新衣服，喘着粗气翻过高高的山头，走到山脚的一个山洼里，贴着鲜红对联的外爷家就出现在眼前。进了外爷家，外爷和舅舅们热情地接待了父亲和我。进了堂屋，父亲先从竹筐中拿出十六个花卷分两行摆放好，然后拿出一包茯茶和一盒饼干放在花卷旁边。最后，让我站在父亲旁边一起给外爷磕头。我跟着父亲趴在地上给外爷和舅舅磕了三个头，就被舅舅拉到了炕上，坐在外爷身边。外爷微笑着拿出一块钱塞到我手里。我高兴地拿着钱，说出了稚嫩的谢谢。那时，虽然只是一块钱，但是已经很满足了，可以买很多水果糖。这是我印象最为深刻的一次给外爷拜年的情景，也是自己唯一一次从外爷手中得到压岁钱的拜年经历。外奶奶去世早，我没有见过外奶奶的面。不久，外爷也离开了人世，我也就得不到外爷的压岁钱，可是至今都记得外爷给压岁钱时慈祥的笑容。

后来，有了妻子女儿，初二就去岳父家拜年了。一家三口给岳父磕了头，拜了年，女儿从岳父手中接过了压岁钱，而我则陪着舅子们喝酒，每次拜年都喝得酩酊大醉。现在，初二自己不去拜年，在家里等待女儿女婿外孙来拜年。早早地准备好大红包，准备好美酒佳肴，高兴地接受外孙的磕头，接受女儿女婿的祝福，享受拜年时的天伦之乐。大年初二，拜年身份的变化，既有岁月沧桑的印记，也有亲疏变更的喜悦。

到了初三，就到亲戚朋友家拜年了。乡村的道路上，人来车往，人们穿着崭新的衣服，提着大包小包的礼物，去拜访远方的亲戚朋友，带去新春的祝福。去姑父姑姑家，姨夫姨娘家，老亲戚，新朋友，根据辈分大小和关系亲疏，带着拜年礼品逐个拜年。问候，祝福，拉近了亲朋间的距离；敬酒，吃菜，感受了亲情的温暖；道别，迎送，体验了亲朋的不舍。

小时候拜年，是对过年幸福生活的一种期盼，期盼母亲亲手缝制的新衣服，期盼愉快享受的美酒佳肴，期盼自由自在的过年生活。那时，生活不论怎么艰难，父母都会在年前想办法给子女置办新衣服，让全家都在大年初一早上穿上新衣。那时，商店里买的成品衣服很少，过年新衣服大多是母亲扯上棉布做的棉衣棉裤。我记得，家里大人小孩的新棉袄和新棉裤都是母亲在腊月里一针一线缝制出来的。几尺蓝布，几尺白布，几斤棉花，几卷丝线，在母亲的手里左裁右剪，上缝下连，一件暖和的棉袄棉裤就叠放在初一的炕头了。初一早上穿在身上，虽然有些臃肿，但是簇新暖和，全身都充满了过年的温暖和喜庆。还有新棉鞋也是母亲一针一线缝出来的，粗麻绳纳的鞋底配上黑条纹的鞋帮，穿在脚上结实耐用。

穿着母亲缝制的新衣服新鞋去拜年，得到角角分分的压岁钱，是小时候最快乐的事，也是每到年关急切期盼的事。虽然得到的压岁钱不多，但是拿着压岁钱去买水果糖，去买小鞭炮，是最有童趣的儿时记忆。拜年时还可以吃到平时吃不到的美味菜肴，可以跟亲戚家的小伙伴一起快乐地玩游戏。贫穷年代，只有在拜年的日子里体味到生活的幸福，节日的甜蜜，人情的温暖。现在，一年四季都有新衣服穿，在街市上随处都能买到时尚的衣服，每天都吃着大鱼大肉，自然也就少了对拜年的期盼。

长大后去拜年，就变成了一种其乐融融的人情交往。作为一家之主去给舅舅拜年，给岳父拜年，给亲戚朋友拜年，摆放礼品，磕头行礼，嘘寒问暖，饮酒吃菜，感觉到了一种融洽而热情的亲情交流。虽然再也得不到一分钱的年钱，但却有了一种新的满足和自豪，感觉到自己已经长大了，自己开始接受外甥、外孙的拜年，自己可以高兴地给外甥和外孙压岁钱了。年的轮回让自己成熟了，也让自己的拜年角色转换了，自己可以调剂过年的节奏了，可以影响家人的过年幸福了。在接受别人的拜年仪式中，一种敬老爱幼的过年责任担在了肩上，心里充满了成长的幸福。

拜年讲究的是礼尚往来，礼节和礼品是沟通亲情关系的一种媒介和桥梁。过年置办年货最重要的一项是置办拜年的礼品，而拜年的礼品却烙印着时代的印记。拜年的礼品一是随着时代的变化而变化，二是根据亲戚的亲疏定轻重。物质贫乏的年代，拜年礼品是花卷一类的馍馍。拜年路上，南来北往的人提着一竹筐花卷高兴地去拜年，曾经是一种时尚。后来，增加了茶叶、罐头、冰糖、饼干等副食品，拜年礼品就有了明显的轻重之分。现在，拜年礼品更是丰富多样，轻重差别更大。牛奶或酸奶成为普通的礼品，在党家庄邻间交换；美酒加酸奶作为贵重的礼品，在亲戚朋友间往来。约定俗成的社会风尚引导着礼品的轻重贵贱。但是礼轻人意重，亲情间的拜年交往看重的是人心的真诚，是礼尚往来的礼俗，而不是礼物的轻重。在崇尚礼尚往来的拜年习俗中，礼品的变换是时代发展的一面镜子，映照着不同时代的过年景象，也映照着亲情关系的远近亲疏。

如今，提着重重的礼品串门串户去拜年慢慢成为了一种负担，一种形式上的行走。于是，在智能手机时代，拜年的习俗逐渐简化成集体团拜的形式，转化成不在现场的视频拜年。在腊月年根的时候，组织血缘亲近的几家亲戚或党家庄邻聚在一起，共同庆祝新年的到来，庆祝亲戚朋友的团聚，已经在城里和乡村成为了时尚。大部分亲戚朋友间的拜年仪式已经在腊月团拜中快乐轻松地完成。不用互换拜年礼物，不用品尝各自的美食，不用跪拜磕头，不用走街串巷，拜年走亲戚的传统仪式已经成为岁月的记忆。而张灯结彩、年味浓郁的正月初一至十五则成为一段无所事事的闲暇时光，不停地刷手机，反复地看电视，慵懒地睡大觉，年味也就慢慢地淡出了正月的时光里。

初一的明媚阳光里，我百无聊赖地坐在窗前，慵懒地晒着春节的温暖阳光，梳理那些奔忙的日子和拜年的岁月，心中竟有许多的失落和孤寂。但我知道，不管是集体团拜,还是走亲串户拜年,只要亲情的根脉不断,纯朴的人情不减,什么形式的拜年都会是最温暖的人间真情,都是最温馨的过年记忆,都是最幸福的拜年慰藉。

热闹元宵节

兔年的正月十五，花灯格外璀璨，社火分外热闹，烟花非常绚丽，灯阵十分璀璨，处处洋溢着过年的喜庆景象。蜿蜒曲折的湟水河两岸灯火通明，闪耀着火树银花的街道上游人摩肩接踵，广场上可爱温顺的兔子花灯前人潮涌动。海东两区四县的过街社火正月十二在裙子山下的街道隆重汇演，七里店的黄河灯在正月十三璀璨点亮，人们在烟火人间的年味中演绎着元宵节的热闹。在社火闹春的喜庆中，在元宵灯火的璀璨中，我不禁想起过去那些热闹快乐的元宵节，想起春意乍来时的喜庆时光。

小时候，正月十五到邻村赵家寺逛庙会，赶大集，听大戏，看社火，是最有情趣的元宵节了。赵家寺，又名广济寺，修建于明末清初，是省级文物保护单位。正月十五的早上，一进三院的寺庙里香烟缭绕，人头攒动。善男信女们上香磕头，祈祷祝福，而我们小孩只是挤进去看看热闹，看看神秘的佛像，就跑到寺庙右前方的广场上。广场上有集会，很热闹，城里的小商小贩带来了瓜子、糖果、酿皮等好吃的东西。琳琅满目的商摊上小贩大声地吆喝，狭窄拥挤的走道里游人快乐地蜂拥。我们几个小孩用压岁钱买了瓜子、糖果等喜欢的东西，跑到广场北面的大场上看秦腔演出。

那时，每年的正月十五，赵家寺村都会请土官口村的秦腔来演出。高高的台子上搭起了舞台，高台下面是一个打麦场，观众站在场地里观看。虽然我们不懂秦腔，但是《铡美案》《辕门斩子》等精彩的表演也能吸引我们小孩在台下伸着脖子看一会儿，听一会儿。那些古色古香的妆饰和花里胡哨的脸谱让我第一次触摸到历史的影子,而浑厚刚正的腔调和古朴典雅的扮相让我第一次感受到戏曲的魅力。虽然听不懂呜里哇啦的唱词唱的是什么内容,但是抑扬顿挫的音律却在幼小的心灵上种下了艺术的种子。我第一次感到,单调的生活中竟有那么新奇的戏曲演绎着不一样的生活,演绎着生动的历史故事。乍暖还寒的春风里看秦腔和社火演出,真是一次美好的艺术享受。

后来,家安在县城了,每年的正月十五就到七里店逛庙会,看戏曲表演,逛黄河灯,还在街道上看过街社火,观烟花,赏花灯,文艺节目更丰富了,元宵节更热闹了。

社火流行的年月,正月十五是县城最热闹的一天。正月十五闹元宵,闹得最欢腾的是过街社火。社火大流行的年代,县上组织各单位和各乡镇的社火队游街,进行社火展演。汇演的社火,规模宏大,阵容庞大。从新乐十字那儿出发的社火队几乎排满了前街,庞大的队伍经过前街的新乐商场、西门桥头到后街的城隍庙、县委县政府、中心广场、西来寺,再转到前街的税务局、乐都商场后慢慢散去,历时将近三个小时。万人空巷,观看的人从四面八方涌到县城,挤满了城区的前后街道。我经常站在中心广场的街道边,挤在人群里,观看精彩的社火表演。长长的社火队边走边表演,精彩地展示腰鼓、秧歌、高跷、旱船、亭子、龙狮、竹马、彩车等社火节目。龙狮欢腾,彩车华丽,锣鼓声声,舞姿翩翩,长长的街道成了艺术的舞台,歌舞的世界,欢乐的海洋。这一天,街道里到处是社火闹元宵,万民同欢庆的新春气象。

其中,高庙西村的亭子和高跷是最耀眼的社火明星。十几辆手扶拖拉机上人工制作了十几棵枝繁叶茂的大树,叶子碧绿,花朵艳丽,一派春暖花开的景象。穿着古装的少年端居在枝叶间,顾盼生辉,古朴典雅。绿叶红花的树映衬着花枝招展的少年,花枝招展的少年点缀着绿叶红花的树,相得益彰,美艳动人。亭子是过街社火中最艳丽的花朵,十几个亭子缓缓移动在街道上,犹如缓缓移动的春天雕塑,闪耀着春暖花开的明丽光芒。

高跷则是一组行走的戏曲图画。几十个穿着古装的青年男子脚踩在两米多高的木棒上,迈着长长的步子招摇过市,大步流星,潇洒飘逸。每一个高跷都是一个戏曲人物的扮相，每一个古装扮相都是一幅灵动的历史图画。走高跷走的是一份传统的风韵，而且是一份技艺的高妙。对踩高跷的演员来说，踩高跷玩的是技巧，玩的是勇气，玩的是惊险。看着高高跨过的高跷，人们都在为踩高跷的演员暗自里捏把汗，生怕他们走不稳摔倒。

还有舞狮、竹马、旱船、锣鼓、舞龙等队伍演绎着各自的风韵，流动在漫长的街道上，犹如跳跃的美丽浪花，飞溅出春天的绚丽多姿。那时，热热闹闹的社火展演是正月十五最绚烂的民间艺术之花，也是最鲜活的地方文艺之花，开启了春暖花开的灿烂序幕。而2023年，作为海东市府的乐都，过街社火在正月十二隆重汇演，富有乐都、平安、互助、民和、化隆、循化两区四县地方特色的社火，在红崖飞峙下精彩展演，演绎了河湟谷地最绚丽的春天序曲。

晚上到七里店逛三年两头的黄河灯又是一件富有游逛情趣的事。在三官庙上了香，到庙后的场上看几眼秦腔演出，就来到三官庙东面的灯阵场地。华灯初上，七里店三官庙东面的田地里点起了三千六百盏灯笼，星星点点，曲曲折折，明明灭灭，璀璨夺目。这些由七里店、马家台、水磨湾等村村民制作的灯笼组成了一个回字形的八卦迷宫。灯与灯之间用细绳连起来形成了一米多宽的道路。道路来回曲折，曲里拐弯，在两亩大的麦田上硬是绕出了五公里多的距离。路上布满坚硬的土坷垃，走在上面有点硌脚。人们在迷宫里快乐地突围，找寻着光明的出口，体验着奔走的快乐。

九曲黄河灯阵南面依靠着连绵起伏的拉脊山脉，北面紧临着黄河上游第一大支流湟水河，山环水绕，蔚为壮观。黄河灯在白天和夜晚显示出不同的美。白天，太阳朗照，七彩的灯笼竖起在一米多高的木杆上，犹如一株株艳丽的花朵，绽放在褐色的土壤里，呈现绚烂的花瓣，组成了花的海洋。到了晚上，皓月当空，方形的灯笼一盏盏地亮起来，犹如一颗颗闪烁的星星，放射出璀璨的光芒，形成了灯的河流。人游走在灯阵里，就像在花海或星河中漫游，处处洋溢着春光明媚的灿烂景象。

逛灯的人从东面的入口进去，一会儿走向南，一会儿折向西，一会儿返回到北，一会儿又拐向南。如此反反复复，来来回回，游人就在两亩大的田地里热热闹闹地转来转去，说说笑笑，指指点点，体验逛灯的乐趣。脚下高低不平，踩起了尘土，飞扬在灯笼上空。灯笼中透出昏黄的光，照在灯笼上的纸花，照在褐色的地面上，照在游人的脸庞上，显得朦胧而柔媚。走到中心紫禁城高高的灯笼前，还有一半的道路要继续绕。此时，西面的出口近在咫尺，可就是走不到跟前。如果走捷径可以钻过灯笼之间的细绳，很快就能到达出口。但是那样就犯规了，失去了逛灯阵的意义。人们宁愿花一个多小时冒着仆仆风尘行走，也不愿耍滑偷懒走捷径，继续在来来回回中走完坎坷不平的路，高高兴兴地跨出西面的出口，体验逛迷宫的神秘和竞走的快乐。

不论是白天，还是夜晚，观灯的人行走在灯阵里，都是一次美妙的人生体验。人生道路虽然漫长，但是很多时候都在重复，每天似乎不一样，其实又都一样。人生就在不断重复的日子里过完崎岖不平的一生。人生就如八卦迷宫，虽然九曲十八弯，但每条道上的灯笼一样，路况一样，逛灯阵的人就在似曾相识的道路上绕圈子，打转转，在不断重复中稀里糊涂地转出了迷宫，身心得到了解脱，逛灯也得到了圆满。

从七里店观灯回来，还去广场上观一阵花灯。那时，中心广场上挂满各单位制作的花灯。各种造型的花灯上描画着花鸟虫鱼的图案，书写着吉祥如意的话语，显示出灯笼制作者灵巧的手艺和美好的祝愿。一排排独具匠心的花灯映亮了广场，映亮了正月十五的夜空。有时灯笼上贴着灯谜，观灯的人驻足观看，指指点点，竞猜谜底。明月之下，灯月交辉，人头攒动，有"东风夜放花千树，更吹落，星如雨"的璀璨，也有"蓦然回首，那人却在灯火阑珊处"的浪漫。

那时，元宵节晚上还有焰火的燃放。观看焰火的人挤满了广场前的街道。街道上灯火通明，高空中焰火闪烁，一朵朵烟花在街道上空艳丽绽放，映亮了天空，芬芳了天幕。那些烟花如瀑布流动，似菊花绽放，好像天女在散花，仿佛流星在飞逝，形态千变万化，光亮闪烁飘忽，声音此起彼伏。圆月朗照的天幕，变幻着如梦似幻的焰火精灵，闪耀着春暖花开的缤纷。在元宵节的夜晚，璀璨绽放的烟花是闹元宵的高潮，艳丽的烟花绽放在皎洁的月夜下，也绽放在春天的暖阳里。

那些年月，热闹的元宵节处处是欢乐的海洋，是文艺的浪花，是春天的讯息。我逐渐懂得，之所以把正月十五定义为闹元宵，是因为热闹的元宵闹醒了春天，闹活了人心，闹热了希望。热闹欢快的元宵节后，新的一年有了生机，有了活力，有了春暖花开。

今年的元宵节七里店的九曲黄河灯又璀璨点亮，热闹的社火早早地穿街而过，明亮的花灯闪烁迷离，缤纷的烟花闪亮夜空。元宵节又恢复了往日的喜庆和热闹，兔年的春天在隆隆的爆竹声和璀璨的花灯中绽放出如花的笑脸，新的生活在人们过年的快乐和奋进中灿烂启航。

社火闹春

春天的早晨阳光温暖地照在湟水河薄薄的冰床上，春节的夜晚湟水河岸边闪耀着火树银花的璀璨，沐浴着初春阳光的湟水谷地又奏响了欢腾的锣鼓。正月初八早上街道里传来了锣鼓声，湟水两岸又欢腾起了热闹的社火，给传统年味增添了一道丰盛的文艺大餐，热闹而喜庆。在重拾社火的热闹烟火中，我想起了小时候参加社火演出看社火的热闹情景。

那时候，春节文化活动虽然很少，但热闹的社火却在正月初八就如春风一样如约吹来，一直吹拂到正月十六，温暖了春潮涌动的湟水谷地。敲锣打鼓，龙飞狮舞，唱歌跳舞，花团锦簇，给平淡的生活带来了一些快乐的时光，给寒冷的乡村增添了许多温暖的气息，一阵阵欢快的锣鼓奏响了春天的序曲。

十五岁那年，我上初二，虽是少不更事的时候，却已是家里的半个劳力了。那年寒假，村里要演社火，家里有劳动力的一定要参加。我作为半个劳动力光荣地进入了社火队。但是身份却很尴尬，就是一个打灯笼的角色，不用化妆，不用跳舞，几乎与社火的文艺表演搭不上什么边，只是与社火的文化气息沾了一点边。那时也没有那么多讲究，也不管自己的角色是什么，父母要我去，我也只能去，没有选择的余地。

打灯笼的活儿没有什么技术和艺术含量，只要两手举起一只挂在长木棒上的灯笼走在社火队的前面就行。我拿到村里分给我的灯笼，两手紧紧抓住木棒，听从大人的指挥，跟着七八个与我一般大小的打着灯笼的伙伴，一起进退。虽然举着灯笼的手有点僵冷，但心里还是很乐意的。

那时，腊月农闲时，社火就开始排练了。作为一名社火队的成员，可以自由地进出排练的场院里，近距离看到村里小伙们的本色排练。那时演社火的都是男的，腊花姐都是男子装扮的。他们无论是咿咿呀呀地唱，还是扭扭捏捏地跳，都看不出社火的好来。等到腊月二十八的时候，要给全村汇报演出了，才发现昏黄的灯笼下，化妆打扮的演员提着小灯笼，拿着小折扇，迈着八字步，唱着杨柳青，是那么的美丽动人，一举一动都洋溢着艺术的气息。艺术是要靠色彩装扮的，而打灯笼却不需要装扮。

虽然自己的角色不起眼，表演节目也没有我的什么份，但是在打着灯笼出村行走和进村照明中，却能反复地观看和安静地体验社火带给人们的快乐文化享受，那是我打灯笼最丰厚的收获。

春节时的乡村，乍暖还寒，萧条冷清，但是社火队的到来却给宁静的村庄带来浓浓的春意，快活的气氛。大小灯笼上的鲜艳纸花，花花绿绿，层层叠叠，每一朵都洋溢着春暖花开的灿烂色彩。大红大绿的服饰装扮，白皙的面容，粉红的脸蛋，红润的嘴唇，艳丽的头饰，五彩的摇扇，每一个演员都展现出俊朗美丽的妖娆身姿，富有春天的气息。金色的飞龙，飞舞着起伏奔腾的灵动图腾，洋溢着春天的活力；红色的舞狮，跳跃着欢快灵活的威武气势，舞动着春天的生机。鼓声激越，锣声铿锵，乐器悠扬，唱腔高亢，演奏着春意盎然的欢快景象。无论是眼睛所见，还是耳朵所闻，抑或是心中所感，社火的每一个节目，每一个演员，每一件道具，每一次演出，都是对春天的歌唱，对春天的赞美，对春天的向往。人们用艺术的形式，创造着生活的春天，演绎着人生的美好。我逐渐明白，社火的最大作用就是让人们在春寒料峭的立春时节，在欢乐的艺术享受中提前进入生活的春天，体验生活的美好。社火在人们的心中播下了春天的种子，播下了新年的希望。

那一年，我感受到社火的美不但体现在如春花一样的绚烂多姿上，而且还体现在似春潮一样的优美旋律里。敲锣打鼓的节奏是社火中最响亮的旋律，也是社火的魂魄。锣鼓喧天，喧出的就是富有生命活力的春天韵律。不论是行走时的舒缓鼓点，还是舞龙时的急促节奏，那一声声轻重缓急的快乐节奏，都是春天最欢快的旋律。社火的韵律除了敲锣打鼓的激越欢腾外，还有二胡、板胡、竹笛、三弦这些传统的乐器演奏的《满天星》《四季歌》《柳叶青》《花儿与少年》等传统小调的婉转悠扬。这些经典的社火小调是歌咏春天的最美音律，犹如湟水河千年不变的流动涛声，悦耳动听，经久不衰，浸润在乡里人的血液里，传唱在乡里人的乡愁里。西洋乐器再怎么动听，也美不过三弦琴弹拨的婉转小调；流行歌曲再怎么时尚，也抵不过《柳叶青》的永久魅力。

那一年，村里社火表演了一个舞狮上高台的惊险节目，令人印象深刻。领狮子的演员拿着绣球，先在场地上表演戏绣球、挠痒痒、打滚等情感戏，尽力展示狮子的温顺可爱。然后，引导舞狮在几十张课桌叠起来的四米多高的台子上，上下腾挪，左躲右闪，表演惊险的技术活。舞狮一步步从最底层的桌子上跳到第四层的一张桌子上，站立起来，摇头摆尾，环顾左右，尽显狮子的凶猛和威武。最后，又一步步跳下来，轻盈敏捷，憨态可掬，完美收场。每场舞狮表演都会获得全场观众雷鸣般的掌声。从那以后，我再也没有看到过舞狮上高台的表演，只看到舞狮在平地里跳一跳，滚一滚的温顺表演。

社火的红火和热闹，是最直观的文化视听享受，而节目内容的劝恶从善则体现着社火的教育功能。那时的社火，除了欢快的扭秧歌外，还有简短的眉户戏。记得演得较多的是《万山送母》《张连卖布》《彦贵卖水》《小姑贤》等教育人们孝敬父母、戒赌养家、善待家人、尊重长辈等中华传统文化内涵的小戏曲。通过戏剧式的化妆表演，演员的唱念做打，艺术地表现社会的不良现象、家庭的伦理道德、人性的善恶美丑。那时，人们文化娱乐少，闲余的时间多，人的心思较为单纯。因而，每场社火表演，演员会身心投入地演唱，群众会津津有味地观看。一场社火表演就是一场对全村男女老少的思想教育，一次质朴愉悦的艺术教化。后来，生活节奏变得快捷，娱乐工具变得丰富，人心变得复杂，那些眉户戏逐渐淡出了社火的节目表演，社火的教化作用也逐渐消失。新的社火只是表演一些具有时代气息的歌舞，蹦蹦跳跳，说说唱唱，没有了眉户戏的古风古韵，也缺少传统社火的教化作用。

那个时候，村与村之间常常进行社火交流表演。人们的心中有纯朴的情感，人们乐意参加社火演出，也乐意请演员做客。不计较什么报酬，也不论关系的亲疏。村里安排哪家去演出，哪家就积极派人，一个村子就能轻易地组织起一百多人的社火演出队，阵容庞大，气势壮观。去邻近的村庄表演，会受到热烈的欢迎。人们敲锣打鼓到村口迎接，一直迎到村子的场院里，鸣放炮仗，气氛隆重。

社火队迎进村庄后，先在场院里转几圈，唱几句吉祥的话，拉起场子。这时，打着灯笼的人高举灯笼，自豪地走在前面，脸上带着严肃庄重的神色。绕上几圈后，看到场子大小确定了，就拉开距离站在观众的前面，为社火表演的舞台定好位置和范围。此时，明亮的灯笼飘扬在天幕下，犹如猎猎摇摆的旗帜，为社火表演保驾护航。然后，八大光棍和八大腊花姐开始表演传统歌舞。舞步欢快，歌声嘹亮，彩扇慢摇，灯笼微明，犹如鲜艳的花朵绽放在场地的中央。看节目的观众人山人海，把场子围得水泄不通。场院里挤满了，就站到房屋上，站到高墙上，伸长了脖子来看。打灯笼的人常常被挤得前仰后翻，手中的灯笼也随之上下摇摆。

社火，有时在白天表演，有时在晚上表演，有时离家近，有时离家远。但是每次社火表演，接了社火的村庄都会在表演一两个节目后请演员到家里去做客。有的人家请四五个，有的人家请七八个，都以请到社火队的演员而自豪，一百多人的社火队全都在拉拉扯扯中请到人家。正是过年的时候，人们已经准备好了饭菜，做客也就很便利。在热情的待客礼节中吃饱了肚子，领受了人情，听到锣鼓敲打的声音，马上谢过主人，又去村庄的场院里开始表演完整的社火了。虽然那时人们的生活并不富裕，但是招待客人的情绪非常朴实而热情。现在虽然物质生活富裕了，但是人们之间的情味却冷淡了。表演社火即使发工资，给礼品，但是三百多户的村庄却往往组织不起一场四五十人的社火队。即使组织起来了，到邻村去演出，观看社火的观众寥寥无几，也无人邀请演员做客。传统在现代的时尚中逐渐隐退，人情在金钱的权衡中慢慢变淡，人心在纷乱的尘世中渐渐涣散。

那一年的社火演出，是我难以忘怀的一次民间文化演出经历。高高的灯笼映亮了乍暖还寒的乡村夜空,映亮了社火闹春的温馨乡愁,也丰富了我的过年味道,是烙印在少年时期最深刻的文化记忆。

此后好多年,我在正月里都会听到村里社火表演的锣鼓声,看到龙飞狮舞的欢腾景象。正月初八以后,一有闲时间都会去大队场院观看本村或邻村的社火演出,每年都如约而至的社火都会给寂静的乡村带来生机勃勃的春天讯息。在没有电视和手机的时代,社火用祭拜地神和火神的隆重仪式,用百姓喜闻乐见的民间艺术形式,创造了春暖花开的美丽景象,激活了人们追求美好生活的希望,点亮了人们辞旧迎新的奋斗征程。

现在,老家已经有好几年没有社火表演了,也很少邀请社火队来村里表演了。正月的村庄听不到锣鼓的声音,看不到舞动的龙狮,更看不到灯笼高擎的情景。但在回家过年,家人相聚的欢乐时刻,乡亲们手机里播放着《四季歌》,手里摇着彩色扇,扭动着腰肢,在熟悉的社火小调中自娱自乐。

时代的风会吹走一些过年时的热闹情味,但是岁月的胶片上仍会珍存那些欢乐的社火韵律。

龙腾二月二

正月的年味犹如湟水河零星的冰床慢慢消散，河中的野鸭欢畅地嬉戏在沙洲边，岸畔的柳树孕育着翠绿的柳叶，两岸的田地埋下了金灿灿的种子。春回大地，万物复苏，湟水谷地处处显露出蓬勃的生机。

为什么把二月二与龙抬头联系起来，据说是，二月二这一天，是苍龙星宿中的龙角星冉冉升起，意味着龙抬起了头。从此以后，阳气上涨，春雷炸响，雨水增多，万物勃发，人间迎来欣欣向荣的景象。确实，进入二月份，天气就逐渐转暖，虽然乍暖还寒，天空里时不时飘下晶莹的雪花，但是带着暖意的雪花很快地就消融在春天的暖风中。春天的雪是春雨的前行者，虽然张张扬扬，但是落到地上就立马化成了湿润的水，就快速地渗入了土壤的肚腹，逐渐唤醒叶芽的心肺，蓬勃的绿色开始露出面容，亲吻着春意盎然的大地。二月二后就是惊动万物复苏的惊蛰，万物都昂起了健硕的头颅，生命获得了旺盛的活力。

二月二虽说没有休假的闲适，没有年夜饭的丰盛，没有庆祝的喜庆，但是民间却有一个特殊的节俗，炒大豆，吃大豆。虽然吃得简单，却很特殊，被民间赋予了深厚的节庆文化意义。据说，吃大豆的节俗文化是因为腊八喝粥把人的心眼给糊住了，人们就糊里糊涂地过年，尽情地消费一年的劳动成果。到了二月二就该清醒了，需要重新挣光阴，需要激活人的心眼，而坚硬的大豆能磕醒人的大脑，崩开人的心眼，重新认识生活的艰难，开始辛勤耕耘，去创造一年的幸福生活。所以，二月二吃大豆具有醒脑的作用，也有警示的意义。这种大豆文化虽然有一点调侃的味道，但也安慰了人们过节的心理需求，丰富了节日文化。

受这种节日文化的影响，小时候，生活条件虽然不富裕，家里没有大豆，但是到了二月初一，母亲还是想办法炒一锅大豆，在二月二的节日里让家里人都吃上酥脆的大豆。在龙抬头的日子里，让舌尖弥漫大豆的馥郁香味，给生活增添节日的乐趣。

包产到户以前，二月二的大豆是母亲是用小麦换来的。后来，有了分的田地，母亲会在麦田边上种上一些大豆。大豆开花时，如蝴蝶一样的豆花绽放在直立的豆秆上，就像给绿色的麦穗镶上了一道素雅的花边。花瓣凋落，豆秆上结了一串串绿色的果实，犹如垂挂的一串串翡翠，美艳诱人。青黄不接的时候，母亲不时摘来一些还没熟透的豆果，放进锅里煮。煮熟了，让我们分享带着青草味的大豆果。剥去褐色的豆壳，用手把白生生的大豆从乳白的豆荚中挤出来，放进口中，慢慢咀嚼。带着温度的大豆绵软爽滑，散发出浓郁的豆香。立夏时节，香醇的大豆不但解决了口腹之欲，也快乐了青葱岁月。等到大豆完全成熟，豆壳变成黑色，母亲就把大豆秧拔回家，晒干打碾，收获一小袋淡黄的大豆，存放起来，到二月二时炒给家人吃。

我记得，炒大豆时，母亲从屋后的山坡上用笤帚扫来一些细碎绵软的白土，当地人叫作馊土，就是山坡上的洞穴内被虫子耕耘过的酥软的带有咸味的土。不知什么原因那些扫来的土竟有淡淡的咸味，牛羊也喜欢吃洞穴里的土，以弥补盐分。

炒大豆时，母亲先把白土倒进锅里用火烧烫，然后倒进用水浸泡过的大豆，不停地用木棍搅动。大豆伴着热土在锅里极速地转动，就像漩涡里转动的浪花，发出"呛啷呛啷"的声音。不一会儿，锅里就响起"嘭嘭"的爆裂声，热土在锅中炸开，四散飞溅，而大豆弹跳起来后又跌落到锅里，继续转动。等到锅里响起如鞭炮一样噼里啪啦响亮的声音，大豆也就熟了。于是，熄灭柴火，把大豆和白土一起用笤帚扫到簸箕里，拿到院子里。母亲用簸箕把土颠簸出去，在飞扬的尘土里，大豆也在愉快地跳舞，上下跃动，非常快乐。等到尘埃落尽，簸箕里剩下的就是炒熟的大豆。此时的大豆全都裂开了皮，犹如裂开了的嘴，透着快乐的声色。裂开的地方沾有一些土粒，犹如撒的一层细盐。炒熟的大豆颜色发黄，略带有一点黑色，质朴厚实。用嘴吹一吹土，剥开大豆皮，吃进嘴里，酥软爽脆，带有淡淡的豆香、咸味和泥土的味道。吃着豆花香伴着咸味和泥土味的大豆，别有一番滋味在心头。

二月二的一天，母亲把炒熟的大豆装满我的口袋，让我上学去。我拿出大豆和小伙伴相互交换，一起分享。伙伴们拿着大豆比一比谁家的大豆酥脆，谁家的大豆好吃，就急不可耐地嘎嘣起交换的大豆了。课间十分钟，每个人的嘴里塞满了大豆，都发出嘎嘣嘎嘣的声响，空气中溢满豆花的香味，溢满快乐的笑声。大豆虽小，却能增进同学之间的友谊

同时，我们小伙伴用大豆做赌具，下课后进行赢大豆的游戏。把对方的一颗大豆放在地上，然后用自己的大豆放在前面，用中指猛力弹出去，如果弹中了对方的大豆就赢回了一颗大豆；如果没有打中对方的大豆那就输了自己的一颗大豆。就这样高兴地交换着弹大豆，玩游戏，既赢取了大豆，又锻炼了手指，充满童趣。还有一种玩法是把大豆攥在手中让对方猜大豆的数量。如果猜中了就把手中的大豆给对方，如果没有猜中就赢回了对方的大豆。小小的大豆在我们小孩子手中赢来赢去，增添了无限的乐趣。

不知什么原因，河湟人家竟把腊八和二月二两个小节日都赋予了一股淡淡的豆香，而且两个节日都有豆香文化的连通性。腊八吃馓饭的目的是把人的心眼糊住，而二月二吃大豆则是把心眼崩醒。人们在迷糊与清醒中快乐地度过了春节，迎来了龙抬头的日子。在馥郁的豆香中，湟水谷地弥漫起了春暖花开的气息。

现在，大街上装满大豆的小推车经过身边时，我知道二月二即将来临，就停下脚步，买上一两斤焦黄的大豆，拿回家和家人一起吃大豆。街上买的大豆，干净酥脆，咀嚼起来有淡淡的豆香。但是没有了淡淡的咸味，没有了淡淡的泥土味。我感到，缺少母爱的节日总是少一份温馨的味道，我怀念小时候母亲炒的大豆。

吃着嘎嘣脆的大豆，借着龙抬头的鸿运，我走进理发馆，让疯长了一个月的头发臣服在剃头刀下，掉落在逝去的年味里。然后，带着焕然一新的面容，走进二月和煦的春风里，去追逐春光明媚的美好时光。

怀远清明节

清明时节，柳树垂下翠绿的枝条，杏树绽放粉白的花朵，青草探出嫩黄的芽尖，湟水谷地露出了气清景明的明丽景象。此时，乡野的上空响起了此起彼伏的炮仗声，冒起了若隐若现的青色烟雾，人们纷纷去渐露春意的坟场告慰逝去的先祖，去领略草长莺飞的景色。顿时，湟水河两岸的山野热闹了起来。

清明作为节气，意味着大自然到了气清景明的美好时节。这时，太阳运转到黄经15度的轨道交节点，阳光明媚，天气清澈，草木萌动，预示着乡野进入了播撒种子的耕耘时节。走入乡野，轻盈的雪花夹杂着淅沥的雨丝清洗着空中的浮尘，肥沃的田野处处呈现出欣欣向荣的气象。桃红柳绿，草长莺飞，踏青赏春的愉悦洋溢在明媚清爽的春光里。

而作为节日，人们对清明节却赋予了扫坟祭祖的厚重文化意义，寄予了神清目明的人生思索，寄予了怀远思今的心灵慰藉。在春暖花开的美丽时刻，让人们去关注生死相轮回的问题，去沟通阴阳两相隔的世界，这是最严酷又最温情的人生哲学。这个时节，已达知命之年的我在青烟笼罩的坟茔前，猛然明白了自身归宿的问题。那就是我从哪儿来，最终要到哪儿去。

小时候，不懂清明上坟祭祖的悲伤与沉重，只觉得跟着长辈们去坟场是一件快乐的事，是一件富有节日气氛的口福享受。不管是双手打着黄色的长钱行走在路上，还是两腿落地跪卧在坟前磕头，内心都很少涌起过悲伤，流下过酸楚的泪滴，反而在积极地参与中急切地期待着分享美味的节日幸福。因为生死的概念对少年来说还很模糊，也很遥远。自己最亲的家人都还健在，年少不更事的我还没有时间去思考自己的来去，也没有经验去面对沉重的生死话题。我现在还记得，小时候在坟地里喝醉酒的事情。

那时，我十二岁，正是年少轻狂的时候。我们一家和大伯二伯三伯三家聚在一起去上坟。四家合起来准备了过节的果蔬及酒肉等美食，共同到坟地支锅埋灶，隆重地过清明节。大人们用架子车拉着上坟用的祭祀及锅碗瓢盆等物品，小孩子们手里则高举着用黄裱剪成的长钱，犹如举着家族兴旺发达的一面面旗帜，浩浩荡荡地向村庄东面的杨家沟走去。

山沟里已经长出了草芽，四面山峰的森林露出了青黛色，田地里人们吆喝着耕牛埋下种子，坟头上也冒出了一些嫩黄的青草。到了坟地，大人们忙着放香裱、柏枝、祭祀、燃放鞭炮，而小孩们把长钱插在坟头上后，却忙着捡拾没有爆炸的鞭炮。不一会儿，坟头上冒起了一股股青烟，快速地飘散开来，弥漫了坟头的上空。在青烟袅袅中，我们七八个小孩跪在大人们身后，听从口令，按照仙逝先祖的辈分，依次给太爷、太太、阿爷、阿奶等磕起了头。那时，爷爷因病去世早，也没留下照片，脑中没有任何印象。活了八十三岁的奶奶则留下了一些特别的记忆，裹着小脚的奶奶走路总是小心翼翼，满脸皱纹的奶奶说话总是大声大气。但不在一块儿住，情感也不是那么亲近。无意识地磕完头，小孩子们就在山坡上玩，大人们则在坟地里支起了锅，开始煮肉做菜。饭菜做熟了，就在坟地里席地而坐，三十几口人聚在一起，一边聊着天，一边喝酒吃肉。

此刻，平时冷清阴森的坟地猛然间变得热闹欢快起来了。坟头上黄色的烧纸飘飘扬扬，坟前的铁锅里肉香四溢。大人们喝醉了酒，也哄着我们几个十一二岁的小孩喝了几杯酒。那是我第一次喝酒，并且是在敬奉先祖的清明时节喝的酒。不胜酒力，我们几个小孩竟都喝醉了，吵吵闹闹，轻狂张扬，最后大人们用架子车把我们拉回了家。后来好几年，自己在上坟时没敢再喝酒，直到自己加入了成人行列，上坟结束回到家里总要喝一些酒。无须"借问酒家何处有"，常常在自己家里就把自己给灌醉了。一段时间以来，快乐地享用美酒佳肴竟成为上坟祭祖时一件理所当然的事。

年少时，不懂上坟祭祖的规矩，也没有失去亲人的伤感，稀里糊涂地去上坟，又热热闹闹地从坟地归来，从来没有感到过"路上行人欲断魂"的阴郁和悲伤。有时，自己热闹地加入抢馒头的队伍中，和大家一起争抢从坟头滚落的馒头。争抢到了沾满坟土的馒头，非常高兴，觉得自己从先祖那儿得到了护佑，以后就能得到充足的财富，得到美满的婚姻，得到幸福的生活。清明节如同其他传统节日一样充满快乐愉悦的气氛，还有一份新的期待。

后来，父母亲等长辈在三十几年里相继去世，还有堂哥、亲哥都早早去世，清明上坟时脚步就沉重了，心情也阴郁起来。面对眼前堆起的一个个新坟堆，猛然觉得身边的亲人竟少了那么多。尤其是父母亲切慈祥的面容再也看不到了，和蔼熟悉的声音再也听不到了，他们都安卧在隆起的土堆里，相聚在另一个世界里。在坟前的沉重回忆中，我感恩着他们在人世间曾经的美好，想象着他们在天堂里拥有的幸福。在经历多次失去亲人的悲伤后，我逐渐明白了清明上坟是后人对先祖最真诚的一次追忆和拜祭，也是最深切的一次感激和敬奉。在上坟的日子里，我逐步感觉到他们在等待着孝子贤孙的清明祭祖，接受着后世子孙的虔诚跪拜，享用着美酒佳肴的真诚祭奠。按照父母生前教给我们的上坟仪式，心情沉重地准备祭品，按部就班地摆放祭品，肃穆虔诚地烧纸跪拜，忧伤怅惘地离开坟地。

岁月如坟头的土在不断变旧变老。一转眼，自己的生命年轮也转到了五十岁的坎。这时候上坟，心里的情感就更丰富而沉重了。我慢慢懂得，坟场里有给予自己生命的亲人尸骨，有许多的念想在隆起的坟堆里。岁月再怎么静好，自己离坟堆的距离越来越近了；生活再怎么滋润，自己的归宿也将定格在坟场里的那一抔黄土里。一堆日渐陈旧的黄土总是会飘起音容宛在的亲情烟雾，一声日渐苍老的叹息总是泛起人生无常的感情涟漪。

站在坟堆前，沐浴着清明的春风，我终于认识到，我是从坟堆中已安然静卧的父母那儿来，最终也要回到坟堆中的父母那儿去。父母是我的一切，决定了我的来去。没有父母，也就没有我的来处和归宿。虽然我不知道人类的来去，但我却清楚地懂得自己的来去。世人那么多，而自己只来自唯一的父母；世界那么大，而自己仅需要父母坟堆前的一块三尺地。这就是自己的来去，来于青春鲜活的父母，归于父母安居的茔地。不论生与死，我们都和父母在一起，我们都会在父母的阴阳世界里往来奔波。从这个意义上看，生和死都没有什么可怕的。

明白了生死的意义，我终于懂得古人将一个感受生死的节日设置在冬天和春天交替的时序里，蕴含着怎样一层特殊的含义。在新的生命轮回里去感受生死的意义，人就能更加珍惜活着的美好，也能平静地看待死亡的无奈。气清景明，草长莺飞，活着的生命迎来了美好的生长时节，享受春暖花开的温暖与幸福。纸钱飘飘，青烟袅袅，故去的生命感受到了热闹的欢聚时光，享受阴阳相通的怀念与期许。在清明时节，阴阳两隔的世界是联通的，是可以对话的，是可以共享快乐的。在我的眼里，清明的坟场犹如和睦的家园一样，温暖如春。

我懂得，所谓知命，就是自己对生死有一份清醒明达的感受和理解。人只有到了知命之年，才会经历和感知生死的分量有多重，生死的界限有多宽。在年轮转到知命之年的清明时，我终于懂得自己生来死去的出处和归宿，懂得自己的今生和未来都和父母在一起，这是清明节最有情味的节日意义。此时，我虽有一些凄然，但也多了一份释然。作为一个生命个体来说，生活的意义也就是珍惜和享受与亲人的和睦相处，维持和延续生命的血脉长流不断。

踏着重新发芽的青草，闻着桑烟袅袅的馨香，敬着清冽甘甜的美酒，我郑重地跪伏在温暖的黄土上，面对仙逝的先祖，也面对自己的未来，郑重地磕下了三个响亮的长头。

馨香端午节

走过街道，一缕缕馥郁的芳香扑鼻而来，缀满黄色小花的沙枣树婆娑着茂盛的枝叶；路过广场，一丝丝幽微的香味飘进心肺，缝制成各种款式的香囊摇曳着彩色的丝线；经过店铺，一股股浓烈的香气弥漫而来，捆扎着细绳的绿色粽子攒聚着糯米的香甜。夏日的暖风里，沙枣、香囊、粽子的馨香悠然地飘进端午节的心扉，弥漫着各种香味的端午节姗姗走来。

现在，每年都有街头的各种馨香氤氲在端午节的时空。我在愉悦地嗅闻端午节的馨香之时，不禁想起小时候烙印在记忆深处的端午节，品味心灵深处那一份最温情的端午期盼。

端午处在万物成长最旺盛的绚丽夏季，是植物最为灿烂的生命时光，红花绿叶尽情生长和绽放着夏季的美丽。杨柳正摇曳着浓密的枝叶，沙枣树也展露着淡绿的碎叶，开放着淡黄的小花，散发着馥郁的香气。沙枣不像杨树和柳树，以刚毅和柔媚的姿态赢得世人的青睐，而是以馥郁的馨香获得人们的赞许。而沙枣的馨香与端午具有温馨而默契的联系。

端午是一个洋溢着香味的节日，是一个馨香飘拂的节日，是一个纪念有香草情结的屈原的节日。披挂着蕙兰芝草的屈原，给端午的时空留下了一缕千年不散的芝兰香味，他的香草美人崇拜赋予了端午节一个美好的香草念想。因而，端午节披香草，佩香囊，插沙枣，作为一种节日习俗，氤氲在馨香四溢的端午岁月里。

小时候，处在河湟谷地的乐都，端午节与南方有所不同，没有粽叶飘香的端午记忆，也没有赛龙舟的端午激情。虽然现在粽子的香味飘满城乡，但在小时候却很难吃到粽子。那时候家中缺大米和粽叶，街市上也很少看到现成的粽子，吃粽子是一种奢望。但是没有粽子，乡里人可以吃类似于粽子的一种蒸馍——三角形花卷。蒸花卷时，母亲将涂抹上清油和香豆的面块卷起来，并在卷起来的一面用梳子齿压上一个三角形，然后放在蒸笼里蒸。蒸熟的花卷上就出现了一个虚线连起的三角形，类似于粽子的三角形形状。虽然没有粽叶的香醇，也没有糯米的酥软，但是带着三角形图案的花卷散发着小麦的麦香和香豆的清香，还有菜籽油的馨香。

那时过端午节，除了吃如粽子一样的花卷外，还会吃凉粉和甜醅。凉粉是母亲亲手做的，从小卖部买来淀粉，铁锅里烧开水，然后把淀粉一边抓放，一边搅拌，等到亮晶晶的淀粉结晶成团后倒进脸盆中，等待凉粉慢慢冷却，成为晶亮剔透的硬块。食用时用菜刀切成小条块，盛在瓷碟中。用豆粉做的凉粉很筋道、很凉爽、很洁白。最后配以韭菜、扁豆、辣椒等蔬菜，一盘凉粉色味俱全，爽滑可口，凉爽舒心，消解了夏日的炎热和烦躁。

甜醅是端午节别有风味的清凉佳肴。母亲精心选出一小盆自产的小麦或青稞，买来几包酿酒的曲子，用一定的比例调配好蒸熟的小麦、水和曲子，然后蒙上一块干净的毛巾，放在火炕的炕脚，静静地等待小麦或青稞发酵。经过一周左右的酝酿，揭开散发着酒香的毛巾，一缸香醇的甜醅就香醉在端午的时光里。酿造的甜醅，酸甜爽口，清凉甘醇，带着淡淡的酒香。大人们过端午要喝几杯雄黄酒，小孩不能喝雄黄酒，而甜醅却是适合小孩喝的雄黄酒。母亲开心地盛上一碗甜醅端给我们小孩吃。一勺凉爽的甜醅送入口中，霎时如母爱一样甘醇的酒香迷醉了饥肠辘辘的肠胃。有时自己贪吃，竟也醉意朦胧，腮帮绯红，醉话乱窜。

那时，过端午节让人高兴的事还有手腕、脚腕系上索尔线和胸前纽扣系上香包。索儿线就是五彩丝线，每到端午节的时候，走街串巷的货郎挑着货担到村里买彩线。母亲高兴地买来几条红黄绿蓝几种颜色的丝线，在端午节的早上拴在家里小孩的手腕上，犹如拴上了一道彩虹，身上猛然就有了节日的喜庆氛围。一束多彩的丝线缠绕在手腕上，犹如过年时节穿上了新衣服一样，一股喜悦的暖流流淌在心田里。

香包是母亲亲手做的，用彩色布条缝制成心形的布囊，在布囊下面缀上一些彩线。然后里面装上父亲从仓家峡山岩上采来的香草，一只香气扑鼻的香囊就制成了。虽然简朴，不如现在街道里买的香包精致多样，但是把母亲亲手缝制的香包佩戴在身上，全身就有了一股幽幽的香味，一缕暖暖的母爱味道，幼小的心里也弥漫起馥郁的香气和浓浓的爱意。

在乡村，最有端午节氛围的还要数插在屋檐上的柳枝或艾草，插在堂屋水瓶中的沙枣。端午前一天，父母都会摘来一些杨柳枝、沙枣枝，或拔来一些艾草，郑重地插在房门上，堂屋里。绿色的杨柳枝摇曳在屋檐上，翠绿的艾草垂挂在门楣上，淡绿的沙枣竖起在厅堂里，庭院里的端午节情味就浓郁芳香了。用绿叶碧草粉饰房屋，用沙枣香味浸润生活，端午就有了夏日的清凉，就有了花草的馨香，就有了诗意的浪漫。

小时候，我不大懂得端午纪念屈原的深意，只知道吃清凉的美味，戴馨香的香包，看翠绿的枝叶，觉得端午的味道就是清凉的味道，就是馨香的味道，就是佳肴的味道。后来，了解了端午的重要意义是纪念投汨罗江而逝的屈原，心中不由泛起一份沉重的忧伤和敬意。忠而被谤，信而见疑的屈原把自己的爱国之心交给清澈的汨罗江水，交给五月温馨的季风，端午的馨香里有了最为深厚的爱国馨香。千年岁月见证了屈原高洁的心灵，也流传了屈原与日月同辉的爱国赤诚。人们吃粽子，赛龙舟，佩香囊，是为了留住屈原用生命捍卫的爱国之心，是为了永远赓续屈原爱国的文化根脉。地不分南北，人不分大小，时不分古今，爱国的情感永远是华夏民族长盛不衰的基因。

虽然留在记忆中的端午节已经成为时间的碎片，精简成一些晃动的甜蜜镜头，但在经历时间流水沉淀后泛起的记忆浪花，却是最有情味的节日味道，氤氲在馨香四溢的端午时空里。

现在，身处湟水谷地，虽然不能在汨罗江边看龙舟竞飞，听"众人皆醉吾独醒"的赤诚之声，但是佩彩色香囊、吃香甜粽子、颂《离骚》诗韵，已经成为炎炎夏日里最清凉最香醇最深情的一份虔诚念想，一份馨香敬意，一份诗意心怀。

月圆中秋节

秋风渐凉，秋雨渐多，秋叶渐黄，秋果渐熟，秋月渐圆，一年中最丰富的收获时节如期来临，中秋节的喜庆气氛也在瓜果飘香中随风洋溢。

岁月静好的时光里，一边享受着甘甜的瓜果，一边仰望着皎洁的月亮，感受生命走向成熟的充实和美好，是一件幸福而浪漫的事。

月缺月圆，自己已经度过了五十多个月圆中秋的岁月，有过乡村看月亮的从容和城市找月亮的匆忙，有过急切期盼的曾经和淡然望月的当下。虽然现在从舒适的高楼里过着丰饶的中秋节，但留存在记忆深处的老家中秋节，却是最有韵味的中秋节日。月到中秋分外圆，人逢圆月倍加亲，有了月亮的节日是最让人牵挂的节日。

月到中秋分外圆，是因为月亮在八月十五遇到了人间最幸福的丰收时节，尤其是乡村的田地里处处洋溢着丰收的喜悦。金黄的麦穗已化为洁白的面粉，绿色的秧苗已鼓胀成滚圆的土豆，金色的油菜花已经压榨成清亮的清油，红润的沙果已挂满横斜的枝头，艳丽的菊花已经盛放在东篱下，农田里的庄稼果蔬到了生命最圆满的时节。在这个处处收获的时节，中秋节就成为人们庆祝田园万物喜获丰收的快乐节日，具有浓厚的团圆和喜悦的气氛。既然是庆祝丰收的节日，乡村中秋节就更有原始而浓郁的节日味道，更有浪漫而温馨的乡愁韵味。

小时候，乡里的生活不富裕，过节也总是紧紧巴巴的。过节的月饼只能是母亲用新打的小麦做的大月饼，接月亮的瓜果是父亲用刚挖的洋芋换来的梨和西瓜，炒的菜也是大辣子炒洋葱，或是土豆炒茄子。有时还会换回一两斤猪肉，改善节日的伙食。但蒸月饼是最能感受中秋节韵味的事情，月饼的好坏决定着节日的苦乐滋味，也体现着母亲蒸制月饼的灵巧手艺。因此，每到八月十五的前一两天，母亲就格外重视月饼的制作。月饼有大月饼，也有小月饼。蒸得最多的是小月饼，因为小月饼做起来比较容易，也容易拿着去拜亲访友。母亲用新磨的面粉调成面饼，上面放上香豆、红花、红糖、核桃仁、芝麻等，在卷好的面团上放上几个用面做的花瓣，放在蒸笼里蒸。蒸出来的月饼其实是大馒头，但是有香豆的清香，红糖的香甜，还有面粉的麦香，几种香味混合在一起随着热汽弥漫在厨房里，散发出中秋节月饼的风味了。

除了蒸几笼馒头一样大的小月饼用于拜访亲友和自家平常食用外，母亲还会精心蒸一个蒸笼一般大小的月饼来接月亮。大月饼的蒸制是一个烹饪技术，也是一次艺术创造，没有一定厨艺的人是蒸不出大月饼的。母亲先要精心地发面、和面、揉面，把一层一层抹了清油、香豆和红糖、核桃仁、芝麻的面饼叠放在一起，在最上面一层面饼上点缀上一些如花瓣一样美丽的小面团，然后小心地放在蒸笼里用心地蒸。母亲凭经验掌握好火候，掌握好时间，等月饼蒸熟的时候，把蒸笼从灶台端下来，打开蒸笼盖，一块如月亮一样洁白而圆硕的月饼在热气腾腾中露出清新的面容。等热气稍稍散去，母亲拿筷子蘸上用红纸泡出的水点在白皙的月饼上，如月亮一样的月饼就有了烟火的味道，有了人间的模样，有了乡村的风味。

中秋节最浪漫的事是八月十五晚上接月亮的仪式。吃过晚饭，屋灯初亮，月亮也即将升起时，父亲敞开堂屋的门，在方桌的正中摆上蒸制的大月饼，两边摆上水果和西瓜，前面点上油灯，一家人就静静地等待月亮照进院落，照进堂屋，照进窗户，照进一家人期盼的心。乡村的夜晚是黝黑的，朦胧的，四周的山峰黑乎乎的，像蛰伏着的黑龙。月亮缓缓地从东面的山头滑过来，洒下如水银一样皎洁的月光，映亮了黝黑的夜晚，映亮了舒缓的山坡，映亮了寂静的村庄。月亮是乡村夜晚最温情的光明使者，院落里的灯光柔和朦胧，不那么明亮，因而月亮游走得从容自在，挥洒得优雅大方。朦胧的夜色下，月亮透过庄廊外婆婆的杨树洒下斑驳的月光，院落里有了明明灭灭的诗意浪漫。虽然堂屋里有昏黄的灯光，但是笼上了柔和的月色，洁白的月饼更有了一份月亮一样的柔情。月亮挂在屋檐上，伸出月光的触觉抚摸着大大的月饼，嗅闻着人间的味道。

　　月亮和月饼在窃窃私语，而我走到院落里，去看天上游弋在云层中的月亮，找寻明亮的月亮上桂树一样婆娑的阴影。回味着大人们断断续续讲述的月亮传说，想象着嫦娥奔月的浪漫与吴刚砍树的执着，想象着白兔捣药的辛劳与蟾蜍食月的贪婪。虽然知道这些传说的不真实，但自小就沉醉在月亮传说里的我们，仍然希望飘然而飞的嫦娥进入童年的梦境，尽情享受如月饼一样香甜的传说陪伴青春年少的美好。

　　在树影婆娑中看过皎洁的月亮，就急切地等待吃大月饼了。接过月亮后，母亲把浸润着辛勤汗水的大月饼细心地切下来，分成三角形的小块让大家品尝。一家人吃着酥软香甜的月饼，心中流淌着月光般温馨的爱意。那时父母都在，守着自家的一亩三分地过生活，也就没有特别感受到月圆人团圆的意义，也没有什么要寄托的思念情感，过八月十五就是能看着月亮吃几块平常日子里吃不到的带着月光的香甜月饼，感觉到从此就可以享受粮食丰收的幸福，享受瓜果飘香的幸福。

　　后来，在县城安家后，接月亮的仪式就在楼房里进行了。高楼林立，月亮在高耸的楼房间穿梭，月光透过明亮的玻璃窗照进高高的楼房里，虽然感觉离月亮近了一些，但与月亮的交流似乎又疏远了一些。没有树影婆娑的庭院，没有洋溢着新鲜小麦味的大月饼，没有父母忙前忙后的接月亮，只有瓷碟中摆放着几块烤制精美但不知出自谁之手的焦黄小月饼，总觉得缺了那么些乡愁的温馨，缺了那么些人间的烟火。月光还没有照进玻璃窗，但对面楼房的白炽灯射来比月亮更明亮的灯光，分不清照进窗户的是月光还是灯光。月亮躲闪在高高的楼顶上，不知要落在谁家的窗台上，看月亮就有点模糊，有点疏远。

　　有时候，在楼房接完月亮，自己就走到湟水河边去看月亮。去往湟水河的街道明亮如昼，月亮被明亮的街灯照得有点刺眼，街灯冲淡了月亮的光芒，看不清那一缕是月光，那一缕是灯光。月亮似乎有意躲避着人们，隐藏在高楼后面，难以感受月光如水一样的流泻美、朦胧美、诗意美。而在湟水岸边，月光与岸畔的霓虹灯交织在一起，找不到月色的皎洁，只有七彩的绚丽光芒。月光也与金黄的湟水河交融在一起，涌起了层层叠叠的多彩波浪，跳动着难以言说的思念。伫立在湟水河边，月亮是看得清了，但月光却有了别样的色彩和韵味。

　　但此时却也多了一些月亮的诗意，多了一些对子女的牵挂。面对如水的月光，不免吟咏起有关月亮的诗词，李白"举头望明月，低头思故乡"的沉思和念想，张九龄"海上生明月，天涯共此时"的盼望和相思，苏轼"但愿人长久，千里共婵娟"的祝愿和期盼，都在中秋的夜晚给予了月亮最温情最美好的诗意关怀，让天上的月亮多了一抹千年不绝的中华韵味。

　　人到中年，悲欢离合的事多了，心中的牵挂和思念也就多了，觉得阴晴圆缺的月亮也更有人情味了。父母不在后，中秋的夜晚总会想起父母健在时阖家团圆的日子，皎洁的月色总会把思念带向遥远的天堂。女儿不在身边时，中秋的夜晚一定会打电话给女儿，希望无处不在的月光把自己的牵挂带给远在异乡的女儿。在中秋节月亮圆润的时刻，盼团圆、庆团圆就是一份绕不过去的情，总是伴着圆缺的月亮起起伏伏，伴着起伏的人生悲悲喜喜。

　　今晚，月亮又要在中秋的夜空缓缓升起。不论是明月当空，还是云雾遮月，天上的月亮一定会圆圆满满，窗前的月饼也一定会圆圆满满，他们在中秋的夜晚一定会浪漫地相遇。天上人间，一轮圆月总是挂满无尽的相思。月圆时分，且把悲欢离合的事都交给皎洁的月光，让如水的月光洗净所有的岁月风尘，尽享花好月圆的浪漫与幸福。

登高重阳节

一个普通的数字赋予了节日的内涵，这个数字就变得不同寻常，富有温馨的文化情味了。农历九月初九被中国传统文化关照后，就关照出了一个登高赏菊、敬老孝老的温情节日，浪漫在天高气爽的清秋里。

据了解，重阳节最初的节日意义是纪念天气的历史性变化。当时序转换到农历九月初九的一天，大自然迎来了一个"清气上扬、浊气下沉"的晴朗气象，到处都充满了刚健清爽的阳气。所谓秋高气爽就是这种阳气上升的完美结果，是天空呈现的最美景象。九九归一，天长地久，阳气凝结，天清气朗，两个充满阳气的"九"在九九艳阳天中美丽相逢，人间就演绎了一个爱意清爽的重阳节佳话。

大自然自我净化，天宇清爽，山河清扬，空气清芬，给人们带来了空灵而清朗的气象。因而，重阳节最重要的一个习俗是登高望远的户外远足活动。在天高气爽的清秋时节，人的身心活动与自然的运行规律相适应，人也会获得一个清气上扬的清爽身心。登高远望，天人合一，人在天朗气清的大自然中得到心旷神怡的身心修养，是一件非常愉悦的活动，也是一次自我超越的境界提升过程。

登高就要去登山，登山方能体味心旷神怡的舒畅和旷达。每个地方总有一处登高的去处，而在河湟古都乐都登高望远的最佳地方就是蚂蚁山了。蚂蚁山似乎是专为乐都城区的人们登高望远而天造地设的一座福山。蚂蚁山耸立在城区的北面，海拔不高，山路不险，路途不远，从山的东西南北都可以悠然登山，悠然赏景。

山上的八宝塔和朝阳阁一前一后护卫着形如蚂蚁的山岭。不论是站立在前山的八宝塔下，还是斜依在后山的朝阳阁前，都能一眼尽览乐都东西南北中的壮丽山水、繁华都市。极目远望，缥缈在湟水河东面的老鸦峡和西面的大峡，高耸在北山的松花顶和南山的花抱山，在蓝天白云下勾勒出乐都盆地最美的山脉图画；俯瞰贯穿乐都腹地的湟水河，自仓家峡原始森林奔涌而来的引胜河，从南山积雪处消融流淌的瞿昙河，在天朗气清中展现乐都平川如画的河流图景。驻足近观，蚂蚁山在层林尽染的秋日妖娆中，不断变换着春夏秋冬的时令沧桑；裙子山坚守着红崖飞峙的飘逸身姿，辉映着南凉古都的历史沧桑；山下的高楼大厦耸立着鳞次栉比的城市风貌，彰显着海东市府崭新的时代气息。壮美的乐都风景都在蚂蚁山的登高望远中尽揽秋日的心怀。

重阳节最浪漫的事情还是品赏菊花的清香。一个节日与花结缘，就意味着这个节日具有一种别样的情味。赏菊的习俗为重阳节增添了一抹"采菊东篱下，悠然见南山"的闲适、清芬、高洁的韵味。秋霜悄然来临，百花逐渐失去了绚丽的花瓣，而秋菊却在寒冷的秋霜中昂扬着不屈的头颅，挺立着高洁的花朵。虽然蚂蚁山缺少菊花的芬芳，但是走进湟水人家的庭院，漫步河湟谷地的乡野花圃，还是能够看到丛菊朵朵，花朵艳艳，竞相怒放着或素雅或幽紫或嫣红或金黄的细碎花瓣，坚守着秋天最后的美丽花容。在嗅闻菊花清香中，人们悠然感受着孟浩然在《过故人庄》中留下的诗意期待"开轩面场圃，把酒话桑麻。待到重阳日，还来就菊花。"

而新时代赋予重阳节的那份敬老爱老的含义，又使重阳节多了一缕暖暖的爱意。人到了知命之年，意味着迈入了老年的行列。过去总是觉得人生还很漫长，年老的感觉还很遥远。自从进入五十岁后，不知不觉中就感觉到年龄不饶人，激情像潮水一样退却，记忆如墙皮一样剥落，心态似枯树一样苍老。虽然老年积淀了最丰富的人生经验，但就像晚秋的树叶一样，斑斓的色彩过后就是无奈地徐徐飘落。因而，进入晚年难免会产生一种"夕阳无限好，只是近黄昏"的伤感。但是，有了敬老爱老的一份精神安慰，年老的人也会勃发"烈士暮年，壮心不已"的不屈心志，会焕发"莫道桑榆晚，微霞尚满天"的人生豪迈，还能激荡起毛泽东在《采桑子·重阳》中的那份豪迈情怀："人生易老天难老，岁岁重阳，今又重阳，战地黄花分外香。一年一度秋风劲，不似春光，胜似春光，寥廓江天万里霜。"不管岁月如何变换，只要人心不老，晚秋的风景也是人间最美的风景。

不论是登高望远，还是庭院赏菊，抑或是欢聚孝老，天朗气清的重阳节，都会给人带来"欲穷千里目"的心灵愉悦，给人给予"霜叶红于二月花"的诗意浪漫。如果在馥郁的菊香里举一杯清冽的酒香，那么流进秋天的诗意就更是"酒酣胸胆尚开张。鬓微霜，又何妨"一般的豪情万丈！

豆香腊八节

我的生活中，腊八虽不是一个重要的节日，但在我的记忆中腊八却是一个弥散着徽饭豆花香的快乐日子。黄色黏稠的豆面徽饭拌上腌制的白菜和红色的辣椒面，是小时候腊八节最美味的腊八饭。那混合着豆花香、酸菜香和辣椒香的味道一直萦绕在儿时的记忆里。

那时候，北方气候寒冷，湟水河的支流引胜河常常结了厚厚的冰床，人马都可以在冰面上行走。村庄靠近仓家峡，气温有点冷，庄稼成熟得晚，老家种的多是青稞、土豆、豌豆等耐寒的杂粮，小麦种得少，更不用说稻米了。经济不活泛，生活拮据，逢年过节，小麦面粉都很紧张，有时要吃白面馍馍还要向人们借面粉。至于大米、小米更是稀有的东西了。家里平常做饭多是青稞面条，黝黑粗粝，难以下咽。但过腊八时，家里还是要变一变花样，做一铁锅豆面徽饭，算是给全家人最丰盛的一顿腊八饭了。

我记得，那时腊八节做徽饭是母亲的拿手戏，一家八口人的徽饭母亲都会做得色香味俱全。有时候，我坐在灶台前烧火，把水烧开了，母亲在锅头上做徽饭。在铁锅上面的白色水汽中，母亲一手拿着擀面杖不停地搅，一手抓着豆面缓慢地撒。神情专注，动作娴熟，似乎要把对子女的疼爱全部要撒进徽饭里。在母亲有节奏的搅动下，逐渐变稠的徽饭在锅里旋转着，不时冒出一两个水泡，炸裂了，发出"噗嗤噗嗤"的爆响，犹如过年时的爆竹声，喧响着节日的快乐韵律。而我一边聆听着水泡破裂的乐音，一边认真听从着母亲发出的指令，及时调整灶膛里柴火的大小。随着灶膛里的木柴不断减少，灶膛里的火苗不断减弱，铁锅的温度也逐渐降低。最后，母亲抽去擀面杖，看看还在翻动的面团，轻轻地盖上锅盖，如释重负地洗去手上的豆面，去准备吃馓饭的配菜了。还没熟透的面团捂上一阵，一锅浓淡适宜的馓饭就算做成了。此时，豆面的香味就弥漫在厨房里，悠悠地直钻人的口鼻。然后，盛在碗里，调上母亲精心腌制好的酸菜和炝过油的辣椒粉，就可以享受豆花的香味了。

虽说做馓饭的工序不复杂，但却是一种做饭经验的累积，是一种智慧的劳作。要注意烧柴火的火候，该旺时要大火猛烧，该熄火时要及早减少木柴。不然，豆面烧不熟，或是豆面烧焦了，都会影响口感。尤其是用擀面杖搅拌更是一个力气活和技术活。要不停地搅动，以免豆面散不均匀。开始时要慢一点，轻一点，浓稠时要用力搅动，快一点，重一点。一个手要撒豆面，一个手要搅面杖，稍不留神，溅起的水泡会烫伤手背。撒豆面时还要不断观察馓饭的黏稠度，及时停止豆面的抛撒。豆面撒少了就成稀粥了，撒多了又搅不开。在我的记忆中，一家八口人的馓饭，母亲都能做成稠稀适宜，咸淡皆宜的美味。

但是，仅靠豆花的香味馓饭还是不能激活味蕾，还要配备酸菜和辣椒等调味品。在腊月，一般用自家腌制的白菜、胡萝卜等酸菜炝上清油，用买来的辣椒粉炝上清油，吃馓饭的配料基本齐备了。然后用铁勺子挖上一碗馓饭，上面放上酸菜，调上辣椒，也可以倒点醋，就可以吃馓饭了。黏稠的豆面拌着酸咸的菜和香辣的辣面送入口中，爽口绵滑，清香入肺。此时，豆香味、辣椒味、酸咸味混合在一起，别有一种馥郁的豆花香味。

吃馓饭也要有技术，不能像吃面条一样直接扒入口中，而是要讲究用筷子的角度和速度。不能拿着筷子胡乱搅动，而要用筷子夹着酸菜和豆面从碗的边沿刮着吃，要一筷头一筷头地慢慢吃。这样，吃过的碗上基本不沾一滴馓饭，光滑干净。吃馓饭吃的不仅是一种味道，也是一种技术。

至于腊八为什么吃馓饭，据说是吃馓饭能让黏稠的面团把人们的心糊住，让人忘记一年的辛劳和忧愁，以便在年关岁末尽情地享受一年的劳动成果。人难得糊涂，但一碗馓饭就能让人轻易地进入糊涂的状态，获得身心的彻底释放，可见馓饭的威力无穷。这种说法是不是可信，难以考证。但对于我来说，腊八节吃了馓饭，并没有感觉自己的心是否糊住了，我只觉得馓饭的豆花香温暖了我的辘辘饥肠，只觉得吃了馓饭后年的脚步越来越近了，"有钱没钱光光头过年"的快乐将会延续一个正月。

那时做馓饭用的豌豆，不但在腊八节时给我带来了吃腊八粥的节日美味，而且日常的生活里还给我带来了许多吃豆子的乐趣。家里种的豌豆刚结下豆角时，我们去摘一些脆嫩的青豆角直接吃，我们叫打豆瓣。拿起一个豌豆轻轻地捏破，就可以吃里面的豆子，还可以轻轻地撕去里面的内膜，吃翠绿的豆荚。那些带着鲜草味道的青豆角，里面的豆子还没有成熟，还在绿色的豆荚里静静地做着成长的美梦，就被饥肠辘辘的我们摘下来填补口腹之欲。打豆瓣是青黄不接时，我们享受到的最鲜嫩的豆花香味了，脆甜可口，青翠欲滴。

等到八月份，豆子基本成熟了，豆荚还没有干枯时，我们又会摘一些豆角煮着吃。鼓囊囊的豆角经开水一煮，颜色变黄了，豆粒熟透了，剥去豆荚，拿出豆粒，放进嘴里，绵软爽口的青豆味顿时解除了肚里的饥饿。当把晒干的豆角用连枷打下一颗颗黄色的豆粒，我们就可以享受炒豆子吃的乐趣。黄色的豆子放进锅里，不停地搅动，豆子在热锅里跳起舞来，奏出乐音来，豆子就炒熟了。一粒粒炒熟的豆子投进嘴里，在牙齿的嚼动下，发出嘎嘣嘎嘣的声响，浓烈的豆花香就弥漫在口腔里。因为经常吃不饱肚子，我们的口袋里往往会装一些炒熟的豌豆，在肠胃有点饥饿时，拿出来充充饥，解解馋。

现在，腊八到来时我不再吃馓饭了，只是熬上一点稀粥，就算是为过腊八节应一个景。八宝粥营养再丰富，口感再香甜，没有了小时候过腊八时的期待，也没有了过腊八时的豆花香了。有时一年都吃不上一颗豌豆，更不用说吃上一顿馓饭了。

岁月既有情又无情。日子紧巴的年景吃什么都香甜，小时候一碗黏稠馓饭，还在五十多年的岁月里挥之不去。生活富裕的年月吃什么都寡淡，即使刚刚吃过山珍海味，也往往记不住海参燕窝的那份别样味道。

冬至祭

冬至时令在寒风凛冽中到来。冬至的到来意味着年岁的增长，以这个时令为界，中国人都约定俗成地感觉到长了一岁。长了一岁，就要做个仪式来庆祝。于是，这几年农村就流行起了举办家族的冬至会。在乡村，举办冬至会不仅仅是人们为庆祝增长一岁的一次聚会，更重要的是对家族繁衍生息的一次盘点。修家谱，忆过往，叙家常，话未来，冬至会往往让人想起一个家族的过往和未来。

节令祭

其实，冬至时令的含义是以太阳一年中的运行规律来定义的，当太阳从夏天的北回归线开始往南运行，经历半年之久，于12月21日至23日到达南回归线，这个时令节点就叫冬至。这一天，太阳照射在南回归线，是北半球全年中白天最短、黑夜最长的一天。

从冬至这天开始，太阳又从南回归线向北出发，在第二年的6月21至23日到达北回归线，是夏至的时令，再返回南回归线。如此反复，周而复始，年复一年。太阳在南北回归线之间不停地运转，播撒温暖的阳光，滋润成长的万物，带来气候的变化。太阳从冬至出发到夏至再到冬至，刚好经历了一年，因此，冬至时节人的年龄按照太阳的运行轨迹做参照，确实是增加了一岁。人们确定冬至这个节气，其实蕴含着对一年时光的一种纪念，对太阳的一种感恩，对人生岁月的一种祭奠。太阳经历一年的春夏秋冬，到达了既是运行的终点又是起点的南回归线，生命经历了一年的磨炼，自然界经历了春华秋实的生命锻造，人类经历了生老病死的生命考验。人们在冬至的特殊时刻，回顾过往，盘点历史，重新出发。

古人认为，阴极之至，阳气始生，日南至，日短之至，日影长之至，故曰"冬至"。这里的"至"含有到达终点、极致的含义。冬天最寒冷的时节到来，太阳到达地球南边的终点，也是一天内白昼达到最短时间的终点，黑夜达到最长时间的终点。冬至的一天白昼最短，之后白昼就一天比一天长，阳气一天比一天浓。所以冬至是阳气升起的开始，也是万物开始重新生长的开始。从生命重新开始的意义上讲，冬至的确是对生命的一种敬畏和感恩。秦汉时期，冬至的拜祭意义要高于春节的拜祭。

大自然阳气初生，新的生命开始孕育，冬至的时光带给一切生命新的希望。虽然冬至后要经历九九八十一天的寒冷天气，经历大寒和小寒两个极冷的节气，但是地球深处已经积聚了催生万物生长的温暖力量，小寒之后就是温暖的立春讯息了，太阳的温暖回归给万物带来了春暖花开的美丽景象。

在白昼最短、黑夜最长的特殊时刻，设立冬至的节气，举行冬至的聚会，用敬畏和虔诚的仪式，敬一杯人生的美酒，祭拜太阳，祭拜时光，祭拜亲情。感恩太阳为新的一年带来温暖的阳气，感恩自己的生命年轮又增加了一层新的色彩，感恩血缘的家族收获了亲情相聚的欢乐时光。冬至的时序里，人们的生命时光里就多了一份温暖的力量！

家族祭

家谱，是一个家族的历史，记录着一个家族建立、发展、分化、变革的过程。家族犹如一棵根深叶茂的树，追根溯源，每一个枝条，每一片叶子，都吸纳过根部的营养，分享过躯干的温暖，但是树大分枝，族大分家，一个家族在分枝开叶中不断发展壮大。叶落归根，人总要找到血缘的根脉，找到自己的来路，找到亲情的温暖。家谱，在我们的迷茫人生中，给我们提供了一条找寻自己过往的温暖通道。

在冬至会上，我带着一颗期待的心，化了三张黄表，点了三炷香，从木盒子中拿出用红布包裹的家谱，郑重地放在桌子上。我犹如捧着一份神圣的经书，小心地揭开红布，一本封存已久的李氏家谱赫然出现在眼前。第一次看到珍藏于神龛中的家谱，心中既惊喜又忐忑。因为，这是要第一次触摸一个家族珍藏百年的神秘历史，心中充满虔诚和敬畏。

顺着家谱的线索，我依稀看见了我所在的家族的来龙去脉，但又似乎看到了家族延续发展的迷茫。爷爷前面的八九代都记载着子女延续的轨迹，记载着每个先祖的姓名，组成了先祖发展的血缘脉络。而对我影响最深的则是爷爷、父亲这两辈的血缘发展。我的爷爷生了四个儿子，一个女儿。我是爷爷第四个儿子的儿子。但是我对爷爷没有一点印象。因为爷爷去世早，自己没见过爷爷，也就对爷爷没有什么印象和感情。以前忌讳名字，一直不敢问爷爷的名字和爷爷的生平。但我对奶奶的记忆还较为深刻。看到裹着小脚的奶奶，走路虽然小心翼翼，说话却大声大气，带有旧时代女子的特点。她的四个儿子都娶了媳妇，都成家立业了，分家另过，奶奶住在三伯家。大伯生有两男一女，有两个孙子四个孙女。二伯生有三男五女，有一个孙子一个孙女。三伯生有两男四女，有一个孙子一个孙女。我的父亲最小，生有三男三女，有三个孙子两个孙女。在父辈这一代，虽然子女众多，但都成家立业了，都后继有人。而出生于六七十年代的这一辈也大都成家立业了，都或多或少有了一两个子女。这个时候是我们家族人丁兴旺、开枝散叶的最好时期。但是到了我们的下一辈，我们的子女身上，家族延续，人口发展都遇到了似乎难以解决的瓶颈问题，家族人口急剧收缩，瓜瓞延绵遭遇了断代的局面。大伯的一个孙子生了三个女儿，另一个孙子生了一个女儿，这几个女孩出嫁后，大伯的这一脉就接不上续了。二伯的唯一一个孙子虽然结婚了但没有子女，二伯的另外两个儿子都没有娶上媳妇，没有留下子女。二伯的这一脉也就无法连续了。三伯的唯一一个孙子也是只生育了一个女儿，二儿子也没有子女。目前看，也是后继无人。我的大哥有一个孙子，一个女儿。二哥的两个儿子都三十了至今还未成家，今后能不能成家都是未知数。我只有一个女儿，也就谈不上血脉延续的问题了。屈指算来，再过几十年，曾经人丁兴旺的我们这个李氏家族，只有一个男丁要维系李氏家族以后的香火了。

看完家谱，沉思再三，以自己这一辈为坐标，向上看三代，向后想三代，真是百感交集。

现在，我们组织冬至会，是以我们的太爷辈为起点，建立起来的李氏家族。大大小小的家庭有17户，人口有60多人。虽然各个家庭的人口情况不一样，但是总体发展形势和我父亲几个兄弟家庭的情况一样，新生的孩子越来越少，孙子也越来越少。就是看我们以李氏为主的村庄人口发展，人口也在断崖式缩减。

眼睛阅读着家谱上的文字，心中默念着已经上了家谱的先祖的名字，梳理着先祖各辈人丁发展的脉络，我懂得，我的家族虽然没有什么轰轰烈烈的先祖事迹，也没有什么引以为豪的先祖英烈，但是一个普通家族的历史脉络清晰地呈现在字里行间，是多么幸福的事，是一件令人欣慰的事。至少我了解了自己血脉的来源，了解了自己的亲人谱系。对我而言，父辈以上的家族史虽然朦胧，但是却较为清晰地留下了父辈这一代人丁兴旺的事实。虽然他们经历过苦难的岁月，但是随着社会的发展，生活的改善，李氏家族在六七十年代后得到了繁荣与发展。

我辈以下的家族虽然现在还没有成为历史，但可以推测三代以后的支脉发展，将是很严重的断流状态。虽然现在我们的物质生活越来越富足，但是家族发展的希望却越来越渺茫。时代的印记，现实的无奈，我们已经无力改变现在正在行走的历史，也无力恢复家族兴旺发达的历史，我们只能按当下的道路艰难前行。

现在，我能够郑重地打开家谱，仔细地找寻李氏家族曾经的历史脉络，并把父辈的姓名和简历书写在家谱上。那么再过几十年后，又有谁能把自己的姓名和简历登记在家谱上？即使有女儿能把自己的姓名记载上去，后面的历史再也无人接续了。即使李氏家族的历史会延续，但是我的历史将中断，自己的历史就是一片空白，无人能接续。

厚重的家谱珍藏着家族的历史，珍藏着亲情的过往，珍藏着岁月的秘密。温暖的家族维系着血缘的联系，守望着亲情的家园，激励着族人的心灵。树有根，人有祖，瓜瓞绵延。不管家族的河流怎么流动，未来的历史怎么续写，我们仍要敬畏历史，敬畏家谱。感恩先祖给予我们生命，感恩家族给予我们温暖，感恩历史给予我们力量。人生即使充满苦难，也要清醒地生活。生活即使有许多不如意，也要积极地去面对。

人生祭

感受时令的周而复始，触摸家族的来龙去脉，思考未来的飘忽不定，在岁月的盘点中，我深刻地认识到人生重要的是活在当下，珍惜现在拥有的岁月，过好现实的人生。不沉溺于已经定格于纸张的历史轨迹，也不悲伤于虚幻的未来道路。一切都是宿命，人活着只是在生死之间经历了一次生命的旅程，是一次与自己有血脉相连的温暖亲情中愉快的旅行。

家族血缘最近的家人在冬至等节日的欢聚中，嘘寒问暖，相互依靠，相互扶助，当遭遇生活的风风雨雨时，人生就不孤单，生活也就不枯燥。人的出生不能选择，也无法选择家族的血脉联系。人已经融入了一个家族，就和家族中的人有了血缘关系，有了一种天然的缘分。在家族的河流中，家族的每一个人都是河流中最欢悦的浪花，为家族的河流创造了生命的律动，为家族的历史创造了亲情的传奇。家族的河流在融入社会的江河中，会经历碰撞、交融、分化、消隐，但烙有家族印记的河流一直是每个人最温暖的家园。

在新的时序轮回起点，思考人生的意义，是一件沉重而有价值的事情。人活着的价值和存在的意义不在于我们去背负沉重的历史包袱，而在于去创造更美好的生活幸福。历史只是一种参考，让我们明白我们的来路是什么。过好现在的日子才是我们应该追求的人生目标。现在的生活终会成为未来的历史，而今天创造的历史也只是未来的一个参考，未来有未来的幸福与美好。每一代人有每一代的时代烙印和历史印记，也有每一代人的现实幸福和当下忧乐。在冬至的岁月交汇处，我们感恩历史，让我们有了温馨绵长的人生源泉；感恩现在，让我们拥有触手可及的人生幸福；感恩未来，让我们种下美好的人生希望。

花木竞芳菲

馨香的岁月在花草的成长中绽放,灵性的花木在岁月的老屋里闪耀缤纷的花朵。艳红的花卉映亮了春天动人的笑颜,碧绿的树叶激活了夏日迷人的眉眼,金黄的果实香醉了秋天诱人的嘴唇。

春天的颜色

大自然是一块流动的画板，春夏秋冬轮流描画自然的容颜，每个季节都会画出不同的颜色，不同的画面，给人们带来不同的视觉享受，抚慰人们在红尘奔波的心灵忧乐。冬去春来，自然的颜色对比最为鲜明。冬天是白色的，白雪皑皑，染就了冬天最美的底色。而春天是多彩的，桃红柳绿，晕染了春天最艳丽的色彩。在冬天即将结束时，我经常去找寻春天的颜色，找寻那些富有希望的颜色，充满生机的颜色。因为春天的颜色是最鲜活的生命颜色，也是最温暖人心的自然颜色。

刚刚过去的冬天有点寒碜，只下了一两场薄薄的雪后，就一直是冬阳暖照，自然的颜色满眼是褐黄色，显得荒凉、干枯、单调。但是今春的雨水前后，天气却越来越冷，大雪纷纷飘落，初春的颜色被白雪泼墨后，到处是银装素裹。从冬天到春天的转变，是一段艰难的孕育过程。天色总是阴沉沉的，似乎是怀胎十月的孕妇的脸，带着暗暗的隐痛和浅浅的忧虑。老天爷也有点羞涩，不愿让人看到春天分娩的尴尬与不堪，用略显寒冷的春风把人的脚步阻挡在春天的门槛内，用厚实的雪被把春天的面容掩藏在泥土里，不让人看到早在土里探着脑袋的草尖，看到已在枝头咧开嘴笑的柳芽，看到在风雪中羞红了脸的桃花。草长莺飞的二月，虽然乍暖还寒，但春天的颜色早已孕育在春风春雪里，孕育在花花草草的心窝里。而瑟缩在暖室里的眼睛，却在埋怨春天姗姗来迟，不见踪影。

青藏高原的春天来得迟，春天的色彩也就显得慢。二月春风似剪刀时，还看不到春天的身影，看不到如绿丝绦一样飘拂的柳枝，湟水河谷地还是白雪皑皑的颜色。其实，二月的春风像剪刀，一方面是说春风的灵巧，能把柳树剪成一条条柔软的绿色丝绦，而另一方面也是说春风的冷酷，犹如锋利的剪刀刺痛人的脸庞，刺痛植物的肌肤。今年就感受到了高原春风这把剪刀的冷酷和尖利。但是春天的颜色终究还是要来的，高原还会在春风的吹拂下桃红柳绿、万紫千红。在青藏高原，河湟谷地是春天最早造访的地方，也是春天的颜色最丰富的地方。三月份的时候，湟水河岸的小草开始悄悄露出稀稀疏疏的嫩黄草尖，逐渐蔓延成"草色遥看近却无"的迷蒙和鲜美。不久，垂挂在河岸边的柳枝凸起了一骨碌一骨碌的小疙瘩，炫耀着"碧玉妆成一树高"的翠绿和婆娑。看到这些绿色就看见了春天的脚步，看见了春天走过大地的痕迹，看到了春天最初的色彩，看见了春天温馨的容颜。绿色是春天最明媚的颜色，是春天最有活力的颜色，也是春天最尊贵的颜色。荒凉的冬天在莹白中更显冷清，更显单调，但是绿色的春天给人的则是一片温馨，一片活力，一片迷人的模样。

说起绿色，河岸边的柳树，街道上的垂柳，最能晕染一个城市的春天底色。湟水河春潮涌动，河水泛起了黄浊的本色，野鸭舞起了快乐的翅翼。从二月到三月的春光流泻中，湟水河沙洲上的蓬勃柳树，河岸边的婆娑垂柳，积聚起由黄到绿的颜色蝶变，给湟水河涂染上了一抹嫩黄、翠绿的色彩，记录着春天舞动的足迹。柳树是最善于晕染春天底色的使者，干枯的柳树被风吹拂成长发及腰的淑女，离不开柔嫩的枝条化为绿丝绦。而柳枝上泛出嫩黄的柳芽、蓬勃成翠绿的柳叶，柳树的色彩就成为春天最妩媚动人的颜色，就如"碧玉妆成一树高"一样的灿烂和美好。还有街道上的婆娑柳树则给生硬的楼房披上了一件妩媚的翠绿衣裳，让城市多了一份垂柳依依的浪漫。

以绿色为底，春天还要晕染一些桃花红，一些迎春黄，一些梨花白，一些丁香紫。春天是一位乐于装扮的窈窕淑女，不能只穿一件翠绿的衣裳就招摇过市。她还要抹点脂粉，描点眉黛，涂个红唇，戴个胸花，披件丝纱，风姿绰约地迈入人间，风情万种地装点山水。桃花粉了，燃烧起"桃之夭夭，灼灼其华"的春天脸颊；梨花白了，嘟噜起"梨花淡白柳色青"的春天腮雪；丁香花紫了，皱起了"丁香空结雨中愁"的春天愁眉;迎春花黄了,舒展起"金英翠萼带春寒"的春天蛮腰。姹紫嫣红的花次第开放,不断灵动着春天的眼眸,完美着春天的身姿,绚烂着春天的色彩。有了花的多彩花瓣,春天的颜色就是一幅绚烂多姿的妖娆图画。

三月的春风轻轻吹拂,湟水河岸的色彩方显斑斓,尤其是寨子的百亩梨花把湟水河岸晕染得妩媚动人,清新可人。梨花似雪,似乎遗留了冬天的颜色,但是在晶莹的花瓣中,却有一株株嫣红的花蕾跳动,就像春天的灵动眼眸,点染着春天楚楚动人的容颜。穿梭在梨树间,深深注目,细细探看,那白皙的花瓣上亭亭玉立的粉红花蕊,竟是一副最媚人的春天模样。白中透着红,红中笼着白,这不就是最娇羞的淑女风韵嘛!梨花把冬天的莹白和春天的嫣红和谐地糅合在一起,定格了冬末春初的特有色彩。除了梨花,桃花、杏花、丁香、迎春等春天的花在湟水人家的房前屋后,河边山坡,公园街道,星星点点地晕染春天的颜色,装点河湟谷地的山山水水,温暖春暖花开的每一份心灵期待。

有了春天颜色的描画,大自然就进入了一个草长莺飞、姹紫嫣红的绚丽世界。夏天的颜色,秋日的色彩就在春天铺就的调色板上恣意挥洒,任意描画,变幻着夏日的缤纷,秋天的绚烂。其实,看到春天的颜色也就看到了自然的颜色,看到了未来的颜色,看到了心灵的颜色。冬天是一次颜色的洗礼,是对春天色彩的一次考验。自然的色彩经过冬天白雪的重新浸染后,又会在白色画板上生长出绚丽的色彩,又会晕染成一幅桃红柳绿、姹紫嫣红的自然图画。

我爱春天的颜色,在春天的颜色中能找到人生的颜色。人在不同的阶段会经历不同的人生体验,遭遇不同的人生变故。有时会遭遇冬天一样的挫折和不顺,出现人生的灰白和单调,有时又会沉浸在春天的美丽和活力中,处处是人生的姹紫嫣红。不管经历什么,只要心中有春天的颜色,人生总是丰富多彩,充满希望和活力,总是会拥有如翠柳一样的温馨,似桃红一样的热烈,像梨雪一样的纯净,如迎春一样的尊贵。

夏日的激情

五月,夏都西宁人民公园的郁金香绚丽绽放,开启了河湟谷地夏日的激情门扉。在高原寒风中,桃树、杏树、梨树、丁香等陆续演绎了春天的美丽容颜,擦亮了高原冬天荒芜的额头,但在雨雪交加的瑟缩中它们却仓促地飘落了轻盈的花瓣,黯然地淡去了娇嫩的色彩,悄然迈进了绿叶婆娑的夏季舞台。随着郁金香斑斓色彩的恣肆渲染,高原欣喜地迎来了激情四射的夏日时光。在河湟谷地,大自然快速地变换了春天的俏丽模样,开始律动起夏日的激情心跳。

在季节的风口,我终于感觉到,每个季节赋予大自然不同的生命内涵,大自然在不同的季节演绎不同的生命戏剧,大自然就变得丰富多彩了。春天赋予大自然生命的颜色,夏天赋予大自然生命的激情,秋天赋予大自然生命的成熟,冬天赋予大自然生命的思考。每个季节有了独特的魅力,大自然也就有了灵动的情趣。其实,季节是最灵性的美术家,草木是最灵动的画笔,大自然是最宽广的画布。每个季节拿起自己的画笔,在时序轮回的大自然上描绘出最生动的图画。

谷雨之前,春天的桃红柳绿晕染了大自然的容颜,大自然像少女一样清纯淡雅,妖娆多姿。但在谷雨之后,桃花褪去了粉嫩的脸颊,梨花洗去了白皙的脂粉,杏花抹去了红润的唇膏,迎春花藏起了黄色的丝巾,丁香擦去了紫色的媚眼,零落成另一番模样。这些春天里最为蓬勃的花朵,在初夏的季风里逐渐飘散消褪,结束了在春天舞台上最迷人的舞步,消失在时间的背影里。而浓密的绿叶逐渐占据了花瓣凋落的空间,小小的青果逐渐探出了毛茸茸的脑袋,荒芜的山坡慢慢铺上了绿色的地毯,褐色的麦田也快速地披上了绿色的衣裳,绿色的草丛中露出了星星点点的野花,处处散射出姹紫嫣红的绚丽图画。时雨时雪的暮春之后,一场淋漓尽致的暴雨终于涸开了夏天火热的激情。

夏天的激情在于阳光的奢侈照拂,在于山风的疯狂吹刮,在于雨水的肆意泼洒,在于绿色的极速蓬勃,在于花朵的缤纷绽放,在于果实的急遽膨胀。一切草木都在夏日的怀抱里尽情地生长,真情地演绎,激情地挥洒。生命有了活力,有了韧性,有了资本,就显露出最旺盛的容颜,最强健的体魄,最活跃的心肺。夏天就像一个活力四射的青年,收敛了春天的娇羞,不顾秋日的老熟,只是尽力张扬生命的活力,挥洒生命的激情。

春天往往是木本花争艳的季节,梅桃梨杏晕染了春天的脸颊;夏天常常是草本花的舞台,兰莲葵芍芬芳了夏季的胸怀。木本的花耐寒,草本的花喜热。耐寒的梅桃梨杏在冬天与春天的夹缝中绽放出艳丽的花朵,争相报告春天的讯息,扮靓春天的颜色,就显得弥足珍贵。它们在春天完成报春的使命后,回归了树的绿叶婆娑,在夏天肩负起孕育果实的重任。开花结果,春天花瓣飘零,夏日果实绽结,新的生命征程又开始启航。

而喜热的草本花,在温暖的土壤里舒适地做着开花的梦。草本花躲过乍暖还寒的时节,在夏天找到了舒适的绽放舞台,它们在绿草茵茵的背景中开始演绎万紫千红的斑斓色彩。只有夏天的暖阳照过,煦风吹过,细雨淋过,草本花才露出娇嫩的花朵,装点绿草茵茵的原野。芍药在夏雨的淋浴中张开了绢花一样的娇美容颜,向日葵在夏日的照耀下昂起了金子一般的高贵头颅,马兰花在夏月的润泽下攒聚了秀丽清癯的紫蓝模样,莲花在夏风的吹拂中挺起了亭亭玉立的粉嫩风姿。还有匍匐在地的蒲公英、缠缠绕绕的牵牛花、细细碎碎的油菜花以及点缀在草甸的各色小花,在夏天的胸怀里自在地绽放,自由地生长,自信地摇曳,组成了大自然赤橙黄绿青蓝紫的斑斓图画。它们不用担负报春的使命,也无须张扬争夏的脾性,只是自足自乐地生活在夏天的舒适怀抱中,尽情地演绎天赋的美丽,挥洒本能的激情,享受天然的幸福。

夏天的阳光照得彻底,骄阳似火,草木葳蕤,激情的阳光让草木也更有激情。骄阳的照射下,草木得到了热量,获得了温暖,生长也就恣肆汪洋,无拘无束。

叶片更大，草芽更高，花瓣更多，颜色更艳。"接天莲叶无穷碧，映日荷花别样红"，荷花在烈日的炙烤下更加红艳，更加烂漫。枝繁叶茂，花团锦簇。骄阳下，草木呈现着最壮观的视觉盛宴，演绎着最旺盛的生命活力。

夏日的雨下得痛快淋漓，有声有色。不像春天的雨要"随风潜入夜，润物细无声"。一声炸雷，一道闪电，一股狂风，就高调地撕开了黑色的雨幕，如珍珠一样的雨滴倾盆而下，滴滴答答，上蹿下跳，在水面跳起了"嘈嘈切切错杂弹，大珠小珠落玉盘"的急促舞步。雨的激情同样激发了草木的激情。经雨洗礼，树叶更加浓密，草尖更加高耸，花瓣更加艳丽，禾苗更加壮实。夏天是草木生命力最旺盛的时候，是躯体最健硕的时候，也是面容最丰润的时候。有了雨水的激情滋养，草木也就有了最幸福的成长时光。

夏季的风摇摆不定，时而轻柔，时而狂暴，全凭自己的任性脾气。阳光朗照，炎热似火，一阵微风掠过树叶，风就吹得凉爽，吹得轻柔。"水晶帘动微风起，满架蔷薇一院香"。浓荫下，清风徐徐，吹走了炎热，吹来了花香，风像一杯绿茶沁入心脾。而阴云密布，电闪雷鸣，一股旋风扫过田野，风就刮得爆裂，刮得激情。"山雨欲来风满楼，黑云压城城欲摧"，原野里，狂风大作，吹折了树木，吹倒了青草。虽然风恣意妄为，但草木却展现了刚柔相济的韧性力量。

夏天是果实激情演绎的舞台。虽然还有一些花在艳丽绽放，但是许多果实正在快速长大，青色的果实正在演绎收获的希望。桃树挂满了一串串圆硕的绿果，小麦垂下了一条条深绿的麦穗，油菜绾结了一簇簇如箭簇一般的果壳，蒲公英飘飞了一顶顶似小伞一样的籽实，还有许多草木都在幸福地编织着果实的不同样貌。大大小小的青绿果实，在夏日的舞台上演绎别样的生命戏剧。

我站在春末夏初的季节风口，回望着春天逐渐远去的背影，踩着夏天正在跃动的激情旋律，走向高原夏日的绚烂原野。在一片片蓬勃的草丛间，一瓣瓣怒放的花瓣中，一个个圆硕的青果里，汲取生命的养分，蓄积生命的力量，释放生命的激情。我懂得，虽然人生已经走过了青春年少的激情岁月，进入了成熟知命的思考阶段，但是夏日激情给予人间的温暖蓬勃力量，却能让人抵御任何生活的凄风苦雨，尽享春种夏耘秋收冬藏的圆满人生。

秋叶的风韵

站在初冬的窗口，看见一棵棵树裸露着褐色的躯干，瑟缩着瘦削的枯枝，我不禁想起那些婆娑多彩的叶子过往。

叶子是花草树木最灵动的衣裳。在季节的风雨里，叶子逐渐变换着翠绿、碧绿、金黄、血红、褐色的颜色，给花草树木穿上不同色彩的衣服，芬芳了大自然在春夏秋冬的生命旅程。

春天是花草树木刚刚穿上绿叶的季节。叶子的绿色主宰了自然的颜色，青山绿水的美丽景色，都是绿叶的功劳。树木和花草，有了绿叶就显得生机勃勃，就显得丰润饱满，就显得妖娆多姿。绿叶就是大自然的生命，就是植物的崭新衣服。在春风的吹拂和春雨的沐浴下，树木和花草展开了枝叶，染上了绿色，大自然就变成了人间天堂。

因而，春天和冬天是两个色彩非常鲜明的世界。冬天除了土地的褐色外，就是雪花的莹白颜色，阴沉，苍白，寂寥，寡淡，让眼睛疲累，让心灵干枯，让思维萎缩。而到了春天，绿叶就出来拯救世界，主宰自然了，然后逐渐引来万紫千红的绚丽鲜花。这时，世界就丰富多彩了，就绚丽多姿了。清新，明丽，活泼，丰富，眼睛就丰润了，心灵就活泛了，思维就活跃了。虽然叶子由嫩绿逐渐变为碧绿，只是颜色在不断变深，但是绿色主宰着树木和花草的基本颜色，是最有活力的生命亮色。虽然春天有花朵的绚丽色彩不时吸引着人们的眼球，但是鲜艳的花朵离不了绿色的背景，离不了绿色的舞台。有了绿叶的陪衬，鲜花才显得绚丽。

夏天的叶子，已不是什么稀罕物了。植物的叶子都蓬勃地展开了，要么为红花做陪衬，要么为闲人做绿荫，要么为夏雨做伞盖，满眼都是绿色染就的美丽图画。此时，虽然叶子的数量变多了，叶片变大了，颜色加深了，但是绿叶的底色没有变化，夏天依然在绿叶的呵护中蓬勃生长。在枝繁叶茂中享受一片绿荫，是夏天的树叶带给燥热时光最舒适的一份凉意。

到了秋天，绿叶的生命就升华了。茂密的叶子在秋风中逐渐褪下碧绿的肤色，换上了或金黄或火红的妆容。绿叶华丽转身，在秋风秋雨中淬炼成金色，定格为成熟生命的尊贵色彩。金黄是秋季的主色调，而这金黄的主色调就是由叶子成就的。虽然，有的树叶会变成红色，有的依然保持青色，但是绝大多数的叶子都变成了黄色，山坡、山谷、村庄、街道，都渲染成了金灿灿的世界。人们喜欢用金秋来称呼秋季，就是因为丰收的麦田、成熟的叶子都镀上了如同黄金一样贵重而灿烂的黄色，渲染了秋高气爽的高山流水。

高悬在树枝上的金叶子，在秋风中自豪地摇曳，清风吹动的叶子发出的声响犹如金子碰撞的声音，清脆而悠远。而铺展在树林中的金色树叶，犹如一片片闪闪发光的金片，踩上去会奏鸣出一阵阵碎金碰撞时的美妙旋律。不管是在秋风中跳舞也好，还是在泥土中谢幕也罢，金色树叶是秋天最梦幻的色彩记忆。

天高云淡，金黄的树叶是美妙的音符，跳动着秋天最优美的韵律；树叶的金黄是灵动的色彩，写意着秋天最炫目的图画。在秋天，叶子完成了最完美的生命旅程。

当秋风伴着秋霜一起飞舞，叶子也就感觉到了生命终点来临时的无奈。秋风刮过叶子绿色的面庞，叶子尚能换上金色的妆容，而当秋霜浸过叶子的脉络时，叶子就开始折断叶脉准备谢幕了。

伴随着寒冬降临，叶子不论是什么颜色，最终都会凋落在泥土里，化为褐色的枯叶，任由寒风吹刮，消融在雪花里，找不见踪迹。冬天，是叶子的荒原，看不到叶子的影子。树木掉光了叶子，花朵凋落了枝叶。绿叶也好，金叶也罢，全都不见了踪迹。原野失去了叶子的颜色，也就失去了生命的颜色，到处都是荒凉，干枯，死寂。只有挺立的松柏还能顽强地坚守着一点点青翠的针叶，给莹白的雪花遗留一点生命的色彩。

叶子的美虽然不如百花的美，但也有其独特的韵味。叶子的韵味是不同形状的叶子色彩的渐变过程，色彩是叶子最有魅力的生命要素。春夏时节的绿色，是叶子旺盛生命力的象征，而秋天里的金色或红色，则是叶子走向生命成熟的标志。春夏时节，叶子的颜色虽然有点单调，但却清新。嫩绿也好，碧绿也罢，只是绿色的深浅不同罢了。但在秋天，叶子的颜色就较为丰富了。金色是叶子的主色调，绿色是叶子遗留的底色，而红色则是叶子的另类色彩了。这三类色彩芬芳了天高气爽的秋天情怀。而秋天的山野乡村，则是叶子展示绚烂色彩的最佳时空。满目层林尽染的秋叶，绝不输万紫千红的春花。

在我的生活感知里，常见的树木是白杨树、柳树、杏树。杨柳是普罗大众的树，是高原上最适宜生长的树。房前屋后总有枝叶婆娑的白杨树环绕，河岸园林总有垂枝依依的柳树守望，庄廓庭院总有果实累累的杏树高耸。杨树的叶子最为张扬，不论是绿色初绽，还是金色爆棚，杨树宽大的叶子总是高扬着丰润的脸庞，仰视云霄，尽情吸纳太阳的光华，淬炼自己的颜色和阳刚。因而杨树常常成为掩映村野山谷的独特风景，留在我的记忆深处。

杨树的金黄成为一种壮观风景的则是身处大漠之中的额济纳旗胡杨林。在荒凉的沙漠中，留住一点绿洲已经实属难得，而能成为秋末晚风中最美的一片金秋记忆，就更是人间奇迹了。人们赞扬胡杨"生而不死一千年，死而不倒一千年，倒而不朽一千年，三千年的胡杨，一亿年的历史"，足见胡杨的生命力有多坚强不屈了。在秋天，人们到额济纳旗胡杨林，不仅仅是去看胡杨叶子的金黄模样，更重要的是去看胡杨在沙漠中站立和卧倒的姿态，去看一种树在苦寒的岁月里是怎样把沙漠变成绿洲的生命韧劲。站卧三千年的胡杨，用成熟的金色树叶抗争着戈壁的漫漫黄沙，也浪漫着空旷沙漠中的金秋岁月，在晶亮的黄色中定格成大漠壮美的秋日风景。

相比较杨树，柳树的叶子就显得低调了。柳枝垂挂，撑不起柳叶细碎的身姿，不管是春风剪出的细叶也好，还是秋霜剥落的枯叶也罢，柳树细长的叶子总是低垂着头颅，俯视土地，努力汲取河流的津液，坚守自己的色彩和柔媚。因而柳树往往成为妩媚城市公园的浪漫依靠,摇曳在柔软的心房里。

至于银杏树和枫树,对高原来说是一种贵族化的树,偶然会出现在公园里、街道边,而乡村里往往看不到它们的身影。银杏树在秋风中亮出了最娇美的金色叶子,细小娇艳,金黄透亮,婆娑多姿,娇贵精致,是金色秋天中最妩媚的景致。站在银杏树下仰视,枝条虬曲,叶片金黄,阳光透过树叶泄露下来,树叶更显金黄透亮,弥漫着金色光芒,犹如童话一样纯净。银杏叶的黄色在秋风中最为晶亮而灿烂,叶片的形状娇小而俊美,枝条的横斜疏密有间,是最入摄影家眼目的金色树叶。

枫叶的红色在秋霜中最为美艳而亮丽,叶片的形状柔美而烂漫,枝条的攒聚浓密而蓬勃,是最易进入书页的俊逸标本。

树叶由绿到黄的路途,是秋天对葱茏夏天的深情留恋,而树叶飘落在褐色土地上,是秋天对莹白冬天的盛情相迎。曾经繁茂的叶子逐渐消失在冬天的窗口,一切又要开始新的生命轮回。

是的,冬雪的飘零,虽然掩藏了褐色的叶子,但是却为树木花草洇开了一幅莹白的空灵图画。那犹如一张洁白画纸的冬雪,虽然掩藏了叶子所有的美好和过往,但又在洁白的肚腹里孕育着叶子的新生和绚烂,准备在春暖花开的世界里挥洒叶子勃勃的生命奇迹。

冬雪的情味

时序更迭，四季轮回。在岁月的画卷上，风霜雨雪以自己特有的笔触，描绘着春夏秋冬的美丽图册。寒风冷月，静看一冬的雪花飘舞，犹如静坐暖炉边，夜读一部冬天的美丽书册，素雅而清爽，舒心而悠长。

雪花书写的冬天，是一部素雅质朴的散文大作。秋霜是冬天的序言，在秋高气爽的晨光里，浅浅地书写在凋谢的枯草上，预告着冬天的讯息；冬雪是冬天的壮美华章，在大雪纷飞的时空里，肆意地挥洒在北国的山河里，演绎着冬天的风骨；而春雪则是冬天深情的后记，在春风和煦的阳光里，悠然地缭绕在梨花的容颜上，记忆着冬天的过往。

霜降之时，虽然金色的树叶还在展示着秋天的绚烂，但是在逐渐枯黄的草叶上已经看到冬天的影子了。秋日的清晨，走在河岸，走在山野，泛黄的碧草丛中闪现着点点碎银似的白光，那是草叶收到的第一份薄薄的冬天礼物。白如冬雪的秋霜，预示着秋天即将结束，冬天就要到来。霜露莹莹，慈悲的上苍开始为冬天撰写序言了。

清秋时节，金风玉露，如盐粒一样的秋霜敷在草尖上，落在河岸边，虽然没有完全遮盖住草地的绿色，但是逐渐凋谢的草叶上已经泛起了一层浅浅的白霜，素雅似月光。虽然秋霜不像雪花一样从天空款款飘落，但是结晶在草尖上的露珠，已经具有了冬雪的莹白肌肤，形成了盐粒一般的固态模样。曾经淅淅沥沥的秋雨，已经凝结为结结实实的霜露。在秋天远去的路途上，上天用细嫩的草尖蘸着秋雨的汁液开始撰写冬天的序言，描画雪花飘落时的色彩，预告冬天到来的讯息。在季节的十字路口，秋霜是冬天的序幕，冬雪就是秋霜的延续。四季的壮丽诗篇中，雨的篇章已经结束，雪的华章拉开了序幕。

立冬雪飘万物枯。冬天的第一场雪往往在这时如约而至，在人们的猝不及防中雪花已经绘就了冬天的第一幅壮美画卷。此时，碧蓝的天空被灰蒙蒙的云彩遮蔽了，上天阴沉着脸，紧绷住呼吸，收纳了电闪雷鸣，从广袤的天幕中撒下了纷纷扬扬的雪花，如飞舞的柳絮，似飘落的梨花，塞满了整个天空，铺满了整个大地，银纱茫茫，山河皆白。青山绿水全都披上了一件洁白的衣裳，枯树残花全都裹上了一层白色的外衣。晶莹的雪花主宰了辽阔天宇，洁白的雪花统领了自然万物。虽然颜色单调，但是景象壮观。万里雪飘，银装素裹的北国雪景是冬天最壮美的山川图画。冬天的第一场雪，是铭刻在季节记忆中最为温情的浪漫诗篇。

落雪有形，也有色。落雪的形体是最美的花的形体。雪花，如花一样的雪片，绽放在冬天的额头上，绽放在大地的胸怀里，芬芳了千年的时光。雪花飘落在窗棂上，飘落在手心里，那犹如梅花一样的花瓣，轻盈洁白，精致柔美。梅花一样的雪花飘舞在天宇中，月色一般的雪花飘落在大地上，形成了冬天银装素裹的洁白模样。雪花是冬天最圣洁的精灵，是最纯净的容颜。

雪落无声。在小雪大雪又一冬的寒冷时段里，再漫无边际的雪花，再大如鹅毛的雪花，不论是飘飞在空中，还是掉落在脸上，都没有一点声音。在没有旋律的天地间，轻盈的雪花迈着轻盈的舞步，无声地跳动着最飘逸的生命舞姿。它不像春雨迈着滴滴答答的跫音；也不像夏雨敲着急急切切的鼓点。而冬雪来临时，既没有雷电交加的交响曲，也没有滴滴答答的独奏曲，更没有鸟语花香的祝贺声，所有的来去都是悄无声息。

踏雪有痕。虽然落雪无声，但踏雪有痕，踏雪也有声。大雪过后，踩在犹如白色地毯的雪野上，那一行行曲曲折折的脚印，是人在白色宣纸上描绘的简约图画；而随着脚步的启动，那一声声咯吱咯吱的乐音，是人在白色琴键上弹奏的诗意乐章。

落雪有情。大雪过后，扫庭院，扫屋顶，扫巷道，用扫帚为笔左涂右画，莹白的雪地上就扫出了一幅幅黑白相间的图画。小时候，大清早起来，拿着扫帚去院子里把道路上的雪扫干净，扫出一条褐色的走道，把扫起的雪堆积成雪堆，顺便还堆积成一个憨态可掬的雪人。一边扫雪，一边看着雪后的庭院，别有一番情趣。扫完庭院的雪，还要爬着梯架到房顶扫房屋上的雪。站在屋脊上看村庄，看远山，看树木，静静地沉睡在白色的棉被里，静谧安详。屋顶上的雪在扫帚的拨动下，又飞舞起来，犹如抛向空中的花瓣纷纷扬扬，如梦似幻。有时走在厚厚的雪地上，谨慎地滑几步雪，或是摔倒在雪地上，或是急驶在雪地上，都是开心而有趣的童年游戏。如果围坐在火炉边，读一篇有关风月的诗文，话一场有关桑麻的回忆，又是一次清爽而温暖的心灵交流。即使没有"绿蚁新醅酒"的酣畅，也有"红泥小火炉"的温暖。

冬天最迷人的画卷，不在城市，而在乡野。城市的高楼大厦，画不出疏落有致的冬天水墨画，而山野屋舍往往会印染出静谧安详的冬雪写意画。隆冬，鹅毛般的雪花飘了一夜。推开门窗，山野村庄涂抹上了白色的颜料，洁白素雅。皑皑白雪覆盖在高低起伏的山岭上，覆盖在参差错落的屋舍上，覆盖在枝条稀疏的树干上，自然地绘就了一幅简约灵动的写意画。而稀稀落落升起的袅袅炊烟，则给白雪绘就的写意画上勾勒上了一条条青色的线条，逐渐消散的青烟温情地晕染出了灵动飘逸的神韵。

冬至来临，也迎来了数九寒天的冬天尾声，也是冬天最激越的生命乐章。寒风愈发刺骨，冰雪更加肆虐，雪花直冲冲地吹打在脸上，具有彻骨的寒冷。遇上一场纷纷扬扬的大雪，也就遭遇了一次最具冬天风情的雪花谢幕。

随着数九寒天的结束，冬天也就完成了一部雪花世界的壮丽华章。该冰冻的都冰冻了，该孕育的都孕育了，该画句号的都画句号了。一部雪飞有形，雪落无声，踏雪有痕，玩雪有情的生命大剧演绎完了，雪花也将化为流动的雨滴掉落春天的眼眸里。

但冬天还不愿离去，雪花仍不想远离。在立春和春分的时空里，洁白的雪花还不时飘舞在天地山川上，覆盖在桃红柳绿上，飞落在眉头红唇上。轻轻飞舞的雪花，用更飘逸的姿态，更轻盈的步伐，更温润的体温，更迷人的容颜，与梨花在春风吹绿的原野上一同书写温情的后记，书写难舍的柔情，书写曾经的过往。直到春天的雨滴沐浴在花蕊上，雨丝滋润在眼目里，冬天才消失在人们的视野，冬天的这部书才算读完。

嫣红的桃花

春分时节，湟水河的春水逐渐汹涌起来，柳树的叶子泛出了一抹浅黄，桃树的枝头也冒出点点粉色。桃之夭夭，嫣红的桃花露出了最妖娆的笑靥，芬芳着高原人寻找春天的眼眸。

乐都不是桃花之乡，过去几乎看不到桃树的身影。近几年，城市建设加快了绿化、美化的步伐，碧水园等湿地公园里种植了一些山桃、碧桃等景观小桃树。每当春天踏青，信步走在碧水园的树林里，一抹抹桃花红正在点染枯燥而单调的蚂蚁山，妩媚了蜿蜒曲折的公园小道，映红了湟水河两岸翠绿的烟柳。嫣红的花朵星星点点地绽放在树梢，让人们感觉到高原的春风里终于有了一抹粉嫩的红，有了一抹如火一样跳跃的春天活力。高原人的眼眸中，桃花的粉红新添了一抹最惊艳的春天色彩。

这些含羞地露出嫣红花朵的桃花，似乎害怕高原的春风，瑟缩着花瓣，抖动着嫩枝，花朵娇小，花色浅淡，没有肆意地舒展粉嫩的面容，只是羞涩地露出高原红一般的脸蛋。它们夹杂在一些灌木丛中，零零星星地冒出一点点粉红，没有形成灿若云霞的壮观景象。但就是这些散布在人工湖边和蚂蚁山山麓的小桃树，却成了最明艳的春天使者，唤醒了高原春天的眼睛。自从有了这些桃树，人们的手机里就多了桃花的俏丽身影。

在青藏高原，要说最美的桃花当属西藏林芝三月的桃花了。虽然在十月的秋风中领略过雅鲁藏布江边林芝桃树金色的桃叶，但自己没有在三月的春风里去领略雅鲁藏布江孕育出的缤纷桃花林，也没有机会去观赏映照在南迦巴瓦雪峰下的野生桃花。可是每到三月份，总会在手机的视频里观看林芝的野生桃花，在梦境里徜徉一番林芝桃花林的绝妙神韵。

但与乐都只有一条老鸦峡之隔的民和马场垣和下川口却有一片落英缤纷的桃花林，在春雨淅沥的时节满足了我领略桃之夭夭的美好愿望。

春暖花开时节，驱车到民和下川口，远远就看见，背靠着初显青色的南山近一百公顷的桃花林芬芳在春风里。看桃花的人犹如春潮，涌动在桃枝间，争相比照着人面与桃花相映红的惊喜。桃枝弯曲遒劲，犹如梅树一样旁逸着斜枝。粉红的桃花如火焰一样跳动在枝头，又如朝霞一样弥漫在桃花林。这儿的桃树枝干比较粗大，色彩艳丽，花朵硕大，姿态秀雅。在蓝天白云下，粉红的桃花格外鲜艳，也分外妖娆，惊艳了高原的春天。当高原的春天只有浅浅的柳树绿和淡淡的梨花白装点河湟谷地的青山秀水时，粉红的桃花就是最热烈的春天使者，也是最温暖的春天胸怀。

桃花的美不仅表现在花朵的粉嫩上，还体现在丰厚的文化意蕴里。

田园诗人陶渊明极力营造的世外桃源，就是一个芬芳着桃花的绝美圣境，凝结着最深远的文化意蕴。《桃花源记》中芳草鲜美、落英缤纷的桃花林一出场，就给陶渊明的理想社会笼上了一层迷人的粉色梦境，温暖而娇美。有了这一层粉红的桃花外衣，阡陌交通、鸡犬相闻的世外桃源就具有更加迷人的幸福色彩了。自从陶渊明赋予了桃花这一份圣洁的文化意蕴后，桃源就是人类最自由最美好的生活乐园，桃花也是人间最恬淡最美丽的理想花朵了。

桃花除了陶渊明赋予的文化韵味外，还有唐代诗人崔护赋予的"人面桃花相映红"的柔美风韵。桃花粉红的花朵与少女娇羞的脸庞完美地映照在春风里，那是一幅多么相得益彰的绝美画面啊！那是自然的春天与人间的春天最美丽的相遇，是两个青春的生命之间最温情的对话。崔护在春天桃枝间看到的美丽面容，牵挂了崔护一年的心。一年后，他去桃林间找寻，虽然桃花依旧灼灼其华，但人面却不知所踪，只能留下"人面不知何处去，桃花依旧笑春风"的千古遗憾。这一份由粉色桃花惹出的千古念想为桃花平添了许多诗意和愁肠。

桃花不但映红了少女的粉面，还陶醉了李白对汪伦的深厚友谊。"桃花潭水深千尺，不及汪伦送我情。"虽然汪伦邀请李白做客的地方没有十里桃花的烂漫，但是汪伦关于十里桃花的善意谎言却牵动了李白欣赏桃花的脚步，在对桃花的向往中他收获了比桃花还要纯真的情谊。李白与汪伦的千古友情在桃花粉色的诱惑中得到了深化，浸润着浓浓的诗意浪漫。

　　春暖花开的日子是一段芬芳着桃红柳绿的日子，也是一段芬芳着诗情画意的日子。越过严寒的萧瑟荒芜，遇见"桃之夭夭，灼灼其华"的明媚春光，就是诗意生活的开始。

莹白的梨花

四月的湟水河,冰雪开始融化了。河边的柳树发出了嫩黄的叶子,碧水园的桃杏都绽开了粉嫩的花朵,它们给湟水人家带来了春天的讯息和温暖。而给湟水河岸带来壮美春天气息的则是芬芳在湟水河北岸上下寨村的百亩莹白梨花。处在湟水河北岸的上寨和下寨两个村庄的屋前房后,保留了大量的百年梨树。当四月的春风吹拂时,这两个村被一片莹白的梨花氤氲,成为湟水河岸最迷人的梨乡雪海,引起湟水人家的春游兴致。

上寨和下寨的梨花,充满浓浓的历史沧桑感。这里的大多数梨树都有百年的生长历史。这些百年古树有顽强的生命力,有的树干即使一个人合抱都稍显吃力,但它们依然顽强挺立,枝繁叶茂,开花结果,成为梨林中最壮美的一抹风景。褐色的树皮沟壑纵横,坚硬厚实,像一层层厚实暖和的棉被护卫着古老的树干,抵御着风雨的侵蚀,抵抗着蛀虫的叮咬。那一道道纵横交错的裂缝犹如岁月的年轮,储满了时光的沧桑。遒劲的梨枝参差交错,曲折盘旋,花叶交辉,树干粗大,枝条横斜,虬枝蓬勃,姿态优雅,组成了"疏影横斜花素雅"的绝美姿态。有了百年的岁月淬炼,绽放的梨花就更富有岁月的光华,更具有花朵的魅力。枯木逢春,老树新花,百年梨树绽开万朵雪白梨花,枝条粗壮,花瓣轻盈,在季节的舞台上尽显生命的恒久魅力。

梨花的美在于莹白如雪,轻盈娇柔。岑参"忽如一夜春风来,千树万树梨花开"的诗句,生动地描绘了戈壁沙漠纷纷飘落莹白雪花的壮美情景。其实,这里作者不但借莹白的梨花描绘了晶莹的雪花,同时也暗示了莹白的梨花也像晶莹的

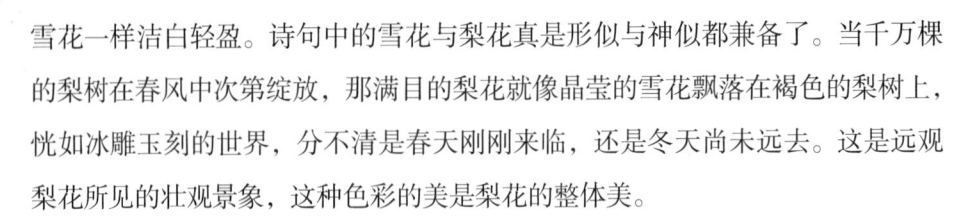

雪花一样洁白轻盈。诗句中的雪花与梨花真是形似与神似都兼备了。当千万棵的梨树在春风中次第绽放，那满目的梨花就像晶莹的雪花飘落在褐色的梨树上，恍如冰雕玉刻的世界，分不清是春天刚刚来临，还是冬天尚未远去。这是远观梨花所见的壮观景象，这种色彩的美是梨花的整体美。

而上下寨的梨树栽种在庭院里，田园里，也是形成了一片片的梨林。远远望去，背依白色山丘下的上下寨村，掩映在雪白的世界里，清雅安宁。即使很久看不到雪花的影子，但走近村寨就恍如走进了银装素裹的冬天，感觉非常美妙。此时，屋舍俨然，炊烟袅袅，犬吠鸡鸣，一派恬淡祥和的农家气象。在上下寨村，绽放的梨花芬芳了湟水北岸的参差屋舍，也芬芳了河湟人家的丰收希望。梨乡处处飘飞雪，湟水时时涌春涛。春日有幸赏梨花，秋末欣然品果香。这是幸福的时光，也是幸福的村落。

近观梨花，其实也有许多温软的情愫不时涌上心头。一簇簇娇小轻盈的花朵攒聚在弯曲的梨树枝头，如同刚出生的婴儿，娇美可爱。轻盈洁白的花瓣，细碎粉红的花蕊，组成了婴儿粉嫩的笑脸，绽放在高高的枝头上，透着一股楚楚可爱的娇嫩。在明媚的阳光下，轻盈洁白的梨花，羞涩地露出娇美的容颜，笑意盈盈，触动心底最柔软的地方，不忍触摸，只愿风雨不要损伤它的肌肤。

梨花开放的时节，湟水岸畔正是乍暖还寒的时候。春风徐徐吹来，温暖中伴着淡淡的寒意。高原的春雨也很珍贵，时令虽然到了四月份，天空中很难见到雨丝飘下来。千盼万盼，等来的往往是一场徐徐飘下的雪花。雪花落在梨花上，梨树更显臃肿，梨花也更显洁白。暖阳过后，雪花融化，梨花就变得水灵灵，湿润润，更是楚楚可怜，素雅清爽。南方是雨打梨花，而北方高原往往是雪压梨花，虽然都淋湿了梨花，但淋湿的风味总是有所不同。北方高原雪后的梨花在水灵娇嫩中更显一份坚毅和不屈。傲立在枝头的梨花，高昂着洁白的花朵，勇敢地迎接雨雪霏霏的春天洗礼，别有一种风韵。

因为开花时要面临寒冷，梨花绽放时用花苞抵御着风雨。虽然包裹得不是那么紧密，但是圆滚滚的花苞犹如温暖的屋舍静心地保护着鲜嫩的花蕊。此时，梨树的叶子还没有长出来，梨花也就靠花苞守护花朵的生命，梨树的希望。春风里，梨树含苞待放，那合拢着花骨朵的梨花正在孕育春天最美的使者。

随着春雨增多，梨花逐渐败落，叶子慢慢蓬勃，果实开始显露枝头。上下寨的梨树经历四个月的风雨后，终于硕果累累。软儿梨、冬梨等水果挂满百年梨树。曾经的梨雪纷纷，全都化为果香飘飘。这是梨花最美好的希望，也是沉甸甸的收获。经受住雨雪的洗礼，经历过日月的照拂，轻盈洁白的梨花，终于完成了生命的蝶变。春华秋实，梨树不仅在春天获得了耐看的花朵，而且在秋天收获了耐吃的梨果。在八月的秋风里，一边吮吸着香甜可口的果汁，一边回想着轻盈洁白的花朵，是非常惬意的身心享受。

上下寨，春天的梨花是湟水河畔最迷人的一道风景线，秋天的软儿梨是瓜果之乡乐都最香甜的一份舌尖味道。从花蕾初绽到果实饱满，湟水北岸的百年梨树在馥郁的果香中弥漫着浓浓的乡音、乡色、乡情和乡愁。看梨雪满园，品梨果脆甜，话梨乡今昔，心中流淌的总是一片片轻盈素雅的爱恋与向往。

其实，我对梨花的认知和情感是在近几年上寨和下寨举办梨花节时触动的。过去，只是不加区别地饱食不同品种的梨，雪白的果肉，酸甜的果汁，只是满足自己的口腹之欲，而对梨花的芬芳却很少去关注。现在，每到四月份，心中就禁不住涌起看看梨花的情愫。带着期待的心情，走进上寨和下寨曾经踏足过的梨林，走近曾经注目过的梨树，找寻轻盈洁白的梨花身影，找寻梨染湟水的春天故事。

粉嫩的杏花

三月的春风吹拂在湟水谷地，吹绿了湟水河边的依依杨柳，吹开了湟水人家的粉嫩杏花。行走在村头巷道，庭院里的杏树伸出含苞待放的枝条，牵引着明澈的眼眸。我知道，春天的使者在杏树的枝头开始闹腾起来了。

杏花在乡野的春天里是一种常见的花朵，农家的庄廓里大多都有一两棵杏树充盈着空落的庭院，在开花结果中馨香着庭院里的自在生活。虽然我离开乡村很多年了，但在我的记忆里，花白果黄的杏树却绾结着一抹浓浓的乡愁。

小时候，对杏树的爱好不在春天里花瓣轻盈的花朵上，而在夏天里果实累累的杏子上。暑假时节，正是杏树结满果实的时候。有的杏树杏子已经熟了，透出金黄的颜色，有的金色果皮上还带有一抹鲜红的颜色。有的杏树杏子还没有熟，颜色青绿。望着庭院中高高的杏树上诱人的杏子，小伙伴们禁不住口水直流，很想爬上杏树去摘一些来解馋。但是，院门上锁，无法进去。同伴就出主意，让胆小的在外面放哨，让胆大的翻过墙头，攀上杏树去偷偷地摘一些杏子。我属于在墙外面放哨的人，看到胆子大的同伴灵巧地翻过墙头，就远远地观察庭院周围的动静。看到杏树的主人出现了，就吹一下口哨，给墙里面的人报信。胆大的伙伴听到口哨声就会快速地从墙头上跳下来，和我们一起向远处跑去。直到看不见人了，摘了杏子的人就拿出揣在口袋里的杏子，分给伙伴们一起吃。

摘到青杏时，拿起硬硬的杏子就一嘴咬下去，快速地嚼几下就咽下去。即使青涩的杏子让牙齿酸得发痒，也会忍一忍就吞下去，体味酸涩的味觉刺激，满脸露出酸楚的神色。摘到熟透了的杏子，拿起发黄的杏子用手一捏，就把黄色的果肉捏开，拿一块送进嘴里，大口地咀嚼，享受酸甜爽口的舌尖美味，脸上露出舒心的微笑。大家吃完或酸或甜的果肉，手中攥着的是一把娇小的杏核，但大家都不愿扔掉，都拿起路边的小石头砸破硬硬的杏核，露出白生生的杏仁。有的杏仁砸碎了，有的还完好无损。但不管是碎了还是完整，也不管是甜杏还是苦杏，小伙伴们都急促地取出白色的杏仁，慢慢地放进嘴里，津津有味地咀嚼一阵子。杏子的香味洋溢在金色的秋光里，洋溢在爽朗的笑声里。

如果杏树长在庄廓外路边的菜地里，男孩子们就拿出看家本领，用弹弓打落杏子，然后捡拾了去吃。那时候，小伙伴手里大都有一个自制的弹弓，除了打打麻雀外，就是打打树上的杏子。把小石头夹在弹弓的橡皮筋上，瞄准了树上的杏子，扯足了劲，把小石子射向掩藏在浓密树叶中的杏子，小石子不知飞到了什么地方，但经过几次弹射后总有几个杏子会掉落在地上。小伙伴们收起弹弓快速跑到掉落的杏子边，不管干净不干净，也不管杏子熟没熟，拿起伤痕累累的杏子就吃。有时没带弹弓，但看到树上诱人的杏子，看一看附近没人，直接捡起一块小石头，抡起胳膊甩向杏树，打落杏子，占为己有。那个时候，为了吃几个杏子常常遭遇杏树主人的追撵和斥骂。但是，物质贫乏的年代，水果很稀缺，最能解馋的水果就是庭院里的杏子了。所以经历偷摘杏子惊心动魄的越墙躲避后，偷到手的杏子就格外珍贵，格外香甜。童年时的记忆里，挂在高大杏树上如鸡蛋大小一样的黄色杏子是最香甜的舌尖美味。

现在，可吃的水果很多了，杏子不再是稀罕的果子了。但是每到三月份，转悠在碧水园，做客在湟水人家，看到杏花开放，总是会停下脚步，静静地看一看杏花。一簇簇莹白的花瓣簇拥在春风里，一条条黄色的花蕊包孕在春光下，一片片红色的花萼隐藏在花朵下，竟感觉杏花是那样娇美，那样纯洁，那样灵性。没有树叶的婆婆娑娑，没有蜂蝶的嘤嘤嗡嗡，粉白的杏花坦坦荡荡地袒露在春光里，芬芳着找寻春天的眼眸。娇美的花容经历春风的抚摸，经历春雨的洗濯，经历春光的照拂，就孕育了一个个金黄的果实，给自己的童年带来了酸涩的记忆。而小时候自己只记得怎么偷摘杏子，却忽略了杏花开放时的关注。小时候看重的是结实的杏子，只喜欢杏子的酸甜味道，希望厚实的果肉解决贫困年代的口腹之饥，

粉嫩的杏花

没有赏花的情趣。而长大后看重的则是轻盈的杏花，解决口腹之饥后，在百无聊赖中竟喜欢上了杏花的芬芳，又因诗歌的浸润竟滋生了一份爱花、惜花的诗意。

吃杏子的记忆是充实的，对杏花的文化记忆也是充实的。记得印象最深刻的一首诗是南宋诗人叶绍翁的《游园不值》："应怜屐齿印苍苔，小扣柴扉久不开。春色满园关不住，一枝红杏出墙来。"杏树深锁在幽深的庭院中，庭院的主人也隐藏在春光里，不知所踪。但是春天是自由的，任何力量都封锁不了春天的颜色。墙内的杏树情不自禁，硬是伸出了开满红色杏花的枝条，给院墙外的诗人送来春天的殷勤问候。这是一枝富有情味的杏花，也是一枝富有诗意的杏花，不但芬芳了印满苍苔的庭院春色，也芬芳了柴扉不开的墙外春色，更是芬芳了千年的诗意春色。

与叶绍翁有着同样情怀的是北宋词人宋祁，他的词句"绿杨烟外晓寒轻，红杏枝头春意闹"也芬芳着明媚绚丽的春色。在如烟的绿杨丛中，竞相绽放的红色杏花洋溢着生机勃勃的春天气息，开满枝头的红杏犹如喧闹的小天使，激活了千年的春意盎然。而宋代诗人志南"沾衣欲湿杏花雨，吹面不寒杨柳风"诗句里的杏花则是沐浴着温暖春雨、吹拂着和煦春风的幸福杏花，经过春雨洗濯的杏花越发显露出清新快活的娇丽面容，给人间带来了水灵明丽的春天图画。

但在一些诗人的眼中，杏花却流露着凄婉的神色。唐代诗人戴叔伦"燕子不归春事晚，一汀烟雨杏花寒"的诗句中杏花就有点寒冷凄婉。烟雨迷蒙中，被寒风吹得有点憔悴的杏花慨叹着燕子迟迟不归的惆怅，晚春的杏花显得凄冷寂寞。宋代词人陈与义"杏花疏影里，吹笛到天明"词句里的杏花则诉说着一丝淡淡的忧伤。杏花凋落，枝条稀疏，笛声清越，乡愁悠悠，回忆往事，梦境里的依稀杏花倾诉着无法回归故乡的哀伤。

这一句句浸透着诗人不同审美情味的优美诗句，犹如绽放在诗歌殿堂里的圣洁杏花，洋溢着红杏闹春的诗意烂漫，也诉说着杏花凋落的人生失意。

杏花在春寒料峭中静静绽放，演绎着自己的春天故事，我的心也在春暖花开中逐渐清朗，享受着鸟语花香的静美时光。不论是行走在老家的巷道里，还是漫步在县城的碧水园中，那一抹抹粉嫩的杏花总是悄然地勾起"红杏枝头春意闹"的春天烂漫，也欣然地勾起秋日杏仁果腹香的童年记忆。

愁心绾结的丁香花

高原的春天来得晚，但是再晚也有丁香花的如约而至。当桃花梨花芬芳河湟谷地时，丁香花也在乐都悄然绽放。尤其是省城西宁，虽然处在高原，但是在阳历四月份却被丁香芬芳成了一座花香四溢的城市。在植物园里，在南山脚下，在公园，在街道，都能看到一簇簇、一片片蓬勃生长的丁香树，嗅闻到馥郁清爽的花香。1985年，西宁人把适宜高原生长的丁香花，培育成了市花，给予了丁香花一个特殊的地位。后来，虽然人民公园高调引进了张扬着异域风情的郁金香，映亮了五月的西宁，但是渗透进西宁骨地里的丁香花还是很蓬勃地装点着西宁城的公园街道，芬芳着西宁人的高原情怀。

而我对丁香花的情感过去并不是很深切，虽然很小的时候在老家的庭院里闻到一两簇丁香在春风里送来一缕缕幽香后，就看到细碎的丁香在攒聚的枝条上裂开了淡紫色或浅白色的花瓣。那时只是觉得丁香的花开得素雅，花香散播得幽远，丁香也是芬芳农舍庭院的一种花朵，为姹紫嫣红的春天增添了一些色彩和香味而已。对丁香既没有特别的欣喜，也没有生发别样的忧思。

对丁香产生特别的情感是在不惑之年重读了戴望舒的《雨巷》一诗后，心中竟种下了一粒忧伤的种子。忧郁的戴望舒在寂寥的雨巷等候的意中人竟有丁香一样结着愁怨的情愫。在现代诗的优美节律中，我第一次真切地感受了淅淅沥沥的雨丝中丁香花绾结的那一份幽怨愁绪。

顺着戴望舒幽怨的愁绪，我进一步接触了唐代诗人李商隐在《代赠》："楼上黄昏欲望休，玉梯横绝月如钩；芭蕉不展丁香结，同向春风各自愁。"诗句中丁香早已绾结的春愁，懂得了小小的丁香绽放的不仅仅是一束素雅的花朵，还有那么一缕淡淡的怨妇思人的忧伤。为他人代写赠诗的李商隐也是有多愁善感性格的。

还有，李璟在《浣溪沙》中也无奈地表达了忧愁的情结："手卷真珠上玉钩，依前春恨锁重楼。风里落花谁是主？思悠悠！　青鸟不传云外信，丁香空结雨中愁。回首绿波三楚暮，接天流。"雨中的丁香绾结着悠悠的思念花朵，绽放在春恨重重的季风里。李璟虽然拥有南唐中主的地位，但是处在夹缝中求生的君王却有许多治国的无奈和情感的忧伤。

在悠久丰厚的中国文学中，中国的古典文学总是给自然生长的花培植了一种影响久远的文化蓓蕾，一直芬芳着中国的文学天空，芬芳着文人赏花的心境。

李商隐也好，李璟也好，还是戴望舒也罢，他们把自己的抑郁性格和忧伤的诗意温软地烙印在丁香上，让丁香的紫色或洁白滋润着人间的爱恨情仇，抚慰着苦乐相伴的心灵。这种文化的春风不间断地吹拂在丁香树上，即使丁香的花瓣再莹白，再幽紫，也很难逃脱幽怨、忧愁和伤感的命运。从此，即使在很明丽的春阳下，在繁花似锦的公园里欣喜地看到一丛或一片蓬勃开放的丁香，我的心中也不由得勾起一份莫名的忧愁和感伤。

看花也看人的性格。面对同一种花，在同样的情境下，人所感受到的情景是不一样的。没有受过李商隐、李璟和戴望舒等人的诗词影响的人，看见丁香一般不会有忧伤的情感，或者说性格活泼开朗的人，看到丁香花还是觉得艳丽娇美。但性格抑郁，深受他们诗词影响的人，看到丁香花总会不自觉地产生忧伤的情感。我在小时候，不管是在什么地方看到丁香花，只是觉得花朵很娇美，紫色的颜色装点了荒凉的初春，幽暗的香味芬芳了烦恼的心情，长期以来都没有感到过丁香花竟有那么一丝忧伤的情结。直到自己有点忧郁的性格深切地领悟了李璟、李商隐、戴望舒的诗词后，不管在什么时候看到丁香花，心中首先就涌上了一丝淡淡的忧伤，而不管丁香花的白色如何莹白，紫色又是怎样的幽紫，也不管丁香与桃花、梨花又有什么不同。自从受了诗词的浸染，多愁善感的我对丁香花也有了一种别样的情愫，更有了一份亲切的认知。

丁香的花朵虽然细小，但是绽放后如小钉子一样的花筒裂为四瓣，向四周延展，就像一个个精致的中国结，荟萃了丁香的一切美好，也汇聚了丁香的一切香气，更是积淀了文人的所有愁肠。消瘦的花容，纠结的花瓣，幽暗的香味，在心中往往郁结在一起，让多愁善感的人不由得生发出一份莫名的惆怅。一簇簇丁香花绽放在春风里，开放的似乎不是醉人的花朵，而是一个个烦人的绳结，竟然缠绕住了那么多吹刮不去的人生烦忧，爱恨情仇。丁香花开心千结，人因心事常绾起。不是花朵有千愁，都缘春风不解意。

丁香花虽然在初春悄然开放，宣告着春天的气息，但是并没有获得如桃花、梨花一样的尊崇地位。紫色的花朵艳不过桃花的夭夭，白色的花朵俏不过梨花的盈盈。绽放在乔木上的桃花、梨花等，具有高高在上的位置优势和旁逸斜出的俊逸姿态。而开放在灌木上或娇小乔木上的丁香，没有桃花和梨花高耸的花枝，没有它们高扬向上的姿态，也没有它们屈曲盘旋的枝条。枝条细小的丁香攒聚在一起，如一群抱团取暖的柔弱生命，只能把细碎的花朵组成浓密的一团或一片，才能集体展示或紫或白的花色，共同散发出或浓或淡的幽香。有时，一两朵丁香花绽放在灰白的枝条间，隐没在浓密的绿叶中，往往会忽视了丁香花的存在。

尤其是，看到雨中的丁香花，自己也不免生发难以自抑的诗意愁心，作了一首七绝《丁香》："雨锁花蕾眉锁头，暗香幽闭不解忧。谁因开合怨春晚？丁香不愁诗心愁。"

其实，丁香花不管你忧愁不忧愁，快乐不快乐，她都会绽放一簇簇娇美的花朵，散发一缕缕清芬的花香，自由地书写花开花落的季节故事。不会因李商隐的忧愁而改变花瓣绾结的形象，也不会因戴望舒的多愁善感黯淡了馥郁的幽香。她就是大自然赐予人间的春天使者，用自己独有的方式妖娆着春天的烂漫。很多时候，我都会忘记李商隐、戴望舒幽怨的眼神，忘却自己有点抑郁的心绪，去找寻高原春天里那一抹难得的或紫或白的丁香花影。

亭亭玉立的莲花

莲花也好，荷花也罢，还是菡萏的称呼，我不想深究叫法有什么不同，只想静心享受花的美丽。我只是一个喜欢花的看花者，也不是护花人，是花的门外汉。因此，不论在南国或北方，只要见了池塘中绿色的叶片衬托起粉嫩的花朵，就觉得那是夏日里最可人的一方风景，最迷人的一抹妖娆，顾不得叫荷花或是莲花了。虽说荷花天生的美景是我喜欢荷花的根本原因，但往深处说，对莲花的偏爱则是受了一首诗、一篇短文和一篇散文影响，也就是说文化的莲花早就在心底打下了浓厚的烙印。这种印有文化意蕴的莲花，在没有目睹自然莲花前就已经深深扎根在心中了。

一首诗就是杨万里的《晓出净慈寺送林子方》："毕竟西湖六月中，风光不与四时同。接天莲叶无穷碧，映日荷花别样红。"其中，"接天莲叶无穷碧，映日荷花别样红"的诗句早在小学时就进入了心中。短短两句话就把荷花绿叶衬托红花的壮美与娇媚写得淋漓尽致了。精短的诗句生动地描画了自然莲花的形态和颜色，莲叶的碧绿和莲花的红艳和谐共生，展现了莲花最动人的美颜，给人普遍的审美情感和赏花认知。在儿童的懵懂中，我记住了莲花的最初模样。

一篇短文就是周敦颐的《爱莲说》，其中"出淤泥而不染，濯清涟而不妖，可远观而不可亵玩焉"的文句深刻地揭示了莲花值得人爱的原因是莲花具有君子一样的高洁品格。莲花生长的环境和挺立的姿态给人独特的生命启示，而这启示则是作者心灵的感悟和精神的折射，多情的作者赋予了自然的莲花最圣洁的文化内涵。短文虽然没有描摹绿叶与红花相携而成的自然美丽，但却形象地展示了莲花作为花中君子的儒雅风貌和娇美仪态。这是在少年时期，莲花烙在脑海中的记忆。此时，我仍未见到过真实的莲花，但莲花却有了更多的情味。

在文字中感受荷花的美，要数朱自清的散文《荷塘月色》了。这个时候，自己进入了青春，在中学课本中深切感受到了荷花的美丽可人。作者用委婉的笔触给自然的荷花披上了一抹淡淡的月色，也赋予了荷花一份素雅的文化色彩，荷花获得了一个陪伴寂寞夜晚的知己，荷花的情感在传统的明月文化中增添了一份思念的情愫。田田的荷叶，舞女的裙，天上的星星，刚出浴的美人，月光下的荷花有了如月亮一样的温软情态和诗意韵味。

自小出生在青海高原的乡村孩子，直到2010年10月有幸到北京的清华校园，才第一次看到了荷花。但此时，荷花只留下了一些惨败的荷叶荷茎，绿叶红花没有看到，荷塘上面的月色也没有看到。空荡的荷塘丝毫没有散文所描写的美丽。但回味着《荷塘月色》的文段感受了朱自清在清冷月色中留存的文化荷花，心中有了比朱自清更忧郁的感伤。2012年10月到西湖旅游，也未能好好领略最柔媚的江南荷花，那一份"无穷碧"和"别样红"的娇美失去了颜色，荷塘里已是秋风萧瑟，枯枝黄叶，但对荷花的情感一直留存在诗文的记忆里。

而真切看到荷花，则是2016年7月旅游经过青岛时在中山公园看到的一池"无穷碧"和"别样红"的荷花，但也只是匆匆一瞥。后来到银川，在沙湖和石油城的燕鸽湖近距离看到了荷花的绿叶红花，有时间慢慢品味了荷花在阳光下绚烂多姿的生长。这时候面对静静生长在湖水中的荷花，心中却不时勾起《爱莲说》中"可远观而不可亵玩焉"的文化情怀。虽然眼睛近距离观看荷花的每一片花瓣、每一丝花蕊、每一个叶脉，但是双手从来不曾伸向粉嘟嘟的花朵，即使已经枯黄的荷叶也不曾动过亵玩的念头。只是用摄像头记录下荷花摇曳的每一个精彩瞬间。

也许是气候变暖的温室效应，也许是栽种技术的现代化发展，过去，荷花这种只能在南方水乡看得到的花，逐渐在寒冷干燥的青藏高原绽放柔美的身姿了。乐都的碧水园人工湖，西宁的北山美丽园人工湖，都有了挺立的荷花和静卧的睡莲。虽然缺少水乡荷花的清丽和蓬勃，但也呈现出亭亭玉立的风姿和凌波曼舞的娇美；虽然难有泛湖戏莲叶的情趣，但也不乏岸边赏粉苞的惊喜。自然的荷花进入了我的日常生活。

　　说到荷花的美，自然是在一片翠绿的宽大荷叶上挺立起一茎粉嫩花朵的完美形象，色彩对比鲜明，颜色搭配和谐。以碧绿的荷叶为背景，粉嫩的荷花尽显花朵的娇美仪态，就像一位芭蕾舞演员在翠绿的舞台上翩翩起舞，那是一幅多么迷人的图景。不管是花瓣合拢，还是花瓣撑开，都是娇美可人的花朵精灵。尤其是花朵撑开花瓣显出嫩黄的莲蓬，就像圣佛用粉嫩的双手捧出一位身着黄袍的小天使，充满神秘而圣洁的佛国气象。自此，我也明白了佛教要把神灵所坐的宝座称为莲花座的原因了。

　　荷花的美，一方面是远看荷塘时呈现出的整体美，就是万绿丛中点点红，绿肥红瘦的壮观。粉色的花朵点缀在碧绿的叶子当中，犹如碧蓝天幕上闪烁的晶莹星辰，蔚为大观。一方面则是近看荷花时体现出的个体美，就是亭亭玉立的粉嫩花朵，高洁娇美的卓然。色彩艳丽的花朵挺立在水塘中，犹如遗世独立的飞天仙女，优雅可人。尤其是近观卓然独立的花朵，百看不厌。那粉白渐进的色彩搭配，圆润合拢的花瓣组合，金黄点染的花蕊端居，随风摇曳的水中姿态，总是看不足。

　　莲蓬也是花朵之外，莲花娇美的一个方面。绿色的储满莲子的圆形莲蓬，素面朝天，傲然独立，显示出莲花结子后的丰硕姿态。莲子犹如一颗颗晶亮的星星点缀在绿色幕布上，睁着眼睛望着外面的世界。粉嫩的花瓣凋落，黄色的花蕊褪去，绿色的莲蓬突起，像一口精致的玉碗盛满洁白如玉的莲子，这又是一幅卓然而立的荷花美图了。

　　至于深藏在淤泥中的莲藕，虽然在水岸边看不到，但在淤泥中却孕育着一份洁白，一份香脆，一份藕断丝连的牵挂。

　　荷花是从水世界生长的精灵，根深扎在淤泥里，但花朵绽放在水面上，并且绽放的花清新脱俗，艳丽娇美。这就是荷花的特别之处，即使经历淤泥怎样的污染，荷花带给人间的总是洁净和美丽。我也因此心生《莲花》的诗意："戏水绿叶随风来，擎天红花向阳开。藕根曾染淤泥黑，莲子仍如软玉白。"生命终将逝去，荷花也难逃脱残花败叶的生命残局，但是凌波曼舞的灿烂风姿永远是荷花最精彩的生命形象。

  温暖的阳光下，曲折的荷塘中，一池荷花，还是一株莲花，总是耀眼地吸引我的目光，勾起莲花的文化记忆。但不论心中泛起怎样的涟漪，莲花总是流动着无穷的碧波，挺立着别样的粉红，沐浴着诗意的韵味，坚守着不屈的圣洁。

国色天香的牡丹

在河湟谷地,春夏虽然迟到,但鲜花却没有缺席。桃梨杏曾经芬芳了河湟谷地的春天,郁金香牡丹正在缤纷河湟谷地的夏天。西宁的公园里,不但有丁香花的幽怨色调,还有郁金香的异域情调,更有牡丹的国色天香,给夏都西宁增添了一缕缕馥郁芳香的鲜花气韵。近几年,在五月的夏风里,文化公园精心培育的各色牡丹,绽放着国色天香的容颜,芬芳着"人间五月芳菲尽,高原牡丹始盛开"的夏都风韵,更为西宁增加了一道富有高原特色的牡丹盛宴。湟水河畔,牡丹也在农家的庭院里悠然开放,芬芳着天然的富贵花韵。

小时候,我在乐都的山野和村落曾见识过牡丹绽放时的与众不同,但开放的时间晚,栽种的范围也不大,只是庭院里的一种点缀,零星的牡丹绽放在初夏的骄阳下,无法领略牡丹美甲天下的气势。现在,西宁文化公园里的牡丹虽然也形成了一定的规模,也灿烂成雍容华贵的尊崇,但我知道,要真正领略牡丹甲天下的富贵荣耀,还是要到洛阳去实地观赏和感受了。带着这种热切的期待,我曾于2018年的清明节小假期专门去洛阳看过牡丹的国色天香。

那年的清明时节,高原乐都还处在凛凛寒意中,山桃和杏花刚刚展现娇弱的面容,柳树也刚刚显露浅黄的叶片,牡丹的身影还蜷缩在土壤里,看不到一丝牡丹的花色。几个朋友满怀期待地从西宁机场出发,飞行千里,到了洛阳。洛阳的公园和街道满眼尽是春意盎然,牡丹盛放,花香四溢。在王城公园,在龙门石窟,在隋唐植物园,牡丹都大片大片地绽放。游人如织,纷纷拿出相机或手机对着牡丹按下快门。我也一边仔细地观赏着美不胜收的各色牡丹,一边用手机摄入牡丹最动人的模样，装进这一年最为富足的春天。

洛阳的牡丹，最壮观的要数王城公园了。进入公园，满园的牡丹芬芳了洛阳的心怀，也芬芳了我的心怀。各种品种的牡丹都在公园里展示美丽的身姿。大红的牡丹闪耀着火焰似的光芒，映红了碧绿的枝叶；紫红的牡丹摇动着晚霞似的色彩，闪耀在绿色枝叶间；白色的牡丹流动着皎洁的月光，抚慰着碧绿的叶片；粉色的牡丹跳动着少女一样的脸庞，迷醉了绿叶的心房。各种花色的牡丹展现着雍容华贵的容颜，摇曳在温暖的春风里。艳丽的花朵端居在茂密的绿叶上，优雅大方地舞动着娇美的脸庞；碧绿的枝叶簇拥着华贵的花朵，尽情呵护着花朵的荣耀；而金黄的花蕊闪动着迷人的眼眸，笑意盈盈地环顾着如痴如醉的赏花人。

洛阳牡丹的美在于花容的富态，花姿的尊贵。洛阳牡丹或掩映在绿叶中，或昂扬在绿枝上，都会把攒聚的花瓣尽情袒露在春风里，让人们尽情注视它的艳丽容颜。洛阳牡丹摇曳着玉树临风般的洒脱姿态，有傲视一切的霸气和自信。即使绿叶茂密也难以遮掩花朵的美丽，浓密的绿叶反而更加鲜明地映衬出花朵的雍容华贵。这就是洛阳牡丹的国色天香，这就是洛阳牡丹的王者荣耀。高原的桃花即使在树枝上高高地探出了粉红的脸庞，但是花朵娇小，花瓣单薄，形不成霸气的气派；梨花即使在虬枝中瑟缩成莹白的雪花，但是花朵细碎，花蕊柔弱，也做不到自信的满足。而洛阳牡丹虽然生长在低矮的茎叶间，但有比桃花梨花硕大几倍的艳丽花朵，笑傲春风，独享一份雍容华贵的自豪与傲娇。

同时，桃花、梨花、杏花等花朵在枝干稀疏的树上争相开放，虽然以或红或白或粉的花色稀疏地装点着荒凉的田野，但花朵细碎，花色浅淡，花容娇弱，在雨雪交加的乍暖还寒时分总是给人一种弱不禁风的模样和姿态，让人不胜唏嘘。而洛阳的牡丹则以硕大的花朵，艳丽的花色，尊贵的花容，浓郁的花香，在洛阳的大街小巷盛装绽放。不惧风雨，灿然盛开。放眼望去，那些盛开的牡丹，姿态大方，雍容华贵，犹如武则天、杨贵妃一样的宫廷贵妇，具有一顾倾城、再顾倾国的国花风范。

洛阳牡丹甲天下，得益于洛阳的地理条件。欧阳修的诗句"洛阳地脉花最宜，

国色天香的牡丹

363

牡丹尤为天下奇"就说明了洛阳独特的地理条件。据了解，黄河、洛河、伊河等众多河流冲积而成的洛阳盆地，土地肥沃，黏性较高，适宜爱干旱怕涝的牡丹生长。同时，洛阳冬季没有北方寒冷，夏季没有南方湿热，有利于牡丹的冬眠、越夏。特殊的地理环境造就了洛阳牡丹甲天下的生长条件。一方水土养一方人，一方水土也养一方花，洛阳以无可辩驳的地理优势成为牡丹生长的天堂。

洛阳牡丹的富贵身份还得益于洛阳的历史地位。作为十三朝古都的洛阳在盛唐时的尊崇地位，历史给予了牡丹"花开时节动京城"的荣耀地位。武则天与杨贵妃这两位盛唐皇室最具国色形象的女性关于牡丹或褒或贬的传说，又给洛阳牡丹增添了一份独特的历史魅力。花随地贵，洛阳牡丹在历史的光华里独享了美甲天下的盛誉。

牡丹作为鲜花中的贵族，拥有国色天香的尊贵身份，也缘于历代文人的诗文熏陶。唐朝洛阳籍诗人刘禹锡"庭前芍药妖无格，池上芙蕖净少情。唯有牡丹真国色，花开时节动京城"的诗句就在深刻的比较中突出了牡丹的国色品质。在他眼里，芍药只有妖艳的花色却无国花的风骨，荷花只有清净的面容却无国色的情韵，而牡丹不但有芍药和荷花一样艳丽的花朵，而且还具有盛唐一样的风骨和情韵，是当得起国色天香的尊贵地位的。因而，当春风中的牡丹盛大绽放时，惊动了京城洛阳，惊动了诗人的浪漫和荣耀。到了宋代，周敦颐则在《爱莲说》中就明确地定义了牡丹的这种贵族地位"予谓菊，花之隐逸者也；牡丹，花之富贵者也；莲，花之君子者也。"周敦颐也是通过深刻的比较给予了牡丹富贵者的身份，牡丹是富贵者，莲花是君子，菊花是隐士。花如人生，在诗文的审美价值里，一些花的命运就这样被文人烙上了浓厚的文化印记，花朵的出身就这样赋予了不可忤逆的历史宿命。

周敦颐不但给牡丹定义了富贵者的身份，还表达了自己幽怨的情感。他感喟牡丹因天生富贵而"自李唐来，世人甚爱牡丹"。这是因为自己爱莲花出淤泥而不染的高洁，有点怨恨牡丹的国色天香，有点怨恨世人的世俗追求。其实，人们追逐富贵，羡慕富贵的心理虽然是一种世俗的风尚，但也是一种共同的审美价值。在乍暖还寒的时节，牡丹能够自信地绽放色彩艳丽的花朵，尊贵地展现不惧寒冷的风姿，能经受住风雨的洗礼，这是非常难得的一种自信力量，也是天生丽质的一种天赋魅力。喜欢什么样的花取决于人的一种文化认知，而自然的花只是自在地绽放自己本来的美丽，绝不会为了取悦人而改变自己的本性。

其实，在自己的生活里，牡丹花进入自己的眼睛是很早的事，但那时却没有牡丹国色天香的文化认知。记得老家的院子里，母亲栽种了几株牡丹。因为长在高原，牡丹往往在春末夏初的时节艳丽地开放。那时只是觉得牡丹的花朵很肥大，花色很艳丽，作为一种美丽的花确实能吸引人的眼球，激活人的心扉。但很少看到大面积的牡丹绽放，也很少看到不同品种的牡丹，并且没有从书本中了解到牡丹是一种国花，也没有机会到洛阳目睹牡丹甲天下的气派，对牡丹只是一种本能的喜欢。

对牡丹产生深切感触的则是在十五六岁的时候，在暑假里到老家马圈沟的森林里挖"臭牡丹"的根，也就是野牡丹的根，晒干了作为药物卖出去，挣几个零花钱用。但那时，牡丹前面已经加了一个不好的字眼"臭"，对牡丹也就心生了一种不敬的情感。在村庄东面的马圈沟灌木丛中，夹杂着一些粉红的牡丹，幽幽静静地在山坡上开放，开得有些落寞，有些孤单。花朵并不是很肥大，花瓣也有一些凋落，花香不那么清爽，但也不是令人作呕。同时，那时我需要的是花的根部，并不需要花朵有多美丽，花香有多馨香。从裸露着的花朵处抡起镢头挖下去，在黝黑的泥土中扯起肥大的花根，抖落了湿漉漉的土，装进袋子里，背回家去，铺晒在院子里，屋顶上。而肥大的叶片和凋枯的花瓣则扔在树丛里，任其腐烂消失。等到精心晾晒的臭牡丹根完全干燥了，装进袋子里售卖给药贩子，就算完成了一件变废为宝的任务。那时压根都不会管牡丹的花色怎样，花香又如何，更不会想到与自己任意处置的臭牡丹具有同样花属的香牡丹竟有国色天香的美誉。

臭牡丹因身处深山并且花香不爽遭遇过我的厌弃和不屑，只拿它的根部弄些零钱。当我知道了洛阳牡丹甲天下的认知后，竟不远千里跑去洛阳，赏玩牡丹天赋的国色天香。我对牡丹的情感也是随自己的认知变化而变化。

虽然牡丹的国色天香减弱了百花的绽放价值，我曾生发了一丝幽怨的诗意

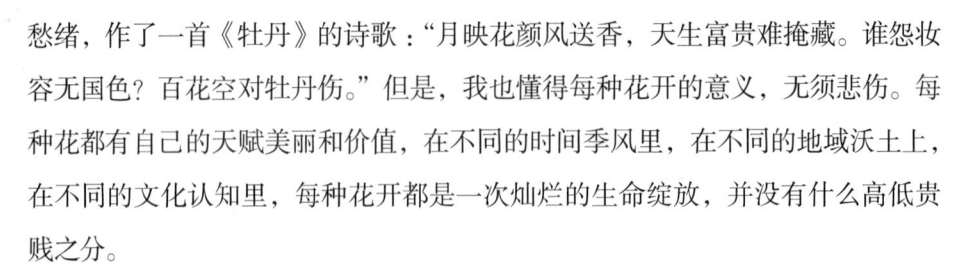

愁绪，作了一首《牡丹》的诗歌："月映花颜风送香，天生富贵难掩藏。谁怨妆容无国色？百花空对牡丹伤。"但是，我也懂得每种花开的意义，无须悲伤。每种花都有自己的天赋美丽和价值，在不同的时间季风里，在不同的地域沃土上，在不同的文化认知里，每种花开都是一次灿烂的生命绽放，并没有什么高低贵贱之分。

牡丹作为国花，以绿叶为舞台，尽情坦露国色天香的艳丽花朵。虽然它不像莲花一样，在炎热的骄阳下，高高地挺立在绿叶之上，亭亭玉立；也不像菊花一样，傲然在秋风里，凌寒独自开。但它既可以自豪地绽放在温暖的春风里，享受着洛阳的国色天香，也可以坦荡地绽放在夏日的艳阳里，静享着高原的姹紫嫣红。它总是以花的天赋映亮世人的眼睛，激活人们的心肺，而不以人的好恶掩藏它的花蕊，幽闭它的花香。

蓝幽幽的马莲花

从我记事的时候起，马莲花就在心中扎下了蓝幽幽的记忆。因为五六月份老家的草埂上，河滩边，山谷间，马路边都能看到一丛丛蓝蓝紫紫的马莲花灿烂地绽放。紫蓝色的花朵盛放在细长的绿叶间，犹如一只只紫蓝色的蝴蝶飞舞在绿色的舞台上，让人心醉。除了开放的紫蓝色花朵吸引我的眼睛外，用马莲花的叶子编织成蚂蚱、马等玩具，在草滩上和小伙伴一块拨弄着玩耍，也是我童年记忆里最开心的游戏情趣。

马莲花，又叫马兰花，马蔺，属鸢尾科。不管叫什么，从花的名字看，马莲花的天赋是很美好的，那就是它同莲花、兰花这些名贵的花可以媲美，也就是说它具有和莲花、兰花一样的高贵血统。但是它的名称又暴露了它地位的低贱，它的命运没有莲花、兰花的尊贵地位。也许是经常见它生长在马路边，人们便在莲花前面加个马字，就给它赋予"马"的姓氏了吧？马路边的莲花，自然就难以享受莲花一样的尊贵地位，它经常被忽视，被践踏。唉，花开如莲花、兰花的马莲花，只因生长在艰苦低劣的环境中，就失去了尊贵的地位，这是马莲花的宿命。在自然界中，生长环境的好坏也往往决定了一种花的命运好坏。

每到夏天的时节，马莲花会如约芬芳在幽静空旷的山间峡谷，芬芳在碧绿悠远的乡野阡陌，芬芳在曲折蜿蜒的乡间小路。在万紫千红花开遍的炎夏时节，隐没在草丛间的马莲花静静地绽放出紫蓝色的花朵。

马莲花的花瓣如它的叶片一样细长松散，不像桃花、梨花等的花瓣圆润紧凑。松散的花朵在竖立的茎叶间直立向上，像鸢尾一样张扬着轻盈的蓝色花瓣。但马

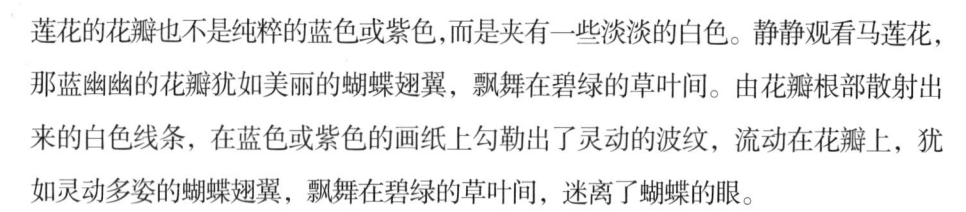

莲花的花瓣也不是纯粹的蓝色或紫色，而是夹有一些淡淡的白色。静静观看马莲花，那蓝幽幽的花瓣犹如美丽的蝴蝶翅翼，飘舞在碧绿的草叶间。由花瓣根部散射出来的白色线条，在蓝色或紫色的画纸上勾勒出了灵动的波纹，流动在花瓣上，犹如灵动多姿的蝴蝶翅翼，飘舞在碧绿的草叶间，迷离了蝴蝶的眼。

马莲花作为草生的花，夹生在草丛中，长得低矮，不起眼。同时，茎叶细长浓密，蓝色的花往往掩藏在攒聚的绿色茎叶中，显不出艳丽的色彩。而马莲花开放时，桃花、梨花已经唤醒了春天，月季、莲花也已迎来了夏天。马莲花既无争春的资本，也无炫夏的色彩，只能淡然开放，寂寞凋零。但是，马莲花却不嫌弃环境的偏僻，不回避花期的平淡，也不自惭花枝的低矮，该开花时如期绽放，无人看时自在逍遥，从不取悦人的悲喜和好恶。

马莲花虽然没有尊崇的地位，没有艳丽的色彩，但是它能适应干旱、偏僻的生长环境，具有顽强的生命力。马路边，草滩上，地垄上，不用人刻意种植，马莲花都会自在地生长，即使经历人脚践踏，牛羊啃食，它也会蓬勃地生长，开出蓝幽幽的花朵。不像莲花，需要在南方特定的水塘中，精心地侍弄。也不像君子兰，需要在温暖的花室里，小心地浇灌。马莲花是上天赐予山野峡谷的花朵精灵，它不嫌贫爱富，只要有一方生长的土地，就能生根发芽，开花结果。它甘于清贫，乐于奉献，是贫瘠土壤上最坚强的爱心天使。虽然颜色有一些悲凉的气息，但是它在任何环境下都能顽强开放，自在逍遥，尽显花的清雅卓然。由此，我自作诗歌《马莲花》："山谷幽深夏风烈，鸢尾轻飞戏剑叶。谁言紫蓝多悲色？花开逍遥胜梦蝶。"表达对马莲花的爱怜和敬佩之情。

小时候，自己尤其喜欢硬生生地扯下一条条细长的叶片，坐在马莲花旁边，高兴地编织出两三个蚂蚱或马，立在草滩上与小伙伴一起比谁编的马精美，谁编的蚂蚱跑得快。那时，把一条条绿色的茎叶用自己的巧手变成一个个直立的小马，或是蚂蚱，是一件充满无限童年乐趣的绿色游戏。编蚂蚱或马，要用大把的马莲花叶片，而马莲花结实的叶片深植在坚硬的土地中，像一把把锋利的剑刺向天空，不容易摘取。要使出浑身的力气，才能拔下一根叶子。又由于马莲花的叶子韧性大，不易扯断，往往会在手上勒出深深的勒痕。但是我们还是忍着疼痛高兴地拔下一大把叶子,坐在花丛里编制蚂蚱或马。除了编蚂蚱或马,马莲花叶子还是捆扎东西的草绳。很多时候,我用镰刀割下一捆捆马莲花的叶片,背到家里去,晾晒在院子里,晒干了,拧成草绳,捆扎柴草等东西。

那时候,自己常在田间地头行走,去河滩上玩,总喜欢嬉戏在马莲花的花丛间,坐卧自在,蹦跳恣肆,完全由着自己的性子穿梭在花丛间。在幼小的世界里,几乎没有把马莲花当成一朵朵的花来看,只是把马莲花当做一束束结实的草来任意玩耍。在夏日的骄阳下,自己随意摘下一把马莲花,拿在手中任意抛撒,任性撕扯。蓝色的花瓣散落在草丛间,犹如丢弃的一地鸡毛,惨不忍睹。完全忽视了蓝幽幽的马莲花,耷拉着忧伤的脑袋,怨恨着自己的无知和无情。只是高兴地拿着用自己的巧手把一条条绿色的茎叶变成直立的小马放飞在草丛间,恣肆着自己单调而无聊的童年时光。现在想来,心中不时泛起一丝丝悔恨的情愫。

马莲花会随着夏日骄阳的暴晒,逐渐凋落,但在花瓣消失的茎秆上会高高耸立起棒状样的果实。看过了花朵的娇美,玩过了蚂蚱的游戏,还可以践踏滚圆的果实,这是马莲花给予我的特殊回味。我和小伙伴把结有果实的茎秆拔下来,剥开果皮,看看里面到底有什么。当看到一粒粒褐色的小籽粒有序地排列在里面,籽粒饱满,就用手抠出细小而温软的籽粒,嗅一嗅青草的味道,就抛向空中,犹如春天大人们抛撒油菜种子一样,心中别有一番"春种秋收"的意外情趣。虽然离开家乡后很少看到马莲花,也不再编蚂蚱等玩具了,但在马路边看到如蝴蝶一样摇曳的马莲花,心中却不由生发一丝愧疚,觉得儿时的快乐玩耍往往带有践踏生灵的不敬举动。愧疚之外,只剩马莲花那一抹带有幽怨眼神的紫蓝色彩。

想起家乡的马莲花,那蓝幽幽的花朵在夏日炎炎中寂寞地凋落,碧绿绿的茎叶在秋风瑟瑟中无奈地干枯,圆滚滚的子实在冬雪皑皑中凄凉地淹没,心中不由得涌起一缕缕愁绪。但我知道,经历风雨的洗礼,经过时光的转换,马莲花依然会在夏风吹拂的时空里,傲然绽放美如蝴蝶一样的蓝色花瓣,引来蜂飞蝶舞的美好时光,依然会装点被人们容易忽视和瞧不上眼的马路、沙滩等偏僻的地方,依然在季节的时风里自在生长,逍遥绽放。

浪漫飞翔的蒲公英

我对蒲公英的情感说不上好,也说不上坏。说不上好是因为蒲公英生长的环境有点荒僻,有点脏乱,影响了花的芬芳,影响了花的洁净,影响了花的尊贵。在春暖花开的时候,曾嫌弃它没有梅花"只有香如故"的傲然,没有莲花"出淤泥而不染"的高洁,没有牡丹"花开时节动京城"的富贵。在百花争春的舞台上,蒲公英只是零零星星地探出黄色的小花朵,低眉顺眼地埋伏着锯齿样的叶片,悄无声息地瑟缩在低矮的草丛中,没有"一枝红杏出墙来"的争春活力。很多时候,蒲公英瘦弱的花朵入不了赏花的法眼,我总是匆匆一瞥后就抛之脑后。

说蒲公英不坏是因为蒲公英除了冬天看不到外,春夏秋三季都能看到金色的花朵和银色的果实。一种花能把花的形象长久地芬芳在人们的视野里,实在难得。花期之长,生命力之顽强,种子之飞翔,蒲公英胜过了许多姿态俏丽的花卉。蒲公英虽然平凡,虽然娇小,虽然不起眼,但是却映亮着最广阔的季节时空,演绎着最持久的浪漫花事。我看到,在春寒料峭中蒲公英悄然绽放在马路边的坚强,在夏阳朗照中蒲公英坦然恣肆在草滩上的活力,在秋雨淅沥中蒲公英依然坚守在田埂上的执着。虽然不同季节里看到的花不是春天里初次见到的那朵花,但是不同季节里见到的风韵依然是最初的遇见的那种风韵。蒲公英层叠状的金色花瓣,绒球似的银色果实,锯齿样的绿色叶片,点缀在绿色的草丛间,映亮了春夏秋三季的妖娆时空。

小时候,因为不看好蒲公英,往往不把它当作花去欣赏,而是当作野草去采摘。暑假放学了,听从父母的安排,经常背着背斗到田野去拔猪草,不用思考就把蒲公英当作供猪食用的野草，生硬地铲下草叶和黄花扔进背斗，和其他野草一块背回家倒进了猪圈。新鲜的蒲公英霎时就成为猪的美味，在狼吞虎咽中吞没了花茎叶。那时，蒲公英不叫蒲公英，村里人都叫黄黄辣，我也不知道蒲公英还有黄花地丁等别的名称。有时，出于好玩，用手摘下黄花，茎秆上溢出奶白色的汁液，沾染了手指，就赶紧扔了黄花。不去关注紧贴在地面的绿色叶片，也不去细看昂着头的黄色花朵。当黄色的花朵处挺起一个白色小圆球，觉得好玩，就生猛地扯断茎秆，想拿在手里把玩，但是白色小球已经残破不堪，不经折腾，白色的绒毛就纷纷飘散在眼前，倏忽间就不见了踪迹。看着脱光了银色绒毛，只留一个光秃秃小疙瘩的茎秆，心中竟有一点点愧疚，觉得是自己的粗鲁动作打碎了圆鼓鼓的银色绒球。但又感到，在完成父母交给的拔猪草任务中，蒲公英做出了重要的贡献，心中又有了一份感激。

　　长大后，懂得了银色的绒球储满了蒲公英的种子，那些像小伞一样打开的绒毛带着传播生命的使命，也就不再愧疚自己对银色绒球的破坏之举了。懂得了，蒲公英的绒球之所以松散脆弱，就是能让风轻松地带着绒毛飞翔，把种子散播在广阔的田地上，长出更多的蒲公英。而人们用嘴吹拂绒球的玩耍举动也是一种像风吹绒毛一样的播种做法，心中也就释然了，很喜欢看着蒲公英种子漫天飞翔的情景。

　　蒲公英传播种子的过程是一种浪漫的行为，在轻风吹拂中就能浪漫地启航，轻松地实现。尤其是，看到滚圆的银色绒球在草丛中高昂着头，似乎在等待一双勤快的手帮它起飞。此时，我往往控制不住双手，轻轻地摘断青绿色的茎秆，高高地擎举着银色的绒球，细细地观看由无数根银针罗织而成的圆球，仔细地找寻着隐藏在圆球中的神秘种子。但是,那一根根细长的绒线经不住手指的抓捏，轻轻一碰就四散而去，飘飞在空中，像一把把娇小的银伞被风猛然吹起，飘向远方，容不得人细细把玩。面对着眼前飘飞的银色小伞，心中竟涌起了一份怜惜的情愫，痴痴地看着银色的种子自由地飞舞，向着阳光弥漫的方向，找寻它们新的家园。

　　蒲公英银色的种子做着飞翔的梦，而梦的终点则是金色的绽放。飞翔后落地

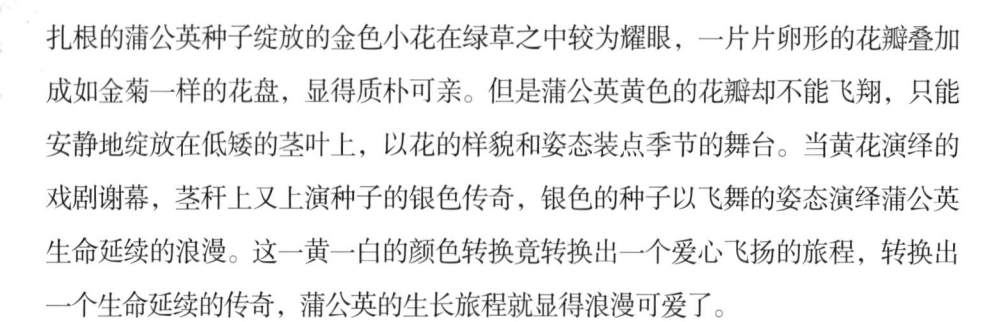

扎根的蒲公英种子绽放的金色小花在绿草之中较为耀眼，一片片卵形的花瓣叠加成如金菊一样的花盘，显得质朴可亲。但是蒲公英黄色的花瓣却不能飞翔，只能安静地绽放在低矮的茎叶上，以花的样貌和姿态装点季节的舞台。当黄花演绎的戏剧谢幕，茎秆上又上演种子的银色传奇，银色的种子以飞舞的姿态演绎蒲公英生命延续的浪漫。这一黄一白的颜色转换竟转换出一个爱心飞扬的旅程，转换出一个生命延续的传奇，蒲公英的生长旅程就显得浪漫可爱了。

　　有了这样传奇的生命传播旅程，蒲公英的生长能力也就顽强无比了。马路边，荒滩上，田地里，山坡上，有野草生长的地方就有蒲公英绽放的身影。不用人们刻意栽种，也不用人们精心侍弄，蒲公英靠着自身顽强的生命力，靠着风雨的自然力量，就能灿烂成一片花海，就能芬芳温暖的春夏秋。虽然蒲公英生长的环境贫瘠偏僻，但是飞翔的梦想却高远顽强，银色的种子总是向着远方。蒲公英的浪漫飞翔，曾经激发我的诗意情怀，作了一首《蒲公英》的诗歌："细雨微湿黄花面，暖风轻拂白绒伞。不为僻壤辞飞梦，愿作银羽舞长天。"我也发现，大自然中，越普通的生物往往越具有超强的生命力，而娇贵的生物却常常弱不禁风。

　　蒲公英虽然不起眼，但是却有很好的药用价值。据说，蒲公英具有消炎利尿，清热解毒，消痈散结等功效，人们就在蒲公英蓬勃生长期间，拿着小铁铲到草滩采挖蒲公英，拿到家里洗干净后晒干，再泡水喝。不管是民间偏方也好，还是科学研究也罢，我虽然不确定蒲公英的药用功效有多大，但也喝过用蒲公英浸泡后开水的苦涩味道。干枯的蒲公英经过开水的浸泡，又舒展开柔软的根茎花叶，激活的汁液慢慢融进清水之中，开水变成淡淡的青绿色。淡绿的水流进口腹，在苦涩的滋味中悄然改善着身体的生理环境，消除着腹内的胃肠疾病。

　　不管是出于什么原因，我对蒲公英的情感还是处在好与不好之间。既不会刻意怜惜它，也不会漠然冷落它。我依然会在春天的角落里看一眼黄色小花的悄然绽放，在秋天的背影里看一眼银色种子的浪漫飞翔，在茶水的温热里看一眼蒲公英的黄绿模样。

香气四溢的沙枣花

农历五月，空气中总有浓郁的香气飘来。不管是沙枣的芳香，还是粽子的粽香，抑或是雄黄酒的酒香，总能香醉夏天的烂漫情怀。尤其是，沙枣的香味更能激活夏日的空气，激活端午的气氛，激活内心的诗意。

这不，刚走进家门，一股浓郁的香味扑鼻而来。原来是妻子在花瓶中插了一束沙枣花。枝干粗硬，叶片灰白，黄花娇小，在外形上没有给我花的惊喜，但是香味浓郁，沁人心脾，让我顿生好感，不住地夸赞妻子带来了端午的馨香喜悦。

闻到沙枣的香味，就想到过端午节时有关沙枣的往事。小时候，每到端午节，母亲会摘来一些野花插在堂屋的柜子上，给节日的屋舍增添一份花朵的芳香。野花的香味不浓厚，淡淡的，幽幽的，需要凑近了闻才能吸入一两缕花香。那些花香并不张扬，只是张扬了花色，艳丽的花色映亮了幽暗的屋舍。父亲插在屋檐上的多是杨树枝或柳树枝，因为村子里没有沙枣树，有的是杨树、柳树、榆树、杏树等。绿色的枝叶装饰了屋舍的节日气氛，但是少了沙枣香味的渲染，总觉得端午节缺了一些醉人的馨香。

有一年端午节的前一天，中午放学回家，一进堂屋就闻见了一种浓郁的香味。这是不同于以前过端午时闻到的野花香，有那么一点浓烈，那么一些刺鼻。赶紧寻找奇特的香味从哪里来。原来是母亲从县城买来了一把沙枣花，插在堂屋柜子上的花瓶里。花瓶里的沙枣枝叶灰白，花形娇小，比不上野花的艳丽，但是香味却比它们浓厚，比它们悠长。从此，端午的日子里有了沙枣花的馨香。

后来生活在县城,游走在五月的蚂蚁山、湟水河岸,沙枣的香味不期然飘拂过来,就觉得端午的脚步即将到来,就抬头去看夹杂在柳树、杨树中间的沙枣树。沙枣树的青灰树叶低调地掩藏在柳树或白杨树的碧绿枝叶间,细碎的黄花像一簇簇小吊钟垂挂在青灰树叶间,如不细看还看不到影子,但是浓郁的香味却扑鼻而来,不由得多吸几口沁人心脾的馨香,觉得浑身都被沙枣的馨香浸染了,五月的空气里也似乎充满了浓浓的香味。街道里有人摆放着几束沙枣花卖,有时自己也会买一束沙枣花,拿回去插在客厅的花瓶里。

每一种树都有自己的特色。柳树用柔软的枝条妩媚了夏天的腰身,杨树用绿色的叶片晕染了夏天的容颜,而沙枣却用黄色的小花香醉了夏天的心肺。沙枣虽然没有碧绿的树叶,没有柔媚的枝条,但是馥郁的花香却胜过了依依杨柳。沙枣花的香味散播得酣畅淋漓,不用刻意嗅闻,不用前去凑近,香味就直钻人的心肺。即使低着头匆匆赶路,香味也能让人抬起头来,四处找寻香味的来源。说起香味,槐花也散发清雅的香味,桂花也有幽香飘拂,但是沙枣的香味却比它们浓厚悠长。沙枣的香味有着独特的诗意芬芳,为此我作了一首七绝《沙枣》:"一袭银袍战风浪,万口黄钟鸣霞光。虽无杨柳碧绿色,却胜桂槐馥郁香。"

沙枣树的馨香赢得了人们的青睐,但也遭遇了被折枝的命运。虽然沙枣花的形象并不好看,但是发出的馨香却难以阻挡。如果单凭沙枣的叶子和花色,人们断不会费力费钱折一把或买一束沙枣。但沙枣凭一股浓郁的花香,就惹得人们想把沙枣花的馨香占为己有,就肆无忌惮地折断沙枣的枝条,把枝叶、黄花一起带回家,插在花瓶里,让还未凋谢的花继续绽放,继续散播馨香。常常看到,一束束的沙枣枝条攥在人们的手里,一路芬芳着拿回家去,心安理得,没有一丝的不安和愧疚。等到馨香消失了,花叶枯萎了,也就一扔了事,不觉得有什么不对。人们折柳是为了送别,而人们折沙枣却是为了闻香。也许,沙枣的宿命就是这样,被折才是沙枣最好的价值体现,被折才能最好地发挥沙枣的馨香作用。

沙枣的顽强生命力也在被折中完全体现出来。耐寒、耐旱、耐贫瘠的沙枣,也耐折。看到被折得伤痕累累的沙枣树在风雨中飘摇,心中担心这棵沙枣树经不住风雨的袭击，但是过了一个阶段再去看，枝叶依然婆娑，花香依然馥郁。尤其是，第二年沙枣树又会枝叶婆娑，黄花满枝，香味馥郁，又被人们肆意地折枝，尽情地嗅闻。

沙枣树在夏天尽情地开花，肆意地散播馥郁的馨香。当细碎的黄花凋谢，又结下一簇簇青色的沙枣果。在秋风的抚摸下，沙枣果又变红，变黄，在颜色的变换中逐渐成熟，像一簇簇玛瑙垂挂在青灰色的枝叶间，摇曳在秋风里。风吹沙枣果实落，熟透的果实掉落在树下，很少有人理会。偶尔捡拾起一把沙枣果，吹一吹尘土，擦一擦泥土，剥开果皮，里面白色的果肉沙沙的，想尝一尝果实的味道。吃进嘴里，味道酸酸的，甜甜的，虽不如其他水果可口，却有一种别样的风味。

沙枣的美不在树叶，不在花朵，也不在果实，只在香味。有时候，一种花，一棵树并不需要十全十美，只要有那么一点让人心怀念想也就足够了。沙枣树其貌不扬，枝干歪歪扭扭，树皮粗糙皲裂，树叶灰白瘦弱，花朵琐碎细小，似乎引不起内心的美感。但是就这样一种其貌不扬的树，却高调地散发沁人心脾的芳香，竟把五月的天空都迷醉了，让人一到五月就撇开杨柳不谈，只牵挂沙枣的芳香，只念沙枣的好。

沙枣飘香的日子是一段幸福的日子，是夏天最灿烂缤纷的日子。端午节的日子里，除了沙枣的馥郁香气外，还有粽子的米香、甜醅的酒香、凉粉的韭香、香包的清香、艾叶的草香、其他鲜花的幽香以及屈原佩香戴芳的香草情怀。有了各种香味的浸染，温暖的心房就充溢着暖暖的香味，生活也处处充满香香的滋味。

攀缘向上的牵牛花

有一天，夏日的风暖暖地吹过校园，走到教学楼后面的花圃，发现已经绿叶婆娑的丁香树丛中悄然探出了一些紫蓝和紫红的牵牛花，它们似乎在翕张着嘴唇歌吟着夏日的烂漫。

自打看到丁香丛中探出紫蓝喇叭的牵牛花，我就有了一份探究的好奇。清晨，早早地到校园的花圃里去看牵牛花。太阳还没有照到树丛里，牵牛花低垂着头颅，紧闭着嘴唇，似乎还沉浸在甜蜜的梦乡里。那紧缩在一起的花瓣暂时藏起了俏丽的容颜，像是还没涂抹红唇的害羞少女，不愿人们看到她不修边幅的慵懒模样。不一会儿，阳光透过树枝照在牵牛花上，紧锁的嘴唇慢慢舒展开来，就像太阳的双手轻轻推开了牵牛花的门扉，顿时露出了圆润的口腔和细长的舌头，娇嫩的花蕊也从沉睡中苏醒过来，在紫蓝的口腔中静静等待蜂蝶翩然来拜访。阳光暖暖地照着，轻风微微地吹着，牵牛花静静地开着，蝴蝶轻轻地飞着，夏日的早晨被浪漫的花事氤氲着，舒畅的心情也在晨风中自由地飞扬着。

遇见牵牛花，我常常被它喇叭样的花形和攀缘的姿态所吸引，觉得它和别的花不一样。桃花、梨花高居在树枝上，轻盈的花朵分裂成几个花瓣组成了娇丽的容颜；牡丹、菊花翘立在茎秆上，繁复的花朵层叠出许多花瓣共享着艳丽的脸庞。而牵牛花则用一片花瓣围成了一个浑圆的嘴唇，缠绕在丁香等灌木丛的枝条上，展现着一种花的形象和姿态。

牵牛花生长在柔软的茎秆上，而柔软的茎秆缺乏站立的筋骨，不能卓然独立，只能匍匐在地。但是牵牛花的志向高大，很想和高高挺立的花朵一决高下，展现自己别样的花容。于是，牵牛花就努力找寻能使自己向上攀爬的支架，用自己柔韧的攀爬力量实现高歌枝头的理想。

牵牛花天生了一种攀附生长的宿命，但也天生了一种进取向上的奋斗精神。也许，攀附其他生命实现自己的理想有点不地道，有种寄生的不耻，但是牵牛花的攀附向上，却是一种坚强的命运抗争，是一种不屈服于宿命的自我救赎，具有昂扬向上的进取力量。茎秆柔软是天生的一个弱点，但也是天赋的一种优势。牵牛花不惧怕自己的弱点，而是充分利用自己的优势，借助一切可以向上攀附的物体，把自己最美的容颜展现给缤纷的大自然，把自己最想歌咏的诗句吟唱给懂花的人。它不甘于自己娇美的花瓣埋没在泥土上，不甘于自己柔软的藤蔓匍匐在地面上，也不甘于自己紫色的嘴唇隐没在草丛里。在夏季的暖风里，牵牛花努力沿着支架攀爬，尽力缠着枝条环绕，能爬多高就爬多高，能开多久就开多久，一切努力都是爬向高处展示形如喇叭的娇美花朵，展示薄如蝉翼的紫色花瓣。这种精神引发了我内心的诗意，作了一首《牵牛花》的诗歌："一根藤蔓绕篱笆，几串花蕾吹喇叭。虽因茎柔难立身，却缘枝攀更生花。"牵牛花用自己不懈的追求，尽力达到体现花朵生命价值的最高高度。

牵牛花攀缘而上，灿烂绽放，不只为自己，也为他物。春天开过花的灌木丛只剩繁密的绿叶和坚硬的枝干，缺少花朵的艳丽，而牵牛花的攀缘绽放给有点落寞的枝叶增添了花的芬芳。这是双赢的美妙花事，相互扶助，共享夏日烂漫。牵牛花也为干枯的枝条搭建的篱笆披上了绿色的外衣，佩戴了艳丽的胸花。爱花的人懂得牵牛花攀缘而上的心思，就为牵牛花搭建了高高低低的篱笆。而牵牛花也懂得爱花人的善意，顺着篱笆缠绕了细长的藤蔓，铺展了绿色的叶片，点缀了紫蓝的花朵。一段干枯的篱笆墙竟被牵牛花渲染成一幅浓艳的水彩画，诗意着夏日的绚烂时光。牵牛花善于借助坚硬的枝条彰显娇美的花朵，这既是牵牛花高超的生存智慧，也是牵牛花善意的生命救赎。

看着牵牛花借助攀缘的藤蔓获得了生命的高光时刻，我却想到了和牵牛花一样依靠藤蔓牵牵挂挂而生存的打碗花。虽然打碗花的花形也是喇叭样，茎秆也是具有缠绕能力的藤蔓，但是却没有牵牛花妖娆的姿态，没有牵牛花艳丽的面容，没有牵牛花尊贵的地位，很少得到人们的青睐。

记得小时候，看到田埂边匍匐缠绕的打碗花，绽放着淡粉色的花朵，想摘下来玩，却让父母阻止了，不让我们采摘。理由是摘了打碗花，就容易打碎家里吃饭用的瓷碗。虽然不知道这当中有什么内在的联系，但我们看着像瓷碗一样连成一串的打碗花，心中竟有了一丝恐惧，也就停住了伸向打碗花的手。但对于牵牛花却没有这个禁忌，当看到庭院篱笆上傲然绽放的牵牛花，男孩子摘下紫蓝的花朵当作喇叭吹，女孩子摘下紫红的花朵插在秀发上扮靓自己。力争向上的艳丽牵牛花得到了人们的青睐，显示了同类花中牵牛花的特殊魅力。牵牛花和打碗花虽然同样拥有柔软的藤蔓和喇叭样的花形，但是牵牛花积极向上的精神更鲜明，轻盈娇美的花形更迷人，因而牵牛花也就更具有吸引人的独特魅力。

我对牵牛花有一种怜惜的情感，但对于牵牛花的名称，却一直有个疑惑。娇小轻盈的花怎么和牛牵起了联系？因形而起名，像喇叭一样的牵牛花形象地称为喇叭花，容易让人理解，但称为牵牛花却不明所以。小时候，村里人都叫喇叭花，后来到了城里才知道喇叭花很多人叫牵牛花，心中就有了疑问。为了解除心中的疑问就点开了百度，却出现了多种说法，我也确定不了哪种说法更准确。后来，我也不愿去细究取名牵牛花的缘由，只想在夏日的暖风里看到它攀缘而上的生命张力，看到向阳而歌的花朵形象，也就满足了。我懂得，一种花的好坏并不取决于名字的好坏，而是取决于花的娇美姿态和内在品质。

我欣赏牵牛花朝天歌吟的轻盈花朵，敬畏牵牛花攀缘向上的奋斗精神。在夏雨秋风中，我常常去找寻芬芳在柔软藤条上的艳丽花朵，去找寻攀缘在篱笆等支架上的紫蓝喇叭。只想静下心来，看一看牵牛花烂漫花事中蕴藏的生存智慧，听一听牵牛花圆润嘴唇里发出的天籁之音。

黄灿灿的油菜花

我对油菜花的喜好,除了在夏日田地里看到金灿灿花朵的艳丽外,还能在秋收后享受黄亮亮清油的芳香。

高原的油菜花做不了春天的使者,只能在万紫千红的夏天用整片整片的金色花海宣示自己的灿烂和金贵,宣示自己金碧辉煌的尊贵模样。油菜籽在春天播种发芽后,油菜花才能在盛夏的骄阳下灿烂绽放。温暖的春风里,褐色的籽粒埋入肥沃的土壤,在春雨的滋润下,种子小心地破土而出,伸出嫩绿的禾苗。稀稀疏疏,低低矮矮,细细碎碎,油菜花的芽苗在褐色的土地里安静地生长,悠然地长高。细小的茎秆直立向上,高高地举着绿色的花蕾昂扬在田野里。虽然不如麦苗碧绿,但也绿得坦然,绿得恣肆,密密的秧苗快速地染绿了褐色的土地。在高原的春天里,油菜花敞开了浓浓的绿色情怀,壮大肥硕的叶片,润绿干涸的田地。高原的春天是油菜花绿意盎然的孕育时期。

当夏天的高原骄阳似火,油菜花的高光时刻也就到了。一株株瘦弱的油菜花开始绽放金色的花朵了,一片片金黄的油菜花田开始妖娆碧绿的田野了。一簇簇细小的金色花朵挂满高高直立的绿色茎秆上,纸醉金迷了夏日漠漠的田野。一片片金色的油菜花点缀在碧绿的田野里,犹如在绿色地毯上镶上了一片片珍贵的金箔,芬芳成一幅幅黄绿相间的田园图画,映亮了房前屋后,映亮了天高云淡,映亮了春种秋收的希望。

在高原的湟水谷地,六月的季风里,山沟和山坡上的田地里,零星散布的油菜花像一枚枚金色的纽扣,系住了乡民们最香醇的一份乡愁。翠绿的杨柳,碧绿的麦田，青翠的草芽，青黛的远山，给夏日的村庄披上了绿色的外衣，而金灿灿的油菜花犹如系在绿色衣服上的金色纽扣，芬芳了最温暖的乡村记忆。油菜花绽放的时节，是乡村最幸福的时刻。走在田间地头，映入眼帘的就是那一片片掩映在树影里、镶嵌在麦穗旁的油菜花。蜂飞蝶舞，最轻盈的生物精灵沉醉在最富足的金色花海中，诗意而浪漫，馨香而幸福。金灿灿的油菜花，不但芬芳着田园的闲适，也芬芳着乡野的诗意，更芬芳着乡里人的希望。

老家的油菜花不娇气，开得也很低调。即使是很贫瘠的田地里撒下种子，油菜花也能坚强地成长，绽放金色的花朵，结满细长的果荚。油菜花绽放时，村里的田地边常常摆满褐色的蜂箱，养蜂人带来的蜜蜂飞舞在油菜花上，嘤嘤嗡嗡的叫声犹如最优美的乡村交响曲，奏鸣着即将秋收的幸福和快乐。

虽然油菜花不似凌寒独自开的梅花，不如花开时节动京城的牡丹，不比出淤泥而不妖的莲花，但是它的四片花瓣也有点点梅花的风韵，它的金黄花色也有朵朵牡丹的尊贵，它的直立茎秆也有亭亭莲花的不屈。尤其是平凡而团结的性格，质朴而清香的食用价值，更是其他花不能比的。

秋风微微吹拂的时节，金色的花瓣逐渐凋落，饱满的果实逐渐丰润，绿色的茎秆逐渐枯黄，油菜花终于变成一粒粒最殷实的籽粒。紫黑色的籽粒如一粒粒滚圆的珍珠，从果荚中欢快地跳出来，藏进乡里人的粮仓里，开始了生命新的蝶变。虽然籽粒细如圆珠，但是里面的油水非常充盈。一捧捧，一袋袋油菜籽经历榨油机的压榨，紫黑色的菜籽化为黄澄澄的清油，犹如熔化的黄金，晶亮剔透，芳香怡人。清油保留了油菜花金色的禀赋，保留了油菜花芬芳的馨香，用一种玉液一样的姿态滋润着人们的日常生活。人们用清油煎炸烹炒，激发了油菜花最香醇的味道，烙印了油菜花最金贵的色彩。尤其是用清油烙的酥软油馍馍，配上一碗用清油炒的洋芋丝，是乡里人最朴实的一道美味佳肴，清香怡人，回味无穷，饱含着庄稼人最温暖的情谊。乡里人爱油菜花的金黄，更爱清油的芳香。油菜犹如小麦、洋芋一样，是田野里重要的农作物，是种田人用心侍弄的庄稼。在金灿灿的花田里人们等待着秋天最丰硕的收获。我由此作了《油菜花》一诗："身披一袭黄金甲，作了鲜花作庄稼。最爱籽粒装满仓，化作清油香万家。"以表达自己的诗意思考。

而在青海，高原人把油菜花镶在青海湖岸边，或是别在祁连山胸膛，增添了青海湖和祁连山一抹别样的金色模样，增添了大美青海高远辽阔的一份美颜。宝蓝色的青海湖荡漾在祁连山雪峰下，浩瀚无际，圣洁安详。碧绿的草原簇拥着青海湖，广袤无垠，生机盎然。而蜿蜒的湖边镶上一圈金色的油菜花，就让深邃的蓝和浅淡的绿增添了无限的活力，青海湖就多了一抹迷人的色彩。每年盛夏，蓬勃生长的油菜花都会如期而至地为蓝色的青海湖镶上一道金黄的裙边，用尊贵的金色装点大美青海最灵动的容颜。

祁连山下的门源和祁连的山谷里，七月的油菜花又会灿烂成一幅壮美的油画，为大美青海添上一张金色的山水名片。祁连的油菜花点缀在卓尔山舒缓的山坡上，与碧绿的麦田、青翠的森林、嫣红的山色组成了一幅色彩艳丽、构图和谐、景象壮观的大美图画。金色的油菜花犹如一枚枚金色的胸针别在卓尔山曼妙的胸膛上，妩媚动人。黄绿对比鲜明，红黄配合得体，还有蓝天白云的衬托，七月的卓尔山妖娆成一幅精心绘制的油画，直击人的眼球，撞进人的心房，获得最悠远而又最熨帖的艺术享受。这儿的油菜花在天地山川和森林草原的壮美背景中得到了最优雅的绽放，像一个个金色精灵激活了这儿的幽远，激活了这儿的空旷，激活了这儿的宁静，也激活了这儿的诗意。

门源的油菜花遍布在沟谷里，灿烂成了百里金色海洋，映亮了岗什卡雪山的额头。从达坂山观景台俯瞰，铺满门源谷地的油菜花犹如金色的海洋，律动在岗什卡雪山下，律动在浩门河的河岸上。这儿的油菜花不是绿色田地的点缀，而是山水间最尊贵的主人。从东到西一百公里宽阔的沟谷里，种植了近三十万亩的油菜花。油菜花就像流淌在辽阔门源盆地中的金色河流，密布山川，金光闪闪，光彩夺目，蔚为壮观。油菜花的金色花海主宰着门源的高山流水，主宰着门源的村落屋舍，主宰着门源的诗情画意。

青海湖边、祁连山下、门源谷地的油菜花我只是当作一个别样的风景，摄入大美青海的图册里。而老家村落的油菜花我则当作一个幸福的乡愁藏在记忆的深处。这份乡愁里不仅烂漫着金色花朵的芬芳，也烂漫着油馍馍的清香，更烂漫着我对家乡的思念。

向阳而生的向日葵

朋友前来看望，送来了一束花卉。花束中间竖立了一朵金色的向日葵，周围有序地点缀了一些康乃馨、玫瑰等艳丽的花。众星捧月，端居中心的向日葵别有一份阳刚之美和温馨之光，顿觉温暖的阳光洋溢在房间的各个角落，冲淡了心头的伤感阴影。看着充满阳光的向日葵花，我不禁想起向日葵给予岁月的一些温暖往事。

说起来，过去我对向日葵的美好情感不在金色的花朵上，而是在褐色的葵花籽上。小时候留在舌尖上的葵花籽味道一直是我对向日葵最早的香甜印象。那时候，父母哄孩子的美食除了水果糖外，就是炒熟的葵花籽。从村里小卖部买来的葵花籽，很多时候成了父母给予孩子最好的一份馈赠和奖励，安慰着成长道路上的委屈和不顺。当自己受了委屈，父母就会抓一把葵花籽来止住正在掉落的眼泪。将褐色的小小葵花籽攥在手心里，犹如攥了一把褐色的珍珠一样，心中猛然充满了无限的欢乐，哭声也戛然而止。虽然葵花籽不如水果糖那样甜蜜，但是却能嗑出一嘴的馨香，嗑出一嘴的温暖，嗑出一嘴的释然。高兴地用右手的大拇指和食指一起缓缓地夹起一颗葵花籽，慢慢地送入微张的口中，稳稳地放在尖利的前门牙之间，轻轻地一嗑，葵花籽的爆裂声就在口腔内轰然炸响，口腔内瞬间就弥漫起一缕葵花籽炒熟的馨香。然后快速地抽出嗑破的葵花籽，用左手的大拇指和食指小心地取出白嫩嫩的葵花仁，重新送入口中，用厚实的大牙用力地咀嚼，又有了一份实实在在的香甜滋味。一边细细地品尝葵花仁的香味，一边缓慢地咽下葵花仁的仁沫，葵花籽的幸福味道传遍全身，沁人心脾。

葵花籽虽小，但是香味却浓，还有一点小小的果腹满足，心中的委屈也就烟消云散了。葵花籽作为一种生活中常见的零食，曾经是幼小记忆里最香甜的一份口福享受。

有了舌尖上的美好记忆，看到庭院里稀稀落落生长的向日葵，就有了一种按捺不住的好奇。一看到别人家庭院里昂着金色脑袋的向日葵就想去看。那时，村里的田间地头很少看到向日葵，但在农家的庭院里却会时常看到金色的向日葵。有时，母亲在庭院的菜畦里会撒下一些葵花籽，让我更近距离看到向日葵的成长岁月。当菜畦里的向日葵发出了绿色的秧苗和粗壮的茎秆，长出了宽大的叶片和圆硕的花盘，自己就非常高兴，一有时间就站在菜畦边看向日葵成长的样子。黄色的花瓣不是观看的重点，褐色的花盘才是我注目的核心。因为蜂窝煤一样的花盘上密布着一粒粒褐色的葵花籽，那些逐渐饱满的葵花籽珍藏着香甜的儿时记忆。有时等不到葵花籽成熟，就偷偷地掰下几粒葵花籽，送入口中品尝没有成熟的葵花仁的味道。虽然没有炒熟后的馥郁馨香，但却有刚长成时的鲜嫩清香。等到成熟了，母亲摘下大大的花盘分给我们吃，我们兄妹们干净利落地掰下黑乎乎的葵花籽，狼吞虎咽地分享白嫩嫩的葵花仁。一盘葵花籽就在我们津津有味的咀嚼中留下狼藉一片的葵花籽皮。

长大后，我对向日葵才有了一份深刻的认识，懂得了向日葵被人青睐的缘由，就是它向阳而生的坚定信念和执着追求，向日葵与太阳竟有了其他花卉不可比拟的紧密关系。虽然听说过万物生长靠太阳，但是用名称给予一种植物与太阳紧密关系的则是向日葵。向日葵的名称充满了暖暖的阳光味道，也蕴含了浓浓的向阳而生的哲理。

向日葵的向阳而生特质在形态和行为上体现得最为明显。从形态看，向日葵的花有太阳的模样，太阳的颜色，太阳的光芒。圆嘟嘟的花盘，金灿灿的花瓣，直竖竖的花尖，和初升时的太阳状貌非常相似。看到一朵朵向日葵向着太阳绽放就像看到一个个小太阳昂着头在向天空的太阳打招呼。从行为上看，太阳升起时向日葵也昂起了头，睁开了眼，带着微笑沐浴着阳光转动。当太阳下山时，向日葵也跟着闭合了眼睛，耷拉下脑袋，安静地做起了梦。随着太阳的东升西落，向日葵也按部就班地昼出夜伏，闭合自如，休养生息，随着太阳的运动节拍幸福地律动着向日葵的心跳。即使成熟的花盘不再随太阳转动，但是饱满的花盘却一直仰望着太阳升起的地方。

向阳而生是一种积极的生存态度，也是一种温暖的生长幸福。大自然不可能总是阳光普照，而黑夜和阴天常常阻隔了太阳的光芒，但是向日葵即使遭遇夜晚的黑暗压迫，即使遭遇阴天的雾霾侵袭，也无法阻挡它向往太阳的前行脚步，无法封闭它心向太阳的温暖心房。对太阳的忠诚守望，对阳光的虔诚相随，能抵御任何黑暗和磨难。这是向日葵最宝贵的精神追求，也是最坚强的生命力量。向日葵这种向阳而生的执着精神，我用七绝《向日葵》作了表达："花盘圆硕闪金光，葵仁鲜嫩溢馨香。虽随落日暂回头，不改初心仍向阳。"

向日葵作为花既没有桃花、梨花等春天花朵的娇媚风韵，也没有莲花、芍药等夏日花卉的俏丽风情。虽然金色的花瓣透露着尊贵的颜色，但是褐色的花盘、粗壮的茎秆、宽大的花叶却让它显得粗拙，像彪形大汉一样缺乏可人的模样，引不起怜花、恋花的诗意挂念。当它紧闭花苞时，粗糙的花苞包成了一个绿色的铁饼；当它盛大绽放时，质朴的花朵袒露出一个褐色的圆盘。即使有黄色的花边镶嵌在花盘周围，也无法掩饰向日葵花的刚健粗拙。但是就是这种刚健粗拙的形态散发出的恰恰是太阳一样的阳刚之气，太阳一样的硬朗样貌。只有充满阳刚精魂的向日葵，才能坦荡地接受阳光的直接照射，才能执着地跟着太阳转动，才能不知疲倦地向阳而生。骄阳下，向日葵绽放得最灿烂，也最有魅力。花盘紧绷着褐色的脸庞，葵花籽鼓胀着滚圆的肚腹，花瓣支棱着金色的睫毛，茎秆扯长着粗壮的脖颈，叶片舞动着柔软的臂膀，演绎着向日葵最动人的成长故事。

过去，在高原葵花籽大量地陈列在商店里，任由人们尽情享受葵花籽的香甜，但是却很少看到成片的向日葵向阳绽放。近几年，在高原花海却能欣喜地看到成片的向日葵灿烂成一抹金色的壮丽风景，觉得向日葵进入了高原人赏花的法眼，向阳而生的阳刚之美得到了高原人的赏识。还看到花店里一束束的向日葵花作为馈赠的礼花受到人们的青睐，相互馈赠，向阳而生的阳刚之气融入了人们的文化生活。

  我对向日葵的情感由葵花仁的香甜味道迁移到了向日葵花的温暖花语，获得了向阳而生的人生启迪。我懂得人的一生难免会遭遇许多意想不到的磨难，但是有了向阳而生的温暖力量，不论遇到怎样的人生风雨，人都会挣脱黑暗，向往光明，拥抱阳光，向阳而行，走向美好的未来。

凌霜傲立的菊花

在我的经历和认知中，菊花是与乡村生活很接近的一种花，它往往生长在乡村的庭院里，绽放在农家的大门旁。在一圈稀疏的篱笆中蓬勃生长，自在绽放，用艳丽的花朵装点着秋收时节乡村的庄园，激活着逐渐萧条的乡野，坚守着生命走向终结时的绚烂姿态。

菊花的美在我看来，最直观的还是花色的艳丽。篱笆内，一丛丛，一簇簇的菊花总是花色不一，汇聚了多种鲜艳的颜色。抬眼望去，眼前总是色彩斑斓，艳丽夺目。一朵朵菊花组成了一幅花团锦簇的美丽图画。白色的菊花莹白耀眼，红色的菊花艳红夺目，紫色的菊花幽紫迷人，黄色的菊花金黄暖心。各色的菊花团聚在一起，共同呈现着斑斓的色彩，并以艳丽的色彩抗拒着秋风萧瑟的生命残局。如果只是一株菊花孤独地摇曳在秋风中，就显得凄冷悲凉，无限伤感。菊花以丛菊盛放的姿态，面对日渐肃杀的秋天，也就暗示着菊花在秋风中有抱团取暖的生命需求，也昭示着菊花坚强不屈的生命韧劲。

菊花的美不但有自然的美，也有文化的美。这种文化的内在美首先来自于陶渊明的"采菊东篱下，悠然见南山"的隐逸风韵，菊花与陶渊明一样成为隐士的代名词，浸润在中国久远而厚重的文化长河里。陶渊明生性喜欢田园生活，他在经历仕途生活的烦忧和悲伤后，毅然辞官回乡，隐居乡野，过起了恬淡闲适的采菊生活，用闲适的乡村生活实践着自己极力追求的"世外桃源"梦想。在陶渊明的田园中，除了朴实的稼穑外，能让宁静的心灵拥有一份隐士情怀的寄托，也就只有自在闲适的菊花能够担当起这种文化使命了。菊花安静地绽放在乡野的庭院中，沐浴着春日秋月的光辉，嗅闻着泥土桑麻的气息，聆听着鸡鸣狗吠的声音，犹如一群落寞的隐士，沉醉在乡野的炊烟里，安度生命的静好时光。菊花与隐士相伴，这是菊花的荣耀，也是菊花的境界。

菊花生长在土壤里，根部无法脱离污浊的泥土，茎叶和花朵也得不到清水的洗濯，难以逃离粉尘的沾染，很难做到水灵清爽。不像莲花出生在淤泥里，却能脱离淤泥而不受污染，在水灵的世界里远离粉尘的污浊，独得一份清新素雅的形象。而天生就生活在土壤里的菊花，它的宿命就是田地的世界，朴实的乡土就是菊花温暖的家园。

菊花作为人们喜爱的一种花朵，已经成为一张俊逸的秋天名片。经历秋霜的洗礼后，菊花仍能坚守一段生命的绚丽时光。一般而言，花朵是春天的使者，果实是秋天的宠儿，春华秋实浓缩了植物的一生荣耀。春暖花开揭示了花朵最美好的时光就是春天，一切争春的花都会在春季次第绽放，尽显花朵的娇美和艳丽。但是菊花却不赴春天的花事约定，而是深藏一个漫长的夏季后，才在秋天慢悠悠地展开花瓣，独享一份花朵的绚丽。在很多植物都展示丰硕果实的时候，菊花却展现自己的娇艳花朵。这就是菊花在百花凋谢的凄凉世界里，执意留一份花朵最后容颜的宿命。这似乎不合时宜，但这就是菊花的与众不同，就是菊花的卓然独立。对于菊花的这种卓然情性，我用《菊花》一诗作了解答："一丛雏菊绕篱开，万缕清香随风来。不因春寒难争艳，只为秋霜更出彩。"

菊花之所以成为人们喜爱的花朵，还有一点就是唐代诗人元稹在《菊花》诗中所说的："秋丛绕舍似陶家，遍绕篱边日渐斜。不是花中偏爱菊，此花开尽更无花。"诗人带着感伤的情绪告诉世人，偏爱菊花的理由就是"此花开尽更无花"，菊花是鲜花在一年的生命里程中花朵形象的最后守候者。可以说，绽放在秋风里的菊花是花花世界最后的挽歌，是鲜花生命最凄凉的绝唱。看完菊花的最后一眼，就再也看不到自然界花朵的娇丽身影。对于花有几多的惋惜，又有几多的不舍，全都寄寓在寒霜中依然坚守花朵形象和姿态的高洁菊花了。春天人们赞美的是春华，而秋天人们歌咏的则是秋实。在沉甸甸的果实世界里，在人们对花朵的遗忘中，菊花还能把花的芬芳、花的娇美送到人的眼角里，心坎上，足见菊花对人的深情，对自然的留恋。

　　菊花的花朵由许多细小的花瓣组成，重叠错杂，显得浑厚沉重。细条状的花瓣密密麻麻地攒聚在一起，连同黄色的花蕊一起组成一张俊逸的脸，笑迎秋风和暖阳，这是菊花有别于莲花的形体特色了。茎秆细长，叶片碎小，花朵厚实，傲立在秋风中的菊花用娇小的枝叶支撑着沉重的花朵。虽然在秋风中往往折断了菊花的茎秆，压弯了菊花的头颅，但坚强的菊花仍然仰望着太阳照耀的方向。在篱笆的有力支撑下，丛菊无论经历怎样的秋风苦雨，都能昂扬着绚丽的头颅，抵御着晚来的萧瑟风雨。摇曳在萧瑟秋风里的瘦弱菊花，总是昂扬着顽强的生命旗帜。

　　生长在乡村，菊花自小就是我日常所见的艳丽花朵。老家的院子里，庄廓旁的菜地里，母亲常常会种植一些菊花，给单调的庭院和菜地增添些生命的亮色，给枯燥的农村生活增加些鲜花的芬芳。菊花也就在不经意间蓬勃成一簇簇艳丽的画图，自然地成为儿时生活中最绚丽的一点装饰，芬芳在自己幼小的记忆里。那时，自己会随意摘一两朵菊花，或是拿在手中玩耍，给自己的嗅觉增添一点馨香；或是摘一束菊花插在瓶子里，给灰暗的房间增加一些亮色。在当时的认知里，菊花是可以亵玩的花朵，是可以任意由自己摆弄的植物。没有滋生过爱花惜花的温软情愫，也没出现过隐逸田野的避世念头。那时，菊花作为自然界一种美丽的存在，我只是本能地喜欢菊花的艳丽，没有产生任何文化的关照和文学的感触。

　　后来，学习了陶渊明《饮酒（其五）》的诗歌，周敦颐的文章《爱莲说》，对菊花的情感才有了一种喜欢与敬畏的意味，有了一份文化的关照。我终于懂得，在乡村司空见惯的菊花竟然是知识分子失意时的一份诗意慰藉，是一种心灵坚守，而且这种坚守是非常难得的稀世珍品。"菊花之爱，陶后鲜有闻"，隐居在乡野的菊花除了陶渊明的情有独钟外，确实很少得到世人的偏爱。隐居的生活并不是所有红尘之人的理想生活，灯红酒绿的世俗生活往往是大多数人极力追求的舒适生活。只有生性质朴，心性恬淡的人，在现实生活中碰壁太多的人才会回归田园，过一种与世无争的隐居生活。而烙有很深红尘印记的人很难皈依隐居乡野的孤寂生活。当菊花成为红尘生活腻烦后的一种情绪宣泄和心灵安慰时，人们才会生发"待到重阳日，还来就菊花"的爱花惜花情感，走进秋高气爽的田野，给九月的乡野菊花一份暂时的怜爱与垂青。

现在，菊花不再是田园的隐逸者，逐渐从乡野的孤独隐居走向了城市公园的荣耀绽放，品种繁多，花色绚烂，组成了一幅幅绝美的图画，吸引着城里人追求精致生活的目光。在信息化和智能化无处不在的时代，即使穷乡避壤也很难做到真正的两耳不闻窗外事，也就无法归隐乡野，逍遥自在了。但菊花会堂而皇之地走进城市的每个角落，也会依然绽放在遥远的南山下，而只有一颗纷乱的心却在乡村和城市的边缘流浪。

婀娜多姿的柳树

二月的湟水河，冰雪消融，河水浩荡，茂密的芦苇正在褪去枯黄的外衣，矫健的野鸭欢畅地追逐嬉戏，摇曳的柳枝泛出了嫩绿色，洇开了"碧玉妆成一树高"的明媚画卷。行走在湟水河两岸，不经意间瞥见柳树的头颅缓缓扬起了翠绿的秀发，轻柔地飘拂在和暖的春风里。

在湟水河边，二月的垂柳是一道迷人的风景。河岸边的柳树垂挂着一条条细软的枝条，摇曳在浩荡的春潮上，犹如一扇扇翡翠串成的门帘，掀开了湟水河明媚的春天。而沙洲上的柳树葳蕤着一枝枝茂盛的枝叶，蓬勃在和煦的春风里，好似一片片如盖的绿荫，荫庇着湟水河悠长的河道。湟水河的春柳是一幅灵动的风景，妖娆了湟水河春天的风韵。

春天是柳树色彩变化最丰富的时节。乍暖还寒的正月，湟水河岸边还结着一些冰，褐色的柳枝直戳着晶莹的冰面，犹如一根根坚硬的铁丝，正在刺破残留的冰雪，唤醒湟水河波涛汹涌的春潮。那是一幅黑白对决的壮烈画面，是柳树告别冬天走向春天的最后一次庄严宣誓。

当二月的春风如灵巧的剪刀抚摸冰冷的柳枝时，湟水河边的柳树已经温暖了心房，小心地探出了嫩黄的芽尖，犹如一簇簇待放的金色花苞，给柳树悠然地披上了如金缕衣一样的飘逸衣裳。最是柳叶初泛黄，柳色遥看近却无。那浅浅淡淡的嫩黄逐渐妩媚了湟水河浑厚的胸膛，也妩媚了野鸭扑棱的翅膀。一抹嫩黄是河边垂柳印染在二月湟水河额头最美的色彩，也是柳树绽放在湟水河上最妩媚的笑靥。

当三月的春雨淅淅沥沥时，湟水河的柳树已经枝叶婆娑，摇曳生姿了。清新的雨水沐浴在湟水河垂柳的绿枝上，濯洗了岁月的风尘，润泽了生命的心肺，细碎的柳叶绽出了翡翠一样的容颜。柳叶舒展，一片片细叶密密地串联在柔嫩的枝条上，丰润了柳树柔媚的身姿。柳色碧绿，一叶叶绿色恣肆地印染在摇曳的枝条上，渲染了柳树迷人的面容。而在夏日的时光里，丰茂的柳树更是遮蔽了骄阳，用浓郁的绿色拂动着湟水河滚滚的波涛。

春天的嫩柳不但妩媚了湟水河，也妩媚了乐都城。虽然乐都城区街道边栽种了许多槐树，但在前街、后街还生长着一些遒劲的大柳树和在碧水园等公园有一些新栽的嫩柳。每到春风和暖的时候，槐树还没有长出新叶，但枝叶茂盛的垂柳，已经摇曳起了柔嫩的枝条，弥散起了翠绿的细叶，高高地垂挂下如秀发一样飘逸的枝叶，激活了街道的天空，晕染了城市的容颜。有的柳树如风情万种的少妇，摇曳着长发及腰的婀娜姿态；有的柳树似亭亭玉立的少女，炫耀着马尾巴活泼的秀色；有的柳树像是西洋美女，翻滚着鬈发的绿色波浪。信步行走，那一街垂挂的秀美柳树，飘飘拂拂，牵牵挂挂，妩媚了鳞次栉比的高楼，妩媚了车流滚滚的街道，也妩媚了清澈明丽的眼眸。

看着春风里摇曳在湟水河边的柳树，不禁想起唐朝诗人贺知章在《咏柳》中歌咏的柳树风姿，"碧玉妆成一树高，万条垂下绿丝绦。不知细叶谁裁出，二月春风似剪刀。"短短的四句话就写尽了二月柳叶如碧玉一样鲜美的色彩，如丝绦一样飘逸的姿态。诗人用一把春风的剪刀就给天下的柳树裁剪出了一幅婀娜多姿的经典图画。湟水河边的垂柳同样也被高原春风这把灵巧的剪刀剪出了一个迷人的身姿。

在贺知章的眼里，柳树就是一个小家碧玉一样的妙龄少女，还没有成长为柔情万种的别离使者，而柳树的最重要文化意义则是折柳送别的柔美形象。在中国的诗歌长河里，历代诗人用不同的诗句结晶了柳树这一份独有的别离情丝。自从《采薇》中吟唱了"昔我往矣，杨柳依依"的惜别哀伤后，许多诗人都把离别的哀伤托付给了柔情的柳树。戴叔伦的《堤上柳》就直白地表达了伤感的离别情怀："垂柳万条丝，春来织别离。行人攀折处，闺妾断肠时。"万千柳丝编织了一副别离的情网，折断了柳枝就如同折断了思念的愁肠。在别离的泪眼中，柳枝依依的情态联通了人际最真挚的情感纽带。同样，白居易的诗句"为近都门多送别，长条折尽减春风"则弥漫着折柳送别的凄婉中春风与离人逐渐远去的感伤。而李白的诗句"此夜曲中闻折柳，何人不起故园情"却在折柳的曲调里吹出了浓浓的离乡愁绪，唤醒了游子思乡的柔软情怀。还有许多温软的诗句都为柳树的别离情态作过生动的注脚。诗人们用诗词的琼浆浸润了依依杨柳的别离芬芳。这是对柳树天然秉性的最美文化诠释。

在唐诗宋词里，柳树在文人眼里有一种特殊的风韵，别样的柔情，不管是折柳送别也好，还是闻柳思乡也罢，杨柳依依的天然情态给予了柳树最温情的惜别情怀和最经典的文化意义。而要说柳树的折柳送别和飘逸多情应该属西安灞桥的柳树。在那儿柳树作为一个特定的诗意媒介，留下过许多诗人的别离情愁和柔美情思。李白凄楚地吟唱过"箫声咽，秦娥梦断秦楼月。秦楼月，年年柳色，灞陵伤别"。灞桥的柳色浸染了别离的忧伤。柳永也深情地感伤过"参差烟树灞陵桥，风物尽前朝。衰杨古柳，几经攀折，憔悴楚宫腰"。霸陵憔悴的柳色蒙上了一层层悲悲戚戚的别离色彩。

但在乡里人的眼里，柳树就没有这样牵牵挂挂、缠缠绵绵的文化价值和情感寄托。在乡村，柳树的使用价值不大，也没有别离情绪的慰藉，柳树就很少获得如诗文里一样的特殊地位。虽然柳树具有"有心栽花花不发，无意插柳柳成荫"的顽强生命力，但是不能盖房、做家具，因而栽种的数量很少。我的记忆里，老家的乡村普遍栽种的是白杨树，很少栽种柳树。白杨树用宽大的树叶和挺直的枝干，站成了一抹坚强不屈的参天身影，并且用浓重的绿和灿烂的黄装点着乡村的春夏和金秋。茂盛的白杨树不但能装点乡村的四季，还能用来盖房、做家具，具有很高的实用价值，乡里人都喜欢栽种白杨树。房前屋后，深谷河滩，都能看到蓬勃的白杨树。而柳树虽然有飘逸妩媚的姿态，但在乡村很少看到柔媚的身影，往往在城里的公园或街道恣肆地生长，垂下柔美的枝条，为城市增添了一丝柔美的风姿，也为文人墨客增添了一份情感的凭借。

在城市，柳树用柔嫩的枝条和碧绿的柳叶妩媚了褐色而粗糙的枝干，妩媚了乍暖还寒的春天。但是在春末的艳阳里，如棉絮一样的柳树绒毛飘飞在低空，纷纷乱乱，没头没脑，常常惹得行人快速地躲避。洁白的柳絮没有蒲公英的清爽，却有浮尘一样的刺鼻，容易引起过敏等不适的反应，惹来了人们些许不满的情绪。其实，每一个事物都很难拥有十全十美，总有那么些瑕疵隐藏在美艳的外表下。

  我知道，纵使我用再多的词句描绘湟水河边的柳树，也无法超越唐诗宋词里诗意柳树的精妙，我也没有多少别离的情怀寄予柔媚的垂柳，但我仍然在诗词的涵咏中，愿意拾人牙慧地去领略湟水河柳树的妩媚面容，去品味依依杨柳的文化情性，让飘逸的垂柳成为春天里的一份牵挂，去妩媚人生的每一个日子。

雨的韵味

进入初秋,几场连绵的秋雨就浇灭了炎夏的燥热,高原的天气倏忽间变凉了。水火不相容,自天而降的雨水终于冷却了骄阳似火的热情。

秋天的雨性子柔,一下就是两三天,无休无止地下,慢条斯理地下,老天爷似乎要把雨水的最后储备全部挥洒给大地一样,绵绵秋雨下成了秋天最鲜明的性格。杜甫在《秋雨叹》的诗句:"雨声飕飕催早寒,胡雁翅湿高飞难。秋来未曾见白日,泥污后土何时干。"就深情地感叹了秋雨的清冷与绵长。连绵不断的秋雨淋湿了草木,暴涨了河水,无尽的雨水让人心里发慌。其实,秋天的雨自己也发慌,面对即将到来的冬天,秋雨已经冷得瑟瑟发抖,落在脸上冰凉冰凉的,它急于落下来是想借助夏季最后的余热取取暖,还能保持流水的样子,不然就要冷凝成固态的雪花了。虽说秋高气爽,但秋天灰蒙蒙的天气却偏多。进入阴冷的秋天,如墨一样浓稠的云彩几乎一直笼罩着天空,遮蔽了阳光,也遮蔽了心房。即使不下雨,乌云也会把天空遮得严严实实的,不透露一丝阳光。黑云也把天空压得低低的,似乎厚重的云团就要砸在头上,总有一种"黑云压城城欲摧"的恐惧。

一阵秋雨一阵凉,逐渐变凉的还有一颗阴郁的心。人生进入知命之年,就如季节进入秋季一样,心头总有一份"无可奈何花落去"的无奈和悲凉。因为秋天的尽头也是雨的尽头,液态的雨即将凝结成固态的雪,最后的秋雨面对的将是一个无雨的冬天,所以秋天的雨就如苍天悲伤的眼泪,有点老泪纵横了。而人知命之后面对的也是一段苍老的时光,六十花甲子,古稀之年岂不是人生的冬天，人将无可避免地遭遇鬓发苍白之后的孤寂和冷清。

窗外嘀嗒作响的雨珠让人难以入眠，不免想一些雨的往事。秋雨的性情是柔和的，那春天和夏天的雨又有什么脾性呢？虽说一年四季中有三个季节都下雨，但每个季节的雨却不同，都会下出各自的性情脾气。

春天的雨有点腼腆，深居简出，轻易不露面。杜甫《春夜喜雨》中的诗句"随风潜入夜，润物细无声"就描述了春雨的羞涩和低调。春雨贵如油，春天的雨很稀少，也很珍贵。从冬天到春天，由固态的雪融化为液态的雨，这是水的一次蝶变，自然会下得艰难，下得稀少。这期间，春雨还要经过冬雪到春雪的过渡，逐渐软化的雪片化成淅淅沥沥的雨滴后才能重重地滴落。因为稀少，春雨也就变得珍贵，变得高深莫测，不知道什么时候滴下敲开春天的第一滴雨。春暖花开，要开花的植物需要雨水的滋润，需要雨水的抚摸。经历一个冬天雪藏的花草树木需要雨水浇开紧裹的绿色衣裳，洇开花苞遮掩的容颜。经过春雨的滋润，干枯的世界就有了桃红柳绿的鲜活模样，有了梨花带雨的濡湿身段。春天的细雨孕育的往往是一个鸟语花香的浪漫世界。

夏天的雨脾气暴躁，下得放肆张狂。苏轼《望湖楼醉书》中的诗句"黑云翻墨未遮山，白雨跳珠乱入船"展现了暴雨的张扬和激烈。尤其是晴天霹雳猛然炸响，暴雨说来就来，来不及躲避，电闪雷鸣中袭来的就是一场瓢泼大雨，淋淋漓漓的雨就淋湿了大地。酣畅淋漓的夏雨暂时浇灭了骄阳似火的热浪，给焦灼难耐的植物给予了雨水的解渴，给予了舒心的凉爽。骄阳炙烤大地，也炙烤了云彩。烧灼的云彩擦出滚烫的火花，就是电闪雷鸣的疯狂呐喊，就是狂风暴雨袭来时的前奏。电闪是云彩碰撞的火焰，雷鸣是云彩撞击的声响。燃烧的云彩有声有色地演绎着雨水的张力，挥洒着雨水的任性。遇上暴躁的夏雨，就不免遭遇生命的不堪。冰雹袭击庄稼，洪水淹没农田，草木折断头颈，街道成为河流。夏日的暴雨上演的常常是自然界最激烈的生命惨剧。

唠唠叨叨的秋雨仍在不紧不慢地倾洒着雨水的最后晚餐。上苍即将流尽最后一滴雨水后飘落覆盖世界的雪花，秋雨有许多的不舍和无奈。雨珠和雪花虽然都属于水的世界，但是却有鲜明的性格和模样。下雪了，世界变得银装素裹，雪花改变了世界的容颜。雪停了，却可以在屋顶、山峦找到雪花的形象。而下雨了，世界还是那个样子，树依然翠绿，花仍旧鲜红，雨水只是淋湿了世界的身体，却没有改变世界的色彩。雨停了，就找不到雨珠的形态，都化为流水消失了。落雪无声，但下雨有音。滴滴答答，噼噼啪啪，稀里哗啦，雨落到地上就会奏响不同旋律的乐章。下雨不但有美妙的乐音，还有美丽的图画。雨下到地面上会泅出一朵朵跳动的水花，而滴到水面上就会泛起一圈圈柔美的涟漪。看积水坑或湖面上此起彼伏的涟漪是一件美妙的事。半空中一根根直立而下的银针刺进如镜的水面，就前赴后继地绣出了一朵朵跳跃的莲花，装点了雨中的翠绿湖泊，幽静的水坑。如果说雨丝是仙女手中的银针，那水中溅起的如花涟漪就是仙女在人间织出的一篇篇雨中锦绣。

下雨时，最美的情景是看一顶顶雨伞行走在街巷。各色雨伞移动在雨丝中，犹如一朵朵艳丽的鲜花绽放在亭亭玉立的少女发梢，摇曳多姿，映亮了阴霾的心情。雨敲打在伞盖上叮咚作响，脚踟蹰在水坑间左右摇摆。雨中撑伞小心行走的乐趣不亚于雪中独步的乐趣。

尤其是绵绵细雨中不打伞的行走更有诗意。张志和的"斜风细雨不须归"是一份雨里的情怀，一种生活的洒脱。苏轼的"一蓑烟雨任平生"是一份雨中的释然，一种人生的达观。有时自己也很享受在细雨中慢慢行走，不打伞，不披蓑衣，愿意静静地享受温软的雨丝从脸颊缓缓流过，就如接受浴室里淋浴器喷洒的细流温柔地抚摸。不管是乍暖还寒的春天，还是寒风瑟瑟的秋天，温软细雨都是天地这一天然大浴室对人间最好的恩赐。

好多时候，下雨时就是休闲时，不用劳作，不必外出，静静地待在陋室享受雨打窗棂的时光。或是斜依在床头看一本闲书，或是蒙头呼呼地大睡，或是约几个朋友酌几杯清酒。漫长的雨夜里最悠闲的就是有知己能够陪伴，陪自己度过雨声淅沥的长夜。而最令人期待的是赵师秀所期待的"黄梅时节家家雨，青草池塘处处蛙。有约不来过夜半，闲敲棋子落灯花。"雨丝绵绵，蛙声长长，寂寞如灯花一样悄然凝结，敲打的棋子打破了半夜的寂寥却等不到对弈的客人。那是怎样的一个雨夜寂寥，又是一种怎样的朋友约定。而现在拥有智能手机的时代，又怎能体味这种期待的真纯和情味呢?

　　雨后，最让人开心的是有一弯彩虹垂挂在初晴的天幕上，犹如多情的雨在天上与人间架起的一座美丽桥梁。七彩的虹桥是雨珠的开心一刻，也是阳光的绚丽时刻，是雨天与晴天达成的善意和解，是雨水与阳光联姻的完美形象。

　　虽说有雨的季节是阴郁的世界，犹如人悲伤时的流泪，总有那么些不愉快，但不管怎么说，有雨的季节却是最美丽的世界。从春雨的淅淅沥沥到秋雨的缠缠绵绵是自然界最滋润的日子，也是生命从初生到成熟最圆满的岁月。春华秋实，秋雨泗湿大地的日子是草木凋零的日子，也是秋叶绚烂的日子。绵绵秋雨过后，天高气爽，大自然又是另一番景象。

果实的香味

秋分到了,沙果的香气还没有飘散,软儿梨的香味开始氤氲在秋风之中了。品尝着沙果和软儿梨的馥郁果香,不禁想起湟水河畔上寨和下寨村百亩梨树春华秋实的成长岁月。

当温暖的春风吹开莹白的梨花时,在乐都湟水北岸的上寨和下寨村赏花的人络绎不绝,我也多次走进寨子的田间地头,去看"忽如一夜春风来,千树万树梨花开"的诗意田园。那一树树莹白娇美的梨花犹如飘落的雪花映亮了上下寨村的屋前房后,也映亮了春潮汹涌的湟水河两岸。春暖花开,无论怎样开放的花都会给略显荒凉的原野带来生命初绽时的生机与活力。桃红梨白,总是人们竞相歌咏的春天美景,留下了许多浪漫的诗篇。

随着春风温暖的吹拂,艳丽的花朵逐渐凋落。花瓣犹如雪花一样飘落在泥土里,失去了曾经的光华,失去了曾经的色彩,失去了曾经的妖娆,不见了踪影。不久,花瓣凋落的地方长出了如绿色珍珠一样的小果果,娇小可爱。开花结果,寨子的百亩梨树告别了梨雪飘飘的浪漫时光,进入了果实累累的成长岁月。娇嫩的果实犹如刚出生的婴儿,在宽大树叶的呵护中吮吸着枝干输送的津液,安然地享受着太阳的照拂,雨水的沐浴,轻风的抚摸。这段时光是一个果实悠然成长的做梦时分,是一段不让外界打扰的安闲时光。在草叶和树叶主宰的绿色夏天,人们逐渐忘记了梨花的烂漫,夏果的悠然。

当秋风吹黄软儿梨时,果实的梦醒了。经过夏天的风吹日晒,春天结的小果果吸取了日月精华,喝足了天地的津液,养足了洁白的果肉,终于在秋风初起的时节鼓胀成一串串圆硕的大果子。在寨子村丰饶的田地里，鸡蛋一样大小的沙果红了，犹如一盏盏小巧玲珑的红灯笼闪耀在绿叶婆娑的树梢上；拳头大小的软儿梨青黄了，像一颗颗绿中藏金的宝石垂挂在浓密的枝叶间；马奶头一般大的窝梨子像一串串红褐色的小葫芦，摇荡在斜伸的枝条上；还有个头硕大的冬果也摇晃着丰硕的脑袋，炫耀着秋天的丰饶。

寨子的沙果香在八月份时就会洋溢在果蔬市场了。在乐都的果蔬市场上，摆在显眼处的沙果总会让人眼前一亮。人们嗅着沙果的醇香买上几斤解一解口馋，是秋日里必不可少的一种口福享受。看着红艳艳的果实已经让人垂涎欲滴，吃着绵软香甜的果肉更让人回味无穷。沙果虽然没有充盈的果汁，但是却有馥郁的果香。不用咬破，拿在手中的沙果就会散发出沁人心脾的香味，吃进口中，酥软的果肉入口即化，沙沙的，绵绵的，熨帖地滑入咽喉，一股让人沉醉的香味更是直入心底。寨子的沙果外相俊美，肉汁酥甜，香气醇厚，是下寨梨果中的精品，享誉河湟谷地。

而软儿梨则以特殊的风味成为梨果中的果王，更是风靡青海高原。沙果有点娇气，不易储藏，要的是即摘即吃的鲜美。九月过后就很难吃到新鲜的沙果了，寨子的梨园里也很难看到沙果红润的身影了。而软儿梨则挂满枝头，慢慢泛出青黄的颜色，等待人们采摘了。据说，采摘下来后，软儿梨却不宜现吃，还需要经过一段时间的出汗过程。至于怎么出汗我不得而知，但出过汗的软儿梨果皮淡黄，果肉莹白，果汁丰盈，果香绵厚，果皮上还会溢出滑滑的油脂，吃起来让人回味悠长。软儿梨比沙果皮实，耐得住秋收冬藏。在萧瑟秋风里可以尽情地饱尝软儿梨的美味，在冬雪飘飘时还可以继续畅饮软儿梨的香甜了。但是这时候的软儿梨又变了一个模样。经过寒风的冷冻，软儿梨的果皮、果肉、果汁都冻成了褐色，果实瘦削不堪，模样丑陋，完全看不到挂在梨树上时翠绿圆硕的俊俏模样。但冻过的软儿梨果汁更多、果香更浓了。啜饮着褐色果皮中涌出的酸甜果汁，犹如畅饮窖藏多年的美酒，惬意极了。

窝梨子虽然比不了沙果和软儿梨，但是却有它独特的风味。我不清楚窝梨子和马奶头是不是同一个品种，但它们噎人的特点却是相同的。虽然它们褐红

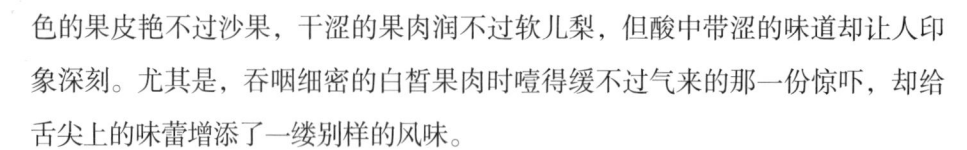

色的果皮艳不过沙果，干涩的果肉润不过软儿梨，但酸中带涩的味道却让人印象深刻。尤其是，吞咽细密的白皙果肉时噎得缓不过气来的那一份惊吓，却给舌尖上的味蕾增添了一缕别样的风味。

春华秋实，寨子村的百亩梨树在春秋两个季节会展现出不同的风姿。

春天，梨树开花时树叶正在发芽，细小的叶片似乎有意要给花朵留出绽放的空间，让娇小的梨花尽情展现娇美的容颜。梨花自然懂得绿叶的这份心意，在四月的春风里把枝干繁茂的梨树变成了莹白的雪世界，赢得了梨花胜似雪的别样风韵。但是梨花飘落后，翠绿的树叶蓬勃生长，宽大的叶片护佑着小果果的生长。秋天，软儿梨长成了拳头大小的果实，浓密的树叶还在紧紧地拥抱着果实，不肯让果实遭受风雨的吹打。远远看去，高大的梨树都是茂密的树叶，看不到果实。只有站在梨树下面，才能看到隐匿在绿叶下面的果实垂挂着圆硕的脑袋，享受着树叶慈母般的爱抚。

尤其是那些百年古树，枝繁叶茂，更为寨子村这个湟水边的梨乡增添了许多诗意和乡愁。百亩梨园中，有许多饱经风霜的百年梨树。它们树干粗壮，枝干横斜，树皮厚实，树叶茂密，果实繁多，是梨园中最丰饶的梨树景象。不论是花开时节，还是采果时分，每一棵古树都是一处参天的风景，一段岁月的记忆，一份温馨的乡愁。

生活在寨子里的人应该是幸福的。百亩多的梨树围拢着房前屋后、田间地头，是名副其实的梨乡了。春天有梨花的芳香盈袖，夏天有梨叶的婆娑入目，秋天有梨果的醇香满口，冬天有冻梨的酒香入肺，寨子人的梦里都洋溢春华秋实的芳香。而我在小时候，只有在国庆节后才能吃到用洋芋蛋换来的软儿梨。

记得老家引胜李家台洋芋成熟的时候，村里会来一些买软儿梨的小商贩。他们用手扶拖拉机拉着一车软儿梨，停在村里的十字路口，大声吆喝着"换果子来"。母亲听到吆喝声，就会背上半袋子洋芋去十字路口，高兴地换回半袋子软儿梨，存放在柜子里让家里人吃。过年时，偶尔吃一两个父亲从街市上买来的冻软儿梨。吃烦了洋芋蛋的我，对带来清芬果香的软儿梨总是爱不释手，但对寨子梨树的梨雪飘飘和硕果累累还是一个遥远的梦境。自从寨子村举办梨花节后，才有机会到寨子的田间地头，春风中注目几片梨花娇美的面容，秋雨里嗅闻几缕梨果清芬的芳香，拍一些照片去探究寨子梨花的前生今世。

现在，披着秋分的凉意，我来到春天里曾经驻足过的梨树下，找寻由花到果的岁月记忆。只见果园里的梨树结满了累累果实，而来寨子果园看果子的人却很少，完全不同于春天赏花时的络绎不绝。花的美是长在树梢上的，而果实的甜却深藏在果肉里。美丽的花是用来看的，殷实的果子是用来吃的。看花是一种诗意的情怀，吃果子则是一种现实的需求。满足口腹之欲的果子在果蔬市场上就能轻松地买得到，不需要到田间地头，而看花只有到梨树下才能看得到，看得真切。只有种植梨树的人，把看果子当成是一种快乐的守望，每天关注着果子的成长，关注着果子成长的细微变化，关注着果子带来的殷实收入。

我仰望着挂满枝头的圆硕果实，心头却涌起了满眼的梨雪飘飘。我知道，开花结果的时节又是一个簇新的春华秋实的岁月。

梨叶的秋韵

曾经迷恋下寨春日梨园的莹莹梨雪,一到春风和暖的时候,我就到湟水北岸下寨村的梨园去看像雪花一样晶莹的梨花。迫不及待地用手机镜头记录下百亩梨园演绎的莹白世界,觉得春暖梨花开是自然界最浪漫的事,也是春天最美丽的景色。而此时梨树的叶子发芽得晚,展开得小,失去了绿叶衬红花的作用,也就忽略了对梨树叶子的关注。即使梨花被风吹落,犹如融化的雪花消失在泥土里,还念念不忘梨雪飘拂的春日烂漫,一心沉浸在梨花造就的素雅清新的世界里。

之后,惊喜于各种水陆草木之花的次第开放,就更顾不上去看梨园里的梨树了。姹紫嫣红的鲜花和葳蕤茂盛的绿叶主宰着生机勃勃的仲春盛夏,梨树的叶子也淹没在翠绿的田野里,而隐藏在茂密绿叶中的梨果还在孕育着香甜的汁液,软儿梨等梨果虽然挂满枝头,也很少得到我的光顾。

当秋日的风吹来丰收的麦香,沙果、软儿梨也在变换着颜色,散发着浓郁的果香。这时候,循着沙果和软儿梨的香味,我禁不住去下寨梨园看看垂挂在枝繁叶茂中的累累梨果,觉得是一件喜悦的事。

此时,树叶和梨果都享有同一种色调,深绿色的树叶遮蔽着深绿色的果实,茂密的树叶似乎在尽力保护着果实,不让果实遭受烈日和冷风。可是果实已经硕大沉重,摇摇欲坠,似乎要挣脱树叶的束缚,争相袒露出圆硕的脑袋,睁开诱人的眼睛看着树下垂涎欲滴的人们。有的已经不堪重负,早已掉落在地上。红艳艳的沙果,黄绿绿的软儿梨,灰突突的窝梨子,给下寨梨园增添了一些绚丽的色彩,馥郁的果香。此时的树叶依然碧绿茂密,不紧不慢,不急不躁,遮挡着光照，经受着雨淋，忍受着风吹，紧紧地掩藏着累累的果实。

寒露来临，人们纷纷到仓家峡、九寺掌去看山野里层林尽染的绚丽秋景。我在尽情享受这些家乡的美丽秋景时，听一些摄影爱好者说，霜降过后下寨梨园的树叶黄了，红了，很好看，他们要去梨园找寻秋天最美的镜头。我也心动，想去看看秋霜浸染过的梨园会是一番什么样的迷人模样。

在一个阳光明媚的午后，前往来过多次的下寨梨园，果然眼前展现了一番别样的秋韵。房前屋后的梨树正炫耀着红色的面容，田间地头的梨树正燃烧着火红的云霞。在深深的红色中还伴有稀稀疏疏的绿色和黄色，绚烂多彩，摇曳多姿，完全有别于初春时节"千树万树梨花开"的银装素裹，也有别于盛夏时节"万绿丛中一点红"的绿意盎然，满眼都是"赤橙黄绿青蓝紫"的层林尽染。下寨梨园在季节的风口印染着不一样的色彩，变换着不一样的模样，演绎着不一样的风景。

现在，软儿梨等梨果都采摘后，梨园中只剩下树叶独自在风中摇曳了。而秋风越来越冷，越来越疾，树叶的境遇就更艰难了。但是树叶不甘心就此凋落，被风吹过，被雨淋过，又被秋霜浸染过的树叶似乎要重新焕发新的生命活力，要尽情展示最绚烂的生命时光。于是，绿色的树叶先是锻造成金色的叶片，显示着生命的富足和金贵。然后，黄色的树叶浸染成火红的叶片，昭示着生命的赤诚和火热。一时之间，婆娑多姿的梨树经历了红黄绿这三种颜色的绝美蝶变。曾经作为配角的梨树叶子霎时间成了梨园的主角，尽情演绎起绚烂如花的生命传奇。

其实，秋天是果实的季节，也是树叶的季节。金秋大多是树叶装扮的，而树叶不但把秋天装扮成金灿灿的世界，还把秋天装扮成色彩斑斓的世界。万山红遍，层林尽染，都是各种树叶释放生命亮色的结果。深秋时节，百花已经凋零，即使傲霜的秋菊也低下了绚丽的头，但是秋霜中的树叶却在绽放着最绚丽的色彩。而树叶只有经历秋霜的浸染，才会更黄，才会更红，才会更绚丽。

虽然梨树的叶子没有枫树叶子的俏丽，没有银杏叶子的金贵，也没有胡杨叶子的坚毅，但是梨树的叶子却有宽阔的胸膛，有娉婷的身姿，有艳丽的色彩。它在梨花开放时不去争宠，而是低调地露出了细小的叶片；在梨果累累时大方地展开，勇敢地保护起了青绿的果实；在梨果丰收归仓后，抓住秋天的尾巴尽情变换绚丽的色彩；在冬雪飘落叶落归根时，悄然地化为褐色的养料回报泥土。在四季的更替中，梨树的叶子变换着不同的色彩，坚守着不同的职责，实现着不同的价值。

漫步在梨园里，那些沙果、软儿梨、窝梨子等梨果或采摘或掉落，都不见了踪影。偶尔在稀疏的金黄叶子间看到一两个软儿梨孤独地悬挂着，心里竟涌起了一种难掩的惊喜。那是被秋风遗忘的一个果实吗？还是被采摘人遗弃的一个果实？抑或是梨树不愿舍弃的一个果实？不知道这个软儿梨什么时候会掉落，但却看到热情的太阳正用金色的光芒照亮着这一个软儿梨和许多树叶最美的容颜。

我知道，不管梨树的树叶多么婆娑，多么绚丽，都会在前前后后的秋风里掉落。已经掉落的树叶堆积在褐色的田地里，早早地覆盖了曾经提供给自己养料的肥沃土壤。这些归根的落叶，就像经过漫长的旅程，终于回到土地的怀抱，紧紧地贴伏在树根下，重重叠叠，相互簇拥，惬意地晒着暖阳。它们也该歇歇了，在高高的树枝上经历风吹雨淋，为圆硕的果实保驾护航，现在回归到厚实的泥土，终于可以踏实地睡觉了。落红不是无情物，化作春泥更护花。那些失去了亮丽的绿色、黄色、红色的树叶，逐渐变成了与土壤一样的褐色，在来年的春阳里又要滋养新的晶莹梨花。

下寨梨园里那些有百年历史的梨树是最亮丽的一道风景线。它们树干粗大，枝条横斜，树皮深黑，树叶茂密，屹立在田间地头，犹如一个个精神矍铄的老寿星，坚毅地守望着梨园，守望着村落，守望着四季。它们用一种虬枝盘旋的沧桑姿态，站成了一幅色彩斑斓的图画。它们历经百年风雨而不倒，经过秋霜浸染更红艳，是下寨梨园里最有岁月韵味的梨树剪影。那些新栽的梨树也在百年梨树的映照下展示着挺拔的风姿，摇曳着红色的树叶。

湟水岸畔，霜风越来越紧了。不久之后，所有的梨树都会脱去多彩的衣裳，干巴巴地抵抗寒冬霜雪，而那些凋落在树根的树叶将会融入泥土重新开始新叶的梦想。一切都在自然的更替规则中变换着生命的颜色，演绎着生命的价值，履行着生命的使命。

自在游弋的野鸭

一座城因一条河而润泽秀美，因一些人工湖而明净柔媚，更因一些野鸭而灵动浪漫。近几年，穿城而过的湟水河得到了有效治理，两岸的人工湖逐渐增多。湿地公园里，树木葱茏，水草丰美，鲜花艳丽，野鸭翔集，妖娆的湖光山色扮靓了高楼林立的城市面容，乐都这座河湟古都越来越有了江南的风韵。不论是穿城而过的湟水河，还是点缀湟水河两岸的人工湖，都会看到野鸭自由游弋的灵动图景。

处在裙子山下西沙沟湿地公园的人工湖近几年多了一抹迷人的江南风光。盛夏时节，清澈的湖水中弥漫起了一簇簇，一片片娇美的睡莲。莲叶田田，莲花朵朵，紧紧地贴伏在水面上，组成了一幅舒展艳丽的优美图画。到了晚秋时节，或粉色或白色的莲花随风凋落了，但圆圆的莲叶还很茂盛，而且在秋霜的浸染下碧绿的莲叶渐渐变成了褐红色，合着湖边金色杨柳的倒影，组成了一幅旖旎的晚秋图。不知什么时候，平静湖面上的红色莲叶间多了十几只野鸭。它们有的悠闲地嬉戏在湖水中，有的安静地休憩在莲叶上，为人工湖增添了一抹鸭戏莲叶的灵动图景。

茶余饭后行走在湿地公园里，静静地站在湖中的木栈道上，看湖中的野鸭游弋在湖水上，嬉戏在莲叶间，是一份美妙的心灵享受。一只野鸭在湖面上直直游走，身后就划出一个大大的人字形波纹，形成一幅流动的扇形画面。野鸭昂着头游走在湖面上，犹如一艘巡洋舰缓缓驶过，平静的湖面划开了一道人字形的前行航道。然后，野鸭猛然来一个转身，湖面上又形成了一个个圆形的波纹，

405

犹如盛开的莲花,柔美灵动。有时两只恩爱的野鸭并排游走在湖面上,相互顾盼,划出的波线交错有致,充满温馨的情趣。自由的野鸭在明净的湖面上游弋出了一幅幅迷人的水波图画。

有时,几个野鸭聚在一起追逐嬉戏,湖面的波纹就复杂多变,不断重叠的层层涟漪把湖面弄得波涛汹涌,把湖面的倒影全给揉碎了,看不到楼房鳞次栉比的倒影。这时候,几只野鸭来了兴致,倏忽一下钻进水中或觅食或洗澡,湖面就会激起一个个巨大的浪花,埋没了野鸭的身影。不一会儿,野鸭从平静的水面猛然跳出来,用力抖落身上的水珠。霎时,湖面上溅起了一阵阵急促的细雨,形成了如秋雨落在水面上一样的阵阵涟漪,湖面的平静完全打破了,整个湖面都动荡不安,增添了许多欢快的情趣。

野鸭在湖面上自由地游弋,率性地嬉戏,平静清澈的湖面就像一张蓝色的画纸,任由野鸭随意泼墨出一幅幅柔美灵动的湖泊图画。而这幅图画中最让人动心的则是野鸭游戏莲叶间的迷人图景。

西沙沟湖水中虽有一些小鱼,但无法构成鱼戏莲叶的情趣。而野鸭做客西沙沟湖水后,就带来了一幅鸭戏莲叶间的别样韵味。在晚秋的暖阳中,我欣喜地看到,野鸭把莲叶当做睡床,安闲地休憩在红色的莲叶上,自在惬意。有时,一只野鸭在甜美地睡觉,另一只野鸭则围着睡莲一边觅食,一边观察着湖面;有时,两只野鸭并排躺在莲叶上,甜蜜地进入了梦乡。安睡的野鸭犹如合拢的莲花,装点了空落的莲叶。碧绿的湖面上,睡莲以湖水为床静静地睡眠,而野鸭却以莲叶为床静静地酣睡,构成了一幅野鸭与睡莲和谐相处的灵动画面。

看着游弋在碧水莲叶间的野鸭,我又想到了在湟水河边经常注目野鸭温馨翔集的情景。在那儿,野鸭把浩荡的湟水河当作幸福的家园,自在地生活,勇敢地嬉戏,演绎着另一番温馨的图景。

这几年,正在崛起的乐都,城市建设日新月异,生态环境日益改善。尤其是,城区湟水河岸边修建了木栈道,铺设了污水处理管道,湟水河中的野鸭越来越多了,观看野鸭的条件也越来越便利了。嬉戏的成群野鸭已经成为湟水河上最动人的一抹生态图景,吸引着人们驻足观看。蒹葭苍苍的湟水河已经成为野鸭生活的幸福乐园，在春夏秋冬都能看到野鸭惬意生活的动人场景。

虽然湟水河中的野鸭不如游弋在人工湖中的野鸭那样悠闲，也不比休憩在莲叶间的野鸭那般幸福，但在湟水河我却看到了野鸭超强的生活能力和自由的生活情态。漫步在木栈道上，在河岸边，在沙洲上，在芦苇丛中，在浅水滩里，都会看到野鸭成群结队地游弋、行走、静卧、飞翔的图景。虽然湟水河浑浊，河流浩荡，但野鸭却生活得很悠闲，很自在。

野鸭不惧冬天河水的寒冷，在结了薄冰的河水中，仍会一头埋进水中找寻食物。看不到河中有什么可吃的食物，但野鸭一露出灵动的头颅，总会显出津津有味的神色。吃饱了就在荒芜的沙洲上静卧，睡醒了就在狭窄的河岸边追逐。野鸭也不怕秋天河水的暴涨，一会儿乘着急流悠哉悠哉地飘荡，一会儿扇着翅膀忽上忽下地翻飞，一会儿跳到河岸慢条斯理地散步。在秋冬的季节里，湟水河的水陆空都是野鸭自由翔集的舞台，幸福生活的乐园。

春夏的温暖时光，湟水河更是野鸭们自由生活的天堂。天气炎热了，野鸭就钻进河中爽快地洗个澡，或是躺在草丛间悠闲地纳凉。下雨了，野鸭就进入芦苇丛中藏起了身影，或是缩在沙岸边沐浴着细雨。尤其是春末夏初时，更有许多刚出生的小鸭跟在鸭妈妈后面快乐地游弋。有的小鸭小心翼翼地游弋在浅水滩里，有的小鸭叽叽喳喳地嬉戏在芦苇丛中，有的小鸭摇摇晃晃地扑棱着翅膀飞向天空。野鸭一家幸福生活的温馨画面，总是牵绊着人们行走河边的脚步。

野鸭在河水中逆流而上时，要靠水下的脚蹼不停地划水，肥硕的身躯在波浪上安然自若，看不到一丝的焦虑和劳累。而在顺着河水漂流时，就不需要脚蹼的划动，昂扬的身躯随着波浪自由地起伏，完全是一次轻松的冲浪表演。走在沙洲上，野鸭细碎的脚蹼缓缓迈动，支撑着肥硕的身体，摇摆出一幅优雅的绅士风度；飞行在河面上，野鸭红色的脚蹼直直后伸，定格成一个流线型的机尾。在行走游弋和飞行中，野鸭的脚蹼伸缩自如，收放有度，发挥着重要的作用。在流动的湟水河中，野鸭左冲右突，上飞下跳，以勇敢的搏击，自在的生活，展示着"春江水暖鸭先知"的温馨，展示着"落霞与孤鹜齐飞"的壮美。

我不知道湟水河边的野鸭和人工湖中的野鸭从哪儿来，也不知道它们最终会飞向哪里；不知道它们是一群匆匆的过客，还是久居的主人。我觉得，这些其实都不重要，重要的是一个城市能否给它们提供一片舒适生活的安静水域，能否不打扰它们自在嬉戏的温馨时光。

　　行走在城市的河水边，为一些禽鸟的浪漫翔集而驻足是幸福的。在高楼林立的乐都城区，看一看湟水河边野鸭自在地游弋，看一看人工湖中野鸭温馨地嬉戏，确实是一份茶余饭后最舒心的生活享受。

草木的荣枯

　　站在季节的岔口看风景，风景往往成为一种有意义的问题，常会引发一些深沉的思考，像一束穿透森林的阳光散射出刺眼的光芒，直抵心灵深处最柔软的地带，照彻心中迷茫的小径。由秋到冬，由冬到春是季节轮回中最鲜明的两个时间岔口，草木的荣枯往往演绎着最妖娆的风景，极易触动起人们最敏感的情愫。

　　离离原上草，一岁一枯荣。一年一度的野草枯荣是大自然呈现给人间最敏感的容颜蝶变，也是野草生长历程中最灿烂的生命涅槃。草如是，木也如此。树木也在一年的时光中必然经历一次枯荣的生命变化。无边落木萧萧下，就是树木演绎的一场悲壮谢幕。

　　秋风萧瑟中，草木的荣枯变化最绚烂，也最悲壮。因为由荣到枯是草木悲情谢幕的黯淡时光，草木要用别样的色彩和神韵点亮即将到来的时间隧道。

　　秋风刮过眼角，树梢的叶片用金色的光芒吸引着我逡巡的目光。树叶用色彩的变换预示着秋日的绚丽，也预示着枯落的无奈。我知道，杨树、柳树、榆树将要披上金色的外衣，枫树、桦树、杏树要套上红色的衣裳，松树、柏树仍旧迷恋青绿的外衣，不同灌木也尽情地变换着赤橙黄绿的华丽服装。一时之间，秋天就拥有了炫目的色彩，有了告别演出的精彩道具。原本绿色遍布的山野逐渐拥有了浓墨重彩的斑斓颜色，有了红黄绿交错辉映的绚丽面容。这是树叶蝶变的美丽时刻，也是秋天华丽谢幕的高光时刻。而逐渐变黄的草尖也给秋天的容颜涂上了枯黄的底色，在瑟瑟秋风中摇曳着生命的亮色，为绚丽的树叶摇旗呐喊。

万山红遍，层林尽染。秋天的草木又要经历一次颜色的蝶变。尤其是绿叶在被秋风吹落前更要演绎一场盛大的告别仪式。经过一个夏天的风雨磨砺，树叶或锻造为黄灿灿的金片，或燃烧成红彤彤的火焰，或坚守着青幽幽的针刺，用色彩的多变组成最壮观的秋日绚烂，展示最华丽的草木荣光。荣枯之间，草木完成了一年的生长使命，用别样的色彩和摇曳的姿态演绎生命最后时刻的完美谢幕。树叶经历色彩蝶变之后，就是无边落木萧萧下，就是秋风扫落叶的无奈谢场。枯黄的树叶逐渐脱离了曾经生长的枝条，枝繁叶茂的树木只剩光秃秃的枝干，曾经旺盛而欢悦的树木归于单调和沉寂。而地上的草也失去了往日的鲜嫩和碧绿，只剩下干枯的草叶被风无情地吹刮，或折断茎叶，或化为浮萍，荒凉笼罩整个草原，笼罩草甸，笼罩草滩。但是根却深藏在土壤里，坚守着春风吹又生的涅槃重生，坚守着草木生死轮回的自然法则。

春风和煦中，草木的枯荣变化最秀美，也最温情。因为由枯到荣是草木荣耀登场的高光时刻，将会展现最新鲜的面容，最妖娆的身段。

春风吹过脸颊，墙角冒出的稀疏草芽，竟像磁石一样吸引着我的目光。我知道那是生命的绿色给予我的温暖力量。虽然这些小草不知名，但是我知道这些不起眼的小草，不久就会染绿草滩，染绿山坡，染绿草原，染绿大自然。树木的绿色也会牵引我的目光，让我驻足在树下，静观绿色的树叶。虽然桃树、梨树、杏树吸引我目光的是绚丽的花朵，但是花瓣凋落后，绿色的树叶却是它们的主色调。还有榆树、杨树和柳树这些不以花吸引人眼球的树更以翠绿的树叶装点着大自然。春风又绿江南岸，春风吹绿的不仅仅是江南，还有一切草木覆盖的地方。

野火烧不尽，春风吹又生。干枯的草木都会在春天长出翠绿的草芽和嫩叶，以簇新娇美的面容改变苍凉的山岭和荒芜的田野。枯荣之间，草木获得了新的生命，焕发了新的生机，呈现了新的容颜。不用等各种妖娆的花给大自然扮上姹紫嫣红的服饰，看一看朴素的草叶恣肆给大自然的碧绿底色，就是最美丽的大地衣裳，就是最惬意的人间暖色。绿色占据了荒凉的大地，覆盖了土地的褐色，就是生命的胜利，就是草木的荣光。繁荣昌盛的草木用最温暖的色调，最迷人的色彩，最娇美的姿态，给自然以秀美，给生活以色彩，给人类以希望。

枯草被绿草替代了，野草就拥有了一片新天地，就造就了一个新世界。草虽细小，但是容易连成片。如针尖一样尖细的草叶能染绿一个草滩，一个草甸，一个草原，就是万千只草叶共同印染的结果。一般来说，大自然能给多大的舞台，野草就能映绿多大的原野。天涯何处无芳草，其实说的也是野草的顽强生命力。

树叶也一样，绿色的生命力也是毋庸置疑的。只要树枝能延展多少，绿叶也能葳蕤多少，枝繁叶茂见证着树木的绿色活力。一棵树成不了林，但是千万棵树就成了一片森林，就能造就一片绿叶婆娑的世界。虽然草和木繁衍绿色的方式不同，但它们装点世界的能力却是一样的。草的繁荣深植在根部，以根系的无限扩张来实现春风吹又生的生命觉醒。而树的繁荣却高擎在枝头，以叶脉的肆意生长来达到枝繁叶茂的生命辉煌。但是站立在土地上的绿草和摇曳在枝条上的绿叶，都以蓬勃而出的无限绿色装点大自然的肤色，给人类一片层次丰富的绿色世界。草木的丰富绿色常常呈现深浅不一、大小不等、高低参差的繁盛景象，而这种繁荣的绿色将滋润疲惫的视野，平静纷扰的心灵。

在夏雨淅沥中，草木经历着最舒适的生长，荣枯变化也就没有鲜明的色彩和多变的姿态。草木进入了繁荣生长的舒适期，就不用担心遭遇干枯的境遇和无奈。夏天的草木颜色越来越深，体积越来越大，姿态越来越美。或在草原上驰骋，或在树荫下纳凉，心情都在浓郁的绿色中悠然飞翔。

在冬雪飞扬中，草木经历着最难挨的等待，荣枯变化藏在沃土下难以目睹，但是蓄势待发的力量却不可忽视。冬天只是将草木的叶芽封存了，带入了生命的休眠期，也带入了力量的恢复期。干枯荒芜虽是冬天的代名词，但是草木的春日繁荣就隐藏在那些干枯的野草间，隐藏在那些干枯的枝条上，隐藏在四通八达的根系上。根是草木的原始初心，是草木的生命源泉。只要根健在，生命就永恒，永远不会消失。

草木的荣枯必然带来自然的色彩变化，也必然引发人们的生命感悟。人非草木，孰能无情。触景生情，这也是人与自然的一种同步共振，也是人与自然的一次生命对话。

其实，草木的荣枯只是一次容颜的变换，并不是生命的诀别。消失变换的只是草木的叶和芽，而生命的根和枝却没有消除，没有变化。它们在干枯的冬天依然保持着顽强的生命力，积蓄着重新生长的力量，等待着春风吹又生的命运邂逅。只要根存在，叶和芽不论经历多少次的荣枯变化，树还是那棵树，草还是那棵草，不会变成别的草木。改变的只是新旧和大小，没有生死的决裂。因此，面对草木一岁一枯荣的四季轮回，不需要太过悲伤。只当是草木更换了一次衣服，变换了一种表情，调整了一个心情，重新奔走在时光的隧道里。何况，草木的干枯只经历一个冬天，而繁荣却要持续三个季节。草木拥有大部分的繁荣时光，是幸福的。而人拥有享受草木繁荣的大部分时光，也是幸福的！更何况，人拥有百年的生命时光，可以看到草木百年的荣枯变化！

草木一年一度的荣枯是生命的蝶变，是美丽的释放，是新旧的代谢，是生命力的锻造。在季节的岔口看看草木的荣枯，想想人生的蝶变，也是一次惬意幸福的时光对话。

后记

岁月是时间流逝的轨迹,也是人生旅行的路途。50多年的沧桑岁月逐渐远去,成为无法回归的记忆碎片,散落在春种秋收的人生旅程中。知命之年,捡拾岁月遗失的碎片,许多珍贵的记忆犹如一朵朵芬芳的鲜花,绽放在季节的阳光下,温暖如初,芳香依旧。

自2020年借助自媒体"美篇"的创作出版诗集《故乡与远方》后,又借助"美篇"的创作积累了一百多篇散文作品。现在将这些"美篇"上发表的作品整理成散文作品集,意在为自己曾经的岁月留下一些珍贵的记忆,也为自己走过的人生旅程留下一些美好的念想。这次的散文集缘于自己对散文写作的一份自觉追求,缘于自己对散文样式的一种执着探索。真实是散文的灵魂,我追求散文写作的题材真实性,情感真实性,表达真实性。我认为,散文作品应该是对生活的一次真实记录,也是对心灵的一次真实反映。在追求内容和情感真实性的基础上,我也追求思想的合理性,构思的自然性,语言的优美性,修辞的丰富性。同时,我重视散文写作的自由灵活,不定于一规;重视散文写作的借鉴吸纳,不局于一家;重视散文写作的质朴自然,不图于一时。每周教学之余,愉悦地完成一篇集文字、图片、音乐为一体的精致"美篇",投稿到散文创作圈,发表在自媒体"美篇"平台上,收获了一万多人次的点赞和评论。

当我按照自己的心愿一步一步完成自己的散文写作时,平静的岁月却猛然遭遇了一次病痛的风浪,面临了一次生死意外和生命考验。但是对散文的追求一直没有停歇,即使在病榻上也乐观地去写作。在战胜病魔的同时,我对生活

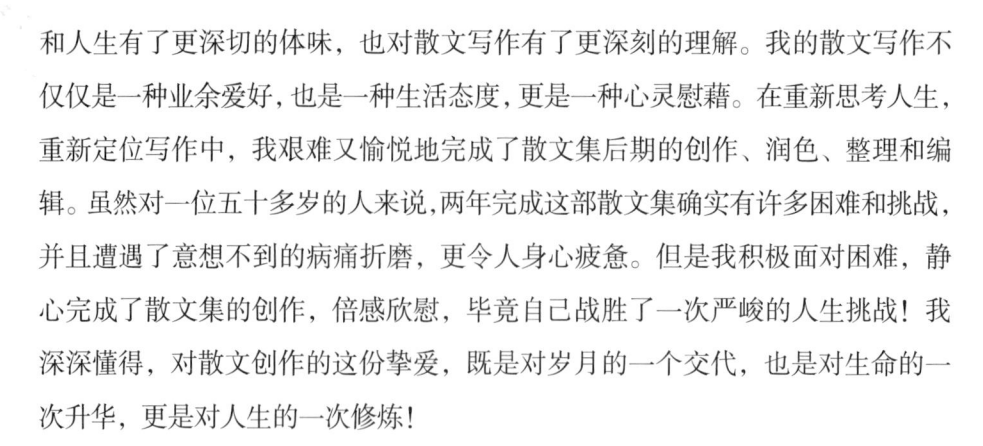

和人生有了更深切的体味,也对散文写作有了更深刻的理解。我的散文写作不仅仅是一种业余爱好,也是一种生活态度,更是一种心灵慰藉。在重新思考人生,重新定位写作中,我艰难又愉悦地完成了散文集后期的创作、润色、整理和编辑。虽然对一位五十多岁的人来说,两年完成这部散文集确实有许多困难和挑战,并且遭遇了意想不到的病痛折磨,更令人身心疲惫。但是我积极面对困难,静心完成了散文集的创作,倍感欣慰,毕竟自己战胜了一次严峻的人生挑战!我深深懂得,对散文创作的这份挚爱,既是对岁月的一个交代,也是对生命的一次升华,更是对人生的一次修炼!

初稿完成后,我将散文集文本拿给青海知名诗人、文艺评论家郭守先指正,并希望写序或进行品鉴。郭先生欣然答应,在百忙中利用一个多月时间看完了文稿。凭着文艺评论家的鉴赏眼光和文学情怀,郭先生提出了许多宝贵建议,并认真撰写了一篇带有评论性质的序言,为散文集增色不少,在此深表谢意!

散文集书稿修订完成后,我又把电子稿发给远在江苏南通的乐都籍中国作协会员、著名散文家马国福先生。马先生在百忙中看了文稿,写了精练的推荐语。在此,对虽有作品相识、微信相交却未谋面又很热诚的著名作家马先生表示诚挚的谢意!

现在,这本散文集终于要出版了,也就是那些在过去岁月里开放过的鲜花将要带着纸墨的芬芳香味再现烟火人间。生活给予了我如花的岁月,我对生活回馈了岁月缩结的花。这些开放在岁月里的花,不仅仅是我的世界独有的,也是和我同时代的人一起共有的。如果共同拥有的故乡情结,或是共同经历的沧桑岁月,亦或是共同体味的人生经验,引发读者一些情感的共鸣,精神的相悦,我也就心生满足和安慰了。

散文集在出版过程中得到了许多爱心人士的鼓励和帮助,在此一并致谢!特别要感谢赵小龙、李玉业、李海平、李积华、王继文、李全善、金万恩、张存良、米正辉、刘海生、祁根林、李耿年、赵安海、俞涛、陈文祥、许汝明等给予经济赞助的爱心人士,还有李常德、王宝业、荣积珍、范得文、张永鹤、周全中、朵辉云、保兰英、李福元、赵隆海、弯惠林等给予爱心支持的亲朋好友。因为有你们的爱，我的生活更温暖，人生也更圆满。在此，向你们表示诚挚的感谢！衷心希望你们的岁月里有更美好的鲜花绽放，芬芳你们的生活家园，芬芳你们的精神世界，芬芳你们的人生旅程！

当然，作为一位业余散文爱好和写作者，自觉追求的精神和专业知识的水平总有不足，散文集中会出现这样那样的问题和不足，诚恳希望读者谅解和指正，并提出宝贵意见。

李天华

2024年6月